《山东师范大学学报》(人文社会科学版)文粹书系

山师学人视阈下的中国现当代文学

——“山师学报”论文选:1959—2009

李宗刚　编

山东大学出版社
SHANDONG UNIVERSITY PRESS
·济南·

图书在版编目(CIP)数据

山师学人视阈下的中国现当代文学："山师学报"论文选：1959-2009 / 李宗刚编. —济南：山东大学出版社，2022.3

(《山东师范大学学报》(人文社会科学版)文粹书系/李宗刚主编)

ISBN 978-7-5607-7180-9

Ⅰ.①山… Ⅱ.①李… Ⅲ.①山东师范大学—学报 ②中国文学—现代文学—文学研究—文集 ③中国文学—当代文学—文学研究—文集 Ⅳ.①C55 ②I206.6-53

中国版本图书馆 CIP 数据核字(2021)第 215139 号

策划编辑　冯敬远
责任编辑　楚洋洋
文案编辑　冯敬远
封面设计　王秋忆

出版发行　山东大学出版社
社　　址　山东省济南市山大南路 20 号
邮政编码　250100
发行热线　(0531)88363008
经　　销　新华书店
印　　刷　济南华林彩印有限公司
规　　格　720 毫米×1000 毫米　1/16
　　　　　26 印张　400 千字
版　　次　2022 年 3 月第 1 版
印　　次　2022 年 3 月第 1 次印刷
定　　价　78.00 元

总 序

《山东师范大学学报》(人文社会科学版)(以下简称“学报”)已经走过60多个春秋。回顾学报的学术建设历程,我们不会忘记开拓者筚路蓝缕的艰辛,几代学报人的勤奋耕耘。正是由于一代代编辑们的努力,学报逐渐地形成了“传承学术,弘扬真理”的优良传统。为了不忘初心,砥砺前行,我们决定出版这样一套能够体现学报学术水准的论文选,以表达对这份学术期刊的敬意。

《山东师范大学学报》(人文社会科学版)最早可以追溯到1954年,当年,山东师范学院成立了校刊编辑委员会,编辑出版了《山东师院》(内部刊物)。1956年5月,上级部门同意山东师范学院出版“‘教与学’学报”,随后,学校成立校刊编辑室,正式出版了《教与学》。1957年12月,学校成立学报编辑委员会,以《山东师范学院学报》(人文科学)为名,正式出版了学报第1期(总第1期)。之后,学报的现代文学版、地理版不定期地编辑出版。1967年,《山东师范学院学报》改名为《黄河评论》。1971年,学报改名为《教革简讯》。次年,又改为《山东师院》。1976年,改为《山东师院学报》(社会科学版)。1981年,山东师范学院更名为山东师范大学,《山东师院学报》(社会科学版)改为《山东师大学报》(哲学社会科学版)。2002年,学报由《山东师大学报》(哲学社会科学版)改为《山东师范大学学报》(人文社会科学版)。2020年,学报由“人文社会科学版”调整为“社会科学版”。

面对这样一份具有60多年历史的学术期刊,我们计划对其历史渊源进行系统的梳理,彻底理清其历史发展的轨迹。然而,在实际工作中,却发现存在着不少难以逾越的障碍,主要在于历史资料的散佚。有鉴于此,我们除了继续通过图书馆、网络渠道搜购缺失的学报文本外,还启动了作为基础性建设工程的资料搜集和整理工作:一是搜集整理了学报1978~2016年被《新华文摘》和“复印报刊资料”转载复印等较为详尽的数据[详见翟德耀《新时期以来〈山东师范大学学报〉(人文社会科学版)学术建设述略》一文,载《山东师范大学学报》(人文社会科学版)2017 年第 5 期];二是即将付梓的这套文粹书系。

或许有人认为学术论文在学报发表后再编辑出版会给人以叠床架屋之感,似乎没有太大的必要,其实不然。学报作为综合性的学术期刊,其栏目涉及人文社会科学的方方面面,其论文来自人文社会科学的不同学科,这犹如一个拼盘,其中盛放的诸多瓜果品类大不相同,效能也大不相同,而相对于日益专业化的读者来讲,自然难以满足不同口味的阅读需求。尽管,随着大数据时代的到来,诸多的数据库为读者查阅资料提供了许多便利,但缘于数据库呈现在读者面前的只是单篇论文,而对学术期刊的栏目设置及其刊发论文的整体面貌则无缘窥视,这就使得学术期刊这一重要平台退到了历史的幕后。为了保持期刊的学术风貌,也为了满足读者专业研究的需求,把发表在学术期刊上的论文进行分类梳理,从中精选出一些代表性的论文按照学科专业或专题出版,便显得很有必要。

其实,把学术期刊上发表的论文编选出代表性的论文再次出版,早已是一些名刊的惯例。《文史哲》就有与著名出版机构合作,将刊发过的文章按专题结集出版的传统。早在 1957 年,该杂志曾与中华书局合作,以"《文史哲》丛刊"为名,推出了一系列研究专集;近几年,《文史哲》编辑部与商务印书馆合作,推出了一系列研究专集。《中国社会科学》编辑部推出了四卷本的《〈中国社会科学〉创刊三十五周年论文选(1980～2014)》。这些名刊的实践经验充分说明,分门别类地编选的论文集,能够集中地展示一份学术期刊长期以来的学术坚守,其学术影响力也会随之扩大,产生叠加效应。

正是基于这样的考虑,我们编选了这套《山东师范大学学报》(人文社会科学版)文粹书系。为了便于读者更直观地了解历史,我们或辑录了 60 多年来学报刊发的优秀论文,或编撰学报发展历史,为人们走向历史深处做好铺垫。我们希望,这套重新编选的文粹书系既能体现作者学术创新水平又能承载编辑学术愿景,在唤醒老读者的阅读情感体验的同时也能够满足新读者的阅读期待,从而为我国学术事业的繁荣发展发挥积极的作用。

李宗刚

2017 年 11 月 22 日

(2021 年 7 月 6 日修订)

目　录

郁达夫的创作道路

田仲济

一

郁达夫是怎样一种人呢？有人说苏曼殊的生活比他更浪漫，而他的作品比生活更浪漫。这话是说，他在生活上并不像作品描写的那样浪漫和颓废。匡亚明说："他的日常生活，就我所见到的，也都和常人一样，并不显示着反常的浪漫和颓废。倒是，在言谈之间，显示出他是深于世故，而能应付世故的一个人。""富于热情的他，在根源上还是有着冷静的识力的。他不会取巧，不愿投机，处处地方，都保持着相当的纯洁。"①

他是创造社的主要成员之一，可又是鲁迅认为是创造社中未具有那么一副创造脸的唯一的人，也是和鲁迅合作得很好的创造社中的唯一的人。鲁迅曾记他对郁达夫的印象："我和达夫先生见面得最早，脸上也看不出那么一种创造气，所以相遇之际，就随便谈谈；对于文学的意见，我们恐怕是不能一致的罢，然而所谈的大抵是空话。但这样的就熟识了，我有时要求他写一篇文章，他一定如约寄来，则他希望我做一点东西，我当然应该漫应曰可

① 匡亚明：《郁达夫印象记》，《读书月刊》1931年第2卷第3期。

以。"[①]这时"所谈的大抵是空话",然而以后两人合编起杂志来,那么,二人的关系就不仅仅"熟识"而已了。所以当郁达夫要移居杭州时,鲁迅会赋诗劝阻:"何似举家游旷远,风波浩荡足行吟。"[②]

郁达夫在生活上好像深于世故,在文学上对于一切因袭的东西却表现出了绝对不妥协的态度,在这一点上很相似于鲁迅,鲁迅在生活上是世故的,但对反动势力却是永远不妥协的。所谓"因袭的东西",主要是指旧礼教、旧道德、旧传统、旧思想等。"五四"以来,这些因袭下来的旧意识和旧制度,受到了史无前例的澎湃的群众势力的蔑视和破坏。但在历史上,个人对这些东西进行蔑视和反抗,则实际不自"五四"始。我们历史上文人以醉酒、放浪形骸,来表示对统治阶级的蔑视和反抗的是颇有先例的。魏晋时代的刘伶、嵇康等便是典型的代表人物。郁达夫所采取的做法正相似于刘伶、嵇康的做法,所以,在这一点上,郁达夫不是独创,而是承继了历史上士大夫阶级表示反抗的方式,来对历史的因袭和其维护者表示了反抗。

从"贤良方正"的标准看,刘伶、嵇康,都是不够标准的人,不遵守和拥护传统道德的人,因而就被认为不道德。同样的,从因袭的旧道德的立场上看,郁达夫是不道德的人,他的作品也是不道德的文学。

道德的标准每个时代不同,每个阶级不同。在历史上,一个时期内被认为不道德的文学,实际上常常是具有革命性的反因袭思想的文学。反因袭思想的文学,常是新道德的文学。暴露封建社会腐朽污浊的"红楼梦"曾被认为是不道德的文学。揭露宗教的黑暗和虚伪的薄伽丘的《十日谈》也曾被目为不道德的淫书。郁达夫的作品是不是新道德的文学?若就对旧道德的破坏就是为新道德开拓道路来说,虽然远不能和《红楼梦》《十日谈》相比,但郁达夫的作品的确是对旧道德起了破坏作用,那就应该说是属于新道德范畴的文学。

---

① 鲁迅:《〈伪自由书〉前记》,《鲁迅选集》第2卷,南京大学中文系现代文学教研组1974年印制,第40~41页。

② 鲁迅:《阻郁达夫移家杭州》,《鲁迅散文诗歌精选集》,云南人民出版社2013年版,第177页。

二

冰心是善于表现自己的一个作家，郁达夫则直接是一个自叙传小说的作者，不过冰心所反映的尚停留在个人身上，而郁达夫则涉及整个社会问题。

郁达夫是从个人的角度来看社会问题，他以自我戕害、自我麻醉来反抗社会，以自我暴露来揭露社会。他描写个人的悲痛的经历，性的苦闷，变态的性的心理……“他仅仅很忠实的表现了人们所不敢表现的生活的一面，而其实这一面往往是人们所共有的经验，不过程度略有差异而已。”①更重要的是他对于精神生活一面的暴露。他“婚姻的不满，生活的不安适，经济的压逼，社会的苦闷，故国的哀愁，呈在眼前的劳动阶级悲惨生活的实际……”“他承受了社会种种的酷虐待遇，又没有方法去报复，结果只有尽量的摧毁自己，实行慢性的自杀，去追寻强烈的激刺！”②他把这种种苦闷，都从个人的角度将精神的磨难赤裸裸地暴露出来了。虽然是个人的，却恰恰不仅是个人的“时代病”，所以也就是社会的了。但就表现的方式说，或者是就形式说，他的作品几乎全部是自叙传式的。在他，自叙传也的确是最适宜的表现形式。我们试看他的作品，除《她是一个弱女子》和《出奔》以外，其他所有的小说都是自我暴露或是改装了的自我暴露，不但作品中的“我”是作者自己，于质夫是作者自己，连黄仲则也是作者自己。

自叙传式，就郁达夫说来，是突出的。

三

“五四”时期的青年都迫切地想要改变中国社会的现况，但采取的态度，甚而对社会的认识，是不一致的。有的以狂风暴雨的气势想摧毁这个社会；有的在黑暗的社会前，感觉束手无策，因而颓废消极起来。郁达夫恰恰代表

① 匡亚明：《郁达夫印象记》，《读书月刊》1931年第2卷第3期。

② 《后序》，郁达夫著，钱杏邨等合编：《达夫代表作》，上海春野书店1928年版，第5、7页。

了后一类型的青年。

政治的苦闷、经济的苦闷腐蚀着他的心灵，生活威胁着他。为了生活便无法去做自己理想的事业，许多天才，许多美丽的理想，便因此完全幻灭了。

“理想的影子一天一天的消逝，加以社会的苦闷的刺激，自己前进的精神是完全的死亡了！自己对于生不仅怀疑且要毁灭了！”[①]

当然，并不是直接地就这么死亡，而是经过不断的挣扎，不断的振作，就是说有时会振作起来，但接着就又消沉下去。郁达夫的创作生活，可说表现了中国这一历史时期的至少是一部分青年的生活实际，特别是反映了病态的，又不甘沉沦的青年思想的沉痛，对社会的斗争。并且，就对青年的病态心理的描写来说，郁达夫的成就是巨大的。还没有另外的人写得这么真，又这么感人。这不能不说是他的成就的一个方面。

四

郁达夫在作品中常常描写性的苦闷，病态的心理，政治和经济的苦闷。他的作品激励了当时许多青年读者，这不但由于许多青年和他有着同样的苦闷，更主要的是通过这些具体事件表示了他的强烈的反抗精神。

因此，郁达夫的伤感颓废，不完全是消极的，也是对当时丑恶现实的反抗，何况他个人的伤感颓废是根源于丑恶现实的。

他在作品中赤裸裸地要求个人的物质生活的满足，大胆地描写生理上的性欲苦闷，尽情地倾吐对现实社会的悲愤。例如在《还乡记》中，他对当时不合理的现象首先提出来抨击：

> “世界真是奇怪，像这样轻薄的人，也居然能成中国的偶像的。”
>
> “正唯其轻薄，所以能享盛名。”
>
> “他的著作是什么东西呀！连抄人家的著书还要抄错。”
>
> “唉唉！”

---

① 《后序》，郁达夫著，钱杏邨等合编：《达夫代表作》，上海春野书店1928年版，第16页。

"还有××呢！此××更卑鄙，更不通，而他享的名誉反而更大！"①

在同一篇中又说："浙江虽是我的父母之邦，但是浙江的知识阶级腐败，一班教育家政治家对军人的谄媚，对平民的压制，以及小政客的婢妾的行为，无厌的贪婪，平想起就要使我作呕。所以我每次回浙江去，总抱了一腔嫌羞的恶懔，障扇而过杭州，不愿在西子湖头作半日的勾留。"②

在《给一位文学青年的公开状》中，郁达夫叙述了自己生活的苦况后说："我不过欲以我的身体来做一个证据，证明目下的中国社会的不合理，以大学校毕业的资格来糊口的你那种见解的错误罢了。"③

"引诱你到北京来的，是一个国立大学毕业的头衔，你告诉我说你的心里，总想在国立大学弄到毕业，毕业以后至少生计问题总可以解决。现在学校都已考完，你一个国立大学也进不去，接济你的资金的人，又因他自家的地位摇动，无钱寄你，你去投奔你同县而且带有亲属的大慈善家 H，H 不纳，穷极无路，只好写封信给一个和你素不相识而你也明明知道是和你一样穷的我，在这时候这样的状态之下，你还要口口声声的说什么大学教育，'念书'，我真佩服你的坚忍不拔的雄心。不过佩服虽可佩服，但是你的思想的简单愚直，也却是一样的可惊可异。现在你已经是变成了中性，——半去势的文人了，有许多事情，譬如说高尚一点的，去当土匪，卑微一点的，去拉洋车等事情，你已经是干不了的了，难道你还嫌不足，还要想穿几年长袍，做几篇白话诗，短篇小说，达到你的全去势的目的么？大学毕业，大学毕业以后就可以有饭吃，你这一种定理，是那一本书上翻来的？"④

郁达夫在这里毫无掩饰地，沉痛而愤怒地抨击了当时社会的不合理。郭沫若说，他那大胆的自我暴露对于深藏在千百年的背甲里面的士大夫的虚伪完全是一种暴风雨式的闪击，把一些假道学、假才子们震惊得至于发狂

① 《还乡记》，郁达夫著，钱杏邨等合编：《达夫代表作》，上海春野书店 1928 年版，第 4 页。

② 《还乡记》，郁达夫著，钱杏邨等合编：《达夫代表作》，上海春野书店 1928 年版，第 10 页。

③ 《给一位文学青年的公开状》，郁达夫著，钱杏邨等合编：《达夫代表作》，上海春野书店 1928 年版，第 3 页。

④ 《给一位文学青年的公开状》，郁达夫著，钱杏邨等合编：《达夫代表作》，上海春野书店 1928 年版，第 3～4 页。

了。为什么？就因为有这样露骨的率真，使他们感受到作假的困难。

因而，郁达夫的自我麻醉，自我戕害，自暴自弃，一方面固然是消极颓废，却也表示了自己的不甘心麻木不仁地，随世浮沉地生活下去。因为他是最有条件浮沉地生活下去的，有条件浮沉下去而不浮沉下去，反而表现出了对旧社会的满腔愤恨，这说明他是有正义感的。金钱、名誉、爱情，好像是他追求的目的，不愿与世浮沉，那又怎能达到他的目的呢？宁愿不达到自己的目的，且进而自我戕害，消极反抗虚伪的旧社会，这不是他的可贵的进步性吗？

这是郁达夫积极的一面，也是他得到千万青年读者的原因。郁达夫的灵魂是纯洁的。在旧社会中，郁达夫的可贵处是有所不为的。

五

郁达夫所揭露的社会的黑暗和不合理是属于什么性质的呢？是属于觉醒的而还未找到个人出路的资产阶级知识分子碰壁后对社会的不满和苦闷。知识分子不单不是一个独立的阶级，而且是一直向统治阶级靠拢的。至少，在初期，郁达夫的希望是黄金、爱情与名誉！“名誉，金钱，妇女，我如今有一点什么？什么也没有，什么也没有。我……我只有我这一个将死的身体。”[①]这不是资产阶级的个人出路是什么呢？

但我们应当注意的是，这是一个有正义感、不愿与世浮沉的知识分子。由于他的意志被压抑而生出苦闷，因苦闷而找寻消极的排遣苦闷的方法，于是去咖啡馆，寻求性的发泄。固然，知识分子是时代的最早的觉醒者，觉醒后而找不到出路也的确是痛苦的，但他虽然觉着好像天下痛苦集于一身，如鲁迅说的，这正是小资产阶级知识分子的通病。那就是说，虽然他有所不为，并不是无条件地追求达到他的目的的。但他对社会的理想是朦胧的，他的人生的目的是微小的，是灰色的个人主义的，因而实际上郁达夫并没有，也不可能揭露当时社会的主要矛盾，没有，也不可能揭露出主要的不合理

① 郁达夫：《南迁》，《春风沉醉的晚上》，浙江文艺出版社 2020 年版，第 156～157 页。

处。虽然在作品中也触到了工人和农民，但对于农民，还仍限于田园牧歌式的写照，对于工人，那就距离更远了。

在《还乡记》中，作者说："因为我的腕力，我的精神，都被现代的文明撒下了毒药，恶化成零，我那里还有执了锄耜，去和农夫耕作的能力呢！

"正直的农夫吓，你们是世界的养育者，是世界的主人公，我情愿为你们作牛作马，代你们的劳，你们能分一杯麦饭给我么？"[①]

在同一篇的作品中，作者又写，"忽而在万绿丛中看见了一幅美满的家庭团叙图。一个年约三十一二的壮健的农夫，两手擎了一个周岁的小孩，在桑树影下笑乐。一个穿青布衫的与农夫年纪相仿的农妇，笑微微的站在旁边守着他们，在他们上面晒着的阳光树影，更把他们的美满的意情表现得明显。地上摊着一只饭碗，一瓶茶，几只菜饭碗。这一定是那农妇送来飨她男人的，啊啊，桑间陌上，夫唱妇随，更有你两个爱情的结晶，在中间作姻缘的缔带，你们是何等幸福呀！"[②]这不是一幅田园牧歌的图画么？

作者接着写的是："然而我呢！啊啊我啊？我是一个有妻不能爱，有子不能抚的无能力者，在人生战斗场上的惨败者。"[③]他惨败的是什么呢？原来仍然仅是那三种欲望的不能满足：

"你回来了么？你在外国住了十几年，学了些什么回来？你的能力怎么不拿些出来让我们看看？现在你有养老婆儿子的本领么？哈哈！你读书学术，到头来还是归到乡间去啃你祖宗的积聚！"[④]

于是他"咬紧牙齿"纵起身子，想投下火车自杀了，自然他终于没有自杀成。

这不过仍然是士大夫阶级"封妻荫子"的想法，他所羡慕的是封建社会的农民的"田家乐"，我们历史上描写这样的农民"田家乐"的文人学士太多了。但封建社会中的"田家乐"只能在文人学士的诗中和画中出现，在实际农民社会中有的只是贫困和痛苦，是找不到什么"乐"的。文人学士的田园

① 《还乡记》，郁达夫著，钱杏邨等合编：《达夫代表作》，上海春野书店 1928 年版，第 14 页。

② 《还乡记》，郁达夫著，钱杏邨等合编：《达夫代表作》，上海春野书店 1928 年版，第 17～18 页。

③ 《还乡记》，郁达夫著，钱杏邨等合编：《达夫代表作》，上海春野书店 1928 年版，第 18 页。

④ 《还乡记》，郁达夫著，钱杏邨等合编：《达夫代表作》，上海春野书店 1928 年版，第 19 页。

牧歌，不过仅是以封建阶级的立场来理解农民，自然难以理解农民的生活和心情。《桃花源记》的天地在封建社会中实际上是没有的，“采菊东篱下，悠然见南山”的心情也只有从官而居士的陶渊明这类人物才会有。同样的，郁达夫所见的万绿丛中一点红，一幅美满的家庭团叙图，是从他的眼中所看到的农民生活的表象，从而描绘出的田园牧歌的幸福快乐的图画是不真实的。就这个问题来说，即便我们不能要求郁达夫从阶级观点上看农民问题，但这封建士大夫阶级的“农民乐”的观点，就当时历史时代来说已是反动的落后的了。比这更早的在鲁迅作品中不止一次地写了农民，反映了农民的生活，我们从阿Q、祥林嫂、闰土、爱姑等人身上认识了当时的真正的农民，闻到了当时农民生活的气息。在封建的阴森的势力统治下的农民生活，实在没有什么“农家乐”可享的。说在封建残酷剥削关系下而有“农家乐”，那是封建阶级文人对封建剥削关系敷上的脂粉，郁达夫有意无意地将这脂粉又借来敷在半殖民地半封建的军阀统治的农村上了。就对这一问题的理解上，我们看出了，郁达夫不是走在了时代的前面，而是落在了许多同代的作家的后面。他其实并没有写出农民现实和农村生活的本质。

像有人指出来的，作者所描绘的穷苦的人的确是善良的。如在《还乡后记》中遇见的卖饭的半老的妇人，他说：“我自回中国以来，遇见的都是些卑污极的野心狼子，我万万想不到在浇薄的杭州城外，有这样的一个真诚的妇人的。妇人呀妇人，你的坍败的屋椽，你的凋零饭铺，大约就是你真诚的结果，社会对你的报酬！”①

同一篇中又写了两个老实的被人逼着打官司的农民。两个农民的确是朴素可爱的。但都是很浮浅的描写。

《春风沉醉的晚上》《薄奠》常被人作为郁达夫描写工人的小说而提出来，并且他自己也曾认为，“春风沉醉的晚上，薄奠，微雪的早晨，多少也带一点社会主义的色彩”②。

若就《春风沉醉的晚上》描绘了一个纯洁的女工二妹的灵魂，《薄奠》写

① 《还乡后记》，郁达夫著，钱杏邨等合编：《达夫代表作》，上海春野书店1928年版，第9页。

② 郁达夫：《达夫自选集》，天马书店1933年版，序文第4页。

了一个黄包车夫的悲剧来说，是可以这样说的。但我们若是比较一下同时代的其他人的作品，例如基希，作为一个外国作家来写中国，在《秘密的中国》中有一篇是写上海的黄包车夫，从黄包车在中国产生的历史，到残酷的剥削关系，以至非人的职业遭遇造成的黄包车夫的短促的寿命。应当说写得比起《薄奠》来深刻多了。例如老舍，曾用几十万字在《骆驼祥子》中来写这个问题，同样地写主人公的敢于希望跳出苦海，这就更增加了他的悲剧性。祥子是一个力强心强的黄包车夫，他希望的不过是自己有辆车，免去租车行老板的剥削，他也有两次的机会实现了自己的希望，但冷酷的现实，毁了他的希望，最后不能不流落成他过去最看不起的干瘪的叫花子。我们也应当承认《骆驼祥子》比起《薄奠》来是更深刻地写出了黄包车夫的命运。当然，就时代说，《秘密的中国》《骆驼祥子》都产生在《薄奠》以后，虽然这些作品所反映的思想也同样的是人道主义的思想，但我们要求《薄奠》一定要达到或超过它们也是过分的。不过也由此可以肯定，这么比较起来的话，我们很难肯定《薄奠》中像作者自己说的“多少带一点社会主义的色彩”。相反的，我们说过《薄奠》很容易联想起的那些站在士大夫阶级立场上可怜穷人的古诗的词句。例如：“朱门酒肉臭，路有冻死骨”“遍身罗绮者，不是养蚕人”。固然，在这里作者已大大前进了一步，在结尾的时候喊出“猪狗！畜生！你们看什么？我的朋友，这可怜的拉车者，是为你们所逼死的呀！你们还看什么？”[①]可是，我们三百篇《诗经》中不是尽有这类口吻吗？如《伐檀》，如《硕鼠》，我们吟味一下，那感情倒更是被压迫和剥削者直接抒发的内心感情。

这说明一个什么问题呢？《春风沉醉的晚上》是 1923 年的作品，《薄奠》是 1924 年的作品，而以后，是中国现代文学向无产阶级革命文学发展的阶段，作者曾把两篇作品看为最早的具有社会主义思想的作品，有不少的人也曾这么评论过，若是我稍加以科学的分析的话，则是无法这么肯定的。郁达夫始终未曾从阶级观点上来处理他的题材，这两篇作品所显示的不过是旧的人道主义的观点罢了。《春风沉醉的晚上》是写出工人的一个什么问题

---

① 郁达夫：《薄奠》，《达夫自选集》，天马书店 1933 年版，第 272 页。

呢？作者借其中的“我”说：“这女孩子真是可怜，但我现在的境遇，可是还赶她不上，她是不想做工而工作要强迫她做，我是想找一点工作，终于找不到。”[①]实际上，这位“我”真这么可怜么？他穷极潦倒是的确的，但那只是属于士大夫阶级不得志的穷极潦倒。在穷困中几天里还能译稿三四次。感到春光已老，他慨叹的是囊中羞涩，不能去什么地方旅行一次。这心情实在不是当时工人所能有的心情。也就是说他始终是站在小资产阶级立场上来抒发个人的穷困牢骚，来评论社会问题。他个人的痛苦比起被剥削压迫的工农痛苦是微不足道的，而他心目中的工农阶级的问题，也只是小资产阶级人道主义者所理解的肤浅的工农问题。他站在工人阶级以外，不但不能和工农共生活，同呼吸，而且对工农了解得非常少。若说郁达夫对工农问题有了一定的了解的话，应该说是表现在以后的1935年的《出奔》中，在这里他写出了地主和农民的矛盾，揭露了地主的残忍和刻薄。

六

说郁达夫的消极颓废是属于时代的，就是说是时代病的反映，而他是代表了千万的患有时代病的青年。并不是因有了郁达夫的作品而千万的青年消极颓废起来，而是他反映了千万青年的消极颓废。具有时代病的青年们读了郁达夫的作品自然会引起共鸣。

在剥削社会中苦闷悲观的人，一般是具有善良灵魂的人。因具有善良的灵魂，不甘堕落腐化，即是说，觉醒了而又找不到出路，自然就陷于悲观失望中。悲观失望而又不愿和旧制度妥协，郁达夫就是这样的一个人物，他作品中的主人公也是这类的人物。自暴自弃，自我戕害，为的是对社会进行消极的破坏。

对旧社会旧礼教不妥协是郁达夫在作品中反映出的最可贵的精神。但作品中反映了这一思想，在青年读者中又由于它的具有进步性而肯定了这一思想，因而使这种消极的、带有腐蚀生命力作用的思想合理合法化了。

---

① 郁达夫：《春风沉醉的晚上》，《达夫自选集》，天马书店1933年版，第250页。

在政治和经济上苦闷悲观，找不到出路，一个人没有心灵寄托的地方是难以忍受的。郁达夫找不到新兴的无产阶级，找不到政治的出路，于是他寻求性的刺激，寻求一颗了解他热爱他的美丽的心。这就是他强烈地追求爱情的原因。他需要爱情来治疗他在社会上所受的创伤，所以他宁愿以自己的生命去赢得这种爱情。

爱情、性的苦闷，在郁达夫是作为一个社会问题而提出来的。因此，虽然在郁达夫笔下也有色情描写，可更多的是作为对封建道德的一种挑衅的行为来描写。所以肉的渲染就不像精神的性的苦闷、性的要求描写得多。而在他的笔下的出卖性的女性，多半有一颗值得同情的心和惹人同情的境遇。他是把她们作为“人”来描写，而不是像资产阶级色情作家张资平、徐訏、无名氏那样，把女性作为性的工具来描写。例如，对于不幸的翠云，愚笨的海棠，都是作为和自己同样的人来看待的。当然，在批判现实主义和积极浪漫主义的许多优秀的作品中，有不少的是把妓女写为具有最崇高的性格的女性，比被社会上目为最崇高的绅士淑女具着更崇高的性格。小仲马的《茶花女》便是很典型的例子，《茶花女》揭示给我们了一幅资本主义社会的真实图景，告诉我们了资产阶级的道德、尊严、荣誉、声望等等美丽的外衣下面的卑鄙、无耻和下流。在腐朽堕落的资本主义社会中，妓女是被视为最微贱的人，绅士们是高尚和被人尊敬的，可是具有崇高和光辉的灵魂的，恰恰不是这些绅士们，而是这种微贱的妓女。在绅士们燕尾服下藏着最丑恶和肮脏的心脏。老舍的小福子，是为了贫穷而流为妓女的一个可爱的灵魂，她始终是质朴和纯洁的，她为争取做一个普通人而终于自杀。王统照的《湖畔儿语》里的小顺的母亲，为贫穷而流为暗娼的性格也是可爱的。甚而《马路天使》中野鸡所具有的性格也是高尚的。郁达夫笔下的妓女，都没有能写出这一点。他仅是把她们作为“人”来描写，是什么样的人是很模糊的，好像都安于妓女生活，而作品中的“我”则处在高高在上的悲天悯人的地位上予以同情和可怜，因而也就没法和《茶花女》《马路天使》相比，而他们是写出了更深刻，更属于本质的东西。

在对于性的苦闷的描写上，对于忧郁苦痛的氛围的描写多于淫荡的形容，这是郁达夫的可贵处；把卖性的女性不作为性的工具，而作为“人”来描写，这是郁达夫的高尚处。然而他对这一严重的社会问题没能作为一个社会问题写出它的本质，因而我们从这一方面感觉不出资本主义社会的腐朽和黑暗，感觉不出非人生活的妓女的内心痛苦，因而作为被侮辱与被损害的灵魂的纯洁可爱也显示不出来，这里只显示了作为作者的“我”的悲天悯人的思想。

并且，无论怎说这种消极颓废是具有积极性和反抗性，是对旧社会的破坏和揭露，这种自我戕害、酗酒嫖妓的行为毕竟是堕落的，而描写中也是仍然有色情的渲染。对于青年来说，唯因肯定它的对旧社会的破坏作用和反抗性，它在理论上才更获得了存在的根据，而为害的作用也就会更大了。特别在马克思主义思想在中国已广泛传播，工人阶级已走上了中国政治运动的舞台，反映革命运动的无产阶级革命文学已在成长、发展的时候，进步的青年都在以狂风暴雨的气势摧毁着旧社会，郁达夫却仍在反映这种颓废堕落的生活，那就逐渐失去了时代所赋予它的进步意义，而变为对社会对革命有毒害作用的东西了。

七

总的说来，郁达夫的一生“是一篇富丽悲壮的诗史”。“他的伟大就是因为他是一个天才的诗人，一个人文主义者，也是一个真正的爱国主义者。”

“作为一个诗人与理想主义者的郁达夫，是‘五四’巨匠之一。他永远忠实于‘五四’，没有背叛过‘五四’。……从未和他真正接近的人，才会从达夫的生活的表面去作评价。如果是接近他的和读过他的作品的，则会明白达夫对生活是何等严肃，他对人类是何等热爱。”①

在蒋介石反叛了革命，进行白色恐怖的时候，郁达夫说：“我觉得这时候，是应该代民众说话的时候，不是附和军阀官僚，或新军阀新官僚争权夺势的时候。”②在另一日记上他又记着：

① 胡愈之：《郁达夫的流亡和失踪——给全国文艺界协会报告书》(下)，《民主》1946年第50期。

② 郁达夫：《日记九种》，北新书局1927年版，第125页。

“买了一张外国报来读。蒋介石居然和左派分裂了，南京成立了他个人的政府，有李石曾、吴稚晖等在帮他的忙。可恨的右派，使我们中国的国民革命，不得不中途停止了。以后我要奋斗，要为国家而奋斗，我也不甘再自暴自弃了。”①

自然，这并不是说他以后没同统治阶级妥协。从大约1929年起，他就说过，“我是一个作家，不是一个战士”的话，也就是从那时起，他脱离了创造社。但脱离创造社后并不是立刻就和统治阶级妥协的，这期间和鲁迅共同编辑过《奔流》。所以，有人拿“广东事情”来作为他反动的证据，是不符合实际情况的。因为他骂的广东政府已是右倾后的政府，“左”倾的人有的已离开，有的虽还没有离开，也难久待下去了。匡亚明曾把这件事情作为他纯洁与直率的事例，说他“在广东正闹着北伐的那个时候，他便似乎看到了什么不满意的地方，两手空空，孑然一身的跑回上海来了”②。

郁达夫并不是甘于与世浮沉的，在苏门答腊他为民族贡献出的他的鲜血，最雄辩地说明了这个问题。

［原载于《山东师范学院学报》(现代文学版)1959年第3期。有删改］

① 郁达夫：《日记九种》，北新书局1927年版，第171页。

② 匡亚明：《郁达夫印象记》，《读书月刊》1931年第2卷第3期。

对鲁迅《自嘲》若干问题的理解

冯光廉

《自嘲》是鲁迅诗歌中最有代表性的一篇。它集中地表现了共产主义战士鲁迅坚定的无产阶级立场和崇高的无产阶级感情，具有深刻的教育意义。我们伟大领袖毛主席早在30多年前就曾指出："鲁迅的两句诗，'横眉冷对千夫指，俯首甘为孺子牛'，应该成为我们的座右铭。'千夫'在这里就是说敌人，对于无论什么凶恶的敌人我们决不屈服。'孺子'在这里就是说无产阶级和人民大众。一切共产党员，一切革命家，一切革命的文艺工作者，都应该学鲁迅的榜样，做无产阶级和人民大众的'牛'，鞠躬尽瘁，死而后已。"[①]毛主席的伟大号召，鲁迅的光辉诗句，已成为打击敌人的锐利思想武器，鼓舞人民胜利前进的巨大精神力量。新中国成立以来，广大的语文教师及文学工作者对这首诗的研究取得了显著的成就。这是应该肯定的。但也还存在着许多分歧，有待进一步探讨解决。近几年来，在同一些语文教师同志的接触中，他们也曾不断提出一些疑难问题，对许多有分歧的说法，感到莫衷一是，不好把握。这里本着"百花齐放，百家争鸣"的方针，就其中的若干问题，谈几点极为粗浅的看法，以期促进本诗研究工作的进一步深入。不当之处，恳请同志们批评、指正。

---

① 毛泽东：《在延安文艺座谈会上的讲话》，《解放日报》1943年10月19日。

关于诗的题目为《自嘲》。

许多同志认为："本诗名曰《自嘲》，实则嘲人，即对国民党反动派进行嘲讽和抨击。"这种解释当然是对的。但不全面。需要补充指出的是：

第一，它还包含有另一层意思，即自我嘲戏的意味。也就是，通过幽默而又庄重的自白，叙写自己困危的处境，敢于斗争的意志，爱憎分明的立场和继续战斗的决心。作者把自己坚韧不屈的斗争精神，献身革命事业的赤胆忠心和同敌人血战到底的钢铁誓言，巧妙地同嘲讽敌人融合在一起，一语双意，将自嘲与嘲敌这两方面的内容结合成有机的整体。这是不可忽略的重要的一点。否则，不仅有碍于五、六两句诗的理解，而且其他诗句的分析也将遇到很大的困难。

第二，对于敌人的嘲讽和抨击所采取的方式是颇为独特的。不是直接怒斥，从正面进行揭露和鞭挞，而是从饶有风趣地叙说自己的处境、爱憎和战斗中，给敌人以致命的打击，充满着辛辣而又幽默的讽刺力量。因此，可以说，自嘲是鲁迅在极端黑暗、毫无自由的情势下对敌斗争的一种巧妙方式，也是鲁迅革命乐观主义风格的一种生动表现。

以上说的嘲己与嘲敌这两方面的意思，在各句诗中虽各有侧重，但总的说大都紧密地交融在一起的。这就构成了《自嘲》在思想与艺术上的重要特色：寓庄于谐，严肃和幽默相结合。我们认为，这是理解题旨、把握思想内容和艺术特点的关键所在，也是解决本诗疑难问题的一把钥匙。

关于"运交华盖欲何求，未敢翻身已碰头"。

这两句写作者困危的处境和不幸的遭遇。表面上好像是单纯地嘲戏自己交了厄运，随时受到打击迫害，还希求什么；实际上，一方面，他的险恶的处境和不幸的遭遇，是敌人残酷的迫害造成的。因而幽默地活用"华盖"这一典故来叙说自己到处碰壁，正是对敌人的白色恐怖进行揭露和抗击；另一方面处在极其黑暗的环境下，动辄得咎，却偏要造反，偏要抗争。作者用嘲戏性的反语，一个"欲何求"，一个"未敢"，诙谐而又有力地表现出鲁迅对敌人白色恐怖的强烈仇恨和无比轻蔑，反映出无产阶级战士迎难而上的革命硬骨头精神。寓庄于谐，严肃和幽默相结合的特色，嘲敌与嘲己的双重意味，在诗的开头就表露得十分鲜明、突出。

此外，还应该指出，这两句诗里说的交厄运和碰壁所包含的历史内容，不能理解得过于狭窄，好像只是对鲁迅30年代处境的概括。实际上，它包含着鲁迅以往的整个遭遇，所抨击的敌人也不仅限于国民党反动派。20年代，鲁迅在北京时期受到北洋军阀政府的免职和通缉，受到走狗文人的攻击和陷害，何尝不是“运交华盖”，到处碰壁呢！鲁迅过去曾把他的两个杂文集分明题名为《华盖集》《华盖集续编》，而今在诗里又明确提出“运交华盖”，从这里不正可以看出两者在时间上和内容上的关联吗？如果把这两句诗所包含的时间、内容解释得过于窄狭，不仅和史实背离，会缩小它的巨大的历史概括性，而且也不利于说明本诗是鲁迅整个立场、战斗的集中概括，是他的革命的一生的真实写照。

关于“破帽遮颜过闹市，漏船载酒泛中流”。

许多同志认为这两句诗的意思是：白色恐怖虽然使我不得不在过闹市时用破帽遮住自己的面孔，免得被敌人认出来；这种生活简直像漏船载酒在激流中行进，随时都有沉没的危险。

我们的理解不同。

第一，这两句实际说的是：在白色恐怖极其严重的情势下，作者并没有被敌人的气势汹汹所吓倒；相反，仍从容自若，一无所惧，坚持斗争，有时拉低破帽，稍遮面部，出入于闹市之中；有时乘坐渗水的小船，载酒泛游于急流之上。很显然，这两句诗是用象征的手法，虚写作者敢于斗争的英雄胆略。明明是魔鬼当道、特务横行的“闹市”，仍要“过”；明明是惊涛骇浪、艰险万分的“中流”，仍要“泛”：这就极为生动地描绘出伟大共产主义战士不顾安危，不畏艰险，一往直前的大无畏气概和乐观沉着的性格。有的同志离开诗的表现方法的特点（尤其是抒情短诗），把“破帽”解释为“鲁迅一生不讲究衣着，所戴的帽子也是破旧的”，并且引马汪《初见鲁迅先生》里的一段回忆作证：“看见衣架上挂了一顶毡帽，灰色的，那带子一丝一丝的，因为挂得高，看了不知是什么，垫起脚一看，原来是破的一丝一丝的。”这种理解实在是太实了；太实则太死，反而背离了诗的独特的构思，削弱了诗的艺术的概括性和感染力。

第二，这两句的关系，不是偏正关系，即前句是写实，是主体，后句是比喻，是从属，起陪衬作用，而是并列关系。两句句式相同，结构对称，用一样的艺术手法（象征），表现敢于斗争、善于斗争的精神。如果解释为后一句是形容前一句，就会缩小诗句所固有的战斗内容（仅限于写处境险恶），削弱诗句昂扬乐观的基调。

第三，这两句既写了险，也写了敢，同时写险是为了写敢服务的。如果认为这两句诗仅只强调境遇是那样险恶，像漏船载着酒在激流中行进，随时都有灭顶之灾，那么不但看不出诗在结构、内容上的跃进，在表意上形成与一、二句重复，而且无法充分理解五、六两句所表达的感情的高潮所升华到的思想的境界，削弱了鲁迅所表现的革命硬骨头精神。其实，“遮颜”是为了“过闹市”，既保存自己，又坚持斗争，这正体现出鲁迅斗争意志的坚定性和斗争策略的灵活性的有机统一。诗句里的“载酒”，也只有从表现作者敢于斗争的精神这一角度，才能正确理解其真正含义。乘漏船泛于中流，有险，更有敢，再加上载酒痛饮，履险如夷，从容自若，岂不更展现出作者临危不惧的大无畏精神！有人说，“载酒泛中流”是“为了排遣心中的重忧”，“描述不得已的将苦作乐的痛苦心情”，固然歪曲了鲁迅的战斗形象，然而仅以“险”概括诗句的意思，也会削弱诗中所表现的反潮流精神和革命乐观主义基调，难道这不是十分明显的吗？！

这两句以象征的手法抒怀言志，极富有幽默感。“闹市”，本是敌人猖獗跋扈、横行霸道的地方，而作者却能以“破帽遮颜”胜利穿过，中流水深流急、异常危险，而作者却从容不迫，饮酒泛游，激流勇进；两两相对，衬托出作者是何等的勇敢机智、巧妙灵活。流露出诙谐、乐观的情趣，嘲敌与自嘲的双重内容和谐地交融在一起，表现出寓庄于谐的特色。

关于“横眉冷对千夫指，俯首甘为孺子牛”。

对这两句的解释分歧不大。仅就两个问题补充谈一下。

其一，在全诗中的地位和作用。这两句是全诗的灵魂和核心。它深刻地揭示出，前四句写的在极艰险的情况下敢于斗争的精神源泉，来自作者坚定的无产阶级立场和鲜明的无产阶级爱憎。从叙写处境和战斗行动，到揭示内心深处的感情，由浅入深，波澜起伏。没有这两句，前四句就失去了坚实的基础和依托；有了它，前四句才能充分获取更加鲜明的阶级内容，更加浓烈的革命色彩。同时，也为最后两句谱下了战斗的基调。

其二，句式对仗问题。《自嘲》是首律诗，以八句四韵为固定格式，中间两联必须对仗。有的同志来信询问，“孺子牛”和“千夫指”怎么能说是对仗呢？我们的理解是“孺子牛”是偏正结构，指无产阶级和人民大众的牛；“千夫指”，也是偏正结构，指敌人的围攻和迫害。“指”，在这里作名词用。所以，“千夫指”和“孺子牛”结构形式相同，是对仗的。有同志在解释“千夫指”时引《汉书・王嘉传》里谚曰“千人所指，无病而死”，这里的“指”作动词用，二者是不同的。要看到这种区别和变化。至于鲁迅反其意而用之。敢于“横眉冷对”“千夫”，是推陈出新，这里就不细说了。

关于“躲进小楼成一统，管他冬夏与春秋”。

有的同志说这两句诗是讽刺国民党反动派的：蒋介石实行“安内而后攘外”的投降卖国政策，使日寇占领了整个东北之后，继续向关内大举入侵，蒋家王朝却狼狈逃窜，不顾国家民族陷入怎样危亡的境地，妄想以积极剿共来“统一”中国。鲁迅对此施以无情的嘲讽。

这种解释值得商榷。(一)与整个诗所表达的思想感情的线索不一致。前六句是说自己，在极端艰险的情况下敢于斗争，爱憎分明，决不妥协，这是全诗抒情的主线，嘲敌是糅合在自嘲中的，这里忽然转向单纯地嘲讽敌人，试问前后构思的统一性在哪里？题目《自嘲》的意思又怎样解释？这显然是矛盾的。(二)前六句叙述了以往的处境与战斗，鲜明的爱憎，言犹未尽，今后怎样？诗的内在感情的波涛，要沿着既定的一贯的渠道汹涌向前。因此，作者以表示今后对敌战斗的决心作结，非常自然，非常合乎诗意发展的逻辑；而有固定句式的律诗又要求八句，这样诗的思想内容和表现形式便取得了有机的统一，成为完整的艺术的整体。鲁迅提出，“倘要论文，最好是顾及全篇，并且顾及作者的全人”，分析这首诗，同样必须如此。

也有的同志说：“最后两句是讽刺当时那些只顾自己的舒服自在，不问政治的人。"这显然是一种望文生义的解释。这种解释在分析方法上同上边所指出的那种是颇近似的。前六句根本没有涉及这种"只顾自己的舒服自在,不问政治的人",怎么最后突然会扯到他们头上呢?若全诗以嘲讽这样的人作结,同前面六句有什么必然联系?这样的结尾又有什么积极意义?

上述两种解释,据我们了解是有原因的。即从字面的意义上看,这些同志总觉得这两句诗所表现的思想感情有些消极,说是作者自道吧,怕贬低鲁迅精神。于是为了避免这一点,就想另辟新径,向别的方面作解释。

其实这种担心是不必要的。

"鲁迅的骨头是最硬的。"他在黑暗与暴力的进袭中,是一株独立支持的大树而不是向两旁偏倒的小草。不管道路如何曲折漫长,环境如何艰险,鲁迅决不为敌人的严酷迫害所吓倒,而是像他所说的"还要写东西骂他们,并且写了还要出版,试验一下,看到底谁要灭亡。""只要我还活着我总要拿起笔来对付他们的手枪的"。"躲进小楼成一统",正是为了适应环境,坚守有利阵地,便于和敌人周旋,进行卓有成效的堑壕战。"小楼"是作者居住的地方,也是作者战斗的阵地。"躲进",有暂时隐避下来的意思,写在敌人高压下,善于选择斗争阵地,同敌人韧战。"躲"字,含有巧于周旋的意思,融合着巧与敢的双重意味。这句十分风趣地道出了作者当时战斗环境的特点和善于斗争的艺术。"管他冬夏与春秋",写无所畏惧韧战到底的决心;同上句紧相连接,就把"躲进小楼成一统"的战斗内容播示得更加鲜明,使寓庄于谐的特色表现得更加突出。全诗以写作者继续战斗的决心、表达誓与敌人血战到底的钢铁意志作结,使结构完整,基调昂扬,风格统一。

(原载于《山东师院》1975 年第 1 期。有改动)

对鲁迅作品某些注解的异议(一)

薛绥之

在毛主席的关怀和倡导下，近几年来工农兵广大群众学习鲁迅作品，蔚然成风。各地出版社出版的鲁迅著作及有关的研究，其数量之多，销售之快，都远非“文化大革命”前所能比拟，在注解方面也出现了一些新的可喜的成就。但是，由于鲁迅思想博大宏深，若干杂文的表现形式又比较晦涩曲折，不容易一下子吃透；在注解工作上集思广益、讨论研究的风气也还不足，因此，对词语的注解，不仅还远远不够，而且还有不少的误注和误解。笔者现就某些注解提出异议，以期引起大家的注意和讨论。所涉及的范围，以各地出版社正式出版的书为限，《鲁迅杂文书信选》及其《续编》虽未注明何处出版，实际不少出版社先后翻印，流传全国，所以也列入评论对象。恳切地希望能得到批评和指正，在共同讨论中促进鲁迅作品的研究，使鲁迅的革命精神能得到更进一步地发扬。

“讲义”

《鲁迅杂文书信选续编》收入鲁迅 1933 年致曹靖华的一封信，其中有这样一句话：“我以为兄在平，教一点书好，对学生讲义时，你的朋友的话是对的，他们久居北京，比较的知道情形，有经验。”其中“讲义”一词编者作了注释：“讲义，可能是‘讲书’的笔误。”其实，不是鲁迅笔误，而是编者误注。

“讲义”一词,作为名词,即教材。作为动词,“讲义”的意思是:讲释、讲解、讲说。邢昺在《孝经注疏序》中说:“会合归趣,一依讲说,依第解释,号之为讲义也。”《唐会要》:“诸生先读经文通熟。然后按文讲义。”苏辙《郊祀庆成诗》:“讲义金华久,斋心玉食鲜。”在现代汉语中,近二十年来,“讲义”一词已不常见,但在日文中还保留着以上两种用法。

“咸与维新”

鲁迅在《论“费厄泼赖”应该缓行》中总结辛亥革命胜利后革命党人对反革命过于宽容的教训时,曾说过这样两句话:“可是革命终于起来了,一群臭架子的绅士们,便立刻皇皇然若丧家之狗,将小辫子盘在头顶上。革命党也一派新气,——绅士们先前所深恶痛绝的新气,‘文明’得可以;说是‘咸与维新’了,我们是不打落水狗的,听凭它们爬上来罢。”[①]对于“咸与维新”,《鲁迅杂文选(注解)》(天津人民出版社 1973 年版)是这样注释的:“咸,都。维新,革新。即都参加革新了。这里是说辛亥革命刚推翻清朝,‘一群臭架子的绅士们’,就投机革命,革命党人受了他们的欺骗,说他们‘咸与维新’了。”我所接触到的所有正式出版或内部印行的书,以及“文化大革命”前和现在的中学语文课本,对“咸与维新”的注释,文字虽略有不同,但大体都是这么个意思,即把“咸与维新”理解为“都参加革新”。

这个注释是错误的,不论就它的原意讲,或是就鲁迅文章中的意思讲,都是错误的。这个错误的注释,时间长,范围广,严重地影响了读者对鲁迅原文的正确理解。

“咸与维新”最早在鲁迅作品中出现,是 1922 年。

《阿 Q 正传》第七章《革命》写到革命党进城的消息传到未庄后,素不团结的赵秀才和钱洋鬼子,消除成见,一道去静修庵“革命”;“那还是上午的事。赵秀才消息灵,一知道革命党已在夜间进城,便将辫子盘在顶上,一早去拜访那历来也不相能的钱洋鬼子。这是‘咸与维新’的时候了,所以他们

① 鲁迅:《论“费厄泼赖”应该缓行》,《莽原》1926 年第 1 卷第 1 期。

便谈得很投机，立刻成了情投意合的同志，也相约去革命。”

十卷本《鲁迅全集》编者对“咸与维新”所作注释如下：原是《书经》中的一句话（《胤征》篇：“旧染污俗，咸与维新。”），是一切都要革新的意思；但这里是指辛亥革命时革命派与反动势力妥协而反动分子也趁此投机的现象。参看《坟》《论“费厄泼赖”应该缓行》第四节。这个注释前半截所指出的“咸与维新”的出处及原意是对的，“但”字以下似是而非，实际否定了注释前半截即正确的那一部分。后来出现至今流传的那种错误注释，恐怕在很大程度上和《鲁迅全集》的注释有关。

“咸与维新”原意是一切都要革新，“与”是给予的意思，并非参与。《阿Q正传》和《论“费厄泼赖”应该缓行》两文中的“咸与维新”都应作如是解，但两文中的“咸与维新”各有不同的阶级内容。

在《阿Q正传》中，“咸与维新”是指赵秀才和假洋鬼子“消除成见，团结一致”，这两个人本来谁也瞧不起谁，这反映了封建地主知识分子和带封建性的资产阶级知识分子的矛盾。但等到革命一起，赵秀才便去拜访假洋鬼子，这是一切都要革新的时候，秀才和洋鬼子革除了成见，“谈得很投机，立刻成了情投意合的同志”。鲁迅这一点写得很深刻，在革命风暴面前，一切反动势力都自动联合起来，对付革命。

在《论“费厄泼赖”应该缓行》中的“咸与维新”，指放弃专政手段，当时革命党人把专政手段当作旧事物加以革掉。革命党人的这种“革新”，就是对阶级敌人讲仁爱，不分敌我，大家和平共处。鲁迅1925年7月29日写给许广平的信中曾提道：“民元革命时，对于任何人都宽容（那时称为“文明”），但待到二次革命失败，许多旧党对于革命党却不‘文明’了：杀。假使那时（元年）的新党不‘文明’，则许多东西早已灭亡，那里会来发挥他们的老手段？”

很显然，本文所引《论“费厄泼赖”应该缓行》中的两句话，头一句，即“可是革命终于起来了……将小辫子盘在头顶上”。是揭露反动派当革命风暴来临时，惊慌失措，伪装投顺。第二句，即“革命党也一派新气……听凭他们爬上来罢”。是批判革命党的，批判他们误把放弃专政手段当作革新，对阶级敌人施仁政。

“新党”及其他

《祝福》开头一段，写“我”回到故乡鲁镇，住在鲁四老爷家里。鲁迅是这样介绍鲁四老爷的：

> 他是我的本家，比我长一辈，应该称之曰‘四叔’，是一个讲理学的老监生。他比先前并没有什么大改变，只是老了些，但也还未留胡子，一见面是寒暄，寒暄之后说我胖了，说我胖了之后即大骂其新党。但我知道，这并非借题在骂我：因为他所骂的还是康有为。[①]

这一段介绍非常出色，把鲁四老爷对妇女的看法和政治态度点出来了，这就点明了祥林嫂悲剧产生的必然性。可惜的是，由于其中一些关键性词语的不充分或错误的注释广泛流传，影响了读者对这段话的深入正确的理解。

《鲁迅小说诗歌散文选》(上海人民出版社 1973 年版)对“新党”是这样注释的：“戊戌维新变法前后，人们称主张维新和倾向维新的人为新党，以区别于旧式官僚。”这样注释“新党”，即把“新党”理解为康有为、梁启超的维新党，相当普遍，但是，这种理解，似是而非。

如果根据这些注释来理解《祝福》中那段话，就会碰到无法解决的障碍。譬如说，“我”究竟是不是维新党或主张维新或倾向维新？如果是，凭什么知道鲁四老爷骂的不是“我”？“我”如果不是维新党，不主张维新也不倾向维新，又为什么会产生这种联想？特别重要的是，鲁迅这样写，对表达主题、刻画人物，究竟有什么作用？

事实上是清末一般人对于新派人物都称新党，以康有为、梁启超为代表的维新派曾被称为新党，以孙中山为代表的革命派也曾被人称为新党。本文引用过的鲁迅 1925 年 7 月 29 日致许广平的信，其中“新党”显然指的就是革命党。当孙中山这一新派人物兴起之后，为了和康有为那一新派人物区

---

① 鲁迅：《祝福》，《东方杂志》1924 年第 21 卷第 6 期。

别，人们常称康有为那一派为老新党。

鲁迅正是利用了“新党”的含义广泛和人们对它的不同理解，不仅写了鲁四老爷的政治态度，也点明了“我”的政治身份。

在康有为已堕落为保皇党，成为革命的对象之后，鲁四老爷心目中的新派人物还是他，而且加以大骂，不是骂康有为堕落为保皇党，而是骂他要变法维新。从这里可以看出，这个封建地主老爷是连君主立宪，连资产阶级改良主义也反对的。他在政治上是一个顽固不化的反动派。鲁四老爷对祥林嫂的迫害，实质上是封建的地主阶级对祥林嫂的迫害。

“我”之所以知道“这并非借题在骂我：因为他所骂的还是康有为”，是因为“我”是属于以孙中山为代表的革命派，虽被一般人称作新派人物即新党，但不是康有为的维新派。

鲁迅用很少的文字，揭露了鲁四老爷的反动的政治态度，点明了“我”的政治身份，写出了鲁四老爷和“我”的对立，所以就必然出现这种结果：“但是，谈话是总不投机的了。于是不多久，我便一个人剩在书房里。”

鲁迅在一开头就点明“我”的政治身份，这对塑造“我”这个艺术形象，对表达主题，都很有帮助。

“我”在当时是新派人物，是革命派，但对祥林嫂的不幸遭遇，丝毫无能为力，连祥林嫂所问的灵魂的有无和一家人死后是否见面，也不能作肯定的答复。这就写出了资产阶级知识分子的软弱和无能。“我”是整个故事中唯一对祥林嫂表同情的人物，“我”不仅把祥林嫂一生中的几个片段串联起来，而且反衬出封建保守思想的浓厚，正是在这种浓厚的封建保守思想占统治地位的社会环境中，才产生了祥林嫂那样的悲剧。

如果说鲁迅用“大骂其新党”写出了鲁四老爷的政治态度，那么，也可以说，鲁迅用“讲理学的”四个字点明了鲁四老爷的妇女观。

《鲁迅小说诗歌散文选》(上海人民出版社 1973 年版)对“讲理学的”是这样注释的：“理学又称道学，是宋明以来士大夫所讲的封建伦理的学问。‘讲理学的’人就是所谓道学家。”这个注释，简明是够简明的了，但鲁四老爷讲理学，和祥林嫂的悲剧有什么关系，却看不出。另外一些公开出版的书刊，有关“理学”的注释，要比较详细些。不少讲到“理学”的历史流派，甚至指出:“他们把封建伦理道德提到至高无上的地位。自宋以来,为历代统治者维护封建秩序,麻痹人民群众所一贯利用的最反动虚伪的一种儒家学派。”但给人的感觉,仍然是没能联系作品,抓住要害。

鲁迅把鲁四老爷写成“讲理学的”,是独具匠心的。鲁四老爷讲理学,和祥林嫂的悲剧有直接关系。鲁四老爷反对寡妇改嫁,祥林嫂第二次到鲁家做女工,鲁四老爷虽然“鉴于向来雇用女工之难”,勉强同意雇用她,但是,却“暗暗地告诫四婶说,这种人虽然似乎很可怜,但是败坏风俗的,用她帮忙还可以,祭祀时候可用不着她沾手,一切饭菜,只好自己做,否则,不干不净,祖宗是不吃的”①。

祥林嫂的死,主要是这位讲理学的地主老爷对她的歧视和迫害造成的。

讲理学的人认为妇女可以饿死,但不能改嫁。宋朝理学家程颐曾记述关于妇女改嫁的看法:“又问或有孤孀贫穷无托者,可再嫁否?’曰:‘只是后世怕寒饿死,故有是说。然饿死事极小,失节事极大!’”②

鲁四老爷所信奉的,正是程颐的这一套反动腐朽的说教。

(原载于《山东师院》1975年第1期。有改动)

① 鲁迅:《祝福》,《东方杂志》1924年第21卷第6期。

② (北宋)程颢、程颐:《二程遗书》卷二十二下,清文渊阁四库全书本,第5页。

论胡适早期的白话诗主张与创作

朱德发

在中国现代文学史上，胡适是个比较复杂的、曾产生过一定影响的历史人物。"五四"时期，他作为资产阶级知识分子的代表，积极参与了对新文学运动的领导，在提倡新文学、反对旧文学，提倡白话文、反对文言文中，作出一些重要贡献；"五四"以后，随着民主主义革命运动的深入，因他顽固地坚持资产阶级政治立场，便逐步走上反对马克思主义、反对中国共产党领导革命的道路。

这篇文章，不想对胡适在新文学运动中的历史功过作全面的评价，仅拟就他在新文学运动中对白话诗的倡导和创作，依据辩证唯物史观，遵循实事求是的原则，以史实出发，予以评述，以探求胡适在中国新诗的产生和发展中所起的历史作用。

一

胡适的白话诗《尝试集》(《去国集》除外)写于1916年到1921年这个剧烈动荡的历史时期。资产阶级领导的辛亥革命只有民国之名而无民国之实，封建军阀背靠帝国主义演出一幕幕复辟倒退的丑剧，无产阶级领导的新民主主义革命经过五四运动逐步拉开帷幕，以提倡"民主"与"科学"为标志的中国现代史上的第一次思想解放运动蓬勃兴起，与此相适应的以《新青年》为阵地的新文学运动正在展开。这是一个新与旧、光明与黑暗、革命与反革命交替的伟大时代。在这伟大时代面前，不同阶级的知识分子总是要登台“表演”一番，亮明自己的立场和态度。胡适倡导白话诗、“尝试”白话诗是逆时代潮流而动呢，还是适应潮流发展并加以推波助澜呢？他于1916年4月写的《沁园春·誓诗》已作了明确回答：

更不伤春，更不悲秋，以此誓诗。任花开也好，花飞也好，月圆固好，日落何悲？我闻之曰，“从天而颂，孰与制天而用之？”更安用为苍天歌哭，作彼奴为！

文章革命何疑！且准备搴旗作健儿。要前空千古，下开百世，收他臭腐，还我神奇。为大中华，造新文学，此业吾遭欲让谁？诗材料，有簇新世界，供我驱驰。[①]

当时中国诗坛上，弥漫着一股拟古主义和形式主义诗风，“规摹古人”，“夸而无实，滥而不精，浮夸淫琐”(《寄陈独秀》)，“处处是陈言烂语”(《文学改良刍议》)，表现出一种“伤春悲秋”的消极颓废的世纪末的情调，与时代精神格格不入。面对诗坛上这股腐臭的诗风，胡适发出“制天而用之”的呼唤，决不为“苍天歌哭，作彼奴为”，立誓“为大中华，造新文学”而“搴旗作健儿”，表现他献身新文学运动的气魄和勇气，以顺应时代的要求。

正因他立下“为大中华，造新文学”的雄心，所以敢于向当时成了诗歌创作沉重桎梏的文言旧体诗挑战，极力倡导“白话诗”，并反复陈述以白话作诗的理由：第一，从进化的观点出发，他认为“一时代有一时代之文学”，“古人已造古人之文学，今人当造今人之文学”，而“白话之文学”乃是“古今文学变迁之趋势”，因此“今日之文学，当以白话文学为正宗”，我们要“以全副精神实地试验白话文学”[②]，以白话作诗尤为紧要。第二，他从文与质的相互关系中，揭露了当时“旧文学之弊”在于“今人之诗徒有铿锵之韵，貌似之辞耳，其中实无物可言”，它的“病根在于重形式而去精神，在于文胜质”，因此“欲救旧文学之弊”，“诗界革命当从三事入手：第一，须言之有物；第二，须讲求文

① 胡适：《沁园春·誓诗》，《胡适的尝试集附去国集》，亚东图书馆1922年版，第50页。
② 胡适：《历史的文学观念论》，《新青年》1917年第3卷第3期。

法；第三，当用'文之文字'"[①]。他所谓"文之文字"，即用白话作诗，这是"涤除'文胜'之弊"的条件之一。第三，他从"古今中外"文学革命运动中，概括指出文学革命"大概都是从'文的形式'一方面下手，大概都是先要求语言文字文体等方面的大解放"[②]；而"诗体的大解放"，就是"要做真正的白话诗"。他之所以从"文的形式"入手，欲用白话作诗，主要是从"新内容和新精神"的要求出发，强调形式更好地为内容服务，因为他认识到"形式和内容有密切的关系。形式上的束缚，使精神不能自由发展，使良好的内容不能充分表现。若想有一种新内容和新精神，不能不先打破那束缚精神的枷锁镣铐"[③]。第四，他认为"文字者，文学之利器也"，而"文言决不足为吾国将来文学之利器"，唯有白话才能充当新文学的工具；"施耐庵、曹雪芹诸人已实地证明作小说之利器在于白话"，但是"白话是否可为韵文之利器"，则需要"实地试验"，因此他决心"以数年之力"练习白话作诗，"新辟一文学殖民地"。

胡适不仅认识到倡导白话诗的重要性和必要性，而且也提出了具体"实验"白话诗的主张。其一，指出诗界革命的具体途径，即从诗体的解放入手，因为有了"诗体的解放"，"丰富的材料，精密的观察，高深的理想，复杂的感情，方才能跑到诗里去"[④]。其二，指出新诗要表现"簇新世界"；"官场妓院与龌龊社会三个区域，决不够采用。即如今日的贫民社会，如工厂之男女工人，人力车夫，内地农家，各处小贸贩及小店铺，一切痛苦情形……一切家庭惨变，婚姻苦痛，女子之位置，教育之不适宜，……种种问题，都可供文学家学的材料"[⑤]。这不仅具体说明新诗要广泛地反映现实社会生活，而且明确指出新诗的表现对象应该包括工人、农民在内。其三，指出新诗不能"无病呻吟"，发誓"无病而呻，壮夫所耻，何必与天为笑啼？生斯世，要鞭笞天地，供我驱驰"[⑥]，批判当时那种"对落月而思暮年，对秋风而思零落，春末则唯恐

① 胡适：《"文之文字"与"诗之文学"》，姚鹏、范桥编：《胡适散文》(三)，中国广播电视出版社1992年版，第269页。

② 胡适：《谈新诗——八年来一件大事》，《星期评论》1919年纪念号5。

③ 胡适：《谈新诗——八年来一件大事》，《星期评论》1919年纪念号5。

④ 胡适：《谈新诗——八年来一件大事》，《星期评论》1919年纪念号5。

⑤ 胡适：《建设的文学革命论》(续第七期)，《遂安教育公报》1920年第2卷第9期。

⑥ 胡适：《沁园春》，《藏晖室札记》卷十三，亚东图书馆1939年版，第896页。

其速去，花发又唯恐其早谢"[①]的哀伤诗风，提倡"乐观主义"入诗，这是"旧诗中极罕见"的(《中国新文学大系·诗集·导言》)。其四，指出"真正的白话诗"，要讲究诗的自然音节，要"语气自然，用字和谐"，应该"用现代韵，不拘古韵，更不拘平仄韵"，"有韵固然好，没有韵也不妨"；"节"要"依着意义的自然区分与文法的自然区分"，注意"顿挫段落"，总之，"新诗的大多数趋势"，"是朝着一个共同方向走的，那个方向便是'自然的音节'"(《谈新诗》)。其五，指出新诗的白话是"一种活的语言"，即"既可以读，又听得懂"，"诵之村妪妇孺而皆懂"，"能达意"，"优美适用"(《白话文言之优劣比较》)。其六，指出新诗的艺术表现手法，即"要用具体的做法，不可用抽象的说法"[②]。所谓"具体的做法"，就是要采取形象化的手法，"用朴实无华的白描"(《〈尝试集〉自序》)，增强"诗的具体性"，"能引起鲜明扑人的影像"，因而诗"越偏向具体的，越有诗意诗味"；所谓"不可用抽象的说法"，就是反对"抽象议论"，纠正或防止新诗创作的理念化倾向。

胡适这些主张，在当时无疑是进步的，因之产生了很大的影响。朱自清曾回忆说："这些主张大体上似乎为新青年诗人所共信；《新潮》《少年中国》《星期评论》，以及文学研究会诸作者，大体也这般作他们的诗。《新诗论》差不多成为创造和批评的金科玉律了。"[③]这种说法也许是言过其实，不过也可以想见胡适的新诗主张在当时诗界革命中所起的重要作用。

胡适对白话诗的创建不仅提出一套较系统的理论，而且也是白话诗的拓荒者之一。他认识到，"白话之能不能作诗"，"而在吾辈实地试验"(《〈尝试集〉自序》)。凡事开头难，要打破旧诗体，创造表现"新内容和新精神"的白话诗，并不是一件简单的事情，它会遇到很大的阻力。这是因为文言旧体诗是在漫长的封建社会形成的，一直被视为封建正统文学，它在社会上有着很深的影响，在文化教育界尤为突出，这就形成一种传统力量；另外，它背后还有保守的社会势力维护它，给它撑腰。刘半农曾回忆说："在民国六年时，

---

① 胡适：《文学改良刍议》，《留美学生报》1917年第4卷第1期。

② 胡适：《谈新诗——八年来一件大事》，《星期评论》1919年纪念号5。

③ 赵家璧主编，朱自清选编：《中国新文学大系·诗集》，良友图书印刷公司1935年版，导言第2页。

提倡白话文已是非圣无法，罪大恶极，何况提倡白话诗。所以胡适之诗中有'两个黄蝴蝶'一句，就惹恼了一位黄侃先生，从此呼适之为黄蝴蝶而不名；又在他所编的文心雕龙札记中大骂白话诗文为驴鸣狗吠"；更甚者，"文字之狱的黑影，就渐渐的向我们头上压迫而来"①。所以当时要"实地试验"白话诗，不仅需要脚踏实地的"尝试"精神，而且需要毅力和勇气，迎击旧势力的挑战。他对宋朝诗人陆游的"尝试成功自古无"的观点，反其道而用之，提出"自古成功在尝试"的论断，并以此为指导，开始进行白话诗的尝试。但同时，他并不盲目乐观，充分估计到这场诗界革命不是件"容易事"，"小试便成功"是不可能的，因而作了"试到千百回"的思想准备，不仅有"成功"的坚定信念，而且也做了"前功尽抛弃"的打算；即使一旦失败也可记取教训，"告人此路不通行"，并希望"大家都来尝试"。

胡适敢于"辟除"旧诗坛上的"荆棘"，大胆"尝试"。当他 1916 年 7 月 12 日为其学友改一首诗，提出白话入诗时，就触怒了梅觐庄（即梅光迪，后来成了"学衡派"成员）。梅站在守旧派的立场上，反对以白话写诗，诬蔑"村农伧夫"的"俗语白话""鄙俚乃不可言"，以此作诗是"无永久价值"的（《〈尝试集〉自序》）。针对梅光迪的攻击，胡适作了一首长达千字的白话游戏诗，不仅对梅光迪的复古守旧行径予以淋漓痛快的嘲讽，而且"有意试作白话诗"，"要求今日文学大家，把那些活泼泼的白话，拿来'锻炼'，拿来琢磨，拿来作文演说，作文作歌"，这样的"白话诗，胜似南社一百集"（《藏晖室札记》卷十四《答梅觐庄——白话诗》）。由于他在"尝试"白话诗的过程中，不断地排除守旧势力的反对和干扰，积极地"实地试验"，因而逐步扩大了白话诗的影响，过去"反对白话，且竟作白话之诗"（《藏晖室札记》卷十四《答经农》）。1917 年初，以《新青年》为阵地所倡导的文学革命运动刚刚兴起，封建文学的卫护者林纾就急忙在上海《国民日报》（1917 年 2 月 8 日）抛出文章《论古文之不当废》，反对用白话作文作诗，反对废除僵死的文言；胡适当即写信给陈独秀，对林纾予以驳斥，并"自誓三年之内专作白话诗词"，"欲借此实地试验，以观白话之是否可以为韵文之利器"，同时把自己才尝试"六七月"的白话诗成

① 刘半农：《初期白话诗稿》，《半农杂文二集》，良友图书印刷公司 1935 年版，第 354 页。

集,“名之曰《尝试集》”,号召“国中之有志于文学革命者,请大家都来尝试尝试”[①]。随着新文学运动的深入发展,白话诗蔚然成风,胡适的《尝试集》引起了强烈的反响。从1920年4月起到1921年1月止,对《尝试集》展开通信讨论,“先后加入讨论的共有十多个人,各人的文章发表在三四种日报和杂志上,转载在五六种日报和杂志上”[②],“《尝试集》在两年之中销售到一万部”(《〈尝试集〉四版自序》)。这说明胡适的白话诗在社会上的影响之大。他的《尝试集》在新文学运动和广大读者中受到欢迎,并得到“开风气的尝试”的誉赞,但却引起封建复古派的诽谤,“学衡派”的胡先骕攻击“《尝试集》,死文学也。以其必死必朽也。不以其用活文字之故,而遂得不死不朽也。物之将死,必精神失其常度,言动出于常轨。胡君辈之诗之鲁莽灭裂趋于极端,正其必死之征耳”[③]。这不止攻击胡适的白话诗,而且诋毁整个新诗运动是“出于常轨”“趋于极端”,这恰好从反面证明了胡适尝试白话诗冲破了封建文学的“常轨”,显示了新诗运动的威力。

胡适在我国白话新诗的初创期,特别是“五四”以前,从理论主张到实地试验,为中国新诗发展奠定了一定的基础。

二

《尝试集》是胡适大胆尝试的成果,也是中国现代文学史上出现最早的一部新诗集。应当承认,“白话诗是‘古已有之’”(刘半农:《〈初期白话诗稿〉序》),特别是近代资产阶级改良派诗人如黄遵宪提出“我手写我口”(《杂感》)的诗歌主张,这固然在近代诗歌史上作出了自己的贡献,但他们从诗歌主张到创作实践,都没有自觉地兴起一场白话诗运动,更没有把用白话作诗放在正宗地位,并未脱开文言的窠臼,即使他们的所谓“诗界革命”也只能是修修补补的改良。然而胡适提倡白话诗运动,不仅把白话作诗放在正宗地

① 参见胡适:《寄陈独秀》,《胡适文存》卷一,亚东图书馆1921年版,第39、42页。
② 胡怀琛、胡寄尘编:《〈尝试集〉批评与讨论》,泰东书局1922年版,序第1页。
③ 胡骕先:《评〈尝试集〉》,《学衡》1922年第1期。

位，提出“诗体的大解放”，而且大胆地“尝试”，积极从事白话诗创作。1917年新文学运动方兴，他第一个在《新青年》第2卷第6期发表8首白话诗，接着在《新青年》第3卷第4期上发表4首白话词；在他带动和影响下，自1918年始，《新青年》的白话诗逐渐多起来，形成了白话诗运动。《尝试集》就是我国白话新诗运动最早的成果。对此，不能过分地苛求于前人，必须给予历史的实事求是的评价。然而长期以来学界却对《尝试集》采取简单化的否定态度，直到目前有的大学编的现代文学史还这样写道：“《尝试集》是一本内容反动无聊，形式上非驴非马的东西。这个集子五花八门，像垃圾堆一样，名堂甚多，但没有一首真正的诗，更没有一首是新诗。”又说：“这里面有封建士大夫的陈词滥调，有游山玩水、花天酒地的交际应酬，有轻佻无聊的闺情，有失望的悲哀和得意忘形的叫嚷，有对于美国的崇拜和羡慕，还有虚伪的‘革命’说教……‘这个集子里可以嗅到胡适的亲美的买办阶级思想掺和着封建士大夫思想喷发出来的臭味’。”

列宁指出：“如果从事实的全部总和、从事实的联系去掌握事实，那末，事实不仅是‘胜于雄辩的东西’，而且是证据确凿的东西。如果不是从全部总和、不是从联系中去掌握事实，而是片断的和随便挑出来的，那末事实就只能是一种儿戏，或者甚至连儿戏也不如。”①对胡适《尝试集》的评价应取这种科学态度。诚然，从这部集子里“随便挑出”几首诗或从某诗里摘出几句，可以说明它有消极不健康的情调，但这不是从“事实的全部总和、从事实的联系”中所得出的结论，并不能说明整个诗集的主导思想倾向。

《尝试集》（依据1931年第12次的重版本）虽然缺乏《女神》那种强烈的狂飙突进的气魄和火山爆发式的激情，但也不乏新的意境和新的思想气息，对于扫荡旧诗坛上的萎靡腐朽的诗风起着不可低估的作用。

诅咒反动封建军阀的黑暗统治，揭露封建礼教的虚伪。封建军阀政府为维护其腐朽统治，对新文化运动中的先进知识分子和宣传“新思潮”的刊物实行疯狂镇压。《一颗遭劫的星》就是对《北京国民公报》因“响应新思潮最早”而遭到封建军阀查封、主笔被捕被判，表示极大的愤慨。它以“乌云”

---

① 《列宁全集》第23卷，人民出版社1958年版，第279页。

比喻军阀的黑暗统治，以“大星”比喻宣传新思潮的进步力量和进步刊物，生动而形象地说明了反动势力的残酷镇压必将破产，代表“光明”的进步思想和进步力量必定胜利，迎来光明的“世界”。《乐观》是为《每周评论》（李大钊、陈独秀主编）被封建军阀查禁而写的一首诗，它以比喻的手法，揭露反动势力对进步刊物的摧残，颂扬这些刊物所宣传的新思想在群众中产生的广泛影响，说明反动派只能砍倒这棵“大树”，但它所撒下的“种子”定会发芽，长出更多的大树，为“辛苦的工人”造福，并暗示出封建军阀失败的下场。作者不仅对封建军阀进行了鞭挞，而且对维护其封建统治的礼教也予以嘲讽。《礼》是对维护封建“丧礼”的守旧势力的痛斥及其虚伪嘴脸的揭露，表现一种藐视封建礼教的叛逆精神。

作者对封建军阀政府没有止步在“诅咒”和“揭露”上，揭示出反动统治势力的压榨，“奴隶们”必然起来“造反”，推倒压在头上的“威权”，为“陈独秀在北京被捕”和“日本东京有大罢工举动”而作的《威权》一诗展示了这样的思想内容。由于“威权”（喻指帝国主义和封建军阀）对“奴隶们”的残酷役使，他们一定要砸断“头颈上的铁索”，“同心同力”起来“造反”，“一锄一锄地掘到山脚底”，把“威权倒撞下来，活活地跌死”。《双十节的鬼歌》不仅揭露了北京军阀政府借纪念辛亥革命以捞取政治资本的虚伪嘴脸，而且赞扬了在辛亥革命中“威权也不怕，生命也不顾；监狱作家，炸弹底下来去”的革命英雄，号召“大家合起来，赶掉这群狼，推翻这乌政府；起一个新革命，造一个好政府”。正因为作者向往重建新的“中华民国”政府，所以他对为实现资产阶级民主主义革命理想而献身的烈士谱下一首首颂歌。《黄克强先生哀辞》是为老一代资产阶级革命家写的赞歌，黄“将军”不仅自己为革命捐躯，而且写“家书”勉励儿子“努力杀贼”，这种前仆后继的精神，“使人慷慨奋发而爱国”。《死者》是为少年英雄姜高琦请愿而遭反动军人刺杀写的颂词，不止对他的死表示“恭敬”的哀悼，并且为后来的革命者总结了教训，指出“请愿而死”是“可耻的”，提倡“以革命而死”，“以力战而死”。《四烈士冢上的没字碑歌》是为“用炸弹炸袁世凯”，“炸良弼”而死的四位英雄好汉谱写的歌词，不仅赞扬“他们的武器：炸弹！炸弹！他们的精神：干！干！干!”，而且充分肯定了他们的功绩“一弹使奸雄破胆！一弹把帝制推翻!”对那些只能“咬文嚼字""痛哭流涕""长吁短叹"的革命者进行了讥讽。这首歌由肖友梅作曲传唱,在当时其应响之大是可以想见的。

作者不止为中国资产阶级旧民主主义革命写颂歌,而且也为俄国第二次资产阶级民主革命(通称二月革命)的胜利写赞词。当胡适在报纸上见到"俄京革命"中"大学生杂众中巷战"的情景,"喜之"作《沁园春》上半阕;后又读报见到"俄政府大赦党犯",深感"此革命之所以终成功,而新俄之前途所以正未可量也"的原因,在于"爱自由谋革命者"不怕"挫辱惨杀"的大无畏牺牲精神,"遂续成前词以颂之"。这首词虽然分两次写成,但基本主题是歌颂俄国二月革命胜利,既赞扬了为推翻沙皇统治、"张自由旗"而"指挥杀贼"的"轩昂年少"的英雄,又赞扬了"与民贼战"的"十万囚徒",并"拍手高呼'新俄万岁!'"特别是"从今后,看这般快事,后起谁欤?"的富有鼓动性的结尾,进一步表现出作者对这场俄国革命的向往和期待。由于"新思潮"的影响,作者写的《人力车夫》,反映了劳动者悲苦凄惨的生活,且对其给予人道主义的同情;写的《平民学校校歌》竟提出"不做工的不配吃饭"的口号。并劝勉"大家努力做先锋,同做有意识的劳动"。

《尝试集》流贯着一种爱国主义感情。这种感情不仅体现在对黑暗现实的憎恶、对"新革命"的渴望、对英雄的歌颂上,而且表现在"为国效命奔走"的志向上。《文学篇》抒写自己留学几次改变志愿,初到美国时,"所志在耕种",认为"文章真小技,救国不中用",后来在朋友的帮助下,"从此改所业,讲学复议政",开始注意政治,关心国家大事;面对着"故国方造新,纷争久未定"的现实,立下"学以济时艰,要与时相应"的志愿,表现他为"救国"而学习的爱国主义思想。基于这种爱国思想,作者回国后曾赋诗自勉,激励自己努力"上山","头也不回,汗也不揩,拼命地爬上山去",不仅克服了前进路上的艰难险阻,而且战胜了自己的"泄劲"思想,最后"猛省",登上了"最高峰,去看那日出的奇景",表现了一种坚韧不拔的进取精神。在生活道路上,他不相信有什么"诸仙"的恩赐,"异想天开"是极其可笑的,要想有所建树,有所收获,必须做到"要那么收果,先那么栽"(《沁园春》),这也是一种积极进取的表现。

作者还写了许多表现爱情、婚姻的诗篇。这些诗的思想内容是否像有人所说是“一些靡乱的男女之情”呢？我认为这类诗的大部分诗篇的情调是健康的，所表现的虽是资产阶级的爱情观，但在当时反对封建婚姻、争取爱情自由的个性解放运动中，是有一定积极作用的。《新婚杂诗》写一对“相思”十三年的男女青年的新婚之夜，这里没有卿卿我我的缠绵之情，只告诉新婚伴侣要“牢牢记取”这一夜的“中天明月”，意思是要忠于爱情，让爱情像明月一样永放光辉。《老洛伯》是“推为世界情诗之最哀者。全篇作村妇口气，语语率真”，虽系译诗，但也反映了译者的爱情观。这首诗的意义不仅表现了农村劳苦人民吉梅、锦妮、老洛伯的爱情悲剧，说明吉梅和锦妮只有爱情而没有婚姻，老洛伯和锦妮只有婚姻而没有爱情；更重要的是揭示了造成这种悲剧的社会根源，指出没有“金钱”的穷苦汉在以金钱为轴心的社会是获不到爱情的。译诗《关不住了!》表现了对爱情的热烈渴求，写得颇有风趣，情感也比较真挚。《如梦令》两首词写自己同爱人的爱情生活，既表现了爱人“重情、慎情、深情”的娇羞之态，又表现出自己渴求爱情的急切心情，这里并没有秽词淫调，也没有低级下流的动作，主要反映了青年男女相亲相爱的欢悦之情。《应该》则批评了“我”的爱情不专一的见异思迁思想，“我”本有所爱又去爱“他”；赞美了“他”的高尚品质，并不迷恋“我”的爱，而是总劝我莫再爱“他”，并让“我”把爱“他”的心去爱“我”原来的“爱人”。怎能说这样的爱情诗是“靡乱的男女之情”呢？《我们的双生日》写自己和爱人的互相体贴、以“吵嘴”为乐的美满家庭生活，感情比较朴挚，怎能说这是“轻佻无聊的闺情”呢？

恩格斯指出：“人与人之间的、特别是两性之间的感情关系，是自从有人类以来就存在的。性爱特别是在最近八百年间获得了这样的意义和地位，竟成了这个时期中一切诗歌必须环绕着旋转的轴心了。”[①]既然爱情和婚姻是社会生活的有机组成部分，是一个具有长远的普遍意义的人生问题，并直接或间接地受阶级利益、阶级关系的支配，反映了社会矛盾的某些本质，那么，作为反映社会生活的文艺作品，当然要经常描写爱情、婚姻方面的生活。“五四”时期反对旧婚姻、要求个性解放、争取爱情自由，便成了反封建斗争的

① 《马克思恩格斯选集》第4卷，人民出版社1972年版，第229页。

重要内容之一，因而胡适这些爱情诗的基本倾向，是符合“五四”时代要求的。

与此相联系的，作者还写了些怀友诗。这些诗是否像有人说的那样都是“封建士大夫的陈词滥调”，没有一点进步意义呢？这也需要具体分析。《赠朱经农》抒写朋友久别重逢的“畅谈极欢”的情景，既有对过去“不长进”的自责，又有“你我都少年”的互勉，既有“年来意气更奇横”的豪情，又有“且喜皇帝不姓袁”的兴叹，但也有“吃饱溻胀活神仙，唱个‘蝴蝶儿上天’”的闲情。总之，这首诗的基本内容是积极的，尽管也流露出一定的消极情调。《朋友篇》既抒写了对朋友帮我“立身重抖擞”的感激之情，也道出了朋友之间的友谊基础是“学理互分剖，过失赖弹纠”，并且表示要在朋友的“鞭策”下“为国效奔走”，把交友同爱国结合起来。《爱情与痛苦》写对“吾友”陈独秀被反动军阀逮捕坐监的深情怀念：“也想不相思、免得相思苦。几度细思量、情愿相思苦！”[①]《许怡荪》抒写对逝去好友的深切悼念，并牢记故友的“大处着眼，小处下手”的赠言，以策励自己。《我们三个朋友》写朋友之间的友谊并未随着山川风物的变化而疏远，相反越来越深了。《晨星篇》是送别之作，没有那种离恨别愁的哀婉情调，而是鼓励“朋友们”努力去“造光明”，“努力造成几颗小晨星；虽没有多大的光明，也使那早行的人高兴！”[②]像这样一些歌颂友情的诗，反映了特定阶级、特定时代的内容，虽然表现的是资产阶级知识分子的友爱观，但却流露出一定的时代气息，它给人的不是“反动无聊”或“失望悲哀”之感，而基本上是一种积极的启示、向上的鼓励。这在光明与黑暗交替的“五四”时代，是不乏进步意义的。

《尝试集》尚有一些写自然景物的诗，或借景抒情，或托物言志，或赞美大自然的美。这些诗也不能武断地说是“游山玩水”的“无聊”之作，应该细心体会，分清真、善、美和假、恶、丑。《中夜》写中秋之夜的清光美景，它没有明显的阶级色彩，给人一种月明江清之美；《江山》也是写雨中江景，没有什么政治意义，却能激起读者对大自然的喜爱；《十二月五夜月》托月抒怀，抒的不是愁思哀绪，而是“心头百念消”的乐观心境；《鸽子》写一群鸽子在晚秋

① 适：《“爱情与痛苦”》，《每周评论》1919年第29期。

② 胡适：《晨星篇：送叔永、莎菲到南京》，《诗》1922年第1卷第2期。

天气里自由自在地翱翔,“翻身映日”,“十分鲜丽”,衬托出作者对自由的向往和对大自然的艳羡;《老鸦》托物言志,表现了一种不肯向“人家”讨好、不肯向“人家”折腰的刚直不阿的骨气;《三溪路上大雪里一个红叶》借赞红叶,抒发渴求光阴之情;《希望》抒写种兰花草“希望开花好”的心情,表达一种美好的愿望。这些写景抒情小诗,所写之景基本上是美的,所抒之情基本上是健康的,同那时的黑暗如漆、冷酷如铁的腐败社会现实形成鲜明对照,从这个意义上说,此类小诗也是反封建的一种表现。此外,还有几首抒写艺术家的甘苦和介绍作诗经验的诗,也能给人一定的启示。

从《尝试集》的“全部总和”来看,它不是“一本内容反动无聊”的东西,而是一部有进步思想内容的新诗集,在一定程度上反映了“五四”前后的时代精神。它那种反抗封建军阀的革命精神,“造个好政府”的政治理想,“为国效奔走”的爱国感情,歌颂爱情、向往自由、乐观进取的个性解放精神,集中体现了作为“五四”新文化统一战线盟员胡适的反帝反封建的资产阶级民主主义革命思想。

《尝试集》在“诗体的大解放”、诗的白话语言、音韵节奏诸方面,进行了积极的“尝试”,以适应表现新内容、新意境、新思想的需要。

“在‘五四’以前,诗在旧时代已经僵化了,新诗从已经僵硬了的旧诗中解放出来,冲破各种清规戒律的束缚,打碎了旧的枷锁,复活了诗的生命。”[①]胡适在这方面进行了有益的“尝试”,作出了自己的贡献。“诗体的大解放”,并非一件容易的事情,需要经过一段艰苦的探索历程,正像他自己所总结的:“我现在(1922 年)回头看我这五年来的诗,很像一个缠过脚后来放大了的妇人回头看他一年一年的放脚的鞋样,虽然一年放大一年,年年的鞋样上总还带着缠脚时代的血腥气。”[②]的确是这样,打开《尝试集》便可以看到他在诗体解放的道路上所留下的印迹。他是在我国古典诗词、曲的基础上开始了“诗体的大解放”的尝试,有的诗带着明显的古风、乐府或词曲的格调,并不完全是旧体的袭用,而是根据“新内容和新精神”的要求进行了一定的改

① 郭沫若:《郭沫若谈诗歌问题》,《光明日报》1956 年 12 月 15 日。

② 胡适:《四版自序》,《胡适的尝试集附去国集》,亚东图书馆 1922 年版,第 1 页。

造，既保持了古风那种整齐匀称和词曲那种错落有致的形式美，又在某些方面打破了旧诗词的束缚，发挥了自由诗的特长。《尝试集》第一编的诗词，大都是从旧诗词曲脱胎出来的，有的从古乐府演化而来，有的从绝句演化而来，有的从五古演化而来，有的直接用的词牌，有的是自由体。这编诗词的旧体痕迹比较明显，"血腥气"比较大。《尝试集》第二、三编的"诗体"同第一编相比，获得了较大的解放，大都能把古体诗词同自由体结合起来，创造出多种形式的新诗体式。如《鸽子》得力于古乐府，但经过改造，成了一首四、五、六、七、十言的自由体，而基本句式却是四、五言，保持了形式整齐的美；《湖上》虽保持"小令"的格调，但它却是一首形式完美的自由体诗；《希望》是自由体，却保持着五古的风味；《威权》《乐观》《上山》《一颗遭劫的星》等，都是自然灵活的自由体，一洗旧体诗词的痕迹，把旧体的长处糅合于自由体中，成了新的诗体。但必须指出，在"诗体的大解放"中，胡适虽然从外国的诗中找到了借鉴，并把译诗《关不住了》作为他的"新诗成立的纪元"，然而在新诗的"实地尝试"中，他并没有丢掉古典诗词的传统。

《尝试集》的语言，虽然个别诗篇有点文言的旧痕，但总体上是经过艺术加工的白话语言，明白易晓，自然现成，有的接近口语，"干干净净没有堆砌涂饰的话"（《答钱玄同书》）；并能根据不同诗篇的内容选用不同色调的语言：写景诗的语言鲜丽明艳，如《中秋》《江上》《鸽子》等诗；叙事诗的语言真切朴实，富有生活气息，如《老洛伯》等；抒情诗的语言淳挚亲切，感情色彩浓烈，如几首爱情诗；哲理性、政治性强的诗，语言准确有力，尖锐率直，如《上山》《威权》《四烈士冢上的没字碑歌》等。这一切都为我国白话新诗的创作作出了有益的贡献。

胡适很注意探求白话诗的音韵节奏美，能在旧体诗词音节的基础上经过一定的改制，创造新音节，以表达新内容。《尝试集》第一编的诗词几乎全用的旧诗音节。第二编则进行了大胆的尝试，如《老鸦》中的"我不能呢呢喃喃讨人家的喜欢"一句，用双声叠韵来增强音节的谐婉，《小诗》把原稿改了两个字，一是把"得免"改成"免可"，把"几度"改成"几次"。改的原因是，"免"字读音太响太重，前面不该加一个同样响亮的"可"字，改成"免得"一重一轻，就比较和谐了，"度"改成"次"字，变成齐齿音，这样"几、次、细、思"四个字都成了齐齿音，使人读起来产生一种“咬紧牙齿忍痛”的感情。诗的音节不能离开诗的意思而独立，因此“凡能充分表现诗意的自然曲折，自然轻重，自然高下的，便是诗的最好音节”①。这些“尝试”是有利于新诗发展的。

《尝试集》不论是思想内容还是表现形式，在中国新诗发展史上，可以说是“开风气的尝试”，这恐怕是毋庸置疑的事实。

三

“判断历史的功绩，不是根据历史活动家没有提供现代所要求的东西，而是根据他们比他们的前辈提供了新的东西。”②我们根据这一历史唯物主义观点，对胡适在“五四”前后白话诗运动中的贡献，主要从诗歌理论和白话诗创作两个方面，做了必要的历史肯定；但是我们从来也不否认他的诗歌主张与创作，都存有严重的历史局限性。

白话诗运动总是受着当时的政治斗争和思想革命决定并制约的，但是胡适的新诗理论很少强调诗界革命如何同当时反帝反封建政治运动的联系，也没有明确指出白话诗如何为以“民主”和“科学”为标志的思想启蒙运动服务，即使提到新诗要“有一种新内容和新精神”，也比较笼统，没有结合政治斗争和文化思想革命的任务加以具体说明。这并非一时的疏忽或认识不到，而是有意地回避。1917 年 7 月他从美国回国，听到张勋复辟的消息，“打定二十年不谈政治的决心，要想在思想文艺上替中国政治建筑一个革新的基础”③，妄图走文艺救国的改良主义道路，事实上这是不可能实现的，况且他的诗篇有不少是鼓吹“起一个新革命”的。虽然他提出的“一时代有一时代之文学”的进化观点，点明了文学与时代的关系，但它却掩盖了文学史上的阶级斗争，把“文学的时代性”的意义缩小到诗体演变的范围，说不清为什么是一个时代有两种完全不同文学的对立现象。他提出古今中外的“文

① 胡适:《再版自序》,《胡适的尝试集附去国集》,亚东图书馆 1922 年版,第 9 页。

② 列宁:《评经济浪漫主义》,苏联科学院经济研究所编:《政治经济学教科书》,人民出版社 1955 年版,第 220 页。

③ 胡适:《我的歧路》,《胡适文存二集》卷三,亚东图书馆 1924 年版,第 96 页。

学革命"大概都是"从'文的形式'一方面入手",虽然强调了打破旧诗形式在诗界革命中的重要性,但是这并不是问题的本质方面所在,更不是一条文学革命的内部规律;如果只把从"文的形式"入手当成诗界革命的途径之一,那不失为一个切用的方案,然而胡适却把"诗体的大解放"强调成诗界革命的首要任务,这就陷入了形而上学。一般说来,内容与形式这对范畴,是内容决定形式,内容是矛盾的主要方面;但是在新诗运动的倡导初期,旧诗体的形式严重束缚了对新思想和新内容的表达,不打破旧诗形式,诗界革命就不能前进一步,在这种特殊条件下,形式也会转化为矛盾的主要方面,因此当新诗运动兴起的某一个特定阶段,强调"诗体的大解放"基本上是正确的,是革命的,如果在整个白话诗运动中一直把"诗体的大解放"作为主要任务而忽视诗的内容的革命,这种形式先于内容、形式重于内容的观点显然是不正确的,是有害的,那就不能不带上改良主义色彩。他反复强调用白话作诗,这是符合反对文言文提倡白话文的新文学革命的要求的,但是"只有用白话作诗"才是诗界革命的"最基本"一条的提法,也是片面的,这仍然把诗界革命的主要任务局限在"白话文学工具"的改良上,对"白话"的解释也有不正确之处,如"白话的'白',是戏台上'说白'的白"一句,就比较含糊,因为戏台上的说白,有来自人民的生动语言,也有封建御用文人造的僵死语言;再如提出创造真正的白话要"多读模范的白话文学",即多读唐宋的白话诗词、元人戏曲等,这虽然注意到向古典诗词戏曲的优秀语言传统学习,但它们毕竟是古代的所谓"白话",怎能当成"五四"时期新诗白话的"模范"呢?实际上,真正的白话诗的语言只有从人民群众生活中去找源泉,吸取群众中活的语言,不能把"造"白话的"源"放在旧诗词的"白话"上,那仅仅是个"流"。胡适新诗理论的局限性与他忠实于实验主义哲学是分不开的。他公然声称:"我的文学革命主张也是实验主义的一种表现;《尝试集》的题目就是一个证据。"[①]当然,对实验主义也应作具体分析,它作为一种哲学体系,是资产阶级唯心主义的,但是在马克思主义尚未在中国深入传播,中国诗界革命尚处于初期阶段时,胡适用"天地万物"没有"永久不变的'天理,"(《实验主义》),对

① 胡适:《藏晖室札记》,亚东图书馆1939年版,自序第6页。

一切要"实地试验""大胆尝试"等实用主义观点，从当时诗坛腐朽的复古诗风出发，倡导白话诗运动，并作为自己"尝试"白话诗的指导思想，这对于打破旧体诗的僵死局面，冲开"老八股""老教条"的禁锢，开拓白话诗的新领域，是起了一定的进步作用。即使在这一时期，实验主义哲学也给他的白话诗理论带来一些致命弱点，如新诗上的改良主义观点、对内容与形式的片面看法等，都是同实验主义的所谓"一点一滴一分一毫的成长"(《实验主义》)、反对从根本上解决的思想联系在一起的。

《尝试集》的思想内容基本上是应该肯定的，但是也有些诗篇表现出与"五四"时期反帝反封建时代精神相背道的思想感情。《你莫忘记》一诗的内容就比较复杂。它虽然对"国家的大兵"(指封建军阀的反动武装)的杀人放火的法西斯暴行作了无情的控诉，但诗的结尾却唱出无计奈何的"亡国"论调，意思是，与其全家人惨死在"国家的大兵"的屠刀下，不如"亡给'哥萨克'，亡给'普鲁士'"，"总该不至——如此"，流露出崇外的思想。《病中得冬秀书》是他接到未婚妻冬秀的信而写的一首情诗。胡适的亲事是其母定的，他们双方未曾见面，但常有书信来往，他曾写信劝她"多读书识字"，并"在家乡提倡放足，为一乡除此恶俗"①。但此信引起他母亲的"疑虑"，怕他不满意这件婚事，于是写信劝他体谅母亲的"苦心"；接到母信胡适就写家书解释道："所言冬秀之教育各节，乃儿一时感触而发之言，并无责备冬秀之意，尤不敢归咎吾母。儿对于儿之婚事并无一毫怨望之意。盖儿深知吾母为儿婚姻一事，实已竭尽心力，为儿谋美满之家庭幸福；……盖书中之学问，纸上之学问，不过百行之一端。吾见能读书作文，而不能为贤妻良母者多矣，吾又敢作责备求全之想乎？"②这是《病中得冬秀书》一诗的很好注脚，说明他的婚姻虽然是母亲包办的，但他是心甘情愿的，并以"贤妻良母"作为理想的择婚标准，因此他写出"分定长相亲，由分生情意""情愿不自由，也是自由了"的诗句，尽管这里面含有难以明言之意，但毕竟表现出他对封建包办婚姻的软弱性和妥协性。也有的诗如《一笑》等，表现出资产阶级的轻浮的爱情观，也

---

① 胡适：《勉冬秀》，《藏晖室札记》卷五，亚东图书馆1939年版，第290页。

② 胡适：《第九号家书》，《藏晖室札记》卷九，亚东图书馆1939年版，第620页。

有的诗如《蝴蝶》，流露出过多的哀婉情调。此外，在“诗体的大解放”方面，不仅进步缓慢，而且有些诗的旧痕迹太重，这一点他自己也承认，“有几位少年诗人的创作，大胆的解放，充满着新鲜的意味”[①]，自愧不如；由于他过分地注意了对新诗的语言形式的追求，致使个别诗篇词意浅露，近乎白话文字游戏。

胡适白话诗主张及创作的明显进步性和局限性，有其深刻的阶级根源和思想根源。从阶级根源来看，他是作为资产阶级知识分子的代表，带着资产阶级的两面性，参加了“五四”前后的新文化运动和文学革命，因之，资产阶级的两面性不能不在他的新诗主张和创作上留下烙印；从思想根源来看，他是以进化论和实验主义为核心的思想基础，参加了新文化运动和文学革命，因之，这种世界观的一定进步性和局限性必然反映在他的新诗主张和创作上。他曾说：“我的思想受两个人的影响最大：一个是赫胥黎，一个是杜威先生。赫胥黎教我怎样怀疑，教我不信任一切没有充分证据的东西。杜威先生教我怎样思想，教我处处顾到当前的问题。”[②]由于中国革命的特定历史条件和五四新文化运动主要是一场发扬科学与民主，进行反封建的运动，因而使胡适所信奉的实验主义，就其作为一种反封建的思想武器，具有了进步性，就其作为资产阶级唯心主义哲学，同马克思主义对立，具有了反动性。中国资产阶级的两面性和实验主义的双重性，就决定了胡适在新文化运动和文学革命（包括白话诗运动）中的历史地位和作用，又因“五四”前后新文化运动的性质有所变化，致使胡适所起历史作用的大小也有个演变过程。“在‘五四’以前，中国文化战线上的斗争，是资产阶级的新文化和封建阶级的旧文化的斗争。”[③]胡适 1917 年从美国回国积极参加了这场新文化运动，同陈独秀一起倡导文学革命，而白话诗的主张与创作则是他致力于文学革命活动的重要组成部分，其主流是生动活泼的，前进的，革命的，适应了历史发展的要求的。但是马克思主义在中国的传播，特别是五四运动的爆发，拉开了无产阶级领导民主主义革命的序幕，这就与胡适欧美式的资产阶级政治理想王国和杜威的实验主义哲学发生了矛盾，因而他看不惯“国内的‘新’

① 胡适：《四版自序》，《胡适的尝试集附去国集》，亚东图书馆 1922 年版，第 2 页。

② 胡适：《介绍我自己的思想》，《新月》1930 年第 3 卷第 4 期。

③ 毛泽东：《新民主主义论》，《解放》1940 年第 98、99 期合刊。

分子闭口不谈具体政治问题，却高谈什么无政府主义与马克思主义”[①]，于是“发愤要谈政治”(《我的歧路》)，开始他的资产阶级唯心主义哲学的宣传。1919年2月到7月，胡适连续发表《不朽》《实验主义》《多研究些问题，少谈些主义》等文章，抵制马克思主义的传播和宣传。从此以后，作为资产阶级知识分子代表的胡适在新文学统一战线中，“就绝无领导作用，至多在革命时期在一定程度上充当一个盟员，至于盟长的资格，就不得不落在无产阶级文化思想的肩上”[②]。虽然他的历史地位和作用发生了一定变化，但因为五四新文化运动的主攻方向是封建阶级及其意识形态，基本上也反映了资产阶级在政治上和文化思想上的要求，所以胡适在新文化运动中尽管对马克思主义采取敌视，而对于反对封建旧文学、创建新文学(包括白话诗)仍发挥一个“盟员”的进步作用。直到1922年5月，胡适离开《新青年》，办《努力周报》，才开始集中地暴露了他反对中国共产党领导的革命和投降帝国主义、封建军阀的反动思想。他公然诋毁中共“二大”提出的“消除内乱、打倒军阀”和“推翻帝国主义的压迫”的政治纲领，鼓吹“现在中国已没有很大的国际侵略的危险”(《国际的中国》)和为军阀割据张目的“联省自治”(《联省自治与军阀割据》)。此后，由于在政治上日趋反动，他逐步走向新文化运动和文学革命的反面，成了买办资产阶级文化的典型代表和帝国主义的忠实奴才。这是中国资产阶级先天不足的软弱性、妥协性演变的必然结果，也是胡适顽固坚持杜威实验主义哲学的必然下场。

在中国现代文学史上，不乏胡适这样复杂的历史人物，他们的确在新文学发展的某一特定历史阶段或某一文学领域，产生过一定影响，甚至较大的影响，但以后由于种种原因走向新文学运动的对立面。对于这类历史人物，以历史唯物主义观点进行研究，对于总结历史的经验教训，恢复中国现代文学发展的本来面目，彻底肃清林彪、“四人帮”极“左”路线的流毒，是大有益处的。

[原载于《山东师院学报》(哲学社会科学版)1979年第5期]

① 胡适:《我的歧路》,《胡适文存二集》卷三,亚东图书馆1924年版,第96页。

② 毛泽东:《新民主主义论》,《解放》1940年第98、99期合刊。

批判·创造·"为人生"

——茅盾早期思想探索之一

查国华

青少年时代的茅盾,接触过中外古今的各种思潮。中国古代的先秦诸子、神话传说,以至近代的民主主义思想,对他都有过影响。外国的,从古希腊、文艺复兴直到高尔基,他都研究过。他评价过的外国作家,既有高尔基、马雅可夫斯基,又有邓南遮、尼采,既有举世闻名的萧伯纳,又有不为一般人所知的弱小民族作家。他对研究过的人物,有时有肯定和否定的意见;有些就很难说,只不过觉得他身上的某一点可取,就肯定他某一点,如《福煦将军》,肯定较多的是他的平易近人。

还有一点值得注意,和鲁迅、郭沫若相比,茅盾较多地、有意识地接触马克思主义的时间要早一些,这对形成他自己独特的思想发展道路,有重要影响。

面对上述复杂的情况,我以为,在 1921 年前后大约 5 年的时间里,茅盾思想上有三个值得研究的重要方面,这就是批判、创造和"为人生"。本文着重就这三个方面加以探讨。

一

茅盾写第二篇社会论文《一九一八年之学生》的时候,还不过 20 岁刚出头一点。他对青年学生提出的第一个希望就是“革新思想”。他对“革新思想”的解释是：“力排有生以来所熏染于脑海中之旧习惯、旧思想，而一一革新之，以为吸收新知新学之备。”①这种大胆地否定旧习惯、旧思想的批判精神，正是“五四”时代革命精神的有机组成部分。

“五四”，是反帝爱国运动，也是一场伟大的思想革命运动。“五四”时代是一个蜕旧变新的时代。向传统的文化思想、习惯势力挑战，是五四新文化运动的一个重要内容。“五四”这场波澜壮阔的批判运动，培育了一批新文化运动的闯将。这种大胆地否定旧思想、旧习惯的批判精神，促成了新文化运动的蓬勃发展；这种大胆地否定旧思想、旧习惯的批判精神，也是茅盾早期思想的一个重要方面。尽管在写上述那篇文章时，他只不过是一名少为人知的文化小兵，但就因为有着这种思想特质，便能保证他进入新文化运动的战斗行列，健康地成长和发展，以至后来成为高举“五四”文化革命旗帜昂扬前进的带头人之一。

茅盾是很幸运的。时代造就了他上述的思想特质。在这之前，他还没有那样的“福分”来获得这种思想特质。童年时代的生活，除了那些“洋书”和《古文观止》之类的东西给他带来一些“痛苦”外，他的确没有碰到过重大的折磨。十岁上，父亲早逝，他便在母亲的严格管教下生活，母亲虽然也是“三寸金莲”，但思想并不封建，这就使得中学时代的沈雁冰，仍然能够自由自在地生活着。他回忆那一段生活的时候，有两点特别值得注意：

一、中学时代的生活，使沈雁冰成了这样的青年：“书不读秦汉以下，骈文是文章之正宗，诗要学建安七子；写信拟六朝人的小札；举止要风流潇洒；气度要清华疏旷……当时固然没有现在那些新杂志新书报，即使也有一二种那时所谓新的，我们也视为俗物，说它文章不通，字非古义。”“世间有所谓社会科学，我们不知道，且也不愿意去知道。是在这样的畸形闭塞的空气中，我度过了我的中学生生活。”②

二、从思想上说，茅盾觉得最伤脑筋的是无所谓“苦闷”。后来回忆、总

① 雁冰：《一九一八年之学生》，《学生》1918 年第 5 卷第 1 期。

② 茅盾：《我的中学时代及其后》，《印象·感想·回忆》，文化生活出版社 1936 年版，第 90～93 页。

结的时候，他这样说，“苦闷的人是有福的，因为这是思想展开到某种程度的征象。因为通过了这一时期的苦闷，他的思想就会得到确定，他将无往而不勇敢，而不愉快，我们的中学生时代却只有浑噩，至多不过时或牢骚，一种学来的牢骚：太息于前辈风流不可再见，叔季之世无由复闻‘正始之音’那种无聊的非青年人所宜有的牢骚”①。

这种情况表明，中学时代的沈雁冰，学业上虽然在不断地长进(这是后来从事文字工作的良好基础)，但在思想上却受着旧的文化、旧的习惯的拘囿，是个“老气横秋”的少年。这是相当可怕的。尽管他也以极大的热情去迎接辛亥革命，享受过剃光头的无限情趣，但他并不理解正在酝酿和即将到来的新的革命。唯一可以称道的，是“幸而未生在富贵家庭被捧在掌里含在嘴里做活宝贝”②。他认为，“只有不幸而生于富厚之家，被捧在掌里含在嘴里做活宝贝烘软了骨头的现代青年，才是很不幸地只配在历史的大轮子下被碾成肉泥！”他又继续回忆说：“那样的陈腐闭塞几乎将我拖进了几千年的古坟里去，可是历史的壮潮，依然卷我而去。”③

滚滚向前的革命浪潮，惊醒了这个在“陈腐闭塞”中挣扎的幸运儿。他开始意识到，“思想不新，致新文化失其效力，是乃深忧”。他于是决心“扫除旧渣滓，留清白之脑海以受之”④。他认为，无论个人、民族、国家，“如或停留中路而不进，鲜不为飞湍所排抉。故二十世纪之国家，而犹陈旧腐败，为文明潮流之障碍，必不能立于世界。二十世纪之人民，而犹抱残守缺，不谋急进，是甘于劣败，而虚负此生也”⑤。

自此以后，那种勇猛地向传统势力战斗的特质，一直贯穿在他早期的前进历程中。他希望文学家也这样做。他认为，“文学的使命是声诉现代人的烦闷，帮助人们摆脱几千年来历史遗传的人类共有的偏心与弱点，使那无形中还受着历史束缚的现代人的情感能够互相沟通，使人与人中间的无形的

① 茅盾：《我的中学时代及其后》，《印象·感想·回忆》，文化生活出版社1936年版，第89～90页。
② 茅盾：《我的中学时代及其后》，《印象·感想·回忆》，文化生活出版社1936年版，第93页。
③ 茅盾：《我的中学时代及其后》，《印象·感想·回忆》，文化生活出版社1936年版，第93～94页。
④ 雁冰：《一九一八年之学生》，《学生》1918年第5卷第1期。
⑤ 雁冰：《一九一八年之学生》，《学生》1918年第5卷第1期。

界线渐渐泯灭"[1]。

当然,在对待和否定传统文化思想、习惯势力方面,茅盾也像其他的"五四"人物一样,难免有简单化、形而上学的偏向。他对中国古代文学的有些看法就有这个缺陷。但较为可贵的,是他时时注意这个问题,并竭力避免这一偏向。他对尼采的评论就是这样。尼采是茅盾青年时代感兴趣的人物之一。他写于1917年的第一篇社会论文《学生与社会》,就介绍了这位引人注目的哲学家。以后,又译了尼采的一些作品。他还译述了《尼采的学说》,洋洋万言,比较系统地、全面地介绍了尼采的生平、思想。而在评介尼采学说的时候,他严格地为自己确立了一条根本的原则:"只要我们不把古人——尼采——当偶像,不把古人的话当'天经地义',能怀疑,能批评,我是以为古人的书,都有一读的价值,古人的学说,都有一研究的必要。我们不可拿耳朵代眼睛。""读尼采的书,只要分别得出,那是极有用,极受益,决无流弊的。"[2]这里所说的"能怀疑,能批评",敢研究,并且善于"分别",既包含着革命者的胆略,又包含着可贵的辩证法,在60多年后的今天,仍闪烁着耀眼的光芒。他就是用这样的态度和方法去看待尼采的学说,认为他"最好的见识,是要:把哲学上一切学说,社会上一切信条,一切人生观道德观,从新称量过,从新把他们的价值估定"[3]。青年时代的茅盾正是基于这一点,从尼采身上吸取合理的营养。他认为,"应当借重来做摧毁历史传说的,畸形的,桎梏的旧道德的利器,从新估定价值,创造一种新道德出来"[4]。

经过分析,茅盾看出尼采学说中还有一些合理的成分,例如,尼采直感到"强者""主者"跟"弱者""奴者"之间在道德观上的对立,茅盾认为尼采的观察很"厉害",很"有力"。然而,茅盾也注意到问题的另一方面,即尼采所认为的强者道德一定崇高伟大,由这样的强者来压服弱者是合理的。茅盾认为,尼采在"道德趋势"上下的这个"断语却错了"。尼采的这种"权力意志"的反动政治观点,跟茅盾原有的民主观点大相径庭,他无法接受尼采的

---

① 沈雁冰:《创作的前途》,《小说月报》1921年第12卷第7期。
② 雁冰:《尼采的学说》(第二章完),《学生》1920年第7卷第1期。
③ 雁冰:《尼采的学说》(第二章完),《学生》1920年第7卷第1期。
④ 雁冰:《尼采的学说》(续),《学生》1920年第7卷第2期。

这种看法。茅盾一直认为,“君主以压力施于上,强人民以服从”“不识不知,顺帝之则”的奴性道德,是封建制度长期存在的重要精神支柱,中国再不能任凭这种奴性道德观泛滥了,所以他才指出:“尼采过分重视人类的向上性,武断地定下道德的有意趋势,那是我们不能承认而欲加以订正的。”“尼采过分宣扬强权,以为强权是人类进化的阶段,未免错了。”尼采“后来忽然变了,变成一个极端的道德家了”。①

由于茅盾是从中国革命的具体情况出发,坚持批判的原则,他就能够指出:“读尼采的著作,应该处处留心,时常用批评的眼光去看他。”②他还指出:“尼采的学说的全部,很有许多自相矛盾的地方,便一部书中,也很有自相矛盾的话,我们只要看 *Thus Spoke Zarathutra* 的十一、十二两章的话,便知和他所说的什么人生是扩张权力;什么战争是比和平好等等话头,气味完全不同,这是很著名的一个例。”③

尼采讲进化,茅盾也接受过进化论的影响,但他们的出发点和终点却不同。尼采从唯心主义的英雄史观出发,虽然他口头上说“人总是要跨过前人”,但又强调权力意志是推动人类社会进化的动力,这就是尼采区别于一般进化论者之所在。用茅盾的话说,“‘超人’主义,便可算是尼采的进化论”④。茅盾认为,“他的超人哲学就大体看去,不去讨论细节目,是不错的;……不过倘若细论他的节目,便见得尼采是崇拜强权,残酷无人道!所以我们要分别了去看,我们只取他的长处,不要看他的短处”⑤。茅盾还认为,“我们要晓得近世的纯粹或狭义的德谟克拉西,果然有许多缺点和限制(Limit),正统派或官化的社会主义,果然有许多地方是专制;阻止天才卓越的人向上的专制;但尼采所攻击的,全是不中要害,是一种武断的话。他推重向上性,原是不错的,不过只认贵族政体是适宜于发展向上性,便大错了”⑥。正是根据这些理解,茅盾提出了和尼采完全不同的看法:“我们要明

① 参见雁冰:《尼采的学说》(续),《学生》1920 年第 7 卷第 2 期。
② 雁冰:《尼采的学说》(第二章完),《学生》1920 年第 7 卷第 1 期。
③ 雁冰:《尼采的学说》(第二章完),《学生》1920 年第 7 卷第 1 期。
④ 雁冰:《尼采的学说》(续),《学生》1920 年第 7 卷第 3 期。
⑤ 雁冰:《尼采的学说》(续),《学生》1920 年第 7 卷第 2 期。
⑥ 雁冰:《尼采的学说》(续),《学生》1920 年第 7 卷第 4 期。

白，人类固是求进步，但进步不一定从竞争——强吞弱——得来；愚的弱的，社会的龌龊面孔，固是进步的一个大障碍，固是消灭‘美’和‘善’的，但不一定去了弱的愚的就可以达到‘善’和‘美’——超人。”①

在中国现代思想史上，特别是“五四”时期，能够像茅盾这样具体地历史地辩证地来看待一个相当复杂的思想家的人，并不太多。他之所以能这样做，跟他敢于坚持革命的批判的立场有关系。他认为，“前人学说有缺点，自是意中事，不算前人不体面。后人倘然不能把他的缺点寻出，把他的优点显出，或者更发扬之，那才是后人的不体面呢”②。他还说，“我们无论对于那种学说，该有公平的眼光去看他，而且更要明白，这不过是一种学说，一种工具，帮助我们改良生活，求得真理的。所以介绍尽管介绍，却不可当它们是神圣不可动的；我们尽管挑了些合用的来用，把不合用的丢了，甚至于忘却，也不妨”③。在“求得真理”的红光照耀之下，而不是只图一时痛快的乱砍乱伐，就必然会在批判之中坚持具体地历史地辩证地分析的原则，这样的批判精神是可贵的。尤其在“五四”时期，更是不易。因为那个时期，正是外国的种种思潮蜂拥而至的年代。外国有影响的人物，在某些人的心目中，叩拜唯恐不迭，遑论批判？敢于批评外国的权威人物，需要有一定的勇气。年轻的茅盾，没有殖民地半殖民地某些人的奴性，表现了一个敢于坚持科学精神的知识分子的高贵品质。

同样的情况，还表现在对待拜伦和泰戈尔的态度上。拜伦，是中国青年所熟悉的名字。拜伦的昂扬的爱国主义激情和强烈的反抗情绪，曾经激荡过年轻的鲁迅的心。时间仅过了不到 20 年，茅盾却把拜伦一分为二，他明确表示，当今的时代还需要拜伦，“中国现在正需要拜伦那样富于反抗精神的、震雷暴风般的文学，以挽救垂死的人心”。“我们现在纪念他，因为他是一个富于反抗精神的诗人，是一个攻击旧习惯道德的诗人，是一个从军革命的诗人。”④同时，他也毫不犹豫地表示，对于那时的中国人民来说，“最忌那狂纵

① 雁冰：《尼采的学说》（续），《学生》1920 年第 7 卷第 2 期。

② 雁冰：《尼采的学说》（第二章完），《学生》1920 年第 7 卷第 1 期。

③ 雁冰：《尼采的学说》（续），《学生》1920 年第 7 卷第 4 期。

④ 沈雁冰：《拜伦百年纪念》，《小说月报》1924 年第 15 卷第 4 期。

的，自私的，偏于肉欲的拜伦式的生活”。他希望当代的青年们，“莫误学了拜伦晚年所追悔的早年生活，使拜伦在天之灵，感着不快”[①]。又如，“五四”以后，泰戈尔来华，是轰动一时的大事。泰戈尔是举世闻名的诗人、作家、哲学家。胡适、徐志摩等人不假思索，只是一味崇拜。然而，茅盾却把泰戈尔一分为二。他毫不含糊地宣称：“我们所欢迎的是实行农民运动（虽然他的农民运动的方法是我们所反对的），高唱‘跟随着光明’的泰戈尔。”[②]这很显然是从中国革命的需要，向泰戈尔吸取那些有益的东西。然而，茅盾也郑重地表示，“我们决不欢迎高唱东方文化的泰戈尔，也不欢迎创造了诗的灵的乐园，让我们的青年到里面去陶醉去冥想去慰安的泰戈尔”[③]。

“五四”时代，敢于批判外国名家，是不容易做到的，与此相对；敢于肯定中国古代有影响的人物，也需要有足够的胆量。当时，最时髦的做法，是对中国文化来一个否定一切、打倒一切。从孔夫子到“桐城派”，不是“谬种”，就是“妖孽”。但就在这时期，茅盾却能对像庄子这样的人物，采取实事求是的批判态度。他首先肯定地指出：“在中国古代思想史上，庄子自有他的地位；他是他那时代的产儿。在战国政治昏暗、民生痛苦、思想混乱的环境里，发生庄子那样的思想，原不足怪……《庄子》一书本身的价值及其对于后代思想（例如晋代）的影响，却不容忽视，它（《庄子》）是我国古代思想史上极重要的一页。”随后，他再正确地指出：“庄子的根本思想是怀疑到极端后否定一切的虚无主义；庄子的人生观是一切达观，超出乎形骸之外的出世主义。向来人只说庄子偏激，实在庄子的议论或有似于偏激，可是他的行为却中和平易之至。他否定一切，固然像是高超，固然像是极革命的，但是他把一切都看作毫无价值，失了自己进取的地步，故只能逍遥物外，竟成了进步革命的障碍物。”

在“五四”时代，对尼采和庄子思想的剖析，能达到如此大体准确的程度，这已经不是一般的资产阶级学者，靠形而上学的思想方法所能做到的了，这和青年时期的茅盾较早地接触马克思主义有很大的关系。众所周知，

① 沈雁冰：《拜伦百年纪念》，《小说月报》1924年第15卷第4期。

② 雁冰：《对于泰戈尔的希望》，《民国日报·觉悟》1924年4月24日。

③ 雁冰：《对于泰戈尔的希望》，《民国日报·觉悟》1924年4月24日。

五四运动，是在十月革命的影响下，是在马克思主义的指引下爆发和前进的，“五四”文化革命跟以前的思想变革不同，主要的原因也就在这里。而茅盾，就是在这场史无前例的思想革命中，为新文化运动冲锋陷阵，赢取胜利。

二

“五四”时代，是荡涤一切污泥浊水的时代，也是一个创造的时代。敢于向传统的旧势力挑战，是可贵的，但锐意图新更不易。“五四”的硝烟还在弥漫着的时候，鲁迅就严正地表示：“我们要革新的破坏者，因为他内心有理想的光。”[①]在那场战斗胜利结束，另一场战斗开始的时候，作为宝贵经验的总结，他又告诉我们：“革命当然有破坏，然而更需要建设，破坏是痛快的，但建设却是麻烦的事。”[②]

青年时代茅盾的思想特质之一，是在具体地、历史地、实事求是地批判传统文化思想的同时，积极致力于新生事物的创造。早在他写下的第二篇社会论文《一九一八年之学生》中，就热切地希望青年们起来“创造文明”。他所赞赏于尼采的，也不仅是因为尼采像鲁迅所说的，是一个偶像的破坏者，更因为他是“创造新价值，创造新原理，创造新标准”的哲学家。在茅盾开始叩文学之门的时候，就坚定地表示：“我们并不想仅求保守旧的而不求进步，我们是想把旧的做研究材料，提出它的特质，和西洋文学的特质结合，另创一种自有的新文学出来。”[③]他向旧文学宣战，积极从事外国文学的翻译和介绍，都是为了“创造中国的新文艺”。这种创造的精神，贯穿在茅盾早期的思想活动的始终，它不仅使批判的成果更加发扬光大，而且为新文学的发展作出了更加积极的贡献。

青年时代茅盾的创造精神中，值得注意的一个方面，是他能谨慎地处理好创造跟模仿之间的关系。这是“五四”时代的革新家们，所共同面临的一

---

① 鲁迅：《再论雷峰塔的倒掉》，《语丝》1925 年第 15 期。

② 鲁迅：《对于左翼联盟的意见——在左翼作家联盟成立大会上的演说》，《萌芽月刊》1930 年第 1 卷第 4 期。

③ 西神：《小说新潮栏宣言》，《小说月报》1920 年第 11 卷第 1 期。

个重要课题。那时，对待西方文化，不少人只提模仿而不敢提创造。自称“学贯中西”的学衡派主将吴宓，便是这样的人物，他特别强调模仿，在《论新文化运动》中说，“文章成于模仿”，“古今之大作者……未有不由模仿而出者也。……文学之变迁多由作者不摹此人而转摹彼人，舍本国之作者而取异国为模范，或舍近代而返求之于古，于是异彩新出，然其不脱模仿一也”①。茅盾则认为，“自欧美新文化传播以来，全球风靡，后进之国，莫不效之。我国自改革以来，举国所事，莫非模拟西人。然常此摹拟，何以自立？我谓今后之学生，当以摹拟为愧耻，当具自行创造之宏愿。盖二十世纪之世界，文明日进无止境，徒效他人，即使能近似，已落人后”②。这段话表明，茅盾懂得创造离不开模仿，模仿是创造的开始，但同时模仿不能代替创造。这是由文化发展本身所决定的。模仿还是创造，是两种完全不同的对事物的态度。前者只求顺应，不求更进，后者才是真正的革命者所必须具备的品格，当然，能否冲破模仿之拘囿，真正进入创造的园地，亦非轻易之举；而对主客观诸因素的分析认识，尤不可缺，否则空喊创造，则会一事无成。茅盾的上述认识，就是建立在充分认识了诸因素的关系的基础之上的。他说：“我国人非无创造之能力者……吾学生而徒以效法他人为能，仰对先哲，能无愧死？当思我之本职，为促进文明。效法非促进也。能抱此主义，而持之以坚忍，何忧勿成？否则，二十世纪之发明史上，将无吾人之一席。而国将不国，吾学生其毋惊于发明二字之伟大而自馁也。”③他还列举了我国历史上的种种发明创造，诸如火药、指南针等等，证明中华民族欲想进步，非认真继承并发扬这种创造精神不可。

有了革新的要求，也有了明确的创造目标，并不一定就等于取得了理想的成就。胜利完成从起跑线到达终点线任务的因素固然很多，但重要的因素是要有勇往直前、百折不挠的“韧”的精神。这种“韧”的精神，也就是茅盾早年向青年们所提出的“奋斗主义”。早在1917年，茅盾就十分赞赏这样一种精神：“凡处一事，不以为难，亦不以为易，第终日乾乾，切实力行，猛勇前

① 吴宓：《论新文化运动》，《学衡》1922年第4期。

② 雁冰：《一九一八年之学生》，《学生》1918年第5卷第1期。

③ 雁冰：《一九一八年之学生》，《学生》1918年第5卷第1期。

进……此即所谓奋斗毅力也。""吾学生在校时研究学术,出校后应用所学,皆非有奋斗力不可。必扎硬寨,打死仗,从苦战以得乐,乃为真乐。人生之天职,即为奋斗。"[①]茅盾后来在文学事业上的成就,跟他早年就意识到"人生之天职,即为奋斗"这一点,有非常密切的关系。一切在人类发展的历史上有过积极影响的人物,都是在这样的战斗目标下前进的。没有这种以奋斗为人生天职的观念作为动力,大部分人都不会创造出什么有益于人类的事物来。也是出于这样的动机,他特意译述了《履人传》和《缝工传》。前者是以几个鞋匠出身的成功者的传记和轶事写成的,后者是以几个裁缝出身的成功者的传记和轶事写成的。两篇文章的主旨,都是赞扬"丈夫贵能自立"的奋斗精神。茅盾就是想以这样的精神来激励青年一代,去批判旧的思想,创造新的文明。

三

一切批判者、创造者的心灵深处,都埋藏着各自的奋斗目标:为谁而批判,为谁而创造?这也就是我们用来决定赞扬还是批评他们的试金石。如果只是为着一己的利益,或者至多为着一小部分人,那批判和创造的意义未免太渺小而微不足道了;反之,如果是为着千千万万劳动群众的利益而去批判,去创造,则他们的战斗业绩,将永远铭刻在人民的心上。

青年时期的茅盾,在文化思想战线上的纵横驰骋,无论是批判或创造,其目的只有一个,即"为人生"。这是他早期思想中的一个重要内容,也是他考虑一切问题的出发点。例如,在《俄国近代文学杂谭》一文中,就以赞赏的语气介绍说:"他们以为文学这东西不单怡情之品罢了,实在是民族的'秦镜',人生的'禹鼎';不但要表现人生,而且要有用于人生。"[②]他认为,屠格涅夫和托尔斯泰的最大特点是"老老实实地表现人生",他不止一次地反复强调:"文学是为表现人生而作的。"[③]

---

① 雁冰:《一九一八年之学生》,《学生》1918年第5卷第1期。
② 冰:《俄国近代文学杂谈》(下),《小说月报》1920年第11卷第2期。
③ 冰:《俄国近代文学杂谈》(下),《小说月报》1920年第11卷第2期。

应当怎样理解茅盾“为人生”的思想呢？不少人指出过它的积极意义，但也有人认为，它“缺乏明确的阶级观点”，并举出茅盾文章中的一些论点来佐证。例如，他的确说过：“欲使文学更能表现当代全体人类的生活，更能宣泄当代全体人类的感情，更能声诉当代全体人类的苦痛与期望，更能代替全体人类向不可知的运命作奋抗与呼吁。”“文学家所欲表现的人生，决不是一人一家的人生，乃是一社会一民族的人生。”[①]单从这些话来看，的确只能得出那样的结论来——茅盾早期思想中的“为人生”是缺乏阶级内容的。然而，这样的只从一两句话就得出结论的做法，不应该是我们研究一个作家的思想的正确方法，如果能稍稍全面地考察一下茅盾那一时期的论著，便会发现，茅盾早期思想上的“为人生”，经历了一个从不十分明确到逐渐明确起来的发展过程。而且，就在他对所欲表现的“人生”的含义还不是十分明确的时候，也曾经涉及它的具体内容。他在1920年1月《现在文学家的责任是什么？》一文中说，我们的“积极的责任是欲把德谟克拉西充满在文学界，使文学成为社会化，扫除贵族文学的面目，放出平民文学的精神。下一个字是为人类呼吁的，不是供贵族阶级赏观的；是‘血’和‘泪’写成的，不是‘浓情’和‘艳意’做成的，是人类中少不得的文章，不是茶余酒后消遣的东西！”[②]你看，这里一方面在讲“人类性”，一方面又把人分成贵族和平民，而反对文学为贵族服务，主张文学具有平民精神，这后者，实际上就是他那时所谈的“人生”的具体内容。他在《新旧文学平议之平议》中说：“我以为新文学就是进化的文学。进化的文学有三件要素；一是普遍的性质，二是有表现人生指导人生的能力。三是为平民的非为一般特殊阶级的人的。唯其是要有普遍性的。所以我们要用语体来做，唯其是注重表现人生指导人生的，所以我们要注重思想，不重格式，唯其是为平民的，所以要有人道主义的精神，光明活泼的气象。”[③]这段话，也是一方面在讲“普遍性”“人道主义”，一方面又明确表示倾向于“平民”而“非为一般特殊阶级的人”。在为“被损害民族的文学号”所写的《引言》中，也是这样，他说：“在榨床里榨过留下来的人性才是真正可宝贵

① 佩韦：《现在文学家的责任是什么？》，《东方杂志》1920年第17卷第1期。

② 佩韦：《现在文学家的责任是什么？》，《东方杂志》1920年第17卷第1期。

③ 冰：《新旧文学平议之评议》，《小说月报》1920年第11卷第1期。

的人性，不带强者色彩的人性。他们中被损害而向下的灵魂感动我们，因为我们自己亦悲伤我们同是不合理的传统思想与制度的牺牲者；他们中被损害而仍旧向上的灵魂更感动我们，因为由此我们更确信人性的砂砾里有精金，更确信前途的黑暗背后就是光明。”这里，一方面讲“人性”，一方面把更多的同情，放在那些被损害者（特别是其中的“向上者”）身上。

如果说，在1922年以前，茅盾对他自己的“人生”还不是十分明确的话，那么，在这之后，就清楚多了。他在《自然主义与中国现代小说》一文中，热切希望新文学家“注意社会问题，同情于第四阶级，爱被损害与被侮辱者。”到了1923年，他心目中的“为人生”，就具体化为要求新文学“担当唤醒民众而给他们力量的重大责任”。从这之后，他很少提“为人生”这个命题了，而代之以另一个革命内容：“一切不同派别的文学者联合起来……一致鼓吹无产阶级为自己而战。”[①]到了1925年，他就有足够的能力去批评那些空洞抽象的命题了。他认为，“在我们这世界里，‘全民众’将成为一个怎样可笑的名词？我们看见的是此一阶级和彼一阶级，何尝有不分阶级的全民众？”[②]因为在这前后，他已经出离了“为人生”的小圈圈，在叩“无产阶级艺术”的大门了。

茅盾早期“为人生”思想的形成，有着比较复杂的社会因素，但主要的是两个方面的因素：一是俄国文学和十月革命的影响。正像鲁迅后来分析的那样：“俄国的文学，从尼古拉斯二世时候以来，就是‘为人生’的，无论它的主意是在探究，或在解决，或者堕入神秘，沦于颓唐，而其主流还是一个：为人生。这一种思想，在大约20年前即与中国一部分的文艺介绍者合流。妥斯妥耶夫斯基，屠格涅夫，契诃夫，托尔斯泰之名，渐渐出现于文字上，并且陆续翻译他们的一些作品，那时组织的介绍‘被压迫民族文学’的是上海的文学研究会，也将他们算作为被压迫者而呼号的作家的。”[③]这里鲁迅是在探索文学研究会“为人生”思想的渊源，也可以看作茅盾早期“为人生”思想形成的因素之一。同时，我们都知道，阿芙乐尔的炮声，不仅报道着一个新的

---

① 坚瓠：《欧战十年纪念》，《东方杂志》1924年第14期。

② 沈雁冰：《论无产阶级艺术》，《文学周报》1925年第172期。

③ 鲁迅：《竖琴》，赵家璧编辑：《良友文学丛书》第一种，良友图书印刷公司1933年版，第432页。

时代的来临，也预示着东方人民革命力量的兴起。十月社会主义革命和马克思主义，帮助在黑暗中摸索的中国的先进知识分子，使他们能重新来思考一些问题。有些人思考的结果，便是应该像俄国文学的主流所展示的那样“为人生”。茅盾便是这样的知识分子之一。二是“为人生”思想的形成，和“五四”时代反对旧文化的斗争有着密切的关系。“五四”时代，是一个新旧交替的时代。“五四”时代旧文学的主要弊害是远离现实生活，无视正在受难中的革命人民的正义要求，成了革命前进的障碍。历史和人民要求思想文化战线上的前驱者们，勇敢地起来扫荡那些企图拉着历史倒退的旧文学，创造为人民大众服务的反帝反封建的新文学。在这种情况下，“为人生”这一特定时期的战斗口号，能够反映历史和人民的要求，能够打中旧文学的要害，必然会受到人民大众的欢迎。

也曾经有人从茅盾说过新文学是进化的文学一类字句中，断定他“为人生”思想的理论基础是进化论。这显然是缺乏说服力的。茅盾的确受过进化论观点的影响，也应用过“进化”这个词眼儿，但他没有像鲁迅那样，形成过自己的进化论观点。恰恰相反，他只是选取了进化论中的合理因素，为发展和创造中国的新文化服务。他扬弃了一些资产阶级政客们强加在进化论上的错误理解。例如，他所理解的“适者生存”，不像某些人所说的是“顺应环境”，也就是随波逐流，因为茅盾一生主张创造、革新，反对因循守旧。又如，茅盾从来没有同意过“弱肉强食”的反动观点，而是反对强权政治，同情被侮辱、被损害者。这就表明，在茅盾“为人生”的思想中，尽管有“发展”“进化”的因素，但它的理论基础绝不是进化论。

当然，也应该指出，茅盾那时“为人生”思想的理论基础，还不是马克思主义的辩证唯物主义与历史唯物主义。在1923年以前，他的文学主张的主导方面，还属于革命民主主义范畴。但是，首先，他在“为人生”思想支配下所阐发的一系列主张以及批判和创造精神，绝非一般形而上学的唯心主义者所能达到的。其次，他所希望并努力创造的新文学，也不是一般的资产阶级文学，他竭力主张文学要反映被侮辱、被损害者的命运。到了1923年，他更提出文学要反映“第四阶级”(即无产阶级)的生活。他是最早在文学上表现出要“走俄国人的路”的评论家之一。也正是上述的一些表现，证明了他的文学思想当中，已经有了社会主义的因素。这样的因素，使他有别于西方19世纪的“为人生”艺术家们，也使他有可能逐渐发展为一个无产阶级的文艺家。因此，可以说，在“为人生”思想的支配下，去批判旧文化、旧文学，创造新文化、新文学，是茅盾早期思想的重要内容，也是探讨、研究茅盾思想发展的主要突破口。本文所提出的一些看法，是为了引起学术界的注意，以便于作进一步的探讨。至于茅盾与尼采及进化论的关系，当另文详为探讨。

[原载于《山东师院学报》(哲学社会科学版)1981年第4期]

鲁迅杂文的战斗生命

书　新

“鲁迅是中国文化革命的主将，他不但是伟大的文学家，而且是伟大的思想家和伟大的革命家。”①毛泽东同志对鲁迅的科学论断和高度评价，完全正确，鲁迅光辉的战斗业绩充分表明他是当之无愧的。杂文是鲁迅战斗的主要武器，它不但在他的全部著述中占有突出的地位，而且是我国现代文化宝库中极为珍贵的财富。作为伟大的文学家，鲁迅杂文的艺术价值和它对我国文学事业的贡献，值得被重视和研究；作为思想家和革命家，鲁迅的伟大之处，可以说主要地表现于他的杂文，因而更值得重视和研究。本文仅就一个问题即鲁迅杂文具有很强的战斗生命力，做些初步探讨。

一

照通常的说法，鲁迅杂文按其内容可分为两类：一类是指向敌人的，揭露反动派诸如官僚、军阀及其外国主子和走狗文人的种种罪行等；另一类是批评群众和革命队伍中的某些消极、落后现象和错误的东西。当然这只是一种大致的划分，实际上有许多文章是兼有两种内容的，往往既有对敌人的揭露，也有对群众或革命者的批评。但是不管哪一类文章，从破坏一个旧中

① 毛泽东：《新民主主义论》，《解放》1940年第98、99期合刊。

国、促进新中国的诞生这一根本任务来说都有战斗的作用。概括地说，它们既是刺向敌人的利剑，也是唤醒和鼓舞人民战斗的号角。起了打击敌人、教育人民，帮助人民推动历史前进的作用。认识这种战斗作用，如果只是简单地同前一种划分对应起来观察，也即单从鲁迅笔锋所向，分别援例去说明打击敌人和教育人民的作用，是很不够的。事实上鲁迅杂文的两种作用有辩证统一的关系，是相互渗透、互为因果的。譬如某一文章主要是揭穿敌人某种欺骗行为的，撕破伪装，显其本相，使敌人出丑、难堪，当然是对敌人的一种打击。但与此同时，它使人民看清了骗局，加以抵制，不去上当，这就发挥了教育作用。由此而来的是使骗局失效。这对敌人来说，是更沉重的打击。由此可以看出，对敌人的揭露，之所以成为有效的打击，关键在于它使人民觉悟且使这觉悟转化为物质力量。没有后者，反动派不论如何出丑、难堪，也决不会改悔。有了后者，虽不改悔，欺骗却难以奏效。从这种意义上说，鲁迅许多批评群众或革命者的杂文，即使没有触及敌人之处，也不能忽视其战斗的意义。它们帮助人民认识、克服自己的缺点、错误，丢弃那些深受其害而不觉其害的弱点，诸如麻木、落后、怯懦、苟安、看不清敌人等。这些实质上是统治阶级长期压迫、愚弄人民造成的精神枷锁，砸烂这种枷锁，同样也是对敌人的有力打击。

鲁迅对敌人的揭露、打击，所涉方面极广。概括言之，主要是暴露反动统治者祸国殃民的各种罪恶，及其奴才们助纣为虐的劣迹。由于具体的对象、事实殊异，就使了杂文的内容极其丰富多样。这里只就鲁迅揭露反动派的“治国”术，也即统治手段这一方面，举例说明其战斗作用。

反动派统治压迫人民的手段，花样繁多，而且是不断变化的。但是万变不离其宗，根本办法无非是文武两手：谎言欺骗、麻痹和暴力威胁、镇压。鲁迅曾说：“世界现在常为受机关枪拥护的仁义所统治。”[①]实即对这两种办法的概括。他在另一篇文章中更为明确地指出：中外反动派任意行凶作恶，首先是靠“威权”，而这“威权”的构成“最要紧的还是‘武力’并非理论。不论是社会学还是基督教的理论，都不能产生什么威权。原人对于动物的威权，是

① 鲁迅：《“尘影”》，《文学周报》1928年第297期。

产生于弓箭之类的发明的"[①]。有了这武力,他们就可为所欲为,奴役、屠杀都"不必征求什么同意"。但是他们仍然需要"理论"给人"解释"。鲁迅指出,"这种解释的作用,在于制造自己威权的宗教上,哲学上,科学上,世界潮流上的根据,使得奴隶和牛马恍然大悟这世界的公律,而抛弃一切翻案的梦想"[②]。这里清楚地说明了反动统治,一方面是凭借武力施其虐政、暴行,另一方面用"理论"欺骗麻痹人民,防止造反。鲁迅杂文对敌人的揭露,包括这两个方面,而且更多地着力于后一方面,戳穿敌人的麻痹术,鼓励人民反抗斗争。

"三·一八"惨案,段祺瑞政府血腥镇压爱国学生,又下令将请愿诬为"暴动",说被杀害者是"暴徒",以此证明他们的屠杀有"理"。接着又有他们的御用文人散布"流言",说什么被杀者是"自蹈死地",是受别人的煽动利用等。但是"墨写的谎说,决掩不住血写的事实"[③]。鲁迅指出他们的言论,实质上是教人"心悦诚服地充当奴子",而且要"没齿而无怨言"(《华盖集续编·死地》),否则就该死。这就是说他们是用谎言欺骗的手段,为武力镇压助阵以制服反抗之心。对杀人者的揭露,鲁迅着重向人们指出:反动派妄图以"死"慑服人民,要人民安于作牛马,然而结果将同杀人者的愿望相反,启发人民起来战斗。惨案的当天,鲁迅就写道:"这不是一件事的结束,是一件事的开头。""血债必须用同物偿还。"[④]以后的文章中又更明确地指出杀人者"以杀人为唯一的要道,甚至当作快乐"。但他们制造的"死之恐怖",并不能"儆戒后来,使人民永远变作牛马"(《华盖集续编·死地》)。"真的猛士,敢于直面惨淡的人生,敢于正视淋漓的鲜血。""真的猛士,将更奋然而前行。"[⑤]

北洋军阀政府如此,以蒋介石为总头目的新军阀的统治亦复如此。从1927年"四·一二"反革命政变开始的大屠杀,同时也伴随着种种"解释"。鲁迅曾说:"我以为法律上的许多罪名,都是花言巧语,只消以一语包括之,

---

① 虞明:《同意和解释》,《申报·自由谈》1933年9月20日。
② 虞明:《同意和解释》,《申报·自由谈》1933年9月20日。
③ 鲁迅:《无花的蔷薇之二》,《语丝》1926年第72期。
④ 鲁迅:《无花的蔷薇之二》,《语丝》1926年第72期。
⑤ 鲁迅:《记念刘和珍君》,《语丝》1926年第74期。

曰:可恶罪。"[①]稍后又说:"凡为当局所'诛'者皆有'罪'。"[②]就是对国民党反动派为扑灭革命,枉杀无辜,却说合"法"有"理"的罪行和骗术的恰当概括和绝妙讽刺。

那些"花言巧语"的解释不只法律条文,当局者的通电、布告和演说,而且还要靠"文人"们帮忙。"世间大抵只知道指挥刀所以指挥武士,而不想到也可以指挥文人。"[③]鲁迅在另一些文章中揭露吴稚晖:"打倒……打倒……严办……严办"出于他的亲笔,他的"笔和舌",为"清党"曾"尽过很大任务"(参见《而已集·扣丝杂感》《伪自由书·新药》),他提倡的所谓"革命文学",无非是"在一方的指挥刀的掩护之下,斥骂他的敌手的"东西,鲁迅讽刺地写道:"从指挥刀下骂出去,从裁判席上骂下去,从官营的报纸上骂开去,真是伟哉一世之雄……所可惜者只在这文学并非对于强暴者的革命,而是对于失败者的革命。"[④]当反动派将屠杀人民称为"革命",许多人又把为其效力的东西误认为"革命文学"的时候,鲁迅的及时加以揭露,无疑是具有打击敌人、教育人民的作用。稍后,鲁迅还指出那些"有着'武器的艺术'的非革命的武学家"也玩起"艺术武器"——"笑眯眯的期刊就是","他们自己也不大相信手里的'武器的艺术'了罢"[⑤]。而那些"笑眯眯的"文人,虽有军阀当靠山,"然而有远见,梦中又害怕铁锤和镰刀,因此也不敢分明恭维现在的主子"[⑥],说明敌人在本质上是虚弱的。尤可注意的是,他还提出并回答了这样一个问题:"那么,这一种最高的艺术——'武器的艺术'现在究竟落在谁的手里了呢?只要寻得到,便知道中国的最近的将来。"[⑦]含蓄地表明寄希望于共产党领导的武装斗争,这不但标志着他在这时已确立了"唯新兴的无产者才有将来"的信念,而且以此鼓舞人民的斗争。

此后是中国革命深入和发展时期。国民党反动派为扑灭革命以巩固其

---

① 鲁迅:《可恶罪》,《语丝》1927 年第 154 期。
② 鲁迅:《小杂感》,《语丝》1927 年第 4 卷第 1 期。
③ 鲁迅:《小杂感》,《语丝》1927 年第 4 卷第 1 期。
④ 鲁迅:《革命文学》,《民众旬刊》1927 年第 5 期。
⑤ 鲁迅:《"醉眼"中的朦胧》,《语丝》1928 年第 4 卷第 11 期。
⑥ 鲁迅:《"醉眼"中的朦胧》,《语丝》1928 年第 4 卷第 11 期。
⑦ 鲁迅:《"醉眼"中的朦胧》,《语丝》1928 年第 4 卷第 11 期。

统治，在军事和文化等方面不断加强反革命“围剿”；即使在日寇入侵，民族危机深重的情况下，也是喊着“攘外必先安内”的口号，一面开门揖盗，一面加强“围剿”。与此同时，他们那些旨在麻痹人民的“解释”，也更加花样百出。成为共产主义者的鲁迅，在这个时期的战斗也更加出色。

鲁迅谈到反动派对文艺的压迫和摧残时，曾说：“文艺不但是革命的，连那略带些不平色彩的，不但是指摘现状的，连那些攻击旧来积弊的，也往往就受迫害。这情形，即在说明至今为止的统治阶级的革命，不过是争夺一把旧椅子。去推的时候，好像这椅子很可恨，一夺到手，就又觉得是宝贝了，而同时也自觉得自己正和这‘旧的’一气。”[①]这一马克思主义的论断，本质地说明了蒋介石集团的文化“围剿”同军事“围剿”一样，是为了维护他们的“旧椅子”——政权，赖以作威作福，奴役人民的宝座。“称‘人民’为‘反动分子’是党国的拿手好戏”[②]，凡有害于那“旧椅子”者，都被视为“反动”。而其对付的办法，鲁迅在一篇文章中揭露，主要是消除“智识过剩”带来的“恐慌”，同时实行两种“教育”。鲁迅写道：“智识过剩何以会闹恐慌？……智识太多了，不是心活，就是心软。心活就会胡思乱想，心软就不肯下辣手。结果，不是自己不镇静，就是妨害别人的镇静。于是灾祸就来了，所以智识非铲除不可。”[③]与此同时还“必须予以适当实用之教育，第一，是命理学——要乐天知命，命虽然苦，但还是应当乐。第二，是识相学——要‘识相点’，知道点近代武器的利害。”并举例说“要叫人懂得电学，最好是使他触电，看痛不痛；要叫人知道飞机等类的效用，最好是在他头上驾起飞机，掷下炸弹，看死不死……”[④]

人民的觉悟，特别是阶级觉悟的提高，是对反动派的最大威胁，所以他们极力反对马克思主义的阶级斗争学说，教人“乐天知命”或“安贫乐道”。“日本固然不准谈阶级斗争，却并不说世界上并无阶级斗争，而中国则说世界上其实无所谓阶级斗争，都是马克思捏造出来的，所以这不准谈，为的是守护真理。”[⑤]鲁迅对梁实秋在这“守护真理”的旗帜下鼓吹人性论所进行的

---

① 鲁迅：《上海文艺之一瞥》(续)，《文艺新闻》1931 年第 21 期。

② 佩韦：《“智识劳动者”万岁》，《十字街头》1932 年第 3 期。

③ 鲁迅：《智识过剩》，《申报·自由谈》1933 年 7 月 16 日。

④ 鲁迅：《智识过剩》，《申报·自由谈》1933 年 7 月 16 日。

⑤ 鲁迅：《中国文坛上的鬼魅》，《现代中国》1934 年第 1 卷第 5 期。

批判，是大家熟知的。这里只谈一点，梁实秋曾说："一个无产者假如他是有出息的，只消辛辛苦苦诚诚实实的工作一生，多少必定可以得到相当的资产。这才是正当的生活斗争的手段。"[①]鲁迅指出这种教人"'辛辛苦苦'爬上有产阶级去的'正当'的方法，则是中国有钱的老太爷高兴时候教导穷工人的古训"[②]。无产者觉悟起来，要夺取政权财权，因而"梁先生的忠告"，是一种使无产者"呕吐"的，"只好和老爷们去相互赞赏"的东西(《二心集·"硬译"与文学的阶级性》)。鲁迅后来还曾明确指出他教穷人"往上爬，爬到富翁的地位"，使奴隶都有成"神仙"的幻想，那么"天下自然太平了"(《准风月谈·爬和撞》)。针对那种"穷人终是穷人，你要忍耐些"，以命运说为根据的"安贫"哲学，鲁迅指出："古今圣贤的主张此说者"虽多，但"不安贫的穷人'终是'很不少。"[③]虽说"安贫诚然是天下太平的要道"，但他们既无法使人确信自己的穷命，也就"不能令人死心塌地"。即使借"优生学"帮忙，"冀以济运命说之穷"，也是枉费心机。因为"历史又偏偏不争气，汉高祖的父亲并非皇帝，李白的儿子也不是诗人"[④]。总之教人安贫的"运命说之毫不足以治国平天下，是有明明白白的履历的"[⑤]。

鲁迅将反动派用牢狱、电刑之类囚禁、残害革命者，用武力"围剿"红军屠杀人民这两类暴力镇压手段称之为"识相学"，既是对其罪行的揭露、讽刺，也是对敌人欲借"酷刑"和"死"的恐怖使人民莫再"效尤"这种企图的嘲弄。鲁迅有些文章就着重揭露了这种"教育"企图的破产。谈到"酷刑"，鲁迅说它的"发明者和改良者，倒是虎吏和暴君，这是他们唯一的事业"[⑥]，是他们用以"威民"和"除奸"的。又说反动统治阶级"向来只怕'奴隶造反'"。他们"要防奴隶造反，就更加用'酷刑'，而'酷刑'却因此更到了末路"。同他们的愿望相反，"酷的教育"的结果是使人民"踏着残酷前进，这也是虎吏和暴

① 梁实秋：《文学是有阶级性的吗？》，《新月》1929年第2卷第6、7期。
② 鲁迅：《"硬译"与"文学的阶级属性"》，《萌芽月刊》1930年第1卷第3期。
③ 参见倪朔尔：《运命》，《申报·自由谈》1934年2月26日。
④ 倪朔尔：《运命》，《申报·自由谈》1934年2月26日。
⑤ 倪朔尔：《运命》，《申报·自由谈》1934年2月26日。
⑥ 洛文：《偶成》，《申报月刊》1933年第2卷第10期。

君所不及料，而即使料及，也还是毫无办法的”[①]。在另一文章中，鲁迅还曾指出，敌人还在“新发明的叫做‘反省院’的特种监狱里，施着教育”。一方面“是将三民主义时时讲给犯人听，使他反省着自己的错误”。一方面教他们“做排击共产主义的论文”，要是“不肯做，或不能做”和“做得不够格”，只得“终身反省”，“非反省到死不可”。这种“教育”的效果如何呢？出来的少，进去的多，可见收效了了。至于“考完放出的良民”，鲁迅讽刺道：“大抵是萎靡不振，恐怕是在反省和毕业论文上，将力气使尽了罢。那前途，是在没有希望这一面的。”[②]这岂止是讽刺“良民”的变节？更重要的是在讽刺那“良民”制造者的失败。的确“那前途，是在没有希望这一面的”。这又岂止是那“教育”措施而已哉？蒋家王朝的“旧椅子”终会被人民推翻砸烂，无论怎样挥舞钢刀和软刀都是守不住的。

二

“辣手的文明批评家，总要多得怨敌。”[③]鲁迅正是这样的作者。如他自己所说，“我自作评论以来，即无时不受攻击”[④]。这些攻击多数来自反动营垒和站在它一边的文人学士。鲁迅杂文伤及他们的共同利益，戳到了要害和痛处，因而他们十分仇恨，深恶痛绝，用造谣诬蔑的卑劣手段加以种种罪名、恶谥，什么拿卢布、汉奸、学匪、秀贼，以及各种污言秽语谩骂攻击。鲁迅曾说：“憎恶之久、憎恶之多，就是效力之大的证据。”[⑤]虽是为着另一问题，但借这句话说明鲁迅杂文的遭遇和效果倒是十分恰当的。

除文人的攻击之外，更有反动当局的压迫。鲁迅不但先后遭到段祺瑞政府和蒋介石集团的通缉，而且还曾被列入暗杀名单。卅年代鲁迅杂文遭到检查删改者不计其数，已出之书陆续被禁，几乎无一幸免。鲁迅杂文“多

---

① 洛文：《偶成》，《申报月刊》1933 年第 2 卷第 10 期。
② 鲁迅：《关于中国的两三件事》，日本《改造》月刊 1934 年 3 月号。
③ 鲁迅：《〈出了象牙塔〉后记》，《语丝》1925 年第 57 期。
④ 《鲁迅文集Ⅲ》，甘肃文化出版社 2018 年版，第 144 页。
⑤ 鲁迅：《“论语一年”》，《论语》1933 年第 25 期。

讥评时事，攻讦政府当局之处”[1]。这是敌人查禁《伪自由书》的自供，也即查禁和攻击的主要原因。他们想借文人的攻击诬蔑，贬损鲁迅的声望，从而削弱鲁迅作品在读者中的影响，又想借法西斯手段，使群众不敢读，或无法读到鲁迅的作品，以绝影响的根源。然而这些都成为徒劳。尽管他们说什么鲁迅杂文“没有一读的价值”，不入文学之林，是“骂人文选”，是堕落的产物，是不负责任的文体等等，但终不能使之跌价，照样是一版再版的销行。尽管印售鲁迅著作有遭“武力征伐”的危险，而《准风月谈》当时却有三家书商争着要印。此书和《南腔北调集》虽在上海被查禁，而北京却有人用石印版重印。盗印者虽为牟利，但也说明他知道广大读者对鲁迅的作品是需要的。鲁迅对书商的盗印，历来憎恶，这回却称赞说：“代为‘普及’意尤可感。”[2]又说：“当此买书不易之时，对于读者也是一种功德，而且足见有些文字，是不能用强力遏止的。”[3]这些事实集中地说明了一点：读者喜爱，文攻力禁，皆不可夺。这正表明鲁迅杂文具有强大的生命力。

鲁迅的杂文为何深受读者喜爱，而有很强的生命力？这同作者娴熟的艺术技巧，赋予作品的那种能够悄悄地深入人心、紧紧地抓住读者的魅力是分不开的。他的许多杂文确实有这种魅力。它能使你入目不肯释手，掩卷回味无穷，重读仍觉新鲜，细品趣意更浓。可说是常读常新，百读不厌。文学是一种语言艺术，同样的意思，采用不同的语言和表达方式说出来，给人的印象和感受，大有深浅强弱之别。他的杂文的魅力，主要就是得力于巧妙地运用语言和灵活多样的章法。这两个方面的结合即构成了独具特色的所谓“鲁迅式”的风格。他让你听着“蚊子的哼哼”，叭儿吠鸣之类的“音乐”，却恍然明白了它们是说吃人有理；他让你看古今“训兽”与“牧民”之法，和“山羊”的表演，却想到了反动派“治国平天下”的权术；他讲着火神、皇帝的故事，却使你看见了人间地狱主宰者的面目和心思，他让你在显微镜下观察社会的“脓汁”之类，却发现了先前不曾留心的肮脏，感到必须把它除去……总之它使人在艺术享受的同时，也得了种种新的教益。

---

① 转引自朱正编：《鲁迅手稿管窥》，湖南人民出版社 1981 年版，第 151 页。

② 《鲁迅书信集》，人民文学出版社 1976 年版，第 310 页。

③ 《鲁迅书信集》，人民文学出版社 1976 年版，第 580 页。

鲁迅杂文的生命力同它的艺术魅力固然是密切相关的，但其根源则在于它的真实。这种真实是指作品如实地反映现实生活中某种事物的面貌和一定的本质。这种反映不可能是纯客观的，必然包含着作者的认识和评价。也就是说，所谓真实，就是作者的主观认识和评价同客观对象的实际相符合。前者同后者的一致性愈高，也即真实性愈强，那就愈接近于事物的本质。一般说来，这样的作品同真实性较差者相比，它的战斗生命力就更强。完全虚假毫无真实性的东西是没有生命的。单是摆出某种现象或事实，也不一定有战斗生命。为便于具体说明这点，且看鲁迅的《〈剪报一斑〉拾遗》一文。它照录了登在报上的一则妓院主人的启事，内容是标出“赏格”要人协助找回逃走的一名妓女。鲁迅除具体交代剪报出处之外，最后这样写道：“妓院主人也可以悬赏拿人，至少，可以使我们知道所住的是怎样的国度，或不知是怎样的国度者也。”[①]假定没有这几句话，单是指出某日某报登有这样的启事，虽说鲁迅所指是事实，但那就无异于直接从原来的报上看到它，并无什么革命战斗作用。因为没有作者对它的态度和评价，也就无从论其反映什么本质。但有了这几句话情况就大不相同了，它含蓄地显示了作者对这一社会现象的认识和评价，即强烈的憎恶和讽刺。而且也触及了事物的本质（即同社会制度的联系）。作者对它的认识评价，即憎恶和讽刺，是其“罪有应得”，符合对象的实际。所以这种反映是“真实”的。因而能令人发生同感，觉得应该消灭这种现象。于是作品就获得了战斗生命。就是根据这样的理解，所以我们说鲁迅杂文的战斗生命，根源在于真实。

为什么真实性能够决定杂文的战斗生命呢？首先应该说明，作品的所谓生命是指它有某种东西受到读者喜爱，因而能够活在读者的心上，如果谁都不喜爱，任何人的心上都没有它，还有什么生命可言呢？但是仅仅引人喜爱（例如古代神话，它能给人以艺术享受，因而令人喜爱），还不成其为战斗生命。构成战斗生命的应是另一种使读者喜爱的东西——作品内容于读者生活相关而有益的东西。就人民大众来说就是作品的真实性，读者由此得到新的认识、新的觉悟，变革生活的希望和信心等等有益的东西，因而喜爱

① 盈昂：《〈剪报一斑〉拾遗》，《语丝》1928年第4卷第37期。

它。可见作品因此而活在读者心上，才能获得战斗的生命。

“现在的艺术，总要一面得到蔑视，冷遇，迫害，而一面得到同情，拥护，支持。”[①]鲁迅的杂文也即一直处在这种境地。反动派同人民群众的利害是相对立的，对鲁迅杂文的爱憎相反即根源于此。反动派仇视鲁迅的杂文，原因并不在艺术性方面，而在它的思想内容。在于它真实地反映了社会生活，将反动派玩的各种把戏拆穿，将他们力图掩盖和歪曲的各种事物的真相告知读者。“事实是毫无情面的东西，它能将空言打得粉碎。”[②]古今中外“凡是倒掉的，决不是因为骂，却只为揭穿了假面”。——“就是指出了实际来。”[③]如此，鲁迅的杂文对于反动派的统治和压迫是非常不利的，是种瓦解破坏的力量。也正因为如此，它对人民群众是极有益的，有益于他们认识现实，看清敌人，明确应走的道路，以至奋起而反抗和斗争。它是“能和读者一同杀出一条生存的血路的东西”，同时“也能给人愉快和休息”，而这“愉快和休息是休养，是劳作和战斗之前的准备”[④]。群众因此而喜爱它，这是任何办法都不能扼杀的。从根本上说，鲁迅杂文就总体而言，对现实生活诸多方面的真实而又深刻地反映，既体现了历史发展的必然趋势，也体现了人民群众变革现实，改造世界，推动社会前进的理想、愿望和要求。这是鲁迅杂文具有强大战斗生命力的根本所在。

三

鲁迅杂文，如前所述，在埋葬旧社会，创造新中国的战斗中，的确发挥了巨大的作用。今天，我们面临的历史任务是把伟大祖国建设成为现代化的，高度民主、高度文明的社会主义强国。在这新的战斗征程中，鲁迅的杂文，仍然大有“用武之地”，对我们的事业仍有巨大作用。一方面，这是因为鲁迅当年批判过的一些有害事物，现在并未绝迹，而且还在继续为害。正如列宁

① 鲁迅:《一八艺社习作展览会小引》,《文艺新闻》1931 年第 14 期。

② 史贲:《安贫乐道法》,《申报·自由谈》1934 年 8 月 16 日。

③ 鲁迅:《“招贴即扯”》,《鲁迅选集》第 4 卷,人民文学出版社 1995 年版,第 141 页。

④ 鲁迅:《小品文的危机》,《现代》1933 年第 3 卷第 6 期。

所说:“旧的社会制度消灭了,但它在人们的意识中是不能一下子消灭的,还会有不少的人留恋过去。”[①]另一方面是因为鲁迅杂文中包含着极为丰富的具有普遍意义的真理和值得借鉴的历史经验。我国剥削阶级作为阶级虽然已不存在,阶级斗争已不是主要任务,但仍然有阶级斗争,况且先进与落后,正确与谬误,革新与保守之间的矛盾和斗争是没有止境的。只有斗争才能发展前进。学习鲁迅杂文必将有助于我们在斗争中战胜落后、谬误、守旧和各种有碍前进的东西,不断夺取四化建设的新胜利。

列宁说过,“俄国经历了三次革命,但仍然存在着许多奥勃洛摩夫,因为奥勃洛摩夫不仅是地主,而且是农民,不仅是农民,而且是知识分子,不仅是知识分子,而且是工人和共产党员。我们只要看一下我们如何开会,如何在各个委员会里工作,就可以说老奥勃洛摩夫仍然存在,所以必须长期地洗刷清扫他,督促鞭策他,才会产生一些效果”[②]。既然奥勃洛摩夫在俄国十月革命很久之后还活着,而且在工人和共产党员中都有这样的人物,那么鲁迅时代的一些有害的东西,还残存在我们的生活中,也就不是什么不可理解的怪事了。事实上有些人的作为和心理状态,在鲁迅杂文中不难找到一幅形神毕肖或基本相似的画像,下面试举数例来看。

《热风》中有篇随感录引了《北史》的一段文字,大意是:有一位皇后善妒,乘皇帝听朝之机,将他最喜爱的美女偷偷杀掉了。皇帝为此大怒,单骑出走,有奴才追来谏归,这位皇帝叹息道:“吾贵为天子,不得自由。”鲁迅在引文之后写道:“这又不是与现在信口主张自由和反对自由的人,对于自由所下的解释,丝毫无异么?”[③]在那位皇帝看来,既然“贵为天子”,是至高无上的权威,就该有随心所欲的绝对自由,宠爱美女,岂容受到干涉?“五四”时期,要求自由的呼声,是冲击封建桎梏的束缚,促进改革的呐喊,声势很壮,于是就有人也来“主张”拥护,但他向往追求的却是那皇帝式的自由。另一种人则把进步的自由呼声都诬蔑为这样的自由,以阻碍改革,维护旧物。今天,在我们的周围有没有类似的人物呢?有些人心目中的“自由”是任我为

① 《列宁全集》第29卷,人民出版社1956年版,第10页。
② 《列宁全集》第33卷,人民出版社1957年版,第194页。
③ 鲁迅:《热风·而已集》,万卷出版公司2015年版,第47页。

所欲为，不要任何组织纪律、道德、法律的约束，实则是向往资产阶级式的自由化。也有些同志把前进中出现的一些问题归咎于党和国家采取的一些新的正确的政策，以反对前一种倾向为借口，老想限制群众正当的要求和呼声，甚至对新的政策怀疑抵触。这两种人和鲁迅笔下的人物不是很相似吗？他们的"主张"和"反对"都有碍于前进和改革。我们是人民民主专政的社会主义国家，人民是国家的主人，享有民主自由的权利，而且正在日益扩大这种权利，为了最大限度地调动和发挥人民群众为四化建设而奋斗的积极性和创造精神，这是完全必要的。自由化的倾向极为有害，是必须反对和纠正的。但这绝不应成为一些人搞一言堂或抱着一些应当抛掉的东西硬是不放的借口。

《华盖集·这个与那个》(之四)，有这么几句话："改革的事倘不是一下子就变成极乐世界，或者，至少能给我(!)有更多的好处，就万万不要动！……"[①]

"那么，他是保守派吗？据说：并不然的。他正是革命家。唯独他有公平、正当，稳健，圆满，平和，毫无流弊的改革法，现在正在研究室里研究着哩，——只是还没有研究好。"[②]这里画的是当时一些"于旧状况"是"心平气和"，而"于较新的机运"就"疾首蹙额"，对"已成之局"是"委曲求全"，对"初兴之事"就"求全责备"的人物肖像。时至今日，还使人觉得仿佛画着我们周围的人物。当然，我们面临的"已成之局"与那时有根本不同，最重要的就是党的领导和社会主义制度，这是我们必须坚持的，决不容许以任何借口加以损害，但是我们在各个领域的确还有种种有待改革的东西，这也是"已成之局"的一部分。党的三中全会以来，我们正在有步骤地对这"一部分"进行改革，为振兴中华，使之繁荣昌盛，这是完全必要的，也是不能遏止的。我们应当把鲁迅勾勒的那幅肖像作为鉴戒，切莫做那"画中人"，把它当作镜子，常常拿来照一照，发现相似之处，赶快进行自我纠正。所谓"极乐世界"，谁都知道，绝不是任何"改革"就能"一下子"实现的，世界上根本不会有这样的"改革"。任何"初兴之事"——新生事物，开始难免有这样那样的缺点，改革

① 鲁迅：《这个与那个》(之四)，《国民新报》1922 年 12 月 22 日。
② 鲁迅：《这个与那个》(之四)，《国民新报》1922 年 12 月 22 日。

的方案计划也只能在实践中得到检验和完善，在这过程中，也难免有点“流弊”。这些也是人们熟知的马克思主义的常识。如果既已懂得，却又以种种“理由”拖延，阻拦改革，那就无论说得多么好听，也掩不住内心的声音——倘不是“能给我(!)有更多的好处，就万万不要动”[1]。那恐怕就是“正在阔气的要维持现状”(《而已集·小杂感》)了。但是鲁迅又曾经说过：“维持现状说是任何时候都有的，赞成者也不会少，然而在任何时候都没有效，因为在实际上决定做不到。”[2]又说：“当然，在流行时，倘无弊害，岂不更是非常之好？然而在实际上，却决没有这样的事。……维持现状的事也是没有的，一定有改变。有百利而无一弊的事也是没有的，只可权大小。”[3]这些话虽是为文字改革说的，却包含着普遍的真理，对我们有极大的教益。

战胜谬误，需要真理，更需要敢于坚持真理的战士。鲁迅就是这样的一个典范。他一生都在追求真理，具有唯真理是信的精神。他用真理之剑劈刺谬误，在战斗中也阐扬了真理。鲁迅杂文中，真理性的内容甚为丰富。要很好地研究、吸取、运用这些宝贵财富，必须首先学习鲁迅那种严格的实事求是的科学态度和他那为革命而坚持真理的精神。在这方面他有许多主张、言论，本身就是—或包含着今天还应坚持的真理。例如他曾说：“虽是一个残废人，倘在主张健康运动，他绝对没有错；如果提倡缠足，则即使是天足的壮健的女性，他还是在有意的或无意的害人。”[4]这里据以取舍的原则不是某人所说，而是看其是非，也即看其所言是否合于真理。是真理无论出于谁口，都是对的，应该赞成，反之，若是谬误无论谁说都应反对。鲁迅这一原则，难道我们不该恪守吗？且不说多年来那种因人废言、因人立言的风气造成的苦果我们尝够了，单是至今还有些人对待批评意见，总是先看对方的“资格”以定取舍，就足以看出提倡鲁迅的原则十分必要。再如鲁迅为了解释何以为肖伯纳“辩护”，曾打过趣浓意深的比方：“假如我们设立一个‘肚子饿了怎么办’的题目，拖出古人来质问罢，倘说‘肚子饿了该争食吃’，则即使

① 鲁迅：《这个与那个》，《鲁迅杂文集》，万卷出版公司 2013 年版，第 197 页。

② 旅隼：《从“别字”说开去》，《芒种》半月刊 1935 年第 1 卷第 4 期。

③ 旅隼：《从“别字”说开去》，《芒种》半月刊 1935 年第 1 卷第 4 期。

④ 仲度：《汉字和拉丁化》，《中华日报·动向》1934 年 8 月 25 日。

这人是秦桧，我赞成他，倘说‘应该打嘴巴’，那就是岳飞，也必须反对。如果诸葛亮出来说明，道是‘吃食不过要发生温热，现在打起嘴巴来，因为摩擦，也有温热发生，所以等于吃饭，’则我们必须撕掉他假科学的面子。”[①]这个比喻在原文中的用意，主要说明萧伯纳当时的言论打击了殖民主义者奴隶式的教育，以致遭到中外反动派的攻击，因而应该支持他。如果因为他“有些虚伪”而攻击他，就等于支持反动派。所以他最后指出，“对于萧的言论，侮辱他个人与否是不成问题的，要注意的是我们为社会的战斗上的利害”[②]。这段话虽是就一具体问题而说，但它的主要精神对我们却有重要意义。我们从中至少可得以下启发：一是对一种言论的支持或反对，应看它是否正确，是否对人民对革命有益，而不是根据某人过去的“品行”好坏，判断是非取舍；二是，在这里分明地体现出鲁迅唯真理是从，以革命利益为重，并自觉地将两者结合起来的原则精神，非常值得大力发扬；三是鲁迅对那为“打嘴巴”辩护的假科学特别憎恶，也值得我们格外留意。它比直说“打嘴巴”更能骗人。“四人帮”横行时期的风派理论家就是玩这类把戏的人物。警惕这类人物，随时给以揭露很有必要。

从以上这些例子可以看出，尽管我们所处的时代和面临的任务，跟鲁迅执笔战斗时的情况大不相同，但他的杂文仍有巨大的现实意义，能够帮助人们在新长征的道路上披荆斩棘，胜利前进，是毫无疑义的。当然，也应该看到，由于时代和任务的变化，鲁迅杂文的战斗作用也有变化。鲁迅当年的战斗是为催促旧社会的灭亡和新社会的诞生，他所批判的东西是那个社会的必然产物，是反动统治阶级的所作所为，以及受其保护和利用的东西。我们借助鲁迅的杂文同这类东西的遗毒作斗争，只能是为了捍卫我们的社会主义国家，促进她的繁荣和富强。也就是说，鲁迅杂文战斗作用的性质与先前是不同的。其次，各类思想内容的杂文，在现实生活中的地位，作用的领域或范围，也有起伏、消长的变化。譬如先前非常重要的，有些今天也许不那么重要了，但在一定条件下（如某种有害倾向的“复活”），在某一领域内又会

---

① 魏猛克、鲁迅：《两封通信》，《论语》半月刊1933年第19期。

② 解放军报社编：《鲁迅佚文辑》，解放军报社1976年发行，第240页。

显得重要起来。还有一些思想内容的现实意义，又比先前更为突出了等等。所有这些变化，都有历史的必然性，只有以马克思列宁主义毛泽东思想为指导，严格地按照实事求是的科学态度和方法观察分析问题，防止某些不良倾向，才能更好地学习发扬鲁迅的革命精神，激励亿万人民为实现四化的宏伟目标奋斗。

[原载于《山东师大学报》(哲学社会科学版)1981年第5期。有改动]

漫谈《龙须沟》的创作

刘金镛

著名话剧《龙须沟》是老舍先生剧作中的优秀代表，也是我国当代话剧创作初始阶段上结出的硕果，在当代话剧创作史上是具有奠基意义的。

老舍的这个剧本写于1950年夏天(最初连载于《北京文艺》1950年9月创刊号和10月号上)，这时，距离新中国成立，作家自海外讲学归来仅仅半年多一点的时间，在短短半年的时间里能写出这样一部表现新旧社会根本性变化的大型剧作，而且取得了巨大成功，实在是难能可贵的。这部作品创作过程中所包含的许多宝贵经验，是值得我们认真加以研讨和学习的。

本文是笔者在教学过程中学习《龙须沟》创作的片段体会，自知是肤浅的，而且难免有不当之处，恳请读者批评指正。

“在我的二十多年的写作经验中，写《龙须沟》是个最大的冒险。”[①]

《龙须沟》通过人民政府为人民改造一条又臭又脏的水沟事件，谱写出一曲对新社会，对党和人民政府的淳美、真挚的颂歌。写这样一曲颂歌，在当时对老舍先生来说，无疑是一个崭新的艺术课题。因为，纵观老舍的创作，他的现实主义成就主要表现在真实地描写旧社会下层群众的悲苦境况和挣扎上，老舍从这个方面尽到了自己暴露和批判旧社会种种罪恶与黑暗的责任。他同情劳动群众，希望他们能有光明和新生。但是光明何在，怎样

---

① 老舍:《〈龙须沟〉写作经过》,《人民日报》1951年2月4日。

获得新生，老舍自己是不甚清楚的。因此，在这之前，他写了二十多年，却一直缺乏以大型作品全力讴歌光明与新生的创作实践，也因此要来描写刚刚开始不久的新社会、新生活，和许多同辈作家一样，老舍是缺乏必要的经验可循的。他清楚地看到了这种情况，在《"龙须沟"写作经过》一文中，一开始他就写道："在我的二十多年的写作经验中，写《龙须沟》是个最大的冒险。"[①]所谓"冒险"，就是说创作中将有很大的困难，能否成功，自己是没有把握的。但是，他并没有被困难吓倒，也没因过分考虑成败得失而矜持止步，相反地，面对新的艺术课题，他知难而进，勇敢地进行探索与开拓。所以，我觉得他所说的"冒险"，不止表现出他对困难的清醒估计，而且更重要的是表现出他要克服困难，开辟新的创作天地的一种自觉的努力精神。这是作家跨入新时期之后焕发出来的一种孜孜不倦的进取精神，正是依靠这种精神老舍才取得了《龙须沟》剧作的成功，并由此把他的现实主义创作推进到一个崭新的境地。新中国成立初期，与老舍同辈的作家面对新生活大都经历了一个深入感受和思索的过程，因而，在创作上也多数表现出一个相对沉默的阶段。在这种情况下，老舍能够率先"冒险"，继大型话剧《方珍珠》之后，又写出了脍炙人口的《龙须沟》，其意义是不同凡响的。他的这种勇于开拓和探索的"冒险"精神是从哪里来的呢？关于这一点，老舍先生自己有很坦率的剖白，他说："冒险有时候是由热忱激发出来的行动……我的感激政府的热诚使我敢去冒险。"[②]这就是说他的"冒险"精神来自对党和人民政府的无比感激和拥戴，来自对新社会、新生活的真挚、饱满的政治热情。真挚、饱满的政治热情，对于一个人民作家来讲，永远是一种极宝贵的品质，是使创作永葆生命力的源泉。我们的作家大都不缺乏这种品质，而老舍先生对新生活，新社会的政治热情却似乎特别强烈、深厚，由此形成一种勇往直前、不可遏止的创作冲动。其所以如此，就在于他的这种政治热情是深深地扎根于对历史和现实生活的强烈对比性的深切体验，是从他与人民群众之间在思想上和感情上始终保持着的一种同命运、共甘苦的亲密关系中产生出来的。

---

① 老舍：《〈龙须沟〉写作经过》，《人民日报》1951年2月4日。

② 老舍：《〈龙须沟〉写作经过》，《人民日报》1951年2月4日。

“老舍的力量，就在于他和劳动人民溶在一起”，“在文艺领域里，他代表了中国人民”。[①] 老舍的童年和青年时期的生活是相当清苦的，这种生活地位与境况使他同下层苦难群众有了十分密切的接触往来，形成了他对劳动人民手足般的了解和同情。新中国成立伊始，老舍自海外归来，回到阔别多年的故乡北京，他不能不格外密切地关注着北京市劳动群众生活和精神上所发生的种种变化，他很快发现，随着新社会的建立，“人的心和人的眼一齐见到了光明”[②]。这使他感奋不已。他在一篇题为《我热爱新北京》的散文中谈到修整龙须沟的事情时写道：

> 最使我感动的是：这个为人民服务的政府……特别顾到一向被反动派忽视的偏僻地方。在以前，反动政府是吸去人民的血，而把污水和垃圾倒在穷人的门外，叫他们去“享受”猪狗的生活。现在，政府是看哪里最脏，疾病最多，便先从哪里动手修整。新政府的眼是看着穷苦人民的。[③]

“新政府的眼是看着穷苦人民的”，老舍是用人民群众的心肠去感受新生活的幸福，去体验和认识新社会的各项政策及其真正为人民服务的性质的。正因为如此，在他的心中才涌现起对党和人民政府的由衷的感激和拥戴，并激发出讴歌党和人民政府的难以遏止的创作冲动。剧本《龙须沟》的主题是鲜明、强烈的，也是非常及时的，它是人民心声的结晶。老舍是从他与人民群众同命运、共呼吸的体验中获得这个戏剧主题的。

总之，《龙须沟》的创作表现出老舍先生努力反映和歌颂新生活、新社会的勇气和探索精神，作家的这种勇气和探索精神是由他对新社会、新生活的真挚、饱满的政治热情中激发出来的。老舍之所以产生对新社会、新生活的强烈热忱，从根本来说，是因为他在思想上，情绪上始终和劳动群众保持着同命运，共呼吸的血肉联系。

“我心中看到一个小杂院，紧挨着臭沟沿儿。”[④]

---

① 参见曹禺：《〈老舍的话剧艺术〉序》，《人民日报》1980 年 12 月 20 日。

② 老舍：《我热爱新北京》，《人民日报》1951 年 1 月 25 日。

③ 老舍：《我热爱新北京》，《人民日报》1951 年 1 月 25 日。

④ 老舍：《〈龙须沟〉写作经过》，《人民日报》1951 年 2 月 4 日。

为了创作《龙须沟》，老舍进行了很多准备工作：阅读修整龙须沟的有关文件，亲往修沟工地观看修沟工程的进行，还请剧院的青年同志随时代为了解有关情况。这些准备活动使他对所要描写的素材有了较细的了解。但是，仅凭这些了解，他仍迟迟不能动笔，因为他不愿把剧本写成生活事件的报道性实录，而如何把丰富的素材转化为生动的戏剧艺术，他一时找不到切入进去的突破口，“想了半个月之久，我想不出一点办法来”，他陷入了创作苦闷之中。在苦闷的半个月里，有一个小杂院却时时地萦绕在他的心中。那是他到龙须沟工地参观时看见的一个小杂院——小杂院紧挨着臭沟沿儿，院子很小，屋子很小很低很破，窗前晒着些湿漉漉的破衣、破被，有几个妇女在院中忙着各种活计。因为刚下过雨，院墙倒塌，故而院中的情形可以看得很清楚。这个小杂院给他留下深刻的印象，时时呈现在他的面前，吸引着他的关注。于是，他“灵机一动”，抓住了这个小杂院，让它作了剧本的舞台，进而在杂院中安排上几户人家——有了人就有了事，从杂院居民在新旧社会，在修沟前后的截然不同的生活境况和命运中去表现改造臭沟的事件并揭示其所包含的深刻社会意义。这样，从选取和设置舞台做入口，他终于打开了进入创作的契机，苦苦思索的一个重要问题得到了明确的解决，剧本的整体构思也豁然开朗了。

戏剧是舞台艺术，没有舞台，便没有戏剧。因此，在剧本创作中选取和设置一个怎样的舞台，常常是影响剧本成败得失的重要环节。老舍让小杂院作为《龙须沟》的舞台，使全剧的三幕六场，除第三幕的第一场外，都在杂院中展开，这样的处理符合戏剧艺术集中性的要求，而且是颇具匠心的。第一，剧本的特定选材要求必须写那条臭沟，但是硬把臭沟搬上舞台，是不会收到理想的艺术效果的。这是一个困难，老舍在创作之初就考虑到了这个困难。以小杂院为舞台，杂院居民的生活时时、处处都与臭沟有联系，这样就可以从他们的生活遭遇中随时对臭沟加以烘托、渲染。不正面写沟，却让读者感受到臭沟无处、无时不在，这就解决了那个艺术表现上的难题。第二，在小杂院里居住的多是下层劳动者，他们的生活状况、社会地位一般都是更为贫苦、低下的，因而对臭沟的危害他们感受最深，要求改变臭沟面貌的愿望最强烈，臭沟得到整修后他们所感到的欢欣鼓舞也更真挚、强烈。因此，以小杂院为舞台，写杂院居民的生活状况及其变化，更宜于充分地表现改造臭沟这件事情所产生的强烈影响及其意义。老舍说："这个小院就是臭沟沿儿上的一块小碑，说明臭沟的罪恶。"[①]我体会，也就是这个意思。第三，这种杂院差不多是北京市城市生活中特有的事物，以它为舞台，最宜于表现出北京劳动市民特有的民情风貌，使作品富有鲜明、浓郁的地方色彩。《龙须沟》戏剧场面中的那种诱人的"北京味"与这样的一个舞台是有很大关系的。第四，老舍住过杂院，熟悉杂院，而且在过去的一些作品中多次描写过大小杂院，在这方面他有丰富的经验。因而以杂院作舞台展开戏剧，有助于调动他旧有的生活和艺术方面的积累，无疑是给自己找到了一个可以自由驰骋的天地，在这个天地中是最宜于充分表现他的创作个性和才华的。

老舍很风趣地说，他"灵机一动"，才抓住了那个杂院让它作为舞台的，这是很耐人寻味的。剧本中作为舞台的杂院是老舍的创造，当然与生活中的那个杂院已经有了许多的不同；但是，生活中的那个杂院却给了他的创作极大的启迪力量，所谓"灵机一动"，用艺术创作的术语讲，就是创作灵感的作用，那个小杂院正是触发他的创作灵感的媒介物。创作灵感是作家在创作活动中由于思想的高度集中，情绪饱满、高涨而突然表现出来的一种创造能力，是创作活动中的最佳精神状态。灵感往往是作家在酝酿思索时的最紧张阶段，受到有关事物的触动启发而产生的。唯心主义文艺家往往把灵感的获得说成是一种神秘的精神活动，殊不知作家之所以能从有关事物中获得创作灵感，这不仅是他们潜心思索、顽强追求的结果，而且是要以他们深厚的生活积累与精湛的艺术修养为前提的。老舍执着于剧本的歌颂主题，但是现实主义的创作精神使他不愿作空洞的概念化的歌颂，他刻苦地探求、寻觅着表现特定选材、揭示深厚主题的恰当的艺术途径。半个月的苦闷思索他花费了多少心血啊！老舍曾长期住过杂院，对杂院生活他有极深切的体验；他过去的作品中多次描写过杂院，可以从容自如地再现出杂院生活的人情世态。所有这些正是使他终于追求发现了那个杂院，并且抓住那个杂院打开创作契机，获得创作灵感的原因和条件。没有刻苦的艺术追求精

① 老舍：《〈龙须沟〉写作经过》，《人民日报》1951年2月4日。

神，没有生活和艺术方面的深厚积累，灵感是无由产生的。

“假如我能写出几个人物来，他们都与沟有关系，象沟的一些小支流……”[①]

老舍在《“龙须沟”的人物》一文中说：“这个剧本里没有任何经过组织的故事，没有精巧的穿插，而专凭几个人物支持着全剧。没有那几个人物，就没有那出戏。”[②]这段话说出了《龙须沟》在艺术表现上的一个重要特色：不靠紧张、曲折的戏剧情节取胜，而以血肉丰满的人物形象感人。老舍是抓住了塑造生动的人物形象这个艺术表现的核心来创作这部话剧的。

在上述那篇文章中，老舍记下了他酝酿人物，组织戏剧的生动情形。他说：“我是先想出戏剧人物，而后才把他们变成龙须沟的人物。”[③]他对自己的戏剧人物非常熟悉，并且充满感情，这些人物可以说是他胸中贮存着的老相识、老朋友。有了这些相稔已久的朋友，然后把他们搬到龙须沟旁的杂院中来安家落户，使他们的生活与龙须沟发生密切的联系，并从而担当起“说明那条臭沟”的“戏剧任务”，这样，老舍就很巧妙地结构起这部剧作。《龙须沟》中的人物，“象沟的一些小支流”，他们的语言和行动都有力地烘托和表现着那条臭沟及其被改造的情况，是“臭沟的说明者”。例如在剧本第一幕中，程疯子所受的屈辱，丁四嫂的困苦，王大妈见不到大女儿的内憾，赵老头的疾病缠身，以至小妞子的夭亡等，都直接是臭沟危害的苦果。在这些重大情节中人物的语言和行动都有力地烘托着那条看不见的臭沟，说明着臭沟的罪恶。但是，正如我们看到的那样，这些人物都是有血有肉，有思想，有性格，有情趣的活人，老舍没有把他们当作仅仅为“说明”而存在的传声筒。他们首先是活生生的艺术形象，是以活生生的艺术形象的姿态来完成其“说明臭沟”的戏剧任务的。因此，他们的语言动作都在巧妙地“说明”臭沟的同时，又巧妙地表现出他们各自不同的思想性格，乃至丰富的精神世界。艺人程疯子一生受尽了欺侮凌辱，他无比憎恶臭沟和恶霸，却已经变得不敢表示半点反抗，只能从对幼小者的疼爱中寻些安慰，在屈辱中憧憬着“沟不臭，水又清，国泰民安享太平”的理想日月。他的善良、正直而又懦弱的性格与精

① 老舍：《〈龙须沟〉写作经过》，《人民日报》1951年2月4日。
② 老舍：《〈龙须沟〉的人物》，《文艺报》1951年2月25日，第3卷第9期。
③ 老舍：《〈龙须沟〉的人物》，《文艺报》1951年2月25日，第3卷第9期。

神面貌被刻画得何等感人！赵老头是泥水匠，他也有屈辱的辛酸史，晚年来孤苦一人流落在龙须沟旁的杂院中，仍然要遭受臭沟的危害折磨，但他经多见广，思想开阔。他没有像程疯子、丁四等人那样孤立地去看待臭沟的危害，而是把臭沟之害与官府之坏联系在一起，表现出对旧社会比较清醒的认识，“有了清官，才能有清水”。他面对反动政权借臭沟压榨人民的丑恶行径，敢怒敢骂，而且敢于操刀同追到杂院来欺侮群众的流氓恶霸拼命，“我早就想斗斗他们！龙须沟不能老是他们的天下！”[①]这仗义的举动和这铁骨铮铮的语言，进一步表现出这位受人尊敬的长者的正直、刚强的反抗性格。最富魅力的是那位王大妈。王大妈的大女儿出嫁后离开了龙须沟，因为嫌恶龙须沟的既脏且臭，一走之后几个月不回娘家。这是让王大妈十分伤心的事。王大妈也是臭沟的受害者，但有趣的是，当大家历数臭沟的罪恶时，她却公然地反对，固执地把龙须沟看成是“宝地”，而认为别人的意见都是不着边际的“瞎扯”，甚至是对“宝地”的亵渎，很近于罪过。人民政府要修沟了，消息传来，杂院居民欢欣鼓舞，王大妈却硬是不信，直到来了施工测量队，她还认为是“跑马占地……”在剧本情节的展开中，围绕着臭沟及其被改造，王大妈时时与别人争辩，她的那些“老妈妈论”也是对臭沟的一种“说明”，从这种身份化，个性化的说明中，这位勤劳刻苦的大妈，她那种保守、迷信、安贫知命同时又絮叨、固执的思想性格得到了淋漓的展现，整个形象被刻画得跃然纸上。

上述分析说明，《龙须沟》中的人物是在他们与沟的关系中，即在他们完成“臭沟说明者”的任务中，展现出了各自不同的思想性格的。应该指出，老舍塑造这些形象并没有以这样的表现为满足，他从生活出发，在人与沟的关系之外，还突出地描写了人与人的关系，从几位老少男女彼此间关系的描写中，展示出生动的戏剧生活场面，把人物形象刻画得更加真实、丰满，更有光彩。例如第一幕中，面对臭沟的危害和恶霸流氓的欺压，在相当困苦艰难的境地中，杂院居民间相互劝慰，彼此照顾，甚至拼力相助。从这种相濡以沫的关系中，展现出居住在这个贫民窟中的老少男女有何等纯洁、高尚的心

① 老舍:《龙须沟》，大众书店 1951 年版，第 21 页。

灵。再如程疯子,他与天真幼稚的二妞间有很深的友情,为了让二妞有一条心爱的金鱼,他宁愿脱下仅有的长衫去抵价。二妞死后一周年"忌日"那天,程疯子捧了鱼缸要去为她上坟,他还编了一段这样的"祭文":"乖小妞,好小妞,小妞住在龙须沟。龙须沟,臭又脏,小妞子象棵野海棠。野海棠,命儿短,你活你死没人管。北京城,得解放,大家扭秧歌大家唱。只有你,小朋友,在我的梦中不唱也不扭……"①这段"祭文"是程疯子如泣如诉的心声,把他对小妞子的深切怀念表达得多么淋漓尽致,这是展示程疯子善良心肠的极有光彩的一笔。

通过人物之间的关系表现人情,老舍称之为交给剧中人的任务,他认为有了这项任务,可以防止把剧本写成"空洞的八股文"。他厌恶文艺八股,即便是歌颂,那空洞的概念化的歌颂也为他所不取。他总是从人物形象的塑造上狠下功夫,苦心经营,以此作为防止和克服概念化、八股腔的良法。我想,这应该就是《龙须沟》在人物塑造方而留给许多青年作家的宝贵启示,在今天仍有很强的现实意义。

[原载于《山东师大学报》(哲学社会科学版)1982 年第 5 期]

---

① 老舍:《龙须沟》,大众书店 1951 年版,第 29 页。

试论王统照三十年代的小说创作

——为纪念王统照同志逝世二十五周年而作

杨洪承

一

1928年到1938年这十年，是内忧外患极为严重的十年。面对这风卷波滚的时代，“火与血浇洗”的现实，早在“五四”时期就以诗歌和小说闻名于文坛的王统照，自觉地投身文艺界民族救亡运动，并以自己的创作实践，加入这个时代洪流中来。他在唱出一系列激昂慷慨的“这时代”的战歌的同时，几乎把全部的小说创作都集中到“将崩溃的北方农村生活”的描写上。在他的长篇小说《山雨》和短篇集《银龙集》中展现了一幅血肉模糊、纷扰困苦的北方农村生活画卷。

19世纪20年代末到30年代的中国农村，“国民党新军阀的统治，依然是城市买办阶级和乡村豪绅阶级的统治，对外投降帝国主义，对内以新军阀代替旧军阀，对工农阶级的经济的剥削和政治的压迫比从前更加厉害”[①]。20年代王统照的小说里，实际上已注意到这一现实，并且写出了像《沉船》

① 毛泽东：《中国红色政权为什么能够存在？》，《毛泽东选集》第1卷，人民出版社1991年版，第47页。

《司令》等有一定思想深度的作品。随着现实斗争的发展,作家对社会生活的开掘更为深入、广阔,并进一步探求农村纷乱的社会根源及农民破产的原因。《银龙集》中的短篇《刀柄》,写的是在北方农村里,某一个农民自发组织红枪会,反抗逼交军饷,惨遭官兵镇压的悲剧。《隔绝阳曦》则从一个侧面写了内地乡村土匪的猖獗活动,揭示了农民的悲惨生活。《五十元》里,由于土匪的袭击,往来不断的各种苛捐杂税,使老蒲叔从小康人家跌入家破人亡的困境。1933年9月王统照长篇小说《山雨》的出版,是作家对这类题材的更深开拓。倘说这时他的短篇从一个侧面揭示了农村崩溃的原因,那么《山雨》则是多侧面地反映了农村破败情景和原因,更深广地揭露了帝国主义、封建统治阶级和其他各种势力给劳动人民造成的深重灾难。《山雨》通过北方一个乡村——陈家庄的变迁,反映了旧中国北方农村二三十年代日趋崩溃的现实,具体地描写了在那个年代里,陈家庄二百多农户,无论怎样挣扎、奋斗,衰败的命运却不可避免地落到他们头上。不仅雇农萧达子、宋大傻等感到无法生活下去了,而且连最大户庄长陈宜斋、中农奚大有,他们也每况愈下,日趋破产。作家集中笔力描写了中农奚大有一家日渐衰落的全过程。小说正是通过生动的描绘,结合人物的命运,将当时中国北方农村面临崩溃的真实图景呈现于读者面前,从而深刻地揭示了农村自然经济瓦解的必然性。

在阶级社会中,一定的历史事件和社会经济的发展、变化,都包含了不同阶级间的矛盾和斗争,并且正是这种矛盾和斗争促进了社会历史的发展。王统照在反映农村经济崩溃的现实中,清醒地看到广大农民的破产,正是"受着外国经济力一年年向内地冲决的榨取"①,贪横官吏与乡绅的无厌剥削而造成的。因此,他没有停留在事件的表面,孤立地反映这一现实,而是在历史的发展中,注意反映存在于现实中的种种矛盾,寻找这种历史现象的社会根源与阶级根源,从而揭示出社会发展的趋向。《隔绝阳曦》小说中通过描写参加祝寿宴的各种人物,揭示了地主豪绅与官僚买办狼狈为奸的现象;《五十元》里逼着老蒲叔用五亩地买一杆枪的县长、段长,他们是直接欺压农

① 《王统照文集》第1卷,山东人民出版社1980年版,第402页。

民的凶手；而《刀柄》中农民的自发武装与军阀的斗争就更明显了。比较全面地揭示农村这种错综复杂的社会矛盾，要数《山雨》最突出了。首先是帝国主义对农村经济的掠夺。小说一开始就写到，外国“棉布，煤油，洋纱，小铁器，一批批的从海口外运到各地方中去。城里与大集镇有的是批发的铺子，由各个小商贩贩到乡村去卖”[①]，使得中国农村的自然经济迅速解体了，接踵而来的是农民的破产。与此同时，地主豪绅的剥削压迫加速了农民的破败。作品中吴练长就是一个典型代表，他巧立名目，逼着农民交纳各种苛捐杂税。农民称他为“抽筋剥皮的鬼”。还有陈葵园、旅团长这类买办官僚与军阀，对农民或敲诈勒索，或明火执仗地抢劫。帝国主义、封建势力和官僚买办互相勾结造成了农村凋敝，民不聊生。作家敏锐地看到压在农民身上的这三座大山，并按照自己的途径给予反映，这是可贵的。当然，反映农村崩溃的严重现实，注意到当时农村中交织着这些复杂的社会矛盾，非仅王统照一人。茅盾的农村三部曲、叶紫的《丰收》、叶圣陶的《多收了三五斗》等作家的作品，都在这方面做出了努力。但是，全面、深刻地反映这时农村社会生活，准确、生动地描绘出特定环境下北方农村的矛盾斗争，王统照却有着他的特点。作家说：“以将崩溃的北方农村生活作背景。这是我在那短时期内创作的标的。”[②]他不仅在《银龙集》中展示了农村经济解体的一个个现实生活的横断面，而且用长篇的形式，放宽了现实社会的历史背景，加大了社会生活的容量。《山雨》从农村的崩溃到城市的败落，从破产农民的觉醒到工人运动的掀起，描绘了一幅内容深广的现实生活图画。这是上述作家在他们短篇形式中无法具备的。尤其应当指出，王统照在如实描写农村崩溃的同时，更多的是注意着这种社会变动的趋势，在历史进程中反映此时此地的历史真实。作家在创作中，“着力于农民生活的剖解”，是为了“从微小事件上透出时代暗影的来临”（王统照：《银龙集·序》）。在《山雨》里，王统照不仅要“写出农村崩溃的几种原因和现象”，而且还要表现“农民的自觉”（王统照：《山雨·跋》）。20 年代末 30 年代初是一个艰难、困苦的时代，但也

① 王统照：《山雨》，开明书店 1933 年版，第 161 页。

② 《王统照文集》第 1 卷，山东人民出版社 1980 年版，第 401 页。

是一个孕育着斗争的时代。王统照正是站在这个高度,把握了时代的特点。

如果短篇《五十元》里老蒲叔的儿子小住与无产无业的伍德带着枪离走,还只是揭示了无法生活的农民被迫铤而走险的一个侧面,那么,《山雨》中奚大有、徐利、宋大傻等一批青年农民走的不同道路,可以说从各方面反映了濒于破败的农村,正面临着"山雨欲来风满楼"的巨变形势。主人公奚大有破产后流入"T 市",作家还写到城市工人运动的掀起。虽然比较简单,但毕竟还是反映了那个时代群众力量成长的斗争史实。后人评价王统照的《山雨》,"足以显示三十年代初期革命文艺运动创作成果"[①]。这评价也并非太高。现代文学史上许多优秀作品的作者,往往并没有自觉地从革命的角度观察和思考问题,但却揭示了社会生活的某些规律,客观上接触到了有关中国革命的重大课题。王统照这时的长、短篇小说注重对农民生活的反映,并不是说他已经意识到"农民问题,是中国革命的基本问题。农民的力量,是中国革命的主要力量"[②]这一重大课题。然而,作家凭着自己对生活的理解,坚持现实主义的创作方法,历史、真实地反映现实生活,所以,使得作品客观上达到了这一高度。王统照用艺术的形象真实地再现了中国革命的重大课题,探索着解决农民问题的途径,这是作家现实主义的胜利。30 年代的作家中,像王统照这样广泛反映农村崩溃的历史现实,并且努力写出农民的"自觉"是不多见的。从这些方面看,这时王统照的长、短篇小说所取得的现实主义的巨大成就,是应予以充分肯定的。它们是无愧于反映那个时代的"真的文学"作品。

二

深刻的主题,必须通过具体的艺术形象塑造,才能得到有力的揭示。王统照正是以一系列真实而生动的人物形象,展示了旧中国北方农村的生活图景。《银龙集》里几乎每个一短篇都勾勒了那个社会下的一类人物。如在

---

① 王西彦:《回忆统照先生》,《前哨》1958 年第 1 期。

② 毛泽东:《新民主主义论》,《解放》1940 年第 98、99 期合刊。

动乱的农村里，杀死了亲生父亲的一个不觉悟的农民(《父子》)；把一列军车引向了危险轨道，铤而走险的小站旗手(《旗手》)；受了俄国人塞里可夫的复仇启示，不甘被侮辱的小学教师(《银龙的翻身》)；有正义感，但又怕丢失现有职位，只得苟活着的小汽车站站长(《站长》)；从农村到城市做童工的阿宝(《小红灯笼的梦》)……作家最突出的还是对农民形象的塑造，他站在被压迫者的立场上，怀着对农民命运的深切同情，不仅写出了他们的苦难和挣扎，而且反映了他们的觉醒与反抗，不仅写出了农民阶级作为被压迫者的共性，而且写出了特定环境下农民的鲜明个性，真实地传达那一时代、环境下的农民思想情绪，从而概括了深广的社会内容。他说："尤不愿只强调农民困苦作浮泛的一般描写。我特为表现这些真正'老百姓'的性格、习惯，与对于土地的强固保守心理，以及因此心理不获正常发展反激出难于补救、难于解释的蛮横行动，借以映射出中国各地的不安状态。"[①]这种农民真正的"性格"和"习惯"，作家是通过老一代农民对土地的眷念，安本守业思想的破灭和青年一代农民觉醒的艰难、曲折的具体描绘揭示出来的。《五十元》中老蒲叔与儿子蒲贵、小住所表现的不同思想情绪，《父子》里老铁匠与儿子大福的不同遭遇的描写，都反映了作家努力从两代人不同经历、遭际等方面，来揭示急剧变化的农村现实和社会的动向。这种努力在《山雨》中表现得尤为成功。陈家庄陈大爷、魏二、徐老秀才和杜烈、徐利、宋大傻这两代人的不同生活遭遇的描写，是真实、细腻而有说服力的。由于王统照写出了人物性格在那个环境下的丰富性和复杂性，所以，全书着力描写的奚二叔和奚大有的两代人，所概括的社会内容更具有典型性。

五十多岁的奚二叔，是一个守本分的庄稼人，辛苦了几十年守住了祖业，并添造了三间茅屋，自认死后也无愧于祖先了。但是，帝国主义的侵略和掠夺，打破了他安分守业的梦想。他觉得，"他们快乐的地方便因此渐渐堕坏下去。渐渐的失去了古旧的安稳与丰富，渐渐的添加上不少令人愤懑"[②]的东西。对老人万难料到的打击，是儿子被老总无辜拘留，敲诈了他忍

① 《王统照文集》第1卷，山东人民出版社1980年版，第402页。

② 转引自冯光廉、刘增人编：《王统照研究资料》，知识产权出版社2010年版，第149页。

痛卖地的五十元钱，以后不只是罚款的重金压在他垂老的肩上，名目繁多的捐税也接踵而来，依靠土地活命的理想幻灭了。老人很快病倒了，挣扎了一辈子的奚二叔带着还不清的债务，卖地的激愤，不久便含恨死去。“埋葬了这个过去的，老迈的，辛苦郁痛的老人尸骨”①，意味着千百年来封建、保守的农村生活也该进入坟墓了。如果说奚二叔在小说中死得较早，他性格的发展还不足以说明严重崩溃的农村现实，那么，老一代中陈大爷的形象，则进一步说明了这个问题。陈大爷具有一般农民忠厚、善良、开明的性格特征，但他是庄长，村里第一个有钱有地的人。他不满意在县里当了委员的儿子，但他却甘心当着统治阶级的“官差”。他承认现实，不自觉地为统治者效劳。在旧中国农村急剧崩溃的现实条件下，陈家庄这个唯一大户也在每况愈下，面临着破产的厄运。陈庄长即便存粮最多，也开始吃高粱米与玉蜀黍的杂和面了。他与农民一样痛恨鬼子的侵略，感到这样“咬着牙根挨日子，也无奈何呀!”就是这样一个在农村中具有特殊身份和地位的人物，最后也不免可悲的下场，死在官匪的皮鞋之下。从一定意义上说，作家是从另一侧面预示了旧中国农村已经濒临毁灭的深渊。如果我们不是从抽象的概念出发，不是脱离那个特定的历史条件去看这个人物，那么，我们说这个人物是可信的。他是那个将崩溃的农村现实中的畸形儿。这个形象的复杂性也正是那个社会丰富性的反映。

更为深刻地揭示农村动荡的现实问题，王统照则是通过年轻一代的成长来表现的。《山雨》里年轻一代的奚大有、徐利、宋大傻、杜烈等人物形象，固然思想上有着老一代人保守、执着地依附生地的精神重负，但是他们并没有落入奚二叔、陈大爷的境地，而是走了不同的探索生存的道路，从动乱的农村中冲了出来。作家表现年轻一代的性格发展，不是像写老一代农民对土地的热切幻想，和这种幻想在现实面前的破灭，而是努力反映了年轻一代如何挣扎、奋斗，到渐渐觉醒的过程。像奚大有这样一个“安然而勤劳的农人”，在他身上父辈保守、爱土地的遗传因子方是相当多的，但是，他没有在一个个厄运面前过分的悲观，而是每受一次打击愈产生了对自己保守思想

① 转引自冯光廉、刘增人编:《王统照研究资料》，知识产权出版社 2010 年版，第 213 页。

的怀疑。经历了带头逃兵差的壮举，他把先前对官们和大兵的惧怕、胆怯，换成了一种蔑视。他说，“害怕、愁、想中什么用?”现实的打击，老一辈生活的悲剧，迫使他不再听天由命了，渐渐地表现出朦胧觉醒意识。小说后半部奚大有去城市寻求生路，耳闻目睹了半殖民地化的都市现实，了解了工厂正在掀起的工人运动和成长中的群众反抗力量，特别是受到祝先生、杜烈兄妹新的思想的启发教育，他由最初的朦胧觉醒开始向着自觉的方向发展。一个具有浓厚小生产意识的农民，开始对城市的土厂抱着异常新鲜感和向往心情。当他置身工人行列时，仿佛觉得“另转了一个世界”，“渐渐有了自己的信心”。从开始摆脱听命，走出乡村，到最后对日军在都市寻衅闹事，表现极为关注和“惊愤”，而不是“恐怖”，这充分反映了他逐渐把自己的命运同民族、国家的命运联系起来。在这觉醒的过程中，作家融注了深刻的思想内涵。《山雨》中杜烈兄妹、宋大傻、徐利等年轻一代与奚大有相比，他们对自己周围的人和环境认识更加清醒，态度也较积极。杜烈兄妹是陈家庄中最早跳出苦难的乡村，投入到工人阶级行列里的青年，他们对现实有了更新的认识。农村的衰败也促使身为光棍汉的宋大傻，更多地滋长了一种强烈的反抗情绪和求生欲望，力争把“自己的一份精力向外面去冲一下”[①]。比宋大傻、奚大有更为年青、气盛的徐利，是最先觉悟到农民们“不能过了”，“非另打算不行!”面对土匪的抢劫，官兵的敲诈，豪绅的剥削，他无法再忍耐了。一无所有的农民还有什么值得顾忌呢！最后，他火烧了吴练长的宅院，成了铤而走险式的英雄。这年轻一代所走的不同道路和采取的不同行动方式，一定意义上表现了那一历史环境中“农民的自觉”与反抗。在他们身上，作家展示了那个时代农村即将发生重大变化的情势，并且有了这种“大变”的征兆。不仅从老一代人生活的悲剧中，我们看到充满血与泪的农村崩溃、衰败的生活图景，而且在年轻一代人奋斗、抗争的成长过程中，看到了苦难乡村大变动的预兆和新的斗争因素的增长。这正是王统照在反映现实生活方面所达到的深度，《山雨》所具有的深刻思想也正在于此。

用对两代人的命运描写来反映 30 年代农村动乱、破败的图像，并显示出

① 王统照:《山雨》，开明书店 1933 年版，第 64 页。

其前景，不止王统照一个。但王统照是以北方农村生活现实作为自己创作的背景和基础的，不同于茅盾、叶紫、叶圣陶等作家反映的南方农村的现实图景。由于特定的区域关系，30年代普遍的农村经济濒临瓦解，农民日渐破产，也还是有差异的。30年代初中国革命形势在南方表现比较明显，群众斗争力量正如火如荼地掀起，而北方反动势力却较为强大。尽管在鲁东、鲁南也发生过党领导的农民暴动，但革命的因素更多地还处在地下活动的时期。这里农民的苦难和挣扎是主要的。所以，王统照着力反映的是老一代农民对土地的顽固保守性，和他们在现实打击下的悲惨遭遇，同时，浓墨重彩地去写年轻一代由挣扎、奋斗，走向觉醒的曲折、艰苦的过程。而不是像茅盾、叶紫笔下的老通宝、云普叔这样老一代的农民，也不同于他们刻画的阿多、立秋这样新一代的农民。奚二叔、老蒲叔的身上反映的是执着眷念小康的家境，而现实却打破了他们这种保守、安业的思想，他们至死终未觉悟。而老通宝、云普叔他们在层层剥削下，力图以个人的力量来振兴已经败落的家业，可是在幻灭中，他们都有了不同程度的觉醒。云普叔最后明白了整个旧世界"都是吃人"的道理。充满朝气，具有反抗和斗争精神的立秋，他鲜明的阶级意识和反抗精神揭示了农民解放的正确道路。这种觉悟的程度是离不开那个特定环境的。王统照反映的年轻一代的成长，虽然没有那么迅速，但不可否认他写出了那个环境下农民的思想情绪。带着浓厚的保守和安业思想的奚大有，要他一下子走向新的生活，加入工人阶级行列里是不可能的。在穷困的逼迫和时势的推动下，他思想是逐渐发生转变的。这个人物的深刻性在于，尽管他有着如此顽固保守的思想，但最终还是接受了工人阶级思想的教育。从小生产的农民迈向了集体主义的工人队伍。奚大有的性格发展表现得愈为曲折、艰难，最后他的觉悟愈有说服力。徐利、宋大傻他们的性格发展也是曲折的，反抗的意识更多的是刚刚觉醒后的盲动。他们没有阿多领导农民吃大户的气魄，也没有立秋率领佃户抗租斗争的壮举，而出了闯了绿林的徐利，走投无路去充兵的宋大傻。然而，这种"农民的自觉"符合那个环境下农民思想觉悟的历史真实。一个现实主义作家，不在于他是否反映了叱咤风云的历史事件，而是看作家是否展示了历史的真实，刻画了符合这一历史真实的鲜明个性。如果这样"那末他就一定会在自己的作品中至少反映出革命的某些本质的方面”[1]。王统照的《山雨》和其他一组短篇，显然具有这种现实主义的深度。当年茅盾首先肯定《山雨》的成就，说：“到现在为止，我们还没有看见过第二部这样坚实的农村小说。这不是想象的概念的作品，这是血淋淋的生活的记录。在乡村描写的大半部中，到处可见北方乡村的突出的图画。”[2]近50年了，我们重温作家的《山雨》和其他反映农村题材的作品，仍然觉得茅盾的评价是不过分的。作家所描绘的这幅“北方乡村的突出的图画”，在全面考察30年代旧中国农村崩溃的史实中，时至今天仍是一部重要的艺术史料。

三

30年代王统照小说创作思想上的巨大进步，是与他的创作个性和鲜明的艺术风格紧密相连的。

这时期王统照较成功地塑造了一系列像农村中的庄长、自耕农、乡村医生，集镇上的小手工业主、小职员、站长等小有产者的形象。这不仅显示了作家的审美意识，而且也反映了作家独特的表现方法。首先，他努力按照现实主义创作原则进行描写，在作品中鲜明地描绘出围绕着人物活动和促使人物活动的社会环境，使得人物性格的发展有所依托，真实可信。王统照不但善于在大的环境里写出具有鲜明地方特色的人物，而且注意在每个小的生活场景里刻划人物的性格。一伙农村中的乡董、豪绅相通一气，寻欢作乐，是被集中在一个祝寿宴上予以表现的。在这特定场景中，他们不同的言谈举止，都表现了各自的性格特征。其次，注意在同一类型的人物中表现出多种不同性格。且不说王统照所塑造的陈庄长这一形象，对于丰富中国现代文学人物群像的意义，仅看作家笔下的中农，就既有乐天听命的老蒲叔，也有不甘凌辱的奚大有；同是集镇职员，既有敢于冒险、奋进的小站旗手，也有多忧、苟活的小站站长。现实生活中的人物本来是多种多样的。不但不

---

① 《列宁全集》第15卷，人民出版社1959年版，第176页。

② 茅盾：《王统照〈山雨〉》，《文学》1933年第1卷第6期。

同阶级可以出现不同人物，而且同一阶级、阶层、集团中的人物，也会出现不同的人物。王统照能把握生活本身的复杂性和多样性，去塑造人物形象，显示了作家的艺术匠心。再次，作家能够刻画出那些在人物心理中、在社会的意识中显露出来的变化。在小站站长的复杂心理描绘中，我们看到整个黑暗社会的阴森投影。站长那种充满压抑、郁闷的心理，是他无力抗衡那个社会的反映。所以，尽管他也不满现实，但为了保存现有职位，也只得苟活着。作家突出描写了人物内心和社会现实的尖锐矛盾，在这种矛盾冲突中，把心理描写引向深化，造成了强烈的艺术感染力。正是作家这种严谨的现实主义创作手法，以及他对现实生活的独特的感受和认识，促使了作家艺术风格的成熟和发展。我们看到20年代初作家反映青年探索人生道路，以及表现下层人们的不幸遭遇，那种忧郁、哀伤、委婉的格调，在这时被明快、清畅、踏实而奋进的格调所取代了。反映的题材仍然是崩溃的农村现实和农民的苦难，但是没有忧伤的调子。作品的字里行间虽然浸透着农民的凄苦和血泪，却不使人感到低沉、压抑。真实地反映现实的变动代替了现实面前的哀愁和呻吟，人物的崛起与控诉代替了忍耐和沉默，在现实生活的图画里，能使我们把握时代脉搏的跳动；在平凡、朴实的描述中，我们能感到那个社会动荡的气息。这种显著的变化，使得作家凝练、深沉、朴实的艺术风格更为鲜明和突出。

一个作家的作品具备了独创的风格，意味着他对丰富多样的现实生活的审美性质的特征有了不同于别人的新发现，并且相应地在艺术上得到了成功的表现。我们说这时期王统照的小说创作，是表现了他自己认识生活的这种新发现的。促使作家风格日臻成熟，与他长期的创作实践、生活环境及其自身性格也是分不开的。当然，作家在完整、深刻地反映了30年代现实生活中，也是有一定局限性的。这表现在：30年代火热的群众斗争的声音，在他作品中还是弱了些，作家不太熟悉城市工人生活，《山雨》中祝先生、杜烈兄妹这几个工人形象写得较简单、模糊，影响了作品的思想深度。可以说，作家的这种局限性，表明他思想和艺术风格的成熟仍在发展之中。

［原载于《山东师大学报》(哲学社会科学版)1982年第6期。有改动］

探索隐藏在历史深处的力量

——谈长篇小说《河魂》

宋遂良

《河魂》是矫健的第一部长篇小说。15 万字，只用了 38 天(据他自己讲，在实际写作时间内每天平均要写 7000 字)，这也可以算作是一种“深圳速度”吧。离开质量来谈文学创作的速度，本来是毫无意义的，但矫健从写《农民老子》那样的“问题小说”到《河魂》这样的“全方位”长篇；从“问题加人物”式的小心设计，到纵横捭阖地表现自己风格的大胆创新，其间只有三年。他的《河魂》，又是紧接着那篇在去年引起过很大反响的中篇小说《老人仓》之后一气呵成的。这种现象确乎值得我们重视和研究。

《河魂》虽然写得很快，但酝酿的时间却相当长了。矫健写的是他的英雄而苦难的胶东故乡：“我原来是这块土地的子孙，我与这里的一切原来有着先后的联系。”现在，这块土地上正在发生着历史性的大变化，“庄稼人”这个概念在变，价值观念、传统道德，人与人之间的关系都在变。这么突然又这么必然，这么强烈又这么艰难。矫健想要透过时间和空间的雾障，寻根究底地探讨故乡眼下发生的这场变革的内在原因。是什么力量使这个名叫柳泊小村的几十户人家千百年来繁衍兴旺、生生不息？他们为什么老是重复一些历史性的错误而又总是能跌倒了再干，柳暗花明地向前？绕着南山从柳泊村躲闪回绕的这一条温柔清秀的无名小河，这一条有时愤怒咆哮、疯狂放纵的小河，她的源在哪里，她要流向何方？

柳泊人认为,这条小河“是有河魂的”。谁也没有见过“河魂”,又似乎谁都能隐约地感到它的存在。作者心目中的“河魂”,也许是隐藏在历史深处的一种神秘力量。它有时是真理和自然规律的化身:柳泊的第一任支部书记二爷,1958年领着大伙蛮干,把大坝修到南山根下,冲撞了河魂,饿死了17个乡亲;第二任支书牛旺在“文革”中又领着大家修坝,不给河床留下足够的地面,结果坝毁了,牛旺的爱人疯了,再次受到了河魂的惩罚。更多的时候它又表现为依附在人身上的一种不屈的进取精神:不信预兆、不遵神旨造反起义的农民英雄禹七身上有过,八路军驻守马石山主峰的战士身上有过,一生隐藏着沉重的苦难又愤怒地抗拒着苦难的瞎眼登高爷爷身上也有过,饱经忧患、恪守传统的二爷,坚毅执拗、忠于爱情的牛旺,深沉机敏、心气高远的小磕巴身上都有,而新时代的“河魂”又更多地集中在河女身上。河女身上流动着农民的血液,跳动着时代的脉搏。她曾经真诚地爱着小磕巴,但和大学生王维力一见钟情,王维力的自信、干练、竞争、开拓的现代意识,他的胆识和开放型的性格,唤醒和鼓动了河女身上柔性和野性相统一的自我追求,她痛苦又欢乐、狠心而又缠绵地离开了小磕巴,离开了柳泊,她要走自己的路。她写道:“我要追求自己的爱情,谁说我,骂我,我都不怕!委委屈屈地过一辈子,还不如和自己真心爱的人呆一个小时……”①河女这种爱情追求,既不是出自维护个人尊严的反封建意识,也不是来自见异思迁、追求享乐的资产阶级思想,而是带有更深刻更丰富的时代内容,它是结束封闭状态、摆脱传统束缚,向新的文明领域开拓的一种萌动,是农村经济历史性变革时期对上层建筑提出的新问题。

概而言之,“河魂”就是这样一种不安分的、不屈不挠地开拓进取的精神,它是民族的精粹,是人类思想中的华彩部分。它平时宁静地、柔顺地躺在那里,温温柔柔、清清秀秀、羞羞答答,只占一线地盘,但每当这块土地上的人们要进行重大的、变革自己命运的斗争的时候,它就苏醒了,它就显灵了,它的潜在的力量就十倍、百倍地表现出来。

作者通过“河魂”所要探讨的就是这种维系民族生存发展的精神力量。

---

① 转引自陈继会等:《中国乡土小说史》,安徽教育出版社1999年版,第446页。

小说结尾时有这样一段话：

> ……人类竟这般奇妙，一代一代的人被一种看不见的东西联系起来，无论时代如何变化，文化教养如何差异，它总是潜伏在你的心灵里，暗中规定着你的行为。家族就是这样组成的，村庄就是这样组成的，民族也是这样组成的……

作为一种科学的概括，这段话是不完全的，它没有充分地把时代和阶级的因素估计在内。但这种“看不见的东西”又确乎是有的，我们已多年忌讳从这个角度去提问题、想问题了，这大概就是建立在遗传基础上的一个家族的家族性，一个民族的民族性。例如河女的奶奶当年夹着一个小包袱不顾一切地跟心上人私奔，但她在此后的一生中又经常半夜偷偷地趴在草垛上哭泣，她痛苦地隐瞒着、压抑着精神上的追求；而河女又重复着她没有见过面的奶奶身上的这种不安分的、悲剧性的气质。小磕巴的曾祖父离乡背井，渡过了渤海湾，一直往北走，不断地往北走，烧荒种地一直闯到海参崴，在那里定居下来，小磕巴如今仍然继承着这种沉雄开拓的气质，他常常在梦中扑向大海，呼唤未来，他正在小心谨慎而又雄心勃勃地设计和领导着柳泊这次历史性的变革。……这些由历史积淀下来潜伏在心里的素质，就是维系一个家族的魂和根。

《河魂》虽然以当前这场农村经济大变革为背景，描写了完善承包责任制，发展商品生产，开采石墨矿、选拔接班人等一些新鲜题材，但作者却没有肤浅地追踪这些社会变革的外象，而是深入历史发展的内层，剖析这场物质生产变化的由来以及由它带来的人的心灵的感应和变化、人与人之间关系的变化。

在地图上找不到的这个小小的柳泊村的历史，也是我们民族近代发展史的一个缩影。多少次农民起义失败了，人们付出了惨重的代价，不得不忍耐，把仇恨埋在心里，但农民心头这把不甘压迫奴役、争取幸福自由的烈火始终没有熄灭过：打鬼子，打老蒋，赢得了解放，大家以更高涨的热情来搞建设，修水坝，种水稻，使家乡富裕。山洪暴发了，冲决了大坝，大家跳进激流，筑起人墙，用烧酒抗御严寒，同河水搏斗，堤坝还是被一次一次地冲垮了，但人们还是鼓起更大的干劲，重修大坝，重建大堤……直到一次一次的失败把人们的精力和积极性耗尽。

由于不讲科学，不听规劝，不懂界限，“左”的精神扩张到企图和自然规律较量时，人们受到了历史的惩罚，牛旺首当其冲。他曾经用他那宽阔的肩膀，过人的气力，不回头的犟劲，默默无言、始终如一地同自然规律抗争，从而毁灭了他的事业，毁灭了他的爱情，毁灭了他的一生。牛旺作为一个崇高的殉道者，一个失败了的英雄，一个被时代淘汰了的强者，像一尊雕塑，像一出悲剧，在我们眼前晃过，在我们心头撞击，我们说不出对他是尊敬、惋惜，还是愤慨。

历史正是在无情地抛弃落伍者，迎接开拓者的斗争中前进的。但是这种旧的和新的事物的交替都不是简单地、直线地进行的。这中间有曲折，有纠缠，要付出代价，造成痛苦，酿出悲剧，在这里失去的，在那里又找回来。新的进步会增加新的隐患，沉重的失败也可能招来更大的飞跃。鬼子捅向二爷的一刺刀曾经唤醒了他的勇气，屈辱使他想要获得尊严；王维力夺走了小磕巴心爱的河女，但却给他带来了使全村富裕的石墨矿。小磕巴在爱情上失败了，但在事业上却成功了。河女和石墨矿，这是决定他一生最关紧要的两件事，但如此密切关联的两件事又不能相互替代，不能混合，不能两全。生活就是这样带着人们的遗憾发展的。送别河女的时候，小磕巴痛苦地用雪亮的刀刃猛扎自己的手背，鲜血染红了树皮。但这是无可奈何的必须付出的代价。作为一个男子汉，他必须忍住，要有勇气承担。河女为寻求真正的爱情，为了一种更美好的生活迈出了艰难的第一步，她付出了沉重的代价，她已经没有退路，但是她的前程就那么光昌明丽了吗？她还要进行更大的奋斗，要自强，要牺牲，等待她的仍然是一条荆棘丛生的羊肠小道。历史就这样充满辩证地曲折前进。各种因素搅和在一起，互相作用和反作用。正像恩格斯指出过的那样，历史的“最后的结果始终是由许多个别意志，相互冲突中产生出来的”[①]，这些个别意志相互冲突的结果，就形成一种历史的“合成力”：“无数的错综交叉力量，有着无限止的一丛力量的平行四边形，并

---

① 《马克思恩格斯书简》，人民出版社 1965 年版，第 53 页。

由这一错综交叉情况中产生出一个总的结果”,“一个人所愿望的事物是要遭到任何一个人阻碍的,而最后的结果就会出现谁都没有希望过的事物”。[①]

《河魂》正是试图剖析这种历史的“合成力”对于今天这场变革的作用。它把历史和现实糅合在一起,力求从经济和政治、物质和精神的多种层次中说明今天的这场改革的必然性,研究新时代、新思想的来踪去影,从而使我们今天的行动遵循规律性,减少盲目性,把力量和热情引向久远。它并不急于将成败、功过、得失、是非作直接的鲜明的判断。站在自身的立场上看,一切曾经存在过的事物似乎都是合理的。在无尽流淌的历史长河中,不能太拘泥于一时一事的功利。失败了的仍然可以变成教训引导人们前进,沉淀在历史的合力中,化作胜利的前奏和基础。“沉舟侧畔千帆过”,重要的是不屈不挠地开拓前进。这就使得《河魂》具有一种宏观的气势和容量较大的历史感。

矫健在一次讨论《河魂》的座谈会上说过,他希望在历史和道德两个范畴之间来反映生活,开拓文学。这就是说,许多事件、许多行为,从历史发展的过程上看,是必要的,有进步意义的,然而从道德的范畴看,却是不合理的,不值得赞扬的,尽管道德也是历史的产物,例如资本主义的诞生。相反,从道德的观点看起来是合理的,但对于历史的进步又是没有意义甚至起着阻碍作用的,例如所谓社会主义实则是平均主义的“大锅饭”。并不是一切新出现的都是好的,一切将消亡的都是坏的。文学既不应倡扬陈旧落后的道德观而拖住历史前进的脚步,也不能急功近利地为跟踪时代的步伐而放弃维护人类灵魂洁净的光荣职责。重要的是让人们认识历史发展和社会进步的规律,懂得正确地进行扬弃,变得聪明和勇敢。

基于这种认识,《河魂》描写的人物,都在多种层次上表现了性格的复杂性和审美价值的多样性。例如作品中的“我”几次提道:“我的二爷既普通又特殊,我永远无法把他归入哪一种类型。”这个有着迷信观念的共产党员,恪守一个“忠”字(他说:“在中国,顶要紧的是听上级的话,自古来就讲究个忠字,不忠可不行。”),然而他也很“精”(他对小磕巴说:“你就别跟得太紧,不

---

① 参见《马克思恩格斯书简》,人民出版社 1965 年版,第 53～54 页。

先不后，夹在中间就行。”)“忠”和“精”的结合产生了一种农民式的狡猾。忠诚是他庄稼人的本质，狡猾是时代给他披上的外衣。二爷在政治上是保守的，他成了柳泊如今改革的障碍。他既是小磕巴政治上的保护者，又是他事业上的绊脚石，二爷、牛旺、登高爷，他们都是好心、好人，他们在做人的道德上都堪称楷模，但他们是落伍者，他们代表的一个时代正在结束。小磕巴如今成了柳泊向新时代前进的代表，他曾经是一个受轻视、受批判的弱者，一个说话磕巴、身体瘦弱的孤儿，他真诚而巧妙地顺从着二爷的权威，又巧妙而又真诚地排除二爷的干扰，他心胸宽广，热爱科学，但是带有某种传统意识的爱情观念终于使他失去了河女。河女凭借着新的文明力量冲出了山村，但她想到的仍然是“考不上大学，就回家去侍候公婆”，就十年、八年地“等”她的丈夫，做一个“贤妻良母”。她仍然没有从精神上完全解放自己，她还和这个飞速旋转着前进的世界不相适应。无论是改革者、保守者，旧道德、新思想，都是这般千丝万缕又缠绵悱恻地联结在一起，形成历史的惰性和新思想耀眼的光芒。这就是推动历史前进的“合成力”。

科学技术的发展，人类文明的进程，要毁掉我们曾经长期视为美好圣洁的东西。修水库要破坏幽静的自然，盖高楼会增加尘世的污染，生活节奏的加快会瓦解几代同堂的天伦之乐，小国寡民、田园牧歌式的生活，“日出而作，日没而息”“悠然见南山”的境界，从此也可望而不可得了。这会使一些人在精神上留恋过去。也许，人类在前进一大步后，会在一个更高层次的文明上来怀念这已经或即将逝去的东西，他们回顾昨天的时候，会发现我们为今天付出过多么沉重的代价。从这一点上讲，人类既是带着微笑，也是含着眼泪向过去告别的。《河魂》在这方面带给了我们许多深沉的思索。

社会的进步、历史的发展，并不只是带给人们物质上的享受、生活上的满足，它常常要改变人们习以为常的生活秩序，唤醒精神上的追求，带来一种惶惑和痛苦，瞎眼登高爷爷像驴一样推了一辈子石磨，40 年来，他在同一条磨道里走了千里万里，他给乡亲们推磨没有收过一文钱，当他的儿子承包了大队的面粉机，把他的石磨拆除了以后，他就痛苦地死去了。牛旺修了十几年大坝，一事无成。但他仍然留恋着大坝，沉重的精神十字架压得他未老先衰，在三中全会的光辉照亮柳泊的时候，他仍然深深地陷在惶惑和痛苦之中，难于重新越步。而那位以吃饱了肚子为幸福的赛赛，以为钱多了吃喝玩乐得好就是现代化的马六，是不会产生这种由于信仰、由于精神的幻灭而带来的人生的痛苦的。他们有着他们的痛苦（赛赛正在苏醒），似乎每个人心中都隐藏着不同质量、不同层次的痛苦。从这个背景上，我们看到的今天这场历史性的大变革就不仅是体制、人事、生产的改革，而且是人们精神上的震颤和心灵上的撞击。《河魂》正是从这种历史和道德的既联系又矛盾的运动中，在一定程度上写出了农村这场大变革的深刻复杂，多姿多彩。文学的责任就在这里，它帮助读者在历史和道德之间去认识生活、判断是非。绝对化不符合历史发展的规律，单色描绘不出一个真实的世界，而只能培养出僵化的头脑。

为了便于传达出这些把握了的或仅仅还是处在模糊阶段中的感受，《河魂》在结构上借助了两条贯串到底的线索。这就是无处不在的“河魂”和无所不知的“我”。“魂”给作品笼罩着一种神秘色，“我”给作品带来一种亲切感。神秘的，又是亲切的，在神秘和亲切中传达出一种悲剧性的沉重和永恒的诗意，也许这就是《河魂》的艺术特色和作者在这部作品中的美学追求，尽管实现得未必尽如人意。

从“我”回到柳泊，朦胧中看见的那个披头散发、坐在柳树上歌唱、听见有人来就跳入河中咯咯地笑着向下游遁去的野姑娘开始，到结尾对于那枯瘦的貌不惊人的“北方的河”的深情歌颂，“河魂”或隐或显，或前或后地伴随着作品中的人物，伴随着读者的情绪出现，迷乱的鬼岗，温暖的石屋，阴沉沉的喀啦石，浓雾弥漫的苹果园……处处会唤起读者情绪上的感应。登高爷爷的出殡，枣红马的退休，牛旺和彩彩的重逢，河女同小磕巴的分手，二爷的说家谱，赛赛的溜墙根……这些都传达出浓郁的乡土风，人情味。作品有一段描写送葬的乡亲恸哭登高爷爷的场面：

> ……吹手也过去了，唢呐声震耳欲聋……然而送葬的行列经过时，河女忽然加入进去，扑倒在地上就大哭起来。这又引得许多人悲伤，一起趴下去痛哭。出殡的队伍又停下来。我被这场面惊呆了：如此多的人放声痛哭，顿时哭得天昏地暗，无数只手同时拍打地面，脚下都能感

觉出大地在震动;地面上暴起团团尘土,遮天蔽日,整条北沟都似乎变成了棺材般的颜色……

这类描写,常常会使你某一根敏感而又复杂的心弦被轻轻地挑动了一下,产生强烈的共鸣:是世态炎凉,天荒地老,失去的不再来?是故土多情,人生可爱,处处有美好相通?是历史无情,生活严峻,困难的时刻要振作精神?……很难用一句话概括。

"我"作为一个人物的实体,在作品中并不具有重要意义,但作者利用这样一个特殊的视角,用散文式的笔法,把人物关系、故事情节串接起来,形成一种全方位的立体感。特别是"我"重返故乡、重逢亲人、重游旧地,时时能处在一种亲切、动人的气氛包围之中,"观山则情满于山,临海则意溢于海",种种意兴、联想、感触、评论,都可以自由和自然地倾吐。作品浓墨重彩地抒写了关于地域、传统、习俗、风尚的古老,汇集了神话、传说、戏曲中有关胶东的种种地方特色。如得了仙气的河水能使盲人洗眼后重见光明,永乐帝扫北的船队被海风吹进胶州湾错开了杀戒,乃至用一碗水将三根筷子沾在一起,呼叫亡灵以拯救病人的迷信,都表达了人民的理想和生活的艰辛,乡风的淳朴和历史的负累。作品中还不时杂以荒诞、象征、寓言式的景物描写以反衬出一种人生哲理,如通晓人性的枣红马,弯着腰、把手插进土里的冤魂,使读者处在一种动荡而宽阔、虚幻而强烈的视野和触觉之中,引起深长的思索和联想。

但是,《河魂》依然有不少地方显得不是那么浑厚和圆熟。过多的插说议论替代或冲淡了形象本身的艺术征服力,景物有时候只是作为一种道具出现,仅仅是作者某种创作意向的单纯暗示、延伸或图解,缺少它本身应具有的纯洁天然的灵性和美感。在人物的刻画上,尽管河女是一个闪耀着性格光芒的成功的形象,但又似乎令人感到她在胶东土地上的根扎得太浅,倒会令人想起雨果笔下的埃斯梅拉达和梅里美笔下的嘉尔曼,而赛赛也会使人想到卡西莫多,对乡风民俗过多地拾遗,也给人某种堆砌感,在作品中出现的人称叙述上的混乱(后面几章突然由第一人称变作第三人称)等,虽然都可以说是作品写得太匆忙而带来的疏忽,但仍然会使人感到遗憾,好像一锅夹生饭一样，大部分都熟了，但也有些地方还是生的。这也是作者思想和艺术功力不逮的表现。矫健是第一次写长篇，也许是不可避免的。

前面说过，《河魂》没有肤浅地跟踪现实对改革作表象的描写是它的优点，但又必须指出，《河魂》对于当前现实生活的描写是不充分的。二爷跟着县长参观城关大队改革新貌的那一段描写，像一篇不高明的报告文学，在全书是一处败笔，尤其是关于县委县府办公室联合开公司做生意的报道，虽然无关宏旨却使人败兴。这也说明艺术不同于新闻，切不可因心热而急就。看来作者对于急剧变化的旋转沸腾的现实生活的关注远不如他对历史的深切思考，这就使《河魂》在追求哲理和诗意时带着某种沉重和压抑感。生活的道路自然不是一马平川，但是已经当家作主的人民总是在不断地由必然王国向自由王国前进的。牛旺、小磕巴应该有新的爱情，赛赛会恢复他被饥饿攫走的美好性格，登高爷爷儿子的面粉机一定会转得更加欢腾，新的生活毕竟是欢乐多于痛苦的。

从历史的发展中去把握现实的变革，从精神生活的冲突中去表现人物性格的复杂性，用一种淡化功利成败的观点去评价生活，哲理和诗意的追求等，都使《河魂》具有更多的现代意识和开放的文学观点，这在前几年是不可能出现的。它出自一个青年作家之手，也许是一种信号，标志着我们文学创作中现实主义的深入，以及一个新的创作繁荣时代的到来。

[原载于《山东师大学报》(哲学社会科学版)1985 年第 2 期。有改动]

论臧克家的小说

韩之友

臧克家是我国现代著名的诗人，以诗品丰富凝重著称。他也写散文、杂文和文艺论文，成绩斐然可观，屡见评陆。唯有他的小说，或许因为数量不多，尚未引起应有的重视。文学史上常有这样的现象：创作的价值并不完全取决于数量的多寡。臧克家只出过《挂红》《拥抱》两部短篇集，共收十五篇短篇小说，加上集外的四篇和收在散文集里的一篇，总共不过二十篇。为数的确不多，却颇有特色。这些小说描摹社会人情世态的本领，是他的诗歌、散文、杂文所不能比拟的。其绘声绘色的程度，即使在同一时期专写小说的作家中也不多见。这些小说作为臧克家个人创作的有机构成部分，自有其独特性，不容忽视。研究他的创作而舍弃这些小说，便不能全面认识和说明臧克家的文学成就。本文拟就他的小说的总体特点加以考察，以说明他对我国现代小说的贡献。

一

臧克家写小说略晚于他的新诗创作。1933 年 10 月《文学》月刊揭载的短篇《猴子拴》，是他的小说处女作。此后他一直没有放弃"尝试之心"[①]，断

---

① 臧克家：《答编者问：一个文艺学徒的"自道"：创作经验谈》，《文艺知识连丛》1947 年第 1 卷第 2 期。

断续续地发表了《债权人》《义务扫杂》《悲哀的人物》[1]等作品。不过作家自己认为这些试验并不成功，并把失败的原因归咎于“自己的组织力不够”[2]，即没有处理好人物刻画与故事安排之间的关系。尽管如此，这些早期作品仍然不失为前进的基础，尤其在选材角度、讽刺的运用等方面，为后期的小说创作开了端倪。

臧克家集中写作小说是在抗战胜利以后的1946年和1947年，就是在他寓居重庆歌乐山大天池的后期和复员上海的时候。这两年，他写成短篇小说十六篇，大部分发表在郑振铎、李健吾主编的《文艺复兴》月刊上。后来将其中的十五篇结集成《挂红》和《拥抱》两个小说集出版。[3] 这些小说以发生在作家周围的社会生活和他所熟悉的人物为题材，从不同侧面勾画了抗日战争和解放战争时期国统区社会人生的某些情态，成为他同期诗歌创作的有机补充。当这些小说陆续问世的时候，臧克家针对朋友的种种猜测，谈到写作这些小说的动机时说：“我最后的一次试验是在重庆歌乐山上的时候。住在山里，有的是时间和闲散的心境，我读了一些名著小说，它把我心里的一些人物，一些故事，诱动了起来。对于这些人物和故事，诗、显然不合适，或无能为力，我就开始又拾起‘小说’来了。”[4]就是说，作家写作这些小说时，就已明确意识到它与诗歌创作的不同描写对象和范围。这为我们认识并把握这些小说的总体特点提供了有利的契机。

抗战胜利后，国民党当局压制民主，挑动内战。国统区政局急剧地法西斯化。臧克家有意识地将一些重大政治事件或有关政治的生活现象熔炼成政治讽刺诗，把国民党当局的丑态和罪恶暴露于广大人民眼前，在现实中引起强烈反响。可以说，这个时期的诗作偏重于从社会政治角度抒发，偏重于

① 《债权人》写于1935年7月，载同年9月《创作》第1卷第3期；《义务打杂》，写于1935年7月。以上两篇现收入长江文艺出版的《臧克家散文小说集》。《悲伤的人物》，载1943年3月《时与潮文艺》创刊号。

② 臧克家：《答编者问：一个文艺学徒的“自道”：创作经验谈》，《文艺知识连丛》1947年第1卷第2期。

③ 《挂红》，收小说十篇，1947年6月上海读书出版社出版；《拥抱》，收小说五篇，1947年12月寰星出版社出版。

④ 臧克家：《答编者问：一个文艺学徒的“自道”：创作经验谈》，《文艺知识连丛》1947年第1卷第2期。

选取重大题材来暴露讽刺国统区的黑暗现实。而这个时期的小说则与诗歌不同，这些小说一般不去直接描写重大的社会政治事件，只就作家接触或熟悉的人物和故事，加以艺术概括和提炼，着力刻画城乡社会相、世相，尤其是城乡社会下层的各种世态人情。抗战时期，臧克家在重庆附近歌乐山大天池一个农家大院里住了三年。房东是姓李的一对老年夫妇。他们有五个儿子，其中老大、老三在城里混事，老二在村里务农，最小的两个还是少不更事的孩子。三房儿媳中，大嫂精明，二嫂慈厚，三嫂年轻、活泼、天真，却过早地遭到丧夫之痛。另外，李家还有一位不远的本家四老太婆，是个“老天真，也热情，就是有点糊涂，好做梦”。她有三个姑娘一个小儿，她把希望寄托在不好好上学、爱赌博的小儿子身上。臧克家跟他们朝夕相处，他说，“我清楚她(他)们的动作，心理，个性，和一串一串悲惨的故事。我爱她(他)们，所以在我的笔下流露了同情和热情”[①]。臧克家至少有四篇小说取材于这个农家大院的人物和故事，借以描摹四川隔僻山村的世态人情。这里有贫苦农家的婚丧嫁娶、妇姑勃豀、妯娌间的纠纷。这一切都借新姑娘丧夫后的烦恼和改嫁中的波折串联起来，构成一幅四川农家日常生活的风俗画(《挂红》)；有乡间“野”孩子对山村一草一木的特殊喜好，活泼的情趣和对贵族学校禁锢童稚的厌恶(《小兄弟》)；有一心想到城里享福的农村老婆子的“梦幻”和由此惹起的家庭龃龉(《梦幻者》)；还有在农民与文化人杂处的大院里发生的一出悲喜剧：一面是村夫村妇请“观花婆”下神驱邪禳灾的场面；一面是文化人被天花病菌(所谓“小虫”)吓得不敢喘气的情景(《小虫》)。这一切把当年大后方农村的闭塞落后和农民的善良本性勾画得绘声绘色，那村风民俗仿佛可以让人触摸到。这一组小说遂成为作家这个时期小说中最富有艺术感染力的部分。

农村世态不同的是五方杂处的城市里“众生相”的描绘。同古风尚存的农村相比，城市的社会人生更为复杂。国统区的城市尤其如此。这里有抗战初期国民党军政当局对文化人“捧杀”策略的具体描绘：抱着满腔热忱奔

① 臧克家：《答编者问：一个文艺学徒的“自道”：创作经验谈》，《文艺知识连丛》1947年第1卷第2期。

赴前线的文艺工作者，所到之处被军政当局设下的“鸡肉鱼蛋”所包围，教你看不见前线的影子。轮番举行的欢迎大会、小会，让你在一片言不由衷的欢呼、颂赞声中窘态百出(《文艺工作者》)。后来国民党的笑脸变作鬼脸，文化人的处境更加遭殃。臧克家据此写了一篇小说《重庆热》，描绘一位精神恐惧患者的心态。小说把国民党当局的恐怖统治推到幕后，细致地描摹并开掘主人公因恐怖而变态的内心世界，从而显示出当时文化人的一种普遍的社会心理。其他如短篇小说《妈妈哭了》，写疠疫流行季节的重庆，家家以前贴着避邪禳灾的“红十字”；孤儿们在所谓“疗养院”里呻吟、死去；穷苦人在苍蝇爬满的凉粉摊、水果摊前照样吃喝；妇女们在街头水沟里洗衣，有人又在下游舀水吃……这是由贫困、愚昧、不卫生的习性等构成的一幅穷人罹灾图。至于对国民党的官场，作家在自己的小说中只摄下下级官吏的几个镜头：有为升官与娶妻煞费苦心的主任科员(《凤毛麟角》)；有在国民党“劫搜大员”一片巧取豪夺中做了“代罪的羔羊”的下级军人(《牢骚客》)；还有看不惯司法界的腐败而愤然辞职的耿介之士(《严正清》)等等。这一切所显示的城市社会的“众生相”，大都有作家所见所闻的一点影子，加以引申生发写成的。可谓三教九流，光怪陆离。这类描写与上述农村世态人情的勾画所不同的是，这里多了一层时代的氛围，每个故事几乎都是在国统区的政治低气压下演进的。

善于描摹城乡社会的人情世态，既是《挂红》和《拥抱》两个小说集选择题材和处理题材的特点，又是40年代后期臧克家小说创作的基本特色。如果追根溯源，作家早在30年代中期写的《义务打杂》中就曾进行过这种尝试。这篇小说借一个农村青年跑到城里投奔阔亲戚的故事，活灵活现地勾画出城里有钱人嫌贫爱富的“势利相”。这是有过类似经历的作家，有感于世态的炎凉而创作的。当时臧克家在一篇题为《没出息》的散文中发过这样的感慨：“穷人住富亲戚，无求无告的少玩几天倒还新鲜，不然就惹人厌烦了。”[①]小说所写“姑母装糊涂的罗唆，表兄刺耳的浮夸，表妹毒辣的刻薄”[②]等等，恰

① 臧克家：《没出息》，《乱莠集》，良友复兴图书印刷公司1943年版，第7页。

② 臧克家：《义务打杂》，《臧克家散文小说集》(下)，长江文艺出版社1982年版，第1166页。

好把这种人生感慨形象化了。如果说30年代中期这种描写人生的方式还只是作家多种尝试中的一种,那么到《挂红》和《拥抱》时期,则已成为选材炼意的基本方式,而且运用起来更为娴熟了。

40年代小说家中善于描摹世态人情的不止臧克家一人。巴金目视手写着"小人物"的不幸,钱钟书专注于一帮摩登男女在名利场、情场的"围城"中角逐。他们的小说同臧克家的一起在《文艺复兴》上刊载。至于沙汀,则把笔触伸向四川家乡的农村城镇,向生活深处开掘着各式各样的人生。臧克家小说对世态人情的描摹若与巴金、钱钟书相比,自然没有后两位精深练达,但是如果仅从同一时期小说勾画世态人情的宽窄而言,显然臧克家概括了城乡世态的更多方面,具有广泛性的特点。同样,臧克家缺少沙汀小说那种开掘生活底蕴的功夫和与此相应的沉实感,但在描摹人生上却显得更为活泼、轻灵,更注重人情、人性以及生活色相的勾勒。这又是沙汀所不及的。总之,臧克家观察人生、选取题材的独特角度,给他的小说带来了善于描摹世态人情的鲜明特色。与同期同类小说相较,他对世相的描绘表现出了多样性而又具像化的长处。

二

生活是复杂的。艺术如果单一化,便不能反映生活的真实面貌。臧克家在自己的小说创作中力避主题与性格的单一化,竭力从复杂的生活出发,多方面、多层次地观察现实,反映人生,形成他的小说的又一特色。

半封建半殖民地的旧中国下本来就充满畸形和怪胎。封建主义与资本主义的货色杂然并陈,彼此影响,互相渗透,呈现出错综胶着的状态。城乡之间的差别、生产力发展的不平衡,既表现在物质生产和经济生活方面,也紧紧地制约着人们的思想意识、伦理道德、风俗习惯,乃至人的个性。这不仅给作家观察社会人生带来困难,而且加重了作家从各种社会事物和人生现象的彼此联系中把握生活、表现生活的责任。

臧克家的小说描绘城乡的世态人清,特别注重多方面地反映社会人生,从不同层次上剖析并揭示社会人生的意义。在臧克家笔下,新与旧,进步与落后，科学与迷信，传统的积淀与新生活的追求，以及人道主义与专制主义等，奇异地交织在一起；呈现出城乡社会人生的复杂矛盾。自然，作家并不是单纯地罗列现象，铺陈矛盾。进步的思想和爱憎分明的感情像探测事物的光谱仪，不断分辨着层次，鉴别着色彩，肯定一切美的事物，否定那些丑恶现象。他善于在不同层次上揭示并表现主题和人物性格。这个特点在作家的早期小说中已有萌蘖。30 年代中期问世的《债权人》，写小学教员方二姐全家三口自杀的悲剧。方二姐的自杀是由银行倒闭，存款被蚀引起的，小说自然就有反映社会经济动荡，声诉现实社会的意义。然而小说的主题并没有停留在这个层次上，而是把笔触进一步伸向方二姐自身去发掘。原来，她不只是一个受害的债权人，还是一个从革命潮流中退下来的知识分子。她眼下心神所系，只有丈夫、孩子和这个小家庭。她把那点银行存款当作维系幸福的唯一寄托和希望。因此，一旦存款荡然无存，她便失去了生活的勇气。一个抛弃社会改造责任的人，反被社会所吞噬。这是小说主题的另一层意义，而且是作家更为关注的地方。正是在这个意义上，作品塑造了女主人公这个退坡者的形象。

40 年代后期，臧克家的小说集中发挥了这方面的长处，使得多数作品的主题和人物性格表现出多层次的特点。农村题材的一组小说在勾画世态人情的时候，既写出了农民的迷信、落后、愚昧、不卫生等，又揭示了他们淳朴、善良的本性。这就自然形成这些作品批判与赞成的双重主题。例如，《小虫》写的是农民与文化人杂处的大院里，两种人对同一个天花患者的矛盾态度：对于刘么哥的病，全家人——父母、妻子——怀着善意为他张罗，却不是送医院，而是请来“观花婆”；病人死后，又把尸体停放在门口，不懂得传染的道理。他们对待天花病人的态度，表现了十足的迷信、愚昧、麻木。小说对此进行了严正的否定。然而这个悲惨的故事毕竟发生在穷困而又善良的农民家庭，小说又禁不住流露出同情。这种二重性的评价，更明显地表现在黄晓天身上。这位文化人“在口头上是十分崇信科学的，但一到行动上，却往往离科学很远”[①]。有趣的是，在这个闭塞落后的小村里，偏偏由他充当了

① 臧克家：《小虫》，《臧克家散文小说集》（下），长江文艺出版社 1982 年版，第 1185 页。

“科学教育的启蒙者”的角色。小说以赞美的笔触，表现了他的善良和热心。可是面对天花病人，他又表现出了惊慌失措，神经质般的恐惧。这实际上也是对科学的一种愚昧——跟同院的迷信农民相比，是另一个层次上的愚昧。由此可见，正是性格和主题的二重性描写、真实地皴染成这所农家大院的社会人生画面。

《挂红》是作家最喜爱的一篇小说。它的主题和人物性格表现得更为深切动人。小说写的是新姑娘在丈夫死后跟家庭的矛盾纠葛与改嫁的过程。人物都是卑微的村夫村妇，其性格的总体特点是：“这些人物都是穷困，可怜，善良而又有点可以原谅的自私。”[1]新姑娘与婆婆、妯娌、小姑之间的一切纠葛，都围绕一个中心——穷困。“他们都厉害，但都善良；她们都不放松自己的利益——甚至一点点，但终究不至于昧了良心，‘坑’害别个。”[2]主人公新姑娘的形象是可爱的。她的性格与其他妇女相比，更多了一层新的素质：对“新的生活，新的命运”的热切向往与积极奋斗的精神。诚如作家所说，“‘新姑娘’那么年轻，遭到了那么大的打击，但她能在这重重的一击下爬起来，以全力支持着自己和环境‘孤军奋斗’，而且，向一个新的希望去突击”[3]。即使是这样一个年轻活泼的妇女，身上也不免沾染旧的习俗：当她得到婆婆“挂红”的许诺（把她当作自己的女儿出嫁）后，竟在出嫁前一天悄悄抓了婆家一把香灰。这迷信举动惹恼了全家，使她不仅失去“挂红”的机缘，而且几乎是被撵出了家门。她的性格，主导方面是闪光的，但又掺着一点杂质。她最后实现了改嫁的愿望，但不免带有淡淡的哀愁。这就是一个农村妇女性格和命运的二重性。

同样，《小兄弟》和《梦幻者》也是如此。前者既对小学校长和教师的贵族老爷态度表示了由衷的厌恶和否定，又深情地赞扬了三个“野”孩子天真活泼的习性。即使对三个“小兄弟”的性格也没有一味肯定其“野”，同时也

---

① 臧克家：《答编者问：一个文艺学徒的“自道”：创作经验谈》，《文艺知识连丛》1947年第1卷第2期。

② 臧克家：《答编者问：一个文艺学徒的“自道”：创作经验谈》，《文艺知识连丛》1947年第1卷第2期。

③ 臧克家：《答编者问：一个文艺学徒的“自道”：创作经验谈》，《文艺知识连丛》1947年第1卷第2期。

写出了他们对学校生活的真诚向往和兴趣。后者既讽刺了二老太婆要到城里享受荣华富贵的“梦幻”，又写出了她受骗上当的可怜相。就是她那想入非非的“梦幻”，也远不是那么简单。它既包含小生产者的天真幻想，又带有抗战时期普遍滋长的投机心理，是二者的混合体。

这样处理农村题材小说的主题和人物性格，显然有利于揭示农村社会人生的复杂性。至于以城市生活为题材的一些小说，多层次地揭示主题和刻画性格的方法跟农村题材的小说略有不同。上面说过，这些小说着力勾画都市的“众生相”，准确地说，是要透过“众生相”的勾画来曲折地反映社会政治状况。因此，这些小说的主题，一部分体现在“众生相”的描写中，而另一层意义则往往隐藏在小说背后，要从小说的背景或时代氛围中去体察。例如《重庆热》是通过一位精神恐惧症患者的心态描写，显示长期生活在国统区的一部分知识分子战战兢兢的社会心理类型。这就在一般意义上确立了小说的主题。然而稍加追索就会发现，这种社会心理是由国民党当局的长期特务统治造成的。主人公樊天翔在住处对面的晾台上发现的那位盯梢者，就为寻求小说主题这方面的意义提供了认识线索。作家其他小说主题的二重性多数也是采用类似方法构成的。《牢骚客》是写抗战胜利后国民党接收狂潮中的一桩冤案。主人公考丕烈是一个尚有正义感的下级军人，对当局怀有不满。有一次，偶尔被诱骗陷入一桩盗窃案。事发后，那些策划者逃之夭夭，他反而被判了死刑。小说通过正面描写国民党军政机关内部的尔虞我诈，对这桩冤案作了申辩，从而指控了那伙“劫搜大员”的巧取豪夺。——这后一层意义是从主人公的经历和官场丑相中透视出来的。小说《严正清》和《妈妈哭了》里的主人公都是正直的知识分子，前者赞扬司法界的耿直清苦之士，同时揭露了国民党法院徇私舞弊的行径；后者表彰医务工作者救死扶伤的人道主义精神，同时谴责国民党当局不顾人民疾苦，乃至草菅人命的罪行。两篇小说的后一层意义，同样也是从主人公的经历和世相描绘中透视出来的。

这些小说塑造的人物形象，诸如医生、教师、公务员、文艺工作者、官吏、军人、混世者、骗子等等，他们的性格多数比较复杂。其中塑造得较为丰满的，要算各种类型的知识分子形象。他们职业不同，经历不一，但是多数在思想上都有不同程度的沉闷或变态，这些都是国统区令人窒息的环境造成的。正像《重庆热》里那位心理卫生学家给主人公诊病时所说："这是时代病。差不多每一个年青有正义感的知识分子，都多多少少有一点点。这个年头，心理正常的只有冒险家，投机商人。"[①]他们的分化是极其鲜明的：有的终于走了回头路（如《重庆热》的主人公樊天翔）；有的经过朋友的勉励、"加热"，投奔了解放区（如《小马灯》里那对年轻夫妇）；有的依然留在国统区，却对统治当局采取了不合作态度（如《严正清》的主人公严正清），或固守着美好理想，孤身奋斗（《妈妈哭了》的主人公黎秀娟）。值得注意的是，这些人物的性格多数具有二重性：既有正义感、是非心，有对现实的牢骚不满，又有知识分子常见的脆弱性。

应该说，这样处理小说的主题和人物性格，更适合于描绘世态人情的需要。多层次的表现，不仅显示了城乡世态人情的复杂性，而且更符合社会人生的真实性。在这里，生活的"复杂性"和"真实性"得到了较高的和谐统一。

三

批判旧事物离不开讽刺、需要讽刺。臧克家的小说在描写城乡社会人生的过程中，触及大量旧思想、旧道德、旧习俗，讽刺便在这些地方发挥了威力。如果说他的小说与诗在选材角度和范围上有明显不同，那么在讽刺艺术的运用上却又殊途同归了。他的政治讽刺诗多以行将灭亡的旧事物、旧势力为表现对象，尖锐、泼辣、不留情是其主要特点。他的小说作为世态人情的讽刺，也有与政治讽刺诗一样的特点。有的作品如《牢骚客》对国民党官吏间的尔虞我诈、彼此倾轧以及对主人公落井下石行为的讽刺；《文艺工作者》对国民党军政当局编演的一幕幕"捧杀"丑剧的讽刺等等，可称之为外部讽刺，不过为数不多。而多数小说的讽刺对象是社会下层劳动者、知识者的弱点，或社会普遍存在的旧思想、旧习俗等，其讽刺特征便与政治讽刺诗不尽相同，属于内部讽刺的范畴，也是臧克家小说的讽刺艺术中最富有特色

---

① 臧克家：《重庆热》，《臧克家散文小说集》（下），长江文艺出版社 1982 年版，第 1244 页。

的部分。这些小说的讽刺，一般来说不像政治讽刺诗那样通常运用艺术夸张和漫画化，而是靠真实的细节、真实的场面，结合作家鲜明的感情评价，形成讽刺力量，催人深省。鲁迅说过："'讽刺'的生命是真实。"①臧克家谈到《挂红》时也说："我没有夸张什么，我只写出了真实，以及我个人对于这真实的反应。"②作家一旦把日常生活中司空见惯的事实、见怪不怪的现象纳入讽刺的聚光镜下，立刻会暴露出生活的底蕴。就拿迷信、愚昧、不卫生的习性来说，这是旧中国城乡常见的现象。作家以具象化的细节或场面写入小说，顷刻便显出讽刺的锋芒。《小虫》这篇小说细致地勾画出"观花婆"下神的场面——病人在里间屋里痛苦地呻吟，全家人却聚在外间围着观花婆举行那古老而又愚蠢的仪式。小说在场面描述中嵌入主人公黄晓天的腹诽、儿时的回顾和不敬的议论，构成小说出色的讽刺艺术。另一篇小说《妈妈哭了》所描绘的"虎列拉"流行的重庆街头情景更是触目惊心，那穿街而过的棺木、棺头缚着的鲜血淋漓的公鸡是十足的愚昧迷信的象征。鲁迅说过："在或一时代的社会里，事情越平常，就越普遍，也就愈合于作讽刺。"③这种讽刺性的风俗描写表明，不论城市或农村，封建迷信的魔影、传统习惯的巨大惰性，是怎样顽固地纠缠着人们的头脑，渗透到社会生活的各个角落的。

喜剧性情节的运用，是臧克家小说构成讽刺的又一艺术手法。现实中常有这种现象：一种不合身份、不合时宜、不合情理的言语或举动，最容易令人觉得滑稽可笑。作家如果能在这时迅速把它具象化，便会获得讽刺的效果。臧克家善于寻求这样的时机，捕捉这样的事实。一个普通的农村老婆子，偏偏整天想着到城里去享福。她把幻想寄托在乾儿身上，逢人便夸。乾儿明明是在城里某盐务机关给处长当跟丁，她却懵懵懂懂地向人夸示："处长一步也离开不了他呢，已经跟了他这多年了。"④另一个农村老婆子，明明儿子被抓了壮丁，她却天天念叨着儿子在外当了营长，自己要做阔人家的老太太了(《她俩拥抱在一起了》)。她们的幻想与现实地位的严重脱节，造成

① 鲁迅：《什么是"讽刺"?》，《杂文》1935年第3期。

② 臧克家：《答编者问：一个文艺学徒的"自道"：创作经验谈》，《文艺知识连丛》1947年第1卷第2期。

③ 鲁迅：《什么是"讽刺"?》，《杂文》1935年第3期。

④ 臧克家：《梦幻者》，《臧克家散文小说集》(下)，长江文艺出版社1982年版，第1198页。

这些情节的喜剧性效果。同样，一个文化人种种言行不一的表现，构成《小虫》这篇小说许多出色的讽刺性描写。主人公黄晓天面对天花患者，惊恐不已。听到患者吐痰、看到死者的尸体都会感到那可怕的“小虫”(他对病菌的通俗称呼)传入自己体内。当他跑到山上躲避，发现风从家院方向吹来时，还疑心成群结队的“小虫”正在自己周围游来游去。小说正是通过这类喜剧性情节，成功地塑造了一个讽刺性形象。

在臧克家小说里，对知识分子的弱点的讽刺，主要靠心理解剖。上述黄晓天的喜剧性情节中就包含着这种心理解剖。如果考察这种心灵讽刺的演变轨迹，早在30年代中期的《债权人》中已有尝试。那篇小说细致地刻画了方二姐退坡的讽刺性心理：“同样的道路，同样长的队伍，……真也奇怪，今天她又领起这一队人来，可是一想起目的来，怕连她自己也要笑了吧？”[①]这里把她当年为革命奔走与今日为个人奋斗，放在心灵的帷幕上加以对比。这种讽刺方法，到40年代后期得到进一步运用，并趋于成熟。小说《重庆热》也是讽刺主人公退坡思想的。主人公樊天翔是在与革命青年朋友的交往中感到愧恧，进而在内心世界中自我完成了一次历史与现实的对比。他想：“五年以前，我也曾象他一样的干过……可是现在，我的身体和神经再也受不起什么打击。”[②]这就形成对主人公的讽刺。

臧克家小说的讽刺艺术，不论是运用典型细节、喜剧性情节；还是心灵的讽刺，都是以生活的真实作基础，服务于世态人情的勾画的。对作家自身来说，它要求怀着善意。诚如鲁迅所说，“讽刺作者虽然大抵为被讽刺者所憎恨，但他却常常是善意的，他的讽刺，在希望他们改善，并非要捺这一群到水底里。”[③]这是讽刺艺术的出发点和归宿。臧克家正是这样做的。

［原载于《山东师大学报》(社会科学版)1985年第10期。有改动］

---

① 臧克家：《债权人》，《臧克家散文小说集》(下)，长江文艺出版社1982年版，第1154页。

② 臧克家：《重庆热》，《臧克家散文小说集》(下)，长江文艺出版社1981年版，第1239页。

③ 鲁迅：《什么是“讽刺”?》，《杂文》1935年第3期。

内在律

——郭沫若对新诗的重要贡献

吕家乡

郭沫若“从七八岁时动手”习作旧诗[①]，他很早就能熟练地运用旧诗体写景、抒情、伤时、感事。可是，从1916年起，留学日本的郭沫若竟无师自通地开始试作白话新诗，这和留学美国的胡适开始“尝试”白话新诗几乎在同一时间。[②] 为什么会有如此巧合？为什么郭沫若在开拓新诗上的贡献能够超过胡适？这些问题值得探索。

现代情绪冲破了旧诗形式

我国旧体诗歌（包括诗、词、曲）曾有长达千年的繁荣时代，积累了丰富的艺术经验，形成了精致的格律体系，产生了繁星般的艺术珍品。可是，旧体诗歌的艺术经验和格律体系，基本上是在安静平稳的生活情调和以静态为美的审美观念的基础上形成的，是在单向思维的心理基础上形成的，是在以单音词为主的古代语言基础上形成的。它的这些“基础”，在漫长的古代社会中的变化不大，只要在旧格律的范围内加以调整就可适应。可是，近百

① 参见郭沫若：《我的作诗的经过》，《郭沫若论创作》，上海文艺出版社1983年版，第199页。
② 据郭沫若的《我的作诗的经过》和胡适的《尝试集·初版自序》（亚东图书馆1920年版）。

年以来，随着闭关锁国状态的结束，我们民族的生活基调、心理状态、语言习惯都发生了亘古未有的巨大变化，这些情况促使旧体诗词不能不发生巨大变革。

胡适和郭沫若都有写作旧诗词的根底。1910 年，胡适赴美留学；1914 年，郭沫若赴日留学。在国外，他们都接受了资产阶级民主自由思想的影响和浪漫主义诗歌的熏陶，迫切地感到中国旧诗变革的必要，并从外国文学中找到了进行变革的借鉴。因此，他们在不通声气的情况下，几乎同时开始变革诗歌的尝试，这种貌似偶然巧合的背后，有着必然规律的作用。

不过，细加考察就可看出，他们两人进行变革的具体情况有很大差异。

胡适的气质是偏于理智的，他缺乏一个现代诗人所应有的强烈激情。他不是由于强烈的“现代情绪”的驱使而感受到变革诗歌形式的必要，而是首先从散文文学的角度感到了用白话代替文言的必要，再进而引申出在“韵文”(他常把诗歌和韵文当作同义语)中用白话代替文言的必要。但诗歌语言毕竟不同于散文语言，因此，当他下决心“自七月起不再作文言诗”，“意欲以实地试验，定白话之可否为韵文之利器”①时，他并没有成功的信心。另外，他的注意力起初单单集中于白话与文言之争，试图孤立地解决在旧诗词中用白话代替文言的问题。在一年多的尝试中，他写的不过是白话旧体诗，硬把白话嵌入五七言的老框框之内。这当然要遇到困难，于是他一度知难而退，由“力屏文言”变为“往往不避文言”②。接受了钱玄同的劝告之后，他才又继续向前迈步：把使用白话和“诗体的大解放”结合起来。可是，他在诗体解放上所迈的步子既小又慢，其根本原因仍在于他缺乏一个现代诗人应有的那种热烈的现代情绪，以及由此产生的对全面变革诗歌形式的强烈要求。

郭沫若之所以要突破旧体诗词的框框，首先是由于他作为现代诗人所特有的激情的驱使。从他早年留下的作品来看，这种“现代情绪”在他赴日留学之前尚未形成，因而那时他的诗歌内容和旧形式之间还没有明显的矛盾。可是，郭沫若到日本以后，“读的是西洋书，受的是东洋气”③，即一方面

① 梁勤峰、杨永平、梁正坤整理：《胡适许怡荪通信集》，上海人民出版社 2017 年版，第 70 页。

② 《胡适致钱玄同》，周月峰编：《〈新青年〉通信集》，福建教育出版社 2016 年版，第 207 页。

③ 田汉、宗白华、郭沫若：《三叶集》，上海书店 1982 年印行，第 165 页。

接受了资产阶级民主主义政治思想和现代科学知识的教育，另一方面又受到帝国主义的欺凌和侮辱，这使他深切地体验到了激剧变化的现代生活基调和多向思维、动荡不宁的现代心理状态。当他要把这种体验抒之于诗的时候，旧诗的形式就不相适应了。我们看 1915 年作的七律《哀的美顿书》，作者那怒潮翻滚般的满腔义愤显然不能满足于仅仅得到“冲冠有怒与天齐”那样简括的表述，可是在七律的格式中又怎能尽情倾吐呢？以后的一些诗作不再拘于旧诗常用的简括表达的手法，而能对情绪的抑扬起伏作展开式的抒写，为此也相应地加长了篇幅，如 1916 年作的《寻死》《与成仿吾游栗林园》等。这一来，内心感情的起伏动荡和固定呆板的形式之间的矛盾就更加突出了。郭沫若的那种难以抑制的“现代情绪”对旧诗形式的冲击，不仅是强烈的，而且是全面的，它不仅仅要求用白话代替文言，同时要求对旧的表现手法、旧的格律等一并进行变革。这就是他告别旧诗、试作新诗的内在动因。

事物的发展往往是曲折的。当郭沫若开始试作新诗时，他那“冲冠有怒”和“狂歌入云杪”的激情却一度消沉了。他对国事的失望，以及他和安娜结婚之后生活的困窘，使他陷入苦闷、伤感的境地，“有时候想去自杀，有时候又想去当和尚”[①]。就是在这种心境下，他迷上了泰戈尔冲淡平和的和海涅充满柔情的诗作。这种心境，这种艺术借鉴，并不能给他足够的对旧诗体的冲击力，所以他最初的几首新诗，如《维奴司》《新月与白云》等，并没有摆脱旧诗词影响，也显不出超过旧诗词的优越性。

开一代新诗风的契机终于到来了，那是在五四运动的浪潮猛烈冲荡着这位海外游子的赤子之心的时候。郭沫若听到国内爆发五四运动的消息后，立即和几个留日同学组成“夏社”，开展反帝爱国活动。恰在这时，他接触了美国诗人惠特曼的《草叶集》。郭沫若后来回忆说：“惠特曼的那种把一切的旧套摆脱干净了的诗风和‘五四’时代的暴飙突进的精神十分合拍，我是彻底地为他那雄浑的豪放的宏朗的调子所动荡了。”[②]惠特曼给郭沫若提供了最亲切的艺术经验，因而“个人的郁积，民族的郁积，在这时找出了喷火

① 郭沫若：《太戈儿来华的我见》，《创造周报》1923 年第 23 期。

② 郭沫若：《我的作诗的经过》，《郭沫若论创作》，上海文艺出版社 1983 年版，第 204 页。

口，也找出了喷火的方式”[1]。郭沫若以源源不绝的灵感，写出了《立在地球边上放号》《凤凰涅槃》《天狗》等雄壮奔放的诗。只有到这时，郭沫若的新诗才挣脱了旧诗的羁绊，并显示了旧诗不可企及的强大生命力。

《女神》突出了诗的内在律

诗，不论古今中外的诗，都必须具有韵律美。旧诗（包括词、曲）的韵律是外在律，即包括章法、句法、韵式、平仄、对偶等规则的以声调为核心的格律体系。它经过长时期的发展、补充、演变，愈来愈复杂，也愈来愈精致。它和古代人的生活、感情、语言是适应的。但是，时移世变，精致的外在律已不能适应近代人更不能适应现代人对诗歌的要求。晚清以来，许多诗人总想突破它。以黄遵宪为代表的“诗界革命”派为此付出了很大努力，但成绩不大。他们只是放宽了旧格律中的某些因素，并没有找到足以取代旧格律体系的新体系。梁启超提出“以新意境入旧风格”的口号，实际上是表示对于旧风格（包括旧格律）的屈服。胡适提出了“诗体大解放”的大胆主张，即“有什么话，说什么话；话怎么说，就怎么说”[2]，“不拘格律，不拘平仄，不拘长短；有什么题目，做什么诗，诗该怎样做，就怎样做”[3]，但是他仍然没有找到可以取代旧格律体系的新韵律体系。而韵律是诗的生命，没有韵律就没有诗。因此，有些人按照胡适的彻底自由原则作的“新诗”成了毫无韵味的散文；而胡适自己则始终没有言行一致，他虽然放宽了或放弃了某些格律因素（如固定的章法、句法），但仍然注重另一些格律因素（如双声叠韵）。胡适对格律的变革，不论小变大变，终究没有超出外在律的范围。郭沫若却另辟蹊径，用新的韵律体系——内在律，把旧的格律体系——外在律取而代之了。1920 年 2 月 16 日致宗白华的信已经透露了这样的新见解：“诗的本职专在抒情。……情绪的律吕，情绪的色彩便是诗。”1920 年末致李石岑的信就说得更明确了：“诗之精神在其内在的韵律（Intcinsic Rhythm），内在的韵律（或

① 郭沫若：《序我的诗》，《郭沫若谈创作》，黑龙江人民出版社 1982 年版，第 55 页。

② 胡适：《建设的文学革命论》，《新青年》1918 年第 4 卷第 4 期。

③ 胡适：《谈新诗——八年来一件大事》，《星期评论》1919 年纪念号 5。

曰无形律)并不是什么平上去入,高下抑扬,强弱长短,宫商徵羽;也并不是什么双声叠韵,什么押在句中的韵文!这些都是外在的韵律或有形律(Extraneous Rhythm)。内在的韵律便是'情绪的自然消涨'。这是我自己在心理学上求得的一种解释,前人已曾道过与否不得而知。"[①]这种建立在"情绪的自然消涨"之上的内在的韵律,构成了《女神》等代表性诗作的突出的艺术特色,从而与注重外在律的旧体诗词划开了界限。

郭沫若能够"求得"内在律,并不是侥幸的巧遇,而是由于他逐渐具备了以下几个条件。

第一,化理为情。新诗初期,"说理是主调之一"[②]。胡适写作说理诗的经验是"凡是抽象的材料,格外应该用具体的写法"[③]。这仅仅涉及如何表达"理"的写作技巧问题,这样写出的诗往往是概念的图解,其中并没有"情绪的自然消涨"。郭沫若则要求"诗人对于某一种高尚的思想或真理,怀着热诚的憧憬,而加以颂扬,或生活在那种思想当中,如象山里的泉水,自然流出声音来那样"[④],这里强调的是诗人如何把握"理"的创作心理问题,比胡适的意见深刻得多。《女神》时期的郭沫若是反对追求诗歌的功利性的(《三叶集》),而《女神》却产生了推动思想革命的巨大能量。秘密在于他确实做到了"生活在"先进思想当中,先进思想浸透了他的神经,使他常常对宇宙万物产生不同寻常的感应,不由自主地"突然有诗意袭来",甚至"表现着一种神经性的发作"[⑤]。这样写出的诗既是真诚的心曲,又可能成为时代的壮歌。例如,《天狗》中摧毁旧世界的感召力是巨大的,可是它并不给人以说教的感觉,因为这首诗所写的是一种具体的情绪状态。"我是天狗",这不是出奇的譬喻,也不是大胆的夸张,而是作者的一种非意识的、类似幻觉的想象。动笔之前省去了引发想象的因由,一开头就进入这种出神的想象活动。这个"我"已经不是实我而是幻我。下文表示想象逐渐延伸:"我把全宇宙吞

---

① 郭沫若:《论诗三札》,《郭沫若论创作》,上海文艺出版社1983年版,第233页。

② 朱自清:《诗与哲理》,《新诗杂话》,作家书屋1947年版,第33页。

③ 胡适:《谈新诗——八年来一件大事》,《星期评论》1919年纪念号5。

④ 郭沫若:《诗歌的创作》,《郭沫若论创作》,上海文艺出版社1983年版,第276页。

⑤ 郭沫若:《我的作诗的经过》,林林主编:《郭沫若诗词鉴赏》,河北人民出版社1994年版,第448～449页。

了”—“我成了全宇宙‘能’的总量”—“我飞奔，我狂叫，我燃烧”—“我永不停息地自我超越”。这一切都是幻我的活动。结尾：“我便是我呀！我的我要爆了！”“我的我”中前“我”指实我，后“我”指幻我，幻我与实我开始分开，这表示由想象和幻觉中开始回到清醒，极度亢奋的精神状态已经退潮。(从情绪的变化来看，我不同意有些同志把结尾当作高潮的看法。)这种情绪状态渗透着摧毁旧世界的信念，体现着暴飙突进的时代精神，但并不是所有具有这种思想觉悟的人都能进入这种情绪状态。它是作者“生活在思想当中”，经过长期孕育，又突然被灵感触发而开放出的心灵花朵。

第二，把实情提升为诗情。郭沫若对日常生活中的实际感情和诗的情绪作了明确区分。他说，“纯粹的感情是不能成为诗的(我们假如过于快，或者过于不快，我们每每呆窒着说不出来话来)”[①]。那么诗情是怎样的呢？我们先看郭沫若提出的一个公式：

诗＝(直觉＋情调＋想象)＋(适当的文字)

这里的“直觉＋情调＋想象”就是诗情。照他的比喻，“直觉是诗细胞的核，情绪是原形质，想象是染色体”[②]。这就是说，诗情往往是直觉即灵感鼓起的、是伴随着想象活动的、在一定时间内展开的有节奏的情绪过程。由实际的感情到富有美感的诗情中间要经过一个或长或短的酝酿、发酵过程。我们不妨以《蜜桑索罗普之夜歌》为例看看作者是怎样酝酿并捕捉诗情的。郭沫若在《创造十年》里曾经介绍过这首诗产生的具体背景：孩子断奶后，得了食饵中毒症，生死难保。一家人搬进病院，守着一个发高热的半死婴儿。白天守了一天，到晚来又眼睁睁地守了一夜。“痛苦的人生负担”触动了作者对现实生活的厌恶和对美好生活的向往。有人也许愿意把这种真情实感据实写入诗中，可是郭沫若嫌它不够味儿，不写。直到他的真情实感升华为奇妙的想象活动时，他才抓住它，生发它，抒写它，为读者提供了一个富有浪漫色彩的绮丽境界：在月光皎洁的夜晚，在天海之下，大海之上，“我”披着一件白孔雀的羽衣，乘坐在一只象牙舟上翘首远望……这是“在痛苦的人生的

① 郭沫若：《文学的本质》，《沫若文集》第10卷，人民文学出版社1959年版，第219～220页。

② 郭沫若：《论诗三札》，《郭沫若论创作》，上海文艺出版社1983年版，第244页。

负担之下所榨出来的一种幻想”,它比生活实感更有魅力。《女神》中与此相反的例子也是有的,如《匪徒颂》《三个泛神论者》,其所以诗味不浓,并非因为缺乏真挚的激情,而是因为这种真情还没有经过必要的发酵而化为诗情。

第三,“情绪的直写”。“抒情诗是情绪的直写。”[①]情绪的直写是和情绪的转述相对而言的。所谓直写,就是直观地把情绪的具体状态展现出来,而不是直白地把情绪述说出来;就是让读者直接面对情绪的录像,而不是听取作者关于情绪的解说词。只有“直写”才能真切地传出“情绪的消涨”的波状形态,才能体现情绪进行的内在律。

1925 年,郭沫若在《文学的本质》中介绍了西方心理学家温德所绘出的情绪律动的七种波状线。其实早在数年以前他已注意到情绪进行的波状形式了。写于 1919 年 12 月的《雪朝》“是应着实感写的”,感应着“扬—抑—扬”的内在律而把诗分成三节。诗成后寄给成仿吾,成仿吾不高兴第二节里那细弱的“蚊子般的音调”。郭沫若觉得“要那样才形成节奏”,所以没有采纳成仿吾的意见。[②] 可见这时郭沫若对内在律的掌握已很自觉了。《女神》中所有“情绪的直写”的诗作,不论长短,都表现了情绪抑扬起伏的律动。《立在地球边上放号》只有 7 行,却“直写”了作者对宏阔壮丽的自然景象由浅入深的审美把握过程。《笔立山头展望》16 行,粗看似乎写的是一种浑热的昂奋情绪,其实也有起伏演变的线索可寻。《巨炮之教训》,看题目似乎要围绕着“教训”来层层铺陈,作者却写了一段以做梦为中心的心理活动过程。梦境的演进折射着情绪的波动,也贯穿着思想认识由模糊到明确的发展线索。还有一些寓情于景的作品,如《春之胎动》《日暮的婚筵》,也回荡着“生命泉中流出来的 Strain(诗歌)”[③]。

第四,“适当的文字”。郭沫若关于诗的公式中“适当的文字”一项包含着什么要求呢?《女神》时期的郭沫若对诗的文字只有一个要求:“诗的文字便是情绪自身的表现(不是用人力去表示情绪的)。”[④]这个要求似乎自然而

---

① 郭沫若:《论节奏》,《郭沫若论创作》,上海文艺出版社 1983 年版,第 247 页。

② 参见郭沫若:《创造十年》,《沫若文集》第 7 卷,人民文学出版社 1958 年版,第 72 页。

③ 郭沫若:《论诗三札》,《郭沫若论创作》,上海文艺出版社 1983 年版,第 237 页。

④ 郭沫若:《论诗三札》,《郭沫若论创作》,上海文艺出版社 1983 年版,第 243 页。

然地就可以达到。言为心声嘛，不同的思想感情必然要表现为不同的词语、句式和语气。这是人人都在无意中遵守着的规律。但是，能不能在诗歌创作中自觉地、有意地遵守、运用这个规律，效果却大不一样。旧体诗词强调固定的外在律，造成了句式、语气的单调呆板，使诗人流动变幻的情绪难以自然地流露于文字之中，而只好把情绪经过概括之后“说”出来，这就是所谓“用人力去表示情绪”。郭沫若早期的诗词就是这样。“男儿投笔寻常事，归作沙场一片泥”①；“回首中原叹路穷，寄身天地太朦胧”②；“朔风欲打玻璃破，吹得炉燃亦可嘉”③。情调何其不同，却一样装在七言陈述句的框子里。这种“说”情的办法实际上是用语言的达意功能代行语言的表情功能。现代诗人的心理特点驱使他们不再满足于简括地“说”情，而要真切地“直写”情绪，这就势必要注意调动语言的表情功能，使语言成为“情绪自身的表现”，不仅要做到文情并茂，而且要做到文情统一。

对于诗歌语言来说，真正做到文情统一很不容易，郭沫若并不是一蹴而就的。我们把他的新诗按写作时间比较一下，就依稀可辨他逐渐向前迈进的足迹。先看《死的诱惑》，据《沫若诗集》所加的“附白”，这是郭沫若最早的白话新诗。共两节，严格对称，兹引第一节如下：“我有一把小刀，/倚在窗边向我笑。/她向我笑道：/沫若，你别用心焦！/你快来亲我的嘴儿，/我好替你除却许多烦恼。”这首诗的构思方式确实是我国古典诗歌中所没有的。但其语言基本上是拘谨的陈述调子，远没有成为“心焦”情绪的自身的表现，还明显地保留着“说”情文字的痕迹。看来作者还没有自觉地注意发挥语言的表情作用。稍后写出的《鹭鹚》就有所进展，开头和结尾对鹭鹚的呼唤、询问，表明作者已能发挥现代语言在语气、句式上的传情作用。但是中间几行叙述略显平板，和前后的对话口气不够谐调。从 1919 年下半年进入创作的爆发期以后，郭沫若把文字作为“情绪自身的表现”就愈来愈得心应手了，

① 郭沫若：《七律》，王继权、姚国华、徐培均编注：《郭沫若旧体诗词系年注释》（上），黑龙江人民出版社 1982 年版，第 105 页。

② 郭沫若：《十里松原四首》，王继权、姚国华、徐培均编注：《郭沫若旧体诗词系年注释》（上），黑龙江人民出版社 1982 年版，第 123 页。

③ 郭沫若：《十里松原四首》，王继权、姚国华、徐培均编注：《郭沫若旧体诗词系年注释》（上），黑龙江人民出版社 1982 年版，第 124 页。

例如——

《夜步十里松原》：情绪的内在律是抑—扬—抑，反映在语言上：陈述句—感叹句—陈述句。

《雪朝》：情绪的内在律是扬—抑—扬，反映在语言上：感叹的跳荡的短句—完整的连贯的长句—感叹的跳荡的短句。

作于1921年4月的《新生》在文情统一上更为圆满。这首诗写于作者由日本起程归国所乘的火车上（郭沫若从箱崎乘火车到门司，与成仿吾一同乘轮船归国），此行的目的之一是回国筹建文艺团体（后来定名为"创造社"）。在满怀喜悦和希望的情绪渗透下，目之所见，耳之所闻，无不充满蓬勃向上的"新生"气息："火车/高笑/向……向……/向……向……/向着黄……/向着黄……/向着黄金的太阳/飞……飞……飞……/飞跑，/飞跑，/飞跑。/好！好！好！"火车开动后由徐到疾所发出的各种声响（汽笛声、车轮声、喷气声），经过作者的联想和幻觉，成了欢乐、昂扬、朝气和活力的对应物，显示了物我合一、出神入化的心理状态。有些句子的结构、词语的组合、也冲破了语法规则，而成为情绪自身的直接表现了，如：

> 紫罗兰的，/圆锥。/乳白色的，/雾帷。/黄黄地，/青青地，/地球大大地/呼吸着朝气。

为什么搞得句子结构残缺不全？为什么把一个简短的词组分作两行，而且在定语和中心词之间加上逗号？并不是作者故意标新立异，这里忠实地显示了由强烈的色彩刺激所引起的意识流。诗歌对于内心世界具有如此微妙的表现力，连它的分行、排列、标点也成了不可移易的表现手段，这是任何古典诗词都无法企及的。这样的新诗确实可以作为胜利者在旧诗面前站起来了。

不过，当时郭沫若对内在律与外在律的关系在认识上有些偏激。他宣布："我也是最厌恶形式的人"；"形式方面我主张绝对的自由，绝对的自主"；"诗应该是纯粹的内在律"①。这就抹杀了外在律可能起到的积极作用，混淆

① 郭沫若：《论诗三札》，《沫若文集》第10卷，人民文学出版社1959年版，第201页。

了自由诗和散文诗的界限。这种看法虽然在他的创作实践中得到了部分的纠正，但也给他的创作带来了一些消极影响，如一些诗句过于拖拉，生硬地嵌入外国词语，搬用外国语法，等等，造成了语言的芜杂现象。

《瓶》——内在律和外在律的结合

1925 年 7 月，郭沫若在《论节奏》一文中谈到内在律和外在律的关系时，提出了新的见解："两种同性质的东西相加之后效果是要增加的，这是所谓合力作用。有情调的诗，虽然可以不必再加以一定的声调，但于情调之上，加以声调时（即是有韵律的诗），是可以增加诗的效果的。"这就把几年前"主张绝对的自由"的片面性纠正了。写于 1925 年 2 月至 3 月的爱情诗集《瓶》相当成功地体现了这个新的见解，也可以说新的见解是对于《瓶》的艺术总结。

在思想意义上，《瓶》不值得称道，它出现在"五卅"前夕，远没有传达出觉醒了的青年在爱情生活上的时代特色。但它在艺术上确有新的开拓，这主要有两个层面。

第一，在心理描写上，更加自觉地突破单层的、平面的局限，趋向于多层次、多侧面的综合表现，把笔触伸入潜意识、错觉、梦幻等深层心理领域，因而抒情诗的心理内容较之《女神》增强了纵深感和立体感。这是"情绪的直写"的发展。这表现在诗集的总体结构上，也表现在某些诗篇内部。这本诗集中的四十三首诗，虽然贯穿着一条隐隐约约的情节线索，但作者并没有按照情节的顺序去写，而是按照心理活动的次序去写，眼前的情景和回忆中的情景交叉出现，心理时空取代了自然时空，颇有"意识流"的味道。如第一至第七首写的是"我"当前对意中人的怀恋，而第八和第九首却陡然地推出了过去的画面，第十首又回头继续抒写当前的心情。"我"的爱情心理有时表现于不可抑止的倾吐和内心独白，有时表现于梦幻，有时表现于奇谲的想象，有时渗透于外在的景物。作者几乎隐去了一切叙事成分，在每首诗之间又砍去了承上启下的过场话，而让读者直接面对"我"内心活动中的一个个片段，这就造成了组合上的跳跃感，以及角度和人称在转换上的突兀感。每首诗之间，既互相联系，又相对独立，不同的内容辅以不同的写法，显得异彩纷呈，摇曳多姿。有的诗写得细腻委婉（如第一首），有的诗写得清奇峭拔（如第十四首）。这本诗集把我们带入一个相当丰富幽深的内心世界，如行山阴道上，奇景迭出，目不暇接，令人保持着惊喜、赞叹的心情。

第二，这本诗集在艺术上的另一进展就是情绪的内在律和语言形式的外在律达到了较好的结合。和几年前“主张绝对的自由”不同，这时郭沫若在形式上所追求的是自由和格律的统一。《瓶》中的作品，节与节之间大体对称，行与行之间大体均衡，语言音韵和谐，节奏鲜明，几乎每一句都是以双音词收尾，反映了现代汉语中双音词占优势的特点。而这种外在的韵律美，又能服从内在情绪的强弱高低、升降起伏，在整齐和谐中又参差变化。诗集中的几乎每一首诗的格式和韵律都各不相同。例如，第一首中的心情大体上是平静的，据此就相应地采取了舒缓平稳的语言节奏，每节四行，每行都较长（五个音组左右）。用 ing 韵，音质柔和，一韵到底，行行入韵，使全篇都萦绕着轻柔的情调。第五首对回忆中的那位姑娘表示埋怨，情绪是不平静的，据此就采取了跳荡的形式，每节只有两行，每行都较简短；语气强烈，除了反问句就是感叹句。第十一首表现接到来信时的欢愉心情，就采用精致的 ABBA 韵式、长短交错的诗行，以造成活泼欢畅的气氛。

就一首诗内部来看，外在律的运用也能符合情绪的变化。如第六首，共分五节，每节都是三行，韵式都是 AAA。这种外在律上的统一性反映了情绪上的统一性：急切地盼望姑娘的来信。但这种情绪又有细微的变化，这在外在律上也有相应的表现。一是用不同的语气和句式表示不同的心情：第一节的三个排比句都用“了”字收尾，流露出惋惜；第二节用三个排比的判断句表示冷静和深沉；第三节用三个排比的疑问句表示疑虑不安……二是用韵脚的不同暗示心情的变化：第一节用 en 韵，第二、三节改用 a 韵，第四、五节又改用 eng 韵。总起来看，在心理描写的立体感上，在外在律和内在律的配合上，《瓶》比《女神》进一步显示了新诗具有超过旧体诗词的优越性。

当新诗刚刚脱离旧诗的母体时，前驱者们曾经有意识地以新诗的散文化作为区别于旧体格律诗的特征；郭沫若在那个阶段，以其对于情绪内在律的自觉把握和运用，取得了佼佼者的地位。后来，为了矫正散文化的弊端，新诗格律的探讨引起了普遍关注,一部分新诗人走上了用洋格律代替旧格律的岔路,这时的郭沫若又以外在律和绪内在律的结合,保持着诗坛明星的光荣。在这两个阶段,诗情上的优势都是他得以卓然超群的关键。1925 年以后,他参加了实际革命斗争,政治思想水平的提高和诗情的衰退呈现了愈益明显的反差。从 1928 年的诗集《恢复》开始,他的优势逐渐变成了劣势。此后,他一方面宣布宁愿做一个“标语人、口号人”,另一方面不由自主地走上了旧体诗的回头路。这是后话,且待另文分解。

[原载于《山东师大学报》(社会科学版)1985 年第 6 期]

“五四”新小说理论和近代小说理论关系琐议

蒋心焕

这是一个有待深入研究的课题。新中国成立以前出版的学术著作，如胡适的《五十年来中国之文学》、陈炳堃的《近三十年中国文学史》、周作人的《中国新文学的源流》、朱自清的《中国新文学研究纲要》(《文艺论丛》第十四辑)等，都注意到“五四”文学和近代文学的关系及时代思潮同文学变革的关系。但这些论著由于所论的角度或侧重点不同，大都只提出了问题，未能展开论证；有的论著，或立论失之偏颇，或资料明显荒缺。虽然有好多问题留下空白，但先驱者的起步却是可贵的。新中国成立以后，特别是近几年来，研究工作者以新的观点和较为丰富、翔实的资料，对这个专题进行了系统的研究，如严家炎的《中国现代文学发展中的几个基本问题》、沙似鹏的《“五四”小说理论与近代小说理论的关系》等专论对进一步研讨这个专题，提供了很好的基础。本文拟就此专题有关的两个问题，即如何评价梁启超等人的小说理论和现代小说理论对近代小说理论的革新，谈点零星的想法。

评论界对梁启超等人提出的“小说界革命”理论，进行探讨和研究的文章为数不少，但我觉得从理论的整体上进行评价的文章并不多，且往往有偏高的倾向，如为说明梁启超等人的小说理论在中国文学史上的地位，差不多都说梁启超等人的小说理论，为“五四”新小说的繁荣奠定了基础。这样的看法缺乏必要的分析，也不符合小说演变的实际，值得我们认真思考、探讨。

梁启超等倡导的“小说界革命”的理论，若归类作平行分析，确实是触及好些方面的问题，比如小说的真实性、小说的功利观、小说的艺术特点等。但它的核心是什么？它的本质是什么？我认为更值得评论者去探求。简单说来，它的核心，或它的本质，乃是视小说为政治工具，小说具有万能的社会之力。梁启超多次强调了这个意思，1897年，他论及日本变法时，指出："日本之变法，赖俚歌与小说之力。"[①]1902年，更为明确、系统地说："欲新一国之民，不可不先新一国之小说。故欲新道德，必新小说；欲新宗教，必新小说；欲新政治，必新小说；欲新风俗，必新小说；欲新学艺，必新小说；乃至欲新人心、欲新人格，必新小说。何以故？小说有不可思议之力支配人道故。"[②]在梁启超的极力鼓吹和影响下，继起的一些论文，如陶祐曾的《论小说之势力及其影响》、天僇生的《论小说与改良社会之关系》《〈新世界小说社报〉发刊词》等，更是把小说的作用夸大到极限，说什么："小说势力之伟大，几几乎能造成世界矣。"[③]"吾以为吾侪今日，不欲救国也则已，今日诚欲救国，不可不自小说始，不可不自改良小说始。"[④]"小说！小说！诚文学界中之占最上乘者也。"[⑤]诚然，梁启超的小说理论，涉及文艺的真实性、文艺的美感作用、文艺的功利观等，也可以说，他的小说理论是自成体系的，但问题在于他未能科学地论述真实、美感和功利三者之间的相互关系，忽略了文学的第一要义是真实，把文艺的功利性抬高到很不恰当的地位；他从读者乐意接受小说艺术的角度分析小说的特征具有四种力量："一曰熏。……二曰浸。……三曰刺。……四曰提。……前三者之力，自外而灌之使入，提之力，自内而脱之使出，实佛法之最上乘也。"[⑥]但梁启超在论述小说美感性时，一是没有强调美感性对真实性的依赖关系，二是忽略美感作用相对的独立性，把美感仅仅看作是从属功利观的附属。他正是从这样的角度理解、论及"四种力量"的。所以，他不无偏激地指出："文学家能得其一，则为文豪，能兼其四，则为文

---

① 梁启超：《蒙学报演义报告合叙》，《梁启超自传》，江苏文艺出版社2012年版，第171页。

② 梁启超：《论小说与群治之关系》，《饮冰室合集·文集之十》第2册，中华书局1989年版，第6页。

③ 《〈新世界小说社报〉发刊词》，《新世界小说社报》1906年第1期。

④ 天僇生：《论小说与改良社会之关系》，《月月小说》1907年第1卷第9期。

⑤ 陶祐曾：《论小说之势力及其影响》，《游戏世界》1900年第10期。

⑥ 梁启超：《论小说与群治之关系》，《新小说》1902年第1卷第1期。

圣。……而此四力所最易寄者，惟小说。”[①]

从上述的总体分析中，我们可以引申出这样两个基本认识：

就社会目的看，梁启超等人所提倡的“小说界革命”及其理论，仅仅是为了“新民”的政治需要，是资产阶级改良主义政治运动的一个重要组成部分。同样，他翻译的著名小说《经国美谈》和《佳人奇遇》以及他创作的《新中国未来记》也是出于这样的目的。梁启超等人在寻求其“新民”途径之中，发现小说乃是一“简易之法”，可以令“天下之农工商贾妇女幼稚，皆能通文字之用”[②]，从而达到宣传维新派的政治主张和理想的目的。

就思想基础说，是属于唯心主义范畴。梁启超等人颠倒了社会存在和思想意识的关系，把小说作用夸大到可以扭转乾坤的地步，这就走上了历史唯心主义道路。当时就有人清醒地指出：“所谓风俗改良，国民进化，咸惟小说是赖，又不免誉之失当。余为平心论之，则小说固不足生社会，而惟有社会始成小说者也。”[③]1928 年无产阶级革命文学论争中，创造社，太阳社中个别人对文艺作用的看法，基本上也是这样的唯心主义估量。鲁迅尖锐地指出：“各种文学，都是应环境而产生的，推崇文艺的人，虽喜欢说文艺足以煽起风波来，但在事实上，却是政治先行，文艺后变。倘以为文艺可以改变环境，那是‘唯心’之谈。”[④]

以上所议，是否对梁启超等人提倡的“小说界革命”及其理论有肯定不足，怀疑有余之嫌呢？没有。上面仅是从小说理论的总体上进行了分析，若从中国小说发展的历史过程，从中国自来小说不入史，“小说是向来不算文学的”[⑤]，“向来是看作邪宗的”[⑥]这个角度看，梁启超等人的小说理论的出现在当时具有振聋发聩的作用，无疑是晴天的一声霹雳。众所周知，“小说”一词，最早见于《庄子・外物篇》，初指琐屑的言谈、小的道理，同我们今天理解

---

① 梁启超：《论小说与群治之关系》，《新小说》1902 年第 1 卷第 1 期。

② 黄遵宪：《日本国志》，岳麓书社 1985 年版，第 66 页。

③ 觉我：《余之小说观》，陈春生等选编：《20 世纪中国文学史文论精华：小说卷》，河北教育出版社 2000 年版，第 48 页。

④ 鲁迅：《现今的新文学的概观》，《鲁迅全集》第 4 卷，人民文学出版社 1981 年版，第 134 页。

⑤ 鲁迅：《草鞋脚・小引》，《鲁迅全集》第 6 卷，人民文学出版社 1981 年版，第 19 页。

⑥ 鲁迅：《徐懋庸作〈打杂集〉序》，《鲁迅全集》第 6 卷，人民文学出版社 1981 年版，第 297 页。

的小说不是一回事。班固的《汉书·艺文志》中虽出现了“小说家十五家，千三百八十篇”的记载，但班固仍认为小说是“出于稗官，街谈巷语，道听途说者之所造”，“其语浅薄”，“迂诞依托”，并断言这是一种“君子弗为”的“小道”。他虽然在《诸子略》中著录了小说家，但将其列入“诸子十家”之尾，并且说：“诸子十家，其可观者九家而已。”班固鄙薄小说，不言而明。这里须指出，班固所规范、指定的“小说”，同以后统治阶级及其文人从文学体裁上规定的小说所包含的内容是不同的，但他们对小说所取的鄙视态度则是相同的。鲁迅说：“史家成见，自汉迄今盖略同。”[①]这种“成见”一直延续到清代，基本上无甚变化。“仁义道德，羽翼经史，言之大者也；诗赋歌词，艺术稗官，言之小者也。言而至于小说，其小之尤小者乎？士君子上不能立德，次不能立功立言，以共垂不朽，而戋戋焉小说之是讲，不亦鄙且陋哉！”[②]在全部意识形态中，把小说视作“鄙且陋”的偏见，竟是如此根深蒂固！

面临着如此根深蒂固的传统观念，梁启超等人登高一呼，呼吁“小说界革命”，把小说提到文学之中最“上乘”的地位，认为小说可以新国、新民、新一切，由一个极端走向了另一个极端，这种物极必反的现象在历史变革中是屡见不鲜的。

梁启超提倡的“小说界革命”及其理论一出现，在当时即产生了很大的反响。吴趼人在《〈月月小说〉序》中说：“吾感夫饮冰子《小说与群治之关系》之说出，提倡改良小说，不数年而吾国之新著新译之小说，几于汗万牛充万栋，犹复日出不已而未有穷期也。”[③]

这影响也延伸到“五四”前后。钱玄同在《寄陈独秀》一文中说：“梁任公先生实为近来创造新文学之一人。……即其文章，亦未能尽脱帖括蹊径，然输入日本文之句法，以新名词及俗语入文，视戏曲小说与《论》《记》之文平等（梁先生之作《新民说》《新罗马传奇》《新中国未来记》，皆用全力为之，未尝分轻重于其间也），此皆其识力过人处。鄙意论现代文学之革新，必数及梁

① 鲁迅：《中国小说史略》，《鲁迅全集》第9卷，人民文学出版社1981年版，第10页。
② 王希廉：《护花主人批序》，朱一主编：《红楼梦资料汇编》，南开大学出版社1985年版，第535页。
③ 吴趼人：《〈月月小说〉序》，《月月小说》1906年11月第1期。

先生。"[①]钱玄同的这个看法,是符合中国文学演变的实际的,"五四"新小说正是以梁启超等人的小说理论作为起步而向前发展的。

马克思主义的经典言论告诉我们,每一个时代的文学都是在前一个时代文学发展的基础上产生的,每一个时代的文学的发生、变革都有其承前启后的继承关系。恩格斯曾多次说过,意识形态领域内发生的种种新变革、新学说,"虽然它的根源深藏在经济的事实中"[②],却又往往以"先驱者传给它而它便由以出发的特定的思想资料作为前提"[③]。"五四"新文学,固然主要是摄取了异域文学的各种养料而勃兴起来,但它并没有脱离中国古代文学、近代文学的优良传统,这种具有强大生命力的内在力量,是任何外来力量都隔不断的。这正如马克思所说的:"人们自己创造自己的历史,但是他们……并不是在他们自己选定的条件下创造,而是在直接碰到的、既定的、从过去承继下来的条件下创造。一切已死的先辈们的传统,象梦魔一样纠缠着活人的头脑。"[④]以矛头主要指向封建文学为号召的"五四"新文学,同样未能摆脱先辈们传下来的反封建文学的优良传统。

"五四"新小说和近代小说的关系也是如此观。一方面,"五四"新小说理论是以近代小说理论作为自己的思想资料和由以出发的前提;另一方面,由于"五四"新小说和近代小说是不同历史阶段的产物,它们所处的社会环境、所服务的时代要求不同,特别是"五四"以后由于无产阶级思想的宣传和马克思主义的介绍,指导思想出现不同,这样,它们二者之间,既有继承性,又有区别性。学术界已有的成果主要侧重于对前者进行论述,这里我想着重于后者谈谈几点认识。

第一,小说和群众的关系。"五四"新小说理论和近代小说理论都强调开发民智,深深地打上启蒙主义的烙印。梁启超提倡的"小说界革命"及其理论,就是以"新民"说为其理论基础的。他说:"国也者,积民而成。国之有民,犹身之有四肢五脏筋脉血轮也……故欲其身之长生久视,则摄生之术不

① 胡适:《胡适思想录(4):我的歧路》,中国城市出版社2013年版,第157、158页。

② 《马克思恩格斯选集》第3卷,人民出版社1972年版,第56页。

③ 《马克思恩格斯选集》第4卷,人民出版社1972年版,第485页。

④ 《马克思恩格斯选集》第1卷,人民出版社1972年版,第603页。

可不明。欲其国之安富尊荣，则新民之道不可不讲。”[①]梁启超的“新民之道”包括好多方面的途径，“小说界革命”无疑是重要途径之一。我们不能否认梁启超的小说理论在“新民”和“群治”中的重要作用，但同时要指出他的“新民”论的局限性。梁启超等人当时代表着中国的“开明的地主富商要求转化为资本家”[②]的阶级利益。在政治思想上是“主以中学（君主）辅以西学（立宪）”[③]。就是说，一方面，梁启超努力吸取了西方进步的民主主义思想，另一方面并没有与代表中国封建统治阶级利益的儒家思想彻底决裂，或者说，民主主义只是他的一层外壳，而内里为主的还是封建主义。这就决定了“新民”说的不彻底性，从某种意义上说仍是“教化民众”。而“五四”新小说理论和创作，则是建立在彻底地不妥协地反帝反封建的民主主义思想基础上的，其目的在真正的唤醒民众，使之在思想上摆脱长期的封建思想统治，成为新民主主义革命的主导力量。茅盾这个时期的小说理论高出于同时代人者，正在于此。他热情呼吁“声诉现代人的烦闷，帮助人们摆脱几千年历史遗传的人类共有的偏心与弱点”，同时，“又隐隐指出未来的希望，把新思想新信仰灌到人心中”[④]这样一种文学出现。无疑这是一种不同于过去的具有彻底反帝反封建性质的新型文学。鲁迅小说创作的启蒙主义的深刻性，不仅表现在揭露上层社会的堕落，表现下层人民的不幸，从而“利用他（指小说）的力量，来改良社会”[⑤]，而且深入被压迫者被剥削者的思想深处，剔发人们的精神弱点和灵魂创伤，从而“将旧社会的病根暴露出来，催人留心，设法加以疗治的希望”[⑥]。这就使鲁迅的小说高出同时代小说家的作品。当时为数不少的小说，以民主主义、人道主义为思想武器，描写了劳动者啼饥号寒的苦难生活和悲惨命运。而鲁迅不止于此，他集中剖析了劳动人民在肉体上，更在精神上深受封建想想的毒害；他对劳动者所表现的“哀其不幸，怒其不争”的忧愤深广的感情也就超越了一般的人道主义同情心，因而他的小说创作

① 梁启超：《新民说·叙论》，《饮冰室合集六·专集之四》，中华书局1989年版，第1页。
② 范文澜：《中国近代史》上册，人民出版社1947年版，第313页。
③ 范文澜：《中国近代史》上册，人民出版社1947年版，第296页。
④ 沈雁冰：《创作的前途》，《小说月报》1921年第12卷第7期。
⑤ 鲁迅：《我怎么做起小说来》，《鲁迅全集》第4卷，人民文学出版社1981年版，第507页。
⑥ 鲁迅：《自选集》，《鲁迅全集》第4卷，人民文学出版社1981年版，自序第452页。

在"五四"反封建的思想革命和思想启蒙中发挥了极有力的战斗作用。

第二,科学化、现代化的新小说观念的初步建立。"五四"新小说理论和近代小说理论,都注重从异邦求新声,从传统吸营养,但其态度和方法有高下之分,其发展趋向是小说的科学化、现代化特征愈益显明。

一是为短篇小说正名。梁启超等人的小说理论中,把小说和史籍、小说和图画等加以区别,这样的文字并不少见,但什么是小说?小说的完整形态如何表述?当时的理论文章就比较少,且显得简单、空泛。比如,有的说:"小说者,社会之X光线也。"[①]有的说:"小说者,'今社会'之见本也。"[②]有的说:"所谓小说者,殆合理想美学、感情美学而居其最上乘者乎?"[③]有的说:"小说者,文学之倾于美的方面之一种也。"[④]这些说法各执一端,虽不无可取,但都未道出小说的应有要义。"五四"前后出现的文章,则有明显的进展,1918年胡适发表的《论短篇小说》是一篇重要的专论。胡适认为,"短篇小说是用最经济的文学手段,描写事实中最精采的一段,或一方面,而能使人充分满意的文章"。这个定义基本上揭示了短篇小说的特点,同时也接触到文学的典型化问题。胡适还针对当时新、旧小说家不重视结构、布局的缺点,强调指出:"'短篇小说'是有结构局势的,是用全副气力贯注到一段最精采的事实上的。"[⑤]他在《再寄陈独秀答钱玄同》中说得更明白:"适以为论文学者固当注重内容,然亦不当忽略其文学的结构。结构不能离内容而存在。然内容得美好的结构乃益可贵。"[⑥]在这里,他强调了结构对表达内容的重要作用,揭示了结构和内容之间相辅相成的辩证关系。稍后,茅盾以更科学、准确的语言,论述了小说的本质特征:"短篇小说的宗旨在截取一段人生来描写,而人生的全体因之以见。叙述一段人事,可以无头无尾;出场一个人物,可以不细叙家世;书中人物可以只有一人;书中情节可以简至仅是一段

---

① 楚卿:《论文学上小说之位置》,《新小说》1903年第7期。
② 敏泽:《中国美学思想史》第3卷,齐鲁书社1989年版,第514页。
③ 东海觉我:《小说林·缘起》,《小说林》1907年第1期。
④ 摩西:《小说林·发刊词》,《小说林》1907年第1期。
⑤ 胡适:《论短篇小说》,《新青年》1918年第4卷第5期。
⑥ 胡适:《再寄陈独秀答钱玄同》,《新青年》1917年第3卷第4期。

回忆。”[①]在小说正名方面，“五四”小说理论比之近代小说理论还有两个重要变化：一是小说概念净化了，以往总是把小说和戏曲等民间形式相混，“五四”时期则明确把小说和戏曲分开，统统归入文学之林；二是小说表现的范围扩展了，梁启超等人强调小说描写时事，抒发理想，而“五四”时期的小说，则进一步扩展到人生、社会的各个方面。

二是小说从以“教化”为中心思想观念向以真善美为中心审美观念的逐步过渡和转化。如前所述，近代小说理论偏重于功利这个主要层次上，而“五四”新小说理论则在真、善、美几个层次上都有自己的要求。它十分强调小说和社会人生的密切联系，要求小说为人生、为社会，并改良这人生和社会，要求小说适应时代潮流不断变革和创新，追求真善美的统一。“五四”前后，各种流派的小说作家几乎都在不同程度上触及这个问题。茅盾在《小说新潮栏宣言》中说：“最新的不就是最美的，最好的，……‘美’‘好’是真实。”在《对于系统的经济的介绍西洋文学底意见》中，茅盾就表述得格外清楚：“我以为创作文艺，有三种功夫似乎是必不可少的：(一)是观察，(二)是艺术，(三)是哲理。……三者之中，(二)最难，这是和‘天才’有关的。”周作人在《平民的文学》一文中，直截了当地说：“只须以真为主，美即在其中。”对真善美关系的认识，茅盾和周作人从不尽相同的角度，运用不同的语言，得出了相近的看法。傅斯年的《白话与文学心理的改革》虽是从整个白话文学的改革立论的，但也触及这个问题。他说：“所谓真白话文学，必须包含三种质素：第一，用白话做材料；第二，有精工的技术；第三，有公正的主义；三者缺一不可。……俄国在近代文学界中放了个大异彩，一半由于他的艺术，一半由于他的主义。……艺术而外无可取，就是我们应当排斥的文学。……”傅斯年更加强调了艺术，即美方面的要求。另外，刘半农在《诗与小说精神上之革新》、叶绍钧在《创作的要素》等文中，对真、善、美也各有侧重地作了论述。

我们引证了上面许多人的看法，意在说明“五四”小说理论对审美的要求是自觉的，而且不限在一个层次上。同时，也应指出，在真、善、美结合上，

---

① 茅盾：《自然主义与中国现代小说》，陈思和主编：《中国现代文论选》，上海教育出版社 2010 年版，第 74 页。

理论论述是较为完整的，而在创作实践上则体现不够。初期白话小说，除鲁迅一开始创作就趋向成熟外，其他的小说佳作不是没有，但大多数是处在探索和逐步走向成熟之中。就拿《新潮》杂志初期发表的小说来说，幼稚之作仍不少。正像鲁迅对其中某些小说批评的那样：“自然，技术是幼稚的，往往留存着旧小说上的写法和语调；而且平铺直叙，一泻无余；或者过于巧合，在一刹时中，在一个人上，会聚集了一切难堪的不幸。”[①]这种情况出现的原因是可以理解的。“五四”新小说理论可以从西方得到借鉴，而植根在现实生活土壤中的新小说创作可借鉴的东西不多。再有，作家对小说艺术的驾轻就熟，需要有一个探索再探索的过程。而很多新文学家的功底不深厚也是一个原因。

三是小说从主要以写故事为主向主要以刻画人物的性格、心态为主逐步演变。中国古典小说从唐传奇(鲁迅说：“及到唐时，则为有意识的作小说，这在小说史上可算是一大进步。”[②])而宋话本，而明清讲史，在长期的演变过程中，有一个基本的倾向，即它们多以编织故事情节为主，其情节往往具有传奇性、曲折性、戏剧性、连贯性等特点。当然，我们无意于否定其中一些佳作名篇也刻画了一些个性鲜明的人物形象，有的人物塑造已达到性格典型化的程度，如《莺莺传》中的莺莺，《李娃传》中的李娃等。这些人物形象之所以达到个性化、典型化的程度，除了作家的艺术本领外，也与这些作品情节的真实、生动是密不可分的。到《水浒传》《红楼梦》《儒林外史》问世，作家们才把注意力移向人物性格的刻画。近代小说数量虽以千万计，但真正可观者只有若干部，基本上未突破以写事为主的传统框架。“五四”前夕，《新青年》几个主要撰稿者以书信的形式，对几部古典优秀小说和几部近代谴责小说，在《新青年》上展开热烈的争鸣和探讨。其中有一点，就是通过优劣之比较，肯定了这几部小说人物形象塑造的成功。“五四”以后，小说评论出现了新的趋向，即对以叙事为主的作品有所淡化，而对以写人的心态、性格为主的作品则作了极力强调。胡适说：“《儒林外史》所以能有文学价值

---

① 鲁迅：《〈小说二集〉导言》，鲁迅等著，刘运峰编：《1917～1927中国新文学大系导言集》，天津人民出版社2009年版，第80～81页。

② 鲁迅：《中国小说史略》，江西教育出版社2017年版，第189页。

者，全靠一副写人物的画工本领。”[①]鲁迅在《中国小说史略》中提到《红楼梦》的艺术价值时说：“其重点在敢于如实描写，并无讳饰，和从前的小说叙好人完全是好，坏人完全是坏的，大不相同，所以其中所叙的人物，都是真的人物。”这个时期探讨小说理论的文字，几乎都是围绕着“人的文学，才是真的文学”这个命题，从不同的角度进行印证发挥。胡适认为，小说“描写的方法”中第一条就是“写人”，而且“写人要举动，口气，身分，才性……都要有个性的区别……写情要真，要精，要细腻婉转，要淋漓尽致。——有时须用境写人，用情写人，用事写人”[②]。茅盾强调，必须通过典型化方法，写人的动作和心理，以揭示社会人生的要义。他说：“须知真艺术家的本领即在能够从许多动作中拣出一个紧要的来描写一下，以表现那人的内心活动；这样写在纸上的一段人生，才有艺术的价值，才算是艺术品！”[③]叶绍钧在《创作的要素》中也说过类似的话。郁达夫在《小说论》中更是把塑造人物形象提到至关重要的位置：“这‘典型的’的 pypiel 三字，在小说的人物创造上，最要留意……是小说家创造人物最难之点，也是成功失败的最大关头。”在小说描写对象问题上的演变，同“五四”时代反帝国主义、反封建主义的磅礴突进的思潮密切关联，同“五四”文化巨子善于吸取西方文化的精华密切关联。人道主义、个性解放等思潮，归根结底一句话，是焕发了长期被封建思想窒息了的人的尊严、个性和价值！肯定人的本质，张扬人的个性，形成文学压倒一切的主旋律，汇成文学的洋洋大观。尼采哲学和西方美学思潮的引进，更助成了这股潮流！由于主、客观条件的不成熟，近代小说最终未能冲破固有传统的框架，这是带有历史必然性的！

四是小说作者由重视认识、感受生活到初步认识到确立正确人生观的重大演变。近代小说理论中，不少人从文学反映社会生活立论，强调小说家要有丰富的生活阅历和宇宙万有知识，并使这两者“同收笔端，以供撰著之

① 胡适：《建设的文学革命论》，杨犁编：《胡适文萃》，作家出版社 1991 年版，第 37 页。

② 胡适：《建设的文学革命论》，杨犁编：《胡适文萃》，作家出版社 1991 年版，第 39 页。

③ 茅盾：《自然主义与中国现代小说》，陈思和主编：《中国现代文论选》，上海教育出版社 2010 年版，第 73 页。

资料”[①]。在“五四”新文学进行革新的探讨中，新文学家们认识到新、旧小说的基本区别，除表现于作品的形式和内容外，一个重要方面就是小说作者有没有确定一定的人生观。周作人正是从这一点上把《官场现形记》划到旧小说的范畴。他说：“从《官场现形记》起，……形式结构上，多是冗长散漫，思想上又没有一定的人生观，只只‘随意言之’。……所以我还把他放在旧小说项下。”[②]茅盾在批评“鸳鸯蝴蝶派”文学游戏、消遣观念和金钱观念的同时，进一步阐明了确立人生观问题的重要，明确要求作者“确立人生观”。只有“确立人生观”，作家才具有“观察人生的一副深炯眼光和头脑”，具有“对于艺术的忠诚”[③]。他说：“中国现在正是新思潮勃发的时候，中国文学家应当有传播新思潮的志愿，有表现正确的人生观在著作中的手段。”[④]作家确立一定的人生观，在“五四”初期虽没有在文坛引起什么反响，但这却是新小说家必具的基本素质。随着文学革命运动的深入发展，这个问题愈来愈被重视，并提到重要的日程上来。正如茅盾所说的，作者解决人生观问题，在作品中讨论人生观问题，已逐渐形成为一种大家追求的风尚。

五是小说体式上的一个重大演变。小说内容的革新固然重要，但形式的革新同样也很重要。旧的不自由的形式，是装不下新思想的。中国的章回体小说，据夏曾佑的《小说原理》云，始见于《宣和遗事》。在章回体小说发展的漫长历史进程中，出现了一些佳作，特别是《红楼梦》的问世，对章回体的一些固定模式曾作过较大的革新，比如革除游离于作品主题和人物之外的程式化的诗歌词赋等。令人可惜的是，《红楼梦》出世后，章体小说不仅没有沿着革新之路走下去，反而因“鸳鸯蝴蝶派”小说的泛滥，使之弱点全部暴露，并为广大读者所唾弃。林纾以翻译外国文学作品闻名于世，他自己所创

---

① 黄摩西：《小说小话》，朱一玄、刘敏忱编：《水浒传资料汇编》，百花文艺出版社 1981 年版，第 407 页。

② 周作人：《日本近三十年小说之发达》，陈独秀、李大钊、瞿秋白主编：《新青年》第五卷，中国书店 2011 年版，第 29 页。

③ 茅盾：《自然主义与中国现代小说》，陈思和主编：《中国现代文论选》，上海教育出版社 2010 年版，第 74 页。

④ 茅盾：《现在文学家的责任是什么？》，陈建华编：《茅盾思想小品》，上海社会科学院出版社 1997 年版，第 88 页。

作的小说，如《京华碧云录》《金陵秋》《官场新现形记》等几种“时事小说”，当时并没有产生多大影响，但林纾这些小说的问世打破了章回小说的传统格式，让人有耳目一新之感。“五四”新小说为适应表现新时代、新内容、新思想、新感情的需要，必须否定束缚思想，阻碍新小说发展的僵死形式——章回体。鲁迅对章回小说的笔法是不满的：“……即使眼熟，也不必尽是采用”[①]。他的《狂人日记》就是真正的创新之作，被茅盾誉为创造新形式的先锋。茅盾对章回体的批评，尤其切中要害。他指出：“章回的格式，本来颇嫌束缚呆板，使作者不能自由纵横发展，《石头记》《水浒》的作者靠着一副天才，总算克服了难关，此外天才以下的人受死板的章回体的束缚，把好材料好思想白白糟蹋了的，从古以来，不知有多少！现代的小说勉强沿用这章回体的，因为作者本非天才，更不像样了。”[②]“五四”新小说在形式上的创新，主要是针对章回体的僵死化、程式化的弊端的。这种创新，形成了“五四”新小说在体式上琳琅满目的姿态，促进了中国现代小说的繁荣。

[原载于《山东师大学报》(社会科学版)1986 年第 1 期。有改动]

① 鲁迅：《关于翻译的通信》，《鲁迅全集》第 4 卷，人民文学出版社 1980 年版，第 383 页。

② 茅盾：《自然主义与中国现代小说》，陈思和主编：《中国现代文论选》，上海教育出版社 2010 年版，第 72 页。

论巴金创作风格的成因

李掖平

高尔基在致青年作家亚尔采娃的信中曾尖锐而又诚恳地指出："谁要敢当作家，谁就必须在自己身上找到自己。"这个"自已"，也就是指作家独特的创作风格，它形成完善于作家的具体创作实践，受制于主客观的多重因素。正如刘勰论及风格成因时所说："夫情动而言形，理发而文见，盖沿隐以至显，因内而符外者也。然才有庸俊，气有刚柔，学有深浅，习有雅郑；并性情所铄，陶染所凝。是以笔区云谲，文苑波诡者矣。"巴金风格的形成，也正是由他自己区别于他人的性情、气质、生活实践所制约，受其身处的社会环境、时代思潮和中外文学艺术影响的结果。

综观巴金的全部小说创作，我们基本可以用热烈、悲壮、明快、朴素来概括其主要的风格特征。这些特征首先是由他具体的生活实践所决定的，是他坦率诚挚的个性气质和热情敏感的精神禀赋在创作上的反映。

在一个封建大家庭中生活了十九年的巴金，从母亲那里受到了要爱人帮助人的道德教育，从"下人们"身上得到了"忠实地做人"的正义信仰，养成了善良、正直、热情的品性。但长辈们之间的明争暗斗使他厌烦，封建礼教对年轻生命的摧残使他感到痛苦和愤怒。在"五四"浪潮鼓舞下，巴金怀着对封建家庭制度和封建礼教的憎恨，冲出了家庭。踏上社会以后，耳闻目染又尽是人吃人、人欺人的不公平的社会现象。善良敏感的品性，使他不能面对黑暗无动于衷，痛苦和郁愤时时焚烧着他的心灵。而热烈坦率的气质又决定他不善于克制，也鄙视伪饰。在作品中，他始终敞开着情感的闸门，发散着热情，宣泄着郁愤。这正是巴金坚持抒情释愤的心理基础，也直接决定着其创作风格的热烈、悲壮、明快。

熔铸风格的作家“性情”，除具有先天因素的气质、个性外，还有在生活实践中确立的政治观、历史观、艺术观等，而且这对风格的制约是更重要的。回避创作必须受世界观的制约不是唯物主义的科学态度。巴金的政治观是极为复杂的，民主主义、人道主义、无政府主义交错融合在一起。作为一个坚强的民主主义战士，巴金用自己的创作进行反帝反封建的斗争，“没有作过片刻的妥协”①，始终同我们新民主主义革命的大目标保持一致，作为一个胸怀博大的人道主义者，巴金深挚的热爱和同情始终在被压迫被剥削的人民大众一边，并为人民的幸福和自由热诚地呐喊、奋斗；作为一个无政府主义思想的信仰者，巴金迷恋于无政府主义鼓吹的没有压迫、人人平等的乌托邦式社会理想，把缺乏组织纪律、具有空想社会主义性质的无政府主义革命者，视为推动历史前进的社会中坚力量，认识不清中国革命的正确出路。但是社会实践却无情宣布了无政府主义革命在中国根本行不通，他由此感到了深重的矛盾和苦恼。而坦诚的气质又使他不愿（或者说不能）掩饰这种苦恼，所以便如实地反映在作品（尤其是早期作品）之中。

一方面，他把受无政府主义思想影响的青年知识者作为歌颂的正面主人公，在作品中极力描绘他们的反抗斗争，强调他们敢于牺牲的献身精神，行文落笔带着诗意的赞美，显示着热烈明快的特色。另一方面，他又如实地写出了这些青年的斗争在严酷现实面前的惨重失败，字里行间流露着烦闷和哀愁，给作品悲愤的格调添加了阴郁的因素。这种矛盾现象不可避免地削弱和限制了巴金作品的思想深度。

巴金的历史观总体上是乐观的，他从自己的生活经验和对社会历史的研究总结中获得了一种朴素的认识：坚信人类的未来是光明的，社会发展的趋势是不断前进的。这种历史信念支撑着巴金，他的作品不管画面多么阴暗沉重，总响彻着反抗斗争的激越主调，流贯着炽烈深沉促人进取的激情。

---

① 巴金：《写作生活手回顾》，《巴金短篇小说集》第1集，开明书店1936年版，第15页。

政治观、历史观就是这样通过作品题材抒情内容内在地制约着创作风格。

作家的艺术观对风格形成的影响往往是更直接的。从巴金几十万言有关创作的论述中,我们发现:真实、向善、自然,是巴金艺术观的几个核心要素。在巴金的审美视野里,“艺术的最高境界,是真实”①。这真实,是忠于生活和忠于自我的统一。一方面,巴金认为文学创作不能说谎,应该忠实地做自己时代的见证者。“我不能够在生活之外看见艺术”②,“我的眼光从未敢离开现实”③。另一方面,巴金强调文学作品所表达的思想感情必须是真挚的,是从作者心底涌流出的血和泪,是自己“灵魂的呼号”。他再三剖白“爱与憎的冲突,理想和现实的冲突……这些织成了一个网,掩盖了我的全部生活,全部作品。我的生活是痛苦的挣扎,我的作品也是的。我时常说我的作品里混合了我的血和泪,这不是一句谎话”④。

巴金的创作,真实地反映了我国新民主主义历史时期的社会生活。几十部中长篇小说,如果按作品内容反映的时间编排起来,有对五四运动在社会上家庭中引起的巨大反响的反映(《激流三部曲》),有五卅时期反帝斗争和社会生活的记录(《灭亡》《新生》《死去的太阳》),有对大革命失败后工人农民的反抗的描写(《砂丁》《雪》),有反映抗战的(《火》),也有对国统区黑暗统治的批判揭露(《寒夜》《第四病室》)。从这些艺术描写中,我们获得了对于中国社会生活从20世纪30年代到40年代的纵的剖面和社会各阶层横的断面的综合了解。同时,也获得了对于巴金精神个性的认识。也就是说,巴金在向中国现代文学提供着社会生活真实而深刻的艺术再现的同时,也向人民和文学史提供了他自己——一个充分和完整意义上的“自己”。说它充分,是因为它所提供的深沉的爱和强烈的恨、沉重的思想痛苦和复杂的精神矛盾足以昭示作者的气质和品行;说它完整,是因为它的包容巨大而复杂,其中正确和偏颇紧紧地扭结在一起,是一个瑕瑜互见的统一体。巴金决不夸饰正确的情感,也无意掩蔽思想的局限,而是忠实地把自己的爱憎情感和思想矛盾在作品中表现

① 巴金:《探索之三》,《巴金论创作》,上海文艺出版社1983年版,第550页。

② 巴金:《灵魂的呼号》,《大陆杂志》1932年第1卷第5期。

③ 巴金:《路》,《文丛》1931年第1卷第5期。

④ 巴金:《灵魂的呼号》,《大陆杂志》1932年第1卷第5期。

出来,使他的作品(尤其是前期的作品)染上了较浓的主观色彩。

这种真诚直率的情感抒发与对现实的真实描写紧密结合在一起,互为映照。描写的真靠了情感的真相辅佐,显得“生气灌注”,富有艺术真实的感染力,避免了自然主义呆滞刻板的临摹;而情感的真则正是借助了描写的真,获得了积极的社会意义和较大的思想容量。这使得巴金小说既是反映着中国社会生活某一现实本质的镜子,又是“一道宣泄他亲身感受的火热的河流”[①],显示着热烈、真诚的风格特征。

向善,是巴金坚守的艺术信条之一,他相信并提倡高尔基的艺术观点:“文学的目的是要使人变得更好。”他自觉地把鼓动人民起来反抗斗争,夺取自由解放作为自己的创作目的。在作品中,他严厉无情地宣判着封建社会的死刑,慷慨激越地鼓吹变革、抗争。与此同时,他又把对人生和生命价值意义的思考与探索带进小说创作,宣扬“把个人的生命拿来为他人而放散,甚至为他人牺牲”[②]的思想情操,表达出明显的向善向美的道德倾向。他赞美身份卑贱、心灵崇高的“下人”,赞美坚韧地承受痛苦和灾难的民众,赞美以青春生命与丑恶社会相拼而勇敢地承担牺牲的倔强灵魂……这种对向上向善文学功利的自觉追求,赋予巴金小说的抒情内容以较大的思想深度和历史容量,使他创作风格的审美格调属于崇高。

自然,是巴金几十年来坚持不懈的艺术追求。早在20世纪30年代与沈从文先生的一次关于创作的讨论中,巴金便提出:作品不能靠外加的装饰和技巧取胜,“技巧是为内容服务的”[③]。事隔五十年,巴金回顾自己走过的文学道路时又再三地说明:“我不追求技巧”,“艺术的最高境界,是真实,是自然,是无技巧”[④]。我们当然不会把巴金的“无技巧”领会成不要技巧。因为文学创作过程本身,就是作家运用一定的艺术技巧,把自己对于社会历史和现实的认识与感受体现在作品中的过程。卢那察尔斯基说得好:“全部艺术就是一大‘花招’,艺术并不是什么天然无饰的东西,所谓‘天然无饰’的艺术可能只是

---

① [苏联]卢那察尔斯基:《卢那察尔斯基论文学》,蒋路译,人民文学出版社1978年版,第213页。

② 巴金:《幸福的船》,开明书店1931年版,序第6页。

③ 参见巴金:《探索之三》,《巴金论创作》,上海文艺出版社1983年版,第550页。

④ 巴金:《探索之三》,《巴金论创作》,上海文艺出版社1983年版,第550页。

技巧最圆熟的艺术。”巴金所反对的是过分雕琢致使作品斧凿痕迹过重，显得虚假。他反对作家故意贴花样，用华丽的盛装掩盖空泛苍白的内容。他强调形式服从于内容的需要，追求自然无技巧的艺术美。由这种审美倾向所制约，巴金在创作中无论是选择题材、塑造人物形象，还是安排情节结构、运用语言都十分注意与现实生活和人们的审美习惯相协调一致，力求做到朴素自然，浑然天成。他的作品，大都直接取材于当时中国社会现实生活，色调自然而朴素，连带着令人压抑的黯淡和给人温暖的美好情愫，真切动人。他的人物，有的是直接提取生活中的原型，有的是把生活中的几个人的特点复合在一起杂取合成，有的甚至融注着作者自己的某一生活经历和思想特征。因此他的人物形象大都真实丰满，栩栩如生。在安排情节结构时，巴金不追求离奇曲折。他作品的情节没有荒诞的惊人之笔，也很少大起大落的跌宕跳跃，显示着单纯的特点。他不肯违背生活逻辑，唯心地在结构上另添一段“光明尾巴”以示理想。这固然与其坦诚忠实的个性气质相通，也与其力求自然反对雕饰的艺术观紧紧相连。在运用语言时，巴金不追求华丽堂皇，行文落笔轻松流畅，质朴自然。这些因素合成在一起，充分显示着其创作风格朴素的特点。

“性情所铄”仅仅是一方面，是形成和决定创作风格的一个直接因素。“陶染所凝”作为另一方面，是客观因素对风格的制约和影响。其主要是指时代思潮、民族风习和中外文学艺术传统的熏陶，它对巴金风格的影响同样不应忽视。巴金生活和创作的时代，是中华民族承受着大灾大难，而又在这灾难中顽强挺进的血与火交织的岁月。地火在运行，岩浆渴求着喷涌，整个时代气氛骚乱激荡，处处酝酿着巨大的变动。历史是在迂回曲折中缓慢而坚定地前行。作为一个意识到并渴望着这种大变动的进步作家，巴金敏感地捕捉和搜集一切能显示变动的信息，并由此确定自己的文学创作基调，他始终把反帝反封建作为自己的创作宗旨，以呐喊反抗斗争呼应着时代对革命对变动的呼唤。作为一个热烈而悲愤的歌者，巴金呻吟、痛哭、狂歌，呐喊在自己的激情旋律中。只有我们对于巴金生活在其中的那个时代精神有着较为准确的把握，并真正认识了巴金坦诚热情的个性气质，我们才能深切地理解：为什么巴金的笔底汹涌着那般炽烈的激情；为什么他往往采用第一人称的叙事方法，显示出强烈的主观性、抒情性、诗性；为什么他的作品形象间满孕着动势，而格调总是悲愤；为什么他不拘泥于炼词造句，不求精约严谨，力主酣畅明快；为什么他不注重精雕细刻，而公开标举无技巧的旗帜，讲求自然。巴金小说创作的热烈、悲愤、明快、朴素的风格，在客观上正是风雷激荡的时代精神所哺育的结果。

巴金是一个具有深厚艺术根底、才华横溢的作家，祖国古典文化的优秀传统和异域文学的丰富营养深刻地影响和滋养了他。因此把巴金的小说放到古今中外有关的文学艺术领域中去研究对比，对弄清楚其风格形成的基本外在原因是很有必要的。

巴金对欧洲文学作品读的很多，他所喜欢的作家也很杂，我们甚至无法以某个流派、某种创作方法界括。在他所经常提到和公开表示过称许的作家中，有属于现实主义流派的，如托尔斯泰、陀思妥耶夫斯基，屠格涅夫等；有自然主义作家，如左拉；有浪漫主义作家，如罗曼·罗兰、雨果、卢梭；有唯美主义作家，如王尔德；有感伤主义作家，如斯托姆等。这些不同流派不同国家的作家们，给予巴金的影响和滋养是多方面的。尤其是文学作品外在的表现形式和艺术技巧。

受自然主义大师左拉的《卢贡·马加尔家族》的启发，巴金学习并采用了多部连续性的小说形式，他的《激流三部曲》、《革命三部曲》（只写了《灭亡》《新生》，后一部未写）、《抗战三部曲》、《爱情三部曲》都是采用这种形式写成的。这种多部连续性小说形式的采用，使得巴金从容而坚定地从知识分子形象序列的整体结构方面，向中国现代文学史提供了几组互相联系而且在精神历程上呈现发展趋向的知识分子立体形象，而不是侧影；并把他们放置在发展前进的时代浪潮中加以刻画描写，揭示了我国由半殖民地半封建社会向社会主义社会过渡的艰巨性，反映出巴金对当时社会时代的历史必然和本质规律的理解认识，构成了巴金小说沉实独特的思想内容，为创作风格的形成奠定了坚实的基础。

与“五四”时期大量采用第一人称形式写作小说的作家有所不同，巴金的“第一人称”小说更多地采用了西方框形小说（也叫“回忆小说”）的结构。由“我”引出小说的主人公第二个“我”的讲述，或者由开始叙述的“我”引出另一个故事叙述者的“我”，复又出现作为故事主人公的“我”。这种辗转重叠运用第一人称的写法，屠格涅夫、莫泊桑、斯托姆都经常采用。这种对于西方文学第一人称表现形式和西方文学大量运用的心理分析、意识流、幻觉等艺术手法的取法借鉴，反映在创作风格中，巴金特别注重主观抒发，以宣泄求平静，刻意追求酣畅、热烈、明快的美学意境。抒情现实主义大师屠格涅夫和德国浪漫主义作家斯托姆的清新细腻的词采，卢梭、雨果、赫尔岑奔放畅达的语言，更从多方面浸淫了巴金的文笔，使他努力探索自然朴素与清新优美、悲愤遒劲与热烈明快相融相成的语言风格。

作为中国现代杰出作家的巴金，不管他吸收了多少西方文学的营养，也不管这对他创作风格的形成产生了多少积极的影响，一定有深厚坚实的民族文化传统作为风格的有力支撑。正因此，巴金的文学创作才成为我们民族宝贵财富的一部分，具有本民族文学艺术的审美价值和意义。如果我们不是机械地认为“最受西方文学的影响”就等于对传统文化的背弃，我们就一定承认这个事实：身为植根于民族土壤中的文学家，不可能真正摆脱传统影响。民族文化传统作为一个巨大的支配力量，它在潜移默化不知不觉之间，顽强地渗透进每个艺术家的灵魂和血液，制约着他们的艺术审美选择和创作构思。巴金显然认识到了这一点，所以他自信地宣称：“我的作品来自中国社会生活，为中国读者所接受，它们是中国的东西，也是我自己的东西。”[①]

巴金古典文学修养颇为深厚，孩提时便从师于母亲诵读宋词，其中豪放派大江东去慷慨悲歌的激昂气势和婉约派明丽清新幽雅秀柔的笔调，都对巴金有所补益。稍后，巴金更熟读古代诗文，背诵过百几十篇古代散文，从中汲取了丰富的营养。总的来讲，对于民族文化传统的继承，在巴金的创作中主要表现为以下几点。

从我国古典现实主义小说传统中，巴金继承了世情小说的传统。

一方面，往往通过描写家庭纠葛、生活琐事来记人叙事，“描摹世态”、反映社会，或讽喻鞭挞丑恶的社会世相，或影喻社会制度的衰败颓落。巴金的《激流三部曲》《憩园》《寒夜》被人们公推为其创作中最优秀最富独创性的作

---

① 巴金：《致马德兰·桑契(1982.10.26)》，罗炯光编选：《现代作家书信》，文心出版社 1993 年版，第 582 页。

品，都是从家庭的窗口来透视社会、反映时代的。《家》被誉为现代的《红楼梦》，而《红楼梦》是我国古典世情小说首屈一指的杰作。

另一方面，又往往在描写中流露出对于建立健康正常、温情脉脉的家庭伦理关系的希望。我们民族向来注重讲究伦理道德和血缘关系，对于家庭伦理关系的密切关注，是我们民族传统的心理特点之一（历代文章缺乏对父慈子孝、其乐融融的家庭伦理道德的颂赞，《金瓶梅》《红楼梦》等作品某种程度上也寄寓着这种理想）。《激流三部曲》《憩园》等作品中涉及的父与子冲突的问题，似乎可以寻见西方文学中父子冲突主题的影响（如巴尔扎克的《高老头》、屠格涅夫的《父与子》），但巴金笔下的父子冲突，不管觉慧对祖父命令的违抗，觉民对叔父们的指斥，还是大儿子对其父杨梦痴的责骂，其重点和中心都集中在一点：做长辈当父亲的冷酷、自私、愚顽、堕落，根本不值得子女们尊重和孝敬。这里道德成分显然远远大于金钱成分（如巴尔扎克笔下金钱战胜血缘关系的描写），也远远大于心理成分（如20世纪30年代风靡欧洲的弗洛伊德心理学说对西方文学的影响）。它表明巴金用来评价父子冲突的是父慈子孝的伦理道德观念。因此，在写到高老太爷临终前后悔对孙儿的专制压迫时，巴金让觉慧流露出希望祖孙之间能在感情上沟通，对祖父带着隔膜死去感到悲痛的脉脉温情；写到杨梦痴堕落后对自己的荒唐感到悔恨时，又让寒儿从感情上给他安慰，让万昭华和黎先生给他同情。

说巴金用父慈子孝的观点评价家庭伦理道德，并在思想深处存留着几丝对其合理成分的留恋，并不等于否认巴金对封建家族制度的彻底批判否定。从社会观上讲，巴金始终主张彻底捣毁家庭秩序和家族制度，而且他首先是从反对专制家庭开始其斗争生涯的。但从伦理观上讲，巴金又认为以道德加血缘来维持家庭伦理秩序是有一定合理性的。这除了表明巴金作为人的复杂性（这是正确理解巴金这部分小说时而带着挽歌调子的关键所在），也证明了民族传统心理对巴金的影响。这并非偶然，我们从冰心、老舍等人的作品中都可寻见这种共同性的印记。这种创作内容方面的特点，决定着巴金的创作风格本质上与我们民族文化传统和民族审美心理相通。

在叙述方法和结构方式上，反映出对我们民族审美习惯的尊重和对古典美学传统的继承。

巴金小说经常运用倒叙、插叙的叙述方法，有时甚至在一个短篇中，也往往是顺叙、插叙、倒叙交错运用，如《父亲买新皮鞋回来的时候》《发的故事》《还魂草》《窗下》等。但他十分注意叙述中的内在逻辑联系，使情节线索和条理简单明晰，避免让读者感到纷繁杂沓，像掉进迷宫中茫然不知所云。仅以《憩园》为例，故事叙述人“我”(黎先生)在老朋友姚国栋家客居写作的过程是顺序描述，中间引进杨家故事和“我”笔下描写的贫苦车夫与瞎女人的故事作为插叙，而这两个故事的插叙——杨家故事是以倒叙方式展开，贫苦车夫的故事则由顺序描写完成。整个作品的描述程序，呈现为顺序、插叙、倒叙三种方式交错运用，互为包容的形态，但因其内在逻辑的缜密谨严，情节头绪虽多却紧凑自然，作品显得条理十分清晰。

巴金作品(尤其是中后期作品)的结构方式，千变万化，不追随别人，也不重复自己。不必掩饰，巴金前期的短篇小说在结构方式上给人一种单调感。但稍后不久，便有了长足发展。他的中长篇，几乎每篇一种结构方式，《激流三部曲》是主线纵向发展，衍生出许多枝枝蔓蔓。《海的梦》前后两篇，同形异构，在时间上前篇包容后篇，后篇补充说明前篇。《憩园》呈现出明写直叙法与草蛇灰线法交融的结构特点，明暗相辅，虚实互映。《第四病室》采用了横向扫瞄，镜头慢慢推移，从左到右进行横断面的全位观照。《火》《寒夜》的结构方式则是多层次的，如同剥笋，层层深入渐及中心。这种叙述方式和结构方式的特点反映在风格中，一方面呈现出自然朴素的特点，一方面又在自然朴素中见出灵活新鲜，显示着风格的丰富性。

在描写手法上，继承我国古典文学传统的“白描法”。

“白描”本是中国画的技法之一，是指用朴实明快的线条勾勒画面，画幅中除却线条本身的墨色，别无彩饰。用于文学，则是讲求文字的简练朴素，在平易中见奇崛，于质朴中显功力。其要领即如鲁迅所说：“有真意，去粉饰，少做作，勿卖弄。”[①]巴金的小说，追求朴素自然的美学境界。在语言上，他始终坚持用汉语白话写作，在朴素晓畅的白话语言根基上，适当地嫁接某些外来词、语法结构和修辞方式，逐渐形成自己独特的语言风格：热烈明快，灵活爽健，清新自然，富有跳跃性和旋律节奏感。下笔神行意驰轻松自如，

---

① 鲁迅：《作文秘诀》，《申报月刊》1933年第2卷第12期。

文字淡而笔意不淡，熔叙事、描写、议论为一炉，显示出对我国古典散文章法技法的融会贯通，继承发展。这几方面的因素交汇在作品中，有力地证明着巴金风格可贵的独创性。

找到“自己”固然不易，突破“自己”，发展“自己”更见困难。然而一个真正的大家决不可以墨守成规，他必须不断地寻求发展、完善和突破。做到“正而能变，变而能化，化而不失本调，不失本调而兼得众调”[①]。巴金在长期的艺术实践中不断地丰富发展自己的艺术个性，体现在创作风格中，便是风格的表现特色在前后期创作中呈现出一定的发展变化。前期作品主旨是呐喊反抗，热情鼓吹幼稚的社会理想。主人公们时时处在不安定的兴奋状态，内心激情往往催迫他们去完成英雄的壮举；后期作品意在提出控诉，更多地流露出朴素的向善愿望，获得表现描写的多属“小人小事”。前期偏重于直抒胸臆，主观色彩鲜明地显露于炽烈的激情宣泄中，热烈有余，回味不足；后期偏重于冷酷地写实，感情炽火蕴藏在凝重的笔锋之下，深沉隽永中见出力度。前期作品的悲愤格调，时现淡淡的忧郁，后期渐趋沉郁深峻。前期的行文畅达，笔调热烈而奔放，文字不够简约；后期文笔较为洗练含蓄，于自然素朴中见出遒劲。

风格的独特性和丰富性的辩证统一告诉我们，任何完善和突破都不是对固有风格的简单抛弃。巴金创作风格尽管在前后期有发展变化，表现出一定的突破和创新，但始终没有迷失“自己”。呐喊反抗，鼓吹社会理想也好，提出控诉，表达向善愿望也好，巴金总是一片真挚诚恳，“用手抓开自己的胸膛，拿出自己的心来，高高地举在头上”[②]，风格是真诚的；不论侧重于主观抒发，还是侧重于客观描写，总有炽烈深沉的激情流贯在其中，风格是热烈明快的。或愤懑中时显忧郁，或沉郁里见出深峻，悲愤总为其根本，风格是悲壮雄沉的；热烈流畅与洗练遒劲的文笔，都呈现出自然、朴实的特点，风格是朴素的。这就是巴金之为巴金。

[原载于《山东师大学报》(社会科学版)1986年第1期。有改动]

① (明)胡应麟:《诗薮》，中华书局1958年版，第71页。

② 巴金:《探索集》，人民文学出版社1981年版，第143页。

阴阳之道:张炜与矫健创作个性比较

房福贤

一

20世纪80年代的齐鲁大地上,涌出了一批有才华的青年作家。张炜与矫健,是其中有影响的两位。短短几年,他们就各自创作了几十部小说,并分别在全国和全省的评奖中数次获奖。如今,在群雄麇集的新时期文坛上,他们已经耸起了坚硬的犄角,成为两个强有力的角逐者。

令人感兴趣的是,这两个青年作家竟有那么多相似之处。他们是同乡(胶东人)、同学(烟台师专中文系),并且几乎在同时走上文坛(80年代初期);他们都对自己的故乡农村存着深厚的感情,并把它们作为自己的主要创作题材;他们还对文学有着大致相同的见解,都有一种强烈的使命感,认为“真正的作家在他一生的创作中,不会一直忽视民族的共同事业,忽视人民的声音”(张炜)。“小说触摸到人民最痛最痒的地方传递出人民的心声,才能真正具备人民性。”①(矫健)也许正是由于这些原因,他们便常常作为山东青年作家的代表被人相提并论。然而他们又有着多么不同的艺术个性啊!

① 矫健:《要看到问题》,《小说选刊》1983年第6期。

张炜的小说就像芦青河两岸的少女，娟秀、柔媚，一颦一笑都那样甜美，那样和谐，那样富有感情。读他的作品，我们常常可以欣赏到那深林里悠长的回声，丝瓜架上滴落的水珠，月下河边多情的喁喁私语……它让人遐想，让人向往，让人陶醉。矫健则不同。矫健的小说，就像胶东山区饱经风霜的老人，忧郁、沉重，一行一动都那样艰难，那样痛苦，那样蹒跚犹豫。读他的作品，我们常常可以感受到那莫知由来的神秘气氛，挣扎跃动的生命和激情，痛苦不堪的叹息和痉挛……它让人战栗，让人反思，让人警奋。

这是两个有着鲜明的个性差异的青年作家。借用庄子的话说，他们是"一清一浊，阴阳调和"(《庄子・天运篇》)。

二

在审美理想的体现方式上，张炜与矫健有着显著不同的个性差异。

审美理想作为在一定历史条件下形成的产物，具有一定时代的普遍性。但是，由于文学创作是一种个体审美活动，不同的人便有着不同的审美理想体现方式。张炜深深爱着他家乡"河边上那些心地光明、美好、坦荡无私的年青人"，"总想把他们从芦青河边介绍到更广大的世界里去"[①]，这样一个美好的愿望，促使他把审美注意力常常落在至善至美的人生上。他挖掘其中蕴含的美质，甚至不惜"多加几笔色彩，用理想化的笔触去描绘他们的形象"[②]，直接通过正面形象的塑造体现作家的审美理想，以激起读者对美好人生的热爱与眷恋。矫健则不同。他认为："面对光明的生活，作家要唱赞歌，但也要发现问题，正视矛盾。两者相比较，发现问题要比唱赞歌更难！"[③]这样一种创作的欲望，就促使他将审美注意力常常放在现实的矛盾事物上。他挖掘其中存在的问题，表现在现实人生面前，由于政治的、社会的以及道德的诸因素的影响，人们所受到的困扰与磨难，间接地激发起人们对理想人生的追求与怀念。张炜与矫健的这种个性特色，主要体现在人物的塑造上。

---

① 张炜：《芦青河告诉我》，山东文艺出版社 1983 年版，第 322 页。

② 张炜：《我写芦青河》，《小说选刊》1983 年第 6 期。

③ 矫健：《要看到问题》，《小说选刊》1983 年第 6 期。

在张炜的小说中,主人公往往是一些具有善良品性和传统美德的人物。他们不大受到外界人生卑劣因素的干扰,保持着一种古朴宁静纯洁的心境。“女的,没有一个不是灵俐秀气,男的,没有一个不是英俊端庄!”[①]他们都有着宽厚的胸襟、丰富的同情心和强烈的正义感。憨厚、纯真、漂亮的大贞子(《看野枣》)对好吃懒做的队长三来是很瞧不起的,但在三来的队长职务被选下来以后,她不但不趁机报复,反而宽宥他,并真心实意地帮他走出困境。柔弱文静的小织(《秋天的愤怒》)不听当支书的爸爸的劝告,毅然跟上出身地主,然而又是多才多艺的青年李芒走南闯北,受苦受累也不后悔。小织和大贞子,都是普通的农家女子,但她们却不受世俗偏见的影响,这不是理想人生的健全性格吗?而脾气暴躁的铺老金豹(《海边的雪》)在人命关天的时刻,不计前嫌,毅然烧掉自己的渔铺,为在黑夜的狂涛中挣扎的小蜂兄弟指出一条活路;李芒为了全村人民的利益、为了伸张正义而与岳父肖万昌决裂;年轻的公社书记卢达(《你好,本林同志》)忍受着不信任的冷眼,一次次地帮助贫穷的本林致富;长乐和胡头(《童眸》)冒着危险,用自己的胆识和机智保护那孤苦无助的弱女子田萌……这些男子汉们,有着那么丰富的同情心和牺牲精神!这就是张炜作品中的人物,虽然在各自的处境中,他们有着不同的思想境界,有的高尚些,有的平凡些,但在他们身上,不都渗透着“世界上如果全是善良正直的人多好啊”[②]这样的理想愿望吗?这一个个通体晶莹、闪耀着理想光芒的形象,出现在“文革”之后,出现在人们迫切需要同情、尊重和谅解的和谐气氛和安定环境之时,无疑有一股暖人的精神力量。

矫健则不同。在矫健的小说中,主人公往往是一些充满了矛盾和痛苦的悲剧人物。他们大多受到无法抵御的社会力量的冲击,心理常常失去平衡,历尽心灵的磨难。老霜(《老霜的苦闷》)在粉碎“四人帮”以后,仍然信奉着“穷光荣”的信条,结果背离时代的潮流,陷入了痛苦的心理矛盾中。“退居二线”的老县委书记郑江东(《老人仓》)到达沟子公社后,很快就陷入一个两难的境地:一边是他的老部下汪得伍,一边是沟子公社坏人当道的社会现

---

① 张炜:《芦青河告诉我》,山东文艺出版社 1983 年版,第 322 页。

② 张炜:《芦青河告诉我》,山东文艺出版社 1983 年版,第 321 页。

实。在这两者之间,他面临的是一个并不轻松的抉择。老根爷、彩彩、河女、牛旺、小磕巴(《河魂》)这个小小的家族,由于生活于大变革的蜕变期,两股激烈冲撞的历史力量挤压着他们,使他们陷入一个兴奋与痛苦、欣慰与遗憾交织的心理矛盾运动中。他们都有着或曾经有着美好的追求,但是这些追本总是和痛苦与磨难伴随在一起。年轻的复员军人天良(《天良》)因福得祸。他本来应该得到称心的工作、美满的爱情,但命运偏偏与他作对。向命运低头,做一个顺民,或许能够苟且一生,但他偏偏长有反骨,偏偏有着追求幸福与爱情的强烈欲望,最后竟毁灭了自己年轻的生命。这就是矫健小说中的人物。无论他们怎样挣扎跃动,总是逃不脱社会这个“场”的束缚与制约。这一个个深烙着时代印记的悲剧性格,无疑是对阻碍人民走向理想彼岸的社会异化力量的否定。他们出现在向现代化迈进的时代,出现在经济改变的蜕变时期,是发人深省的。

三

张炜与矫健的个性差异,还表现在他们创作的审美心理活动中,各种心理因素组合的不完全相同。从总体看,他们都是以情感为中心的多种心理因素的组合,但比较而言,张炜的情感因素更强些,而矫健的理智因素更强些。

张炜的小说,我们常常有这样一个感觉,似乎作家就是他所创造的那个小世界中的一员。他和他创造的人物一起痛苦,一起欢欣,共同着命运。因此他的作品有一种特别浓厚的主情色彩。他常常含情脉脉地注视着他喜爱的人物,给以精神上的抚慰。比如小罗锅(《声音》)够丑陋了吧,但作家却赋予他“那么嫩气的嗓子,还会说普通话”,会说外语;老得(《秋天的思索》)长了一个水蛇腰儿,一走路三摇晃,重活也干不了,可是他却有着无比丰富的精神世界和敢于同坏人作斗争的无畏气魄。本林(《你好,本林同志》)是个不会生活、没有主意的农民,他的许多动作简直幼稚得可笑,但作家却没有一丝的揶揄和嘲笑,自始至终充满了同情和怜悯。同时,他也十分厌恶地注视着他讽刺的人物,比如他写肖万昌吃狗肉的姿态,六百多字中,明显流露着反感的情绪,好恶之情,溢于言表,正表现了张炜的多情。

矫健则不同了。读矫健的小说,我们常常觉得作家像个局外人。他和他的创造物之间似乎有一段距离,因此,他能够控制情感的强烈“参预欲”,比较客观地对他的人物进行评说,有一种较强的理性色彩。郑江东是作家肯定的人物,但对他心灵中的某些阴暗角落,他一点也不留情;河女不乏追求现代化生活的勇气,但她的追求并没有清晰的目标,她的理想实质上仍然不过是传统的贤妻良母的爱情蓝图;陈老栓(《天良》)依权仗势,完全丧失了一个共产党人的本色,但在暴风雨之夜,却忽然良心发现;翠翠这个漂亮聪明的姑娘,在天良死后,竟堕入风尘……这一切,都表现了矫健的理智和冷静。

这种心理因素组合的差异还表现在小说情节的提炼上。张炜常常采用“两性”中心的构思方式,以友谊与爱情为情节发展的基本因素,在散文化的形式中,娓娓地传达出复杂、细腻、微妙的情愫。这在他的短篇小说中特别突出。在他那些内容丰富的中篇小说中,有些不是完全的“两性”中心,但仍然是建构的一个重要支点。如《秋天的思索》《秋天的愤怒》《你好,本林同志》《童眸》《黄沙》则是以友谊为情节发展的基本因素的。整个看来,两性的关系在张炜的创作中越来越不占主要地位,但友谊与爱情一直是他创作中的重要内容。

矫健则不同。矫健经常采用的是“个人—社会”中心的构思方式,在大开大合的矛盾运动中,展开人物的悲剧命运,昭示人生的哲理思考。因为“悲剧是一门真正具有深刻的哲学意义的艺术,在悲剧中集中反映出存在的性质、生活的意义,以及人的强烈的内心冲动”[①]。由于它吻合了矫健理性因素较强的审美心理机制,这种悲剧性冲突形式在他的创作中得到广泛应用。比如《老霜的苦闷》让背负着沉重的精神负担的老霜面对整个变化了的时代,《河魂》把人物置于两种力量的激烈冲突的变革时期,《天良》让天良孤军奋战邪恶的势力等,都具有集中与紧张的悲剧性冲突形式。而且,这种构思方式在矫健的创作中运用得越来越娴熟了。

① [苏联]A.齐斯:《马克思主义美学基础》,彭吉象译,中国文艺联合出版公司 1985 年版,第 236 页。

四

张炜与矫健的个性差异，也表现在他们不同的审美趣味上。张炜追求一种情绪和氛围，因此，他在创作过程中，总是力求写得情意绵绵，但又藏而不露，含蓄而有节制，有一种“乐而不淫，哀而不伤”(《论语·八佾》)。的中和之美。矫健则不同。矫健追求一种纵深感和气势，因此，他在创作的过程中，总是力求写得冷静沉着，但又刚劲明快，放纵而有激情，有一种“高论宏裁、卓烁异彩”(《文心雕龙·体性》)的壮丽之美。

读张炜的小说，我们常常忍不住要为作家所创造的艺术佳境叫绝。那色彩、那情调、那氛围，简直就如同一首散文诗，令人心荡神驰。这自然要归功于作家优美的语言。如果没有那优美的环境和气氛的描写，我们是很难感觉它的诗情画意的。但是，除此之外，还有一个重要的原因，这就是他的情绪节制艺术。张炜是很善于控制人的情绪波动的。在他的作品中，主人公很少有雷霆震怒的时候。当王二力(《天兰色的木屐》)骂大榕“小地主”时，我们猜想大榕会拳脚相对，但是没有。而李芒这个硬汉子，在用机器不成反遭人议论时，也没有挥起他的铁拳，“一句话也没说，就走了”。怨而不怒，这正是张炜艺术趣味在内容上的表现。张炜不仅善于控制人的情绪波动，还善于予以引导，导向温文平和。这特别表现在情爱描写上。情爱，是人间最热烈的情感之一。在张炜的作品中，这类描写是很多的，但感官刺激却很少见。原来在不知不觉中，作家将那强烈的感情转移并物化了。比如月明风清的夜晚，李芒与小织互表爱慕之情，心情该是多么激动。但作家却不直写他们的感情发展，而是避实就虚，细腻地描写了小织伏在李芒怀里，如同“伏在一片黑色的、温暖的波涛上”一样的感觉。于是，那热烈的激情便被巧妙地引导到了一个幻化的世界。世俗失去了，我们感到的只是圣洁。

读矫健的小说，我们则很少欣赏到这种文质彬彬、温柔敦厚的中和之美。相反，我们倒是常常感受到一种躁动不安的激情在他的作品中流动。这固然是与他使用的粗犷有力、富于激情的语言有关，更主要的却在于他喜欢释放那种压抑的生命激情，力求表现出人的心灵秘密。一旦有这样的机会,宁可产生极端效果,他也要把它写足。比如瘦小柔弱的小磕巴在河女就要远去的时候,绝望地用刀子刺向自己的胳膊,以迫使河女答应他的请求;再如天良在行凶前的夜晚,在嫂子身上陡然爆发出的那怨恨、报复、欲望、绝望兼而有之的情欲,都是写得极为放纵的。矫健作品中的情爱描写不多,在不多几处的描写中,他也是力求写得热烈而有激情,不假矫饰。这种情形在整个山东作家当中也是比较少见的。比如他写河女与王维力的情爱,与张炜写的小织与李芒的情爱就大相异趣。矫健不回避那原始的冲动,敢于表现情爱的本色特征。诸如"嗓子里有一块炭;胸膛里有一团火,浑身都被烧着了","她像触电似的,身体猛烈地抽搐起来","她瘫软了,胳膊垂到地上,高高隆起的胸部顺从地、温柔地紧贴在他坚实的胸脯上"等,这些描写显然要比张炜来得热烈、来得干脆。这略带自然主义的写实,是与他作品的纵深感与阔大气势相吻合的。

五

形成张炜与矫健个性差异的主要原因在于他们有着各自不同的审美感受力。文学创作在根本上是一种审美活动,它只能在个人亲身体验的基础上进行。因此,"每一个共有鲜明的创作个性的艺术家,对客观现实的美都有一种不同于其他艺术家的独特的感受力,特别适合于敏锐地捕捉那打动了他的某一特殊的美"[①]。而这种感受力的独特性,却主要是在作家的个人气质与独特生活经验等主体因素上形成的。

每个作家都有其先天的自然素质、气质,这是形成独特个性的生理基础。正所谓"吐纳英华、莫非情性"(《文心雕龙·体性》)。张炜与矫健的气质是很不相同的。张炜"有些内向,朴实、诚恳,有些拘谨"[②]。根据巴甫洛夫的心理学理论,他属于第一信号系统占优势的艺术型,视听感官比较敏感,有着较强的形象感知能力。矫健比较达观、恢廓,并且有些幽默,也许还有

① 王朝闻主编:《美学概论》,人民出版社1981年版,第150页。

② 萧平:《他在默默地挖掘——关于张炜和他的小说》,《中国作家》1986年第1期。

点傲气。下乡期间，他曾经将自己的习作拿给一公社干部看，遭到嘲讽，依旧怡然；好不容易演一次戏，只能当个匪兵在舞台上过过场，甚觉可惜，在队伍快要退出舞台时，他忍不住回头做个鬼脸，惹得观众哗然大笑。[①] 在心理学上，他大概属于两个信号系统良好平衡的中间型，虽然不及张炜形象感知的敏感，却机智，有着较强的理性思维能力。

先天的自然素质和气质虽然对作家内审美感受力有一定影响，但并不是决定因素。使作家的审美感受力趋于定向的动因主要在于作家的经历、阅历、学识、独特的文化教养等个人后天的因素。作家的个人经历、独特遭遇，一生中(特别是童年时期)所受到的心灵上的影响，连同他的疾病都会影响他对美感对象的关系和态度，并形成一种定势心理，制约着主体感受时的选择方向、敏感程度、记忆和联想内容等，从而导致感受审美对象时想象、理解和情感反应的个性差异。

张炜生活经历的独特性在于，他在美丽而又闭塞的胶东农村生活了近二十年。童年时候，他家从一个镇子上迁到海边。住宅不在村子里，而是孤零零地在一条河流入海口岸边的果园里。家里有很多书。每天晚上，姐姐都要坐在床边读给他听。一盏昏黄的油灯，把他带进神奇的世界。这宁静美好的童年生活，对张炜的影响是很大的。正如他的老师萧平所说："那濒临大海的河畔果园，那长满枣棵野草的海滩，那两岸生长着茂密芦苇的大河，那时而宁静时而咆哮的神秘莫测的大海，那充盈着花香鸟语的禾田瓜地，给这个遨游在其中的孩子进行了美的洗礼。"[②]虽然在青少年时代，张炜经历过一些磨难，由于亲属的政治问题，他失去许多美好的机会。初中阶段，考试常名列第一，却没有资格升学；会六七种乐器，却没有哪个文艺团体敢招收他。[③] 但是，这坎坷的经历并没有磨灭他童年时形成的美好印象。随着阅历的增多，这印象反而越来越强烈、越美好。这独特的生活经历就使他的审美感受带上了自己的心理特点和观照方式：他的美感常常是与他童年的生活经验相联系的。许多外来的信息，都要经过他脑海里那一片"绿

---

① 参见张炜：《矫健走在山路上》，《文汇月刊》1984 年第 5 期。

② 萧平：《他在默默地挖掘——关于张炜和他的小说》，《中国作家》1986 年第 1 期。

③ 参见白峰：《他从"土屋"里走出来》，《知识与生活》1986 年第 2 期。

色”——童年生活经验的积淀——加以筛选、过滤和同化。因此他特别善于捕捉事物中所包含的美的意蕴。

矫健生活经历的独特性在于,他是在十五岁时才真正接触农村生活的。在这以前,他一直生活在上海。在人的个性发展的关键期,矫健充分接受了开放的城市文化的熏陶。文化人的家庭使他养成了对文史哲的爱好,市民社会又赋予了他上海人特有的敏捷与聪慧。他在很早的时候就具有了某些现代意识。也许,在正常的情况下,他会成为一个思想型的人。但是,一场政治风暴却把他卷出上海,回到了那个贫穷落后的故乡插队劳动,颇受了一些苦难。这一段生活经历对矫健来说是很有意义的。一方面他作为一个回乡知青,在艰苦的生活中滚过,有机会了解故乡人民的生活、情感、心理和文化,产生了对底层小人物的同情;另一方面,他又是一个有着较高文化层次的城市知青,和真正的农民之间在精神上是有一段距离的。随着政治、历史、哲学等知识的不断增多,对生活的认识也越来越有理性。这独特的生活经历就使他的审美感受表现出与张炜不同的特性:他的美感常常是在渗透着理性思考的观照中产生的。在他的审美心理格局中,有一个潜在的参照物——童年时即已初步形成的现代意识——时常在自觉或不自觉地起着重要作用。因此,矫健特别善于发现事物中所蕴含的理性内容。

六

我们比较分析张炜与矫健的个性差异,并非是要定其轩轾。西方流行着这样的谚语——“趣味无争辩”,我们的古人也早说过——“各师成心,各异其面。”(《文心雕龙·体性》)但是,通过比较,我们却更容易发现作家各自艺术上的优劣短长。

就张炜来说,他的作品与他早期的生活经验之间有着不少平行的、隐约相似的曲折反映的关系。他的最大优势就在于他有着熟悉的农村生活经验和敏感的审美感知能力。因此他能够非常从容地刻画农民(特别是农村青年姑娘)感情上的微波细澜,渲染诗情浓郁的氛围,创造天真幽淡的情调。应该说,张炜的小说在艺术上是相当玲珑剔透的,它在某种程度上满足了人们精神生活中希冀圆满、宁静、和谐的一面，有调节人的心理趋于平衡的静态审美效应。但是，由于张炜过分地依赖他的童年经验，过分地自信于艺术直觉，过分地爱戴他的父老乡亲，结果常常羁縻于表现对象的情感中，不能站到更高的理性层次上全方位审视，妨碍了对社会生活更符合本质规律的把握。这在他的描写改革题材的作品中表现得特别突出。他常常囿于他早年生活过的农民圈子，用农民式的价值尺度评价生活、臧否人物，结果是简单地扬善抑恶、重义轻利，忽视了善恶义利中渗透着的历史内容，用抽象永恒的"桃花源"理想抵制历史主潮表层斑驳杂陈的现象，表现了一种后倾的意识，影响了作品的思想深度，如《一潭清水》《秋天的愤怒》等。与此相联系的是，他太欣赏农村的伦理道德，以至自觉或不自觉地将它与城市的现代味儿对立起来。比如《童眸》与《黄沙》在鲜明的对比中给人这样的印象：机关所以要改革，就在于人们太冷漠，缺乏同情与友爱；而纯真美好的道德，只有在农民那里才能找到。显然，张炜有些为传统道德表面斑斓的光辉所眩惑。"田园将芜胡不归"或许是有诗意的生活，但现代味儿在历史发展中却更有进步性。

矫健则是另一种情况。矫健特殊的生活经历赋予他较强的理性思维和现代意识，这不仅使他和农民之间形成了一段距离，还使他站在了一个较高的视点上。因此，在对生活进行观察和判断时，他不仅有道德价值的尺度，更有历史价值的尺度。这样他就能够比较深刻地把握社会历史发展的某些本质特征。他的小说，在某种程度上触动了人们精神生活中奋求、冲突、痛苦、牺牲和发展的一面，具有刺激人们的心理向非平衡发展的动态审美效应。但是，他毕竟半路出家，对山东农民的生活习惯、心理结构、文化层次等，比之张炜来说，要陌生得多。因此，他的作品常常表现得理多于情，思想大于形象，比较粗糙，不及张炜细腻。比如老霜的形象就比较抽象，《老人仓》也有着过多的理性，而《河魂》在对人物的总体把握中，就似乎预先进行了定性的抽象分析。为了弥补生活体验的不足，他发挥了他的学识优势，大量吸收中外优秀文学作品的精华充实自己。但是，由于在横向借鉴中没有很好地消化，结果留下了许多模仿的痕迹。比如老霜的奖状之于《欧也妮·葛朗台》中葛朗台密室的黄金；登高爷的殡葬之于《子夜》中吴老太爷的葬礼，行刺前的天良之于茨威格，《一个女人一生中的二十四小时》中那个绝望了的赌徒等。借鉴或模仿，对一个青年作家来说并非大忌，鲁迅先生就是借鉴果戈理的《狂人日记》写出了中国第一篇白话小说。但是，重要的是消化，况且生活经验的不足完全靠借鉴是不能弥补的。

从某种意义上说，张炜的长处恰恰是矫健的短处，而张炜的短处却恰恰是矫健的长处。张炜和农民有着不解之缘，这使他能够深味他们的甘苦，但由于他太爱他们了，以至爱屋及乌，不能站在更高的层次上去认识他们。矫健和农民之间有段距离，这使他能够客观地历史地审视他们，但由于他离他们较远，以至常常不能深入他们的深层意识，从内在的视角去审视他们。对于张炜与矫健来说，互相学习对方的长处，对他们各自艺术的发展，可能是个很好的促进。但这并非是要他们泯灭自己的个性。他们当然应该保持自己的风格。

［原载于《山东师大学报》（社会科学版）1986 年第 5 期。有改动］

前期创造社主要外来艺术渊源质疑

魏　建

本文旨在反拨既成观点——前期创造社的主要外来艺术渊源是欧洲浪漫主义文学，尽管这是一个沿袭了半个多世纪并取得了普遍承认的观点。

一

反拨，首先从浪漫主义自身开始。因为导致上述既成观点的原因之一，就是浪漫主义这一文学范畴本身的复杂性和人们理解、运用中的不确定性。

早在十九世纪初期，欧洲浪漫主义文学运动方兴未艾之时，法国浪漫主义作家缪塞在他那篇《杜波伊和戈东书简》中，就列述了浪漫主义的种种含义，这些含义之多、之乱，足以令人晕头转向，最后竟得出一个玩笑性的结论：浪漫主义的本质就是滥用形容词。这听起来似乎好笑。但实际上，在当时和以后的一些杰出的作家那里，对这一概念的理解并不清楚：典型的浪漫主义巨匠拜伦始终认为自己是古典主义的忠实信徒，现实主义大师司汤达却自诩为真正的浪漫主义小说家……据说，在西方国家探讨浪漫主义的学术会议上，讨论往往开始于对这一概念含义的争执。

我国的社会主义文艺理论主动承袭了苏联的体系。苏联无产阶级文学的奠基人高尔基说过："浪漫主义的定义，过去曾经有过好几个，但是所有的文学史家都同意的正确而又完全周到的定义，在目前却还没有。”[①]维雅捷姆斯基更作过一个形象化的比喻：“浪漫主义就象灶神。很多人顶礼膜拜，信其必有：但肉眼何处曾见，谁人能绘声绘形，或是亲手触摸过它的法身？”[②]

到了现代中国，对“浪漫主义”的理解和运用之混乱，无疑超过了任何一种文学理论范畴。笔者认为，这种混乱的主要原因和主要表现就是：作为创作方法的浪漫主义、作为文学运动的浪漫主义、作为创作精神的浪漫主义这三者的混淆。当然，在某些具体的文学现象中，这三者常常是难以剥离的。但作为理论概念，它们各自的内涵并不重合。作为创作方法的浪漫主义，是一种理性原则。它主要体现一种理论意义。它是从欧洲浪漫主义文学运动中及其以后的一种同类创作中抽象出来的。但不是说这一运动中的所有“浪漫”作品都符合这样的创作方法，也不是说这运动之后的所有作品都不符合这样的创作方法；作为文学运动的浪漫主义，是一种文学思潮。它主要体现一种文学史意义。它主要是作为古典主义的反动而诞生的，因而有些被裹挟的“浪漫”作品仅仅是“忧郁的”“奇特的”“不规范的”，并不都符合以后概括的浪漫主义创作方法；作为创作精神的浪漫主义，是一种“思想感情世界”。它主要体现一种广泛的人生意义。它在欧洲浪漫主义文学运动中得以“广阔地和完整地表现出来”，但它也在“浪漫主义潮流范围之外有所表现”[③]。这种创作精神在不同民族、不同时代都是存在的。西方从古希腊、古罗马神话开始，中国则是以《楚辞》为滥觞，各形成一条源远流长的艺术流脉。可见，浪漫主义的这三种含义并不是可以随便替代的。

不幸的是，我们多年来的文学研究却常常随意替换它们。作为创作方法的浪漫主义与作为文学运动的浪漫主义相互替代，往往表现为创作原则与创作实践特征的等同，以致原则失去了作为原则的本质规定性，实践特征失去了作为实践特征的历史具体性。作为创作方法的浪漫主义和作为文学运动的浪漫主义与作为创作精神的浪漫主义相互替代，表现为前两者的含

---

① [苏联]高尔基：《我怎样学习写作》，戈宝权译，生活·读书·新知三联书店1951年版，第11页。

② [苏联]B.万斯洛夫：《艺术和美学中浪漫主义的共同特征》，夏仲翼译，《世界艺术与美学》第五辑，文化艺术出版社1985年版，第31页。

③ [苏联]B.万斯洛夫：《艺术和美学中浪漫主义的共同特征》，夏仲翼译，《世界艺术与美学》第五辑，文化艺术出版社1985年版，第42页。

义膨胀：浪漫主义创作方法成了一切主情文学原则的同义语，浪漫主义文学几乎成了一切非现实主义文学的代名词。这样，浪漫主义创作方法和浪漫主义文学也就消失在这种膨胀中了。

概念的把握是理论分析的起点。我们一旦了解了“浪漫主义”概念在理解和使用当中的混乱，也就不难明白：为什么迄今为止我国的文学研究界对浪漫主义文学现象的研究总是歧异繁复，莫衷一是了。

二

所谓既成观点的形成，与人们对中国“五四”文学的认识不无关系，当然也包括对“五四”文学中浪漫主义的认识。

弥漫、蒸腾的“浪漫”气象，笼罩了读者心目中的“五四”新文苑。郑伯奇曾经这样总结道：“在五四运动以后，浪漫主义的风潮的确有点风靡全国青年的形势。……当时簇生的文学团体多少都带有这种倾向。”[①]在当时文坛的“浪漫”氛围中，浪漫主义的文学团体当然是前期创造社了。但无论是当时文坛的“浪漫”倾向，还是前期创造社的浪漫主义，都仅仅是浪漫主义创作精神的体现。它们既不是浪漫主义创作方法的普遍运用，也没有形成类似19世纪初叶欧洲式的浪漫主义文学运动。“五四”文学创作中普遍荡漾的热情、希冀、抗争和昂扬，与其说是一种文学现象，不如说是一种思想现象。它是在历史更新的关头追求心灵解放的社会思潮在文学中的投影。它是在任何一个变革时代都必然会产生的规律性文学现象。这正如战国时代出现屈骚浪漫主义，魏晋时代出现阮籍、陶潜的浪漫主义，……资本主义萌芽的明代出现李贽、“公安派”、汤显祖、吴承恩的浪漫主义一样。因此，“五四”文学的“浪漫”倾向不能单纯地视为欧洲浪漫主义文学的影响。

前期创造社的浪漫主义比当时整个文坛的“浪漫”精神要复杂得多。谁也不能仅仅把它视为一种历史更变中必然出现的文学现象。谁也不能否认

---

① 赵家璧主编，郁达夫选编：《中国新文学大系·小说三集》，良友图书印刷公司1935年版，导言第3页。

这个文学集体确实接受过欧美的浪漫主义文学影响。现在的问题是:这种影响究竟有多大程度?大到欧洲浪漫主义文学直接孕生了前期创造社的浪漫主义吗?多年来对这个问题的回答一直是肯定的。近几年来,现代文学研究领域不断地刷新着旧论成说,但这一课题的研究推进,仅仅是把前期创造社的主要外来艺术渊源由欧洲浪漫主义文学扩大到欧洲浪漫主义美学。[①]即使一些近年来成就斐然的学者,也只是强调前期创造社与"西方浪漫主义美学"的"根本联系"[②]。

笔者认为,这是一种偏狭。造成这种偏狭的主要原因是对"五四"文学复杂性的忽略。众所周知,"五四"时代是中国文化发展的历史转折点:传统的古典文化开始失去它的主宰力量,代之而起的现代文化开始了自己的建构。这种文化建构的过程,实际上是文化选择的过程。从中外文化发展史上来看,适应新文化"背景场"的文化选择,不外乎两种方式:一种是以认同母体文化为基础的"稳定选择",另一种是以认同多种外来文化为主的"歧化选择"。"五四"以前的"中体西用"论已经宣告了前一种选择方式的失败。中国的"五四"新文学显然是采用了后一种选择方式。从接受外来文化的范围上来看,"五四"新文学以空前的开阔胸襟涉猎了西方几百年来的几乎各种文学思潮。没有任何一个创作团体和个人只是完全照搬某一种文学思潮或理论学说,而都是取样于多种文学形态和文化层面。再从接受外来文化的程度上来看,当时的新文学先驱者对外来文化普遍采取了为我所用的功利主义态度,因而在接受中大都没有很好消化,对许多接受对象内在的精神价值甚至没有多少真正理解。因此,在对"五四"新文学的研究中,任何笼统地以某一概念或某一主张的外在相似或相同,就把某一外来文化形态与"五四"新文学的某种形态加以等同,都是对"五四"文学丰富性、复杂性的"简化"。在一些研究论著中,在前期创造社文学与欧洲浪漫主义文学之间,就是经过这种不应有的"简化"才联系在一起的。

造成这种偏狭的次要原因是将欧洲浪漫主义文学这一范畴的含义,部

① 参见罗成琰:《论"五四"新文学浪漫主义的兴衰》,《中国现代文学研究丛刊》1985年第2期。

② 王富仁、罗钢:《前期创造社与西方浪漫主义美学》,《文学评论》1984年第2期。

分地替换或整体地扩大。如前所说，浪漫主义是有多种含义的。当我们进行比较文学的渊源研究时，却只能用它作为文学思潮的含义。而像有些研究论著那样，把这一文学思潮部分地替换成作为创作方法的含义，那么不仅比较研究失去了确切的溯源对象，而且使生动的文学交流变成了不言而喻的空泛结论。还有一些研究者，把这一文学思潮扩大到浪漫主义作为创作精神的含义。这当然能使前期创造社文学的若干特征“找”到它的艺术血缘，然而，岂不知就在这种貌似自圆其说的论证中，欧洲浪漫主义文学已经失去本来的意义了。更何谈渊源影响？

三

只要对前期创造社稍加深入的探究，我们就可以看到“既成观点”的论据是难以成立的。

“既成观点”的主要根据之一，便是前期创造社成员们如何钦慕一系列典型的西方浪漫主义作家——拜伦、海涅、雪莱、惠特曼、司各特、雨果……无可否认，这是凿凿有据的。但事实的一部分并不就是事实的全部，而把部分的事实作为它的全部进行论证，就有可能走向谬误。历史的真实是：前期创造社诸君不仅仅以欧洲浪漫主义的文学巨匠作为艺术榜样，而且还以同样的兴趣和敬重称扬过西方古往今来的许许多多文学大师——文艺复兴时期的莎士比亚、但丁等，启蒙主义时期的卢梭、歌德、席勒等，现实主义的托尔斯泰、易卜生、狄更斯等，象征主义的波德莱尔、梅特林克等，唯美主义的王尔德、戈蒂埃等，自然主义的左拉等，其中，他们最为崇拜的还是启蒙主义的歌德和卢梭。再退一步说，即使他们只是赞颂欧洲浪漫主义作家，浪漫主义也不一定就能够成为他们的主要外来影响。现实主义的文学研究会诸人，不是也对浪漫主义的拜伦、裴多菲、显克微支、霍普特曼等人表示过由衷的敬意吗？

“既成观点”的其他论据，即是对欧洲浪漫主义文学（美学）与前期创造社创作之间相同的思想特征、相同的哲学基础和相同的创作特征的归纳：相同的思想特征被认为是个性主义[①],相同的哲学基础被认为是唯心主义[②],相同的创作特征是注重主观观照、重情感流泄、重自我表现、注重艺术独创。[③]应当说,这些相同点都是存在的。然而,这些相同点却不是唯有欧洲浪漫主义文学和前期创造社所独具,其他文学现象所没有的。综观中外文学的发展,西方近代以来的许多文学思潮都具有这样的特征和基础,中国现代文学史上的其他文学现象(如李金发等人的象征主义、狂飙社的创作等)也都具有这样的基础和特征。可见,这些相同之处,并不是欧洲浪漫主义文学与前期创造社的本质关联,更不能以此论证前期创造社主要是在欧洲浪漫主义文学的哺育下诞生和发展起来的。

当我们发现了究竟怎样失误以后,也就发现了怎样超越。"既成观点"的许多根据,都只是对研究对象的非个性现象的归纳。因而,我们探索的目光就应当投向"这一个"文学现象区别于其他文学现象的独特之处。以这样的眼光,我们再来审视欧洲浪漫主义文学和前期创造社的关系,就会发现它们在一系列根本的方面其实是迥然不同的。

首先,欧洲浪漫主义文学的一个最响亮的口号是"回到中世纪去"。这的确是这一文学思潮区别于其他文学思潮的纲领性口号。被奉为"浪漫主义文学杰出代表"的海涅,在他的《论浪漫派》中说得再明确不过了:"它不是别的,就是中世纪文艺的复活。"[④]当时的西方浪漫主义作家们确实在他们的作品中极力美化中世纪文化,并颂之为理想化的黄金时代。而前期创造社的成员们却与之相反,他们始终毅然地与文学战线上的复古主义作斗争。他们虽然曾对传统文化中某些具体内容有所肯定,但那是以现代精神的观照,而不是企图使之复活。在欧洲浪漫主义文学家那里,"回到中世纪去"的一个突出表现就是,他们比任何文学思潮都更为重视民间文艺。在英、德等主要国家,浪漫主义文学活动就是从搜集民间文学开始的。而前期创造社的文学家,在他们的"创造"时代,几乎没有一个人对中国的民间文艺表示过

① 参见王富仁、罗钢:《前期创造社与西方浪漫主义美学》,《文学评论》1984年第2期。

② 参见王富仁、罗钢:《前期创造社与西方浪漫主义美学》,《文学评论》1984年第2期。

③ 参见罗成琰:《论"五四"新文学浪漫主义的兴衰》,《中国现代文学研究丛刊》1985年第2期。

④ [德]亨利希·海涅:《论浪漫派》,张玉书译,人民文学出版社1979年版,第5页。

丝毫的兴趣。相反,他们却鄙夷一些早期白话诗人搜集、创作民歌。他们特别强调,“文艺是天才的创造物”[①],而不是“三家村里唱的猜谜歌”[②]。

其次,欧洲浪漫主义文学的另一个口号是“返归自然”。对纯粹自然,即未经现代文明触动的原始自然的表现,几乎是欧洲浪漫主义文学独有的创作母题。法国浪漫主义作家“最有力的表现就是崇拜自然”[③],英国浪漫主义作家创作的重心是“田园”“湖畔”,德国浪漫派不也是同样钟情地描摹“被自然所排斥的人对于自然的憧憬吗?”[④]但在具有源远流长的田园诗文传统的中国,在“浪漫”氛围中的“五四”时代,树起过“罗曼蒂克”旗帜的前期创造社中很少有人在作品里皈依那种纯粹的自然,更没有人给它以宗教式的崇拜。反倒有王独清呼唤“破除‘自然’底迷信”,他的理由是“自然实在不能制造艺术”[⑤]。也许,在前期创造社个别成员的个别作品中可以感受到一定的“返归自然”的情味,但就整体而言,前期创造社的作家较少表现自然。而且,他们笔下少有的自然景物,要么是在抒情作品中成为作者张扬个性的移情对象(如郭沫若《女神》中的许多篇章),要么是在叙事作品中成为人物内心世界的背景的衬托(如郁达夫早期的一些小说),而不是像欧洲浪漫主义文学所追求的那样,以表现纯粹的自然为目的。

也正是由于欧洲浪漫主义文学醉心于“蛮荒状态中”的“自然”,他们极端仇视以近代工业文化和城市文化为特征的现代文明。仅举一例:浪漫主义诗人蒂克曾痛心于牛津郊外那应是美丽的“绿油油的、精耕细作过的土地”,他的痛心是因为“它已被工业给剥夺了诗的香味”[⑥]。他们就是这样,由对纯粹自然的真诚崇尚演化为对工业文化和城市文化的无端诅咒。然而,前期创造社的早期创作却带有明显的“城市文学”倾向。在他们的作品中,不仅找不到对工业文明的任何一句微词,反而到处可以看到对诸如“烟囱”

---

① 郁达夫:《艺文私见》,《创造季刊》1922年第1卷第1期。

② 成仿吾:《诗之防御战》,《创造周报》1923年第1期。

③ [苏联]普什科夫编著:《法国文学简史》,盛澄华、李宗杰译,作家出版社1958年版,第86页。

④ [丹]勃兰兑斯:《十九世纪文学主流(第二分册):德国的浪漫派》,刘半九译,人民文学出版社1981年版,第140页。

⑤ 王独清:《未来之艺术家》,《学艺月刊》1922年第4卷第4期。

⑥ [丹]勃兰兑斯:《十九世纪文学主流(第二分册):德国的浪漫派》,刘半九译,人民文学出版社1981年版,第146页。

“火车”“轮船”等大机器工业象征物的热情歌颂。

再次，在人们心目中，“浪漫诗就是多少是由骑士传统产生的诗”[①]。这种“骑士传统”在欧洲浪漫主义叙事文学中，表现得尤为突出的是那超然不群的高大英雄和那情节奇异的传奇故事。这又成为欧洲浪漫主义叙事文学区别于其他文学思潮的根本特征之一。回忆一下那些浪漫主义名著吧：拜伦在《海盗》里塑造的康拉特，外貌非凡、才干惊人，竟能只身匹马闯入皇宫，使这神圣的殿堂变成了血与火的海洋；雨果笔下的欧那尼，一身冲天的豪侠之气，以绿林大盗教训了至高无上的一国之君；福凯作品描绘的“北方英雄”，“象挪威岩石一样强，象冲击岩石的大海一样凶猛”[②]，能够轻而易举地击碎一个铁砧。而这一切，我们在前期创造社的叙事文学作品（主要是小说）中，是绝对看不到的。我们能够看到的多是一些凡人琐事。他们创作的小说多是“身边小说”，多是以自己为人物形象的原型、以自己的经历为创作素材。以至于郁达夫得出“文学作品都是作家的自叙传”的结论。这一结论固然失之偏颇，却可以说明他和他的同人的创作倾向。只要不是有意夸张，在这种近乎“夫子自道”式的作品里是很难产生超凡入圣的英雄和神奇跌宕的情节的。

综上所述，欧洲浪漫主义文学区别于其他文学思潮的根本性内容，前期创造社都没有真正承传，甚至有些是完全背离的。因此，认为欧洲浪漫主义文学是前期创造社主要外来艺术渊源的观点，怎么能够成立呢？

四

那么，前期创造社的外来艺术渊源究竟是什么？

历史毕竟已经前行到了现代，20 世纪的文化交流不可能再像古代的日本和朝鲜等国主要接受中国文化那样，“五四”新文学所拥抱的是整个外国文学

① ［法］史达尔：《论德国》，华东六省一市二十院校《外国文学教学参考资料》选编组选编：《外国文学教学参考资料》第 3 册，福建人民出版社 1980 年版，第 65 页。

② ［丹］勃兰兑斯：《十九世纪文学主流（第二分册）：德国的浪漫派》，刘半九译，人民文学出版社 1981 年版，第 313 页。

世界。由于都是置身于开放、多构成、多层次的“五四”文学有机系统,因而外来文学中的某一影响者很难排斥其他影响者从而孤立地发生作用,“五四”中的某一接受者也很难拒绝其他影响者从而实现单独的意向性选择。实际上,几乎所有“五四”新文学的团体和个人都是艺术“血统”极其复杂的“混血儿”。

前期创造社当然也不会例外。它的外来艺术渊源同样是一个多元的外国文学复合体。其中有四个最主要的组成部分:18世纪欧洲启蒙主义文学(以卢梭、歌德、席勒为代表),19世纪欧洲浪漫主义文学(以拜伦、雪莱、惠特曼等人为代表),19世纪末至20世纪初的前现代主义文学(当时称之为“新浪漫主义”,主要包括唯美主义、象征主义、颓废主义、一定的表现主义倾向和弗洛伊德的文学意识)以及20世纪初日本的自然主义、浪漫主义和“新浪漫主义”杂处的“大正”文学(以永井荷风、谷崎润一郎、佐藤春夫等人为代表)。当然,以上这四个主要组成部分在前期创造社的文学世界中并不是等量的,也不是同时发生作用的,更不是平均地影响着这个团体中的各个作家和他们所运用的各种文学体裁,而是影响的程度上有深有浅,影响的时间上有先有后,在不同的作家那里和不同的创作体式中更是各有侧重。

就前期创造社的主要成员的创作来看,就各自的总体倾向而言,自然主义文学的影响在张资平的小说中表现得较为突出;唯美主义和象征主义的影响在田汉的戏剧中体现得较为明显;19世纪欧洲浪漫主义文学和18世纪启蒙主义文学的歌德精神集中显示于郭沫若的部分诗作;成仿吾的小说和作为批评家的文学气质,似乎纷呈着“新浪漫主义”的多种尝试和启蒙主义文学中的席勒精神;至于郁达夫的小说,则呈现为以启蒙主义文学的卢梭“忏悔”精神为核心,再加感伤主义、颓废主义、德国浪漫派和日本“私小说”等多种因素的共同作用。

从时间上看,前期创造社诸君致力于文学事业之初,接受启蒙主义文学和浪漫主义文学较多;以后,通过日本“大正”文学逐步接受多种前现代主义文学较多。

从他们运用的文学体裁上看,自然主义、颓废主义、感伤主义和弗洛伊德文学意识的影响多体现于小说,浪漫主义和表现主义的影响多体现于诗歌,唯美主义和象征主义的影响多体现于戏剧,启蒙主义文学的影响则体现于各种体裁。

以上，从整体的概括到细部的分析，我们都不能得出欧洲浪漫主义文学是前期创造社主要外来艺术渊源的结论。从中，我们倒是可以发现：18世纪欧洲的启蒙主义文学对前期创造社的影响超过了其他外来文学影响因素。从这一视角透视前期创造社，我们是否可以对这一创作集体的艺术取向和主导精神萌生新的认识呢？笔者的回答是肯定的。限于篇幅，笔者对此只好另文论证了。

［原载于《山东师大学报》(社会科学版)1987年第6期。有改动］

在历史转折的大褶皱中

——新时期中篇小说繁荣原因及发展态势浅论

王万森

我国当代中篇小说在过去近四十年的历史中，伴随着社会主义文学的母体，经历过曲折坎坷的发展道路。在社会主义新时期，当诗歌吹响黎明的号角、话剧报告春天的消息、短篇小说涨起思想解放的春潮之后，中篇小说拔地而起，形成空前的文学景观。但是，中篇创作高潮是在人们缺少思想准备的情况下奔涌而至的，它在崛起之后又持续在我国文苑独领风骚的局面也是人们始料未及的。深入探讨其繁荣原因，揭示其发展态势，仍然是我们面临的重要课题。

一

在一定的历史条件下，中篇小说这种体裁能够发挥它特有的艺术优势。

它便于反映段落性历史道路、人生途径和阶段性的性格发展轨迹，便于在较为开阔的艺术境界中表现作者对生活的体验和对社会历史的感受，便于在中等规模上描绘多幅生活画面，浑然一体地展现多姿多彩的社会生活面貌。它既不像短篇小说那样拘于一点去烛照生活，也不像长篇小说那样洋洋洒洒地去进行全面观照，它带着时间的连续性和空间的广延性，开辟长短适中的艺术空间。它的结构富有张力，谋篇具有灵活性。正因为它是在一定的时间和空间中截取社会人生、性格命运的某一段落，因此它不必顾全因果，不必从头道来，也不一定写出结局，而可以在特定的艺术框架中显示优势；正因为它表现的往往是对一段生活的体验感受和审美评价，尽管这些都有一定的总体性特点，却不必将种种情绪的由来及归宿都一一交代，更不必囿于僵化的观念和寓言式的启示，因而可以较自如地表现观念的嬗变和意识在不同层次上的递进，甚至还适于表现新旧观念意识之间一时难以了结的冲突。路遥的《人生》在高加林这个人物身上展现的正是两种价值观念的冲突，这种冲突不可能一下子就产生出满意的结局，就连作者本人也未必能将这种冲突看得十分透彻。

中篇小说这种文学样式，不仅能够容纳交织为一体的生活画面而使其社会生活容量大为丰富，而且，它还宜于表现命运的曲折坎坷及性格的丰富驳杂，更适于融汇作者由某一段生活所生成的复杂感受。

正因为中篇小说具备这样的体裁优势，它才能够在新时期时代转折的历史条件下崛起于文坛。《班主任》等短篇小说作为新时期文学的滥觞，为恢复和发扬现实主义传统发挥过先锋作用，在思想解放的浪潮中形成文学创作的第一个潮头。随着思想解放的深入，当小说创作进一步追溯阶段性的历史道路时，单靠短篇体裁已不堪负载厚重的历史生活内涵。社会变革激发蓄之日久的生活积累和感情积累，使作家们再也不能满足于短篇体裁所提供的狭小空间，亟待寻求更为阔大的艺术形式以抒写胸中块垒。由于中篇小说的艺术容量及对生活的截取方式恰能弥补短篇体裁创作的不足，又兼有短篇体裁迅速及时地反映现实生活的特点，所以，中篇体裁成为广大作家的集中选择。由中篇小说改编的影视剧作备受青睐，全国各地一批大型文学刊物的创办适时地提供园地，更加刺激了中篇小说创作的发展。于是，1979 年呼啦啦冒出第一批中篇小说，不久便取代短篇小说而处于叙事文学创作的领先地位。

二

正如卢那察尔斯基评述英国作家托马斯·哈代的创作时所说："最大的作家恰恰出现在生活有了裂缝，许多人纷纷脱离原来的生活基地，整座大厦开始动摇的时候；说得更确切些，这个使一度坚固的大厦变成废墟的过程会出一批人才……”[①]我国新时期中篇小说创作队伍的壮大，正是历史的必然；中篇创作的繁荣，体现着时代的选择。在民族的大灾难、历史的大动荡、时代的大转折、思想解放的大突破之后不久，叙事文学继短篇小说的潮头之后，出现中、长篇小说的兴起是必然的。时代潮流推动叙事文学的重心向中、长篇创作转移。巨大的时代生活内容及深沉厚重的历史反思，催生着中、长篇小说；动乱后的变革时代，为中、长篇小说的繁荣提供历史性契机。这一规律，不仅能够用以解释我国新时期中篇的崛起，而且早已为中外文学的历史所证实。

我国现代意义上的中篇小说出现于“五四”新文学运动，开创者是鲁迅先生，《阿Q正传》的发表标志着现代意义的中篇小说在中国的诞生。“五四”是反帝反封建的大革命，也是高举科学、民主旗帜掀起的思想大解放运动。它在叙事文学领域中首先唤起的是短篇小说，中篇小说在其后不久便取得了显著成绩，涌现出巴金的《砂丁》《萌芽》《寒夜》《憩园》，茅盾的《蚀》三部曲(《幻灭》《动摇》《追求》)，丁玲的《母亲》《水》，老舍的《我这一辈子》，柔石的《二月》，蒋光慈的《少年飘泊者》，叶紫的《丰收》，张天翼的《清明时节》等中篇佳作。尤其在1927年至1937年这十年中，竟有约二百部中篇小说问世。书局出版中篇小说丛书，刊物开辟中篇小说专栏。这时的中篇创作与长篇丰收相映生辉，无论在数量上还是在质量上所取得的成就都值得称道。可以认为，此时中篇创作的重大收获，恰恰是在时代变革、思想解放之中获得的。

中、长篇小说创作正是在历史变革时期的思想褶皱当中呈现繁荣的。这种情况还可以由俄国和苏联文学的历史得到印证。19世纪中期，农奴制度和封建专制的枷锁给俄国人民带来深重的苦难。于是，“十二月党人”起而批判农奴制，进步思想界掀起否定农奴制和封建专制的运动。文学界确立批判现实主义的主流地位，在“自然派”文学浪潮中，就曾出现以果戈理的名著《密尔格拉德》为代表的一批中篇小说及长篇小说，旨在批判农奴制和封建专制两大弊害。进入20世纪，苏联文学又曾出现过一个中、长篇创作的高潮。五十年

① [俄]卢那察尔斯基：《论欧洲文学》，蒋路、郭家申译，百花文艺出版社2011年版，第419页。

代中期，在斯大林逝世之后，伴随着当时出现的社会思潮，在历史演变的褶皱中，涌现出被西方称之为“解冻文学”的文学思潮。爱伦堡、肖洛霍夫等作家曾先后创作了一批中、长篇小说，其中中篇小说获得了较高成就。

如果我们在更加广泛的领域中进行考察还会发现，世界性的文学现象同样是耐人寻味的。第二次世界大战给世界各国的政治、经济、文化等领域带来大震荡。各国文学家在对变幻繁复的战后生活进行观照的同时，对社会历史和人生命运进行深沉思考。第二次世界大战后这种历史反思和艺术酝酿，终于形成世界性中、长篇创作的潮涌。

我国新时期文学的中篇崛起既有世界性的背景，同时又存在特殊性。世界性的中篇小说潮涌是与长篇小说的繁荣相伴出现的。而我国新时期中篇创作继短篇小说潮头之后兴起几年来，长篇小说虽说也取得了可喜成绩，不乏优秀之作，但就整个创作情况而言，长篇创作的高潮尚在呼唤和期待之中。首先是因为长篇小说的创作周期长，作家急切间无法按捺下强烈的创作欲望而倾全力于此；其次是因为作家暂时还不能得心应手地运用长篇小说体裁抒写当代生活。阿城自称写作靠“状态”“气数”，在回答是否“有雄心写长篇”的问题时，他说自己“气还不够，只能写中篇”。这种清醒的自觉所表明的，并不是一种个别现象。这是因为，我们曾历经波折，大起大落，在历史的曲折道路上，方针政策出现过几次大调整，整体地表现社会主义初级阶段的历程，对于我们的作家来说并非易事。当然，文学不应是方针政策的翻版，唯其如此，对于当代社会人生的哲理思考、社会心理的审美评价，才更需要对社会主义的历史发展作出深层把握；以审美的金线经纬历史的嬗变，需要艺术审视的稳定性和成熟性。目前，对社会主义初级阶段在总体上的艺术思考尚未成熟，产生描写社会主义历史时期社会生活的伟大作品尚需一定的酝酿期。

我国社会主义初级阶段的发展过程，曾经几次被“左”的政治运动切割，曾经几次被“左”的错误思潮冲断，社会主义曲折起伏的历史道路呈现阶段性、段落性。这种阶段性、段落性的客观存在，反映在叙事文学创作上，适可促使中篇小说勃兴。在作家暂时还来不及对社会生活全局加以艺术表现，还不能对社会主义的历史进程和人物的性格历史进行总体的艺术观照的情况下，便出现了中篇创作独领风骚的局面。

三

新时期中篇小说，由于作家的锐意进取，不断出新，保持了长盛不衰的势头。其持续繁荣的根本原因在于现实主义的恢复发扬和艺术多层次、多样化的开拓。

新中国成立初期，中篇小说创作继承现代文学的现实主义传统，涌现出《铁木前传》《洼地上的“战役”》《在和平的日子里》等佳作，曾为我国社会主义文学增色添彩。但是，由于“左”的思潮的冲击，以及公式化和概念化的创作模式的严重束缚，中篇创作在一段时期没能取得更为理想的成绩，坚持现实主义传统越来越困难。尽管如此，现实主义传统却并未中断，仍然赋予中篇创作以顽强的生命力。即使在“文化大革命”中，一场浩劫几乎扼杀了中篇小说创作的生机，也仍有《闪闪的红星》闪耀于文学的废墟上。

社会主义新时期使中篇小说创作恢复了元气。由于现实主义的恢复和发扬，作家得以用坦诚的目光去观察，用深邃的思想去思考，用真实的笔触去描述，用真挚的情怀去抒写。作家们突破禁区，在现实主义深化和艺术开拓的实践中，表现出真正艺术家的胆识。他们在真实性与倾向性的统一上进行着勇敢的艺术探索，不仅力求在纷繁复杂的矛盾中真实地反映社会生活，深刻地揭示尖锐的社会问题，并敢于抒写各自对于生活的独特发现和感受，而且在艺术上进行卓有成效的探索。作家越来越自觉地将审美意识渗透到对历史与现实画面的描绘，对人世沧桑的再现和对人生哲理的抒写当中去。随着对历史反思和对人生思考的不断深入，文学观念的深刻变革不断赋予中篇小说创作以新的生命活力。中篇创作在空前开阔的领域中进行多层次的开掘，创造着多元化的崭新格局。

新时期文学的大潮在经历了“伤痕”文学和“反思”文学的两次浪涌之后，一时出现落潮趋势。但这种落潮并不意味着文学跌落到峰谷，而是汇聚到广阔的水湾，表面看来没有浪峰高耸，巨涛狂涌，但其间浪花千叠，湍流激荡，千姿百态，恣肆汪洋。创作依然兴旺，出现了被称之为“全景式、多样化”

的文学态势。但是,那种轰动性的作品没能如前几年那样接连出现,没能实现新的突破。在新时期文学的发展过程中,这种状况已经引起创作界和理论界的关注。对此,尽管有不少热心的评论者试图正面予以说明,但大都很难给出精确的答案。不过,有两种因素的确不容忽视。其一,我国社会主义新时期的社会生活正经历着空前深刻的变革。在党的十一届三中全会之后,经济和政治体制、社会生活以及思想观念,都呈现出崭新的面貌,文学的基础高高隆起了,上升了。文学要跟踪时代,但作为艺术的观照却不可能在朝夕之间完成。创作对象需要沉淀,创作主体也需要孕育。文学的现实同社会的现实总有那么一点"隔",文学很难在一时间醇化现实,难于在仓促间提炼出艺术精品。于是文学在跟踪现实的过程中回旋奔突。文学在积蓄着能量,展现出纷纷扬扬的景象。其二,新时期文学的"伤痕""反思"浪潮冲决了文学禁锢的堤坝,作家们意识到,要取得新的更高层次的突破,要铸成史诗性的成就,就需要在整体上对历史进行反思,形成整体性的艺术观照。这就不仅需要生活的积累,更需要观念的更新,需要现代意识。这种反思是艰苦的,对于我们这个深受封建主义传统影响和极"左"思潮压抑的民族的作家来说,尤其沉重。这种反思不可能一蹴而就,而需要我们整整一代人乃至几代人付出努力。这种反思具有阶段性和层次性。当我们的作家突破新的层次,步入新的阶段时,文学创作的突破性成就才会实现。由于上述原因,我们社会主义新时期文学在呼唤新的突破的同时,出现一种特定气象:作家们在进行多层次多角度的艺术开拓和多种多样的试验探索。

"反思"文学之后大潮的跌落,并非是新时期文学的停滞,而是在新超越前的酝酿。缤纷多姿的物质世界和心象万千的精神世界,特别是思想解放运动所引起的现代意识的觉醒,促使作家多角度、多层次进行审视。创作心理的不平衡使作家产生内心骚动,并伴随着一定的心理压力,于是他们沉下来作新的探索,以图通过新的试验寻求新的平衡,开拓更新更高的艺术境界。由 1984 年(还可追溯到 1983 年末)以来的中篇创作看似无序的艺术格局,可以发现作家纷纷投入新试验、进行新探索的种种征兆:王蒙是值得称道的"开路先锋";一批原本默默无闻的青年作家以全新的艺术手段抒写流动的意识和波动的情绪,曾使文坛为之惊愕,另有"寻根"文学的倡导和"纪实体”中篇小说的勃兴……试验和探索激动着一代作家：刘心武致力完成艺术的“三级跳”“四级跳”；张贤亮在九部中篇系列创作中孜孜以求；谌容则不负众望，真正在实践着“不重复自己”的诺言。这不是一两个、三五个作家的试验和探索，而是显示着一个时代的作家的超越意识。

在中篇小说领域中，这种试验和探索生生不已。题材的多样性、主题的多义性、人物性格复杂性的发展趋势，带来艺术形式、艺术手法、艺术风格多样化的新特点。情节结构在心理结构、辐射结构等结构方式不断涌现之后，也冲破了原来的艺术框架。小说体裁原本富于弹性，易于容纳别类体裁因素，中篇小说更是如此。在艺术表现手法上，诗歌的、散文的、电影的因素糅入中篇小说，近年兴起的“纪实小说”则是报告文学同小说的联姻。部分青年作家的近作中表现出的“非小说化”倾向也不无活力。典型化和“生活流”并存，主体和客体相融，语言更加个性化，艺术表现五光十色。新的表现手法、新的语言符号纷至沓来，冲击着中篇小说原有的艺术规范，锻炼独特的艺术风格已成为中篇小说作家的自觉追求。

在进行中篇小说艺术的探索、试验时，外国文学的经验和民族传统从两个渠道输送艺术营养。意识流、虚化象征、魔幻荒诞等艺术手法的尝试，大都直接或间接地获益于外国文学艺术手法的借鉴，同继承文学的民族传统并行不悖。艺术的风韵、表现的蕴藉是我们民族文学的特长，也是世界文学宝库的财富。中篇小说作家珍惜并发扬民族艺术传统，从作品的艺术内容到语言形式注重民族风格、乡土气息、地方色彩。不少青年作家正在外国文学经验与我国文学传统的融合上努力探索，这是弥足珍贵的。

指望中篇创作在文坛上长期保持领先地位是没有什么意义的，重要的是充分发挥这种体裁的艺术优势，使它不断健康地发展。当前，中篇创作面临的许多难题，比如怎样更好地体现真实性同倾向性的统一，如何正确处理艺术的多样化追求和对社会现实的积极关注之间的关系，都是有待于中篇小说作家在艺术实践中解决的。

［原载于《山东师大学报》(社会科学版)1988 年第 4 期。有改动］

《野草》的生命意识与超越精神

刘新华

鲁迅的散文诗集《野草》自从问世以来，一直以深邃奇异的魅力吸引着众多的研究者。对于这样一部采用大量象征形象表达作者复杂的内心体验和对人生的哲学沉思的著作，长期以来，人们多习惯于从认识论出发研究解释它，虽然取得了不少研究成果，但也不可避免地存有站在这一视点难于透视的研究死角。因此，本文试图从生命体验的视点观照《野草》，对这部散文诗集所表现的生命意识与超越精神作某些探讨。

一

过去《野草》研究中，人们一般从认识论出发分析和解释这部散文诗集所表现的内容，认为《野草》是当时黑暗的社会现实在作者头脑中的反映，而且把这种现实与反映的内容理解得比较狭窄。现实主要指当时的政治历史背景，如封建军阀的黑暗统治、革命统一战线的分化、“四·一二”反革命政变等，反映主要指作者在这种现实中对革命的认识与态度。因而把作品中所表现的不妥协的战斗精神，看作是作者对黑暗现实的清醒认识，而其中的苦闷彷徨情绪，则是作者在没有树立马克思主义世界观之前，没有看到人民群众的革命力量，找到革命道路时的思想表现。固然这种分析有一定道理，但仅仅这样，《野草》丰富而复杂的内涵便被净化归结为作者对于现实的革命态度，不但对作品的理解和研究的视野缩小了，而且也造成对其中某些复杂因素的误解。

从《野草》这部散文诗集所表现的总体内涵来看，如果从生命体验、从人生精神发展来理解和把握，我们眼前将会展开一个更加新颖的视野。当然采取这一视点，并不是要完全抛弃认识论视点所看到的一切，而是要打破某些思维定式，力图发现这部作品精神上的内在联系，力图更深刻地感悟那些微妙而复杂的意蕴。基于这一视点，我们认为《野草》是作者对其生命体验进行哲学沉思的艺术结晶。这一表述与一般的现实反映说不同，它具有两层含义：首先，《野草》所表现的是作者生命体验的世界，而不仅是一种对于现实的认识反映。日本文艺理论家厨川白村认为："将生命的内容用别的话来说，就是体验的世界。这里所谓体验（Erlebnis），是指这人所曾经深切的感到过，想过，或者见过，听过，做过的事的一切；就是连同外底和内底，这人的曾经经验的事的总量。"[①]因此，"生命体验"比"认识"的内容更为丰富复杂、具体真切。从哲学人类学的观点来看，"认识仅仅是意识之功能，而意识仅仅是人全部生命活动的一部分"[②]。到目前为止，我们已经知道文学创作并非仅是一般的意识活动，它的根源一直深入到潜意识领域，基于比一般意识活动更为丰富复杂的整体生命活动的体验。这种体验表现在作品中，不仅有作者清醒的理性，而且融合着复杂的感性，不仅有可以言传的意思，而且渗透着许多只能意会的东西；是一个清晰的认识与朦胧的感受、意念、情绪混合而成的艺术天地。由于不同作者的创作意图不同，表现内容和表现方式不同，这个艺术天地所呈现的清晰度也很不相同，有的单纯明了些，有的复杂朦胧些。《野草》多采用象征手法表现作者的内心感受，显然是属于后一种情况。如果我们从生命体验的视点观察研究这部著作，就应该充分注意上面所说的文学作品的特点。一方面，对于《野草》中某些思想感受，以及表现这些思想感受的形象、意象，应该放置在生命、人生这个大范围来理解，不应该仅仅限于作者对于革命的认识。比如，《野草》中很突出地表现了

---

① ［日］厨川白村：《苦闷的象征》，鲁迅译，北新书局1926年版，第51页。

② 参见欧阳光伟：《哲学人类学给人的启迪和自身的理论困难》，《现代哲学人类学》，辽宁人民出版社1986年版，第242页。

作者对于“路”的探索和选择，这种“路”的意识在不同作品中表现为不同形象。《过客》一篇，描写了一个身心疲惫的行路人，虽然并不明确路应该怎么走，只知道前面是坟，但他仍然听从“声音”的召唤顽强前行。对于作者在《野草》中多次表现的这个“路”应该怎样理解呢？我认为这是指的“生命之路”“人生之路”，而并非是具体的“革命出路”。当然，在鲁迅的生命活动中，寻求一条改造中国的革命道路，是他选择人生之路的重要内容，然而在理解《野草》这部作品时，却不能把二者等同视之。《野草》中的“路”是概括了各种具体道路的具有普遍意义的“生命之路”，所以说前面是坟，坟是生命发展的结束，是人生之路的尽头。这个意思，鲁迅在1926年写的另一篇文章中也曾有过表示：“我只很确切地知道一个终点，就是：坟。然而这是大家都知道的，无须谁指引。问题是在从此到那的道路。那当然不只一条，我可正不知哪一条好，虽然至今有时也还在寻求。”[①]然而，过去有的研究者却把《野草》中的“路”当作革命出路来评价，认为在这个问题上表现了鲁迅的“自由思想”，“鲁迅的思想只有怀疑，没有出路”，因为“在《野草》里也就很明白的说过，所谓将来就是坟墓！”[②]。这对鲁迅的原意是一种不该有的误解。另一方面，我们从生命体验的视点研究《野草》，对作品中各种形象、细节的解释就不致过于牵强。有的形象含义较为明确具体，可以在现实中得到印证；有的则比较朦胧隐晦，难于解释和具体考证。对于后者重要的不是机械地寻找现实的对应物，而是弄清作者当时的总体心境，借此给读者留下想象的依据，因为对这类形象的理解，主要的不是靠认识，而是靠感悟，靠读者与作者相互之间生命体验沟通所产生的共鸣。对于这一点，叶圣陶、夏丏尊在解释《秋夜》中一段对天空和星的描写时说：“经验分为两种，一种是外面的经验，一种是内部的经验。外面的经验是景物的状况，内部的经验是作文说话人的对于景物的感想。譬如说天上的星在闪烁，这是景物，是外面的经验。这星在映冷眼，这是作文说话的人对于星的感想，是内部的经验。外面的经验是差不多人共同的，最容易明白。内部的经验却各人不同。如果和外面的

① 鲁迅：《写在〈坟〉后面》，《语丝》1926年第108期。
② 钱杏邨：《死去了的阿Q时代》，《太阳月刊》1928年第3期。

经验合在一处的时候，比较还容易懂得。象这节全然是写作者那时个人的心境，却是纯粹的内部的经验。我们除了说作者自己觉得如此以外，更别无什么可以解释的了。”“真能够懂得的怕只有作者鲁迅自己了。但是鲁迅虽真能懂，却也无法解释给你们听哩。”[①]这的确是有深切会心的灼见，清醒的认识可以解释，而生命体验中那许多复杂朦胧的东西，往往是连作者自己也解释不清的。

我们认为《野草》是作者对其生命体验进行哲学沉思的艺术结晶，还有第二层含义，就是说这部作品不是对生命体验的一般性描述，而是经过作者哲学沉思的过滤形成的充满人生哲理意味的象征形象。据有的研究文章记载，鲁迅先生说过他的哲学都包括在他的《野草》里面。[②] 因此《野草》里的许多形象、概念都已超出了现实中的具体含义，比如生、死、黑暗、光明、复仇、大欢喜、枣树、地狱、死尸等；即使是作者有感于现实中某一事件而发的文章，其含义也远远超越了现实中的一时一事，升华到人生哲学的高度。比如《淡淡的血痕中》，副标题是“纪念几个死者和生者和未生者”。鲁迅在《〈野草〉英文译本序》中说：“段祺瑞政府枪杀徒手民众后，作《淡淡的血痕中》。”显然这篇作品创作受“三·一八”惨案的激发，文中之意包含了作者对军阀政府的愤怒抨击，对牺牲烈士的追怀。但是这篇作品却不能被看成仅是采用象征手法来表现对“三·一八”惨案的认识，它的创作契机源于现实中的具体事件，但是创作着眼点却是造化、生命、人类，其中生者、死者、未生者、造物主、怯弱者、叛逆的猛士以及“血”的形象含义已经具有了跨越时空的哲学抽象意义，表现了作者在长期的整体生命体验中所形成的一种人生哲学。因此对于《野草》中的许多形象不可理解得过于落实呆板，应该放开眼光，着力透视其中所寓含的更为深广的人生意蕴。

二

《野草》是作者对生命体验进行哲学沉思的艺术结晶，因而表现着强烈

① 夏丏尊、叶圣陶：《“忽然做了大人与古人了”》，《文心》，中国青年出版社 1983 年版，第 7～8 页。
② 参见衣萍：《古庙杂谈（五）》，《京报副刊》1925 年第 105 期。

的生命意识，充溢着丰富的生命之感。翻开《野草·题辞》，我们便可以听到作者关于生命与野草的诉说："生命的泥委弃在地面上，不生乔木，只生野草，这是我的罪过。……"如果我们听懂了作者的心声，便不难理解这长于生命的野草和仍然存活在野草中的生命。可以说，这部散文诗集流动着一种基本意识，即生命意识。这种生命意识比较突出又比较清晰地表现出来的是两个方面：一方面是生命的抗争意识，即生命在对外界的压迫中求生存求发展的意识；另一方面是生命的矛盾意识，即生命自身的存在与发展中不可避免的矛盾冲突意识。《野草》中的大部分作品都不同程度地体现了这生命意识的两个方面，而且依据各自表现的侧重点不同分属为两大类。

生命的抗争意识，在《野草》里表现得异常强烈，主要体现在这类作品中：《题辞》《秋夜》《复仇》《雪》《失掉的好地狱》《这样的战士》《聪明人、奴才、傻子》《淡淡的血痕中》《一觉》等。在这些作品中，我们可以看到构成生命抗争意识的三个侧面：对于生命扼杀者、压迫者以及一切阻碍生命发展的力量的深深憎恶和顽强战斗；对于不屈的生命力和反抗意志的张扬与呼唤；对于苟活者、怯弱者、麻木者、甘当奴隶者、庸俗无聊者以及各种萎缩的人生哲学的激烈抨击。这种抗争意识凝聚成蕴含着炽烈的爱憎情感和人生哲理的艺术形象，也幻化为一种冷峻而又激烈的情绪。于是我们看到：枣树虽然落尽了叶子、斑斑伤痕，却仍然默默地铁似地直刺着奇怪而高的天空，一意要制他的死命（《秋夜》）；人与魔交替统治下的地狱阴森可怖，但鬼魂们发出了反狱的绝叫（《失掉的好地狱》）；这样的战士向一切黑暗势力的维护者假文明高举投枪、义无反顾地进击（《这样的战士》）；人类有那不醉不醒、不死不活，以自称"天之谬民"自慰静待人我悲苦的怯弱者，也有叛逆的猛士出于人间，他屹立着，洞见一切已改和现有的废墟和荒坟，记得一切深广和久远的痛苦，正视一切重叠淤积的凝血，选择了不使人类苏生否则灭亡的道路，决不苟活（《淡淡的血痕中》）；也还有在社会的沙漠中，被风沙打得粗暴、流血、隐痛，然而为人间带来生气的青年人的灵魂（《一觉》）……《野草》中所表现的生命抗争意识，是作者长期而深刻的生活体验所形成的，它表现了作者对生命的基本理解和一贯态度，对此我们可以在他不同时期的其他文章中找到印证。1919 年鲁迅写《随感录六十六·生命的路》，他说："生命的路是进步的，总是沿着无限的精神三角形的斜面向上走，什么都阻止他不得。自然赋予人们的不调和还很多，人们自己萎缩堕落退步的也还很多，然而生命决不因此回头。无论什么黑暗来防范思潮，什么悲惨来袭击社会，什么罪恶来亵渎人道，人类的渴仰完全的潜力，总是踏了这些铁蒺藜向前进。”1925 年，也正是《野草》的创作期间，鲁迅在杂文《忽然想到五》一文中继续表达了这样的意思，认为我们目下的当务之急是：一要生存，二要温饱，三要发展。苟有阻碍这前途者，无论什么东西全都踏倒他。由此看来，要理解鲁迅，理解充满着生命苦闷的《野草》，不可不首先理解其中所表现的顽强的生命抗争意识。

生命的矛盾意识，构成了《野草》生命意识的又一个方面，其主要表现在这些作品中：《题辞》《影的告别》《求乞者》《希望》《好的故事》《过客》《死火》《墓碣文》等。这些作品以坦诚的态度，形象地表现了作者自身深刻的矛盾冲突体验。这里我们可以看到，构成生命矛盾意识的基本点是生命之路的选择，或者说生命的最佳存在方式与发展方式（这里不是生物学意义上的）的选择。《过客》一篇突出地表现了人生中存在的行路和找路的基本问题，以及行路和找路尚未统一时人的矛盾状态。我们从困顿而倔强的过客身上可以看到当时作者自己的身影。从这个基本点出发，作品中又同时表现了相关的几对矛盾范畴。一是黑暗与光明的矛盾，这对矛盾表现了生命之路选择中的两难境地和彷徨心态。影彷徨于黑暗与光明之间想选择一条道路，“然而黑暗又会吞并我，然而光明又会使我消失”，哪一种归宿都会做出牺牲，但是彷徨于无地是不可能的，也是影所不愿意的，最后它终于沉没在黑暗里。影向人告别，让虚空和黑暗全属于自己，决不占人的心地。（《影的告别》）这里可以看出作者在选择的彷徨中，渴望排除虚空与黑暗之感的心情。1925 年 3 月 18 日作者在给许广平的信中曾说：“我的作品，太黑暗了，因为我常觉得惟‘黑暗与虚无’乃是‘实有’，却偏要向这些作绝望的抗战，所以很多着偏激的声音。其实这或者是年龄和经历的关系，也许未必一定的确的，因为我终于不能证实：惟黑暗与虚无乃是实有。”这些话可以帮助我们理解鲁迅心中黑暗与光明的交战。二是绝望与希望的矛盾，这对矛盾表现了对生命前途的思辨。在《希望》一篇里，“我”回顾了自己在希望与失望的交替中走过的生命历程，在希望与失望几乎势均力等的较量中，终于选择了裴多菲的名言："绝望之为虚妄，正与希望相同！"这表明了作者终于不愿肯定人生是绝望的，在对绝望的否定中不放弃希望的追求。鲁迅的这种心境也曾在《南腔北调集·〈自选集〉自序》中说过："见过辛亥革命，见过二次革命，见过袁世凯称帝，张勋复辟，看来看去，就看得怀疑起来，于是失望、颓唐得很了。……不过我却又怀疑于自己的失望，因为我所见过的人们，事件，是有限得很的，这想头，就给了我提笔的力量。'绝望之为虚妄，正与希望相同。'"三是理想与现实的矛盾。这对矛盾表现了生命发展中渴仰完满的愿望与客观限制的矛盾。"我"在梦中看见了一篇好的故事，美丽、优雅、有趣、有无数美的人和美的事，梦醒了，好的故事破灭了，然而在昏沉的夜里却总记得见过这一篇好的故事(《好的故事》)。这梦的美好、破灭、追寻体现了作者理想追求的悲凉与执着。这也是作者自己几十年奋斗生涯的写照。1922年鲁迅在《呐喊·自序》中说过："我在年青时候也曾经做过许多梦，后来大半忘却了，但自己也并不以为可惜。所谓回忆者，虽说可以使人欢欣，有时也不免使人寂寞，使精神的丝缕还牵着已逝的寂寞的时光，又有什么意味呢，而我偏苦于不能全忘却……"生命的矛盾意识在《野草》中表现为一种现代人的自觉意识。人类生命在与外部压力抗争发展自己的过程中，越来越感到自身存在的矛盾。20世纪以来，在西方哲学和文学艺术中，对人类自身进行认识和探讨已经成为广泛的思潮。鲁迅青年时代就受到西方现代哲学和文学艺术的影响，具有强烈的现代意识。同时他生活在中国社会大变革时期，走过了一条曲折的道路，经验了人生中的各种复杂变化，精神上留下了深刻的矛盾和痛苦。他性格深沉内向，自省精神很强，一向主张宁要活人的悲观不要僵尸的乐观。因此鲁迅不仅能够深切地体验而且能够清醒地正视自身的矛盾，在时时解剖别人的同时更多的是更无情面地解剖自己。《野草》这部散文诗集比较集中地表现了鲁迅对自身矛盾的认识与剖析，充分展示了一个现代灵魂的丰富性和复杂性。

生命的抗争意识与矛盾意识作为一种基本意识流贯于整个散文诗集中，同时与它们融汇在一起的还有丰富复杂的生命之感，这些生命之感充溢在字里行间，犹如生命的血肉，传达出无数细微的生命震颤。它们表现着作者特定情形下个人独特的生命体验，因而不容易进行清晰的理性把握。但我们往往可以通过作品中一些奇异的象征形象、特定的语气、特殊的氛围、特别的词语组合，获得许多情绪和意念上的感受，诸如生命的悲壮感、悲凉感、悲哀感、寂寞感、孤独感、幻灭感、绝望感、悲悯感、复仇感、忧愤感、抗争感、焦灼感、渴望感、彷徨感、追求感……整部《野草》就是这许多复杂感受的交织网，其中每篇作品又是一个复杂的感受体。正是这些充溢在字里行间的生命之感，使《野草》这部散文诗集丰满生动，散发着奇异的生命魅力，并长久地为后人留下回味的余地。

三

生命意识是一种现代人的自觉意识，是人类开始思考自身存在，透过纷繁复杂的具体活动追究生命之本进行本体之思的表现，而人类认识自身的目的是发展生命超越自己。《野草》不仅表现出一种自觉的生命意识，而且体现了生命自身的超越精神。《野草》通过审美创造活动，同时追求着两种意义上的超越，即精神对于现实的超越和精神对于自身的超越。

所谓精神对于现实的超越，是指作者在现实中不能充分实现的生命力通过创作活动达到精神升华，从而实现心灵的自由和精神的解放。厨川白村认为文艺是“苦闷的象征”，“即生命力受了压抑而生的苦闷懊恼乃是文艺的根柢，而其表现方法乃是广义的象征主义”[①]。他认为在内心燃烧着的生命欲望与压抑作用发生冲突，就成为人间苦。在一切活动中，我们能够从常常受着的内底和外底的强制压抑中求得解放，以绝对的自由作纯粹创造的唯一的生活就是艺术。使从生命的根柢里发动出来的个性的力充分发挥的，在人生唯有艺术活动而已。被不可抑止的内底生命的力所逼迫，作自由的自我表现者是艺术家的创作。厨川白村的这些观点，是鲁迅最早介绍进我国的。也许我们不能把这看作是一种巧合，鲁迅创作《野草》期间同时也在翻译厨川白村的《苦闷的象征》，并且在这本译著的引言中对厨川白村的

① ［日］厨川白村：《苦闷的象征》，鲁迅译，北新书局1926年版，第20页。

文艺观点给予很高的评价,认为作者“对于文艺,即多有独到的见地和深切的会心”。根据这些评价,如果我们说鲁迅从厨川白村的观点受到启发或与之产生共鸣并不是牵强的,我们可以把厨川白村关于文艺是“苦闷的象征”的论述看作是对《野草》创作的精辟解释。从鲁迅的创作实际看也是如此。《野草》写于1924年至1926年间,其中《题辞》写于1927年。这段时间是鲁迅思想感情极不平静的时期。“五四”高潮过后,《新青年》团体失散了,鲁迅又经验了一次失望的悲哀,虽然他仍然毫不妥协地同封建军阀、帮凶文人战斗,但内心深处黑暗、虚无、悲观失望等情绪增长起来,过去的矛盾冲突体验由于新的失望和悲哀发展到更加强烈的程度,社会的矛盾、文艺界的矛盾、个人生活尤其是爱情婚姻的矛盾都郁积在心,形成了鲁迅人生之路上一个突出的苦闷彷徨时期。就在这时鲁迅创作了散文诗集《野草》,以此表现自己内心深刻的矛盾冲突和复杂的情绪感受,为自己心中的大苦闷找到了特殊的喷发口。通过这部散文诗集的创作,作者平时难于直说的意思通过象征形象表现出来,长期积郁的感情得到宣泄,从而走向新的心理平衡,获得心灵的自由和精神上的解放。

与这种精神对现实的超越紧密相连的是精神对于自身的超越。《野草》不仅是作者苦闷的象征,也是作者精神蝉蜕的艺术外壳,是其精神发展中的一个重要的里程碑。《野草》创作于作者大苦闷时期,也是他面临严肃的人生之路选择时期。这种选择是复杂多面的,包括他的世界观、他所探求的社会改革道路、他多方面的个人生活等。这一人生选择过程,也是其精神发展过程,选择中的苦闷彷徨正是精神发展的前提,而精神发展是要通过痛苦的自我否定之否定而实现的。《野草》表现了作者艰难的精神蝉蜕过程,写出了内心深处明与暗、生与死、过去与未来、希望与失望、理想与现实诸多矛盾的交战,向人们展示了一个个惊心动魄的灵魂自我搏斗的场面。比如《墓碣文》一篇,通过梦境中墓碣上的文字、死尸的形状和“我”与死尸的对话,突出地表现了作者精神蝉蜕的痛苦。“于浩歌狂热之际中寒;于天上看见深渊。于一切眼中看见无所有;于无所希望中得救……”我们可以从这些文字中看到作者在矛盾中走过的心路历程;从化为长蛇以毒牙自啮其身的游魂形象,可以看到作者自我解剖的勇气;从胸腹俱破,决心自食的“死尸”,我们可以看到作者自我剖析、自我否定的痛楚和意欲认识自己而不得时的焦灼心态；通过最后“我”疾走不敢反顾，生怕看见“死尸”的追捕，可以看到作者认识自己超越自己的决心。《野草》的创作过程，也正是作者通过艺术形象塑造继续进行内心思辨，进行自身剖析、审视和总结的过程，是作者告别旧我追求新我的过程。如果说《墓碣文》还只是表达了作者精神蝉蜕的痛苦和试图超越自己的决心，那么在1927年《野草》结集时作者写的《题辞》中的诗句——“过去的生命已经死亡。我对于这死亡有大欢喜，因为我借此知道它曾经存活。死亡的生命已经腐朽。我对于这腐朽有大欢喜，因为我借此知道它还非空虚”显然趋于明朗的格调，那为过去的生命已经死亡而大欢喜的吟唱，不正是向人们透露出作者实现了精神超越的信息吗？而《野草》这部散文诗集所体现的精神升华与超越，又将导致在实践意义上生命的自我超越，也就是作者人生之路的新阶段。

[原载于《山东师大学报》(社会科学版)1988年第5期。有改动]

谈新时期的散文创作

王景科

在社会主义文艺的百花园中，散文这一枝争艳斗妍的奇葩，仍然有着它顽强的生命力，这不仅是因为它有着悠久的历史渊源，更重要的是因为它以自己独特的方式，伴随着历史的进程而不断发展。翻开粉碎“四人帮”之后特别是近年来的散文新作，从中可以看出其中不乏生动的社会生活的抒写，更有着丰富多彩的人生感情的记录。改革开放的时代，应该是散文的时代。在当前的文艺春天里，散文定会进一步焕发勃勃生机，出现更加繁荣的局面。面对新时期的散文创作，我们仍然这样提出：

社会生活和真情实感是取之不竭的源泉

散文是历史脚步的一面镜子，因为小说、戏剧、电影和电视剧讲的都是艺术的真实，而散文则强调生活的真实（当然，散文的创作更需要艺术）。进入新时期以来，广大的散文作家和业余作者努力在散文作品中反映新时期社会生活中的新情况、新问题，有力地发挥了散文的“轻骑兵”的作用。从不少散文作品中可以看出，散文作者总是能够跟着社会生活的步伐一道前进，有时甚至跑到生活前面，因为他们善于捕捉生活前进中的信息，有的是宏观上的俯瞰，有的是微观中的细察。为了表现新的生活、新的信息、新的力量、新的人物、新的观念，新时期的散文作者在孜孜不倦地耕耘、追求着。

新时期的散文洋溢着对新的生活的歌颂和赞美，同时也充满着对“左”的东西和旧的风俗习惯的批判和鞭挞。不少散文中显示出了与直面现实性紧紧结合的深沉的历史反思性，冲破了“左”的时期的那种假话、大话、空话、套话连篇的呆板的模式，取而代之的是一派生动活泼的散文佳品。这集中体现在作者的真情实感的流露。正如吴泰昌指出的，“新时期散文创作的最大收获，并不在于出现了多少名篇佳作（虽然我们可以列出一批名篇）。我觉得，恢复或者发扬了讲真话、抒真情的传统才是最可贵的。许多动人之作，催人泪下，发人省思盖源于此。有了真话，少了假话，绝了空话；有了真情，少了假情，绝了矫情。文学作品自会有力量。对以抒写真情实感为贵的散文来说更是至为重要”①。

新时期散文作者对生活有着深思熟虑的思索，善于从平淡的社会生活的长河中撷取浪花，从中折射出作者的审美情趣和对事物的静观默察的独到认识和感知。历史的发展，沧桑的变迁，使安于现状的人们加快了生活步伐和节奏，面对这瞬息万变的外在世界，面对这“时间就是金钱，效率就是生命”的时代口号，引起了散文作者内心世界的震颤，表现在作品中就是在人的内心和人际关系（夫妻、父子、母女、兄弟、姐妹、至交好友、同学同事）深层中尽力开掘，这就大大丰富了新时期散文厚重的内涵，同时也充分发扬了散文及时、迅速反映现实社会生活的优势。人物回忆和悼念亲朋之作的大量出现，正是现实生活的真实反映。回忆性散文的向后看，是为了更好地往前走，是作者面对新生活对历史的一种反思，也是历史的连接和延伸；作者在字里行间流露出的情感，是一种长久积蓄的激情的爆发。这是社会现实生活激发、触动了作者的心弦，才弹奏出凄楚委婉、令人感怀的乐章。历史上的回忆性散文，如韩愈的《祭十二郎文》写得情悲切，意深沉，悱恻动人，不是被称为“祭文中千年绝调”，至今人们还把它作为名篇佳作吗？我觉得，回忆或悼念之文，关键是作者能否把真情实感凝聚笔端，做到“于萦回中见真挚，于呜咽处见深郁”，“言有穷而情不可终”（韩愈：《祭十二郎文》）。散文的清新立意来源于作者对社会生活的深入观察和感知，以及在观察、感知基础上

① 吴泰昌：《散文的成就同样令人振奋》，《散文选刊》1987年第8期。

的新发现。只有对生活感受强烈，又能在此基础上加以深入开掘，才能达到散文的立意高深精远、独到新颖。要是做到像歌德所指出的那样——“如果作者每天都抓住现实生活，经常以新鲜的心情来处理眼前事物”，那么，散文完全可以多角度、多方位、多层次地反映新的生活。因此，我们必须强调：

时代精神是新时期散文的艺术生命

翻开我国散文的发展史，可以从中看出，不少散文作品无不折射出当时历史的真实，从而奏出一曲曲和谐繁密的时代交响乐。散文作家刘白羽指出：“散文不论长短，不在大小，只要作者本人的思想感情与时代的脉搏息息相通，你的散文便与时代的脉搏息息相通。”①这就是说，散文作者应该和历史同步，能把时代的信息及时在散文作品中反馈出来。

首先，要有强烈的时代感。散文作者总有他的创作意图，他总是为了对社会、对生活有所爱或有所恶，有所主张或有所匡正才提起笔来的。作者如果深深植根于人民生活的土壤中，植根于现实改革的生活中，那必然会长出时代的筱枝，结出时代的硕果，创作出闪耀着时代光芒的散文佳作。从中可以看出作者的思想境界、感情厚度，看出作者的整个心灵与人民、与生活、与时代结合的程度。别林斯基说过：“诗人比任何人都更应该是自己时代的产儿。”那么，我们也可以说，散文作者比任何人都更应该是自己时代的产儿。事实上，只有作者和现实的改革生活融合为一，也才能从心里发出改革开放的时代声音。不然的话，“文章写完了，你觉得需要再加上一点时代精神，那是加也加不进去的”②。作者的时代感具体体现在他不仅仅热情地拥抱生活，而且能紧紧踏着时代的节拍前进，并能在散文中写出发自内心的“左右自己的时代的声音”，在散文中所写的“哪怕是一皿一器，一幅断笺，一片碎瓷，也无不揭示着深刻的社会意义”③，也无不深深地打着鲜明的时代的烙

① 刘白羽：《创作我们时代的新散文——在上海一次创作座谈会上的讲话》，《白羽论稿》，解放军文艺出版社1985年版，第295页。

② 刘白羽：《创作我们时代的新散文——在上海一次创作座谈会上的讲话》，《白羽论稿》，解放军文艺出版社1985年版，第298页。

③ 百花文艺出版社编：《笔谈散文》，百花文艺出版社1980年版，第27页。

印。改革开放的现实生活给散文开辟了无限广阔的天地，赋予了散文作者新的历史使命，也给散文提出了新的历史命题。

其次，作者要有深沉的历史感。司马迁当时写《史记》，不仅仅是为了“成一家之言”，他有着自己明确的目的：要将《史记》“藏之名山，传之其人，通邑大都”。他不仅开了传记文学的先河，而且也为后世的写作创了先例。历史赋予散文作者一种使命感。同是一种题材，在不同时代作者的笔下会有不同的表现，然而作品中都深深地打着某一个时代的烙印。作者不能超脱于社会之外，他生活在当时的社会之中，也受着当时历史条件的制约，这从我国历代的散文中都可以找到例证。新时期的散文创作，也应该真实地反映新生活、新气象、新人物、新面貌，让读者从散文中领略到中国这块土地上，中国共产党及其领导下的人民进行的前无古人的壮举，看到中华儿女在当今所从事的社会主义建设事业，是当前散文作者义不容辞的历史重任。

最后，作者要有自己的审美观。散文作品不单单是生活的反映、时代的折射，而且应该是对生活艺术的反映、美的再现。科学能给人以广博的知识，使人聪慧；而艺术则是给人以沉醉的陶冶，给人以美感，使人纯洁、高尚。“美这个概念本来是先从有形体的对象得来的，却具有一些普遍的规律，而这些规律可以运用到许多不同的东西上去，可以运用到形状上去，也可以运用到行为和思想上去。”[①]每个时代总有它自己的声音：“昔我往矣，杨柳依依，今我来思，雨雪霏霏”是美的，“袅袅兮秋风，洞庭波兮木叶下”是美的，但都是它们那个时代的美。我们处在改革开放的时代，现实社会的本质变化也应促成时代声音的变化。生活中并不缺少美，而在于作者能否用自己的眼睛去发现美，善于捕捉到人或事物的美。散文中的美和生活中的美又不尽一致。散文的美往往体现在它的诗意上，指鲜明的艺术形象、浓郁的生活气息和真诚深沉的感情的有机统一。只有这样，才能把我们时代生活中本质的美的事物，富有感染力地再现出来，打动读者的心灵，陶冶性情，从而在散文作品中受到丰富的美感教育，得到美的享受。那么我们应该做到：

---

① [德]莱辛：《拉奥孔》，朱光潜译，安徽教育出版社 2006 年版，第 1 页。

题材上“听其十分自由选择”

散文必是要以咫尺之幅，展示大千世界，兴感过去，展望未来，然而它的选择题材却可以是十分自由的。作者可以从“半瓣花上说人情”，任意挥洒，也可以从“一粒沙子看世界”曲尽其致；大的方面可以写出时代的变革递进，社会的千变万化，以反映新时期的社会风貌；小的方面可以绘出自然界的一草一木的枯荣兴衰，一虫一鱼的悠闲自得，反映出自然界的细微变化。作者可以写出自己温馨的家庭日常生活，从中反映出新生活中的天伦之乐，还可以广游祖国的名山大川，把自己的所见所闻倾注笔端，从而描绘出江山似画……总之，作者可以海阔天空地尽情挥写。同其他文学作品的创作一样，散文作者既可以执着地忠实于自我，又要不断地寻求自我的超越。自觉地将对自我心灵的剖析同对社会历史的反思，个人的际遇同对国家和人民的忧患意识，中华民族的传统美德同现代意识交织在一起，从而使新时期的散文拓出一条宽广的路子。关键是在表现这些题材时，要在思想艺术上有探索精神，有新颖独到之处。在艺术上要能打破一些老框子，在继承传统的基础上应有新开拓，从而使艺术上的独创要多于沿袭，追求要多于模仿。

在新时期的交响乐中，歌手可以唱出自己的声音，自己的风格；在新时期的文学创作中，散文作者可以写出自己的肺腑之言，显示自己的文章风格。

［原载于《山东师大学报》(社会科学版)1988年第6期。有改动］

论沈从文小说的结构形式

韩立群

沈从文是现代著名的文体作家。他始终把新结构形式的创造作为小说创作的宗旨。他说："照一般说法，短篇小说的必需条件，所谓'事件的中心'，'人物的中心'，'提高'或'拉紧'，我全没有顾全到。……我还没有写过一篇一般人所谓小说的小说，是因为我愿意在章法外接受失败，不想到在章法内得到成功。"[①]这个宗旨体现在他全部小说创作中，形成其小说结构形式的多样性特点。他的小说结构形式千变万化，但从总体上看下述三种结构形式最为普遍也最具特色。这便是：双线式结构、镶嵌式结构和流动式结构。

一

沈从文的小说具有散文化倾向，故事情节淡化而抒情性强。这个特点体现在结构上便形成以情感线为主的情节线与情感线并行的双线结构。双线结构又分为双线简单结构与双线复杂结构两种。双线简单结构一般由一条或数条情节线和一条情感线组成；双线复杂结构则分别由两条以上情节线和情感线构成。

---

① 沈从文：《石子船》，中华书局 1932 年版，第 141～142 页。

双线简单结构是沈从文小说中最常见的结构形式，按照情感线的形成情况大致分为以下四种类型：

1.集中写一个人物，由这个人物的心理过程构成贯穿作品的情感线索。《牛》集中描写牛伯一个人物。由他的行为所构成的情节线十分简单：在农忙季节牛伯不慎用小榔锤打伤了牛腿，农事的紧急促使他心急火燎地去为牛治腿，终于将地耕种完毕。到了十二月官府开始征牛服役，牛伯反悔恨那时没把牛腿打断。小说着力描写了牛伯的心理发展过程：一方面写他对牛的怨恨（嫌它恢复太慢，误了耕地），另一方面又写他对牛的疼爱（怨自己不该将它打伤，更怕它被征发到远方）。正是这爱与恨形成的心理矛盾的发展变化，构成全篇的情感线索。《会明》集中描写一个军队中的伙夫会明。由他的行为构成的情节线同样很简单：他当了一辈子伙夫也未得晋升，但他却比谁都崇拜和关心着军队，身边永远带着蔡锷时代的战旗，心中神秘而虔诚地怀念着蔡锷将军；他忠于职守，热爱生活，在阵地上竟然养起一群小鸡。但小说着力描写的是会明作为一种牛马型性格所具有的独特心理状态，正是这种心理状态的发展过程构成了贯穿作品的情感线索。《夜》描写的是一个舞女的生活。情节线是以这舞女一夜的活动为中心形成。首先是她在舞场上发现了一个漂亮男青年，在希求中与这个男青年跳了三轮舞并接受了他赠送的舞券；其次，她由舞场回到家中后思念那个男子，希望他来到身边相会；最后，由于思念，她做了一个梦，梦到那个男子来到她的寓所。与上述情节线相适应的情感线是以舞女对于那位男青年的爱为中心形成的。作品以这爱由浅而深的发展构成情感线索。从倾慕到思念再到情欲，这是一条由爱的情感所构成的情感线。《十四夜间》和《第一次作男人的那个人》在结构上几乎相同，写的都是一个心灵尚不失纯真的男青年与娼妓的关系，情节简单而心理描写却十分细致，由人物心理过程所构成的情感线索是小说中的主要线索，而与之相应的情节线索则被明显地淡化。

2.作品描写了几个人物，但有一个人物是贯穿始终的线索人物，情感线是由这线索人物的心理过程所构成。《丈夫》描写的是船上土娼的生活。小说在结构上却安排了一个去娼船探望做娼妻子的“丈夫”作为线索人物。一方面描写船上土娼生活的情节故事由他的视角中展开，另一方面土娼特别是妻子的生活命运的极度不幸冲击着他那纯朴善良的心灵，使他的情感此起彼伏，心理状态千变万化。前一方面的内容构成了小说的情节线索，而后一方面的内容则构成小说的情感线索。《一日的故事》在对比中描写了两个知识分子家庭的状况：一个家庭由一对青年教授夫妇组成，“代表着恋爱的春天”；另一家庭由一对中年夫妇与一群孩子组成，代表着恋爱的“萧条的秋天”。小说为将这两个家庭作对比，便设计了作家晋升君作为线索人物，把两个家庭联结起来。但这个人物在作品中不仅是一个情节中的线索人物，而且更是反映和批评两个家庭及社会生活的心灵的镜子。一方面人物的行为通过他的视角形成贯穿作品的情节线，另一方面人物的命运与社会生活中的种种不平不断激起他心中的无限义愤，从而以他的心理状态的过程形成一条与情节线对应的情感线。《冬的空间》描写的是一群都市中知识分子的生活。其中情节线索有数条，如革命者蔡先生夫妇被捕，大学生“密司×”恋爱自杀以及文艺界青年诗人的轻薄与虚伪行径等。小说为突出情感线索，便设计了一个作家并教授的“男子 A”作为线索人物。在作品中，“男子A”的作用同样是双重的，这便是既起了情节的联结作用，而又由其心理情绪发展过程形成一条情感线索。《绅士太太》在结构上很像《一日的故事》，同样描写了两个家庭的状况（两个绅士家庭），也同样有一个既有联结作用又构成情感线索的线索人物（绅士太太）。

3.把故事情节组织到“我”的回忆中去描写，由“我”独特的心态与情绪构成情感线索。这类作品的数量也不少。《还乡》写的是“我”还乡的故事。情节线很简单，写阔别故乡多年的“我”重返故土，重游了童年生活过的小街，遇到故旧，以酒话旧情。但这些情节都是通过“我”怀念故乡、回忆童年生活的独特心态表现的。这种心态使整个作品笼罩上一派带有淡淡乡愁的回忆情思。正是这一派情思构成了小说中的情感线索。《船上岸上》写的是“我”对已故同乡同学又是老朋友的叔远的回忆与怀念。“我”所回忆的情节是四年前与叔远离家乡去北京时坐在船上的情景。这个情景所表现的“我”的特殊心态是怀友与思乡两种情思的交织。小说的情感线索便是由“我”的这种心态与情绪所构成。《在私塾》是“我”对童年学生生活的回忆。在自述富有情趣充满天真烂漫的孩童生活时，“我”的心灵中流动着对人类童年世界的向往和对于童心的爱。正是这人类普遍的感情构成小说中的情感线索。其他如《我的小学教育》《我的教育》等情感线的构成，大致与这一篇相同。《学吹箫的二哥》《记陆弢》《若墨医生》写的都是“我”对友人的回忆。情感线都是由“我”在回忆中流露的思友怀旧的情绪构成。

4.小说描写两个以上人物，情感线索由两个人物的心理矛盾或心理对照构成。《有学问的人》写绅士天福同老同学密司周女士在家中相会。他们的外部动作构成的情节十分简单。小说细致入微地描写了这两个人物的心理活动，使他们拘谨的动作与放肆的心理形成鲜明对照。作品情节淡化，而由两个人物的心理对照所构成的情感线却异常鲜明突出。《某夫妇》写一对青年夫妇相互猜忌。丈夫少白表面对妻子亲热，内心却想着另一女性；妻子美美内心对丈夫充满猜忌与嫉妒，想用美的装饰打扮夺回丈夫的心。两人的心理构成鲜明对照与矛盾，从而形成小说的情感线索。《雨后》写的是情欲，构成情感线索的是一对青年性心理的发展过程。作品中一对青年的心理相互交流、彼此影响，向着同一方向发展。这心理活动的外在表现则形成人物一系列动作以及由这些动作构成的情节线索。《晨》写城市中一对青年夫妇庸俗无聊的生活趣味，情感线索同样是由岚生与岚生太太两人的心理矛盾过程构成的。

双线复杂结构的作品较少，但这类作品都具有浓郁的抒情色彩，被评论者称为无韵的诗。代表性的作品有《边城》《菜园》《三三》等。多条情节线与情感线的交织或并行发展是这类小说的共同特点，其中以《边城》最为典型。《边城》的情节线有三条。第一条是由老船工的悲剧命运为中心构成，写他一家祖孙三代人的不幸遭遇：女儿由于婚姻的不幸死去，祖父又因外孙女的恋爱纠葛郁闷而离开人世，只留下翠翠孤身一人和一条狗在陪伴渡船。第二条线索以船总顺顺一家为中心构成，写父子两代在婚姻问题上的纠葛：父亲想把老大许给“渡船”（同翠翠成亲），将老二许给“碾坊”（给团总做女婿），但兄弟俩却同时爱上了翠翠，这矛盾的结果，使矜持的老大含悲沉水而死，要强的老二也忧愤而远行。联结上述两条线索的是翠翠与船总两个儿子的爱情纠葛，而这爱情纠葛则恰恰是在结构占居中心地位的第三条情节线索。与上述三条情节线索相适应，作品的情感线索也有三条。第一是性爱的情感线。它集中通过小说中三组人物的情感表露出来:其一是翠翠与船总家兄弟俩之间的情感,这种情感是纯真的性爱;其二是船夫已逝的女儿与其情人之间的情感,这种情感是通过关于他们爱情悲剧的叙述表现的,并且一直影响着老船工和后来翠翠的心理,构成作品中始终笼罩着的带有悲凉意味的情感氛围;其三是杨马兵的情感,他对老船工特别是翠翠具有一种特殊亲昵的感情,这种感情不是一般的友情,而是根源于性爱,即对于死去的船夫女儿的性爱。因为在她活着的时候,他就爱着她,并曾多次唱歌向她求爱。这爱没有因为她的死去而稍有淡漠,而是深深埋在他心里,并转化为上述情感。第二是伦理爱的情感线。这条线索主要是通过两组人物的情感体现的。一组是老船工与翠翠之间的情感。老船工对于死去女儿的怀念、内疚和遗憾,对于外孙女翠翠的疼爱与关怀,以及翠翠对于外祖父的真挚情感,均属于伦理性的情感。一组是船总顺顺父子的情感。顺顺父子两代和谐相处是基于父子间深挚的情谊,天保与傩送对于爱情问题的处理更表现了动人的手足情谊。这一切都根源于爱,伦理之爱。此外,小说还通过船工一家与船总一家以及过河人与船工的关系,宣扬了普遍的人类之爱,使人感到小说中人物生活的环境是充满着人类爱的理想境界。达种人类爱的渲染便形成小说中的第三条情感线索。

总之,情节线与情感线并行的双线结构是沈从文小说结构的普遍形式。双线结构的具体形式虽有多种类型,却有一个共同点,这便是都以情感线为主。因此,我们把这种结构形式叫作以情感线为主的情节线与情感线并行的双线结构。正是这一结构特点形成了沈从文小说抒情的散文化倾向。

二

镶嵌式结构也是沈从文在小说创作中所常采用的结构形式。这种结构形式在作品中一般表现为以下两种情况:一是自然与人事的镶嵌,即在自然景物构成的画面上镶嵌以人事;二是故事与故事的镶嵌,即在故事中套以故事。

对于自然美的描绘,在沈从文的小说中占有极其突出的地位。自然与人事的交融和谐成为他小说内容的一个特点。这个特点表现在结构上便形成自然与人事镶嵌的特殊结构形式。这种结构形式在作品中大致可分为两种类型:其一是背景镶嵌,即自然与人事镶嵌后,自然景物成为人事的背景。《雨》写大学生公寓里的一个生活场景,其背景则是那“不知疲倦的雨”。关于“雨”的描写贯穿于小说的始终,使人时刻感到在落雨,整个作品中人物的活动都是在雨中展开的。《初八那日》的背景则是“风”。小说写的是某城市一角的坪坝上两个锯木工人在锯木时由于大风吹坍木架人被压死的故事。在小说中“风”被作为杀人的“主谋”加以突出的描写着,“风”的突出鲜明的形象构成了作品中人事的自然背景。《夜渔》写的是茂儿同五叔去“守碾坊”看秋天夜晚“夜渔”景色的故事。美丽动人的秋天黄昏与夜晚的景色构成了小说的背景。作品按照时间的流动描写自然景色千姿百态的变化,把人事和自然交融在一起。《船上》写的是在江中行驶的军船上一位团长同军需官的对话。构成作品背景的则是十二条军船在波涛滚滚、军号齐鸣的大江上行驶的场面,那美丽动人的江色是背景中的主要形象。《建设》写一个工人在建设工地上杀死美国牧师的故事。构成小说背景的是工地附近的沙与河街。作品用了大量篇幅描写河上景色和河街的构成,为我们绘制了一幅具有鲜明地方色彩的湘西乡土画。其二是映衬镶嵌,即自然景物与人事相互映衬,从而加深小说主题的内涵。《雪》一方面描写洁白的雪,另一方面刻画叔远母子淳朴的心灵,使自然品格与人的品性相互映衬,令人感到韵味无穷。《静》在一幅春光静穆画上镶嵌了令人哀愁的人事:一个失去父爱的女孩陪伴着肺病垂危的母亲。自然景物是静静的,人事里却充满淡淡的哀愁,两相映衬,表达了一种愁人的美。《春》写在春意盎然的花园里,一对青春勃发的恋人谈情说爱。自然与人事相互映衬,诗一般地体现并赞美了生命活跃的“春”。《黔小景》写的是荒凉贵州官道三月的景象。小说向我们展现的是野蛮凄惨的原始生命世界,商旅偶见的官道上,豺虎出没、骷髅弃野,千里无人烟。与这荒凉相对照,作品描写的人事是一个孤寂客栈里的老主人之死。严酷的自然条件与人的生命力相互映衬,更加显出生命的茁强。《蜜柑》也有一段关于春天花园的景物描写,这自然景物与处于青春期的男女学生的心理同样是相互映衬的。

在沈从文的小说结构中，故事与故事的镶嵌更为普遍。这种结构形式主要分为以下三种类型：其一是倒叙镶嵌，即两个相互镶嵌的故事在内容上有因果关系，作者先写其中一个而后引出另一个，在逻辑上多采取倒叙的手法。《一个母亲》实际上写了三个关于母亲的故事：一个是母亲童年时代与两个耍草龙的男孩相识，而后来终于同其中一个结了婚的故事；二是母亲结婚后偶然遇到另一个童年耍草龙的男子并背着丈夫同他发生了关系的故事；三是母亲生下孩子后在家庭中所引起的波动。小说首先写了第三个故事，然后引出其他两个故事，在逻辑上形成倒叙。《医生》写了 R 市白医生的两个故事：一个故事是白医生被一个疯子扭架到离城五十里地的山洞里为一个死人"治病"；另一故事是白医生被扭架后，R 市的绅士们以为他已死去，为他开追悼会，白医生又忽然来到会场。小说先写开追悼会的故事，然后引出白医生被扭架后的故事。其二是引子镶嵌。两个故事在内容上无因果关系，只是由第一个故事引出第二个故事。《都市一妇人》主要描写的是一个城市妇女的不幸遭遇。这个女子原是小家碧玉，跟母亲在北京旗贵人家做佣，一个偶然的机会使她做了外交家的养女。后来她在婚姻问题上几经周折，她既做过绅士的妻子、总长的姨太太和将军的情妇，又沦落为商妓和军妓。最后她终于爱上一位年轻漂亮军官，但他又不幸被毒瞎了眼睛。小说不是开门见山地讲述上述故事，而是首先写"我"同一位老少将的交往与友情，然后由将军引出上述故事。《厨子》主要写的是土娼二园母女的故事，而作为引子的则是高教授家中请客吃饭找不到厨子的故事。主体的故事是由厨子交代引出来的。《第四》先写"我"与朋友同去西湖游玩，途中听朋友讲了很多故事，而"我"记下来的是其中的第四个故事。这四个故事是朋友亲身的经历，是他同一个牧师夫人恋爱的曲折经过。前一个故事与后一个故事在内容上没有因果关系，只是后一故事的因子。《凤子》是引子镶嵌结构中较为典型的一篇。小说先写"我"(一个湘西镇筸青年)在北京失恋后来到海滨青岛，在这里偶然遇上一位青年时期曾去湘西镇筸考察过的工程师。两人均为湘西乡情所系，便结为友好。而后，由这位工程师引出他二十年前在湘西考察的一系列故事。其三是首尾镶嵌。故事以一段故事外的议论或者解说开始，在故事结束后又重新回到议论或解说上来。这类作品的数量也颇多。《灯》的主体故事是一个老战兵如何忠诚于其主人的故事。但故事前后都有一个故事外的首和尾，这首和尾写的都是“我”(讲故事的人)同听故事的人(穿青衣的女人)关于故事的议论。《虎雏》写的是具有强悍性格的小兵祖送由内地乡村来到上海后的故事。前后也都有一大段“我”与其兄弟之间对于祖送性格与前途的议论。《松子君》写的是周君恋爱的故事，前后却有作家松子君的大段议论。《老实人》写的是自乡村进入北京的青年作者自宽君，由于其“老实人”性格而产生的一系列挫折和不幸。作品的首尾也都有“我”的大段议论。《月下小景》中的绝大部分小说采用《十日谈》的讲故事的程式，这种在故事前后均加有对于讲述人介绍和讲述人评议的形式，也可以视为首尾镶嵌的结构形式。

镶嵌结构突破事件中心、人物的中心等结构形式，使散文因素侵入小说之中。由此带来的散文因素主要有：(1)因镶嵌而使小说的故事情节趋向淡化，从而使以故事情节紧密结合的小说机体，处于松散状态；(2)在小说机体内注入大量情节以外的议论、抒情成分，而这些成分恰恰是散文的必要因素；(3)镶嵌使小说的叙述方式从单一的程式中解放出来而获得广阔的自由，从而形成叙述方式、角度与开头结尾的千变万化，而这种自由也是散文所具有的。

三

流动式结构也是沈从文小说中常见的结构形式。所谓流动式即是利用结构的手段使作品机体形成一种动势，给人以流动感。这种结构形式以手段的不同可分为四种类型。

第一种类型是视角的流动。这类作品以描写视角有秩序地变化，形成作品机体的动势。《柏子》的描写视角是以主人公柏子的活动为转移的流动视角。当柏子在船上时，描写视角是由船上向江岸的仰视，这时在我们面前展现的是一幅江边码头的全景；当柏子从船上走向江边小街的吊脚楼时，描写视角便凝聚在柏子活动的路线上，这时在我们面前呈现的则是吊脚楼的外观及在楼内柏子与土娼调情的生动场面；当柏子由吊脚楼重回船上后，描写视角也便转向江船，这时在我们面前出现的又是船夫们在船上的情景。随着描写视角的变化，整个作品的机体形成数个场景连接呈现的流动图画，很像一连串按时间顺序出现的电视镜头。《还乡》运用的同样是以重游者“我”的活动轨迹为转移的流动性描写视角。随着人物的游踪，描写视角不断推移，在我们眼前先后呈现出三个相连贯的场景。《船上岸上》描写视角也是随着人物活动路线转移的。由于视角的推移，画面时而船上，时而岸上，变化流动不已。

第二种类型是背景的流动。所谓背景的流动，即是在结构中嵌以流动性背景，以形成小说机体的动势。沈从文出身于湘西水域，一生与水结下了不解之缘，他的小说大都是以水为背景的。构成沈从文小说背景的是一个完整的以水为主体的具有流动美的自然世界。这个世界的构成分为三个层次：第一层次是作为地理形象的水，它在地面上流动；第二层次是由水派生出来的气候形象，如云、霞、雾等，它们在空中或高处流动；第三层次是与水有关系的人化自然形象，如舟船、水车和碾坊等，它们在水的推动下流动。

第三种类型是时间的流动，即在小说中描写时间的推移，以此形成小说机体的动势。在小说中时间的推移往往是通过对自然形象形色变化的描写表现出来的。如“暮中落霞”“黄昏雾色”“黄昏野炊”“暮中山色”等都以其形色的逐渐变化而显示了时间的流动。

第四种类型是人事的流动，即在进程中描写人事，显示人事发展的进行的状态，从而形成小说机体的动势。《边城》所写翠翠与傩送的爱情，到最后未有一个明确的结局，而还在继续发展中，发展的结果可能成功也可能失败。《一日的故事》写的是一个在生活困苦中挣扎的青年作家，他最后的命运如何，小说同样没有作出肯定的回答，小说结尾只说等待他的有两种可能：“或者别处来钱了”，或者依旧过那穷日子。《萧萧》写的是几代人的命运周而复始的循环。小说结尾写萧萧为儿子娶了媳妇，终于结束了童养媳生活，但在这同时另一个女子又开始陷入萧萧同样的命运。人事的流动在更深层次中是描写生活的“常与变”，这“常与变”在长篇小说《长河》中表现得较为突出，它主要是通过老水手的感受和惶恐心理状态表现出来的。

沈从文小说结构的上述三种普遍形式，打破了小说的传统结构程式，丰富和发展了小说创作理论。这三种结构形式是在广泛吸取其他艺术体裁结构形式的基础上创造的。双线结构吸取了散文与诗的结构形式,从而使小说具有散文化的特点;镶嵌式结构形式是吸取了中国山水画的结构形式,从而使小说具有了绘画的特点;流动性结构是吸取音乐的结构特点,从而使小说具有了音乐性。

[原载于《山东师大学报》(社会科学版)1990年第2期。有改动]

东方灵秀美的启示①

冯中一

今天，在这90年代第一春的美好时节，我们聚会于历史文化名城曲阜，隆重举行“孔孚诗歌研讨会”，感到意义是非同凡响，心情是格外振奋的！

这次会议共有100余人参加，气氛之热烈，场面之庄重，真是出人意料。贺敬之同志公务繁忙，而以诗友身份拨冗光临。许多全国著名的诗人、诗评家，克服了重重困难，不远千里前来以诗会友。这都给我们的研讨带来了生气，增添了光彩，真正形成了“群贤毕至”的盛会，形成了“畅叙友情”的雅聚。我谨代表各筹办单位，向到会诸位表示最真挚的感谢，最热诚的欢迎！

这次研讨会，是由孔孚同志工作过或有密切联系的7个单位（大众日报社、山东大学、山东师大、曲阜师大、曲阜市政府、济南市文联、黄河诗报社）联合举办的学术性研讨活动。会议的宗旨规定为：在党的十三届四中、五中、六中全会精神指引下，掌握“二为”方向，贯彻“双百”方针，为弘扬民族文化，振兴诗歌艺术，围绕孔孚及其山水诗的审美创造，进行经验交流与学术探讨，借以促进新时期诗歌创作的健康发展与繁荣。希望与会同志，都能扣紧这个中心，各抒己见，互相切磋，集思广益，共同提高。

孔孚同志在大众日报社工作30多年，业余长期从事诗歌创作。1979年后，调山东师大现代文学研究中心，致力于新诗发展史与创作理论的研究，

---

① 孔孚诗歌研讨会于1990年4月6日举行开幕式，本文据当时开幕词稍加修整而成。

现在已经离休。他在50年代就蒙受政治上的不白之冤，大半生坎坷困顿，但是毫无怨尤，一心向党、热爱祖国，始终怀抱一颗赤子之心，坚持对诗歌真善美的追求，特别在山水诗的探索方面，从理论到实践，都有新的突破和独到造诣。他先后出版的诗集有《山水清音》和《山水灵音》，还有很快就要看到的第三本诗集《孔孚山水》，《孔孚山水诗选》也将于年内印出。同时他还发表了多篇卓有见地的诗歌评论，其评论结集《远龙之扪》也将于近期出版。

对于孔孚新山水诗的评论研究，也成了诗坛上持续纵深开展的热门话题之一。较早的评论(1981年至1984年)侧重对孔孚山水诗自然美的渊源、特征进行赏析，通过深入体察其短小精悍、玲珑剔透、清新自然、含蓄隽永的艺术特色，由情入理地感受其潜在的社会意义(如袁忠岳《孔孚山水诗的艺术特点和社会意义》，见《新文学论丛》1982年第3期；侯书良《漫谈孔孚的山水诗歌艺术》，见《山东文学》1984年第4期)。中期评论(1985年至1989年)无论从审美视野上或理论的深度上，对孔孚山水诗的研究，都有了质的突破和量的增多。有的从孔孚把握自然与人生的艺术观上，序列化地探讨其自然美、艺术美、社会美的个性特征与内在联系(如袁忠岳《〈山水清音〉艺术谈》，见《黄河诗报》1985年第5～7期)。有的从文学史传统与现代诗美的宏观背景上，审视孔孚新山水诗所作的特殊贡献(如徐北文《孔孚山水诗及其在文学史中的地位》，见《东岳论丛》1989年第2期；朱德发《山魂、水魂、人魂——论孔孚诗歌的主体意识》，见《齐鲁学刊》1989年第5期)。有的则从文化哲学的积淀与东方空灵美学境界的高度，休验孔孚山水诗内蕴的生命、灵魂，探索其"求隐""无象""布虚"的诗美追求奥秘[如章亚昕《话说孔孚现象》，见《山东师大学报》(社会科学版)1989年第2期；刘强《抟虚宇宙：中国诗的文化走向》，见《当代文坛报》1989年第8～9期；伊洛《孔孚的诗——读〈山水灵音〉》，见《诗刊》1989年第4期]。近期的评论(1990年以后以及这次研讨会提交的一批论文)，多提高到东方文化哲学层次，对孔孚山水诗进行多元多向的精辟思考，甚至作出了现代东方神秘主义流派的评估与预期(如王邵军《孔孚：领受天启的诗人》，刘强《大为——论孔孚峨嵋诗之"通"、"化"及其先觉意识》，袁忠岳《谁识孔孚诗中"趣"》，等等)。总之，关于孔孚山水诗的卓越成就和深远影响，有两件事实是最有说服力的：其一是山东省首届泰山文艺奖(1989年),把诗歌一等奖的殊荣授予他。其二是1985年9月26日的纽约《美洲华侨日报》,几乎用了一个整版的篇幅,刊登长篇评介,称孔孚为"当今中国诗坛新山水诗派的祭酒"。

众所周知,我国80年代的新诗,既有抒情主体的复归和艺术的自觉探求,也有多元无序、乱旗飞舞的现代化狂热躁动。恰如郑敏同志所概括的一种心理反应:"这是一个令人焦急、兴奋、不解、恼怒的诗歌季节。"[①]就是在这种特殊的诗歌季节里,孔孚同志不骄不躁,默默地催化、成熟并奉献出了别具一格的新山水诗。现在大家都已经注意到,孔孚的这种山水诗,并不是轻描淡写的文字图画,而是从他的生命和灵魂中生长出来的智慧之花,放射出来的感悟之光。别看是轻轻拈来的片言只语,其往往作为人与宇宙万物灵犀相通的深层感应和依托,以创造一个恬静和谐、俯仰自如的心灵境界,给人以无限深渺的兴会和启迪。对于孔孚山水诗这么精纯奥妙的魅力,前述各家的评论,都赋予不同赞誉的审美概念。我想为了指向固定、理解统一、称谓便利,关于这种魅力,是否统称为"东方灵秀美"?我们这次研讨会,从广义上说,就是共同创造、共同接受孔孚山水诗的"东方灵秀美"的启示。

这种东方灵秀美的启示,是一个异常丰富而且变幻多姿的审美体系,怎样理出端绪,才更容易自觉悟入而又清醒把握呢?看来,至少应从以下三个方面,分立为审美观照的基本视角:(1)从诗学观上,识辨孔孚是怎样融会儒道释的文化精魂,给天人合一的传统理念以现代意识的渗透,以实现东方古典诗学和西方现代派诗潮的双重超越的?(2)从创作论上,体察孔孚是怎样使用"减法",沿着从有到无的参悟,创造"虚""空""无极"的艺术化境,以吸引读者取得象征意蕴的神遇与默契的?(3)从风格特色上,把握孔孚是怎样取"清"就"灵",力求在隐现和幻化中创造一种东方神韵的内在张力和精粹范型的?除这三种视角以外,当然也不排斥逆向思维,本着百家争鸣精神,对孔孚山水诗提出一些批评建议,以便孔孚扬长避短,共同总结成败得失,经验教训。

我们研讨孔孚的山水诗,接受其东方灵秀美的启示,还必须更突出地抓住贯穿其中的活的灵魂,那就是孔孚虚心继承传统又精心创造传统的不断

---

① 郑敏:《自欺的"光明"与自溺的黑暗》,《诗刊》1988年第2期。

开拓创新精神。这些年来，孔孚山水诗之所以充满锐气与活力，能够常写常新，主要原因在于，把中国传统诗学中的静观、中和、旷达等美学准则，逐渐化为自己新诗机体的原生质，同时又坚实地立足现实，放眼未来，不拘一格地批判吸收西方各种诗派诗风的丰富营养。试读他的登泰山组诗之四《天贶殿“启跸回銮图”下小立》：“我挤进神群中去，/均木然。//蹭了两袖子色彩回来，/一路蜂追蝶逐……”语言浅显又深奥，句式简易又多变，意象、韵味、境界感都是东方的、中国的，而突兀、跳脱、通感、隐喻等，不是多处闪烁舶来的意趣？它从总体境象到修辞末梢的立体感和流动性，都不露痕迹地呈示着中西合璧的一派灵动和清朗。但须注意，这并不是孔孚诗的多次重复的终结模式，如以后所写《飞雪中远眺华不注》及有关峨眉山的诗，都经历着各自不同的意象—灵象—大化的全息共振的升华。这里面是由于道孕其胎、儒生其心、禅助其趣的不同品格元素调配和多种现代诗歌手法的楔入，而发现、达成随宇宙万物变化的无穷奥妙的。孔孚的这种多思善变的艺术经验告诉我们，诗歌传统并不是历史大道旁的一座座肃穆的坟茔，而是永不凝固的滚滚向前的文化流程，它的生命就在于不断地吸取、创造，一直在卷波扬涛，奔向浩瀚的艺术海洋。我们改革开放的新时代，也并不仅仅限于艺术的引进、追踪，在诗歌上为什么不能像惠特曼的豪放昂奋、泰戈尔的柔静渊默，向世界、向人类精神文化贡献一种东方灵秀美的诗魂诗艺？很希望在这次诗歌研讨中，就这些关系新诗命脉前途的根本性问题，取得正本清源的共识，产生多元催发的动力。

以上所谈，粗疏简陋，目的不在于说明什么问题，而在于表示我们的殷切希望，希望诗林高手、诗评大家，以及诗界的新军新秀们，充分利用这次难得的机会，以诚相见，开怀畅谈，取得缪斯圣殿里一次历史性的圆满功果，达到会议预期的崇高目标。

最后，预祝研究会胜利成功！

祝诗友们精神愉快、身体健康、诗兴如潮！

祝孔孚同志诗意葱茏，在诗的“十八盘”上攀登，再攀登！

［原载于《山东师大学报》(社会科学版)1990 年第 4 期。有改动］

谁识孔孚诗中“趣”

袁忠岳

一

我在1982年曾对山水诗下过一个定义，说“山水诗以表现山水的自然美为宗旨”，并指出“孔孚在诗中所追求的首先就是这种山水的自然美”。今天，忽然感到不确了。倒不是说这个山水诗的定义不对，山水不应在诗中占据主位，成为主要的审美对象；也不是说孔孚诗与这一定义有什么距离，没有表现出山水自然的美。谓之不确，是觉得“自然美”的概念太笼统，哪一首山水诗不表现自然美呢？仅凭这一点，很难把孔孚诗与其他山水诗区别开来。尽管我论述了孔孚诗的诸多美，如绘画美、诗意美、人性美、悲剧美等，把自然美多角度地展开，千方百计地想把握其不同于其他山水诗的特征，但总觉得并未真正抓到诗的痒处。直到有一天无意中觅得一个“趣”字，才觉得心地豁然，原来孔孚诗的痒处，在得山水之趣也。自觉比自然美更切他的诗脉，更合他诗的特质。一个“趣”字，把一切美都包括了，而美却无法提示这孔孚诗特有的“趣”。

“趣”是中国诗论中特有的概念，也是一种富有民族风格的诗之审美追求。这在西方诗论中是没有的，尽管他们的诗中未尝没有“趣”在，只不过不像中国古代诗人那么自觉意识罢了。“趣”作为诗之审美，最早是宋人严羽在他的《沧浪诗话》中提出来的，上承钟嵘的滋味说，后又为主张性灵神韵的一派诗人所发扬光大。明人高启说：“诗之要有三：曰格、曰意、曰趣而已。格以辨其体，意以达其情，趣以臻其妙。”(《独庵集序》)把趣看作诗之上品佳作不可缺少的要素，相当于严羽所说的入神，“诗而入神，至矣，尽矣，蔑以加矣！”这应是“趣”之一义，说明它是诗的一种上乘品格，绝不可等同于插科打诨之趣。但认为“趣”是佳品所必具，则未免有些泛化。还是谢榛的说法妥当：“诗有四格：曰兴、曰趣、曰意、曰理。”(《四溟诗话》)也就是说，有的诗重感兴，有的诗重趣味，有的诗重情意，有的诗重哲理，“趣”只是某类上品佳作的要素，就比较客观，无泛化之弊了。但这“趣”是什么，却很难说得清楚。袁宏道在《叙陈正甫会心集》中有过解释：“趣如山上之色，水中之味，花中之光，女中之态，虽善说者不能下一语，唯会心者知之。”玄妙、神秘仍使人丈二和尚摸不着头脑。不过我们还是可以得出结论：(1)“趣”不能离开其依附对象(如言、象、情、理)独立存在；(2)言、象、情、理本身并不就一定有“趣”。那么，怎样才能使言、象、情、理有“趣”，成为言趣、象趣、情趣、理趣呢？这就是问题的关键了。

我觉得，“趣”应是一种美，与一般的美不同在于：它是大自然中的生趣与诗人体验到的人生乐趣二者主客统一的结晶；读者欣赏时又必须用一种积极参与的态度，在直觉美的同时，有一种克服障碍的快感。这样一种更富生气、更有意味、更加奇妙、更为神采飞动的美，就是“趣”。这是一种高品格的美，并不是任何人都能企及的。袁宏道说：“世人所难者唯趣。”孔孚却于山水中得之，我们又于孔孚诗中得之。这不能不引发我们极大的兴味去研究它。

二

根据我们对“趣”的理解，结合孔孚山水诗的实际，可以把“趣”分为奇趣、隐趣、谐趣三种品格。它们同时也是达到“趣”的三条途径。

奇，也就是孔孚说的“异”。异于常，就奇，就有“趣”。孔孚称之为“异趣”，苏轼称之为“奇趣”，都是一回事。苏轼说：“诗以奇趣为宗，反常合道为趣。"他把奇趣看得是很高的,并指出奇的手段是"反常",奇的目的是"合道"。所谓"合道"就是求真,一种更为内在更为本质的真。为摄神髓,而置躯壳于不顾,怎能不异不奇呢?如孔孚诗句:"人,/游在街道上,/像鱼。"看似无理反常,却表现了青岛空气澄澈如柳宗元文中小石潭的水,生活于如此清新空气中的人其乐自得,又如庄子《秋水篇》中濠梁之鱼,其真何如?

奇的内涵包括突兀、险峻、巧妙、神秘、怪诞等,犹如园林中的怪石奇树,书法中的拙笔狂草,绘画中的泼墨变形,有悖于习俗的审美习惯,却出人意料地产生更为强烈的审美效果。在孔孚诗中,这种奇趣俯拾即是:太阳能当铜盘敲,月亮能撒一片网,湖能着了火,泉可有香味,智慧能出芽,忧郁长成树,风会有翅膀,山则有生命……云更是出没无常,既能钻进人的衣袋,又能潜入人的心灵,还能挂在海边树上晾。静能化动,无能生有,世界万物互相变幻,这一切全靠诗人大幅度想象。想象的翅膀不能只在相似的事物间来往穿梭,而要在极不相似的事物间翱翔,找出内在联系来。奇趣必须遵循新批评派的异质原则与远距原则。孔孚诗自由往来于异时空,把过去、未来,天上、地下相沟通,那就超越异质、远距原则,具有全息性了。如《香积寺路上》:"黄叶捕捉一只蛱蝶,/山路落满松针。//鸟儿们不知哪里去了,/只见一野狐逡巡。//蓦地有天竺之香袭来,/白云中游数尾木鱼……"黄叶怎能捉蝶?野狐到此作甚?天竺之香遥隔时空,怎会传到这里?木鱼非鱼,怎能在白云中游?几乎字字有疑,句句是奇。但正是这些奇句打开了我们的视听局限,感受到了从建寺至今的兴衰变化的全息。黄叶捕捉蛱蝶,不仅仅是蛱蝶停在黄叶上的写照,也是生命被吞噬的象征;木鱼在水中游,也不仅仅是变声为形的通感,而是生命复活的隐喻。时空在天竺之香中倒转,生命在死灭与复活中轮回。那条独来独往于兴衰变化中的野狐,不正是参透生死的诗人自己吗?它作为主体客观化的替身,多次在孔孚诗中出现,或为玄,或为白。在崂山,它偷听仙人谈话,把一条长长的尾巴拖入黄昏;在泰山,它手拈连翘,引诗人自我入黄花洞;在峨眉,它立于危岩,竖耳聆听寂寞……诗人多么想真的变成那只自由来去于四维空间、不生不灭、深通灵性的野狐!它们使孔孚诗染上一抹神秘色彩,而与我们后面讲到的禅趣相通。尽管有如此多的奇趣,孔孚仍不无遗憾地说:"在我的诗里,'异常'还不够多。"(《山水清音·序》)他在为难以彻底摆脱肉体束缚、习俗局限而苦闷呢!

如果说奇趣是用想象的奇来引起读者欣赏的趣的话,那么隐趣则是用激发读者自身的想象来引起其欣赏的趣。离开诗人的想象,奇趣就无从产生;离开了读者的想象,隐趣也就不存在。这样说,并不是隐趣就不需要诗人想象了,而是要把想象隐藏起来作为手段,达到在读者头脑中唤起想象的目的。孔孚是很注意这一点的,他自述"在隐藏一点上,我比法国象征派要走得远。不只是情隐、理隐,连前台的那个'象',也想要它隐"(《谈山水诗》),是个彻底的隐逸派。所谓"隐",也就是藏于言外、象外、诗外,由此生趣;与笼于云雾、朦朦胧胧的隐美,还不是一回事。举诗以明之。孔孚有两首诗都是写崂山一景仙人髻的,其一为《白雨》:"崂山站在海边,/看扯天盖地的白雨。//她也蒙在白茫茫的雨幕里了,/隐约露一个发髻。"崂山拟人,隐于雨中,身披白纱,微露发髻,逗人想象其袅娜身姿,朦胧中神态是很美的。这是隐美,还不是隐趣。其二为《仙人髻》:"只雕出一个发髻,/山就升起了。//看着这件未成的作品,/海老是惋惜。//一片云跑来说:/'看我的!'"你一下子看不明白,这是怎么回事?云那么热心想干什么?它有什么妙法?等你恍悟,原来云是想把未完成部分遮掩起来,如披纱然,微露发髻,借人想象把未成品完成,你就不禁赞叹云的机智,而觉得有趣了。《白雨》中描述的朦胧景象,在《仙人髻》中完全置于诗外,由读者思而得之。这是两种不同的隐,前者予人美感,美中有趣;后者给人趣味,趣中有美。美与趣虽然难以截然分开,从这两首诗中我们还是可以尝到不尽相同的滋味的。同样是美的表现,曲比直、隐比显是更有趣味的。因为隐与曲给美的获得设置了一定的障碍,费一番周折得来的美,自然更有意思了。英国湖畔诗人柯勒律治说过:"诗(或者说得更确切一点,一首诗)是一种以获得智力上的愉快为目的的作品。"(《诗的定义》)他所说的"愉快",也就是我们说的"趣"。美可以一眼看出,趣则要读者积极参与;美可以是纯感性的,趣则渗入了智性因素。

隐趣不仅在象上,更在意上。写唐太宗陵墓昭陵,诗人为什么要嘱咐山灵"保护他的耳朵"?访"无忧泉"没有访到,为什么却听到"唏嘘之声地下传来"?秦始皇兵马俑,在地下走了两千一百八十五年,怎么仍"传来那个人的脚步之声"？如此等等，都需想一想，才能体会到那深长意味的，趣就蕴于这想一想之中。

三

在"趣"的审美中，谐趣是更为核心的要素。奇趣、隐趣与人的想象机制有关，更多地属于技术性操作；谐趣不同，它涉及人的气质、天性及对待自然、人生的态度，不依靠任何技巧而自然生趣。奇趣、隐趣可以学得，谐趣则不可以学得。朱光潜先生说："从心理学观点看，谐趣(the sense of humour)是一种最原始的普遍的美感活动。凡是游戏都带有谐趣，凡是谐趣也都带有游戏。谐趣的定义可以说是：以游戏态度，把人事和物态的丑拙鄙陋和乖讹当作一种有趣的意象去欣赏。"[①]这"游戏态度"就是谐趣的本质，幽默、风趣、诙谐、玩笑均由此生发。不过，在对待自然与对待人生上，"游戏态度"的表现不全相同，孔孚更有自己的特点。

对自然是"入"，即要进入自然，成为大自然的一员，"侣鱼虾而友麋鹿"，游戏山水。如看到郑文公碑上一只自色蛱蝶一张一合，就问；"也想拓个字么?"发现蜜蜂落在雪花石上掀动翅膀，就想："冻麻了脚吧?"海上日落，那是太阳喝醉了酒，跌"在天的尽头"；山中下雨，那是云在恶作剧，"撩一把水珠，/就匆匆跑了。"这种谐趣，既来自生机勃勃的山水生趣，也得自豁达旷放的诗人天性。诗人在大自然中遨游，如鱼得水，正如他在《客扬州　梦鲥鱼》一诗中写的："赠我鳞衣/掉尾江中//忆明珠的声音：/香糟？还是清蒸?"诗人如此快活地忘却自我，快活地戏波江中，甚至快活地跃上餐桌，自嘲自乐，怎不使人羡慕而忍俊不禁呢?

对人生是"出"，即超越人生。伊斯门说："诙谐像穆罕默德走去就山，它的生存是对于命运开玩笑。"(《诙谐意识》)山不来就穆罕默德，穆罕默德只好去就山，用一种戏谑态度对待命运的捉弄。命运是不讲客气的，未入人生者不知命运的厉害，不懂什么是忧患，经受过命运捉弄的入人生者，才懂得

① 朱光潜：《诗与谐隐》，《朱光潜美学文集》第2卷，上海文艺出版社1982年版，第27页。

忧患的滋味。忧患意识较之无忧无虑，在精神上是高一层次的。但只有入而后出，保留全部人生滋味的积淀，而又敢于"对于命运开玩笑"的人，才能达到更高的超越境界。我在谈孔孚诗的悲剧美时，并没有认识到这一点，也没有深味到蕴含于孔孚诗悲剧美中的诙谐。朱光潜把诙谐分成两种，即一种是"豁达超世"的"悲剧的诙谐"，另一种是"滑稽玩世"的"喜剧的诙谐"；说后者"不免流于浅薄"，前者才是"至性深情"。孔孚的谐趣就是属于前一种的。那沉默多少年，拍一拍不知是否还活着的钟；那想思得苦，把芦苇的头发都熬白了的秋风；几经雷电，又伸出枝叶一片的老树；成了佛也没摆脱那苦的罗汉……都蕴含深沉的人生苦况，又都以谐趣出之。既然是入而后出，也就能出中有入，如朱光潜所说"超世而又不忘怀于淑世"，而与那种不食人间烟火的遁世区别开来。孔孚诗的悲剧美与谐趣即由此来把握。

当然，达到"趣"的途径不止奇、隐、谐三种，孔孚的诗趣也难以从这三方面说尽。但是通过上述三方面的论述，我们对"趣"的主要品格有了较为明晰的把握，从袁宏道"不能下一语"的直觉，上升到了能姑且说之的理性阶段。我们发现，无论是奇、是隐、是谐，均有离俗、反常、新颖、突出等与众不同的特点，其美感是从与人们审美习惯相悖的方向产生的，但又都保持着适度的张力，过犹不及，太奇，太隐、太谐，又无趣了。与此同时，这种相悖又要给人以不相悖的感觉，也就是要达到妙趣天成，一切出于自然。清代的刘熙载在《艺概·诗论》中说："常语易，奇语难，此诗之初关也；奇语易，常语难，此诗之重关也。香山用常得奇，此境良非易到。"说的是"语"，对"趣"也是适用的。"用常得奇"，用常得隐，用常得谐，才是目标。这也就与西方现代派的审丑区别开来了，它们也是与人们审美习惯相悖的，但并不考虑适度与"用常"。只有注意到这二者的审丑，才与"趣"相通。

奇趣、隐趣、谐趣在诗中可以有所侧重，但难以截然分开。在孔孚诗中更多的是综合运用，而且又合于天趣。如《云情》："朱锋赠我一幅《黄山云》，/它老是不安于壁。//发现我的那本小书，/一天也流出云气。//全明白了……"画中云动，书里云淌，这是奇趣。可是前者为何"不安于壁"，后者为何偷偷流出，诗中未说，而用一句"全明白"了，让大家去领悟，这是隐趣。当你想到，原来云也有恋情，靠到一起就打破诗画界限，互相吸引相爱，不觉莞尔而笑，这就尝到了谐趣。而这一切写得那么自然巧妙，无人工气，又是天趣了。

四

一首诗中的“趣”往往是综合审美效应。这不仅表现在横的“趣”的品格，如奇趣、隐趣、谐趣、天趣上；也表现在纵的“趣”的层次，如言趣、象趣、意趣（又分情趣、理趣）上。言、象是表层之趣，情、理是深层之趣，互相结合，不好孤立地以某一层为趣。

如从言趣说，不包含象趣、意趣的纯言趣那就是文字游戏，最多表现为一种聪明，审美价值是不高的。只有传达象趣、意趣的言趣，才有艺术生命力。孔孚写霍去病墓前的石蛙，前两句是：“轻轻的几声线条，/一块石头活了。”这“轻轻的几声线条”就有些蹊跷，可以说几笔线条，怎能说“几声线条”呢？但是前者适用于一切石雕，后者才适用于石蛙。因唯有蛙鸣才是全身运动，需要扩张体形。雕刻只能用模糊不清的线条来表示其运动，诗歌则同时还能听到其发声。不用往下读，蛙就已一跃而出。一个“声”字，点活了石头，点活了诗，言趣中有象趣。写汉武帝陵墓诗中“陵上草，/愁一般高”句，也是反常之笔。正常写法是“愁如陵上草一般高”，李白就是这么写的，如“白发三千丈，缘愁似个长”。古人诗大都是把虚的愁实化，如李煜的“问君能有几多愁，恰似一江春水向东流”，李清照的“只恐双溪舴艋舟，载不动许多愁”。不过那样写，把无形之愁定了型，凝固了起来，再长再重也是有限的。孔孚把它倒过来，让实物虚化为愁，看起来违反了逻辑，却使愁经历了化虚为实、返实为虚两个转化过程，既获得了实的外形，又打破了物的局限，写法比古人又高了一筹。那陵上草莽莽苍苍，随愁而长，已是超现实主义之草了。这言趣不仅表现象趣，更蕴含情趣。从象趣看，写荷叶灵巧，会在湖面“竖一个绿耳，/听白雨跳珠”，写杜鹃花开得热烈，竟烧熟了“当空一轮红日”，写泉水清洌多泡，喝过后，“一张口，/就吐出珠子来了”等诗句，应该说是纯以象为趣了，但又何尝没有俯仰山水、娱情自然的情趣在内呢？更不要说原就融进诗人情思、富有意味的象趣了。

表层之趣离不开深层之趣，深层之趣也离不开表层之趣。如情可直抒，情趣则必由象出。当然,象出之情不一定都有趣,情趣较之情,品格更高。《龙洞白云峰》写白云思念那条龙,这是情。风从虎,云从龙,无龙,云何从?它怎能不孤独,不思念?但这是一般抒情诗都能表达的。唯有写到由于思念的执着,风吹它也不走,不知不觉中轻飘飘的云,化成了白皑皑的岩石,诗才进入趣的境界,感到情趣盎然。情趣高出于情又生于情,没有强烈的生的欲望,没有对人、对生活、对自然难以压抑的爱,是不可能于静中见动,从非生命的物态中看到生命的腾跃,从而产生富有情趣的想象的。透过那"一步也走不动"的观音岩,那"眼都望穿了"的骆驼峰,那"羞涩地低下了头"的小黄花,我们触到了诗人处于生命热力包围中的那颗爱心。

如果说情与趣是亲家,容易结合,那么理与趣就是冤家,难以相容。严羽说:"诗有别趣,非关理也。"这里就把理与趣对立起来。其实,关键不在理的内容,而在达理的途径,用逻辑思维当然不行,用形象思维就没有什么不可以。清代潘德舆在《养一斋诗话》中说:"理语不必入诗中,诗境不可出理外。"郭绍虞也说:"讲得死成为理障,讲得活便是理趣。"(《〈沧浪诗话〉校释》)他们说的前一句都是指逻辑思维,后一句都是指形象思维。其实,这种区别还不够。理趣更多的是从现实人生体验而得,不是从某个理念出发思考的结果。从理念出发,即使用形象思维,也是理念的图解,或可成为哲理诗,难以达到理趣的境界。孔孚诗中的理趣都来自深切的人生体验,像"在波涛中吟,/在霹雳中活"的泰山松,"声音有些痛苦,/但很响"的春雷,"没有水,/活了五千年"的陶盆中的鱼,"几十亿年,/仍是一个骨朵"的华不注山等,都有他切肤之痛的人生感悟在内。

理是人们得之于客观的主观认识,当它存在于客观时,并不纯粹以理的方式,而是以感性的方式,故而并非人人都能得之,唯善感悟的诗人才能得之。这种感悟所得之理,仍然是非逻辑的,即清代叶燮所说是"不可言之理"。为了保持理的丰富性,其表达也仍必须用感性的方式;为了便于人们领悟,这种感性方法又应更为浓缩纯净,与客观存在的感性方式不完全相同,如可以取相似形,也可以变形,甚至完全相异(如咏物诗、寓言诗等)。孔孚的表达方式是寓理山水,成为感悟人生与领略山水的一种自然契合,是顺自然之性,而不是与自然之性相逆。

当理趣成为对人生的一种超脱，而又取类似公案的感性方式时，它就是禅趣。禅趣并不是禅，“禅宜默不宜说”，“不立文字”；诗还是要说的，也免不了要立文字，不然，诗就不存在了，还谈什么趣？不过，有一点与禅相通，那就是崇无尚虚，“无一物中无尽藏”，这是禅识，也是孔孚的艺术观。他说过：“第一上帝的创造是‘从无到有’，诗人（第二上帝）则是‘从有到无’。‘无者’，‘大有’。”这句话就很富有禅机，不仅不亚于慧能的偈语，而且胜之。“菩提本非树，明镜亦非台”，只是视万有为无；孔孚还从这无中看到了“大有”。“从有到无”，是为了万物无牵于身，万虑无挂于心，从实世界的种种拘囿中解脱出来，并非为了离开人间，而是意欲用澄净的身心，更好地拥抱世界，“抟虚宇宙”，这就是“大有”，既是孔孚所追求的艺术境界，也是他所企望的人生境界，二者应是合一的。没有艺术的人生，怎能有人生的艺术？反之亦然。孔孚诗既是其艺术理论的实践，也是其人生境界的具化。禅趣从此而来，贯注于他的全部诗作，这是对禅趣的根本认识。

禅趣的具体表现是诗的公案化，如《定心石小坐》一诗所写：“文殊问我：/如何？//我回答/以脚。”这是典型的公案。问的是心，答的是脚，答非所问，又恰如所问。脚载心，脚不定心如何定？脚又随心，心不定脚又如何定？只能以不定为定，定为不定，禅机所藏甚丰。不过，诗究竟不同于公案，同于公案又不是诗了。诗是审美的，讲趣的，故更多是取类似公案的顿悟方式，并运用“减法”“隐象”等“从有到无”的表现手法，这就与隐趣相通，加上奇趣的神秘、谐趣的超脱，构成了孔孚诗中禅趣的特定内容。它有禅悟而不玄妙，它爱自然却不遁世，他恋人生又不受羁束，符合朱光潜说的“趣味是对生命的彻悟和留恋”，与禅既同又异。孔孚以这种人生态度写诗，也以这种诗的方式生活。他的诗中趣，融汇着自然之趣与人生之趣，并且以他艺术地存在方式为根本，绝不能仅仅看作是摆弄技巧的雕虫小技的。

［原载于《山东师大学报》（社会科学版）1990 年第 4 期。有改动］

选择与回归

——论莫言小说的传统艺术精神

张清华

一个由审美文化的乳汁滋养起来的民族，有什么力量能够将它基因和血液中已流淌着的祖宗生命密码从其文化母体上分离出来呢？在莫言身上，这种天然的继承关系再一次得到了生动的显露。尽管自从"五四"以来，出于建设新文学的需要，我们对祖宗的遗产更多地采取了选择的否定态度，但从整个历史发展过程来看，文化发展中那些必然的历史继承性是无法割断的。莫言正是以他独到的感悟能力从古典审美传统中汲取了大量有益营养，他不但吸收了古典艺术中的种种手法与技巧，而且表现出了对于古典审美文化体系的一种内在切近与把握，由于这种努力，使其作品中闪烁出了灿烂的东方艺术精神。在这方面，莫言所作出的成功探索无疑是具有独特而重大的价值的。然而在前几年我们对于莫言的研究中，正是忽视了这一点，我们只看重了其"现代"的一面，对于他作品中深深的传统根络则远远没有给予过细致梳理。事实上，莫言小说之所以在前些年引起了广泛的轰动，其最关键的因素正是由于他极大地迎合和激发了我们审美心理中所深深积淀的那些传统因子。因此，我除了试图通过本文的粗略阐述而对上述缺憾聊作补漏以外，还想提请人们认真地思索和关注这样一个问题：古典审美传统之于今天的文学创作的确是一个现实的、重要的、值得深思与探究的命题，而绝不仅仅是一个"赶时髦"的命题。

一、生命体验:审美人生哲学的基点

几年前,我们都不自觉地把莫言小说中所表现出来的强烈的生命意识看作是他向西方文学学习的结果,然而事实上莫言所表现出来的生命哲学倾向更多的却是来源于我们民族审美人生观念的传统,只要我们认真考察一下莫言的作品,就不难发现这一点。同时,莫言对于乡土文化、民间题材、英雄传说以及跨度广大的过去时代的热忱与关注,尽管不能排除其个人经验的原因,但又不能不说是一种理性与审美的自觉。他的一整套思维与表现方式与我们民族古老的审美文化传统是紧密联系在一起的。

在中国传统文化中,有一个最为奇特的矛盾现象:几千年来,尽管以儒家哲学为核心的、以道德价值尺度为标准的、为统治者和全社会所公认为正统的伦理主义文化始终占据了统治地位,然而我们的民族同时又是一个具有强烈审美文化倾向的民族,我们的祖先以自己卓越的智慧创造了庞大而独特的审美文化体系,在这个庞大的体系中,不但有以审美为本位的庄玄禅宗等哲学思想,即使在其他诸子百家的哲学体系当中,也有着丰富的审美文化因素。特别是在前者看来,人生本质上即是一种最高的审美现象,审美活动贯穿于人生活动的每一种过程和人格构成的每一个层面,因而,他们隐逸山水,放情自然,沉醉于觥筹杯盏,将自我生命与自然生命视为浑然于一体之中的神妙契合,这种审美的人生观不但作为最基本的精神价值影响渗透到民族文化的每一个方面,而且极大地影响了整个民族的人生态度、生活理想与生存方式,影响了他们的文学与艺术观念。他们多以感性的审美方式去观照自然现象及社会历史,而很少以理性的哲学的意识去分析和把握自然本质与社会规律,他们所反映出来的往往是变形了的、渗透了作家主体意念的情境,他们所表现的对象物必然也符合审美的人生理想。

上述审美人生观与艺术观的一个典型表现就是一种中国式的“酒神崇拜”与体验,而这一典型的艺术精神正是在莫言的《红高粱家族》中得到了创造性的深刻表现,“高密东北乡”传统精神的核心就是一种以“酒神精神”为核心的英雄主义传统。在这部充满浓烈酒香、英雄豪气的作品中,我们不但仿佛重温了《水浒传》等古典小说中所描写的那些古代英雄们啸聚山林、跃马横刀的壮烈风采，而且会体悟到一种更为深层的传统文化意蕴。“酒神”概念作为审美范畴是由哲学家尼采提出的，按照他的解释，人们的酒神崇拜是为了追求一种解除个体化束缚、复归原始自然的体验，对于个体而言，个体的解体既是最高的痛苦又是解除一切生命痛苦的根源，它使个体获得了与世界本体融合统一的最高的欢乐。所以酒神状态是一种痛苦与狂喜相交织的颠狂状态。而实际上在这方面我们的祖先是体验最深的，从老子开始就把生命结束看作一种痛苦消解的幸福，佛学禅宗更一直是把自我生命与自然生命的最终统一视为最高境界。魏晋而下，酒与艺术更是结下了永恒的不解之缘，“对酒当歌，人生几何”，饮酒成为生命体验的基本方式；“李白斗酒诗百篇”，嗜酒成为与艺术直接相伴随的活动；“举杯浇愁愁更愁”，酒既是解除痛苦的方式，同时又是痛苦的源泉。这种与酒有着天然关联的审美人生体验与尼采对酒神状态的解释是基本一致的。在《红高粱》《高粱酒》等系列作品中，我们看到，祖先身上曾经激荡过的酒神精神得到了最淋漓尽致的表现，酒使他们摆脱了人世间的一切束缚与桎梏、一切悲伤与忧烦，他们以自己真切有力的生命而活着，他们缠绵地相爱，英勇地搏杀，在酒中他们尽情地欢乐，自由地颠狂，“酒使他们性情豪爽，侠肝义胆，临危不惧，视死如归；酒也使他们放浪形骸，醉生梦死，腐化堕落，水性杨花”。莫言笔下的爷爷（余占鳌）、奶奶（戴凤莲）、二奶奶（恋儿）、罗汉大爷以及父亲（豆官）等一系列人物无不是因为酒神精神的照耀而发出迷人的光彩，他们的全部优点与缺点、悲剧与喜剧都在莫言笔下化作一曲曲壮丽的生命之歌。在高密东北乡世世代代无尽的搏杀与灾难之中，正是一种来自酒神的力量支撑着祖祖辈辈的生存与繁衍，因为是它唤起了人们对充满苦难和不幸的生活的热爱，唤起了生命的激情和对自我生命的深邃体验力，使得他们身上具有了一系列优于后人的品质：率真豪放，无所畏惧，敢生敢死，敢爱敢恨；他们对于酒的嗜性已不仅是出于对苦闷的挣脱，而且是出于他们原初天性的需要；“他们杀人越货，精忠报国，他们演出一幕幕悲壮的舞剧，使我们这些活着的不肖子孙相形见绌”。这种感慨，无疑表达了对传统审美文化精神强烈的回归意向。

以生命意志为核心的艺术主体对于世界的感知，必然在其内省向度上表现为一种生命体验，我们的祖先正是通过对外在世界的审美感知而实现内在生命体验的。在传统文学中我们不难发现，对表象世界的忽略、超越与切割，并且使之变形乃至重新组合，重构成一个与主体生命对应的外在象征世界，是我们祖先审美人生观念的主要建构方式，他们通过主客体之间的感性连接最终达到生命的内省体验这种富有形而上色彩的境界，这种境界也是我们民族文学世代追求的审美极境，鲜活丰富、多彩多姿的自然世界来源于内心体验的丰富与深刻，庄子眼里的世界为什么那样奇异？杜甫为什么会写出“感时花溅泪，恨别鸟惊心”这样的诗句？曹雪芹笔下的林黛玉为什么能够对花痴语、悲而葬之？深厚的民族传统极大地强化了我们民族的内心生命体验。莫言创造性地继承和发展了这一传统，他以很强的理性自觉在他的作品中建构了一个对应于主体生命意志的外在象征世界，他所表述的每一个故事、每一个细节、每一个人物和场景都因为处在这个有机联系的象征世界中而获得了丰富的象征意蕴。主体生命横越于一切事物之上，赋予一切以新的价值与意义。在他的笔下，自然事物不但是具有生命的，而且能够与主体生命之间产生某种对应联系或者交流；人物感官里的世界也是极为奇妙多彩的，特别是莫言匠意刻画了一系列具有某种感官缺陷的人物，像《民间音乐》中的瞎子、《透明的红萝卜》中的黑孩、《枯河》中的小虎，他们面对的世界虽然残缺不全，他们自己也喑哑无言，但他们却有着远比常人深邃幽秘的体验。黑孩眼里的红萝卜能够发出莹莹的幽光，他能看见红萝卜里面那些“金色的液体”；小虎眼里的那个无声的早晨也与他的内心一样，在沉默中有着无限的神秘和幽远。在莫言的小说里，几乎每个人物都用自己特殊的语言与方式同自然进行交流对话，进行着独特的生命体验。同时他还非常注意安排那些能够集中表现人物生命意识与体验的场景，而对这类场景的强化描写也显示了他卓越的艺术功力。如《红高粱》中他所精心设计、重笔描写的“奶奶之死”便是一个最好的例子。他用一种近似于戏剧的语言，以奶奶自我体验与独白的语气，将笔触深入到奶奶的历史和内心，将奶奶中弹将亡的惨痛场面与当年奶奶与爷爷在高粱地中野合相爱的情景以及她主体感受中的外部世界进行多重交叉的对应描写，将生命与死亡、创造与毁灭、欢乐与痛苦交织在了一起，在这种交叉对应的描写中，奶奶内心的生命体验达到了一种无上的极境，生命的一切内涵都在临近死亡的刹那中以悲剧与喜剧交叠于一起的方式获得了最深刻、最丰富、最使人心魂激荡的解说。这个极易被流俗所限的死亡场景，被莫言写得丰富多彩、壮丽辉煌。

二、自然文化意向与乡土文化特质

在我们民族文学的历史传统中，有着两种截然不同的倾向，一个是符合儒家入世与进取精神的参预现实的传统；另一个则是符合庄玄禅宗审美人生哲学的自然审美取向，它更多的是依恋过去以对应于现代、依恋自然以对应于社会的，从庄周、屈原到陶潜、李白，从田园诗到神魔小说、梦幻戏剧，从蒲松龄到沈从文，中国传统的自然文化所滋养的民族心理一直坚守着这种审美理想。他们世世代代都在重复着这样一个主题：在追述民族过去和歌赞自然的艺术活动中获取心灵的慰藉。因而，高山大海、河流森林、日月星辰、田园乡村、神话传说、历史英雄便成为他们歌吟不绝的内容，几千年来，他们醉心归隐流浪，歌颂绿林豪杰，向往桃源仙境，艳羡鬼蜮神魔，这种取向中包蕴了执着强烈的文化精神。自从新文学产生以来，乡土文学不断发展，并且涌现出了许多优秀作品，但是由于过于强调了现实时空特征，因而其历史文化意蕴就显得相对不足。莫言的作品则以其强烈的文化意识和深远的历史跨度弥补了这一缺陷，他以自己的全部作品为我们建构了一个与古典传统有着千丝万缕联系的神话世界，他的高粱家族、故乡传说，他的民间风情、绿林匪气，他的儿时记忆、童年幻想，无不是上述传统审美主题的延伸。

关注于自然与乡村，是莫言小说创作主题的根本倾向。毫无疑问，我们的祖先文化在根本上即是农民文化，也即是民间文化和自然文化，它与统治者御用的意识形态既有着千丝万缕的联系，同时又是二元对立的，从这个角度上说，莫言对于战争、匪行、酒与性爱的描写就不是一种简单的传奇和浪漫情调，而是一种文化的自觉。他超越了大量的历史文化表象，忽略了一系列符合实际生活逻辑的大量烦琐细节的表述和情感铺垫，而向传统文学的自然文化意向与非逻辑倾向切近。这表现在以下几个方面：

首先,以传统的审美人生观念和生命价值意识反拨传统的道德审美主题。在莫言看来,我们民族身上那些可贵的精神品质不是那些符合统治者价值标准的忠孝节义,而恰恰是存在于民间乡土的那些被传统道德伦理视为异端与不轨的反抗因素。他在《红高粱家族》中所精心描写的那些生长于故乡乡土自然中的爷爷、奶奶、二奶奶们,无不鲜明地表现了对道德价值的叛逆。他说,“我奶奶什么事都敢干,只要她愿意”。在奶奶中弹后即将结束自己的生命时,他让奶奶这样总结自己的一生:“……天,什么叫贞节?什么叫正道?什么是善良?什么是邪恶?你一直没有告诉过我。我只有按照我自己的想法去办,我爱幸福,我爱力量,我爱美,我的身体是我的,我为自己作主,我不怕罪,不怕罚,不怕进你的十八层地狱……”在奶奶身上所洋溢的这种野性力量是一种生长和蓬勃于世世代代的乡土人民之中的不屈不挠的生命意志,她对一切人间“正道”的蔑视与爷爷搏杀于高密东北乡的壮举一样,来自祖先对自然乡土的热爱,来自土生土长的未被统治者同化的民间传统精神。

寻根意识、土地情结是莫言小说所表现出来的最强烈的文化倾向,土地、乡村、自然,它们不仅是我们这个农业民族世代生存的依靠,而且也是我们民族文化植根的母体和精神的家园。莫言的小说不论在题材、内容,还是主题上都表现出对于养育他的“高密东北乡”那块土地的眷恋与衷情。故乡题材作为构成他小说的基本素材,童年经验作为他叙述故事的基本视角,都极大地唤起了人们各种关于乡土与原始民间文化的记忆与情感。“五四”以来,尽管关注于民间与乡土题材的作家层出不穷,却很少有人能像莫言这样具有如此高度的文化自觉,他甚至在《红高粱家族》的最后结尾处做了这样恳切的独白:

> 可怜的、孱弱的、猜忌的、偏执的、被毒酒迷幻了灵魂的孩子,你到墨水河里去浸泡三天三夜……洗净了你的肉体和灵魂,你就回到你的世界里去。在白马山之阳,墨水河之阴,还有一株纯种的红高粱,你要不惜一切地努力找到它。你高举着它去闯荡你的荆榛丛生、虎狼横行的世界;它是你的护身符,也是我们家族的光荣的图腾和我们高密东北

乡传统精神的象征！（着重号为引者所加）

在莫言看来，只有传统精神才是抵御文明异化的唯一力量，是自己最终的精神归宿，这与我们祖先文学所表现的精神价值是一脉相承的。

在许多情况下，莫言的自然取向还表现在他对自然生命以及人与自然的关系的关注上。他对于过去时代里所存在的自然生命形式表现出热烈的情感，这也是他不断追怀童年岁月的原因之一。他以奔放的笔致极力地挥洒了过去岁月中自然生命的丰盈与蓬勃，曾几何时，“大风”狂怒，“秋水”汹涌，八月深秋，“无边无际的高粱红成洸洋的血海，高粱高密辉煌，高粱凄婉可人，高粱爱情激荡”，自然生命与人类生命互为感应映射，这在自《诗经》《楚辞》以来的古典诗歌传统中已成为一个基本的美学思想。在《高粱殡》中有一段极为精彩的描写，生动地表现了这种和谐一体的关系，大雨滂沱三日，“雨声如潮，水流如瀑，雨脚如麻”，“天和地交融在一起”，在这样的氛围里，爷爷与恋儿干柴烈火，“疯狂地爱了三天三夜”，在这三天三夜里，“爷爷听到原野里传来灰绿高粱唰唰啦啦的响声，小蛤蟆水音饱满的叫声和野兔吱吱的叫声。腥冷的空气里夹着成千上万种味道”。而罗汉大爷、大老刘婆子、烧酒锅上的伙计们则赌了三天三夜，“爷爷看到他们的手上，脸上都沾着一层绿色的铜锈”。在这种自然生命的高潮感染映衬下，人的生命能量也得到了尽情地宣泄。

民间文化作为一种带有浓郁自然文化色彩的精神价值，同样也是莫言小说文化构成的主体部分。这一特征从早期的《民间音乐》中即可看出，像“红萝卜”“秋水”“大风”“球状闪电”“白狗”“狐狸”“红高粱”等大量的自然生命形式的描写，以其对自然界大量信息的负载，突出了作品的自然空间背景。另外，作品还大量描写了类似梦境和幻觉的心理现象，特别是不断地对乡村文化中那些与自然界有着密切联系的魔幻成分的渲染，增加了其中那些类似于古典小说中所具有的神秘色彩。比如莫言在许多作品中都描写了具有灵性的动物，他不止一次地写到黄鼠狼、狐狸、狗以及骡子等动物，它们不再是一般的动物，而是秉承天地意念的某种神灵，它们与人类具有相似的感觉和智能，并与人有着某种神秘的必然关联。这种倾向实际上也是来自古典审美传统。东晋的玄学家葛洪就说过："狐狸、豺狼皆寿八百岁，满五百岁则善变为人形。"（葛洪：《抱朴子·对俗篇》）在无数古典作品中都曾经涉及类似于狐狸、蛇、鱼等动物，特别是蒲松龄的《聊斋志异》更成为一个神秘而奇异的动物世界。莫言对于动物的描写当然不再是一种"动物崇拜"心理，而是将它们作为过去时代民间文化的某些典型表征，以强化作品的审美意蕴。比如在《狗皮》中他写到猎手老耿开枪打伤了一只神秘的狐狸，这一枪招来了日本鬼子，将他刺得遍体鳞伤，而这时却是那只狐狸来救了他："狐狸的舌头上一定有灵丹妙药，凡是它舔到的地方，立即像涂了薄荷油一样舒服"。这一细节包容了许多说不尽的意蕴，发人冥思。

三、传统浪漫主义精神

在创作方法上，我们不否认莫言从西方现代文学那里汲取了有益营养，然而使他能够在新时期文坛独树一帜的却显然是中国传统浪漫主义精神的滋养。

首先，非写实主义是莫言小说创作方法的基本倾向。作为一个具有严肃态度的作家，莫言的作品的确在许多层面上真实而深刻地表现了我们民族艰难而悲壮的历史进程，然而他并不是一个"写实主义"的作家，他的审美世界是一个带有超验色彩的感觉世界，是一个被主体人格与审美意趣浸透了的幻象世界，正是他这种非写实的方法获得了写实方法所不能得到的那种更高的真实。在这方面，莫言最得益于我们的古典传统。如果做一个粗略的比较，我们会发现，在西方文学传统中，写实是其最基本的方法，他们注意的是事物外部形体的真实和合乎逻辑的发展过程，然而在中国艺术传统中，"写神"则是最无上的境界，他们常常忽略外在的逻辑过程，而深深地体味因与果之间的神妙必然。莫言正是这样，他最常用的是那种看去荒诞不经的描述和不合逻辑的跳跃；他所描述的那些离奇故事，我们很难以通常的标准去思考其真实性；他笔下的形象也往往是通过感觉而变形或夸张了的，他笔下的余占鳌怎能不使我们想起古典小说中那些酒量如海、力拔垂杨、杀人如麻的英雄，他那"高粱凄婉可人、高粱爱情激荡"的语句又怎能不使我们想起那“珠明有泪、玉暖生烟”的妙语？他那诸如“东南方向那个巨大的八角形的翠绿太阳车轮般旋转着碾压过来”的叙述又如何能不使我们想起《西游记》中那千变万化的世界？

感觉的变形和夸张在莫言的小说中已不是个别的点缀，而是大量的普通的叙述语境，令人无法察觉其荒诞与神奇了。《高粱酒》中有一段写道：

> 我奶奶摔碗之后，放声大哭起来，哭声婉转，感情饱满，水分充足，屋里盛不下，溢到屋外边，飞散到田野里去……三天中的每一个画面，每一种音响，每一种味道都在她的脑海里重现……喇叭唢呐……嘀嘀嗒嗒……哞哞哈哈……呜哩哇啦……直吹得绿高粱变成红高粱，响晴的天上雨帘儿挂，两个霹雳一个闪，乱纷纷雨如麻，闹嚷嚷心如麻，拥拥挤挤雨脚横斜，一忽儿又直上直下……

这样的叙述我们在西方文学中是无法找到的，只能在中国古典的传统中，在庄子的《逍遥游》和古典戏曲与民间传说中找到它的原型。

神与物游、物我合一是我们民族文学传统中最高的审美境界，它要求主客体之间要通过相互作用、相互映现、相互消融，达到一种高度和谐的统一。在各派哲学思想中，都贯穿了这一审美理想，庄老哲学以天地万物为至美，以“乘物以游心”(《庄子·田子方》)为至乐，孔子则强调人应与同自己精神相应的事物交往：“智者乐水，仁者乐山”(《论语·雍也》)；佛学禅宗又认为，他们所追求的“清净本源”即存在于“山河大地之中”，一旦妙悟，就可由此岸世界而达到彼岸世界。在莫言的小说中，“物我合一”“神与物游”同样成为他区别于其他作家的鲜明独特的艺术追求，那个生存于恍惚迷离的幻觉世界中的小虎，那个眼中映现出透明红萝卜的黑孩，在红高粱世界中，他那种“独与天地精神往来”“浮游乎万物之祖”(庄子语)的审美气度都使我们看到了他与古典审美意趣的深厚联系。

浓郁的神秘主义色彩也是莫言小说的一大特点。神秘主义是在我们民族审美文化的早期发展中形成的，由于主体人格的投射作用，自然事物也就具有了类似于人的主体精神的复杂表征，当这些特征再次以自然形式反馈于人的主体精神时，便成为具有某种神秘色彩的事物。这一现象至今仍然广泛发生在民间文化之中,成为无数浪漫的故事传说的来源。以民间文化为关注核心的莫言,正是深刻地认识到了神秘主义心理体验对于构成民间文化中审美功能的重要作用,因此他在自己的作品中自觉地承继了这种审美传统。所不同的是莫言所表现的神秘主义倾向不是建立在蒙昧主义基础之上,而是建立在自觉的文化意识之上。莫言笔下的人物,特别是那些过去时代的祖先和作为童年视角的那些人物,对世界的感知与体验无不带有浓重的神秘主义色彩,他们眼中的事物是变形的,世界是奇异怪诞的,他们能听到宇宙的声音,他们能看见别人看不到的事物,他们的六种感觉器官都是能够交叉替换的。神秘体验强化了他们独特的智慧、胆略和情感,使他们成为具有浓厚传奇色彩的审美形象。

我们尽可以再举出许多类似上述的审美继承关系。但是否就可以说,所有这些关联都是莫言从祖宗典籍那里找来的?显然这是没有证据的。我感到,莫言对于传统文化与审美方式的感悟与汲取除了是一种自觉的、以当代意识为参照的选择以外,更重要的是一种天然的文化血缘关系。莫言无疑已经以他独到的感悟能力深入到一个作为系统的遗产世界里去了,在这个系统当中,莫言的一切汲取行为都是自然的、自由的。

[原载于《山东师大学报》(社会科学版)1991年第2期。有改动]

符号学阐释:周作人散文小品的语言艺术

张光芒

一种审美理想的实现,必须通过艺术实践这一中介环节,转化为一种特殊的艺术表现形态,落实到实体性的语言符号信息系统。我们知道,创作者在输出实体性的符号信息的同时,也一并输出了由符号系统所承载的潜信息,因此,由语言文字构成的本文体系既是一系列环环相扣的符号索链,也是一条包含审美理想的情感流程。作为创造者的某种行为形式,无论是叙述风度还是情感体验,在人们的审美知觉中实质上都体现为某种张力样式。而作为客体的审美理想的张力样式一旦被纳入主体的审美模式之中,创作者经过内化处理并寻求相应的外现形式,潜隐在创作主体意识深层的审美情感便转化为一种物质的文字符号链。周作人散文小品作为一种成功的文体,其语言符号系统,无论在组合方式上还是张力样式上都熔铸着作家本人独特的审美理想。因此,要把握周作人散文小品的审美特征及其体现出的总的文体特色,有必要对其整个语言符号系统进行一番细致的考察。

组合方式:吐纳中外,熔铸古今

周作人散文小品的语言符号系统的组合方式主要表现在:以白话口语为基干综合收纳提炼外来语、古语、方言词汇、俗语谚语等,使之形成一种既明晰简朴又富层次感,既能展现艺术思维过程又富有趣味性、意象性,既包含了“涩味和简单味”，又能在语词和文句之间保持充分的艺术张力的现代艺术语言系统。

1.诚如钱理群所说，周作人是“为中国现代文学语言的变革与建设，作出自己的独特贡献”的先驱者之一。[①] 由于在“五四”时代，白话文虽战胜了文言文，取得了主导地位，但毕竟是刚刚开始发达，所以并非是完美无缺的。“纯粹口语体的文章”适合于说理、叙事文体的发展，而在“不专说理、叙事而以抒情为主的文体里”，则不满足于“细腻流丽”，“必须有涩味与简单味，这才耐读”。周作人作出这样的判断以后，明确提出了改革语言的要求，这就是“以口语为基本，再加上欧化语、古文、方言等分子，杂糅调和，适宜地或吝啬地安排起来”，以“造成有雅致的俗文学来”。[②] 与在意识形态领域大量引进西方先进的文化思潮遥相呼应，在语言变革上，周作人首先把对外来语成分的吸取问题提到议事日程上来，提倡要“就单音的汉字的本性上尽最大可能的限度，容纳‘欧化’”，“增加他表现的力量”，以“造成新的活力”。[③] 这实际上是认识到固有汉字符号承载信息的局限性而作出的努力。由于周作人不仅精通本国语言文字而且对日本语、希腊语、世界语和英语皆有极深的研究，所以他不但在理论上对“五四”文学语言的变革进行了一系列探索，提出了精到的见解，更重要的是他敢于身体力行，以自己的创作实践一举“打破了那‘美文不能用白话’的迷信”[④]。周作人散文善于对西欧、日本、印度等外国学者、诗人的著作乃至海外民俗民谚加以旁征博引，“尽最大可能的限度”大胆吸收西欧文法、文词。与鲁迅语言符号系统更多的追求对我国古代文学语言的纵向继承效应不同，为了补救汉语“语法的不精密”，他不但克服东方传统的非逻辑思维方式而从文法组织严密的西语中引进大量以缜密与准确度见长的有益句式，而且在必要的时候直接使用来自外国诗人、作家、心理学家、社会学家著作中的外来词，诸如精神分析、自苦、窥词、展览、密戒、重来、茶渍、太步、玩世、阿片、净、掘法、生殖崇拜、无私神女、狗抓地毯、乐天的诗人、“把自己客观化”“死之赞美者”……随手便可举出很多，而且其中一些词语多次出

---

① 参见钱理群：《周作人与五四文学语言的变革》，《中国现代文学研究丛刊》1988 年第 4 期。

② 参见周作人：《燕知草》，《水日集》，岳麓书社 1988 年版，第 78 页。

③ 参见周作人：《自己的园地　雨天的书》，人民文学出版社 1988 年版，第 13 页。

④ 转引自王锦泉主编：《中国现代文学专题史》，浙江文艺出版社 1986 年版，第 439 页。

现在周作人的不同作品里,真正使之达到了"自己实行的便利"[①]之目的。

2.中华民族的语言具有悠久的历史,是包含智慧的宝贵财富,曾创造了世界历史上辉煌灿烂的文化。虽然古代语言深层结构里所隐藏的是古代人的心理、意识、审美法则以及古代人的思维方式,但任何一种语言在发展过程中都具有一定的恒定性和符号学意义,只能是量变,而非质变。周作人敏锐地发现,现代中国语体文作为一种新生的语言形态,具有语汇欠丰富,文法"陷于单调"等弱点,而所接收的外来语又往往显得情感层次浅,积淀的文化因素少而不足,有碍于作家审美情感的充分展现。因此,当有些人热衷于提倡创造出"纯粹国语文学"(即在语言上是不包含文言成分的纯现代白话语言)时,周作人清醒地发出警告:"却又因为传统的压力太重,以致有非连着小孩一起便不能把盆水倒掉的情形。""因反抗古文遂并少用文言的字句。"[②]与鲁迅散文文体的简约、练达、辛辣峻峭相适应,在对古语词汇的吸收和借鉴上,鲁迅偏重于继承四言句为基干的古风,而周作人小品文更注重的是文言文在传达现代人的思维、心理时所具有的含混、多义、微妙、富有弹性乃至适于表达难以言传的神秘的主观感受等特色,含蓄蕴藉而隽永的表现力以及富有"游戏性、装饰性与音乐性"[③]的特殊功能。翻检周作人的散文小品,我们发现除了经常引用古诗、古词、古文以及古代传说以外,古代典籍中的虚字虚词和一咏三叹式的句子俯拾即是。例如《上下身》中有这样一句:"吾乡贤人之所为,虽曰合于圣道,其亦古代蛮风之遗留欤"[④]该句用封建文人的语调和委婉含蓄的古代虚词,从容不迫地嘲谑了封建道学家的假正经,显示出作者那豁达、睿智的风度。诸如"未可知也""未始不可""也未可知""却未可知""亦未可知"之类含义不明确的古词甚至在周作人小品文中反复出现。周作人散文对古典词汇继承的另一个特点是喜欢使用那些感情色彩较淡,意味朦胧而蕴藉的词语,如融合沁透、借资排遣、长而不宰、僭越、宽解、哀矜勿喜、聚而歼旃、万牲百鬼等等古文语气和笔调以及具有朦胧感和含混感的古典词汇的使用,这都使周作人那种融"苦味"与"闲适"为一体,集

① 钱理群:《周作人与五四文学语言的变革》,《中国现代文学研究丛刊》1988 年第 4 期。
② 周作人:《自己的园地　雨天的书》,人民文学出版社 1988 年版,第 105 页。
③ 参见钱理群:《周作人与五四文学语言的变革》,《中国现代文学研究丛刊》1988 年第 4 期。
④ 周作人:《上下身》,《语丝》1925 年第 12 期。

涩味与简单味于一身的审美理想，夹叙夹议且富抒情韵致的审美境界在文本中得以充分体现。周作人曾经颇为慨叹白话中常缺少“形容词助动词一类以及助词虚字”[①]，对他来说，这个问题显得尤为突出，他甚至“很怀疑心里的‘情’是否可以用了‘言’全表了出来。”“死生之悲哀，爱恋之喜悦，人生最深切的悲欢甘苦，绝对地不能以言语形容，更无论文字”，而禅宗的“不立文字”，“差不多可以说是最高理想的艺术”。[②] 从符号学的观点看，禅宗艺术所使用的是一种非文字性的语言符号系统，由于其解释的不解定程度更高、熵值更大，因此魅力愈强可见。周作人散文小品非但在实践中尽可能地采纳古语、外来语等等，以充分表达复杂的情感流程，而且有意识地把审美视点引向“不立文字”的禅宗艺术，难怪他的散文无论从文体上还是从内在意蕴上总是让人难以捉摸透彻。

3.作为“杂家”的周作人对方言俚语、民间俗语传说乃至“民俗学”一直保持着浓厚的兴趣，这是他实施“融合”措施的又一条途径。为弥补中国语体文“语汇贫弱”以及缺乏名物词汇的不足，他不但注意到方言俗语那种“特殊的声音”，而且尤为看重“词与句，即名物云谓以及表现方式”。[③] 的确，每当我们翻读他的散文小品，总有一股清新、质朴的气息迎面扑来，这不能不说得力于他对俗语村言独特的体味、深刻的研究和无所顾忌的大胆运用。由于周作人的小品文在取材上常常流连于故乡的野菜、乌篷船、白杨树、北京的茶食以及诸如鸟声、养猪、菱角、爆竹、金鱼等，在这类文章中，大量的民间词汇、民间谚语、民间风俗、传说故事便堂而皇之地登上“美文”的殿堂。即使在“谈论人事的散文”中，周作人也不避俗字俗语，一方面直接使用诸如“破脚骨”“哑巴吃黄连”之类的方言，另一方面又喜欢对民间谚语俗语加以引证。例如《自己的文章》一文开首便以俗语立论：“听说俗语里有一句话，人家的老婆与自己的文章总觉得是好的。”[④]可以说，村夫野语的运用既是周作人为通向他理想中的“平民文学”所作的努力，也是在文体上为实现他所倡导的“有雅致的俗文学”而进行的实验。其良苦用心于此可见一斑。

---

① 周作人：《国语改造的意见》，《艺术与生活》，岳麓书社1989年版，第57页。

② 参见周作人：《草木虫鱼小引分》，《看云集》，岳麓书社1988年版，第14、15页。

③ 参见周作人：《绍兴儿歌述略》，《风雨谈》，岳麓书社1987年版，第165页。

④ 周作人：《自己的文章》，《西北风》1936年第10期。

应该说,周作人散文小品创作的高峰时期正是文言文整个体系被打破而现代白话文正处在步履艰难的创建时代,他既没有情绪地彻底抛弃古代典籍的宝贵遗产,也未激进地全盘引进外国语言及其整个语法、语言体系,更不对俗语粗话置之不理,而是较为清醒地走了一条融合古今中外的宽广大道。周作人散文小品的整个语言符号体系没有拘泥于任何单一的语域,他把现代人的审美触角伸进古代文言语域,白话语域、民间语域、交际语域等,使其统一在周作人散文的“启明风”所造成的独特语境中。尽管我们可以斥责周作人散文所弥漫的“中庸之道”和过于闲适的隐士风度,但我们又怎能不为周作人遣词造句的选择天地之大、为其熔铸古今中外的魄力所叹服呢?语言符号链是作家主体审美理想的情感流所依附的载体,周作人散文小品的语言符号系统在横组合结构和纵聚合关系上打破既定语域的桎梏,力求变异和创新,其遣词造句不以既定语域为指归,那么其标准是什么呢?笔者认为,这种标准正是周作人那种独特的审美理想,即“平和冲淡”的情感色彩和含蓄隽永的内在意蕴。

张力样式:雅俗相映,幽默含蓄

如前所述,作家创作行为的“力的样式”是通过语言来实现的,而在语言符号链上,在字词和文句之间要产生一定的艺术张力,才能使接受主体得到妙不可言的审美享受。根据系统论原理,语言符号作为一个相对稳定的系统,是由单个的字词符号组构而成的,但是这些文字符号一经作家组织到一个系统里(比如一篇散文、小说等),那么整个系统所产生的审美价值和意义便不再是单个文字符号、词语符号乃至句子符号短链所载荷的意义的简单相加,而是大得多。所以高明的作者总是力图拉大这一距离,以期在语言符号链上产生尽可能大的艺术张力。笔者认为,周作人散文小品存有一个极富魅力的张力场,而这个张力场得以产生并形成,很大程度上取决于他的小品语言符号系统独具一格的幽默所造成的文体色彩。下面拟从幽默与沉默、闲适、谐趣、比喻四种辐射状联系中探寻其语言符号独特的魅力。

1.幽默与沉默。周作人与鲁迅是“五四”文学革命中为时人并称的幽默家,但鲁迅的幽默“辛辣干脆,全近讽刺”,而周作人的幽默特色在于“湛然和蔼，出诸反语”。[①] 郁达夫的这一概括是极为中肯的，即使在周作人早期抨击时弊的杂文里，其讽刺格调较之鲁迅的尖锐泼辣、痛快淋漓也平和得多。如《前门遇马队记》一文，本是抨击反动军警随意冲撞和践踏百姓的，然而作者在客观、平淡的记述中，讽刺、抨击的色彩只是淡淡地、隐约地显露出来，似乎作者仅仅是向朋友诉说了一件使他“吃了一大惊吓”的事，如此而已，读者只有从字里行间才能搜寻到作者那抨击军警的意味。显然，周作人对反动军警恶行的贬斥，在符号处理上采取了缄默态度，然而我们只要从语言文字表面往纵深挖掘开去，不难发现沉默之中的抨击意味，而且愈掘意味愈浓。对于这种“此时无声胜有声”的沉默，周作人本人曾作过解释：“自己想说服别人或是有所辩解，照例是没有什么影响，而且愈说愈是渺茫，不如及早沉默”，并抱定沉默是“对于现在中国的适当办法”。[②] 虽然这种沉默态度不免带有消极的色彩，但作者于避而不谈之处，以白为墨，把愤慨之情融在似乎无关的字句上，造成具有艺术张力的幽默意味，委实难得，何况我们还可以从“沉默是最大的反抗”这个古老的话题去体味周作人散文的讽世方式呢。

2.幽默与闲适。文如其人，周作人散文小品的语言流程即使不甘于沉默，而采取直接评议时人时事的方式，也总是避其锋芒，而代之以“艺术的闲谈”，像厨川白村所说的那样“披浴衣，啜吸香茗，随随便便，和好友任心谈话”，然后“将这些话移到纸上”，[③]这显然是受了英国小品的幽默和雍容的影响。闲适何以竟产生幽默呢？这得力于周作人散文小品在符号信息处理上的下列特征：其一为“出诸反语”。周作人散文的闲谈往往善于用淡淡的反语表达作者的愤怒之情。再以《前门遇马队记》为例，作者分明在记述军阀兵警马队横冲直撞的恶劣行径，却故意说：“那兵警都待我很好”，“只是那一队马煞是可怕”，“不知道什么是共和，什么是法律”。[④] 褒人贬马，指桑骂槐。这种幽默似乎具有比正面抨击更为深刻、辛辣的反讽效果。《死法》一文也以这种幽默的笔调，抒写严酷现实，读后让人忍俊不禁，却又毛骨悚然。其

---

① 参见赵家璧主编，郁达夫选编：《中国新文学大系·散文二集》，良友图书印刷公司 1935 年版，导言第 14 页。

② 参见周作人：《自己的园地 雨天的书》，人民文学出版社 1988 年版，第 326 页。

③ 参见厨川白村：《苦闷的象征·出了象牙之塔》，鲁迅译，人民文学出版社 1988 年版，第 113 页。

④ 参见仲密：《前门遇马队记》，《每周评论》1919 年第 25 期。

二为强力缓冲。20 世纪 20 年代初,周作人写了为数不少的"金刚怒目"式的小品,但其"金刚"式的激愤并不以"怒目"的语言符号显现出来,而来自一个文体(即信息处理方式)上的缓冲,厚积而薄发,造成富含弹性的幽默意味。如在《关于三月十八日的死者》一文中,他便把强烈的愤慨情绪加以节制,只是平心静气地议论道:"死了倒也罢了,若不想到二位有老母倚闾,亲朋盼信。活着又怎么着,无非多经几番的枪声惊耳,弹雨淋头。"[①]关于"闲适"一格,周作人曾不无感慨地说:"看自己的文章,假如这里边有一点好处,我想只可以说在于未能平淡闲适处,即其文字多是道德的。"[②]可见周作人颇为看重表面上"闲适"的语言符号在深层结构中的"道德"。"闲适"且富含"道德",这不正是周作人所向往的那种"大幽默"吗?

3.幽默与谐趣。在中国,历代文人作品中有不少富于幽默诙谐的机趣,民间文艺中包含的幽默成分甚至比文人作品更多。不过近代以来,成为中国文艺主流的直面人生、反抗挣扎的作品奏出的主旋律是呐喊和战斗,幽默与情趣日益缺乏,而周作人小品文则能涉笔成趣,重新开掘了这一"古河"。无论是记叙性的文字、议论性的篇章还是讽刺性的杂文,在周作人笔下都不显得板滞、空疏,有时庄中寓谐,有时谐中有庄,有时雅中掺俗,有时俗语雅出,使其语言符号系统造成庄谐杂出、谐趣相映的幽默特色。先说谐中寓庄。如《古书可读否的问题》一文阐述了对待古书不要一概排斥,而需"判分事理的曲直""辨别味道的清浊",加以吸收利用的道理。立意是庄重严肃的,但文章对反对意见的批评不诉诸呆板的指责,不凭借理念化的驳斥,而是以轻松的嘲谑代替枯燥的说理,在庄重中透露出风趣。如有人反对淫书,理由是一见《金瓶梅》三个字就要手淫,作者是这样反驳的:"诚然,旧书或者会引起恶念,有如淫书之引起淫念,但是把这个责任推给无知的书本,未免如蔼理斯所说把'自己客观化了',因跌倒而打石头吧!"贴切有趣的比喻,把道理叙述得深入浅出、平易亲切,读者在接受所述道理的同时,又得到诙谐、幽默的美感享受。再说寓谐于庄。《山中杂信》是周作人的名篇佳作,在第一封信中提到伙计打架之事时是这样说的:"我听他们叱咤的声音,令我想

① 岂明:《关于三月十八日的死者》,《语丝》1926 年第 72 期。
② 周作人著,张菊香编:《自己的文章》,《周作人代表作》,黄河文艺出版社 1987 年版,第 301 页。

起《三国志》及《劫后英雄略》等书里所记的英雄战斗或比武时的威势，可是后来战罢，他们两个人一点都不受伤，更是不可思议了。从这两件事看来，你大略可以知道山上这的战氛罢。”[①]在第三封信中再一次提到此事：“我在第一封信里，说寺内战氛很盛，但是现在情形却又变了。”[②]伙计打架用“战氛”称之，寓谐于庄，风趣幽默。从中我们还可以窥视到在周作人的潜意识里，对“山下的战氛”是多么念念不忘。次说雅俗相映。显然，周作人是一位颇重雅趣的作家，然而他笔下的雅趣往往脱胎于野趣，具有雅俗相映的幽默特点。他认为，如果对于民间生活要全部如实地记述，大概要夹杂一些“恶俗”的东西，这就需要作者笔下长眼，有分寸有取舍，一方面以质朴的语言对民俗的东西忠实地记述，以存野趣；另一方面还要以独特的审美标准去芜存精。周作人往往把浙东风俗推广到深厚的文化背景中，以古证今，并与东洋的习俗比附映照，使野趣与雅趣在其语言符号系统中达到一种动态平衡的美的境界。周作人散文小品中的幽默趣味便常常来自诸如“入厕”之俗与“读书”之雅相映衬的趣笔。比如“粪便”本是俗不可耐的东西，周作人不避粗俗，大胆地写入“美文”，却又并不直呼其名，而用文雅的称呼：“只可惜不大干净，路上很多气味，因为陈列着许多《本草》上的所谓人中黄。”[③]接着诙谐地议论道：“我想中国真是一个奇妙的国，在那里人们不容易得着营养料，也没有方法处置他们的排泄物。”[④]再如苍蝇本是令人恶心的生物，而在周作人的《苍蝇》里，则是儿时游戏的爱物，为古希腊传说中的美女所变，并引用外国具有“文雅”味的《苍蝇颂》《归庵》等的诗文俳句，和中国具有“古雅”味的《诗经》，什么“营营青蝇，止于樊”“非鸡则鸣，苍蝇之声”，什么“不要打哪，苍蝇搓他的手，搓他的脚呢。”造成俗物雅咏、妙趣横生的幽默效果。有位理论家曾说过，无论什么时候，当散文家采用一种似乎偏离了某种预定规则的笔调时，我们的文学能力就被触发，语言的艺术张力也就产生了。的确，周作人散文小品语言符号系统在纵聚合关系上的陌生化和横组合关系上的不拘一格所产生的谐趣相映、雅俗杂陈的幽默感，正是触发我们审美感知神经的一条富

---

① 周作人：《山中杂信》，《民国时报·觉悟》1921年第6卷第10期。

② 鲁迅、徐沉泗、叶忘忧编选：《周作人选集》，万象书屋1936年版，第221页。

③ 知堂：《入厕读书》，《宇宙风》1935年第5期。

④ 知堂：《入厕读书》，《宇宙风》1935年第5期。

有弹性的艺术之弦。

4.幽默与比喻。周作人散文小品在文体上的幽默色彩还得力于在说理议论时力避干燥乏味,空疏肤廓,而善于化用贴切自然的形象化比喻,形成一种感性色彩较浓的语言符号链。一些严肃的道理、深刻的见解、人生的复杂体验若直接诉诸论述,一则难以表达准确和完全,二则不免缺乏轻松的审美情感,更重要的是难以造成富含艺术张力的语言文本。周作人则能够把深邃的见解借用浅显有趣的比喻加以形象化的阐述,或者把难以言尽的人生体验诉诸形象化的描写,造成轻松与沉重、淡然与庄严、理性与形象相生相依、相辅相成的幽默效果。这类例子是很多的:用人体的"上下身"做比来嘲谑封建道学家的假正经(《上下身》);用"十字街头的塔"比喻自己当时的生活态度(《十字街头的塔》);用"三条索子"喻指封建伦理道德的"三纲五常";用传说中的各种"碰伤"类故事抨击新华门外事件(《碰伤》);用"狗抓地毯"的典故讽刺禁欲主义者(《狗抓地毯》);用"野兽与死鬼"来喻写复活的古代劣性(《我们的敌人》)……这种融逻辑于形象性的语言符号以其丰富的所指造成了包含多层次情感和内涵的审美效果。而且周作人运用比喻不拘泥于以"彼物"喻"此物",而善于挖掘形象化的比喻本身复杂而幽微的底蕴,把形象化的事物分解在文章的血肉之中,在整体上形成一种形象性的语言体系,所以他的小品语言符号系统往往能言他人不能言的人生体验和奥妙精深的哲理。

作为平和、冲淡、隽永风格的始作俑者,周作人打破一切传统的清规戒律无论实践哪一种散文小品的创作体式,抒写什么样的题材,他的文本语言符号系统都以其幽默感、色彩感、趣味性、意象性和缓律性,形成富含弹性的艺术张力,达到多层次的审美效果和艺术功能。在表现特征上则体现为枝叶扶疏、摇曳多姿、有开有合、舒卷自如的结构美,夹叙夹议、娓娓而谈、野鹤闲云、徐舒自在的行文美,智理调和、深入浅出、旁征博引、涉笔成趣的构思美,以及意味深长、素雅清灵、明妙深刻、幽淡隽永的意蕴美。有人将它比作杭州西湖的龙井茶,"看去全无颜色,喝到口里,一股清香,令人回味无穷"[①]。这是很有见地的。

[原载于《山东师大学报》(社会科学版)1993年第2期。有改动]

① 转引自佘树森编:《周作人美文精粹》,作家出版社1991年版,序第8页。

从牧歌到交响

——新时期乡土小说论

姜静楠

一、从政治到文化:80 年代乡土小说的历史走向

从政治角度上看,社会主义新时期无疑始于“四人帮”的被粉碎。但就文学创作而言,却经历了 1978 年的徘徊和 1979 年的过渡,进入 80 年代才真正迎来百花齐放的春天。作为早春的时代信息,固然有《班主任》《于无声处》以及《哥德巴赫猜想》等作品出现,但作为“整体气候”的交替,却终究一时难以旧貌换新颜。70 年代末期的时代精神既然是拨乱反正,即“恢复与平反”,它在文坛上的反映就必须是“回忆旧时光”——不单单五六十年代的旧作得以纷纷再版,即或是新作也多取材于以往的岁月;停笔十几年二十几年的一代“老”作家更是钻进“昨天的战争”年代。正如别林斯基所说,因为“如果有时代思想,那么,就一定也有时代形式”[①],在那个拨乱反正的时代,时代思想的文学形式即是“重放的鲜花”,正是由它过渡到文学的新时期,推出《许茂和他的女儿们》之类打上特定时代色彩的“乡愁”之作。

---

① [俄]别林斯基:《论俄国中篇小说和果戈理君的中篇小说》,《别林斯基选集》第 1 卷,满涛译,上海文艺出版社 1963 年版,第 164 页。

从赵树理的《小二黑结婚》和《李有才板话》，到潘保安的《老二黑离婚》和王希坚的《李有才之死》，作家们知道历史在同乡土人物开着怎样的玩笑，于是，屈兴岐的《乡土》、贾大山的《乡风》、孙健忠的《多愁》……一连串的"乡"字文学纷纷回过头去凝眸故乡，无论是否叙说那"蓟辑错了的故事"，却都在作品中融入了一股浓浓的乡情，现实主义(有时甚至是自然主义)地展示着蹉跎岁月中乡土生活的本色，抒张着作者们在新时代才敢真诚表露的"乡土情感"。在张弦的小说《被爱情遗忘的角落》中，环境就是一种毫无现代文明气息的乡土社会，50 年代的婚姻自由被历史所中断，生活又回转着光阴的年轮。茅盾曾经说过："关于'乡土文学'，我以为单有了特殊的风土人情的描写，只不过像看一幅异域的图画，虽能引起我们的惊异，然而给我们的，只是好奇心的餍足。因此在特殊的风土人情而外，应当还有普遍性的与我们共同的对于命运的挣扎。一个只有具有游历家的眼光的作者，往往只能给我们以前者；必须是一个具有一定的世界观与人生观的作者方能把后者作为主要的一点而给与了我们。"①张弦正是这样一位"后者"，他在这篇小说中，将乡土小民对命运的时代性挣扎，将自己一言难尽的种种乡愁作为主要内容送给了读者。茅盾对于乡土小说的要求，如果可以视为现实主义的乡土小说观，那么张弦的这篇小说，便可以视为 80 年代恢复这种文学观的具体努力，标志着现实主义乡土小说与刘绍棠浪漫主义乡土小说在新时期的同时再度崛起。这不仅因为张弦写命运挣扎重于写风土人情的田园情致，更在于他将乡土"自然主义"的本色纳入现实主义的追问方式当中，从而在揭示悲剧命运时使读者意识到，贫穷与愚昧的社会根源在于当时极"左"政治的泛滥。

在中国，"政治"二字对农村生活会产生多大影响，这是许多局外人所难以想象的——不论其具有怎样的想象力。可是，植根于中国乡土的那些作家，却对此有着深切的亲身体会。因此，《乡场上》里的冯幺爸终于站立起来时，何士光无论如何也按捺不住心中的喜悦，以至不惜在作品中将自己对十一届三中全会历史意义的认识，直接套在冯幺爸的头上：仿佛历史的阴影会

① 蒲：《关于乡土文学》，《文学》1936 年第 6 卷第 2 期。

那么容易用三五句话就打发掉。他根本来不及思索这位类似梁三老汉的老一代农民，是否会头脑如此简单，那已直起的腰杆是否会再被某种力量三言两语就压弯下去。80年代初期，由于文坛上洋溢着浪漫主义的精神气息，因此对现实主义的乡土小说家来说，问题也只在于如何以“现实主义的手法”去表达自己对未来充满畅想的“浪漫主义精神”。叶蔚林以《在没有航标的河道上》、贾平凹以《晚唱》、古华以《爬满青藤的木屋》去寻觅在古老乡土社会中浪漫而美好的人性之光；刘绍棠以《蒲柳人家》《蛾眉》；张炜以《芦青河边》，《天蓝色的木屐》形象地告诉人们“美在生活”；而在张一弓的《黑娃照相》、何士光的《喜悦》等作品中，整体笼罩的氛围干脆便是喜气洋洋。作家们的政治感应是如此强烈，似乎都明白经济改变就意味着政治上的更大解放，一代农民的命运将从此大大变样。然而一旦深入生活，尤其是深入农村的最基层以后，他们却大多发现，自己的作品恰如鲁迅在《故乡》中所讽刺的文人眼光，浅浮苍白，缺少历史的深度穿透力。

例如刘绍棠，先是以传奇、夸张的手段去铺染故乡以往岁月中的人情美，躲闪着当代的现实生活，将纯文学化成通俗美学趣味；转入现实题材之后，也由于个人在“文革”中的幸免于难而显得缺乏深厚的人生经验，缺乏社会底色。在他的乡土小说中，好人坏蛋一目了然，哪怕是再坏的恶人也不会造成美学意义上的悲剧。张炜早期的某些小说也存在类似情况，沿着孙犁、沈从文及屠格涅夫的抒情前行：对大自然的崇拜超过对认识社会的兴趣，对“美”的细腻展示超过对“丑”的揭露。他对自己这类作品总结说，“我厌恶嘈杂、肮脏、黑暗，就抒写宁静、美好、光明；我仇恨龌龊、阴险、卑劣，就赞颂纯洁、善良、崇高”①，这无论对他自己或对刘绍棠的创作倾向来说，其实都是较为准确的概括。他们在自己的主人公面前，都多少有些像尚未成熟的弱冠少年，抬头只看到生活的一隅，不断发出审美的赞叹。但是二人又有相当不同：张炜笔下确乎显出真情，即使幼稚也是出自真切的感受；刘绍棠则属于经历过反右后的寻到一条出路，于是在“报恩”的表面动机背后，其幼稚中便偷藏着有意为之的“经验”。也就是因为这一点，张炜能够很快进行《秋天的

---

① 张炜：《芦青河告诉我》，山东文艺出版社1984年版，第321页。

思索》的创作，发出反映人民心愿的"秋天的愤怒"，而刘绍棠却还要老谋深算地再走上一段，看透之后再行定夺。

孙犁、沈从文及屠格涅夫的小说情调，对于许多青年作家来说，都充满了诗意的魅力，贾平凹也是被诱惑过的一个。然而，新时期作家们的特点之一，却是不再仅仅接受"一元化"影响——当"伤痕""反思"和"改革"文学的潮头过后，其思想深度立即开始在乡土小说中得以光大。高晓声的《李顺大造屋》还在反思乡土社会环境，可是"陈奂生系列"既出，他从《阿Q正传》学来的思想，便同他从《儒林外史》学来的技巧[①]无意融汇起来，标志着乡土小说从政治到浪漫的结束，标志着对乡土人物的性格的关注，预示着"改造国民性"(或者"最严重的问题是教育农民")这类文化主题在80年代的必须展开。

这是一股凝重的现实主义潮流，它始终将今天的人生与昨天的乡土联系起来，以作者的思想深度为其特点。高晓声的《好人江坤大》，矫健的《老茂的心病》和《老霜的苦闷》，路遥的《人生》等等，都在诉说着乡土社会在急剧转型期的种种困惑。由于在文化学意义上，传统无论好坏优劣，都会介入当今的生活，于是，如何看待传统，便在1983～1984年出现的乡土小说中，形成一个热门的主题。例如《鲁班的子孙》思考着传统美德如何迎接挑战，《最后一个渔佬儿》让失去根基的传统生活方式撒出人格的余辉，《远村》在展现"拉边套"的乡土愚俗时透出其中的温情，《麦客》于描述古老的生活之际闪出人性的复归；而《拂晓前的葬礼》和《村魂》等又在喻示，乡土社会的那套规范怎样塑造着灵魂，又怎样难以为之送葬；与此同时，《鸡窝洼的人家》《相思树女子客栈》与《河魂》，则竭力表现传统文明与现代文明怎样于平静中进行着世纪之战……这是大陆小说家对"时代与乡土"母题进行的一次集体文化考察，从历史唯物主义出发，回眸于"农业大国"的乡土历史，一方面呈示出风土人情的文化意义，另一方面也暗喻着今天的改革将会如何不易，透出小说家在新时代下面对未来的复杂乡土情感。

---

① 高晓声曾与美国汉学家梅仪慈有过一个"庐山文艺对话录"，他在那里承认自己受到过《儒林外史》很大影响，并明确表示"陈奂生上城的风格，有些跟马二先生游西湖极相似"。参见《登高望远》，《上海文论》1989年第4期。

至此，几乎每一位乡土小说家都已找到自己的创作风水宝地，贾平凹看准了商州，张炜获得了芦青河，李杭育占据了葛川江，张宇扎根于洛宁地区，路遥盯上了黄土高原……不单第五代乡土小说家[①]业已形成可观的横向文学力量，而且在许多省份（如湖南、河南、山西、山东）都涌现出成就较为突出、几代人同构的乡土小说作家群。就这几代小说家的成就而言，也许中国的"老农"形象最值得重视，在那些成功的作品中，若没有对老一代农民形象的出色刻划，就不会有时代、社会与生活的乡土气息。因为这是已经彻底"乡土化"的人物形象和人生标志，每至社会变动关头都会射出极大的审美魅力——30年代的老通宝和云普叔，在农村衰败、破产过程中，脸上永远烙刻着难言的冷峻与痛苦；50年代的梁三老汉、马多寿和王菊生，在农业合作化运动中，身影永远显得那么厚实与憨朴；80年代的黄志亮，其忧其患更显出"乡土性格"在变革浪潮中深沉的凝重。在80年代，如何为这最实在的"中国性格"寻求美学依据，王滋润在《鲁班的子孙》中并无自觉，可作为有意的追求，李杭育却写成了一个"葛川江系列"。《最后一个渔佬儿》中的福奎、《沙灶遗风》中的耀鑫、《珊瑚沙的弄潮儿》中的老头，以及《船长》中的那位船长，他们之所以虽然"象上一代的遗民"或者"简直象活的文物"[②]，却仍给人以审美的震撼，就是因为他们那落后但是真诚的生活信念已渗入骨髓，被作者化为形象的人格尊严：信念虽可以过时，但人的尊严却永远挺立。如果说何士光的《乡场上》是在表达政治尊严的人格魅力，那么到李杭育表达生活尊严的人格魅力时，乡土小说就不再是紧随时代步伐的"跟跟派"了。它貌似怀旧落伍之物，实则回归文学的审美，终于走向《小鲍庄》《土地与神》《爸爸爸》这类"文化寻根"松动了传统现实主义的审美外壳。

---

① 陈继会在其论述中国大陆乡土小说历史的专著《理性的消长》中提出看法，"五四时期的乡土作家为第一代，左联时期的乡土作家为第二代，赵树理、柳青、浩然等为第三代，高晓声等'曾在50年代受到过批判或经受过其他形式挫折的作家'为第四代，贾平凹、张炜等一批崛起于新时期的作家为第五代"。这是目前较流行的现当代乡土作家划代法。

② 参见王蒙：《葛川江的魅力》，李杭育：《最后一个渔佬儿》，人民文学出版社1985年版，第2页。

二、古华、高晓声、路遥、张炜和贾平凹：80 年代中国乡土小说的代表者

岁月造就人生，也同样造就语言；只要提起“乡土”二字，便会生出某种沉重，这也就不足为奇。生命的沉重落到中国男人身上，他会默默地承受这份苦痛，因此你就不必惊讶，在优秀的乡土小说作家队伍中，为什么看不到女人的身影。

较早取得突出成就的是古华、高晓声和路遥等人。古华的《芙蓉镇》刚刚获取茅盾文学奖后，旋即便有人以“乡土作家得大奖”以及“‘乡土文学’绽新葩”为标题，给予相当及时的评论。[①] 古华说《芙蓉镇》是要“唱一曲严峻的乡村牧歌”，这实际恰是他的文学宣言——在其 80 年代几乎全部小说作品中，乡土景观都深烙着“严峻”的歌吟基调，创作风格属于“寓政治风云于风俗民情图画，借人物命运演乡镇生活变迁”[②]。在美国的现代文坛上，“第二次世界大战以后，雄心勃勃的小说家，不论他们事实上是哪一地区的人，纷纷以纽约作为作品背景”，而“那些不从人种根源而从地区根源吸取力量的作家，往往被视为古怪或者变态”[③]。与美国的这种现象相比，中国 80 年代的乡土小说，恰恰变古怪为正常状态，大都以自己熟悉即生活过的地区（即乡土）汲取力量。在这批小说家当中，古华的特色是充分表现出湖南山区的地方特异性，即或在叙事语言上，那山石般的凝重也超过栀子花般的清新。

与古华相比，高晓声便显得有些“刁钻”，哪怕只提及他笔下那个“陈奂生”形象，也足以反映出他在刻画人物上的这份心劲。陈奂生要“顽强地表现自己”，高晓声索性让这个“阿 Q 第×代子孙”作为贯穿整个八十年代乡土生活的人物，专为其写出《陈奂生上城》《陈奂生转业》《陈奂生战术》《陈奂生出国》等小说，让他的命运与时代同步：时代解决了乡民的温饱问题，他便不

---

① 前者为陈树理的文章标题，《文艺生活》1983 年第 1 期；后者为阎荷的文章标题，《文汇报》1983 年 2 月 4 日。

② 古华：《芙蓉镇》，人民文学出版社 1981 年版，第 198 页。

③ 参见[美]利奥・布劳迪：《现实主义、自然主义和风俗小说家》，王永年译，[美]丹尼尔・霍夫曼主编：《美国当代文学》上卷，中国文艺联合出版公司 1984 年版，第 204 页。

再是“漏斗户”;时代不再割“资本主义的尾巴”,他便能侃起自己在城里的奇遇;时代兴起经商大潮,他便成为购销员;时代患上出国热,他竟也能到海外一游……不过,无论时代怎样锻打他,高晓声也没陈奂生改变其“乡土人物”的灵魂本色。在80年代的乡土小说中,写出人物灵魂中浓郁“乡土性”者不乏其人,但写到高晓声这般深度的却只有他一个。在他的作品里,“人物的精神面貌并不高大,可是具有基本的优秀品质,如农民的朴实、艰苦、坚韧性,总希望未来的日子更好一点,愿意付出最大的劳动力取得最小的代价;但是他们看得不远.想得不多,思想上确实存在缺陷”[①]。这缺陷就在于他们往往以几十年积累起来的乡土社会经验来应付眼花缭乱的80年代,以骨子里的不变来对抗改革开放后大千世界的万变。高晓声的作品之所以给人以幽默之感,奥秘便在于骨子里不变的“跟跟派”被时代旋转得只能洋相百出。与高晓声对苏南特色的环境描写比较起来,写出了“乡土灵魂”才是他最大的成就,也正是在这个意义上才可以说,他对中国农民的熟悉,又如此真实动人地表现出来,可以说是赵树理之后第一人[②]。

路遥的作品则与黄土高坡那城乡“交叉地带”连在一起。也许因年纪小了几岁,在他笔下最放光彩的不是老一代农民形象,而是高加林这个年轻的知识农民。《人生》之所以是一部“大书”,不仅因其真切反映了新时期乡土人物由传统社会走向新文明的历史萌动,反映了社会下层那些愿意并只能依靠自己双手去争得个人幸福者的精神状态,鼓起他们不甘自沉不甘平庸的生存意志,而且因为高加林这个名字成为中国小说史上80年代农村新青年的“第一个”,标志着中国乡土小说主要以“老农”形象写历史的时代已经结束。路遥这种“交叉地带”人生冲突的思路,不知启迪了多少作家,于是水漫金山般涌现出一批“由一个回乡青年(多为复员军人)带着知识与文明,在传统乡土环境中搅起一阵风波”式的作品,涌现出许多似曾相识的“小高加林”形象。这一次模仿的风气兴起之后,在乡土小说发展的过程中形成一次不大不小的“人生”思潮。

---

① 高晓生:《创作思想随谈》,《上海文学》1981年第1期。

② 楼肇明、刘再复:《赵树理创作流派的历史贡献和时代局限》,《山西日报》1980年8月7日。

也许因为年纪更小几岁的缘故，张炜与贾平凹比较讲究小说的“诗意”。然而稍加注意就会发现，他们各有各的艺术天地与诗意：贾平凹的世界是山——商洛山，主人公以外的“群众演员”多为刁顽的山民。由于“共同的价值观念已磨光了个性的棱角，也就是说，人物在适应体制的同时已抛弃了自己的独立性”①，因此，叙事内容多为主人公与“众人”的乡土社会规范的冲突；张炜的世界是河——芦青河，包括主人公在内的绝大多数则是“女的，没有一个不是灵俐秀气；男的，没有一个不是英俊端庄！”②。因此，描述的内容多为主人公代表“众人”的精神面貌。他们是正在成熟的第五代乡土作家，在相距不远甚至可以说几乎同时发表了代表这一代乡土小说家最高成就的长篇小说《古船》和《浮躁》，并在内容上不约而同地各自讲述一个关于家族——具有中国特色的“氏族”争斗的故事，反映了那一代乡土作家对乡土社会的总看法。

“氏族制度的前提，是一个氏族或部落的成员共同生活在纯粹由他们居住的同一地区中。”③在《古船》和《浮躁》里，这必要的“同一地区”就是现行的乡镇范围内。尽管历史已是20世纪80年代，但氏族制度的残余还以相互仇视、寻机报复的方式，深深刻在时代机体上。因为氏族生活的三个特点——“个人的安全依靠他的氏族来保护；血缘关系是相互扶助的强有力因素；侵犯个人就是侵犯他的氏族”④——在这里还随处可见。这些特点在《古船》当中，从赵、李、隋三大家族身上，在《浮躁》里，从田、巩以及其他杂姓之间关系上，都可以看到，只不过《浮躁》在写作上不如《古船》自觉。在人物塑造及其关系的设置上，《古船》或许有些地方超过了《浮躁》，但在文化寻根的意蕴上，二者对当代边远地区乡土生活氏族化的挖掘，成就却难分轩轾。他们以各自最大功力的笔致揭示出乡土社会“氏族化”的真实，使二者在题目上无意间构成对当代乡土社会某种有意味的联合式隐喻：一艘浮躁着的古船。从而透露出乡土社会将要土崩瓦解的时代信息和历史信息。

---

① 赵启光：《约翰·契弗短篇小说的创作技巧》，《世界文学》1984年第2期。

② 张炜：《芦青河告诉我》，山东文艺出版社1984年版，第322页。

③ [德]恩格斯：《家庭、私有制和国家的起源》，《马克思恩格斯选集》第4卷，人民出版社1972年版，第164页。

④ 《马克思恩格斯全集》第45卷，人民出版社1985年版，第411页。

迄今为止，倘若说《古船》和《浮躁》标示着80年代乡土小说的最高艺术成就，也许不会令人感到意外或者产生怀疑。因为他们共同完成了一个重大的思想课题——《古船》如果可以说是以《共产党宣言》的理想发出的历史提问，那《浮躁》就可以说是以社会主义初级阶段的现实做出的时代回答。一呼一应，一唱一和，80年代的乡土小说就这样登上了自己的时代高峰。当然，这绝不意味着乡土小说的终结，在他们之后也许还有许多作家仍在努力着，至少它也如有人指出那样，"80年代后期所形成的'新写实主义'小说热潮，充分展示了乡土小说在形式领域内的有益探索"①，并且通过形式的意味达到某种内容深度："似乎不囿于民族文化心态的思考，而是由多重视角切入来解剖中国人的生存状态，由族本质上升到类本质，以强烈的人文精神去烛照人类生命意识的各个阶段和过程。"②然而遗憾的是，除去刘恒、何申等少数作家作品之外，还看不到更显著的成绩和更多的作者。

乡土小说自20年代开始形成潮流，迄今已经流过60多个春秋。其自身的历史发展早已涨破鲁迅当年所揭示的概念外壳。80年代的乡土小说除去一个"地方特色"或者"地域风情"，几乎再难找到较为普遍的共同点，以致重新概括这一文学创作现象变得相当困难。鲁迅曾说"现在的文学也一样有地方色彩的，倒容易成为世界的，即为别国所注意"③，这一度成为80年代乡土小说家的直接目标。但它并有能成为理论概括的有效视角，因为这不是把握乡土小说艺术成就的重要条件：既然每一个地区都会有自己的生活特色，那么："设若将每一个作家对其生活和创作根据地的风物的描写，都冠以地区性的名称，曰'××（地区）文学'，那么，全国该有多少种文学呢？"在这个意义上也许应当承认，就目前这种局面，即使总结出乡土小说的几个特点，也根本没有多大意义。欲实现鲁迅所说"成为世界的，即为别国所注意"的目标，恐怕还须注入茅盾对于乡土小说的要求——"因此在特殊的风土人情而外，应当还有普遍性的与我们共同的对于运命的挣扎"④，即全人类大多

① 丁帆：《中国乡土小说新解》，《江海学刊》1991年第6期。

② 丁帆：《中国乡土小说新解》，《江海学刊》1991年第6期。

③ 鲁迅：《致陈烟桥》，《鲁迅全集》第12卷，人民文学出版社1981年版，第391页。

④ 蒲：《关于乡土文学》，《文学》1936年第6卷第2期。

数人所共同关心的深刻的主题。只有当其地方特色与普遍性的人类思想相融汇，中国大陆的乡土小说才可能真正走向世界，而不至像才子佳人小说那样，到欧洲“旅游”了一番之后便无声无息地销声匿迹，成为世界文学史上一闪即逝的流星。这就是考察了80年代乡土小说后应得出的结论。

［原载于《山东师大学报》（社会科学版）1993年第4期。有改动］

“语丝文体”:对艺术真谛的领悟

姜振昌

“语丝文体”是指语丝派作家主要以《语丝》为阵地发表的议论性散文,即杂文。1924 年 11 月,《语丝》创刊于北京,《(语丝)发刊词》明确宣布本刊要以刊登“简短的感想和批评为主”。《语丝》虽然也兼采过散文、美术、论文等其他样式的作品,但杂文却始终占据了压倒一切的地位。在《语丝》先后刊出的 260 期(至 1930 年 3 月终刊)中,累计发表杂文约 800 篇①,占全部作品的百分之六七十,形成了一种影响深远的“语丝文体”。

语丝派杂文是在“五四”退潮较长一段时间后才开始出现的。也许正是在这种稍稍沉寂的环境中,作家们才有机会冷静地对“五四”杂文的创作实践进行认真的回顾与反思,鲁迅在《热风・题记》《华盖集・题记》和《写在〈坟〉后面》中,都留下不少这方面的文字。语丝派杂文从一开始就继承并深化着“五四”杂文的战斗传统但却避免了“五四”杂文的理论浅露和体式的粗疏状态,这正是在反思的基础上兼收并蓄、扬长避短的结果。

“语丝文体”是当时的语丝派作家自己提出来展开过热烈讨论的课题。孙伏园的《〈语丝〉的文体》(第 52 期)最早提出了这个概念,但孙伏园却未能

① 《语丝》曾列名 16 人为长期撰稿者,他们是:周作人、钱玄同、江绍原、林语堂、鲁迅、川岛、斐君女士、王品青、衣萍、曙天女士、孙伏园、李小峰、涂女士、顾颉刚、春台、林兰女士。而实际上,这 16 人中经常写稿的只有鲁迅、周作人、林语堂、钱玄同、川岛、江绍原、章衣萍等。此外,经常在《语丝》上发表杂文的还有冯文炳、徐祖正、刘半农、徐炳昶、俞平伯、张凤举等。

将它的内涵作出具体说明和科学界定。稍后周作人在第59期发表的《答伏园论〈语丝〉的文体》一文,明确概括它的特点便是“不管三七二十一地乱说”,“唯一的条件是大胆与诚意”①。林语堂的《插论〈语丝〉的文体——稳健,骂人,及费厄泼赖》(第57期)一文在对周作人的结论作出一番解释阐发之后,又提出了“《语丝》文体之二大条件”:“我主张语丝绝对不要来做‘主持公论’这种无聊的事体,语丝的朋友只好用此做充分表示其‘私论’‘私见’的机关。这是第一点。第二,我们绝对要打破‘学者尊严’的脸孔,因为我们相信真理是第一,学者尊严不尊严是不相干的事。”②后来,鲁迅将这些特色总括为“任意而谈,无所顾忌”(《三闲集·我和〈语丝〉的始终》)。的确,读语丝派杂文总会使人感受到一种不受别人命令、不顾个人利害而抒写衷肠的诚心和勇气,一种与敌对势力决不妥协、周旋不懈的姿态,一种咄咄逼人的进攻型气势。在这里,周作人、林语堂和鲁迅都是笼统地将风格作为文体的内涵来对待的,这大致是不错的。在我国古典文论和外国文论中,文体的概念同风格的概念常常联系在一起,密不可分。但文体还应当包括作品的体裁、体制或样式,或者说,是作家为表达既定的思想感情所采取的与之相适应的语言形式、组织结构等,《文心雕龙》的《风骨篇》《定势篇》《体性篇》在涉及这一问题时,都是兼括两者的。以此为依据并遵循艺术的美学原则来考察,“任意而谈,无所顾忌”并不能算作对“语丝文体”的全面概括,除此之外它还应包括这样几个特点:

1.“五四”时期的杂文多以思想感情的奔放热烈、议论风格的明白晓畅见长;语丝派杂文则是“热”与“冷”的统一,明朗与含蓄的结合,把不同的艺术情调融合起来,求得一种新的和谐。

语丝派杂文多系在激烈的斗争中产生的论战性、攻击性的文字,作家们的情感是十分浓烈的。常有如鲠在喉、不吐不快的冲动,甚至连周作人这种“极缺少狂热”的人,也显得那么“浮躁凌厉”。然而他们在写作时,大都注意节制,不让感情一味过“热”并作一览无余的宣泄,许多炽烈的情感已接受了理智的驾驭,被披上一层冷峭的外壳。我们常说的鲁迅杂文的那种冷峻而深沉的格调,就是在这时形成的。其他作家的作品也大多这样。周作人看

① 周作人:《答伏园论〈语丝〉的文体》,《语丝》1925年第54期。

② 语堂:《插论〈语丝〉的文体——稳健,骂人及费厄泼赖》,《语丝》1925年第57期。

到在“三一八”惨案中死难者的遗体后，心情像亲属死亡那样沉重，竟至于几天内“什么事情都不能做”（周作人语），但他直到感情稍稍冷静平复后才写出了《关于三月十八日的死者》（第 72 期）、《死法》（第 81 期）等与惨案直接相关的作品。在《死法》里，作者先比较各种死法，说都不很好，最后只有枪毙一法最文明：“在身体上钻一个窟窿，把里面的机关搅坏一点，流出些蒲公英的白汁似的红水，这件事就完了：你看多么简单。简单就是安乐，这比什么病都好得多了。三月十八日中法大学生胡锡爵君在执政府被害，学校里开追悼会的时候，我送去一副对联，文曰：什么世界，还讲爱国？如此死法，抵得成仙！”[①]乍一看，作品好像在“恭维”段祺瑞政府赠予了胡锡爵等烈士以“好死”似的，实则不然，通篇几乎全是反语，骨子里蕴含着对段政府草菅人命、以杀人为儿戏的兽行的满腔愤懑之情。作者的过人之处，在于将喷之欲出的情感做了最大限度的压缩和节制，冷言冷语不动声色。然而越压制越让人感到了感情的分量，越冷静越显示出内含的悲愤的浓重。这就像一个人对亲属死亡由悲伤而极于苦笑，由苦笑而极于欲哭无泪、心痛欲裂的境地。作品用如此笔法，并非有话不敢直说，他发表的《关于三月十八日的死者》，对杀人者的抨击和对死者的悼念，都是直接明了的，当时还没有像 20 世纪 30 年代那样谈政治一定得用“曲笔”，像鲁迅所说是“戴着镣铐的跳舞”。这完全是艺术表现方法问题。1925 年 6 月，鲁迅曾批评过报刊上一度风行的“锋芒极肃杀”的诗，认为“感情正烈的时候，不宜作诗，否则锋芒太露，能将‘诗美’杀掉”[②]。19 世纪崇尚东方艺术的美国著名画家詹姆斯·惠斯勒，曾以冷色与暖色结合，描绘了一个忧伤而瑰丽的少妇形象，画名为《玫瑰色与灰色的和谐》，成为不朽名作。语丝派的不少作品在做这样的艺术追求，其中一些优秀的已达到了这样的境界。

2.“五四”杂文谴责、嘲弄的色彩较浓，语丝派杂文则变谴责嘲弄为讽刺和幽默。

讽刺作为一种独特的艺术表现方式，几乎是与现代杂文同步产生的，但“五四”杂文的讽刺是不明显的，只有少数作品（如鲁迅、刘半农的个别篇章）含

---

① 岂明：《死法》，《语丝》1926 年第 81 期。

② 鲁迅、许广平：《两地书：鲁迅与景宋之通信》，青光书局 1933 年版，第 70 页。

有这种因素。真正有意识地在理论和实践上对讽刺艺术进行探索,是从《语丝》的创办开始的。他们依据自己的创作实践和审美经验,已明确认识到讽刺的本质和价值:"喜剧将那无价值的撕破给人看",而讽刺正是"讽刺又不过是喜剧的变简的一支流",①它是在审美愉悦中完成对否定事物的批判职责的,是"笑中带刺",因而比一般的谴责更富有感染力,更能使"教训文字也富于诗的分子"(《两地书·三二》)。当时语丝派作家不仅开始了对讽刺理论的探索,而且做了大量译介外国讽刺作品理论的工作。鲁迅翻译的厨川白村的《出了象牙之塔》和鹤见佑辅杂文集《思想·山水·人物》等,周作人评介的日本的讽刺诗、希腊洛斯留吉的讽刺诗、英国著名讽刺作家斯威夫德的散文《婢仆须知》、日本狂言喜剧《立春》等,都曾给当时的中国文坛特别是语丝派杂文的讽刺艺术以有益的滋补与影响。从现代杂文发展的角度看,尽管语丝派对讽刺艺术仍在探索的阶段,但已颇得讽刺艺术的神髓:不靠"猎奇记怪""揭发阴私",不靠谩骂、俏皮、轻薄、鄙语和插科打诨引发无聊的、廉价的"笑",而是靠着剖析现实生活中那些公然的、常见的、平时谁都不以为奇的,但却是虚伪的、畸形的、矛盾的、荒谬的事物,达到讽刺的目的。他们运用的表现手法也是多种多样的:

有的通过"具象"式的描绘和漫画式的夸张,将被表现对象的某些能反映本质的特征、观念、意识等加以形象化的揭示,增加读者的直观印象,从而把生活表象撕破,使人感到荒谬、可笑。如鲁迅的《牺牲谟》(第18期)对那个"道德家"的描述:他一次次地给别人以"美名",一步步地引诱别人为他而"自动"作出牺牲,最后竟逼人爬着把自己的唯一剩下的裤子送到他家里去。这不是曾有的事实,但却是常有的实情,鲁迅把这类人的"盘剥"意识用"夸张"的手法进行了"具象"描写,造成了绝妙的讽刺,让人感到"道德家"其实是最虚伪、最不道德的。同样,把封建思想对人民的压制比作"雷峰塔"(鲁迅《论雷峰塔的倒掉》,第1期),把封建思想的弊端设置在雷峰塔倒掉的瓦砾场里(鲁迅《再论雷峰塔的倒掉》,第15期),将封建军阀政府钳制信仰自由形容为中世纪宗教裁判所里的刑具"黑背心"(周作人《黑背心》,第31期),以梦

① 参见鲁迅:《再论雷峰塔的倒掉》,《语丝》1925年第15期。

幻似的“夜里的荒唐”来表现封建王朝的复辟丑剧(川岛《夜里的荒唐》,第 1 期),都是十分生动形象而又凸现其本质特征的,由于它们是作者极力调侃、嘲弄、揶揄的对象,因而昏昧的传统、腐朽的礼教、专制的政权等已变得十分滑稽可笑,原先给人们造成的巨大的心理压抑和恐惧感顿时化作乌有,剩下的便是“世相的神髓”被读者看清和否定之后的审美愉悦感。

有的用写实的手法揭示矛盾,通过矛盾示人以可笑之状,造成讽刺。这种手法在对“现代评论派”的斗争中用得最多,例如,陈西滢曾为《现代评论》接受北洋军阀津贴的事出来辩解,川岛的《“西滢”的“吃嘴巴”》(第 69 期)写道:

> 西滢并没有说《现代评论》社没有领津贴,只是说有人要能够证明他个人“领过三百元,三十元,三元,三毛,甚而至于三个铜子”,还有“一个大”,他“就不再说话”。“要是毫无证据,说什么,‘概不确知’,是应当吃嘴巴的。”证明了呢?则他无非不再说话而已。这赏罚一看似乎有点不“公道”,颇不象“通品”。但要是“三百元,三十元,三元,三毛,甚而至于三个铜子”,还有“一个大”,即西滢所谓“封嘴的钱”,那末“就不再说话”是对的。惜乎“毫无证据”!这“证据”是不是平常所说的“收条”?

既然没有收过钱,而别人证实后就可以“不再说话”,这就显然是矛盾,把这种矛盾一揭示出来,讽刺就成功了。

还有不少作品是靠用语的巧妙、隽永、亦庄亦谐,造成浓郁的喜剧氛围,从而产生讽刺效果的。如刘半农的《骂瞎了眼的文学史家》(第 63 期)、《徐志摩先生的耳朵》(第 16 期)、鲁迅的《杂谈管闲事・做学问・灰色》(第 62 期)等都是,特别是《骂瞎了眼的文学史家》,在反驳有人说“×(指陈西滢——引者)先生的英文比狄更斯更好”的论调时,抓住那些“瞎了眼”的文学史家大作文章,指桑骂槐,搞迂回战,它的每一句话几乎都是板着面孔正正经经说出的,然而通篇又几乎都是谐语,都是反话,其出语之机智,讽刺之辛辣,实在妙不可言。他们还善于将“古语和今语,官语跟土话,圣贤垂训跟泼妇骂街,典谟训诰跟淫词艳典,中国字跟外国字,汉字跟注音字母(或罗马字母),袭旧的跟杜撰的,欧化的跟民众的……信手拈来,信笔写去”[①],时而谈笑自如,时而恶语相讥,时而厉色

① 疑古玄同:《废话》,《语丝》1925 年第 54 期。

正言,都涉笔成趣,讽韵十足。在这里,特别值得一提的是对古语的运用,鲁迅说:“没有相宜的白话,宁可引古语,希望总有人会懂。”[①]“五四”以来,作家们提倡白话一贯不遗余力,为什么又突然喜欢起文言呢?这原因一半是由于文言文,毕竟对于汉语书面文学独特的表现手段进行过上千年的探索,本身典雅有味,用于讽刺时,其简洁的词语结构与白话文结合,很容易造成一种尖锐、冷峭的讽刺格调,使杂文成为可称作“瘦金体”的讽刺文体;一半则是由于作家们具备驾驭文言、活用古语的非凡才能。周作人主要吸收六朝人小品的凝练风格,在白话中加入少量文言句式和虚词,一唱三叹,摇曳生姿。鲁迅则喜欢在看似平常的议论和叙述里,出人意料地硬写几句古文,或者夹杂些文白相间的句式,“你说他是取笑,他却极郑重其事的;你说他是古板,他却流露出一派鄙夷的神情”[②],讽刺的效果也由此而得以加强。

语丝派杂文也同时给人一种幽默感。鲁迅说他的作品“往往夹杂些闲话或笑谈,使文章增添活气,读者感到格外的兴趣,不易于疲倦”[③]。周作人则是“用平淡的谈话,包藏着深刻的意味,有时很像笨拙,其实却是滑稽”[④]。而林语堂对幽默的倡导更是不遗余力,1924 年 5～6 月间,他在《晨报副刊》连续发表了《征译散文并提倡幽默》《幽默杂话》两篇有影响的文章,主张对于社会“开点雅致的玩笑”,作家对于现实生活的感想、看法、态度等,不妨以幽默的态度出之,从而引起读者的“自鉴”,以有益于“世道人心”。这些主张,在语丝派的杂文中是得到了生动的体现的。鲁迅的《论“他妈的”!》(第 37 期),周作人的《我们的闲话》(第 18、26、85、88 期),刘半农和钱玄同的《疑古玄同与刘半农抬杠》(第 85 期),林语堂的《谬论之谬论》(第 52 期)、《论骂人之难》(第 59 期)、《随感录》(第 18 期)以及《祝土匪》(《莽原》第 1 期)等,都堪称幽默杂文中的佳作。不过,语丝派的幽默常常是与讽刺结合在一起的。讽刺与幽默都属喜剧的范畴,都产生“笑”的艺术效果。但讽刺“是一种高尚的精神和道德的情操,无法在一个罪恶和愚蠢的世界里实现它的自觉的理想,于是带着一腔火热的愤怒或者微妙的巧智和冷酷辛辣的语调去反对当

---

① 鲁迅:《南腔北调集·我怎样做起小说来》,同文书店 1934 年版,第 112 页。

② 徐丹甫:《华盖集续编》,《时事新报·书报春秋》1927 年 6 月 5 日。

③ 鲁迅:《华盖集》,北新书局 1928 年版,第 8 页。

④ 胡适:《五十年来中国之文学》,申报馆编辑:《最近之五十年》,申报馆 1923 年印刷,第 94 页。

前的事物，对和他的关于道德和真理的抽象概念起直接冲突的那个世界不是痛恨，就是鄙视"[①]，它所产生的笑，明明白白地像有根针戳到了对象身上；而幽默则以坦然温和的态度出之，它所产生的笑，是挂在嘴边的一缕微笑，那往往是一种会心的微笑，好比山重水复之处突然峰回路转，遂使人茅塞顿开，心旷神怡。语丝派杂文的幽默很少是这种单独存在的形式，由于它表达的是对丑恶事物的情感态度、美学评价，带有明显的"否定性"[②]，因而便不能不与讽刺相偎相依，难以分解。这有两种情况：

一种是幽默与轻微的讽刺相结合。例如鲁迅的《论"他妈的"！》在谈到"国骂"("他妈的！")的情形时写道："偶尔也有例外的用法：或表惊异，或表感服。我曾在家乡看见乡农父子一同午饭，儿子指一碗菜向他父亲说：'这不坏，妈的你尝尝看！'那父亲回答道：'我不要吃，妈的你吃去罢！'则简直已经醇化为现在时行的'我的亲爱的'的意思了。"[③]"国骂"被乡农父子醇化为单纯的惊叹词，固然可以看作是为"反抗"而造"国骂"者的悲哀，也同样可以看作是一种愚昧、麻木的精神现象，但这毕竟是"不难克服"或"尚能容忍"的生活缺陷，因而通常的幽默中所固有的温和、宽容态度，在这类幽默与讽刺所构成的复合体中被大体上保持了下来。然而它又不十分温和与宽容，在它引发的会心的微笑的背后，人们也分明地感到了那根不痛不痒、亦痛亦痒的讽刺的"针"。但这终归与鲁迅那些同样是以人民内部的缺点为批评对象的火辣辣的讽刺作品不同，它更多的是渗透着诗情和哲理的感染、策励，起着解惑解颐的作用。

另一种是幽默与强烈的、刻毒的讽刺相结合。这时，客体已远远不是"不难克服"或"尚能容忍"的生活缺陷，而是不下猛药便难以治愈的积习或足以产生严重恶果的社会弊端。例如林语堂在《祝土匪》中对"女师大风潮"中的"现代评论派"的评述显然是一种幽默与讽刺相结合的笔调，它既有对学者"面孔"直接嘲讽的一面，也诱导读者对笑的对象去进行深入的思考，当

---

① [德]黑格尔：《美学》第2卷，朱光潜译，商务印书馆1979年版，第266～267页。

② 陈孝英在把幽默分为"肯定性"和"否定性"两种："肯定性幽默是通过对喜剧形象的肯定表达了艺术家对美的赞颂，是艺术家对美爱到极致时的一种逆向表现形式；而否定性幽默则是通过对喜剧形象的否定表达了艺术家对丑的蔑视，是艺术家对美的执着追求的一种逆向表现形式。"(陈孝英：《幽默的奥秘》，中国戏剧出版社1989年版，第56页)

③ 鲁迅：《论"他妈的"！》，《语丝》1925年第37期。

人们看清了这类学者在"尊严"的面孔底下像断了脊梁骨的癞皮狗一样的本质而从内心里发出厌弃、鄙视的微笑时,一股"美压倒丑的优势"[①]便油然而生。这种既尖刻泼辣,又语多笑谑的作品,在语丝派杂文中出现得最多,也最有代表性,"严厉的斥责寓于辛辣的讽刺,对敌人无情揭露又频加讥弹。读起来觉得生气勃勃而又耐人寻味,表现了作家的丰富的幽默感"[②]。

显而易见,讽刺和幽默已成为语丝派杂文的普遍风尚,二者像孪生姐妹一样形影不离,往往都是这样以幽默的手段实现讽刺的意念,通过讽人达到讽世的目的。陈子展的《最近三十年的中国文学》在谈到"语丝文体"时,也着重指出了其"富于俏皮的言语和讽刺的意味"的特点。不过,由于作家们之间存在着思想、人格、审美趣味、艺术表现力等的不同,因而表现出了不同的个性特征。鲁迅思想深刻,责任感强烈,其讽刺和幽默是"从深深渗透着理想的心灵产生的"[③],因而在嘲笑腐朽和黑暗时,充满了高亢、激越的格调,表现了作家必胜的信念和强烈的向善的情怀,而这些又多被深刻、冷峻的睿智裹藏着;周作人、刘半农等多喜欢广征博引,在从容不迫中闲闲写来,使论敌在不备中落入陷阱,遭到嘲弄,读者则在不意中受到感染和教育,引起共鸣;林语堂、川岛等的作品多有尖锐泼辣、明白晓畅的特点;江绍原的不少小品则写得轻松而又俏皮,充满了机智的诙谐和奇妙的才思。……唯其如此,才更充分地体现出语丝派杂文艺术的多彩多姿。

3."五四"杂文呆板说教的色彩较浓,大部分作品未完全脱掉一般评论文章的影响,接近理论短评;而语丝派杂文则在议论形式的艺术化上,向前迈出了实质性的一大步。

鲁迅曾以"五四"时期的作品为参照系分析自己这时期的作品:"意见大部分还是那样,而态度却没有那么质直了,措辞也时常弯弯曲曲。"[④]这种"弯弯曲曲"(即他后来所说的"曲笔")的追求,使杂文更趋于文学化,它不再是通过说理、论证、判断来表达观点,而是在"弯曲"中通过剖示物态、引发事理、启人心

---

① 陈慧认为:"幽默是通过美丑对照而引起的轻松而有深意的笑来表现美压倒丑的优势的一种喜剧形式。"(陈慧:《论幽默》,《河北师范大学学报》1981年第1期)

② 张梁:《鲁迅评幽默文学》,《徐州师范学院学报》(哲学社会科学版)1981年第3期。

③ [德]席勒:《论朴素的诗与感伤的诗》,《审美教育书简》,张玉能译,译林出版社2012年版,第177页。

④ 鲁迅:《华盖集》,北新书局1928年版,题记第I页。

智、动人感情的方式来实现它的社会批判功能。可以说，这是杂文作为一种文体走向成熟的表现，也是界定杂文文体与其他评论文体不相同的主要标志，在一定意义上赋予杂文文体概念以基本内涵。[①] 杂文“曲笔”的普及和成熟，固然是到30年代才真正实现的，但它的发祥地不能不是《语丝》，这里的一些优秀之作，像周作人的《遵主圣范》（第50期）、《死法》（第81期），川岛的《“西滢”的“吃嘴巴”》（第70期），章衣萍的《丢了三个》（第69期），旭生（徐炳昶）的《胡说乱道》（第13期），钱玄同的《中山先生与“国民之敌”》（第22期）以及鲁迅和刘半农的大量作品，其“曲”径通幽的特色已十分鲜明。

在这里，特别值得指出的是，鲁迅已开始探索着使用一种“隐喻模式”来曲折地表达抽象的思想，这就是：将某些具体的事物变成隐喻，从中透视、影射中国传统文化和现实生活的方方面面。例如，雷峰塔（《论雷峰塔的倒掉》）、细腰蜂（《坟·春末闲谈》）、胡须和牙齿（《从胡须说到牙齿》，第52期）等等，在鲁迅笔下几乎都被生发开来并具备了“暗示替代”的意义，成为某种思想意识或行为方式的象征。单说雷峰塔：“用精神分析学的隐喻观点来解释，雷峰塔便几乎成了一个图腾的象征，通过它，文化的‘超我’力量在压迫着‘本我’或‘伊底’的潜能。”[②]尤其是，鲁迅同时开始采用“取类型”[③]法描绘社会相，便越发使这种模式获得了艺术的触媒。这就为杂文的“形象化”议论提供了行之有效的思路。

与“曲笔”密切相连的是议论方式的多样化。语丝派杂文没有局限于“五四”时期较为单调的“随感录”形态，而是逐渐变成了一个与其他文学样式相互渗透、相互融合的开放型体系，使它在理念的表达上更加委婉曲折，富于感染力。《语丝》除了继续刊登一些“随感录”式的短文外，主要把篇幅

① 关于杂文的概念，笔者认为应当是：在面向生活说话的议论格局中委婉曲折地表达主观感想，这既需要一定的语言形式，又必须讲究艺术构思，为它设置能够“委婉曲折”地到达艺术彼岸的条件和过程。关于这方面的论述，详见拙作《鲁迅杂文文体的根本艺术特征》（《东岳论丛》1993年第1期）。

② 李欧梵：《生命与现实的全方位审视（上）——鲁迅的杂文》，罗成琰译，《鲁迅研究月刊》1989年第8期。

③ 鲁迅在“女师大风潮”和“三一八惨案”中，通过对流言家的各种言论、活动、手法的剖析，勾勒出这些“正人君子”的嘴脸，使“正人君子”成了某种阴险卑劣的一类人的共名，它们开创了鲁迅自己所说的杂文砭痼弊要“取类型”的创作手法。“类型相即”与“隐喻模式”之间虽不能完全画等号，但二者的内在联系是显而易见的，如叭儿狗、胡羊等同细腰蜂一样，都已不是自然界的动物现象，梁实秋也不仅是梁实秋，它们都有“相外之相”，都带着极大的象征性和寓意性，暗示着深广的生活内容和社会哲理。

略长（一般一二千字）一点的规范化的杂文作为自己的作品主体。所谓规范化，就是指那些有一定的格局、一定的创作规律（如上所述曲笔）可循的文艺性的社会论文。在杂文体式走向规范化的过程中，虽然“五四”作家已经作出过努力，当时的《新青年》《晨报副刊》等都曾发表过一些这样的作品，但真正使它定型并臻于独立、完善，却仍然是语丝派的功劳。此外还有：书信式的，如钱玄同和刘半农的《疑古玄同与刘半农抬杠》（第 85 期），刘半农的《巴黎通信》（第 20 期）；戏剧对话式的，如张定璜的《答问》（第 21 期），许钦文的《昏夜里的独幕剧》（第 4 卷第 23 期），鲁迅的《评心雕龙》（《华盖集》）；尼采式语录体的，如鲁迅的《小杂感》（第 4 卷第 1 期），川岛的《小杂感补遗》（第 4 卷第 4 期）；日记体的，如鲁迅的《马上支日记》（第 87 至 92 期），茨荪的《露茜日记抄》（第 90 至 95 期）；诗与文和文与画杂糅式的，如林语堂的《咏名流》（第 54 期）、《鲁迅先生打叭儿狗图》（《剪拂集》）；还有些作品大量融合了散文的叙述与描绘的手法，如鲁迅的《记念刘和珍君》（第 74 期），陆晶清的《从刘和珍说到女子学院》（第 109 期）；而鲁迅的《牺牲谟》（第 18 期）和江绍原的《后局大院江宅的家人叩禀》（第 78 期）等则酷似西方现代派的“意识流”小说，直接展示人物思想意识的流程，赤裸裸地拉开人物心灵的帷幕。无论哪一种形式，作家们都十分重视文字的暗示性与思想内涵的丰富性，如《小杂感》和《小杂感补遗》所揭示的那些深邃的人生哲理，《牺牲谟》中那个贪财者在阔大的言辞背后的卑劣用心，都不是平平实实告诉读者的，而是深匿在字里行间，从而引导读者对作品底蕴的反复回味，引起对于社会人生的沉思。同时，这种探索也打破了文体间的樊篱，使杂文这块曾经是狭小的领地，终于发展成一个艺术的“万花筒”，显示出旺盛的艺术生命力。

综上所述，“语丝文体”是一个内涵十分丰富的概念，本文所涉及的方方面面，都是它的有机构成部分。但从问题的主要方面讲，则是由讽刺和幽默为基础所浑然形成的那种“嬉笑怒骂、冷嘲热讽”的格调和“委婉曲折”的议论形式，这在“五四”以后是别开生面并受到舆论的普遍赞赏的。“语丝文体”标志着中国现代杂文在艺术上已经发展到成熟的阶段，在文坛确立了自己的地位。这对后来的杂文创作也产生了深远的影响。

［原载于《山东师大学报》（社会科学版）1993 年第 6 期。有改动］

论“时代女性”的基本特征

——《蚀》中新女性形象的宏观考察

翟　耀[①]

作为茅盾早期小说中的一组新女性形象群，“时代女性”不仅为人们所瞩目，而且对其中的一个个人物形象也作了相当深入的研究。然而，相比之下，从总体上对“时代女性”所作的研究却较为薄弱。“时代女性”既然是一个新女性形象系列，一种新文学史上被公认的特有的文学现象，那么，就一定有某些内在的相通相似之处，有区别于其他形象系列的共性特征。有鉴于此，本文拟把“时代女性”作为一个整体，对其基本特征作一番宏观考察，相信这对于把握“时代女性”的实质和价值，对于探讨茅盾创作的得失是不无意义的。

一

“时代女性”的形象是与大革命时代分不开的。

轰轰烈烈的大革命运动的兴起、高涨和失败，为“时代女性”的出现提供了相应的气候和土壤，为她们所特有的文化心理和个性气质的形成准备了充分的外部条件。被“五四”精神唤醒的一代青年，在黑暗势力的压迫下经

---

① 翟耀系翟德耀先生发表文章时所使用的笔名。

历了几年的精神苦闷和探索，怀着巨大的热情欢迎并投身于大革命洪流之中。当时，"小资产阶级出身的女学生或女性知识分子颇以为不进革命党便枉读了几句书"①。大革命浪潮来势之猛，声势之大，发展之速，使他们振奋，狂热，激动不已，似乎革命成功就在朝夕之间，理想实现已是咫尺之内。他们充满幻想，在紧张的斗争中磨炼，在浪漫的生活中成长，把个人的命运和革命的命运紧紧地联系在一起。而大革命的突然失败，在他们是始料未及、措手不及的，他们痛心，迷惘，幻灭，如同茅盾在《几句旧话》里谈及在武汉的亲身经历时所说："终于那'大矛盾'又'爆发'了！我眼见许多人出乖露丑，我眼见许多'时代女性'发狂颓废，悲观消沉。"②时代的变幻，时代的情绪，就是这样和一代青年声息相通。鲜明的时代性成为置身于大革命风暴中的青年的突出特征。作为现实生活中的现代青年的写照，茅盾在小说中的"时代女性"身上表现时代性是自不待言的。"《幻灭》等三篇只是时代的描写，是自己想能够如何忠实便如何忠实的时代描写。"③而由于茅盾又是一位以反映时代为己任的作家，特别注重文学的时代性和社会意义，所以作品中的时代性也就非同寻常了。尽管茅盾无意于全面反映大革命运动（那是历史学家的责任），而只是就人物所处的社会环境写了其中的某些方面；尽管茅盾无意于描写叱咤风云、洞察全局的真正革命者，而只是着重写了自己所熟悉的小资产阶级知识女性，然而在作品中的这些"时代女性"身上所凝聚的时代特征仍然是十分突出的。

其一，时代气氛的感受者。《蚀》中弥漫着的时代气息，大都是通过"时代女性"的切身感受表现出来的。威武雄壮的第二次北伐誓师大会，使参加者章静女士激动不已，也使读者领略到大革命的壮阔氛围。而章静在先后参加的政宣工作、妇女工作和工会工作中所见到的种种轻浮苟且现象，特别是在男女关系上的放任不羁，恣行肆为，则显现了大变动时代的另一种气氛。章静"常常看见男同事和女职员纠缠，甚至嬲着要亲嘴。单身的女子若不和人恋爱，几乎罪同反革命——至少也是封建思想的余孽……'要恋爱'

① 《茅盾论创作》，上海文艺出版社 1980 年版，第 3～4 页。

② 茅盾：《几句旧话》，《茅盾文选》，正气书局 1947 年版，第 10 页。

③ 《茅盾论创作》，上海文艺出版社 1986 年版，第 32 页。

成了流行病，人们疯狂地寻觅肉的享乐，新奇的性欲的刺激”[①]。一方面是紧张热烈的革命空气；另一方面却是疲倦烦闷的畸形心态，时代空气就是这样的矛盾。如果不是《幻灭》中这样描写，不是由章静的视角传达出来，那么大革命中这后一方面的社会风尚则很难从历史教科书里找到的然而这却是真实的描写，是历史的真实。社会大革命解除了旧传统旧道德的束缚，却还来不及建设新的道德规范，这就容易出现道德滑坡、沦丧甚至道德的虚无主义，出现寻求官能刺激的享乐主义倾向，这样的颓靡风气在俄国的社会革命中曾经更严重地存在过。无独有偶，郭沫若的小说《骑士》对大革命中武汉政府要人在两性关系上所谓“自暴自弃”的放浪行为也曾有过实录式的描写，可以作为时代流行病的一个有力佐证。

其二，时代生活的经历者。“时代女性”不仅感受了时代气氛，而且参加了大革命运动。她们固然不是时代风浪的弄潮儿，却也不是置身局外的看客。《动摇》中孙舞阳所经历的错综复杂的新旧势力的搏斗，使我们看到了大革命风暴中最令人惊心动魄的一幕：店员风潮，农协抗税，妇女解放运动，各种工农斗争如火如荼，童子团，纠察队，农军，各种群众武装来来往往，所有这些都从一个方面表明了革命的力量和声势；另一方面则是反革命势力作祟，特别是土豪劣绅的代表人物胡国光蒙混进统一战线内部，取得领导者的信任，以极“左”的面目出现在民众团体中进行破坏和捣乱，使某些过激行为越发激化，而领导层的软弱动摇，导致“左”倾幼稚病以至右倾思想抬头，及至叛军涌来，胡国光原形毕露，纠集土豪劣绅公然贴出“欢迎”的标语，与反革命沆瀣一气，血腥镇压革命力量，各民众团体纷纷出逃，风起云涌的大革命运动毁于一旦。在这场血与火的斗争中，尽管孙舞阳不在革命漩涡的中心，但却是实实在在的参与者。这个“跟着世界跑”的“时代女性”，在反革命的血腥屠杀前后，居然沉着镇定地通知别人转移，为别人作掩护工作，并临危不惧地化妆出走，寻找革命队伍，继续走革命道路。孙舞阳和时代潮流共进退，经历了动乱的中国革命史上最严峻的一个时期，经受了生与死的考验，她的际遇和命运，她对革命的追求和向往，也就必然带有广泛的时代内

① 《茅盾全集》第1卷，人民文学出版社1984年版，第71页。

容和普遍的社会意义。

其三,时代情绪的体验者。茅盾在谈及《蚀》三部曲的创作意图时说,他“要写现代青年在革命壮潮中所经过的三个时期:(1)革命前夕的亢昂兴奋和革命既到面前时的幻灭;(2)革命斗争剧烈时的动摇;(3)幻灭动摇后不甘寂寞尚思作最后之追求”①。不难看出,茅盾创作的着眼点在于时代青年的普遍心态和情绪,而他们的思想情绪又是与大革命的几个阶段密切关联的。尽管茅盾的创作实践与创作意图之间存在着较大的距离,但是青年的时代情绪却是淋漓尽致地表现出来了。章静的幻灭和追求,孙舞阳的热烈和坚定,自然都很有代表性,然而最突出的却是《追求》中的章秋柳。大革命失败后的低气压,成为流行病的时代苦闷,使她在阴霾的包围中不能自拔,她迷惘、悲观、颓废、苦闷到了顶点。为了摆脱令人窒息的苦闷,她和她的同伴在奋力挣扎,结果却是失败,黑暗的社会对不愿混日子又不愿与统治者同流合污的有良知的青年是无情的,正如作品中的时代青年张曼青所说:“这伙人确是焦灼地要向上,但又觉得他们的浪漫的习性或者终究要拉他们到颓废堕落;如果政治清明些,社会健全些,自然他们会纳入正轨。”②章秋柳们身上的浓郁的苦闷,是感应着时代的神经,并为社会环境所制约的。

关于时代性的含义,茅盾有过明确的论述,他指出:“所谓时代性,我以为,在表现了时代空气而外,还应该有两个要义:一是时代给与人们以怎样的影响,二是人们的集团的活力又怎样地将时代推进了新方向。”③依此衡量,以上所说“时代女性”在感受时代空气,经历时代生活、体验时代情绪等“反映时代”方面的时代性是突出的,但在推动时代车轮方面的时代性却看不出来。其实,这并不足怪。“时代女性”作为小资产阶级知识分子的一部分,有反帝反封建的强烈要求,她们政治敏感,接受新思想快,拥护并参加革命运动是十分自然的,然而她们毕竟不是无产阶级知识分子,她们带有自身的局限性,在参加革命的动机、对革命的认识以及自身的素质等方面,她们与真正的革命者之间还有一段长长的距离。她们不是革命的中坚,不是能

① 《茅盾论创作》,上海文艺出版社 1980 年版,第 30 页。
② 《茅盾全集》,人民文学出版社 1984 年版,第 271 页。
③ 《茅盾论创作》,上海文艺出版社 1980 年版,第 236 页。

够独自推动革命前进的力量,《蚀》就此所作的描写是真实的,令人信服的。尽管如此,深烙着时代印记、感应着时代脉搏的"时代女性"仍不失为一类成功的有典型意义的形象。在她们身上,时代性不只是作为人物活动的背景,而且是人物精神特征的一个重要方面。可以说,没有大革命的风云变幻,就没有"时代女性"的升沉进退,也就没有她们的鲜明特征。正是在时代性上,茅盾以自己的创作实践了多年以前的理论主张,并与大革命之前的那些仅仅表现个人婚姻问题或生计问题的作品区分开来。"时代女性"的时代性,无疑反映了时代的某些方面的本质。

二

"时代女性"形象的独特之处,还在于她们在道德观念上的现代开放性。

众所周知,茅盾曾把《蚀》中的女性形象分作两种类型,"静女士,方太太,属于同型;慧女士,孙舞阳,章秋柳,属于又一的同型"①。两种类型的不同,主要在于个性不同。大致说来,前者恬静,脆弱,耽于幻想,思想观念较为保守;后者刚强,浪漫,务实,思想开放。当然,这只是相对而言,比较而言。实际上,她们都是经过"五四"精神熏陶,经过大革命风暴洗礼的,具有更多的共同点,诸如强烈的个性主义意识,追求光明、向往革命的不懈进取精神,挣脱传统道德观念束缚的决绝态度等等,即便是静女士型的人物,较之社会上的一般女性而言,也具有更多的现代开放性。从这样的意义上可以说"时代女性"也是现代女性。"时代女性"的这一显著特征,当然是从她们的社会关系中表现出来的。综观《蚀》中为她们设置的主要关系,不是在大革命斗争中的矛盾,就是在两性关系上的纠葛。如果说前者为展现"时代女性"的时代性架设了广阔的舞台,那么后者就为表现她们的现代性提供了最佳的视角。

两性关系历来是人的社会关系中最敏感也最有历史内涵的一种关系。文学作品中两性关系的描写,一直为作家所关注。"五四"时期,随着妇女解

① 《茅盾论创作》,上海文艺出版社 1980 年版,第 31 页。

放的呼声日益高涨，描写知识青年恋爱、婚姻、家庭题材的小说风靡一时。这些小说大都以反对封建礼教的禁锢，倡导恋爱自由、婚姻自主、女性人格独立为旨归，并出现了具有鲜明个性主义色彩的新女性形象。鲁迅《伤逝》中的子君，庐隐《海滨故人》里的露沙，淦女士小说中的女主人公，杨振声《玉君》里的玉君，都是这样的人物。她们在封建家长专制与恋爱自由的冲突中，在旧礼教的压迫与婚姻自主的冲突中，在“灵与肉”的冲突中，勇敢地冲出了旧道德旧观念的牢笼，冲出了“大家庭”，走上了社会，走上了妇女解放的道路。尽管她们并不知道这条道路究竟应该怎样走，但是所跨出的这一步却至关重要，它表明，被长期压抑的女性自我意识终于开始觉醒了。及至大革命时期，这些新女性跟随着时代沉浮，发展成为“时代女性”，她们在道德观念上必然会发生若干新的变化。“时代女性”的这些变化，也就不能不在两性关系上突出地表现出来。

首先是“享受青春快乐”的“现在主义”。所谓“现在主义”，就是一种既不“依恋过去”，也不“空想将来”，而“只抓住了现在”的人生态度。这是一种执着于现实的务实态度，相对于感伤主义和空想主义而言，在对待工作对待事业上自有其可取之处，然而在两性关系上却又另当别论了。在这方面，最有代表性的“时代女性”是章秋柳。这个在大革命落潮后的时代苦闷病中极力挣扎和追求自由的女性，“旧道德观念很薄弱，贞操的思想尤其没有”①，经受了政治上的沉重打击之后，在失意和迷惘中走上了感情生活的“现在主义”。她说：“我永远不想将来，我只问目前应该怎样？必须怎样？我是不踌躇的，现在想怎么做，就做了再说。”②基于这样的人生信条，她公然宣称：“人生但求快意而已。我是决心要过任心享乐刺激的生活！我是像有魔鬼赶着似的，尽力追求刹那间的狂欢。”③如此大胆的坦直的自白，出自“时代女性”之口，实在是惊世骇俗的。这个被同伴称为“恋爱专家”的浪漫女性，不仅经常出入灯红酒绿的舞场或影戏院、酒楼，以寻求热烈痛快的刺激，感受一点生存的意味，而且几无顾忌地周旋于一群青年男子之间，以自己的美丽和泼

① 《茅盾全集》，人民文学出版社 1984 年版，第 378 页。
② 《茅盾全集》，人民文学出版社 1984 年版，第 372 页。
③ 《茅盾全集》，人民文学出版社 1984 年版，第 373 页。

辣颠倒众生，在情爱的欢乐中张扬自我，借以宣泄和排解胸中的郁闷。在她眼里，恋爱早已不是什么“神秘的圣殿”，在她身上，没有传统女性的羞怯和斯文，在她看来，“我们正在青春，需要各种的刺激，……刺激对于我们是神圣的，道德的，合理的！”“享受青春快乐”，成为章秋柳所信奉的“现在主义”的重要内容。

然而章秋柳并非道德沦丧的堕落女性。尽管她言辞激切，思想开放，追求热烈痛快的生活，但实际上在两性关系中却并未走得太远。她的周围诚然不乏求爱者，可是几乎没有合乎她的理想的，对于他们的轮番进攻，她只是在无伤大雅的前提下敷衍塞责而已，很像是一场游戏，并未为了寻求刹那的刺激而随意委身于人。这一方面由于她有强烈的人格尊严，并且心性甚高，不把平庸的男性放在眼里，另一方面是因为她有着理智的规约。在灰色的生活中，她并未忘记对革命的追求和向往，她知道这是一条“引你到光明，但是艰苦，有许多荆棘，许多陷坑”[①]的路，她有“向善的焦灼”，“冒险奋斗的趣味是她所神往的”，但由于个人本位主义，她“没有向善的勇气”。同时，她也知道摆在自己面前的还有一条“引你到堕落，可是舒服，有物质的享乐，有肉感的狂欢”[②]的路，感情上她对此难以割舍，但理智却告诫她“不应该颓废”，她“没有堕落的胆量”。两条道路的选择，在她内心深处构成“神与魔的冲突”。而正是这种冲突，造成了她在两性关系上特有的姿态。

其次是道德沦落的牺牲精神。大革命失败后流落到上海的“时代女性”，很有几个“为了一个正大的目的，为了自己的独立自由”，不惜牺牲自己的贞操和感情的。赵赤珠“忠于主义”，但当局“是不准革命的，因此就断了生路”，不得已沦落街头。她说“主张是无论如何不变的”，而为此“就是做一二次卖淫妇也不算什么一回事”。王诗陶在爱人牺牲后困窘潦倒，为了腹中“将来要接我们的火把”的孩子，也不得不怀着痛苦的复杂的心情步了赵赤珠的后尘。她们为了信仰，为了生存所演出的悲剧角色，无疑是对黑暗社会的控诉，其牺牲精神固然有可敬之处，但道德的沦落却是让人无法苟同的。

---

① 《茅盾全集》，人民文学出版社 1984 年版，第 319 页。

② 《茅盾全集》，人民文学出版社 1984 年版，第 319 页。

相形之下，章秋柳却又有所不同。对于上述二人的行径，尽管从理性上她表示赞许，甚至认为是“合理的，道德的”，然而感情上却感到悲悯，窒息，愤愤然，她无法接受这严酷的现实。但是，为了挽救作为同志的史循的生命，为了把这个怀疑派厌世派改造过来，她心甘情愿地奉献了自己的一切。在她看来，这是有意义而有兴味的事，“一件完全是好奇冲动的事”。她并不爱他，可是还是几经踌躇，终于投入了他的怀抱，终于激发了他的生活热情和生命活力，使他“复活”了，成为一个焕然一新的人。虽然史循在宣布与章秋柳结婚之日旧病突发而亡，但章秋柳的献身精神不能不说是难能可贵的。那么，从伦理道德的角度着眼，又应该如何评价呢？章秋柳做出如此惊人的举动，其实主要不是出于情感的冲动和新奇的刺激，而是一种颇为高尚的责任感，当她得知史循的悲观厌世乃至自杀是因为他所爱的一个像她一样的女子离他而去时，她决心舍己救人了：“我理应有完全的自主权，对于我的身体；我应该有要如何便如何的自由。”[①]强烈的女性自主意识，冲决了传统道德的所有堤坝，使她做出了勇敢的也是难能可贵的选择。应该指出，她在这里所说的“自由”，是特指对史循以身相许的自由，并非像有的论者所说的那样是可以随意委身于任何人的自由，因而也就说不上什么“道德虚无主义”。当然，为了拯救他人，章柳付出了牺牲自我的代价，其中也不无某种道德的代价，但是较之救治一个人的生命来说，无疑是值得的，不足苛责的。

再次是对男性偏执的报复主义。慧女士自从第一次被骗失身而又被弃后，即存了对男性报复的主意。在她看来，“男子都是坏人！主他们接近我们。都不是存了好心！用真心去对待男子，犹如把明珠丢在粪窖里”[②]。所以，她对于围在自己身边转的男性，只是玩弄，从没想到爱。“道德，那是骗乡下姑娘的圈套，她已经跳出这圈套了。”[③]她对于男性，“只是愤怒——报复未尽快意的愤怒”[④]。在当时，男性玩弄女性，是司空见惯的，被玩弄的女性往往只有悲伤、后悔、气愤而已。极少有像慧女士这样“用他们对待我的法

① 《茅盾全集》，人民文学出版社1984年版，第334页。

② 《茅盾全集》，人民文学出版社1984年版，第9页。

③ 《茅盾全集》，人民文学出版社1984年版，第30页。

④ 《茅盾全集》，人民文学出版社1984年版，第30页。

子回敬他们”的。尽管她“不但结过几次婚,并且有过不少短期爱人”,却不过是逢场作戏,“玩玩而已”,并不认真看待。慧女士对男性的憎恨、玩弄、报复,即便是可以理解的,却也是十分偏执的。玩弄女性的男性固然应该报复,但殃及所有的男性却无道理了。而慧女士在两性关系上的为所欲为,放任无忌,如她所说“我高兴的时候,就和他们鬼混一下;不高兴的时候,我简直不理”[①],则更不能令人苟同,这种完全无视道德规范的态度,是极端的自我中心主义,倘若失去自尊心的支撑。势必滑进堕落的深渊。与慧女士玩世不恭的人生态度和道德虚无主义不同,章秋柳尽管声言“女子最快意的事,莫过于引诱一个骄傲的男子匍匐在你脚下。然后下死劲把他踢开去”,要“玩弄那些自以为天下女子皆可供他玩弄的蠢男子”。[②] 尽管因为“偶然喜欢这么做——譬如伸手给叭儿狗让它舔着”而与求爱者有诸如接吻之类的亲热,但她实际上并未对男性实行报复主义,也并未随意失身于人。在性道德上她有自己的疆界。相形之下,慧女士对传统道德观念的背弃未免矫枉过正,走得太远了。

综上所述,“时代女性”在两性关系上的姿态是独特的,大胆的,与一般女性迥然不同。在传统道德根深蒂固的社会里,她们“享受青春快乐”的“现在主义”,为了某种正大的目的不惜以道德为代价的牺牲精神,以及对男性偏执的报复主义,无疑是与世俗格格不入的。然而,如果我们以现代意识予以观照的话,却也大致无可厚非。不要说她们不是浅薄的堕落的女性,就是颓废之说也未必尽然。她们在人生道路上固然有挫跌,有失望,有幻灭,但是她们并未停止过追求,并未醉生梦死,自轻自贱,“向善的焦灼”是她们的共同点。在理智与感情、“神与魔”的冲突中,她们既未完全摆脱理性的制约,也未完全听任感情的泛滥。她们的宣言是惊世骇俗的,但行动上却总有一定的“度”。那种单凭宣言不顾及行动而对她们所进行的道德评判,很容易失之偏颇。她们就是这样矛盾的女性。尽管如此,她们在两性关系上的现代开放性仍然是十分突出的。“时代女性”的这一基本特征。自然有着充

① 《茅盾全集》,人民文学出版社 1984 年版,第 74 页。

② 参见《茅盾全集》,人民文学出版社 1984 年版,第 373 页。

实的生活依据。如前所说,大革命时代浓郁的恋爱气氛是与热烈的革命气氛并存的,茅盾曾明确地在信中对人谈及:“孙舞阳等三个女性当时社会上不但确有其人,而且还有比我写得更‘解放’——其中之一,现在还活着。”[①]这里说的“解放”,据收信人称显然是指在两性关系上的开放性了。

三

强烈的女性独立意识,是“时代女性”的又一基本特征。

人的独立如同思想的自由一样,是人性解放的根本标志,是作为健全的现代人的基本要求。《蚀》中的“时代女性”形象。无论是个性柔弱还是刚强,都有很强的独立性。她们在政治上可以自主地选择革命。并在大革命失败后仍然有所追求;在经济上可以相对的独立。即便是有人受家庭的接济,也没有在人格上受到挟持;在思想上可以有很大的自由度,没有人强迫她们一定信仰什么,反对什么,她们可以自行抉择;在爱情上可以不受传统观念的束缚,完全自己作主……她们所面对的,是不容于她们独立的黑暗的社会,是根深蒂固的传统行为规范和世俗偏见,而也正是在这样的人文环境下,她们独立不羁、我行我素的姿态也就格外惹眼,别具光彩。其中最有代表性的,首推慧女士和章秋柳。

慧女士的独立意识是超乎寻常的。在章静眼里,“慧这人很刚强,有决断;她是一个男性的女子”,她“时常想学慧的老练精干”,在苦闷彷徨的时候,她“一定要去找她的‘慧姊姊’,因为慧的刚毅有决断,而且通达世情的话语,使她豁然超悟,生了勇气”。[②] 事实上,24岁的慧确实比单纯的静成熟得多,世故得多。由于纯洁的初恋蒙受欺骗,使她失去了对男人的信任,走上了极端的报复主义。这看来未免荒谬,实则却透露了一个女性强烈的个性,特别是其中自尊、自立、自强的精神,不能不在以男性为中心的社会里令人另眼相看。慧以狷傲的姿态周旋于追逐左右的男士之中,玩弄于谈笑之间,

---

① 沈楚:《茅盾谈自己“不值得谈”的作品》,《文汇读书周报》1994年7月30日。

② 参见《茅盾全集》,人民文学出版社1984年版,第75页。

这对于报复那些以玩弄女性为能事的追逐者而言，让人感到痛快。而慧为了摆脱对兄嫂的依附性毅然搬出来住，以及投身于武汉大革命阵营的举动等事实，也都表明她的独立性是突出的，贯穿于生活的各个方面的。

章秋柳的独立意识也有自己的鲜明特点。她有极强烈的个性，凡事无所顾忌，敢作敢为。“现在想怎么做，就做了再说”，决不踌躇，也不悔恨过去；她“永远自信”，“素来不喜欢跟人”，既有女性的柔情，更有雄强的男性气质。她的口号是“不要平凡”，追求的是“痛快热烈”的生活。唯其如此，她对于凡事“不说不干，也不说干”的敷衍塞责态度十分反感，对于男性“姝姝然”的小丈夫气嗤之以鼻，对于犹疑怅惘的求爱者坦然割舍。在她的阔大不羁的同伴曹志方看来，她“不为别的，就是因为你是个有胆量，有决断，毫没顾虑，强壮，爽快的女子”[①]。然而，另一方面，她又是脆弱的，时常处在彷徨、苦闷之中，既豪宕又浮浪，既热烈又冷艳，既追求光明又缺乏勇气，既富于同情心又不忘“享受青春快乐”。章秋柳的雄强和脆弱，在很大程度上体现出女性独立意识的尺度。在混乱黑暗的时代，要求女性彻底独立是不现实的。处在“无事可作”的境地，身受魑魅魍魉的压迫，即便是像章秋柳这样的女性，其独立性也是有限的。一个人的独立意识并不只是取决于他的个性，无论如何是离不开他的生存环境的。

慧女士和章秋柳的女性独立意识，典型地反映了“时代女性”不依附他人、自立于社会的共同心态。尽管“时代女性”距离实现真正的独立还有一段长长的路，但是她们已经走在了她们那个时代的前头，她们的女性独立意识成为深烙在自己身上的显著标志。

茅盾对自己的处女作《蚀》的思想情绪和艺术结构等作过严格的自我批评，而对于其中的人物特别是“时代女性”人物的塑造却是一直肯定的。他说：“人物的个性是我最用心描写的；其中几个特异的女子自然很惹人注意。……如果读者并不觉得她们可爱可同情，那便是作者描写的失败。”[②]字里行间，透露出作家的喜爱之情。那么，“时代女性”的“特异”之处是什么呢？以上，

① 《茅盾全集》，人民文学出版社 1984 年版，第 379 页。

② 《茅盾论创作》，上海文艺出版社 1980 年版，第 31 页。

我们从考察人物的时代性、道德观念上的现代开放性和行为准则上的女性独立性等三个方面的基本特征作出了回答。在我们看来，这是构成"时代女性"特异性的根本内容。尽管在她们身上还可以找到诸如理想主义、个人本位主义等精神特征，但作为本质的共同的特征，大概主要是以上三个方面。这三个方面是浑然统一的，舍弃了其中的一个方面，"时代女性"的形象也将是不完整的，这是可以断言的。至于"时代女性"的美学价值、文化意蕴和作家创作的心理机制等问题，这里限于篇幅，只好另文论及了。

[原载于《山东师大学报》(社会科学版)1994 年第 6 期。有改动]

中国小说创作主体的审美情感由传统向现代的转换

李宗刚

中国小说由传统向现代的转换，并不是中国文化自然发展的结果，而是中国文化在与楔入的西方文化的碰撞中，逐步地产生的文化位移。位移的根本原因在于对西方文化价值内核的逐步把握和认同。在这一文化观念的转换中，首先是对于西方物的认同（如器械、格致等），其次是对于西方政治体制的认同（如立宪政治等制度），再次才是随着这一系列认同的失败，而深入到了人的层次（如西方的发展源于个人的充分发展等）。随着对这样三个层次认识的深入，中国传统文化发生了裂变，一种旨在重构中国新文化的思潮逐步取得了引领时代风骚的地位。在对于这一时代主题需要的满足中，小说创作主体的审美情感亦因之发生了转换，即审美情感由传统向现代的转换。转换了的审美情感促成了中国现代小说的诞生。

如果说西方现代小说转换的驱动力和逻辑起点是审美情感的话，那么，中国小说由传统向现代转换的逻辑终点则是审美情感，其转换的驱动力和逻辑起点为理性认知。创作主体的审美情感的转换，是带有根本性的、内在的深刻转换。一定的审美情感自然是在一定的文化环境中培养而成的，并与这文化的价值内蕴相和谐。审美情感一旦形成，则又反作用于与之相和谐的文化价值观念。即便是理性认知已经发生了转换，审美情感仍然对之施以肯定性价值认同，表现出理性认知和审美情感的矛盾，虽然审美情感最终会因之而发生或多或少的转换。

中国传统小说所表现出来的审美情感是和对于礼的规范体系的价值认同相一致的。一方面,耳濡目染的理性规范,以一种经久不变的模式每时每刻地作用于主体的情感,经过情感和理性认同的不断调节,从而以一种审美情感的方式沉淀于主体的情感层中,成为其行为方式和思维方式的重要的制约因素;另一方面,审美情感一旦生成,又反转过来促成它对于礼的价值规范的认同。从而使之相互强化,难以走出这一传统的怪圈。

与礼的绝对价值尺度相吻合,中国传统小说在审美情感上表现为对人类的肯定性情感判断。诚如瑞士学者布克哈特所分析的那样:"在中世纪,人类意识的两个方面——内心自省和外界观察都一样——一直是在一层共同的纱幕之下,处于睡眠或者半醒状态……人类只是作为一个种族、民族、党派、家庭或社团的一员——只是通过某些一般的范畴,而意识到自己。"[①]在理性认知上是如此,具体到审美情感,又何尝不是如此?人只能在礼所规范的类型中意识到自己,并完成其审美情感的寄托,如在《三国演义》中,受创作主体审美情感的制约,"以致欲显刘备之长厚而似伪,状诸葛之多智而近妖"[②],使人物性格成为"忠义""奸诈""长厚"等某一种道德观念的投影。并且在对于人物的情感态度上,作者抑曹扬刘,这正是创作主体之所具有的审美情感使然的结果。

中国近代政治层次的变革,使得礼的绝对统治的中心地位趋于沉落。政治的原则成为那一时代在理性认知层次上的主要的价值认同。然而,新的政治原则并没有相应地引发起传统的审美情感的转换,在以康梁等为代表的前期维新派那里,其审美情感还未越出传统的藩篱,梁启超对于小说的理性认同,并不是建立在对于传统的审美情感的否定基础上,相反,是建立在对于传统的审美情感的肯定基础上,即对于六经的肯定上,"六经虽美,不通其义,不识其字,则如明珠夜投"[③]。其对于小说的倡导并不是建立在对六经的否定基础上,说明他们并没有从传统的审美情感中解放出来。即便是

① [瑞士]雅各布·布特哈特:《意大利文艺复兴时期的文化》,何新译,商务印书馆 1983 年版,第 143 页。

② 《鲁迅全集》第 9 卷,人民文学出版社 1981 年版,第 129 页。

③ 梁启超:《译印政治小说序》,《梁启超全集》,北京出版社 1999 年版,第 172 页。

梁启超所发表的"小说界革命"的檄文中，亦表现出新的理性认知与传统的审美情感并存的情况，认为小说"有此四力而用之于善，则可以福亿兆人；有此四力而用之于恶，则可以毒万千载"[①]，并且把中国群治腐败之总根源归结于小说，发出"呜呼！小说之陷溺人群，乃至如是！乃至如是！"[②]的无限感慨，正是承继了传统的审美情感的表现。传统的审美情感往往对小说持否定性的情感判断，把读写小说说成是玩物丧志。这一归结，无疑是其传统的审美情感的变相的表现方式。

梁启超毕竟是领一代风骚的先驱者，其传统的审美情感虽然占据着统治的地位，但随着其新的理性认知而来的新的审美情感亦开始确立。相对于传统观念中的小说不登大雅之堂而言，他把小说遵奉为"文学之最上乘"，从而使之从壮夫弗为的末技小道而一跃成为社会变革的工具，其间同时亦有新的审美情感充溢其中，说明审美情感较之传统而言有了一定的转换。

在梁启超的小说《新中国未来记》中，其理性认知较之传统而言已发生了较大的变化，表现出和中国传统小说迥然相异的内容，并对腐败的社会现实进行了淋漓尽致的批判。但是，在审美情感上却并没有因此而引起较大的转换。相反，审美情感还表现出对于传统的较大的认同。章回体的小说体式自不待言，就小说对于"文以载道"的体认而言，亦表明了传统的审美情感的惯性作用。同时，它也表明了这样一个基本史实：当创作主体在理性认知的层次上发生了转换，它并不能随之引发起审美情感的相应转换。相反，它极可能在传统的既有的审美情感中完成对于理性认知的接受。

如果说在审美情感的转换方面梁启超还因其是一个思想家而缺乏一定的代表性的话，那么，在转换时期的林纾无疑是一个范例。

林纾是在中国传统文化中成长起来的旧知识分子，其审美情感自然是在传统文化的熏染下培植而成的，并且还因为其对于中国传统文化深谙其中三昧，便使之在审美情感上得到了更进一步的强化。他译介了西方大量的现代小说，史称为"林译小说"，曾经直接地哺育过中国新文化运动的一代

① 梁启超：《中国人的启蒙》，中国工人出版社 2013 年版，第 175 页。

② 梁启超：《中国人的启蒙》，中国工人出版社 2013 年版，第 176 页。

新人的理性认知和审美情感,使他们有可能在中国传统的文化之外接受异质文化而完成对于新的审美情感的塑造,使他们的审美情感较之传统文化下形成的审美情感有质的差异。

林纾对于西方小说主要是在理性认知层面上接受的。其接受并不是对于西方文化及小说的认同,而是在对于中国传统文化及小说的肯定中完成对于西方文化和小说的认同的。就其对于西方小说的内容的认同来看,《英孝子火山报仇录》等作品典型地体现了林纾是怎样地以中化西的。林纾针对"'欧人多无父,恒不孝于其亲',辗转而讹,几以欧洲为不父之国。间有不率子弟,稍行其自由于父母教诲之下,冒言学自西人,乃益证实其事"的情形,表明了他所说的"西学可以学矣",但特别强调"忠孝之道一也"[①]的价值观,这说明了林纾译书是为了反证中国传统文化之正确性。《孝女耐儿传》亦是把西方文化之载体纳入中国礼的忠孝框架之中。在文章的章法上,林纾则是以中国传统的古文义法作为接受的基础,在西文中印证《史记》的笔法。当然,林纾在理性认知的层面上对于西方文化的内核亦偶有触及,但从根本上说,根深蒂固的传统审美情感妨碍了林纾对于西方文化的理解,使他最终也没有越出传统的审美情感的藩篱。

《茶花女遗事》是"林译小说"中较早的一篇,其社会反响较大,林纾对此亦甚为得意,甚至成为其译作一发而不可收的重要契机。但是,这篇小说并没有深刻地影响到林纾的审美情感,在林纾所创作的小说《柳亭亭》中,作品的人物设计、故事情节的安排都较多地受到了译作的影响,甚至可以说是对于译作的模仿,但在故事结局的设计中,林纾又不自觉地落入大团圆结尾的窠臼,这和茶花女的悲剧命运相比较便黯然失色了。这说明了林纾在审美情感上并没有发生转换,相反,传统的审美情感却深刻地制约着他的创作和译介,使之难以从传统的硬壳中突破出来。

林纾在新文化运动伊始,便迫不及待地站出来与新文化运动的主将们发生了激战,这正是传统的审美情感使然的结果,并非是在后期变得反动了。这只是传统的审美情感一以贯之的不同的外化方式而已。但是,我们

① 薛绥之、张俊才:《林纾研究资料》,福建人民出版社 1983 年版,第 109 页。

如果从审美情感转换的链条来看，林纾传统的审美情感还是有其特殊价值的。林纾依恃着其自身所具有的深厚的传统的审美情感，对西方小说进行审美上的再加工和再创造，有助于西方小说在中国寻找到生存的土壤和条件，以致获得了承前启后的轰动效应。但这并不能说明我们的文化——心理结构和西方文学相似而引发了审美上的共鸣。相反，它应该归之于林纾传统审美情感的成功外化。林纾的古文笔法和对中国传统文化的深厚的功底，有助于西方小说走近中国读者，其“翻译”工作受到桐城派的大力奖掖，正是因为林纾成功地在西方小说中掺进了中国传统的审美情感的因子。如林纾的译作《香钩情眼》的命名就甚含中国传统文化的趣味。所以说，林纾借助于古文笔法，再辅之以自我的文化——心理情感的辐射，使外国小说穿上了中国士大夫的大褂，故而可以堂而皇之地进入到各个阶层中。而同期周氏兄弟的小说翻译，则径直地以原貌登陆，如鲁迅所说：“人地名悉如原音，不加省节者，缘音译本以代殊域之言，留其同响；任情删易，即为不诚。故宁拂戾时人，移徙具足耳。”[①]这种直译，与中国传统的审美情感要求相去甚远，所以，其反响甚寥，便不足为怪了。

后人在论及林纾的翻译时，常以林纾不懂西文为憾。其实，如果林纾真正通晓西文，甚至于建立起西方的那种理性体系和审美情感的话，林纾也就难以成为历史转换的一环。我们完全可以说，林纾正是以其独特的方式，在“翻译”西方小说时，既卓有成效地实现了以中国传统审美情趣所作的改良，同时又保留了西方小说的某些内在精神特质，从而才在审美情感的转换中，起着历史的链条的作用。其后来者，诸如鲁迅、郭沫若、郁达夫等“五四”新文学的开拓者，莫不是借助于林译小说，从传统中走了出来，吸吮到了西方文化的甘甜乳汁的。而林纾所掺入的传统审美情感的因子，则成为他们理解异域文化的跳板。

真正完成了审美情感转换的是那些同时吸吮着异质文化而成长起来的一代新人。新文化运动的主将们不再是中国传统文化这一单质影响下成长起来的一代，他们所受到的影响是双重的，一方面是传统文化，鲁迅、郭沫若、郁达夫等人的旧学根底都很厚实，这自然地培养起了他们以传统的审美

---

① 《鲁迅全集》第10卷，人民文学出版社1981年版，第157页。

情感作为审美情感的基本底色；另一方面，他们又经受了西方文化的熏染，从而使其传统的审美情感有所变异。从这些新文化运动主将们的审美情感的构成来看，鲁迅无疑是受传统的审美情感影响最深的人。同时，鲁迅又是在理性认知的层面上最清醒的人，这样，鲁迅的审美情感的转换就更具历史的价值。

鲁迅在童年和青少年时期，主要是生活在典型的传统文化氛围中，这使他原初的审美情感更多地打上了传统的底色，然而因其家道败落所经受的冷漠和讥讽，便使鲁迅不可能再形成与传统相吻合的审美情感。鲁迅审美情感的转换显得异乎寻常的艰难。诚如鲁迅在《两地书》中所清醒地认识到的那样：因此"耳濡目染，影响到所做的白话上，常不免流露出它的字句、体格来。但自己却正苦于背了这些古老的鬼魂，摆脱不开，时常感到一种使人气闷的沉重。就是思想上，也何尝不中些庄周韩非的毒，时而很随便，时而很峻急"[①]。在语言和思想上如此，在其审美情感上又何尝不是如此呢？

倘若从理性认知来看，鲁迅早在 1907 年就已经基本完成了对于西方文化中的人的精神的深刻领悟，并且在一系列的论文中表达了他的这种理性认知。但是，在审美情感上鲁迅却无法完全摆脱传统情感的束缚。至 23 岁，他方毅然地剪掉了那根长辫子，到 26 岁，还是不违母命而和朱安女士成婚。虽然这在自我的理性和情感上都不能接受，但还是无法挣脱传统审美情感的束缚。鲁迅后来就此说"也只好陪着做一世牺牲，完结了四千年的旧帐"[②]。这正是对于无法超越自我的一种无可奈何的情感的真实写照。

鲁迅当时虽没有彻底地完成审美情感的转换，但是，却因在理性认知上完成了较为彻底的转换，能够对于自我的审美情感进行深刻而冷峻的自我剖析："我的确时时解剖别人，然而更多的是更无情面地解剖我自己。"[③]这使得鲁迅有可能对于自我所具有的传统的审美情感予以深刻地自我观照，自觉地用新的理性认知完成对于传统的审美情感的批判。这恰如他自己所表述的那样："自己背着因袭的重担，肩住了黑暗的闸门，放他们到宽阔光明的

---

① 鲁迅著，邓晓芒导读：《解剖我自己：坟　热风》，崇文书局 2019 年版，第 217～218 页。

② 《鲁迅全集》第 1 卷，人民文学出版社 1981 年版，第 322 页。

③ 《鲁迅全集》第 1 卷，人民文学出版社 1981 年版，第 284 页。

地方去；此后幸福的度日，合理的做人。”[①]正可以看作鲁迅处理传统的审美情感和新的理性认知的矛盾的特有方式。

鲁迅对于自我的传统审美情感置于自觉意识下加以观照，是经历了一个漫长的过程的。在理性认知转换后的初期，传统的审美情感还是居于统治地位。这体现在1912年创作的小说《怀旧》中。该作品且不说在语言形式方面更多地秉承了传统的某些审美因子，单就内容而言，还是停留于讥讽的水平上，其理性之光并未渗透到对于人的精神的探寻中，这基本上是鲁迅传统的审美情感所作用的结果。

鲁迅的审美情感被理性所观照，是在经历了碰壁和失败之后而完成的。正是在“叫喊于生人中，而生人并无反应，既非赞同，也无反对”[②]的情形下，感受到未尝经验的无聊时，才促成了鲁迅对于自我的反省：“我决不是一个振臂一呼应者云集的英雄。”[③]并逐步由对于传统文化的否定而完成了对于自我的否定：“四千年来时时吃人的地方，今天才明白，我也在其中混了多年”[④]，正是这种把自我也置于理性的观照下，才使得鲁迅最终完成了对于传统审美情感的否定和对于现代审美情感的认同。从现代审美情感出发反观传统文化的承载体时，鲁迅才会有那种“哀其不幸，怒其不争”的情感。这一现代审美情感促成了鲁迅的彻底转换，使他的小说创作表现出强烈的现代性特征。

但我们还注意到另一个重要的情感现象，即在鲁迅的小说中，绝少触及创作主体自我审美情感的畛域。他没有像郁达夫那样对于自我审美情感进行大胆的坦露，只是在其散文诗集《野草》中有象征的暗示，这自然是与鲁迅的整个文化心理建构分不开的。而郁达夫则不同。郁达夫青少年时期所受的教育已不仅仅是私塾，17岁东渡日本后，较早地接触到西洋文学，这一切使得郁达夫在审美情感生成的重要时期，较多地融进了异质文化的因子，并在其审美情感深处沉淀。这样，传统的审美情感就不再像鲁迅那样浓重。相反，某些如卢梭的《忏悔录》的基本精神的现代审美情感却深潜于情感深处。在他身上，传统的审美情感是在和现代审美情感的对立中而存在着。

---

① 《鲁迅全集》第1卷，人民文学出版社1981年版，第140页。

② 《鲁迅全集》第1卷，人民文学出版社1981年版，第417页。

③ 《鲁迅全集》第1卷，人民文学出版社1981年版，第417～418页。

④ 《鲁迅全集》第1卷，人民文学出版社1981年版，第432页。

郁达夫正是在对于自我的这种审美情感的观照中，获得了独特的艺术发现。正如郁达夫所说："第一篇《沉沦》是描写着一个病的青年的心理……里边也带叙着现代人的苦闷，——便是性的要求与灵肉的冲突。"[①]可见，郁达夫是在对于现代人的苦闷——对于自我的"生的意志与现实的冲突"（周作人语）中完成其艺术发现的。这说明郁达夫走着和鲁迅不同的审美情感的转换道路。这区别，我们可以借用司马长风的评论加以说明："鲁迅的创作，是从'揭出病苦，唤起疗救'的救世信念出发，而郁达夫的创作则从献身艺术的真诚出发；鲁迅一心想作一个除旧开新的斗士，而郁达夫只是一个哀哀而泣，幽幽而说的'零余者'（Superfluous）！鲁迅在其作品中，如深隐在幕后，满身铜盔铁甲的武士，而郁达夫则是裸露台上，任人观赏的疯人，不惜捐生的武士固然是大勇之人，脱除一切隐饰，暴露自我也同样是大勇之人。"[②]这可以说是对创作主体从不同的方面向现代审美情感认同的典型概括。

创作主体以转换了的审美情感重新审视人生时，必然会从传统的习焉不察的混沌状态中有所发现，"人之子醒了；他知道了人类间应有爱情；知道了从前一班少的老的所犯的罪恶；于是起了苦闷，张口发出这叫声"[③]。

用小说形式所记录下来的这叫声，便随之转换为区别于传统小说的现代小说。

需要说明的是，中国近现代期的审美情感的转换，是在对现代的理性认知这一外在驱动力的作用下完成的情感位移，这相对于原初的自然状态下生成的现代审美情感是不同的。一旦这驱动力因某种原因而弱化，现代审美情感便可能在新的层次上逐渐回归传统。这与西方那种植根于生命深处而形成的现代审美情感不同，当它面对着强大的传统，现代审美情感的困顿、疲软便带有某种历史的必然性和规律性。中国 20 世纪小说发展进程中的风风雨雨，曲曲折折，也许是对历史规律的最好诠释。

［原载于《山东师大学报》（社会科学版）1995 年第 2 期。有改动］

① 《〈沉沦〉自序》，郁达夫著，文明国编：《郁达夫自述》，安徽文艺出版社 2014 年版，第 61 页。

② 司马长风：《中国新文学史》上卷，昭明有限公司 1978 年版，第 158 页。

③ 《鲁迅全集》第 1 卷，人民文学出版社 1981 年版，第 322 页。

荒诞的存在：示者（做戏者）与看客

——论鲁迅启蒙小说的独特叙事模式

顾广梅

人在必然世界里只有一个有限之极，在希望世界里则有一个无限之极。鲁迅，这位五四新文化运动的灵魂人物，一面因了“铁屋子”的黑暗而焦灼痛苦，一面怀着毁坏它的希望而抗争呐喊。于是，他抱着“启蒙主义”，做起“揭出病苦，引起疗救注意”[①]的启蒙小说来。尽管这种创作动机有可能导致作品的社会教育功能大于审美功能，然而，由于鲁迅在创作实践中出色地处理了真善美三者的辩证关系，使其启蒙小说的强大理性光辉与焦虑彷徨、寂寞孤独的情绪流变汇融一体，呈现出多姿多彩的艺术风貌。

本文试图探究鲁迅启蒙小说的独特叙事模式，即从启蒙和被启蒙的角度来考察，可以称之为“示者与看客”的二元对立结构；从整个国民生存状态的角度来分析，又可以称之为“做戏者与看客”的二项对立模式。

一

“五四”时期，现代知识分子精英扮演着思想启蒙代言人的社会角色。他们敢于向传统文化挑战，敢于凭借自己的知性，以西方近现代文化作为主

① 《鲁迅杂文全集》，河南人民出版社 1994 年版，第 482 页。

要参照系,在中国宣扬着科学与民主,寻求建构人的价值和尊严的道路。荣格指出现代人"是位地地道道最'不历史的'人,而且是一位和完全生活在传统里的群众疏远的人"。[①] 鲁迅笔下的夏瑜、狂人、魏连殳、吕纬甫及"疯子",都包含着这种现代人的构成因子,他们是"铁屋子"里较早醒来的人。这些先觉者们,在那个物质与精神同等匮乏的时代,在一片人心的荒漠里,以决绝的姿态,试图唤醒昏睡的麻木的人们。他们有热情有知性,凭借其胆识与勇气去穿越愚昧的迷障,窥视到中国封建社会百足之虫死而不僵之势。所以要呐喊,要付出努力乃至生命。然而,他们在鲁迅的小说世界里却被当作疯子,或被嘲笑讥讽,或被处以极刑。悲剧的深刻性就在于施动者不仅仅是当权者,更是那些需要开启智慧、接受教化的民众。他们死气沉沉地活着,从未意识到自己命运的可悲;但在围观启蒙者时,竟能眉飞色舞,由"死相"变成"活相",这是何等的麻木又是何等的悲哀!启蒙者成为示者,被启蒙者成了看客,这个荒诞的存在就构成了鲁迅启蒙小说的独特叙事模式。

尤涅斯库说,荒诞就是缺乏意义。启蒙者本是以严肃的话语方式出现的,他们追寻的是人与命运的真正意义,即使狂人之"狂"、疯子之"疯"也是鲁迅揭示那个荒诞世界的一种荒诞表现手法,其精神核心是清醒而痛苦的。然而他们无一幸免地成为一出出闹剧的主角。其精神上的超越性、现代性,在看客眼里是可笑的,不可理喻的。夏瑜的血成了给小栓治病的良药,他的死又成了看客们茶余饭后的笑谈。魏连殳祖母出殡,反倒给族人们提供了一个看新党表演的绝佳机会。他们"欣欣然聚满了一堂前",表示着惊异和不满。由此,意义便消解在这些看客冷漠的眼里,悲剧成了闹剧。

看客一面被吃一面又去吃人。他们如此轻易地把启蒙者拉上舞台成为示者,"许多人的随便的哄笑,是一枝白粉笔,它能够将粉涂在对手的鼻子上,使得他的话好像小丑的打诨"[②]。启蒙者痛苦的呐喊,顽强的抗争被演绎成滑稽戏。他们非但不是振臂一呼应者云集的英雄,反而只是被推到前台的表演者。由此可以理解领悟魏连殳何以"像一匹受伤的狼,当深夜在旷野

---

① [瑞士]卡尔·古斯塔夫·荣格:《现代灵魂的自我拯救》,黄奇铭译,工人出版社1987年版,第295页。

② 《鲁迅杂文全集》,河南人民出版社1994年版,第461页。

中嗥叫，惨伤里夹杂着愤怒和悲哀”[①]；也可以理解领悟狂人为何总以为吃人的人用恶狠狠的鬼眼睛看着他。看客们不仅拒绝认同启蒙者的话语方式，而且用游戏的话语方式来扭曲消解意义，用滑稽对抗崇高，用荒诞的巨大力量，打破启蒙的神话。革命究竟是什么？在阿Q眼里，革命是放火抢劫；在未庄人眼里，革命是“穿崇正皇帝的素”，是一场好看的演出。革命成了一场游戏，只要盘起辫子就算是革命，似乎这种哗众取宠的行为本身成了目的。看客使示者的存在变得无意义、无价值。对于看客，鲁迅是憎恶多于同情的。《示众》以反讽的笔调，淋漓尽致地描绘一群看客无聊的丑态。他们不但不明了人生的意义，不创造人生的价值，而且去消解意义、去破坏价值的建构。

鲁迅于《〈呐喊〉自序》中写到先觉者“如置身毫无边际的荒原，无可措手”，还要忍受“无可挽救的临终的苦楚”。启蒙者虽然深怀着对幸福与理性的渴望，然而又看到了世界的荒谬。加缪说，荒谬生于“‘这种对人性的呼唤和世界不合理的沉默之间’的对抗”[②]。那么，启蒙者被当作表演者后，他们将如何继续扮演人生的角色？或是像过客那样孤独地前行，从绝望之境走向希望；或是难以招架看客的围观，跑下舞台混迹人群中，如同吕纬甫所说蝇子飞了一个小圈子，又回到原点，可笑又可怜；或是不惜献出自由与生命（如夏瑜、疯子），以此反抗着这人生的荒谬？

启蒙话语之所以日益被消解，示者与看客二元对立叙事模式之所以能成立，可以从多角度来探究根源。首先，现代文明所崇尚的科学与民主，同中国传统文化中包含的愚昧与专制之间的对立，直接造成启蒙者与看客心态上的互不相容性。启蒙者意欲在破除封建专制和封建迷信的过程中建立自己的话语系统，建构现代文明。而看客们早已习惯做稳了奴隶的时代，传统文化滋养和影响下形成的封建权力话语系统使他们将启蒙者视为叛逆和异端。其次，在于看客们人性之异化，无法认知自我，认知命运。封建意识紧紧束缚住他们的灵魂，使之真正成为乌合之众，浑浑噩噩地生，又浑浑噩噩地死，总是带着沉重的精神枷锁。启蒙主义的理性很难开启这片凝结成

---

① 鲁迅：《彷徨》，北新书局1935年版，第129页。

② 参见[法]阿尔贝·加缪：《西西弗的神话》，杜小真译，生活·读书·新知三联书店1987年版，第149页。

心理板块的奴性心态。再次,启蒙主义本身具有乌托邦色彩,使它与中国这个历来重实际功利的社会显得格格不入;况且,那个时代精神之蛮荒、物质之贫瘠都已至极点,看客们似乎更需要治病的人血馒头,而不去理睬几声呐喊,不相信启蒙的神话;生活的窘迫艰辛,使他们无暇顾及如何化开思想的混沌;精神的麻木萎缩,又使他们顺从地接受当下的生存状态,不反抗不创造。所以鲁迅才说"造物的皮鞭没有到中国的脊梁上时,中国便永远是这一样的中国,决不肯自己改变一支毫毛!"[①]另外,还因为启蒙者自身存在弱点。他们的性格往往清高孤傲,以一种救世主的姿态俯瞰民众,颇有"世人皆醉我独醒"之态。所以哪怕牺牲了性命,民众也不领情。最重要的原因恐怕在于那个战乱频仍的年代,民族危机、阶级矛盾是社会的首要问题。解决这些问题,比个性解放、思想启蒙更加迫切,因为它们直接造成了四万万同胞苦难的生存状况。正是这种种主客观原因造成了示者与看客的荒诞存在。

二

存在的荒谬性,不仅体现在启蒙者与被启蒙者之间,还深深地浸透于整个国民的生存状态中。这便是我们从另一个角度理解鲁迅启蒙小说的叙事模式:做戏者与看客,所谓做戏者,是示者的大而化之,意即局内人、戏中人;看客,相应地可称之为局外人,观戏人。他们存在的场所如此巨大:"未庄""鲁镇""咸亨酒店"……都可谓"天地大戏场"。做戏者与看客之间的行为方式、心理状态及角色互换一同构成了存在的荒谬性和悲剧性。

鲁迅笔下的看客,事无巨细,无所不观。他们对局内人抱着看热闹、冷眼观戏的心态,分明忘却甚至本来就未找到自己的身份和人生角色的定位,总趋之若鹜地随声叫好,至于这对局内人有何损伤则是全不用负责任的。看客随便地起哄并非因为事情本身具有可嘲讽性,只不过是借以宣泄无聊情感的手段而已。"我在《野草》中,曾记一男一女,持刀对立旷野中,无聊人竞随而往,以为必有事件,慰其无聊,而二人从此毫无动作,以致无聊人仍然

① 鲁迅:《头发的故事》,《呐喊》,人民出版社 1979 年版,第 45 页。

无聊，至于老死，题曰《复仇》，亦是此意。”①

值得注意的是，看客对局内人的态度不是一成不变的。比如阿Q，他宣称是赵太爷的本家，虽挨了赵太爷的打，却招来大家的“仿佛格外尊敬”。可是到皇帝停考，不要秀才举人，赵家减了威风，因此看客也便小觑了他。及至他中兴之路归来，看客自然就显出一种疑而且敬的形态来。当阿Q高喊“造反”时，人们却都用惊惧且可怜的眼光看他。可见，看客的起哄与叫好并非完全盲目。他们以那个巨大的封建伦理道德体系为价值取向。他们自身被规定了尊卑贵贱，对于等级在其上者，就充分地表现出奴隶性；对于等级在其下者，就极尽颐指气使之能事。阿Q地位的变化，不在他自身，而在他的参照物——赵太爷的荣辱兴衰上。由于看客精神结构的封建意识形态化，使得他们残酷地赏玩着局内人的悲剧，这些局内人已非有血有肉的生命个体，而只是其心理板结层的一个个符号罢了。同时，看客的存在方式亦是丧失了自我的，在小说世界里没有清晰的面目和富有个性特征的行为，甚至找不到他们各自的声音。其形象是模糊、朦胧的一片，以多数、众人的姿态出现。或是“闲人”“村人”，或是“未庄人”“鲁镇的人们”。这是一种存在的沉沦。海德格尔说：“沉沦是对亲在的一种诱惑。”②因为沉沦意味着放弃自己独立的决定与判断，放弃人之为人应该背负的责任，与众人通过闲谈、好奇与两可建立起共在的关系。看客们就这样成了一群没有健全人性、不能主宰自己的局外人。

由于看客的存在，局内人的精神结构、心理状态及行为方式自觉不自觉地受到影响。生存的个体身不由己地被抛上看台，在台下一片喧闹声中，日益丧失自我意识，丧失“身份感”(弗洛姆语)。如阿Q与小D打斗的一出戏，两个局内人为了满足看客的好奇心、无聊感而拼命想扮演好剧中的角色，他们逐渐以“非我”状态存在，没有成为“本该是的我”，倒成了“你所欲之我”(弗洛姆语)。及至阿Q临刑前游街示众，他那点可怜的生命意识——天地间总有死亡这回事——亦被如何讨好看客的心态淹没了。

看客的围观，不仅造成做戏者的依附性和“非我”状态，而且使那个腐朽黑暗的世界更加无是非、无黑白。阿Q调戏小尼姑，得逞后他“十分得意的

---

① 《鲁迅全集》第12卷，人民文学出版社1981年版，第415页。

② [德]马丁·海德格尔：《存在与时间》，转引自曹锦清：《现代西方人生哲学》，学林出版社1988年版，第183页。

笑”,而“酒店里的人也九分得意的笔”。在一片空洞热闹又可憎可恶的笑声中,人们的精神日益委顿卑琐,良知与正义早已不知是何物了。更为严重的是,因为看客的缘故,做戏者仅仅把自己定位为“做戏者”,人生的本质意义被消解,人的言语和行为成了一种无目的的符号。阿Q到死仍后悔没有画圆那个圆圈,祥林嫂用血汗钱去捐门槛,这显现出意义的丧失和被扭曲,充满深刻的悲剧意蕴。另外,看客和做戏者在人生天地大戏场里不断进行着心理角色的转换。看客可以成为做戏者,做戏者亦可成为看客。鲁迅在《阿Q正传》中几番提到阿Q爱“看热闹”。最典型的一次是刚刚在吴妈面前演出了求爱闹剧的阿Q,竟至跑到台下来看吴妈寻短见的悲剧。这“赏玩别人苦痛的昏迷和强暴”①,这被观看者欲演还休、欲罢不能的尴尬处境,深刻地体现了人们心灵的隔膜和疏离。所以鲁迅说这种普遍的做戏,“却比真的做戏还要坏。真的做戏,只有一时,戏子做完戏,也就会恢复为平常状态的”。“不幸因为是‘天地大戏场’,可以普遍的做戏者,就很难有下台的时候。”②看客与做戏者都形成心理定式,很难回到存在的本真状态。

作为叙述者,鲁迅是统摄于他整个小说叙事模式之外的看客。时而坚定愤怒,时而敏感忧郁,以清醒的痛苦俯瞰这个缺乏诚与爱的世界,并试图推倒“这人肉的筵宴的厨房”。他揭示出一群丧失自我的存在:污染于封建意识形态和人们自己无意识的圈套里。如同克尔凯郭尔在《忧愁的哲思》中所说:“人世是要完结在当作笑话的开心的人们的大家欢迎之中的罢。”③鲁迅笔下的每次人生风波、每出人生闹剧,都以看客们无趣地散开、做戏者无趣地走开了结。那些可怕的眼睛,怪诞的哄笑以及麻木而残酷的心灵纠缠起来,挤压着鲁迅、挤压着无数启蒙者,挤压着旧中国的每一个人。鲁迅启蒙小说因为提供出“示者(做戏者)与看客”的独特叙事模式,并揭示了具有普遍性的人类生存困境,故而获得深刻久远的思想意义,使一代代读者经受强烈的心灵震撼后,寻求一种完满本真的存在。

[原载于《山东师大学报》(社会科学版)1998年第2期。有改动]

① 《鲁迅杂文全集》,河南人民出版社1994年版,第40页。

② 《鲁迅杂文全集》,河南人民出版社1994年版,第422页。

③ 鲁迅:《帮闲法发隐》,《杂感集》,时代文化社1937年版,第243页。

中国现代主义文学中的自我分裂现象透视

吕周聚

“自我”是一个富于生机和活力的概念，以它为纽带将浪漫主义和现代主义连接起来，因此“自我表现”既是传统浪漫主义的战斗口号，又是现代主义的美学原则。但现代主义并不是对浪漫主义的简单重复，而是在更高层次上对它的否定和发展，因此现代主义文学中的“自我”不同于浪漫主义文学中的“自我”。从创作主体论的角度来看，弗洛伊德的精神分析学说为区别现代主义与浪漫主义提供了界标，在这之前的“自我”只是一个“健全而合理”的整体，而精神分析学说则把这个整体一层层的剥离剖析开来，将它分为“超我”(Super-ego)、“自我”(Ego)、“本我”(Id)三个不同的层次：“本我”是最原始的、无意识的心理结构，由遗传本能的欲望构成，遵循快乐原则，是一种非理性的冲动；“自我”是受知觉系统影响经过修改来自本我的一部分，它代表理性和常识，接受外部世界的现实要求，遵循唯实原则，主张克制，但不否定本能的要求；“超我”是人性中高级的、超个人的方面，它代表着道德、良知、理想、秩序，是社会、理性的象征。[①] 它们既互相隔离，又互相联系，是一个互动的结构体系。弗洛伊德精神分析学说将那个“健全而合理”的自我解构成了一个残缺不全、互相冲突的怪物，文学由此而跨过浪漫主义进入现代

① 参见[奥]西格蒙德·弗洛伊德：《弗洛伊德后期著作选》，林尘等译，上海译文出版社 1986 年版，第 6 页。

主义的范畴。

根据现代心理学理论，自我的分裂可分为“精神分裂性”和“精神分裂症”两种不同形态，前者是指人的一种正常生存方式，后者则是指精神病态的生存方式，这两种主体分裂形式在中国现代主义文学创作中都有所表现。自我的分裂为中国现代主义文学创作打开了一座神秘而又富有的宝库，赋予“自我表现”一种深刻的现代意义。

一

作家的行为举止在常人的眼里总是有点神经兮兮，而现代主义作家在某些方面表现出的一种“非常态”，有时简直可以和精神病患者相媲美。性格敏感的现代作家常常因其思想的超前而不被社会所理解，他们被排斥在社会之外，无法将自己与他人融为一体，陷入孤独苦闷之中，精神因承受巨大的压力而发生不同程度的扭曲分裂，“他在绝望的孤独中体验自己；并且他所体验的自己并非一个完整的人，而是以不同方式‘分裂’了的人；分裂的结果也许是只有脆弱联系的心与身，也许是两个或多个自我(self)等等”①。主体的分裂既反映了作家们生存的精神状态，同时又为作家们创作出性格复杂多面的人物形象提供了精神动力。鲁迅作为中国现代主义文学的先驱，具有特立独行的精神人格和敢为前人所不敢言的异端思想，其精神人格也异常复杂，呈现出分裂的倾向，“其实，我的意见原也一时不容易了然，因为其中本含有许多矛盾，教我自己说，或者是人道主义和个人主义这两种思想的消长起伏罢。所以我忽而爱人，忽而憎人；做事的时候，有时确为别人，有时却为自己玩玩，有时则竟因为希望生命从速消磨，所以故意拼命的做。此外或者还有什么道理，自己也不甚了然”②。其笔下的人物形象，不是性格单一的平面人物，而是一些具有多重性格、多面脸孔的立体形象。阿Q是一个性格复杂的人物形象，这是不争的事实，“像阿Q那样的一个人，终于要做

① [英]R. D.莱恩：《分裂的自我——对健全与疯狂的生存论研究》，林和生、侯东民译，贵州人民出版社1994年版，第3页。

② 鲁迅：《两地书》，《鲁迅全集》第11卷，人民文学出版社1998年版，第79～80页。

起革命党来,终于受到那样大团圆结局,似乎连作者他自己在最初写作时也是料不到的。至少在人格上似乎是两个"[①],尽管鲁迅对郑振铎的这段评论有不同的看法,但阿Q性格的多重性和复杂性的本质是不变的,阿Q也正是因其性格的多重复杂性而成为一个著名的典型人物;《弟兄》将沛君在单位同事面前的"大公无私"与其潜意识中极端的自私自利加以对照,通过二者之间的矛盾冲突来刻画沛君分裂的双重人格,塑造出了一个虚伪自私、富有立体感的人物形象。郁达夫身上具有一种自虐倾向,他"爱喝酒,爱吸香烟,生活没有秩序","发展到自我作践的地步"[②],他笔下那些带有自传色彩的主人公也表现出这一性格特点,他们身上存在着"本我""自我"与"超我"的激烈冲突,《沉沦》是这方面的代表之作。《沉沦》中的"他"是一个留学日本的青年,处于青春期的"他"在"本我"的驱使下充满对异性的渴望,他要发泄但找不到发泄的对象,于是只能躲在被窝里手淫,去偷看房东的女儿洗澡,窥视在苇草里野合的男女,最后堕落到逛妓院的地步;遵循唯实原则的"自我"时时为自己的这种堕落进行忏悔,并以种种借口对其进行压抑、自责;代表社会、民族的"超我"却又因祖国的落后软弱而产生强烈的自卑意识,三方冲突的结果是主人公以溺海自杀的方式毁灭了自己年轻的生命。穆时英生活在中国现代化的大都市上海,处于现代漩涡的中心,他尽情地享受着现代都市生活,同时也被现代都市生活所异化,其主体人格也处于裂变之中,他同时写作《南北极》和《公墓》中的两种风格完全不同的小说,"同时会有两种完全不同的情绪,写完全不同的文章,是被别人视为不可解的事,就是我自己也是不明白的,也成了许多人非难我的原因。这矛盾的来源,正如杜衡所说,是由于我的二重人格"[③],"我是过着二重,甚至于三重,四重……——无限重的生活的","我是正,又是反;是是,又是不是;我是一个没有均衡,没有中间性的人"[④],这种裂变的人格在其作品中也有成功的表现。《夜总会里的五个人》中的人物生活在"没有理性","法官也想犯罪"的"星期六的晚上",

① 西谛(郑振铎):《呐喊》,李何林编:《鲁迅论》,陕西人民出版社1984年版,第81页。
② 郭沫若:《论郁达夫》,《郁达夫研究资料》(上),天津人民出版社1982年版,第96页。
③ 穆时英:《公墓》,《南北极　公墓》,人民文学出版社1987年版,第173页。
④ 穆时英:《我的生活》,《现代出版界》1933年第9期。

他们过着醉生梦死的生活，当他们的追求被残酷的现实生活无情地击碎时，他们的精神人格陷入了分裂之中，胡钧益的80万家产被标金的跌风摧毁了，“一颗坚强的近代商人的心也碎了”；失恋的郑萍陷入怪诞的幻想；面对青春流失的黄黛茜陷入恐惧之中；知识分子季洁面对各种版本的哈姆雷特而迷失了自我，“你是什么？我是什么？什么是你？什么是我？”成了无法界说的存在难题；一等书记缪宗旦无端被市长撤职，感到地球的末日到了；在颓废的世纪末氛围中，他们的心破碎了，精神陷入分裂性状态，最后胡钧益开枪自杀，其他四人则成为现代生活的零余人。现代作家本身所表现出来的自我分裂现象自然地投射到其笔下的人物身上，二者互相融合，构成了中国现代主义文学的独特景观。

自我分裂为现代心理分析小说的诞生提供了思维方式，心理小说的衍生又反过来丰富、深化了自我分裂的模式。30年代，施蛰存的小说吸收心理分析、意识流等各种新兴的创作方法来描写中国人的内在心理世界。他注重表现人物复杂的心理活动，注意塑造多面性格的人物形象，自我分裂现象在他的作品中表现得尤为鲜明突出。从整体上看，其前期创作“摹仿多于创造”[①]，这种“摹仿”，主要表现在按照一种固定的理论模式（弗洛伊德精神分析学说）来编造故事，结构人物的性格冲突。《娟子》中已婚的表兄芜村教授因暗恋表妹娟子而发生精神分裂，他表面上关心、爱护娟子，而内心则时刻存在着对娟子的强烈欲望，最后他在欲望的驱动下强行对娟子实施非礼，表现了“自我”与“超我”的矛盾冲突；《追》中的暴动工人鑫海在执行戒严任务时遭遇了他所单恋的资本家的女儿，资本家的女儿欲利用他混出城外去送情报，鑫海面临是要革命还是要女朋友的艰难选择。小说对鑫海当时复杂矛盾的心理作了非常透彻的分析，一方面作为工人阶级他对资本家及其女儿怀有仇恨，另一方面他又经不起女奸细的姿色引诱，矛盾冲突的结果是本能战胜了自我、非理性战胜了理性、儿女情长战胜了革命意志，鑫海因挡不住女奸细的诱惑而主动将其送出戒严的城市，结果导致革命的被动失败，这与当时盛行的“革命＋恋爱”的小说模式有着异曲同工之妙；《梅雨之夕》对

① 施蛰存：《石秀之恋》，人民文学出版社1991年版，引言第3页。

人物心理活动的刻画细致入微，人物的行为、结果都符合主人公的身份、地位，所揭示出的那种孤独、苦闷、想革命而又不能的无奈心情细腻而又深刻，是其创作由前期向中、后期转化的转折点，也是他创作成熟的标志。其中、后期的作品摆脱了前期的模仿而进入了运用自如的创造，他善用心理分析方法来分析人物的情爱心理，尤其是对古代人物性心理的分析，《鸠摩罗什》是这类作品的典型。罗什作为一名高僧过着禁欲主义的生活，一心只想修成正果，是一个一心向上的纯洁个体，后来他遇到青梅竹马的表妹并与之结婚，此时他心里蓄着两种相反的企念，一种是如从前剃度的时候一样严肃地想把自己修成正果，一种是如凡人们一样爱他的妻子；在妻子死后他曾试图重过禁欲的生活，但经不起放浪女人的诱惑又与皇帝赐予的十余名妓女鬼混，这时他知道自己已经只不过是一个有学问的通晓经典的凡人，而不是一个真有戒行的僧人了，但为了衣食之故，他只得假装自己是个大德僧人来欺骗愚弄无知的男女，从而由一般的凡人变成了卑下的凡人。小说用罗什自己的人格分裂与内心争斗，表明道与魔、欲与法的激烈冲突，描写罗什由单一人格到二重人格再到三重人格的裂变，但其冲突的结果与众不同——欲与魔最后取得了胜利。因为性的诱惑罗什并没有成为一名功德圆满的僧人，而是成了一名比一般的凡人还要卑下的大骗子。作品以古代的英雄人物为对象通过心理分析来揭示其内在心理与外在形象的不协调，剥去他们神圣的外衣，使他们从英雄变为凡夫、再从凡夫堕落为恶魔，从而达到解构神圣、反对崇高的目的，这不仅仅是对人性的呼唤，而且也是对人性的进一步深化，作品中的心理分析切合人物特定时空中特殊的心理情绪氛围，恰到好处、入木三分地雕刻出人物鲜明的性格特征，并无生搬硬套弗洛伊德心理分析模式的痕迹。施蛰存对中国小说发展的贡献在于他确立了中国心理分析小说的模式，摆脱了西方心理分析小说的套路而使之中国化，即用意识流动的方法来讲故事，或是边讲故事边分析人物心理，使心理分析与故事情节恰到好处地融为一体，透过心理分析来揭示人物性格从而使人物形象栩栩如生。

二

人类生活在特定的社会环境之中，与外在的现实、与他人之间有着千丝万缕的联系，当这种联系表现为一种和谐的存在关系时，他（她）会产生一种稳定的感觉，亦即一种基本的存在性安全感；当他（她）与周围的环境和人物发生各种不愉快的冲突时，便会陷入苦闷与焦虑之中，产生一种存在性不安，最终导致精神性分裂，这种精神性分裂在中国现代主义文学中得到了生动而形象的表现。无名氏长达七卷的"无名书系"无论是在内容还是形式上都是一部奇书，它以主人公印蒂的现代心灵探索和自我人格的裂变为线索来结构整个系列，从他的精神分裂中表现中国社会变迁的历史。印蒂是一个性格敏感的年轻人，他生活于富康之家，在学校里是一个懂事听话、成绩优异的好学生。有一天他突然离家出走，其原因是"自我"意识的觉醒，"我突然发觉，过去所有生活，全无自我意识。我只是环境牵线下的一具十足木偶。从今天起，那沉睡在黑暗心灵中的'我'，第一次睁开眼睛，从漫长噩梦中醒来。这个'我'第一次决定开始要做它的躯壳的主人，而把原先所有各式各样的主人赶走。一点不错，这以前，我有许多主人。这以后，他们只凝成一个主人：'我'！"①。"我"的觉醒实际上是"自我"的分裂，他害怕与他人他物的联系，深刻地感到存在性的不安，与社会、家庭、学校发生冲突，他首先要反抗学校的机械、枯燥、无聊的生活，最后他只能逃离学校出去寻找新的生活方式，完全陷入"吞没焦虑"之中，"在吞没焦虑中，个体把自己经验为这样一个人，他所作的一切，都是为了拯救自己，使自己免于被那最恒久、最有力、最绝望的行为淹没。对于当事人来说，吞没是一种危险：被理解（即被把握、被了解）的危险、被爱的危险，甚至仅仅是被看见的危险"②。从此他踏上了一条躲避"吞没"的逃跑之路，精神陷入了不断的分裂之中。在经过一番流浪之后他参加了革命，然而革命对他来说只是情绪的表现，只是生命的

① 无名氏：《野兽、野兽、野兽》，花城出版社1995年版，第21页。

② ［英］R.D.莱恩：《分裂的自我——对健全与疯狂的生存论研究》，林和生、侯东民译，贵州人民出版社1994年版，第34页。

一部分，他追求的并不是结果而是革命的过程，因此在他从狱中被保释出来而受到革命同志的怀疑之后，他对革命本身也产生了怀疑，“生命在那里，路在那里”成了他思考的一个具体而又抽象的哲学问题，他所有的努力、挣扎、奋斗都是为了生命的圆全，然而“我发觉这圆全没有了，我所得到的只是破裂”[①]，为了弥补“破裂”、追求“圆全”，他踏上了漫漫的精神探索历程。第二部《海艳》写印蒂为了治疗自己的精神创伤而到南洋，在返家的轮船上，他遇到了美丽漂亮的表妹，经过爱的追逐他得到了表妹的爱，然而就在这时那原本统一的完整的“自我”正向两极状态裂变，“他感觉自己正在经历一种新细胞形成时的分裂运动，有丝分裂，或无丝分裂”[②]，他渴望得到爱，但当爱情终于就要成为法律现实时，他又惧怕这种爱，他发现“我已经完全失去‘自我’，失去个性。我的灵魂不再是‘我’，而是‘你’，凡你爱的，我爱，凡你想的，我想。凡你感觉的，我感觉。凡你决定的，我决定。我像一把笃萝，缠挂在你身上；我像一条河水，适应你的河床；我像一片海潮，随你的月球起潮力而升降。凡属于‘我’的一切，全空了，完了。我再不是‘我’，是‘你’了。从字典上，我已取消了‘我’字，代以‘你’字。一切‘我思’‘我想’‘我感’，都变成‘你思’‘你想’‘你感’”[③]。在他看来，被他人所爱相当于置身于强制性的承诺之下，他用以维护自身身份的主要手段是独立，为了使自己不被爱所吞没，为了追求真理、自由、个性，他毅然离开正在准备结婚的热恋中的瞿縈再次离家出走。第三部《金色的蛇夜》写印蒂在上海的堕落，他每天生活于酒色之中，与高级妓女莎卡罗混在一起，他寻找丑恶，认为它里面蕴藏有更高级的美丽与更大更深的真实，找到最后他又渐渐地发现，丑恶像美丽一样可能是虚妄的、不结实、不经久的，最深的丑恶也会使他失去最自由的“自我”，在他即将沉到罪恶的深底时他又渐渐地醒悟过来，当莎卡罗对他产生了感情并要求他跟她一起到沙漠里去隐居时，他拒绝了她的要求，“我不能为一个女人放弃世界”：我倦于荒淫，倦于疲倦了。而这一切有毒的流汁中间依然还弘流着那片原始纯粹，在最深的魔鬼丛苑内，我身上依然有遗传的天使羽

① 无名氏：《海艳》，花城出版社 1995 年版，第 344 页。
② 无名氏：《海艳》，花城出版社 1995 年版，第 407 页。
③ 无名氏：《海艳》，花城出版社 1995 年版，第 498 页。

翼。我究竟是个飞翔者，不是个立定者，他要保持自己的绝对独立，目的是为了不被“吞没”，于是他告别了生命的最低潮，走出罪恶，走向完善。第四部《死的岩层》中印蒂加入教会成为一名修士，找寻一种一元、一种伟大的单纯，然而教会里面的污浊、黑暗又使他对“主”发生怀疑，他从经卷里所得到的依然是“虚空的虚空”，这时曾给予他最高圆全的真理形体开始显出裂缝，引起他的幻灭并使他退出了教会，他在意识到中国人所面临的民族危机之后宣称：从此时起，我所追求的……他已不只是我个人的，而是我们整个文明的最高境界……他不只要拯救他自己精神大森林里目前这片大火，他还得严肃探索、尝试、学习，拯救今后千万年无穷无尽的重复大火，成为千千万万拯救者中之一个。他为了探索人生真理而再次皈依佛教，然而寺里的清规戒律及诵经的喧闹妨碍他潜心修炼，寺里的黑暗勾当使他对佛教产生怀疑，“他将又一次离开神——那崇高却又永远摸触不到的生命。他将仍把自己交给自己，不再交给任何活人或死人、石像或雕像”。在脱离了宗教之后，他重新认识自己：我只是一个渺小的人，我只想本良心良知行事，从政治大漩流中退出来，追求生命理想和人生境界，这不是迷信，也不是自私和逃避，我只想探求这一时代知识分子应该探索的。第五部《开花在星云以外》写印蒂遁上华山，远离战争、政治、时代，进入一种与现实、与人类的隔绝状态，在“空虚”之中追求永恒的心灵和平，探索深沉的生命，此时他陷入“自我”与“肉体”的分离，认为突破肉体后灵魂才能真正升华，他追求内在心灵的巨大，追求自我与宇宙的融合：自我稍稍向外扩大一寸，便变为宇宙，宇宙略略向他扩大一寸，便形成自我。他拒绝了邬玛丽的肉体之爱，用理性压抑本能，从欲望中升华自己，在空灵中参悟道体，完善自我。第六部《创世纪大菩提》写印蒂在参悟道体后走下华山，秉持我们需要更透明的、更洗练的、更综合的整体，首先是更人间的、更人性的、更愉悦的、更和谐的生命整体的思想认识他与瞿縈结婚寻求幸福，他试图建立一种星球哲学来拯救整个人类，作为这种哲学的实验他建立了一个地球农场，追求一种人与人的新鲜关系，一种更持久的和平、博爱、幸福，全书以他的实验农场的成功与他的思想的结集出版作结。总起来看，印蒂的精神分裂呈现为一种怪诞的形式，它一方面表现为对外在危险和内在“吞没焦虑”的逃避，另一方面表现为对真理、圆全的不断追求，自我的不断逃避使自我不断发生分裂，而对真理、圆全的不断追求又使自我趋向统一和完整，因此他的性格几经分裂，每一次分裂既是他对危险的逃避，同时又是他不断走向真理、走向圆全的积极的追求。从这个意义上来讲，他是探索真理、追求理想的中国知识分子的缩影，他将自己的触觉缩入到自己的内心世界来审视、探索自己的灵魂，通过自我人格的不断裂变，来表现现代人的精神世界。如果说浮士德是一个与魔鬼赌博的勇士，那么印蒂则是一个向自我挑战的斗士，在与自我斗争的过程中实现自我人格的完善与发展。

20 世纪 40 年代，九叶诗派的诗人们也面临着自我与社会的冲突及自我本身的分裂，在分裂与冲突中追求灵与肉的统一、自我与社会的和谐。九叶诗人们继承了里尔克、奥登等人的诗学观与人生观，强调理性与感性、小我与大我的融合统一，积极而勇敢地干预现实生活，“我们应该把握整个时代的声音在心里化为一片严肃，严肃地思想一切，首先思想自己，思想自己与一切历史生活的严肃的关连。……我们应该有一份浑然的人的时代的风格与历史的超越的目光，也应该允许有各自贴切的个人的突出与沉潜的深切的个人的投掷，我们首先要求在历史的河流里形成自己的人的风度，也即在艺术的创造里形成诗的风格，而我们必须进一步要求在个人光耀之上创造一片无我的光耀”①。他们首先要表现的是自己的个性，将自己的个性夸大至足以消融外在世界的程度，将外在世界内化为个人情感，取消了内在世界与外在世界的界限，最终取消个人走向无我，因此个人的情感就是大众的情感，个人的痛苦就是民族的痛苦，个人的思想就是社会的思想，“私有经验的世界已经变成了群众的世界……众人等于一人，一人等于众人”②。这种小我与大我的统一并不是对中国传统的人格结构的简单恢复与重复，而是在更高程度上对它的发展与完善。传统的“小我”与“大我”的统一只是一种静态的平衡，是以“小我”服从“大我”、以“大我”替代“小我”最终泯灭“小我”为特征，而九叶诗人追求的个人与社会、“小我”与“大我”的统一则是一种动态

① 《我们呼唤》，《中国新诗》1948 年第 1 期。
② 朱自清：《新诗杂话》，作家书屋 1947 年版，第 170 页。

的平衡，它以保持自我的独立为前提，以诗人的不断自我剖析与人格分裂为特征，自我在与自然、社会、自我的战斗中获得存在的权利，并通过战斗来获得一种暂时的和谐与平衡。穆旦是一位有着高度感性和理性的现代主义诗人，在他身上感性与理性的冲突是如此激烈，它们的统一又是如此和谐，《诗八首》是他的情诗，诗人一边以他的神经末梢体验、感受着爱的温暖、芳香、陶醉，而另一边则用理性的眼光冷静地观察着爱与欲的冲突、生与死的较量，从而超越世俗的爱情而达到永恒的理性境界。"他存在，听从我底指使，他保护，而把我留在孤独里，他底痛苦是不断的寻求你底秩序，求得了又必须背离。"①不断的分裂是他的存在方式，因为他"永远不能完成他自己"，他追求圆全而又不满于圆全，"一个圆，多少年的人工，俄们的绝望将使它完整。毁坏它，朋友！让我们自己就是它的残缺，比平庸更坏"。"他把自我分裂为二：自然的生理的自我，也就是'恶毒地膨胀着的血肉'，与'永不能完成'的'我自己'，心理的自我，使二者展开辩证的追求与抗争：生理的自我是他的主宰，他的潜意识的代表，心理的自我是他的理想，他的半意识甚至意识的代表，前者完全与社会没有关联，后者与社会有着相互影响的作用，他的努力是统一二者，以自然主义的精神，以诚挚的自我为基础，写出他的心灵的抒情，以感官与肉体思想一切，使思想与抒情，灵与肉完全浑然一致，回返到原始的浑朴的自然状态。他追求潜意识里的'未成形'的 Something，那也许是历史在自然里投的胎，他想用自然的精神来统一历史，那个柏格森的'生命流'也许就是他的理想。历史的生命的死亡与完成也就是自然的生命的新生与开始。"②这种残缺的完美使他的诗歌具有悲剧的崇高美和震撼人心的艺术感染力，闪耀着透彻、犀利的理性之光。

三

现代医学理论认为，主体精神分裂状态发展到一定程度，便进入精神分

---

① 李方：《穆旦诗全集》，中国文学出版社 1996 年版，第 148 页。

② 唐湜：《穆旦论》，《中国新诗》1948 年第 3 期。

裂症状态，这是一种病态现象。受弗洛伊德精神分析学说的影响，中国现代主义作家对这种病态现象表现出极大的兴趣，于是患有这种精神分裂症的人物便成为他们作品的主人公。鲁迅的《狂人日记》中的“狂人”因其思想超前而被视为“异端”，陷入孤独焦虑之中，患上了“迫害狂”，他与外在社会环境脱节，完全处于外在势力的压迫之下：在外面，赵贵翁、路上的行人、一伙小孩子都用异样的眼光看“我”、在背后议论“我”，连赵家的狗也多看“我”两眼；在家里，大哥装作不认识，他们都是想找一个借口来“吃掉我”。“个体感到正常世界的生活威胁着他的生存，使他面临被吞没、被爆聚、被僵化的危险。他无法与他人共有一个经验的世界，只好规避到自身之内，但这并不能否定现实世界的存在，外部世界对他的影响并不会消失或减小，反而更加被扭曲、放大，使他更深地局限在自身狭隘的经验世界之中。”[①]鲁迅用他所学过的现代医学知识将“狂人”的迫害狂心理描写得惟妙惟肖，通过“狂人”错杂无伦次的“荒唐之言”表现精神界战士深刻的内心世界和现代思想，用“狂人”的“病态”来展示整个社会的“病态”。施蛰存作为一位卓有成绩的心理小说作家，其作品对精神分裂现象也有独到的表现与描写。《旅舍》表现的是一种“吞没焦虑”，主人公丁先生因患神经衰弱症而陷入精神分裂之中，他对周围的环境和自我产生怀疑和恐惧，“怕自己会发狂或是死”，为此他到乡下小镇去“体养”，但他对乡下的旅舍却发生了恐惧——拙陋的旅舍“不但是对于自己的身体不会有什么益处，并且是对于自己的身份，即使是只有自己一个人晓得这事，也多少有些屈辱”[②]，临睡前他对房间里的陈设产生种种怀疑，害怕有人会利用各种暗道机关来陷害他，他的“假自我”想出了种种可能存在的外在危险来恐吓那个“真自我”，“自我”与“身体”处于分离状态，“他仿佛预感到在这个夜晚，他即使不死于盗，也准会死于鬼怪之手”[③]，陷入“存在性不安”和被吞没的焦虑之中；《魔道》中的“我”患有妄想症和惊恐症，在幻觉中“自我”与身体发生分裂，自我将火车上的老妇人变成神秘可怕的妖

① ［英］R.D.莱恩：《分裂的自我——对健全与疯狂的生存论研究》，林和生、侯东民译，贵州人民出版社1994年版，第3～4页。

② 施蛰存：《旅舍辑》，良友图书印刷公司1935年版，第74页。

③ 施蛰存：《旅舍辑》，良友图书印刷公司1935年版，第84页。

怪，陷入极端的恐怖之中，老妇人成了无处不在的外在威胁，“我”完全被恐怖、疑虑和愤怒占据了；幻想中的“假自我”与陵墓中的王妃、与陈夫人、与“咖啡女”发生肉体关系，获得一种肉体的快感，而内在的“真自我”却陷入恐怖之中。中国现代主义作家以这种病态的精神现象为表现对象，塑造出了性格新异的人物形象，丰富了中国新文学的人物画廊。

在精神分裂症状态中，自我与身体之间存在一种持续的分裂。其具体表现便是自我与肉体的分离，自我形成“真实自我”和“假自我”两个系统，在现实生活中扮演不同的角色，使自我陷入混乱之中。浦新的《精神病患者的悲歌》中的梯司朗小姐因不从父亲给她安排的婚事、力比多受到压抑而产生心理变态，成为一个精神病患者，“其真实自我无法适应充满风险的现实世界，逐渐与其身体相分离，萎缩为非身体化的‘内自我’，失去了与身体的正常统一。身体不再体现真实的自我，它变成假自我系统的载体，缺乏生命力，只能在自身与他人之间进行虚假的人格扮演，获取非真实的知觉”[①]。她为了反抗古典、严肃、沉闷的家庭氛围而虚构了另一个“白蒂”代替自己在外面下流的酒店里花钱、放荡；为了保持与侍女海兰的关系，她要扮演丈夫的角色，结果，“‘真自我’被封闭在假自我之内，对外无法通过真实的人际关系丰富自己，而越来越贫乏乃至近乎一团虚空；对内则越来越厌恶和绝望于假自我系统的虚假行为”[②]。最后在海兰的爱的召唤和死的刺激中，她泛滥的力比多得到升华，其精神分裂症也就痊愈了。作家以自己精湛的心理分析技巧将白蒂的精神分裂症分析得精细而深刻，揭示了人的内心世界的复杂多变。徐志摩《轮盘》中的倪三小姐是一个嗜赌成性的赌徒，在输掉了母亲送给她的珍珠项链后精神陷入自我分裂之中，她站在衣柜的镜子前对着自己的镜像呆住了，“这算个什么相儿？这还能是我吗？两脸红得冒得出火，颧骨亮得像透明的琥珀，一鼻子的油，口唇叫烟卷烧得透紫，像煨白薯的焦皮，一对眼更看得怕人，像是有一个恶鬼躲在里面似的”[③]，她发出了“这还是

① ［英］R.D.莱恩：《分裂的自我——对健全与疯狂的生存论研究》，林和生、侯东民译，贵州人民出版社1994年版，第4页。

② ［英］R.D.莱恩：《分裂的自我——对健全与疯狂的生存论研究》，林和生、侯东民译，贵州人民出版社1994年版，第4页。

③ 徐志摩：《轮盘小说集》，中华书局1936年版，第119页。

我吗?”的质问,她肉体的自我已经变成了非我,成了物质,“她是绝无知觉的一堆灰。一排木料,在清晨树梢上浮挂着的一团烟雾”[①],她只能在梦中获得自己已丢失的母爱和珍珠。张爱玲的《金锁记》中的七巧因父亲的安排而嫁给一个富有的残废,她视儿子长白为自己一生仅有的男人,长白结婚后整夜让他给自己烧烟不让他与妻子同房,结果儿媳被她折磨而死;女儿长安将近三十岁时好不容易找到一个男朋友,她竟怀疑人家是看中了姜家的门第和金钱,将女儿吸大烟的事情告诉对方而提前结束了女儿的婚姻大事。七巧的精神因受到性和金钱的双重异化而发生分裂,那个真实的“内自我”被虚假的自我所代替,从而导演出一幕幕人生的悲剧。

自我分裂为现代主义文学创作提供了新的表现领域和审美视角,它一方面将作家主体复杂多面的性格表现出来,另一方面又创作出了复杂多面、具有立体感的人物形象,为文学史的长廊增添了几幅独特而亮丽的人物风景。它将现代人类所面临的内心的矛盾、苦闷、寂寞、压抑展现出来,充分表现了现代人类存在性的不安与焦虑,表现了人类进入现代社会之后精神方面的扭曲与分裂。

[原载于《山东师大学报》(社会科学版)2000年第6期。有改动]

① 徐志摩:《轮盘小说集》,中华书局1936年版,第120页。

理想的颠覆与建构

——一个难以割舍的文学命题

周志雄

理想的话题犹如一个挥之不去、拂之不掉的梦，成了文化人不断谈论、不断争论的话题。千百年来，有无数的哲学家、文学家、政治家为人类描述了美好的前景，不断地向人们许诺一个个美好的世界将降临人间。从柏拉图的“理想国”到奥古斯丁的“上帝之城”，从康德的“至善”到保罗·蒂利希的“超越上帝的上帝”，从托马斯·莫尔的“乌托邦”到康帕内拉的“太阳城”，从“天下大同”的儒家理想到“世外桃源”的道家乌托邦。不管这些构想是否合理是否能够实现，毫无疑问，它们显示了人类面对世界的精神冲动和精神需要。尽管80年代后期就有人宣判“理想主义的终结”[①]，价值多元和讲究务实的社会现实也让“理想主义者”颇有些尴尬，但文学理想的话题在20世纪90年代被多次讨论，直到近两年，人文学者还在讨论“新理性精神”，还在建构“新人文精神”，还时常听到“文学的信仰”之类的声音，可见这个问题确实很重要，马虎不得，也轻视不得。

什么是理想，理想的对立面是现实，理想是超越现实的可能性，理想是人面对世界的渴望和冲动，是对现实的扬弃和否定。理想在不同的意义上被不同的人所言说：从不同的文化层面上看，有与信仰紧密相关的价值理

① 张颐武：《理想主义的终结：实验小说的文化挑战》，《北京文学》1989年第4期。

想，有与伦理风俗相连的道德理想，有寄托文化人格的精英楷模理想，有两性感情生活中的爱情理想。从理想与现实的关系上看，理想有切近现实的可以实现的理想，有永远不可实现的“乌托邦”。本文所讨论的理想，是文学中的理想，既包括文学作品中对理想社会、理想人格、理想生活、理想爱情等内容的价值判断，也包括对文学环境和文学审美特质的理想追求。一切超越于现实的，体现了人的积极向上的对美好生活美好社会和人性自由发展的向往及种种有关文学自由发展的追求，都是本论题中的应有之义。

文学是一种个人化的事业，在价值多元，颠覆与解构盛行的年代，作家的创作不能不受到时代流行观念的影响，而文学的独特性也在于创作是用形象来思考的，而不是用观念来写作的。具体来说，90 年代文学对理想主题的书写淹没在繁复混杂的文学表象之中，它缺乏 80 年代前半期那样旗帜鲜明的表达，但文学中或直露或隐逸的理想情怀却从来没有真正的缺席。在文学的诸多样式中，从对社会生活反映的深广度和拥有的读者群上看，小说无疑是最发达的领域，下面本文将以对 90 年代的小说取样为例具体论述之。

一、爱情理想的颠覆与建构

爱情是文学的永恒主题之一，文学史中描写爱情，讴歌两性之爱的作品可谓蔚为大观，可以说几乎每一位作家都写过这个不变的主题。从梁山伯与祝英台的古典之爱到涓生与子君的现代之爱，从“此恨绵绵无绝期”的《长恨歌》到“伤金悼玉”的《红楼梦》，从爱是超越社会地位的《罗马假日》到爱是高于生死的《泰坦尼克号》，无不凸现了这样一个主题：爱情是存在的，是神圣的，是崇高的，是美好的，也是超越一切世俗的。而在理想主义受嘲弄的年代，爱情也受到解构。

80 年代初，张洁的《爱是不能忘记的》里描写的刻骨铭心的精神之恋到池莉的《不谈爱情》里已经荡然无存了，在新的语境下，爱情意味着过日子，意味着面对一大堆生活的琐碎。爱情神性的光芒消失了，变成了一个不存在的神话。在池莉看来：“上天好像并没有安排爱情。它只安排了两情相悦。是我们贪图那两情相悦的极乐的一刻天长地久，我们编出了爱情之说。”[①]邱华栋的《沙盘城市》中“爱原本就是不存在的”，“在这座沙盘城市中，什么都是一场流沙，一座沙堡，什么都是脆弱和不真实的”[②]。

在一些作家用物欲压迫、生命欲望解构传统爱情理想时，爱情并没有从文学中消失，文学依然在讲述着一个个爱的神话，人们从来就没有放弃对真爱的渴望和追寻。张炜的《家族》中，不止一次写到燃烧着烈火般的爱情，那个土匪头子麻脸三婶的女儿“小河狸”，一个杀人不眨眼的土匪，对革命者许予明的爱却是惊天地泣鬼神的。闵葵和淑嫂可以如亲姐妹一样共同分享对一个男人（曲予）的爱。张抗抗的《情爱画廊》中生活在优越家庭中的水虹，在画家周由炽热的爱情感染之下，沉寂已久的生命意识被唤醒了，最终冒着身败名裂的危险，不顾一切地出走，与周由这个才华横溢又处境艰难的艺术家结合。海男的《粉色》中，罗韵这个 26 岁的女人，经过六年恋爱，嫁给了她的同学肖克华。她一直期待着一场爱情风暴的到来，在和肖克华结婚之后她并没有感觉到它的到来。这个充满爱情想象的女人，厌烦了沉闷的一男一女厮守一生的生活，她走出了家庭，在她的心中，“那个幻想依然存在，她期待着一场风暴降临，那个男人能够给她带来一场爱情风暴，因为直到如今，她还没有真正地爱过一个男人”[③]。爱情是什么？对于罗韵这样的女人来说，永远是一个不能企及却又无法放弃的追求。王小波《革命时期的爱情》也以一种戏谑的方式再现了荒诞而有趣的爱情，这种爱是反常规的，反世俗的，反当时主流文化的，它把个人对生命自由、爱情自由的追求相互糅合在一起，是一种个人化的爱情理想。

世俗化趋势可以改变我们对爱情的看法，却不能完全消解爱情的神圣，在这个爱情为物质和生理欲望所蒙蔽的世界里，爱的真情显得更为可贵。90 年代的小说一方面讲述着爱情婚姻的谎言面目，另一方面我们看到作家以自己的方式理解爱情，书写着一个个追求爱情的故事，令人神往又令人回味。在欲望膨胀的时代，对什么都无所谓的人们还会为爱而激动兴奋。商

---

① 池莉：《绿水长流》，白烨、雷达编选：《秋风醉 3》，时代文艺出版社 1994 年版，第 94 页。

② 邱华栋：《沙盘城市》，《作家》1994 年第 10 期。

③ 海男：《粉色》，《长江文艺》1998 年第 10 期。

业化、世俗化潮流一方面在现实原则上构成对古典浪漫爱情的解构，另一方面一个个纯情的爱情故事又在不断地因商业利益而炒作，满足着大众的爱情想象，正如近年来上映的《泰坦尼克号》《第一次亲密接触》《大话西游》《初恋的故事》《天下无双》等卖座电影一样。

二、道德理想的怀疑与追寻

现代文明带给人类丰富的物质享受，在人们普遍享受现代文明的巨大好处时，文学家也在诅咒工业文明带来的道德沦丧和人的异化。面对不可逆转的现代化趋势，代表社会良心、信仰和正义的阿基米德支点在哪里？贾平凹、李佩甫、邓一光、刘醒龙等作家在传统文明与当下社会发展趋势之间痛苦地徘徊。

刘醒龙的《大树还小》描写了白狗子、老五等一批代表着丑陋和罪恶的知青，他们与城市文明联系在一起，他们在乡村里偷鸡摸狗、乱搞男女关系，干尽各种坏事。与他们形成鲜明对比的是秦四爹这个善良的乡下人，他与知青文兰的爱是刻骨铭心的，尽管文兰回城之后再没有回来，但他至死都没有丢掉那一份感情守望。尽管秦四爹家里境况凄凉，却仍然拿出一万元钱来给大树治病。在贾平凹的笔下，城市象征着罪恶，然而城市化运动趋势却是不可阻挡的。正如《土门》中范景全所说："……我虽然现在是城市人，但我也厌烦城市，城里人精明，骄傲，会盘算，能说会道，不厚道，排外，对人冷淡，吝啬，自私，赶时髦，浮滑，好标新立异，琐碎，自由散漫。但你们，你们的成义呢，作为一个人来说，成义是了不起的，我敬重他，佩服他，但他现在是村长，村民指望的是强有力的人物来扭转乾坤，成义就偏执得像个孩子，像孩子一样疯狂，你们一味反对城市，守住你们村就是好的吗？国家工业化，表现在社会生活方面就是城市化了，这一进程是大趋势啊，大趋势是能避免的？"[①]这种矛盾也突出地反映在李佩甫身上。在李佩甫的《无边无际的早晨》中，国从小吃百家奶长大，接受乡亲们的资助上学，在三叔的帮助下到乡

① 贾平凹：《土门》，春风文艺出版社1996年版，第199页。

政府当通讯员，后来平步青云当上县长。乡亲们在他升任县长的时候给他送来“老娘土”，在他结婚的时候给他送来“早生子”。面对城里的生活，面对时髦的妻子，国找不到感觉，他感到了深深的失落：“你是谁？生在何处？长在何处？你要到哪里去？……”[①]张炜也面临着这样一个痛苦的悖论，他的小说《家族》《九月寓言》《柏慧》中代表正义、良心、道德的主人公却不得不退守荒原，他们与现实是那样格格不入，只能在与世隔绝的环境中求得心灵的安慰和平静。

在城市工业文明走向烂熟的时代，20世纪最负盛名的作家都不约而同地流露出怀旧化倾向，艾略特、乔伊斯、托马斯·曼、福克纳、马尔克斯等都是如此。20世纪90年代是中国城市化进程急速推进的时期，贾平凹、刘醒龙、李佩甫、张炜等作家的精神困惑处于现代与传统价值的冲突之中。在他们的作品中传统、乡下是正义、道德、良心的代名词，而与之相对的现代、城市是罪恶与丑陋的源泉。他们都认识到传统价值理想是那样令他们神往，另一方面又认识到历史的发展、城市化运动的趋势不可避免。因此，他们的作品在精神的困惑之中流连，他们深感哲人所言“恶是历史的推动力”所产生的历史悖论，在作品中唱着历史的挽歌。他们力图在物欲横流的时代里寻找能慰藉人性的清泉，同时又对自己坚守的价值与现实合理性的背离产生了不安，是“价值伦理”与“责任伦理”（韦伯语），“价值理性”与“实践理性”（康德语）的冲突。许多批评者往往从现实性出发质疑张炜等作家坚守的价值理想，而忽略了他们对自身悖论的认识。他们的文学理想正是建立在对现实的清醒认识之上，他们是在明知不可而为之的情况下建构自己的精神家园的，这显然与廉价的乐观主义，简单地退回到古代文明中去不是一回事。

三、英雄理想的还原与重建

在20世纪90年代的文学语境之下，不再有任何权威，对于英雄的认识

---

① 李佩甫：《无边无际的早晨——一抔“老娘土”》，《北京文学》1991年第1期。

也发生了根本性的变化。高大的、无所不能的、神性的英雄被还原为普通人。这股反英雄思潮在刘索拉、徐星、洪峰、王朔、吴滨等作家80年代中期的作品中就开始了。这些作家笔下有一大批玩世不恭的"东方嬉皮士",他们没有坚定的人生目标,对任何事都提不起兴趣,他们不再有追求,也不再有什么感情冲动,责任、伦理、社会规范对他们来讲都形同虚设。王朔等人的反英雄写作,新写实小说对英雄的平民化,新历史主义小说对英雄本来面目的还原,成为90年代文学对英雄书写的写作背景。90年代的文学试图拨开历史的迷雾,再现英雄的真实本质,还原英雄的普通人面目。

王安忆的《叔叔的故事》围绕叔叔是个什么样的人来讲叔叔的故事。叔叔是个什么样的人呢?这是"叔叔顶走红的时候,几乎成为我们这些人的精神领袖"①。在"文革"之后,叔叔成为一个知名的作家,在生活中俨然是一个英雄的崇高形象。但实际上,小说在叙述中不断地拆解叔叔的英雄形象。叔叔在实际生活中非常庸俗,他不仅感情生活乱七八糟,竟还与自己的儿子发生了一场殊死搏斗,关于叔叔的理想精神和英雄形象都不过是后来者所赋予的一种假象。对叔叔英雄形象的拆解并不能获得精神上的快意,"我讲完了叔叔的故事后,再不会讲快乐的故事了"②。一个神圣的偶像背后竟是一个巨大的虚空,失去了精神的支撑,人又怎么能快乐呢?方方的《过程》里,李亦东是一个真正的英雄警察,他身手很好,精明强悍,勇敢敬业,令匪徒们闻风丧胆。而与之相对比的刚从公安学校毕业的江白帆则是个"草包",面对"强盗","他两腿开始酥软",他甚至"对自己的职业感到深深的厌倦"。李亦东凭着过人的胆识和强悍,将"强盗"送进了监狱,却又因为一场大雨淋垮了监狱的墙,让"强盗"跑了。李亦东豁出身家性命全力捉拿"强盗",却没有寻到机会。江白帆在执行扫黄的行动中,却非常侥幸而偶然地抓到了"强盗"。自此,江白帆成了新闻的焦点,并得以平步青云,连李亦东的种种英雄功绩也全部记在了他身上。李亦东这位真正的英雄却无力解决老婆下岗、女儿上学的问题,他只得辞职去经营江白帆的"南方水妖"。真正

① 王安忆:《叔叔的故事》,《王安忆自选集》,天地出版社2017年版,第141页。

② 王安忆:《叔叔的故事》,《王安忆自选集》,天地出版社2017年版,第200页。

的英雄无路可走，“草包”却变成了英雄，只因“这世界啥事都只要结果，所有过程都是他娘的个屁”①。英雄的本来面目与主流话语中存活的英雄有很大的不同，传统的神性的无所不能的英雄消解了，英雄的光环背后竟是令人发指的猥琐和卑鄙。《叔叔的故事》用追根溯源的方式重现了被称为英雄的叔叔的真实生活的卑劣，《过程》更是以反讽的方式揭示了“英雄”的诞生过程，表达了对现实生活中“英雄”的嘲讽。

英雄的还原是解构思维的结果，事实上哪里有解构，哪里就有建构，可以设想思维的非中心，却无法设想非中心的思维，追求中心化正是人类一切思维的共同点。在对语言形式技法进行演练之后，在对一切价值颠覆和嘲讽之后，先锋小说于 20 世纪 90 年代开始转向对世俗的关怀和意义的重建。虽然 90 年代余华笔下的许三观没有做出什么惊天动地的大事，但他的韧性、乐观、吃苦耐劳、富于同情心、平静淡泊的背后是不是有一种英雄情怀的表达呢？在世纪末的一股现实主义思潮中，一批担当历史重任一身正气的党员干部形象的出现是否表达出人们对英雄的缅怀呢？如周梅森的《人间正道》中的吴明雄、刘金萍、程渭奇、束华如、曹务平等“将身家性命全都压在上面”的实干家，张平的《抉择》中一身正气的李高成，谈歌《大厂》中苦心经营的吕建国，这些形象大多出现在被称为“主流”文学的叙事中，他们不同于十七年文学中的战斗英雄，也不同于 80 年代改革文学中的改革者，相对来说，他们是在现实中“挣扎”的“英雄”。

四、宗教信仰的消解与坚守

近代理性的觉醒、科技的进步、物质的繁荣并没有给人类带来一个可供灵魂栖息的精神家园。宗教仍然是现代社会人们心中的圣地，是对物欲社会的抗拒。从根本上说，科技和理性是关怀人的物质生活的，而宗教是关怀人类精神灵魂的。人的复杂性在于他不仅仅要吃饭穿衣，还要思考生活的意义，人对物质世界的征服不仅仅是一个实践能力的问题，也是一个

① 中国作协创研部编：《1998 年中国中篇小说精选》(上)，长江文艺出版社 1999 年版，第 97 页。

精神意志的问题。21世纪初，王国维、鲁迅、梁启超、周作人、许地山等人就充分认识到宗教的作用，现代著名作家大多或直接或间接受到宗教的影响，他们或出身于宗教家庭，或进过教会办的学校，或通过一些友人或书刊接触到宗教的教义。中国作家对宗教的推崇，大多不是信神，而是宣扬一种宗教的精神。这种精神的核心内容是人应该有信仰，应该有理想的追求精神。

张承志、张炜、史铁生、北村的创作，刘小枫的神学研究之所以在近些年引起人们的强烈关注，并赢得了广泛的尊敬，正是由于在物欲冲击的时代，他们坚信人类应该有比生存更高的对人文精神的关怀，对人生存意义的关怀，对生命终极意义的思考。与此同时，张承志、张炜被一些人批评为“道德理想主义”“新的救世神话”，也不止一个作家对20世纪80年代曾经坚信不疑的理想主义做出过忏悔，如王蒙、刘心武、梁晓声等。就张承志来说，他认为自己关心的理想不是对苦难的顶礼膜拜，也不是神化“清洁的精神”。他说：“不，不应该认为我描写的只是宗教。我一直描写的都只是你们一直追求的理想。是的，就是理想、希望、追求——这些被世界冷落而被我们热爱的东西。我还将正式描写我终于找到的人道主义；你们会在读完后发现，这种人道主义要远比中国那些知识阶级廉价拍卖的货真价实。”①他还为自己辩解说：“拒绝了委琐的生存方式，并非就是宣言发现了纯洁净土。不，我们更踏实地进入到社会、现世以及人群的复杂之中。底层穷窘，上流丰足，人在争逐利益，社区和村庄都有层层黑幕。只是不至于为此放弃希望。意识着理想再正视生活，我们会获得内心的丰富。”②如果我们仔细分析张承志的理想和对他批判的言论，就会发现从理论渊源上，二者所持有的话语体系是不一致的。张承志的理想不是古典的神学理想，而是以人的精神信仰为核心的积极进取的现代理想，强调的是人对现实苦难的承受力和对现实的抗争精神，而张承志的批判者所操持的话语是以解构思维为核心的后现代话语。从二者的合理性上看，张承志的宗教理想是对现实社会物欲横流价值

① 张承志：《回民的黄土高原：张承志回族题材小说选》，青海人民出版社1993年版，第245页。
② 张承志：《以笔为旗》，中国社会科学出版社1999年版，第10页。

失落的有力批判，是价值合理性；张承志的批判者所针对的是理想的虚假性，并对理想主义的毒素保持着警惕，是现实合理性。英国的艾·阿·瑞恰慈将信仰分为“科学信仰”和“感情信仰”[①]，认为前者是“基于事实产生的信仰”，并“期望它们处处得到证实”，而艺术中的信仰是属于“感情信仰”，它们“并非是科学的”，“它们为人们信奉仅仅是为了达到它们的戏剧效果”，二者的差别“不是程度上而是性质上的差别”。这样看来，将张承志、张炜批评为“道德理想主义”，也混淆了“科学的信仰”和“感情的信仰”的差别，在审美的层次上，张承志的信仰有何可以指责的呢？

理想的内涵当然不止爱情理想、道德理想、英雄理想和宗教信仰等，但理想总是一种超越于现实的价值追求，它常常被“英雄”“正义”“良心”“道德”“崇高”“终极价值”“人文关怀”等具体词语所代替。每一个时代，每一个社会都有这样一些基本的价值理念和道德规范，也有两种不同的力量在左右这些规范和理念。罗素在研究了人类发展史后发现：“自从公元前600年直到今天这一全部漫长的发展史上，哲学家们可以分为希望加强社会约束的人与希望放松社会约束的人。”[②]“每一个社会都受着两种相对立的危险的威胁：一方面是由于过分讲纪律与尊重传统而产生的僵化，另一方面是由于个人主义与个人独立性的增长而使得合作成为不可能，因而造成解体或者是对外来征服者的屈服。”[③]罗素的话很深刻地说明了人类的价值理念是在颠覆和维护的斗争冲撞中发展的。可以说，理想永远是一个开放性的概念，它必将在不同的具体时代经受时代潮流的荡涤洗刷。在20世纪90年代，理想与现实的抵牾使得种种关于理想的表达诸如“良心”“道德”“崇高”“英雄”“爱情”等受到了空前的怀疑，但正如上文对90年代的小说所作的分析那样，传统的、现代的爱情理想、宗教理想、道德理想、英雄理想话语受到了解构，但并没有完全失去其历史合理性，它们与解构话语一起共同生长，相互并存。另一方面，解构的对立面是建构，解构思维消解的是以一元化的表达为中心的方式，而非某种表达本身。大量的90年代文学文本或直接表达传统

① ［英］艾·阿·瑞恰慈：《文学批评原理》，杨自伍译，百花洲文艺出版社1992年版，第253页。

② ［英］罗素：《西方哲学史》，何兆武、李约瑟译，商务印书馆1988年版，第22页。

③ ［英］罗素：《西方哲学史》，何兆武、李约瑟译，商务印书馆1988年版，第23页。

的价值理想来抗衡物欲的社会，或在直面生存的境况中将理想的倾向隐藏其间。如何理解理想是一个认识论的问题，怎么表达理想是一个艺术表现的问题。从文学对价值理念书写的可能性开掘上看，解构思维对传统的、现代的理想话语的颠覆开拓了文学书写的新领域。在此意义上，90 年代文学中颠覆的是一元化的理想认识方式，是理想的单一的艺术表达方式而非理想本身，90 年代文学理想的话题所针对的文学放逐理想、消解崇高的现象在很多情况下只是看到问题的一面而已，是一种简单化的言说方式。但它并非无意义，因为这种颠覆论与过去的理想书写方式共同形成了对话的空间，这无疑是更符合文学发展的“理想”的。

[原载于《山东师范大学学报》(人文社会科学版)2003 年第 2 期。有改动]

论巴金家庭小说的主体意识

姚　健

家庭是社会的细胞，家庭生活在人类社会生活中占有重要的地位，因此历来受到文学家们的重视。在中国现代文学史上，巴金是家庭小说创作成就最高的作家。他的《激流三部曲》《憩园》《寒夜》等，为繁荣和发展我国的家庭小说作出了新的贡献。巴金曾不止一次地说过，在他所有的作品中，他最喜欢的是《激流三部曲》《憩园》和《寒夜》。它不仅艺术地再现了从"五四"到抗战胜利20多年间中国的社会生活，揭示出时代本质规律的某些方面，而且也显示出巴金作为一代文学巨匠的卓越才能。因此，探讨巴金家庭小说的主体意识，对于总结家庭小说的创作经验，繁荣当代小说创作，具有重要的意义。

巴金在谈到自己从事小说创作的目的时曾说："我拿起笔写小说，只是为了探索，只是在找寻一条救人、救世、也救自己的道路。"[①]他还说："我的敌人是什么？一切旧的传统观念，一切阻碍社会的进化和人性的发展的人为制度，一切摧残爱的势力，它们都是我的最大的敌人。""我向一个垂死的制度叫出了'我控诉'。"[②]巴金的家庭小说正是从政治、经济、文化、伦理道德、爱情、婚姻、家庭及妇女解放等不同视角，多侧面地剖析封建家族制度和封

---

① 《巴金全集》第16卷，人民文学出版社1991年版，第176页。

② 《巴金论创作》，上海文艺出版社1983年版，第17页。

建礼教的罪恶，深刻反映社会现实，表现出作者鲜明强烈的主体意识，焕发着反帝反封建的革命民主主义的思想光辉。

一、通过觉新、梅、瑞珏、蕙、枚等悲剧形象，控诉封建家族制度、封建礼教、封建迷信及包办婚姻的吃人罪恶

觉新是《激流三部曲》中贯穿始终的主要人物，也是作者花费笔墨最多，塑造得最丰满成功的一个艺术典型。作为高公馆的“长房长孙”，在四世同堂的封建大家庭专制与民主两种思想、两种势力的矛盾斗争中，他因深受封建礼教毒害，言行中曾表现出不自觉地维护封建制度、封建礼教的一面，但就其主导方面来说，他仍然是一个封建制度、封建礼教的受害者。首先，封建家长的独断专横，破坏了觉新继续求学深造的理想，葬送了这位极有才华和希望的年轻人的前途。觉新“相貌清秀”“聪慧好学”，在家里得到父母的钟爱，在中学里是一个成绩优良的学生，四年课程修满毕业的时候“名列第一”。他对化学很感兴趣，打算毕业后再到上海或北京有名的大学里去继续研究，他还想到德国去留学。他的脑子里充满了许多美丽的幻想，成为当时一般同学所最羡慕的人。然而，爷爷为了实现他“四世同堂”的美梦，却要他在当年结婚，并安排他到一家公司去做事。觉新怀着深深的痛苦，顺从了爷爷的意愿，牺牲了自己的理想。从此，他的聪明才智被强迫用来管家理财，终日忙碌在三亲六故的婚丧嫁娶、陪客、庆典等日常琐事中，浪费了自己的青春和才华。其次，封建包办婚姻和封建迷信破坏了觉新的爱情和家庭幸福，造成了一系列悲剧，使他先后失去了三个真诚爱他的女性和两个孩子。觉新最先恋爱的是他的姨表妹钱梅芬。在他的心目中，梅表妹是唯一能够了解他、安慰他的一个“最中意的姑娘”。可是他们之间的纯真爱情却被“父母之命”“媒妁之言”破坏了。父亲用拈阄的办法为他包办了李家的婚姻。梅被迫按照母亲的意旨嫁到了外地，不幸婚后不到一年即死了丈夫。精神上的长期折磨和痛苦，使梅不久抑郁病死。爱情的悲剧曾使觉新的精神受到极大的刺激。后来，觉新总算从妻子瑞珏和儿子海臣身上得到了一点小家庭的抚慰。然而不幸又接踵而至。当瑞珏将要第二次临产时，陈姨太借

口在家生孩子会有“血光之灾”，强迫瑞珏到城外去分娩，致使瑞珏因难产而惨死在荒郊野外。瑞珏死后的第二年春天，年近五岁、乖巧伶俐的儿子海臣又被疾病夺去了生命。在这一系列不幸遭遇的沉重打击下，温良懦弱的觉新陷入了巨大的痛苦与绝望之中。就在这时候，同病相怜的蕙表妹（姑表兄妹）来到了高公馆。蕙对他无微不至的关怀和体贴，使觉新再一次感受到爱情的温暖，蕙又成了他“生活里的一盏明灯”，她“对他是太可宝贵了。他不能够失掉她”。然而，事情的发展并不以觉新的意志为转移。蕙被父亲周伯涛许给了郑家。不久，蕙又被包办婚姻送上了死亡的道路。觉新的希望再一次破灭。作者通过对觉新自身和他人的一系列悲惨遭遇的描写，深刻揭露并控诉了封建家族制度、包办婚姻和封建迷信的吃人罪恶。巴金说：“觉新不仅是书中人，他还是一个真实的人，他就是我的大哥。”“他是我一生爱得最多的人。”“我能够描写觉新，只是因为我熟悉这个人，我对他有感情。我为他花了那么多的笔墨，也无非想通过这个人来鞭挞旧制度。”①

在《激流三部曲》中，巴金不仅从政治上揭示了造成觉新悲剧的社会根源，而且还从文化思想上揭示了造成他人生悲剧的内在原因，即封建礼教对他的精神戕害。孝悌是封建礼教的核心。孔子和由孔子开创的儒家学派对孝悌进行了认真的阐释，向统治者提供了有利于执掌江山大权的人际关系准则。《论语》中对孝悌的说明是：“其为人也孝弟，而好犯上者，鲜矣；不好犯上，而好作乱者，未之有也。君子务本，本立而道生。孝弟也者，其为仁之本与！”②显然，封建孝悌思想的实质，就是要人们顺从地接受封建统治，不要犯上作乱，以利统治者江山永固。“五四”时期，以“只手打倒孔家店”而闻名的吴虞在《家族制度为专制主义之根据论》一文中深刻指出，反动当局曾极力鼓吹在家“以事亲为孝”，出仕“以事君为孝”，“五刑之属三千，而罪莫大于不孝”；封建统治者极力宣扬“孝道”的目的，“就是教一般人恭恭顺顺地听他们一干人在上的愚弄，不要犯上作乱。把中国弄成一个‘制造顺民的大工厂’，孝字的大作用，便是如此！”③在《激流三部曲》中，“诗礼传家”的高氏大

① 巴金：《谈〈春〉》，《巴金全集》第 14 卷，人民文学出版社 1990 年版，第 359 页。

② 《论语》，冯国超译注，华夏出版社 2017 年版，第 2 页。

③ 《吴虞文录》，亚东图书馆 1921 年版，第 15 页。

家庭，作为中国封建社会末世的一个细胞和缩影，真实地再现了当时社会的这一历史特点。在高公馆，孝悌被封建家长用来作为维护自己品位的律条。高老太爷教育子孙的即是那些“君要臣死，不死不忠；父要子亡，不亡不孝”“万恶淫为首，百善孝为先”等陈腐不堪的封建伦理道德。五四运动爆发后，他下令把觉慧关在家里，要他诵读《刘芷堂先生教孝戒淫浅训》，教觉英、觉群、觉世、淑贞等人读的也是《礼记》《孝经》《女四书》《烈女传》之类。在《家》中，作者对觉新那些小弟妹们读书生活的简短描写，实际上是对觉新少年时代所受教育的一个补充说明。正是以“孝”为核心的封建礼教严重戕害了觉新的生命活力，使他从小形成了一种懦弱顺从的思想性格。因而对于封建势力的摧残和压迫，觉新在相当长的一段时期内，只是一味忍受顺从，从不敢说一句反抗的话，即使陈姨太等封建长辈逼迫瑞珏到郊外分娩的时候，觉新也依然怀着矛盾痛苦的心情顺从了他们。事实上，无论是觉新还是瑞珏，他们都不愿离家出城去生孩子，但是却又不敢不去。正如觉新在《家》中所说的那样：“我担不起那个不孝的罪名，我只好听大家的话。”[①]可见这种以“孝”为核心的封建礼教对觉新等人的毒害是何等之深。正是这种因受封建礼教长期熏陶而形成的懦弱顺从的思想性格，使觉新在封建势力的残酷压迫下，造成了自身和他人的一系列悲剧。可以说，觉新等人的悲剧有力地控诉了封建家族制度和封建礼教的吃人罪恶。

此外，巴金的家庭小说还从伦理道德方面揭露了封建礼教的吃人本质。“三从四德”“三纲五常”是封建礼教的又一重要内容，对妇女影响极为深远。正如觉新的母亲周氏所说：“做女人的从来就讲三从四德”，否则，“人家就要说你不是了”。半封建社会的中国，妇女处于社会的底层，“三从四德”“三纲五常”的道德伦理紧紧地束缚着她们，使她们丧失了做人的基本权力，更没有自由、尊严可言。她们就像一件物品一样，随意任人摆布。高老太爷先后曾将鸣凤、婉儿送给孔教会长冯乐山，根本就不把她们当人看待。不仅丫头的命运如此，就是大户人家的小姐也不例外。《家》中的梅自幼生活在一个两代寡妇的家庭。她的一生都由她的母亲安排。她母亲怎么安排，她就怎

① 转引自中国现代文学馆编：《中国现代文学百家：巴金》（上），华夏出版社1998年版，第186页。

么做。她完全没有自主意识，将自己的一生全交给专制的家长，任由那顽固、自私、任性的母亲做主，结果酿成了自己的婚姻悲剧。对此，梅心里很明白："我一生只是让命运在摆布，自己不能作一点主。我哪儿还有幸福呢？"[①]与梅相比，瑞珏在婚姻问题上则略显幸运，然而最终也无力逃脱悲剧的结局。《春》中的蕙也是一个封建礼教的牺牲品。在周家，一切都是蕙的父亲周伯涛说了算。他专断地将女儿许配给封建遗少郑国光。在郑家，她按照"三从四德"的要求，一切顺从丈夫，甘心接受公婆的奴役。有一次，蕙刚回到娘家，原说是要住一天的，结果婆家突然派人来接，说是"姑少爷吩咐过要大小姐一定要回去，大小姐不回去，姑少爷要发脾气的"。无论祖母如何反对也不行，蕙只好顺从，于是她对祖母说："还是让我回去吧！"因为顺从，她承受了那无爱的婚姻；因为顺从，她贻误了治病，怀孕后招致惨死。面对《激流三部曲》中青年妇女的一系列悲惨遭遇，巴金发出了愤怒的质问："为什么女人就应该为了那些可笑的封建道德和陈腐观念忍受种种的痛苦，而且甚至牺牲自己的生命？为什么那一本充满血腥的《列女传》就应该被看作女人的榜样？"[②]巴金对封建伦理道德对于人性、生命、青春的摧残进行了强烈的批判和控诉。他要求将女人当人看待，要求赋予她们以人的权利、自由与尊严，表现了作者呼唤妇女解放的强烈愿望。

二、通过高老太爷、冯乐山等形象的塑造，抨击封建卫道者的专横、虚伪和腐朽，揭示封建制度必然灭亡的历史命运

《激流三部曲》成功地塑造了一系列封建家长、封建卫道者和封建势力的代表人物。他们中有道貌岸然的高老太爷、高克明、周伯涛；荒淫无耻的高克安、高克定，介于二者之间的孔教会会长冯乐山，以及陈姨太、四房太太王氏、五房太太沈氏等。他们凭借封建家族授予他们的权力，固守着陈腐的传统观念，任意包办儿女们的婚姻，极力向他们灌输君要臣死，不死不忠，父

① 转引自中国现代文学馆编：《中国现代文学百家：巴金》(上)，华夏出版社 1998 年版，第 72 页。
② 《巴金全集》第 1 卷，人民文学出版社 1991 年版，第 450 页。

要子亡，不亡不孝的古训，结果造成年轻人一系列的悲剧。他们表面上个个装得像正人君子，实质上灵魂深处却是那样的卑鄙、肮脏。高老太爷在四世同堂的高公馆，居于最高统治者的地位，具有至高无上的绝对权威。他独揽大权，包办一切，他的意志就是法律。无论他的意见是多么荒谬绝伦，不近情理，谁也不能违抗他。在《家》中，他要把鸣凤送给冯老太爷做小，谁也不能阻拦。鸣凤被逼跳湖自杀后，他又让婉儿去顶替。他还要包办觉民与冯乐山侄孙女的婚姻，因为觉民深深地爱着琴表妹，在觉慧的帮助下，终于逃婚。高老太爷得知后，大骂克明和周氏，训斥觉新，限期要把觉民找回来，否则就将他赶出家门，并登报声明，否认他是高家的子弟。当觉新向他解释觉民的意见时，他立刻生气地斥责道："我说是对的，哪个敢说不对？我说要怎样做，就要怎样做！"独断专横的高老太爷就是这样的说一不二。

作为一个顽固的封建卫道者，在他讲"道德"说"仁义"的时候，常常带着凛然不可侵犯的神气，俨然一副道貌岸然的正人君子模样，然而在日常生活中，他的灵魂深处却又是那样的荒淫和腐朽。巴金巧妙地运用言行的对比，无情揭露了以高老太爷为代表的封建礼教和封建卫道者的极端虚伪。高老太爷年轻时，经常和妓女、戏子们混在一起，因此，觉慧曾说"爷爷从前也是荒唐的人"。其实，如今他那淫邪的心理也并未稍减。现实中，他依然和儿子克安在共同玩弄一个小旦。觉慧就亲眼看见他把那个出名的小旦张碧秀叫到家里，搞化装照相等一些令人作呕的把戏。在高老太爷过 66 岁生日的时候，当他看到客人与戏子们眉来眼去地相互调情时，高老太爷"满意地微笑了"。

高老太爷的理想，是让这个四世同堂的封建大家庭世世代代地兴盛发达下去，永世长存。然而事实并非如此。五四运动之后，随着新经济新政治的发展，作为封建经济上层建筑的封建旧家庭、旧道德也必然走向崩溃和没落，这是被经济关系和社会环境决定了的，不管封建礼教的卫道者如何抗拒和挣扎，历史的发展是"没有什么东西可以阻止"的，它将像"一股激流，有着排山之势，向那唯一的海流去"。《激流三部曲》真实地反映了这一时代现实。高老太爷在世的时候，高公馆就已经发展到了崩溃的边缘。他用来维护封建统治的旧礼教，不但对接受了"五四"新思潮的觉慧、觉民等封建制度的叛逆者失去了束缚的作用，而且对克安、克定这些纨绔子弟也早已丧失了约束的效力。剥削阶级豪华奢侈、挥霍无度的生活，克安、克定等人的狂嫖滥赌更加速了大家庭崩溃的进程。所以，当高老太爷一死，这个封建大家庭就迅速地走向崩溃。在觉慧看来，“这好像是必然的命运，没有什么力量能拉住它”，“爷爷的时代已经过去了”。

高老太爷死后，克明成为家长，然而无力回天，终于被克安和克定活活气死。克明临死之前，曾寄希望于“长房长孙”“承重孙”的觉新，希望他不辜负爷爷和父亲在冥冥中的期望，能够承担起重振高氏家族的重任。然而，觉新在经历了一系列的沉重打击之后，终于幡然醒悟。在《秋》的末尾，他竟然公开顶撞克安、克定，控诉封建家长，公然站到支持叛逆者觉民的一边。觉新思想性格的转变是真实可信的，是符合人物性格发展逻辑的。正如巴金在《春》中指出的那样，觉新“自然不会站在克明们的一边，他不会诚心乐意地拥护旧传统，拥护旧礼教，在他的心里也还潜伏着对于‘新的路’的憧憬”[①]。觉新最后的转变，对于表现封建制度后继无人、必然灭亡的深刻主题具有重要的意义。

三、通过觉慧、觉民、琴等封建制度叛逆者的形象塑造，提倡勇于斗争，敢于反抗的叛逆精神，批判懦弱顺从的“作揖哲学”和“无抵抗主义”

《激流三部曲》中的年轻人，就其思想性格而言，主要分为两大系列，一是封建制度的叛逆者，如觉慧、觉民、琴、淑英、淑华等，他们思想性格的共同特点是，在“五四”新思潮的影响下，向往自由，大胆叛逆，勇敢地同封建礼教等传统观念决裂，追求个性解放、婚姻自由，崇尚民主，相信科学，在反帝反封建的时代潮流中，积极贡献自己的力量。巴金通过对他们觉醒和成长过程的描写，歌颂了他们的反抗斗争精神，为生活在封建专制家庭中的知识青年指明了出路，树立了榜样。二是封建制度的受害者，如觉新、梅、瑞珏、婉儿、淑贞、蕙、枚等。他们思想性格的共同特点是，在封建礼教的长期熏陶

---

① 中国现代文学研究会、北京出版社合编:《中国现代文学研究丛刊》第二辑，北京出版社 1981 年版，第 227 页。

下，自幼恪守封建道德，缺乏自主意识，一味懦弱顺从，任人摆布，终于一个个成为封建制度、封建迷信和包办婚姻的牺牲品。巴金通过对他们悲剧命运的生动描写，既深刻揭露了封建礼教对青少年一代的精神戕害，控诉了封建制度的吃人罪恶，又批判和否定了他们懦弱顺从的性格弱点。为了表达自己鲜明的人生态度，巴金在小说中将这两类不同思想性格的人物进行了一系列的对比描写。如《家》中觉新与梅的爱情关系，同觉民与琴的爱情关系形成鲜明的对照。他们同是表兄妹之间相爱，但由于思想性格的不同，最终却形成两种不同的结局：前者懦弱顺从，委屈忍受，成为包办婚姻的牺牲品，被迫分离，酿成悲剧，遗恨终生；后者积极反抗，经过逃婚斗争，终于获得了自己的爱情和幸福。在《春》中，蕙和淑英又形成鲜明的对比关系。她们都是大户人家的小姐，年龄相近，然而命运却不同。面对包办婚姻，蕙不思反抗，顺从接受，结果死于非命；淑英则在觉民和琴及觉新等人的指导帮助下，勇敢地走上了逃婚的道路，离家出走去上海，获得了新生。《秋》中的淑贞与淑华也是如此。二人年龄相仿，但性格截然相反。淑贞是五房高克定的女儿。高克定夫妻因受“不孝有三，无后为大”的传统观念影响，有着严重的重男轻女的思想。高克定把不能生儿子的责任完全推到妻子沈氏身上，沈氏受了委屈又找女儿撒气，于是淑贞就成了母亲的出气筒。因此，她从一出生，就没有感受到一点家庭的温暖，经常被母亲骂到半夜。因自幼从爷爷和父亲那里受到的全是《礼记》《孝经》《女四书》《烈女传》之类的封建教育，因而形成了一种胆怯柔弱的性格。加之从小缠脚，行路非常不便，在精神和肉体上都造成了极大的痛苦。她对自己的未来感到十分渺茫，一步一步地走向深渊。她的脚、她的脸、她的声音、她的性格，无一不带着这个特定家庭生活的烙印，无一不是遭受封建礼教摧残的标志。这个一生不曾大笑过一次的 15 岁的少女，最后在父母的吵骂声中跳井自杀了。巴金怀着极其沉痛的心情，通过淑贞的悲剧，再次尖锐地批判了重男轻女的封建传统观念。淑华是觉新的妹妹，是一个天真活泼、性格开朗、大胆泼辣的青春少女。她的性格特征在《秋》中更加鲜明突出，与淑贞处处形成明显的对照。在继母周氏的呵护和觉慧、觉民、琴等兄弟姊妹的影响下，她敢想、敢说、敢于蔑视封建礼教，甚至敢于当面揭露陈姨太、四婶王氏等封建长辈。她不顾三叔及陈姨太等人的阻挠，在大哥和继母的支持下，勇敢地跨进女子师范学堂去读书。作者塑造这样一个全新性格的女性形象，不但增强了作品的活力，而且也显示了民主意识的深刻影响，在这种开朗、乐观的性格里显然寄寓着作家对年轻一代特别是青年女性的希望。

总之，巴金在《激流三部曲》中通过对不同人物不同性格不同结局的对比描写，反复启示人们，面对封建势力的摧残压迫，懦弱顺从只能灭亡，反抗斗争才是唯一的生路。

四、通过琴、淑英、淑华、曾树生等一系列新女性形象的塑造，积极探索爱情、婚姻家庭问题及妇女解放的道路

在中国几千年的封建社会里，妇女处在受歧视、被支配的地位，她们处于社会的最底层，在思想、政治、经济等各个方面，倍受欺凌、摧残和压迫。因此，妇女问题就成为一个特殊的社会问题，引起历来的思想家、革命家和文学家的密切关注。“五四”之后，在中国妇女身上仍压着“三座大山”，套着“四条绳索”，她们的生活命运极其悲苦。即使生活在中等家庭的城市知识女性也不例外，她们大都没有政治和经济权力，没有独立的人格和人身自由，不是做低级的商品，就是做高级的玩物，仍然是男子的附庸，家庭的奴隶，根本谈不上有自主的婚姻和爱情。《激流三部曲》中的梅、瑞珏、淑贞、蕙等都是有钱人家的小姐，封建礼教的长期毒害，使她们丧失了反抗的能力，一个个任人摆布，相继成为封建包办婚姻的牺牲品。鸣凤、婉儿、倩儿等婢女更是连做人的权利都没有，她们像物品一样被主人随意送人，遭受着非人的虐待。鸣凤被逼跳湖自杀，倩儿被四房王氏折磨而死。相比而言，命运好些的要算是《憩园》中的万昭华了。她是憩园新主人姚国栋的第二任妻子，是一个年青、美丽、善良、贤惠的知识女性。巴金说：“她在姚家不正是一只笼中小鸟吗？不正是一个‘玩偶’吗？倘使没有大的社会变革，或者家庭事故、个人灾祸，她很可能安静地或者憔悴地死在笼子里面，白白地活了这一辈子，像她这样寂寞地死去的女人在旧社会里不知道有过多少。我写《憩园》的时候，对这些好心女人的命运的确惋惜，我甚至痛苦地想，倘使他们生

活在另一个社会里，活在另一种制度下，她们的青春可能开出美丽的花朵，她们的智慧和才能也有机会得到发展和发挥，总之她们不会像在旧社会里那样做一辈子的寄生虫。”①作者通过对上述悲剧女性形象的塑造，控诉封建家族制度和包办婚姻的同时，也深刻地批判否定了她们那种安于命运、懦弱顺从的思想性格和人生态度，对世人具有极强的警示作用。

在巴金看来，妇女要想摆脱这种任人宰割的悲剧命运，首先应该接受科学的文化教育，解放思想，树立新的生活理念。只有这样，她们才能冲破封建礼教的束缚，走上个性解放的道路，获得独立的人格和尊严。为此，巴金在他的家庭小说中塑造了琴、淑英、淑华、曾树生等一系列具有叛逆性格的新女性形象，与那些安于命运的悲剧女性形成鲜明的对比，从而为妇女解放指明了出路。琴是贯穿《激流三部曲》始终的一个富有叛逆精神的新知识女性。作为高家的亲戚，她和觉新、觉民、觉慧三兄弟有着密切的交往，并同觉民产生了爱情。她是《家》中第一个率先觉醒的新女性，无论从外貌形象还是思想性格，她都像一颗耀眼的明珠，闪耀着夺目的光彩。在“五四”新思潮的影响下，她主张男女平等，自由恋爱，渴望实行“男女同校”，表示要“第一个去报名”。在婚姻问题上，她深爱着二表哥觉民，坚决支持他抗婚，她也无论如何决不做第二个梅姐。女子剪发曾是中国近代史上反抗封建礼教的一个明显标志，琴经过一番痛苦的思想斗争后，终于战胜了自我。《家》中的琴还停留在追求个性解放、婚姻自主的阶段，到了《春》和《秋》中，她的叛逆性格有了进一步的发展和提高。她同觉民并肩战斗，已经将个性解放同民众的解放结合起来。她支持淑英逃婚，支持淑华进学堂都取得了胜利。他们一起参与社会活动，不妥协地同家庭及社会上的封建势力作斗争，使高公馆和社会上的民主力量日益壮大。琴的一言一行都生动体现了她敢于同封建传统观念决裂，勇于追求新生活的叛逆精神，为禁锢在封建文化中的广大妇女树立了榜样，真实地反映了“五四”时期中国妇女解放的艰难历程。

其次，妇女要从根本上获得解放，更重要的是必须获得独立的经济地位，只有这样，她们才能摆脱对丈夫或家庭的依赖，彻底从“笼中鸟”或“玩

---

① 《巴金专集》，江苏人民出版社 1981 年版，第 503～504 页。

偶”的地位中解脱出来。巴金的这一思想在他的后期小说代表作——《寒夜》中有着更为明确的体现。曾树生是20世纪40年代一个深受个性解放思想影响的新女性形象。在西方文化思想的影响下，她蔑视封建礼教，大胆追求个性解放，在上海某大学读书期间，与同学汪文宣自由恋爱并同居。抗战爆发后，国统区黑暗腐败的社会现实，不但摧残了她的丈夫，而且也毁灭了她的理想。30多岁的曾树生，因为长得漂亮，会打扮，善应酬，便在大川银行谋得一个职员的工作，工资收入比丈夫高得多，后来因为时局的变化，她便离开丈夫而伴随着银行的陈主任去了兰州。抗战胜利后，当她重返故园的时候，丈夫死了，婆母带着孙子不知去向。曾树生一个人流落在寒冷夜晚的重庆街头。显然，曾树生的家庭是一个悲剧。然而在这个悲剧家庭的生活中，曾树生自始至终却是自由的。她既不受丈夫的约束，也无须看婆母的脸色行事，她具有自己的独立人格。之所以如此，是因为在这个家庭中她具有独立的经济地位，整个家庭生活主要靠她的工资收入来维持。在巴金笔下的知识女性中，可以说曾树生是刻画得最富有个性特征的一个典型形象。

五、通过对杨梦痴、姚小虎等腐败子弟形象的塑造，揭示金钱不能“长宜子孙”，只能贻害后人的深刻道理

如果说《激流三部曲》的矛头主要指向封建家族制度和封建礼教，那么《憩园》的批判锋芒则对准了封建家族制度赖以生存的经济基础——祖传的家业和财产，表现了作者对家庭问题的进一步思考与探索。巴金在《憩园》中塑造了一个被金钱所毁灭的封建大家庭中的败家子——杨梦痴的形象。此人相貌清秀，也很聪明，受过良好的传统教育，能诗善文，与《激流三部曲》中的高克定有些相似，但又不同。他“靠祖宗吃饭”，凭着祖上遗留的房产和钱财过着花天酒地，狂嫖滥赌的生活，不久便把家产挥霍干净。将公馆卖掉后，他的妻子只好同孩子租房生活。因为恶习不改，在骗走妻子的私房钱后，终于被妻子和大儿子赶出家门，最后因偷窃被捕，病死狱中。憩园的新主人姚国栋与旧主人杨梦痴同中有异。他留学归来，当过教授，做过官，外有父亲留下的田产数百亩，内有温良贤淑的续弦娇妻。他终日无所事事，对

独子小虎一味娇纵。13岁的小虎自幼生活在金钱世界之中,只知道赌钱、摆阔、骂仆人,结果在放纵的玩乐中溺水身亡。作者通过杨梦痴、姚小虎的悲剧告诉人们,祖上遗留的财产和金钱固然是各式各样的寄生虫享乐腐化的温床,但同时也把他们引向了灭亡的坟场。祖上遗留的金钱和财富非但不能"长宜子孙",反而把他们引向堕落毁灭的渊底。巴金的这种认识是极其深刻而又发人深思的,在今天也仍有其现实意义。

六、通过抗战时期许多普通市民的家庭悲剧,控诉帝国主义的侵略战争给人民带来的深重灾难,反映国统区黑暗腐败的社会现实

巴金在1943年9月创作的《抗战三部曲》——《火》第三部中,描写了一个基督教徒家庭在抗战中子亡父死的悲剧故事。主人公田惠世是一个正直、善良、吃苦耐劳、笃守教义的虔诚的基督教徒,同时又是一个忠诚的爱国者。他"为了爱生的缘故,才来拥护抗战,反对那残害生命的侵略者"。他把全部精力都放在办好宣传抗战的刊物——《北原》上面。他本来有一个幸福和睦的家庭。妻子温柔体贴,总是默默地支持着他的事业。女儿在外地读大学。两个儿子都很听话、自觉地协助他工作,准备继承他的事业。然而日寇对昆明的轰炸,毁灭了田惠世的家庭。儿子世清惨死不久,田惠世也病倒在自己的工作岗位上。他临死时还在悲怆地呼喊:"还我的世清……还我的儿子",向日本侵略者发出了深沉的控诉。

皖南事变后,尽管国民党反动派推行文化统制政策,作家的创作自由受到很大限制,但是巴金并没有回避现实生活中的矛盾,而是通过许多普通市民家庭的悲剧,勇敢地揭露和批判了国统区黑暗腐败的社会现实。《寒夜》正是通过对汪文宣这个知识分子家庭悲剧的描写,深切地反映了抗战时期国民党统治区下层知识分子的生活哀愁和悲惨遭遇,揭露了蒋介石消极抗战,使战火绵延,给人民带来的痛苦和灾难,控诉了那个为金钱和权势所控制的极不公平的黑暗社会。

[原载于《山东师范大学学报》(人文社会科学版)2003年第4期。有改动]

论20世纪30年代名家历史小说的叙事维度与叙事模式

王寰鹏

20世纪30年代，鲁迅、茅盾、郑振铎、巴金等均有历史小说力作奉献给文坛。在这些小说中，作家让历史在不同的维度上成为自己叙事的对象，历史资源被纳入不同的叙事模式中再度叙述。大师们关于历史的文学叙事既是对历史的新一轮祭拜，又是对历史的现代反刍，更是对象征秩序的重构。历史小说在他们手中获得了巨大的能指。文学与历史的张力关系在历史小说中得以经典性显现。

一

马克思说过："一切已死的先辈们的传统，像梦魔一样纠缠着活人的头脑。当人们好像刚好在忙于改造自己和周围的事物并创造前所未闻的事物时，恰好在这种革命危机时代，他们战战兢兢地请出亡灵来为他们效劳，借用它们的名字、战斗口号和衣服，以便穿着这种久受崇敬的服装，用这种借来的语言，演出世界历史的新的一幕。"[①]马克思的这段话完全适合20世纪30年代中国的情形，那时，历史还没有被随意解构或戏说，对历史的再度叙事仍然是知识分子参与历史建构的庄严仪式。在鲁迅等先辈们的眼中，历

① 《马克思恩格斯选集》第1卷，人民出版社1995年版，第585页。

史被视为一种沉重的认知对象，他们要从中熔炼出战斗的精神力量，他们要把对现实文化与政治的焦虑释放到对历史再度叙事的文本之中。于是有了《理水》《非攻》《豹子头林冲》《大泽乡》《取火者的逮捕》《沉默集》等作品，这些作品发展、延伸了历史的精神。历史小说作为从属于历史“巨型文本”的“微型文本”，在重新解注着历史，同时这种解注又被作者所亲历的当代历史所规约。30年代的历史小说使历史有了丰富的现代性血肉，并使历史的灵魂得以重铸。从所选取的历史资源来看，鲁迅更注重对传统文化原典中历史人物的再造；茅盾重释了古典历史小说中和古代历史上的反叛人物；郑振铎钟情于对古希腊神话的再现；巴金则把视线热切地集中于法国大革命。前二者从中国历史中挖掘历史小说的素材，后二者则从欧洲神话、历史中寻求小说的素材。由于对历史关注点的不同，也由于叙事指向和创作思维的差异，便产生了他们的历史小说不同的叙事维度：鲁迅注重文化的探源和批判；茅盾在阶级论的灵光下，对古代历史人物的反抗动力进行了理性的剖析；郑振铎沟通了人神世界，将神话变为了对现实的隐喻；巴金着力追求历史对现实的警示与规训。他们从不同的维度丰富了现代中国文学中的历史叙事。

鲁迅在小说《理水》和《非攻》中分别塑造了大禹和墨翟两个人物。显然，他是把这两个人物作为传统文化中具有肯定价值的精神承担者来塑造的。鲁迅在传统文化原典中发现的否定对象要远远多于肯定对象，大禹和墨翟是少见的肯定对象，他们应属于鲁迅所信仰的“脊梁式的人物”之列。他们的精神气质，如务实、俭朴、为公等，当是为鲁迅所肯定的。文化山上的空谈家们和不知领墨翟之情的宋国民众的出现，却是鲁迅对历史进行文化反刍的表现。在这两篇小说中，大禹和墨翟是带着历史人物本有的精神品质走进现代社会关系中的。本是被史家无条件崇拜的英雄，在小说中受到了来自平庸的群体的压力与冷遇，英雄创世的时代在小说中被置换为英雄落地的时代。古之先贤圣哲如伯夷、叔齐、老子、庄子，则被鲁迅从坟墓中牵出并受到辛辣的讽刺。鲁迅面对原典文化中的象征符号，似乎并不战战兢兢，他要睁眼辨别与区分，从而为这些象征符号创设全新的象征秩序。鲁迅30年代历史小说的意义在于：在对文化象征秩序进行解构的同时又进行了建构，使圣坛上的英雄走到地上，让适于地上的生存者继续艰难生存，让不适于地上的生存者或自我放逐，或陷入光天化日下的荒诞。作为30年代左翼知识分子的一面旗帜，鲁迅和其他左翼作家不同，他没有通过艺术形象塑造来参与政治意识形态建构的工程(但他用杂文参与了这一建构事业)。写于左翼十年期间的几篇历史小说，其指向仍然是文化批判，仅从小说文本的营造来看，鲁迅把文化批判的叙事维度坚守到了左翼文学时代，他所向往的象征秩序始终是以文化的重构为指归的。

茅盾30年代的历史小说与鲁迅有所区别。他署名蒲牢的三篇历史小说(《豹子头林冲》《石碣》《大泽乡》)都写于1930年。茅盾率先用阶级论阐释了古代英雄的反叛行为的内在动力。在《豹子头林冲》中，他着力强调的是林冲农民出身的阶级属性。这个文本中的林冲已不是《水浒传》中的林冲，《水浒传》中的林冲曾为八十万禁军的教头，他的身份定位应是受迫害的武官，而茅盾在小说中给林冲设定的身份则是纯正的"农民"。小说中写了林冲农民品质的优长：朴忠、原始的反抗性、复仇的决绝等，也写了他身上农民的缺陷：缺少深刻的头脑、忍耐、期待真命天子的临世等。林冲这个家喻户晓的英雄人物被茅盾的阶级意识所重塑。与林冲对立的是以"赵官儿"为首的当权者、把持梁山的秀才王伦以及秀才这一类人，还有欲巴结权贵的杨志。茅盾从阶级论的观念出发强调了林冲杀王伦的阶级根源和动机："在豹子头林冲的记忆中，'秀才'这一类人始终是农民的对头，他姓林的一家门从'秀才'身上不知吃过多少亏！他豹子头自己却又落到这个做了强盗的秀才的手里！做了强盗的秀才也还是要不得的狗贼！"[①]茅盾还将梁山泊重新命名为"被压迫者的'圣地'"。这些显然是30年代阶级论思潮与革命实践在历史小说中的投影。作者借助对古典小说中英雄人物的阶级分析，传达出占据时代政治文化思潮重要份额的东西。同样，在《石碣》中，萧让向金大坚说出了从吴用那里拾来的分析梁山好汉出身的话，他把梁山好汉分为两伙：一伙是事到临头，借此安身者(如呼延灼、卢员外)；一伙是立定主意，在此替天行道者(如白胜、阮氏兄弟等)，两伙人心思也不一致。最后，金大坚愤激地说：

---

① 《茅盾全集》第8卷，人民文学出版社1985年版，第199页。

“看来我们水泊里最厉害的家伙还是各人的私情——你称之为各人的出身；我们替‘天’行的就是这个‘道’呢！”[①]一向被认为是靠江湖义气凝聚在一起的梁山英雄，在茅盾的理性剖析下，现出了其内部的阶级差异，这种剖析在当时是具有先锋性的。作者已经将鲜明的阶级剖析的工具理性在其文本中充分显现，作者在这个维度上的叙事，为新文学的历史小说拓开了一条不同于鲁迅的路子。这三个文本把历史与现实的距离拉得很近，我们看到了林冲等与当时革命运动中农民身影的镜像重叠，历史小说被赋予充沛的现实战斗力。茅盾的历史小说为象征秩序的重构竖起了阶级理性的标尺。

与鲁迅和茅盾不同，同期的郑振铎和巴金在创作历史小说时，则把视线集中到了欧洲神话与历史（我们把神话也视为人类历史的一部分）。郑振铎的小说集《取火者的逮捕》取材于人们所熟悉的古希腊神话。在《取火者的逮捕》序中作者说：“那伟大的为人类而牺牲的柏洛米修士，便是一切殉教者的象征。苏格拉底、耶稣、释迦牟尼、墨翟，都是这一型式的人物。在个人主义的自私的空气，若烟雾腾腾，黑地昏天似的弥漫于一切之时，能不有感于这！”[②]郑振铎以古希腊神话为题的历史小说是具有多重意义的隐喻性文本。小说中，普罗米修斯以神族中一员的身份，从神的营垒中分裂出来，转而为人类谋利益，在普罗米修斯身上人性的良知是压倒神性的良知的，用美国学者默里·斯坦恩的术语表达就是“月性良知”(lunar conscience)压倒了“日性良知”(solar conscience)[③]。特别值得注意的是，小说中的“神”与“人”、“神权”与“人权”的象征具有一种形而上的宽泛性。“神”“神权”已经不完全是本原意义上的神与神权了，联系当时的社会背景解读，它们更多地成了暴虐的统治者、独裁者及其权威的隐喻符号，宙斯正是这个符号系统的最高核心，文本中普罗米修斯则是要拆毁这套既定系统的破坏性力量的隐喻符号。而小说中的“人”与“人权”也非本原意义上的人与人权，他们更多地是指社会下层的受压迫者及其权利。郑振铎参照普罗米修斯与宙斯的关系，在人间构筑了明和晶与其做祭师的父亲的关系。普罗米修斯在弑主的反叛过程

① 《茅盾全集》第8卷，人民文学出版社1985年版，第207页。

② 《郑振铎文集》第1卷，人民文学出版社1959年版，第188页。

③ [美]默里·斯坦因：《日性良知与月性良知》，喻阳译，东方出版社1998年版，第16页。

中显示出其英雄本色，明和晶在象征性弑父过程（背叛父亲的职业并领导攻打神殿的行动）中，承继了普罗米修斯的殉道精神，成为普罗米修斯精神的人间体现者。攻打神殿的群动行为也有多重的隐含意义，它可以理解为人类对“神权”的进攻，可以理解为被压迫者对统治者的反抗，也可理解为正义对非正义的进击，还可以理解为人类对人类社会一切黑暗势力的暴动。从文本显示出的精神气质看，似乎此时的郑振铎也还在延续“五四”启蒙传统，如“火”的意象在文本中被描绘成启迪人间智慧的明灯。文本对现实的隐喻功能是明显的，但喻指的对象又是宽泛的。隐喻性叙事纬度使郑振铎的历史小说具有了不确定的巨大能指，随着阐释语境的不同，这种能指将会成为一种不确定的可变量。

巴金的《马拉的死》《丹东的悲哀》《罗伯斯庇尔的秘密》均写于 1934 年。作者要追求的历史小说的功能与上述三位作家又不相同。他自称写这三篇小说的目的“只是想说明一件事情：单靠恐怖政策不能解决问题……一言以蔽之不敢忘历史的教训而已”[①]。作品叙述的是法国大革命中三位英雄人物末路时期的遭遇。可以感觉出巴金把强烈的忧患意识灌注到了三位欧洲历史人物身上。作者对马拉的赞颂多于对另外两人的赞颂，如他不惜用曲笔让女凶手哥代在杀死马拉之后又狂吻马拉的脸，以此来升华马拉的人格力量。当罗伯斯庇尔被是否处死露西的问题折磨得几近精神崩溃时，叙事者的心也被两种力量撕扯着：情感力量与革命的惯性力量。情感力量告诉罗伯斯庇尔，革命不需要露西的血，而革命的惯性力量则催促他非签署那份送露西上断头台的命令不可。当法国大革命的洪流裹挟着曾经像狮子一样的革命领袖走到革命的尾声之际，三个革命的雄狮或被反动派的工具所残杀，或因转向而被同路人所处死，或已经不能将革命的方向与个体的人格相统一。当罗伯斯庇尔的耳边响起“我们要面包，你却拿人头来喂我们”的叫喊时，这三个姊妹篇的历史警示意义便凸显出来。巴金使历史小说的镜鉴功能得以充分发挥，他的叙事冲动不是来自文化反思，不是来自重新阐释历史的理性思考，也不是来自对历史隐喻的追求，而是来自对历史能否重演的忧患。

---

① 《巴金全集》第 9 卷，人民文学出版社 1959 年版，第 5 页。

二

我们讨论了上述名家历史小说的叙事维度之后，还要讨论这些历史小说的叙事模式。只有认清了隐含在文本中的深度叙事模式，我们才能更好地理解这些历史小说的内涵。

在鲁迅的历史小说中，我们看到了一种在悖论(paradox)中显现歌颂与反讽力量的叙事模式。《理水》中大禹未出场前，先写了文化山上的学者们食洋不化、食古不化的空谈，又写在考察大员们操纵下灾民代表将充饥的水苔说成“美味”的荒诞事件，以及大员们欺上瞒下的把戏。大禹出场后，在讨论治水方略时遇到了“三年不改父之道”的迂腐之论。直到篇末，在禹见舜的过程中才显出禹的胸怀与才干。鲁迅不正面去寻求禹的力量与智慧，而是向禹的反面去寻求显现禹的才能品行的参照，人物制造着悖论，人物活在悖论之中。这种悖论式(paradoxical)叙事是以多重悖论为前提的，在层层悖论被消解之后，大禹的肯定性形象才站立起来。在《非攻》中，墨翟为宋国化解了一场战争灾难，他得到的报偿却是：被搜身，被募去了包袱，想在城门下避雨而被巡兵驱赶。《起死》中，宣称“活就是死，死就是活呀，奴才也就是主人公”的庄子被死而复生的汉子纠缠，在光天化日下出丑，作者用悖论式叙事否定了悖论(相对论)，在这种否定中隐含着一种肯定的力量。《出关》中鼓吹“无为”的老子被写成一段呆木头。《采薇》中不食周粟的伯夷、叔齐被村妇所耻笑。悖论在鲁迅的历史小说中，不仅是修辞手段和细节表现形式，而且上升为叙事结构范式。在这个范式中积淀着鲁迅对生命、人生、社会、文化的矛盾性的思考，当这种模式成为承载鲁迅精神世界的话语模式时，它便具有了不可替代的功能力量。悖论式叙事在鲁迅历史小说中是既解构历史又建构历史的坚硬基石，作为一种叙事范式，它来自鲁迅一贯的怀疑和批判精神。

茅盾的历史小说中隐含着一个公开的理性叙事者，这个叙事者具有强烈的命名欲望。命名作为一种文化行为，在茅盾历史小说中显现为一种典型的政治文化现象。这个理性叙事者把他的叙事对象作为政治文化的认知对象,毫不犹豫地为他们打上主体认知的符码,于是在他的历史小说中的人物被归类、定性后,便进入了一个理性剖析的叙事系统,这种象征系统的建构模式易于显现作者激进、先锋的思想意识,使被定性的人物身上得以充分灌注时代精神。这种叙事模式决然地挣脱了历史对文学的规约,反过来让理性来整合历史,让理性来剖开历史运行的秘密。《大泽乡》中两个军官被设定的出身是"富农世家",他们奴使向来没有当兵权的、"没有一点共同阶级意识的部下"——"闾左贫民"。戍卒们想的是:失去了"自由市民"的身份,只为强秦富农阶级挣家私,此去边庭也还是为军官的富农阶级挣家私。"什么'陈胜王'他们不关心;如果照例得有一个'王',那么这'王'一定不应当是从前那样的'王',一定得首先分给他们土地,让他们自己有地自己耕。"[①]当九百戍卒鼓噪欲反时,两个军官"他们祖若父血液中的阶级性突然发酵了,他们不能束手困在这荒岛样的小丘上,让奴隶们复仇的洪水来将他们淹死!"[②]但他们最终还是成了刀下鬼。秦皇帝的全统治区域都感受到这大泽乡地下大爆发的剧震,大泽乡起义将燃起一切茅屋中郁积已久的忿火。"始皇帝死而地分!"小说中的人物被给予明确的阶级定位,农民对生产资料——土地的要求,经由公开的理性叙事者的叙事,被提升为小说中人物的自觉的阶级意识。

人神交错是郑振铎此类小说叙事模式的显著特点。在郑振铎的历史小说中,有一个人神交错的世界。当接受者面对这样的文本时,他实际上面对了多重世界:(1)文本中神的世界;(2)文本中人的世界;(3)现实中人的世界;(4)现实中神的观念性世界。前两项共同对第(3)项构成隐喻关系,其中哪一项也不能单独对第(3)项构成完整的隐喻关系。(1)(2)两项与第(4)项不发生直接关系,但作为一种前心理结构,第(4)项会影响到文本的接受。(1)(2)两项在文本中是一种互相转化的关系,在亦神亦人的世界中,人与神的界限十分模糊。比如,在普罗米修斯身上,神性退居次要的地位,人性的崇高精神占据了主导地位,被作者赋予威武不屈、坚持真理等体现人文理想

① 《茅盾全集》第8卷,人民文学出版社1985年版,第212页。
② 《茅盾全集》第8卷,人民文学出版社1985年版,第213页。

的精神。《取火者的逮捕》中出现了冬夜打铁青年的人间形象，这是原神话中找不到的，在宙斯眼中打铁青年具备了只有神才可拥有的精神气质。尤其是《神的灭亡》一篇中，人神交错、人神交锋，明和晶获得了普罗米修斯一样的神圣力量，人神成了互为喻指的对象。小说中的普罗米修斯是在神与人构成的天平上游走的砝码。他是首先破坏不公正的平衡状态的神者，又是通过剧烈的斗争创造新的平衡状态者，在他身上神性和人性具存，他是神性和人性的同体者。郑振铎在人神交错中，重演了一遍古希腊神话，这正应了马克思的论断，他在借用神话人物的名号来推演近代中国史，但我们在解读他的这一作品时，似乎不宜于把神与人完全机械地对应于人间对立的两大阵营，这样会人为地限定了小说可能存在的阐释空间。

巴金的历史小说具有心理探秘的叙事模式。《马拉的死》中写了原本要求 50 万颗贵族人头的马拉开始对“流血”产生厌恶的矛盾心理，深深地爱着人民却又不能解决人民的面包问题的焦灼心理。外国军队的干预、外省的反叛、基隆特党人的活动……都像一把把利刃插在马拉的心上。小说中，巴金还虚拟了哥代杀死马拉之后又痛悔自己行为的矛盾心理。复原或虚拟历史人物的心理变化，成为小说的主体框架。在《丹东的悲哀》中，丹东既嗜权又厌倦了革命，既狂妄自傲、好大喜功又幻想、软弱、延宕的矛盾心理贯穿小说始终。在《罗伯斯庇尔的秘密》中杀死还是不杀死露西的心理冲突，更是结构小说的主线。巴金在进行突入历史人物心灵深处的努力，而且他把这种历史人物的心理考古工作做得相当具有深度和力度，历史感与真实感并举。在巴金历史小说中，心理探秘的叙事冲动物化为心理探秘式的叙事模式并服务于作者以史为鉴的创作指向。

三

通过上述分析，可以从一个侧面看出历史叙事与文学叙事的关系。文学叙事时常借助历史叙事的力量来实现叙事的目标，历史叙事因文学叙事而获得更为丰富的血肉。上述名家的历史小说用不同的叙事维度编织了 30 年代历史小说的互文本群落。在这个互为参照的文本群落中，历史总被视为沉重的反刍材料，叙事者用这反刍的结果填充了时代的空间，文学因为这种反刍式的叙事而与历史有了深刻的联系。文学文本与历史文本在“似是而非”与“似非而是”之间构成一种张力关系。文学与历史之间也成为互为参照的文本。上述历史小说不同程度地打开了虚构与历史的疆界，具有历史对应者的人物走进了虚构的世界，虚构人物与历史人物共存互动。当历史人物走进虚构世界时，呈现出不尽相同的形态，或基本保有历史本来的面貌（如马拉），或只具备历史人物的精神气质（如老子、庄子），或具有了现代人的思想意识（如林冲）。文本中的历史人物不论具有怎样的形态都是价值取向的承担者，即使在神话人物与虚构人物交错的世界中，其价值指向也是现实的世界。30 年代名家历史小说，为我们创造了一个本质上是虚构的但却具有高度历史性的文本世界，虚构世界与历史世界相重叠，共同对现实世界或可然世界构成了象征或隐喻。文学叙事与历史叙事的张力关系在这些小说中得以充分显现。谈到历史叙事与文学叙事的关系，我们不得不涉及后现代叙事学的某些观点。后现代叙事学认为：历史叙事与文学叙事本质上都是虚构的，历史叙事是扩展的隐喻象征结构，其话语是比喻性的，历史修撰风格、历史的情节编排与文学没有多大差别。① 如果文学叙事与历史叙事在本质上是一样的，那么文学借助历史的力量来重构象征秩序的努力就成为多余，文学对历史的“戏说”则可作为历史文本来看待。事实上，每当历史发展到危急时刻，文学总会不约而同地借助于历史，30 年代名家历史小说就是例证，40 年代历史剧的繁荣亦可为证。对有过屈辱过去的民族来讲，后现代叙事学家推导出的“历史叙事＝文学叙事＝虚构杜撰”的等式意味着曾经遭受的灾难只不过是修辞操作的结果，已经有学者深刻地洞见了这一等式无法经受住“大屠杀”的检验。② 后现代叙事学的这一等式不仅经受不住“大屠杀”的检验，也经受不住一切来自人类自身和自然的大灾难的检验，更经受不住有着被侵略与掠夺经历的民族之历史的检验，民族的灾难不是修辞所能造就的，也不是修辞所能抹杀的。就文学来讲，这个等式也是致命

---

① 参见[美]海登·怀特：《后现代历史叙事学》，陈永国、张万娟译，中国社会科学出版社 2003 年版，第 170～171、181、93、176 页。

② 参见[美]戴卫·赫尔曼：《新叙事学》，马海良译，北京大学出版社 2002 年版，第 181～183 页。

的，它使文学叙事参与历史建构的基础不复存在，它在否定历史叙事的可靠性的同时，也否定了历史、文学价值承担的必要性与可能性。我们分析30年代名家历史小说的叙事，从某种意义上讲就是为了看清文学中的历史叙事曾经拥有过的建构意义。文学与历史之所以构成互文本关系，正是因为它们属于有着本质差别的两套叙事系统：前者是审美的，后者是阐释的。总之，文学与历史可以互释，但却有本质的区别。

[原载于《山东师范大学学报》(人文社会科学版)2004年第4期。有改动]

当审美遭遇政治

——叶紫小说《星》对左翼文学创作的意义与启示

贾振勇

一、政治理性与审美意识能否和谐共生

20世纪30年代，中国左翼文学家们在马克思主义革命理性精神的指引下，将文学的发展方向与政党的政治斗争方向紧密结合起来，选择激进的政治意识作为文学创造的核心理念，形成了意识形态化的文学观以及文学的党派性等文学的存在方式。

政治与艺术双重旋律的交织，是公认的中国20世纪30年代文学的一个典型特征。强烈的政治关怀意识，使知识分子们走出"五四"以个性解放为本位的狭窄天地，将目光和激情转向广阔而剧烈的社会变动、转向民生疾苦、转向阶级斗争，用文学创作和文学行为来思考社会和人生。这使文学创作的题材得到空前规模的开拓，表现角度得到深度开掘，叙事视野、叙事手段、作品结构、情节设置和人物塑造具有了尖端性和前卫性的时代特点。一大批优秀左翼作家，从各自的现实体验和感受出发，在政治激情的引导下，特别是在新的文学题材和新的文学品种试验与开拓上，引领文坛之风骚。但政治意识对文学创作是一把双刃剑，反抗政治、文化专制主义的政治理性要求，使左翼作家们在最大程度上实践了文学的社会价值和战斗功能，可是

急切的政治诉求往往抑制文学自身内部的美学建构，淡化作品审美意蕴的营造。这使大多数左翼作品至今依然受到诟病。

文学观念不等同于具体的文学作品。作品不是单纯的理念的表达，而是人的直觉、情感、意志和理性诉求等精神活动的全面艺术化展现；粗俗浅陋的作品不但毫无艺术性可言，甚至也不足以深入全面地表达政治理念；而有品位的作品不但具有丰富的艺术想象空间，而且可以借此使政治理念更富于生命力和感染力。詹明信就强调："我历来主张从政治、社会、历史的角度阅读艺术作品，但我绝不认为这是着手点。相反，人们应从审美开始，关注纯粹美学的、形式的问题，然后在这些分析的终点与政治相遇。人们说在布莱希特的作品里，无论何处，要是你一开始碰到的是政治，那么在结尾你所面对的一定是审美；而如果你一开始看到的是审美，那么你后面遇到的一定是政治。我想这种分析的韵律更令人满意。"[①]我们知道，文学与政治本来分属于人类不同的精神层面，二者没有必然的逻辑从属关系，文学与政治发生关系，主要在于创造主体的自我意识和自我选择。因此，问题的关键不在于文学从属于政治或者文学应当排斥政治，而在于如何将政治理念与审美意识高度融合在作品中，用作品所创造的艺术想象世界去展现政治理念。岂止是布莱希特的戏剧作品，古今中外有许多优秀的文学作品，不仅具有高超的艺术审美性，而且还洋溢着浓烈的、充满现实关怀的政治意识，达到艺术与政治的较为完美的融合。

左翼文学重新受到人们的深切关注，除了文学与政治有着不解之结之外，还在于它创造了不少既具有深沉的艺术底蕴又具有浓烈的政治激情的作品。叶紫就是其中的一个佼佼者。鲁迅曾经评价叶紫说："作者还是一个青年，但他的经历，却抵得太平天下的顺民的一世纪的经历，在转辗的生活中，要他为'艺术而艺术'，是办不到的。……但我们却有作家写得出东西来，作品在摧残中也更加坚实。……这就是作者已经尽了当前的任务，也是对于压迫者的答复：文学是战斗的！"[②]作为一个 30 年代在上海从事左翼革

① [美]詹明信：《晚期资本主义的文化逻辑》，陈清桥等译，生活·读书·新知三联书店 2013 年版，第 6 页。

② 《鲁迅全集》第 6 卷，人民文学出版社 2005 年版，第 228 页。

命文艺运动的革命作家，叶紫的小说多取材于故乡湖南洞庭湖畔的农村生活，以生动的笔触和曲折的故事，描绘农民的苦难与抗争，总是回荡着呼唤农民革命的呐喊，具有鲜明的政治革命意识。其与众不同之处在于，叶紫的小说既非口号式也非概念化，而是以浓郁悲愤的艺术氛围来展现政治革命的主题，在艺术创造上非但没有被左翼批评的“普洛克鲁思德斯之床”拉长或锯短，其艺术魅力反而因为深沉的政治革命意识而倍增，政治理念和革命吁求也借助于艺术的想象空间而变得合情合理，实现了文学的战斗的社会功能，既展现了左翼文学作家运用文学手段追求政治理想的理性要求，也表明了左翼文学在艺术创造上具有达到精湛高度的广阔空间。叶紫的中篇小说《星》就是一篇富有包孕性、政治理性精神与艺术审美意识高度融合的杰作。

二、革命引导下人性觉醒的生理、心理和社会角色的选择

个性解放与人性觉醒是“五四”时代的文学主题。“五四”之后思想启蒙的时代主题让位于政治救亡的呐喊，阶级解放和民族解放成为时代的最强音。必须看到，“五四”时代的个性解放和人性觉醒更多的是属于知识者内心世界挣脱束缚的精神需要，而中国最广大的社会实体——农民，很少真正走入这个知识者创造的文艺世界。然而在左翼十年间情况完全不同了。尽管个性解放与人性觉醒成为从属于政治解放主题的次级主题，但是却不再像“五四”时代那样空泛和轻飘，而是和人间底层人民真实的生存状况、社会地位以及悲惨的命运连接起来，农民真正成为文学的反映主体，个性觉醒和人性解放获得了坚实的现实基础和实践路向，启蒙真正落到了实处，虚弱的思想想象化为具体的坚定的政治实践，个性解放与人性觉醒也获得了血肉丰满的表现对象，和大多数的地之子们的灵魂与命运休戚相关，共同塑造了更为深沉和广阔的艺术创造空间。

叶紫的中篇小说《星》，就是一篇在政治理性精神和革命原则烛照下，书写个性解放、人性觉醒的时代新篇章。准确地说，对于《星》的中心人物梅春姐来说，个性解放与人性觉醒应该是女性的反抗与觉醒。仅就小说建构的

艺术空间来看，并没有明显的女权主义精神迹象，在政治意识的强光辉映下，性别特征并不具有实质意义，反而更近似于具有普遍特征的个性解放与人性觉醒的内涵和本质。当然，小说对这一主题的表现是借助于女性命运展开的。描写对象选择弱势群体中的弱势个体，更能激发读者的同情和悲悯。

小说开篇就充溢着悲剧气息。梅春姐的悲哀和怏怏闺怨不是单纯的少妇思春，而是生理、心理和社会角色诸多方面压抑下的“地火”。梅春姐是一个漂亮、多情和贤惠的青春女性，小说以富于诗意和爱怜的笔触描写她的外形和气质，但这样一个美丽的女性，非但得不到丈夫的呵护，反而只是一个“替他管理家务，陪伴泄欲的器具”，时常遭受殴打，这不但使梅春姐生理和心理受到压抑和摧残，也使她的社会角色和社会形象受到损害，男人们“用各种各色的贪婪的视线和粗俗的调情话去包围，袭击那个年轻的妇人”，女人们用窥视、讽刺、鄙夷和同情的语言嘲笑她。唯一值得自己骄傲的，是“她用她自己的眼泪和遍体的伤痕来博得全村老迈人们的赞扬”，“尤其是对于那些浮荡的，不守家规的妇人的骄傲”。对于梅春姐这样一个有爱有欲、珍视社会形象的青春少妇来说，生存境遇所带来的痛苦、悲哀、空虚和孤独，使她难以忍受无涯的黑暗的长夜，常常幻想奇迹发生。

是地火就要奔突，就要燃烧，梅春姐的生命活力在压抑中忍耐着，等待着命运星火的点燃。革命成了梅春姐的救世主，尽管她根本不知道什么是革命，可当革命第一个事件“剪头发”降临时，所有女人都痛哭流涕，唯有梅春姐泰然地毫不犹豫地挺身迎接锐利的剪刀。当人们在紧张、好奇、恐惧和惶惑中关注着革命，连梅春姐那残暴、野蛮的无赖丈夫也要去参加什么会(因为这个会可以使他发财、打牌、赌钱)时，革命对梅春姐来说，却是一场从肉体到心灵的脱胎换骨的洗礼。革命带给梅春姐的首先是情欲的解放，“那一个的白白的，微红的，丰润的面庞上，闪动着一双长着长长的，星一般的眼睛!”搅乱了梅春姐本已绝望的心灵，“在她的脑际里，却盘桓着一种从未有过的，摇摆不定的想头”。尽管她觉得“不能让这些无聊的，漆一般的想头把她的洁白的身名涂坏”，可是欲望、情感和希望的闸门一旦打开一点缝隙，就阻挡不住汹涌澎湃的解放潮水。当长着一双“长长睫毛的，撩人的，星一般眼睛"的黄副会长向她求欢求爱时,"她犹疑,焦虑着！她的脚,会茫然地,慢慢地,像着魔般地不由她的主持了！它踏着那茅丛丛园中的小路,它把她发疯般地高高低低地载向那林子边前！……"[①]但是偷情被人知晓了,梅春姐面对的是村人的指指点点,丈夫的暴打,内心的悔恨,以及那不曾熄火的希望之光。当黄副会长决定依靠革命的力量解决问题时,梅春姐终于将命运和革命捆绑在一起,情人黄副会长成了她生命中可以依靠的北斗一星:"我初见你时,你那双鬼眼睛……你看:就像那星一般地照到我的心里。现在,唉！……我假如不同你走……总之,随你吧！横直我的命交了你的!"[②]

革命让梅春姐饱经摧残的人性得以觉醒,压抑已久的情爱得以释放,更使梅春姐获得了新的社会角色和社会形象。在经历了偷情风波不久,"梅春姐非常幸福地又回到村中来了:她是奉了命令同黄一道回的"。她手中有了革命者的权威,有了革命者的价值资源,成了村中的妇女领袖:"她整天都在村子里奔波着:她学着,说着一些时髦的,开通的话语,她学着,讲着一些新奇的,好听的故事","这些话,梅春姐通统能说得非常的时髦、漂亮和有力量"[③],尽管从前那班赞誉过她的老头子和老太婆们开始"卑视"和"痛恨"梅春姐,但是那些年轻的姑娘和妇人们却像疯了一般"全都信了梅春姐的话,心里乐起来,活动起来了!"更为重要的是,梅春姐白天高兴地活动着,获得参与和引导社会事务的满足之后,夜晚还能"名正言顺"地"像一头温柔的,春天的小鸟般的,沉醉在被黄煽起来炽热的情火里;无忧愁,无恐惧地饮着她自己青春的幸福!"革命给了梅春姐新生的机遇,梅春姐也毫不犹豫地将身体和心灵全部交给了其实她了解并不多的革命。

但是革命失败了,先是反革命的谣言"公妻"和"裸体游乡大会"之类事件动摇了革命的社会心理基础,而后梅春姐的情人黄被枪杀。怀孕的梅春姐在牢房中生下了她和黄的爱情结晶。在善良的乡亲们的劝说下,人性未泯的丈夫将她保释出狱。但是革命停滞了,失败了,一切又都复原了,梅春姐仿佛具有了更深的罪孽,她的丈夫更加残酷地折磨她。坚强的梅春姐以

---

① 黄耕子主编:《春风沉醉的晚上》,华龄出版社 1996 年版,第 511 页。

② 黄耕子主编:《春风沉醉的晚上》,华龄出版社 1996 年版,第 516 页。

③ 黄耕子主编:《春风沉醉的晚上》,华龄出版社 1996 年版,第 528 页。

更大的毅力忍耐着，她怀念着黄，幻想着儿子长大“同他那死去的爹爹一样”。然而当孩子被残忍的丈夫摔死后，梅春姐不再逆来顺受，“她渐渐地由悲哀而沉默，由沉默而又想起了她的那六年前的模糊而似乎又是非常清晰的路途来！”[①]尽管没有了启蒙者、没有了热恋的对象，然而她的信念渐渐明晰、坚定起来。在小说家叶紫极富象征和预言的诗意笔触下，梅春姐坚定而又自觉地选择了自己的前进方向：“北斗星拖着一条长长的尾巴，那两颗最大最大的上面长着一些睫毛。……你向那东方走吧！……那里明天就有太阳啦！”[②]梅春姐义无反顾选择了星光闪烁的前方，她（和黄）在革命岁月时所感受的幸福的巅峰体验，将会更加灿烂地降临。

这样，通过梅春姐坎坷和悲惨的经历，通过梅春姐痛苦但是坚定的人生选择，通过梅春姐由爱欲追求到革命精神爆发，一个颇富艺术张力、颇富象征意味的革命故事和革命预言就诞生了。革命理念在艺术情感和想象世界中，获得了充足的生命力，而且也似乎预示了革命是唯一的选择和最高原则，不然就是奴役和死亡。

三、革命启蒙的统摄性、包孕性和复杂性的艺术展现

值得珍视的是，《星》所建构的有关革命的艺术想象世界，首先遵循的是文学的自律性要求，它所创造的想象空间升华了革命理念，而非革命政治理念的机械表达。虽然小说凸显了革命在社会存在和人生选择方面的终极价值意义，但是小说所展现的革命绝非单纯的政治革命和社会革命，而是描述了政治革命背景之下人的全面革命和整体革命，既包含人的社会地位、社会身份的外部世界的革命，更包括人的生理、心理、情感和理性的内在精神世界的革命，不但强调了政治理性和革命精神的统摄作用和指导意义，而且更为细致、敏锐地展现了革命的复杂性和包孕性。

“五四”文学所塑造的人性觉醒与个性解放主题，尤其是女性的人性觉

---

① 黄耕子主编：《春风沉醉的晚上》，华龄出版社 1996 年版，第 562 页。

② 黄耕子主编：《春风沉醉的晚上》，华龄出版社 1996 年版，第 562 页。

醒与个性解放，往往没有现实出路。在汹涌澎湃的个性解放潮流支撑下挣脱枷锁纷纷夺门而出的中国娜拉们，最终面临的是鲁迅那清醒而深刻地发问："娜拉走后怎样?"那时的个性解放和人性觉醒更富于理想化和浪漫色彩，想象固然绚烂、超脱，但缺乏坚实的现实支点。可是这些到了左翼十年间就完全不同了，无论是男人还是女人，个性解放和人性觉醒有了明确的现实价值坐标，在"堕落"和"回来"两条路之外，有了选择革命之路的可能。叶紫的小说《星》就以敏锐的艺术笔触，将"五四"时期云霓般飘浮的个性解放和人性觉醒，拉回到坚实的大地上，让革命与反革命的角逐来规划地之子们的命运和选择。尽管生活在社会的最底层，但是就生理、心理和生存状态而言，梅春姐和"五四"时期中国的娜拉们是一样的，只不过一个是最底层的娜拉，可是却是一个有了明确现实追求目标的娜拉，一个革命的娜拉。"五四"时期的娜拉们要么堕落、要么回去，但是梅春姐却在革命的星光灿烂中寻找到人生的航道，去追求生理、心理和社会地位的解放，"革命"成了最高的人生价值律令。

更重要的是，《星》对革命的想象和描绘，完全不同于早期左翼小说的浮躁、浪漫和激情。早期的左翼小说尤其是革命浪漫小说，大多侧重于愤懑的革命情绪的宣泄，侧重于革命政治理念的宣传，急于使政治理想获得传播、获得认可、获得群众，作者的主观意图没有很好地通过艺术手段进行传达，反而由于宣传革命理念的主观意图过于强烈，不但使革命理念没有很好地经过艺术转化，反而以意害辞，强烈的主观理念意图严重妨碍了艺术创造的生长空间。到了叶紫走上文坛的时代，这一切已悄悄发生了变化，宣传革命的热诚、喧嚣与浮躁开始转换为冷静的思索，左翼作家们在反对者"拿出货色"的质疑下，开始深入细致地探索革命和艺术的关系，开始认识到革命与艺术绝非简单的从属与被从属的关系，而是蕴含着复杂的辩证内涵。在尊重艺术规律的前提下表现革命和政治的理念，开始得到左翼阵营的理论家、批评家和作家们的重视。

叶紫的小说《星》可视为这一文学思潮语境中的一篇有代表性的杰作，突出表现了左翼作家在艺术创造上的突破。小说中将梅春姐和革命维系起来的中介，是她的情人黄，革命的最根本的基础和动机是情欲和爱情受到压抑与摧残，以及由此带来的社会地位和社会角色的损害。叶紫小说主题的营造基本上是“革命＋恋爱”模式。仿佛这个早期左翼革命浪漫小说的主题，又复活在叶紫的小说中，但是已脱去了概念化、公式化、模式化的弊端，使早期左翼小说家们浮躁的浪漫的革命激情经过沉淀，变得更为深沉、真挚、丰满，更富于艺术感染力，更为有血有肉。尤其通过革命暴力争取社会解放和阶级解放的宗旨，已具体化于人性觉醒与个性解放之中，从而使作品能发挥更大的社会功能，在整体上提高了左翼小说的艺术品位，实现了一次高超的艺术超越。

这首先表现在小说所叙述的革命，是整体的、全方位的革命，是从肉体、心灵、情感到社会角色选择和争取社会地位的全面革命，绝非单纯的赤裸裸的政治革命和政治斗争。这在梅春姐突破封建伦理和礼教文化思想的束缚，首先挣脱了情欲的压抑获得生理和心理的解放，进而从事革命活动获得崭新的社会角色方面，有着细致和突出的表现。对小说其他人物，尤其是梅春姐的丈夫和乡亲的描绘上，显示了作者对精神革命的关注。作者在描述革命作为外力引起他们生存状况变化的同时，似乎更注重他们内在精神世界的变迁，更注重政治理念和革命思想能否内化为这些人的变革驱动力。作者并没有拔高和夸大革命的伟力，反而以浓墨重彩来讲述革命的来去匆匆，风过树摇，风止树静，和鲁迅小说中对革命的疑问和反思有异曲同工之妙。这是不是作者在强调革命统摄性的前提下，将焦点移向了革命的包孕性、复杂性乃至脆弱性呢？

在小说中，除了简单提及的看守妇和狱卒之外，没有涉及具体的反革命人物。这意味着作者并不注重革命和反革命的对抗，而是将革命和反革命的对抗淡化为小说的背景故事；这意味着“革命如何启蒙群众”就成为小说的思考和表达重心。小说运用了对比的写作手法。梅春姐自然是革命引导人性觉醒的成功范例，可是同样遭受压抑和剥削的其他人却似乎与梅春姐形成了鲜明对照。她的野蛮、粗俗、丑陋的丈夫就阶级地位而言，是属于贫下中农的范畴，然而却没有下层百姓通常所具有的善良品行，反而是一个粗暴、蛮横的乡间无赖，对待革命是一个典型的实用主义者和机会主义者，他的革命理想与目标和阿Q一样。再看那些乡亲们，在革命降临时是那么惊慌失措，仿佛天塌地陷一般。年轻人怀着好奇心理试探着加入革命，很大程度上是在革命作为外力挟裹下的不自觉的选择，一旦外力失去作用，就会风消云散，缺乏理性主体的革命自觉性，是革命的盲从者或革命的乌合之众，他们以生存为第一要义，大多数不会为了革命信念而抛头颅洒热血。老年人面对革命的风起云涌，先是怀疑叹息，继之以抵制、暗骂和反对。对于作为革命基础的这些大多数群众，作者借梅春姐之口道出了对革命进程和革命手段的疑惑。通过小说对乡民们的叙述与描写，可以推断，革命理念世界中的无产阶级并非在人性上具有优越性，他们既有底层人民质朴善良的品性，又有民间社会藏污纳垢的精神和心理特点，如同别尔嘉耶夫从人格哲学高度进行的反思："马克思的无产阶级缺乏经验的真实，仅是知识分子构想的一项观念神话而已。就经验真实来说，无产者彼此既有差异，又可以类分，而无产者自身并不具有圆满的人性。"[①]这在反革命谣言的传播过程中，表现尤为突出，所谓"公妻""裸体游乡大会"的传播和津津乐道者，就是同属社会底层的老黄瓜之类的乡亲们。也同是这些乡亲们，在梅春姐身陷囹圄时，没有幸灾乐祸，而是劝说她的丈夫，合力将梅春姐营救出来。叶紫的小说《星》以近乎原生态般的艺术描绘，将中国乡村社会男男女女们沉重而又复杂的生存和精神状态，置于革命带来的社会变动中，着重展现他们在突如其来的革命面前的复杂的心理状态和人生选择。人性觉醒与否成为革命如何由外在力量转化为内在驱动力的关键中间环节，革命的复杂性、包孕性乃至脆弱性就鲜活地凸显在小说世界中。

小说对革命复杂性、包孕性乃至脆弱性的描绘，还表现在叙事主体的主观态度、叙事视角上。与早期左翼小说不同的是，小说的叙事主体不再直接充当革命的传声筒，而是隐藏在故事背后，用小说世界来展现革命的复杂性。作者不再像早期左翼小说家蒋光慈、洪灵菲、阳翰笙等人那样近乎歇斯底里的革命情绪的宣泄、那样狂热的革命宣传激情，而是变得冷静甚至有一丝疑虑和不安。这一方面说明了左翼小说在艺术建构上的成熟，也说明了

---

① [俄]尼古拉·别尔嘉耶夫：《人的奴役与自由》，徐黎明译，贵州人民出版社 1994 年版，第 187 页。

作者对于革命本身认识和体验的深化。比如梅春姐的情人黄，在小说中是革命启蒙者的化身，然而作者并没有对他寄予多大的期望与热情，反而显得单薄、软弱，在和梅春姐偷情被发觉后，只知道抱怨乡民的不开通，只知道依赖“上级”；在梅春姐怀疑革命手段的激进时，嘲笑她心肠的软弱；在反革命势力反扑之时，缺乏冷静的应变能力，为革命献身的同时似乎也在表达着自身的无能。这个人物尽管着墨不多，但从他身上似乎寄托了作者对革命者形象的复杂思索。

总体来看，叶紫的小说《星》在政治理念与艺术塑造的结合上，是一个成功的典型文本。作者将自己对革命的理性思索艺术化地融合在小说世界的创造中，既表明了作者的政治态度，又成功地发扬了小说的社会功能。同时，这也证明，政治与文学既非相互排斥，又非从属、被从属关系，关键在于创造主体如何理解二者的关系，并艺术地展现出来。

［原载于《山东师范大学学报》(人文社会科学版)2004 年第 5 期。有改动］

后女权主义：消费社会的女权走向

孙桂荣

在女性批评作为一种性别研究视角不断活跃于当代文学评坛的现时代，我们通常所说的女性批评理论，主要是西方现代女权主义理论，在面对中国当下消费时代的女性生存现实与女性文学创作现实时往往有捉襟见肘之感。比如在当前的女性文学研究界，最频繁使用的就是用“困境”“危机”这类字眼来形容自身的处境。在分析这种情况时，不少研究者都提到了建立于“西方”女性经验基础上的理论难以尖锐刺痛到中国女性经验深处的“本土化”障碍，但我认为我们同样不应该忽视主要产生于20世纪六七十年代第二次女权运动及其之前的观点，难以对90年代以来中国急剧变化的新形势具体发言的“时间”困惑。在此，我想通过联系世界范围内女权主义的话语转向，对弥漫在90年代以来中国文学叙述中的一种“新”型女性观进行文化分析。

一、西方当代后女权主义

苏珊·斯坦福·弗里德曼(Susan Stanford Friedmann)在20世纪末提出了著名的社会身份疆界说(the new geographics of identity)，即女性/女权主义批评应超越女作家批评(gynocritism)与女性文学批评(gynesis)所常采用的单一性别视角，而从社会身份疆界说的新的关系论、情景论、流动不固定观点出发，将社会性别同社会身份的其他构成，如阶级、民族、种族等协调起来共同考察社会身份问题。[①] 对此，我国的女性学者屈雅君在对西方女性视点已开始向广阔处发展表示理解的同时，亦不无忧虑地指出女权主义一贯赖以生长的最重要文化基础——反抗男权、颠覆父系制度——却有在这种对女性的多种身份界定中淡化的可能。因为过分关注差异势必会瓦解女性作为一个性别整体的力量，对于中国女性学界而言批判男权文化依然是我们目前最重要的任务。其实国内学者这种忧虑是基于我们本土的女性批评现实——批判男权的女性主义目标还未实现或还远未实现而来的。对于一开始就将矛头锁定在对父权制进行激烈批判并完成了丰厚研究成果的西方学术界而言，女性批评重心在近一二十年内开始了某种悄悄的话语转向则似乎已成了大势所趋。当然这种女性话语的来源是相当复杂的，据我掌握的资料，大致可以分为以下三种情况。

一是女性批评学术界内部的话语转向。在 2001 年 6 月斯坦福大学妇女与社会性别研究所的 20 周年学术庆典中，不少学者称激进的、不无偏颇的早期女权主义批评已成了不太被社会接受的"强弩之末"。六七十年代的女权主义固然顺应了当时社会妇女解放运动逐渐深化的趋势，对父权社会给予了全面的深刻的批评，但它政治色彩过于浓厚和实践行为太过激进之处也愈来愈为人所指诟。比如麦金农(Mckinnon)就从性的角度把社会上的人划分成两群："操人者和被操者(fuckors or fuckees)"，还有些妇女运动领袖干脆就把婚姻称作"奴役""合法的强奸"和妇女"无偿的劳动"[②]。于是 80 年代以来的后女权主义，即一种更强调跨学科性与政治倾向的温和性的女权主义，以妇女学(womenstudies)与社会性别学(gender studies)相号召，事实上已取代了此前过多聚焦于颠覆男权的激进女权主义。可以说，淡化两性间的对立情绪，借助新兴的后现代理论以寻找新的女性话语生长点成了当代女权主义的学术目标，它被冠之以"后女权主义"是为了与此前的女权主义

① 参见[美]苏珊·斯坦福·弗里德曼：《超越女作家批评和女性文学批评——论社会身份疆界说以及女权/女性主义批评之未来》，王政、杜芳琴主编：《社会性别研究选译》，生活·读书·新知三联书店 1998 年版，第 426 页。

② 参见李银河：《女权主义与性问题》，荒林主编：《中国女性主义》，广西师范大学出版社 2004 年版，第 167 页。

运动相区别。[1]

其次,西方社会兴起的一种男权回潮理论也倾向于向后女权主义靠拢,或者说回应后女权主义这种更强调男女温和相处的还有不少渗透进"女性关怀"色彩的相对世俗化的观点。修丽特(Sylria Ann Hewlett)在其《美国妇女解放的神话》中将"女性"这一社会群体作了差异性区分解读。她认为,女权主义往往只利于那些上层的、精英的、功名心特别强的处于传统婚姻模式之外的那部分职业女性,不少中下层妇女宁愿选择待在家中,而不愿与男性一样被平等对待。而且职业妇女因为平等法案也会失去原先的职业保护。另外关于性解放、无过失离婚等提法最终成全的都是男人,大多数妇女希望的是巩固而不是毁坏家庭。以走向社会、男女平等为口号的女权运动反而在某种程度上将女性引入了歧途,"解放"之后妇女过的是一种 A Lesser Life。原芝加哥大学教授艾兰·布鲁姆(Auan Bloom)抓住女权主义的激进之处,称"女权主义是女人的大敌",它使女人得不到爱情,无法缔结婚姻,唆使女人把个人的追求置于道德之上。华伦·法瑞尔(Warren Farrell)更在其畅销书《男人为何如此》中宣扬传统的性别模式并不是女权主义所说的"男人中心",它是为了男女两种性别而建立的,而且尤其对女性有利,因为女人不管在事业上是否成功都可以获得爱情,而男人则必须到社会上去打拼。[2]他们的言论同女性学术界的话语转向纠缠在一起,更加剧了女性问题的复杂性。

三是社会政治经济形势对女性话语的影响。20 世纪 80 年代最早向中国介绍西方女性主义思想的朱虹根据她在美国工作的经验说:"美国现在的女权思想有一种退潮。小布什上台后表现得更明显,主要来自于共和党中的保守派。他们强调'家庭的价值',要女人回到家里……"[3]可以说,资产阶级右翼势力是一直倾向于一种性别保守主义,他们甚至会以传统的婚姻家庭有利于维持社会稳定和大工业高效率为名,反对女性强烈的性别政治要

---

① 参见[英]孚卡、怀特:《后女权主义》,王丽译,文化艺术出版社 2003 年版,第 13 页。

② 参见张宽:《男权回潮——当代美国的反女权思路》,《读书》1995 年第 8 期。

③ 朱虹:《跟美国学生一起读中国小说》,王红旗主编:《中国女性文化 3》,中国文联出版社 2003 年版,第 8 页。

求。同时，产业资本、商业机构、广告媒体等整个国家的经济运行机制更是反对激进女权主义将女性往剑拔弩张处塑造，而提倡女性大规模消费商品以加强自我身体的“女性化”“女人味”。我曾读到一篇关于广告的文章竟也提到了“后女权主义”：“如果仅仅只是想赢得尊重女性的好名声，还不足以使得后女权主义在广告界成为一种流行，广告从来都是用惟金钱是从的势利眼来挑剔地选择它的消费者。”[①]的确，如果千百万的女人说“嘿，我认为我不再需要口红、奥蕾油了”，这对许多方面来说都是致命的。在这里，后女权主义甚至与商家发生了某种亲和关系。可见，后女权主义是一个极其复杂的称谓，尤其是它的吊诡之处已不仅限于女性学内部的派别林立，更在于它与男权文化、男性欲望或女性消费诉求有了某种千丝万缕的联系。

二、中国当下的“后女权主义”

研究文学理论的人都知道当代的中国学术界似乎已无法绕开“西方”与“本土”的问题。在女性批评界，西方的女性主义理论是否适用于中国本土的问题也是屡被提及。不过我们必须正视一点的是，中国当代，尤其是1995年第四次妇女大会在北京召开之后，随着中外女性学界频繁的交流，全球化进程使得中国女性学界已不像80年代那样对西方理论只是单方面的输入，而是变成了一个双向互动的过程。在某些价值取向上，二者亦不乏相通之处。比如在中国当下语境中，无论是“女性主义”还是“女权主义”，似乎都并不是一个受欢迎的词。不少作家与批评家都不愿被称之为“女性(权)主义者”，文学界也更爱使用“女性文学”这样的模糊性概念。无独有偶，美国黑人理论家贝尔·胡克斯(Bell Hooks)也曾谈到在美国，“女权主义”被人们当作一种“讨厌的、不愿与之有联系的东西”，说自己是“一个女权主义者”，通常意味着“被限制在事先预定的身份、角色或者行为之中……”[②]中西方对女

① 龚铁白:《卫生巾、女人及其他——后女权主义的影响与广告创意方向》，《广告大观》2002年第5期。

② [美]贝尔·胡克斯:《女权主义理论:从边缘到中心》，晓征、平林译，江苏人民出版社2001年版，第28页。

权主义的这种共同情绪对我们研究中国的后女权主义提供了某种依据。同时,另一个不容忽视的问题是时代因素。从某种意义上讲,西方世界经历过波澜壮阔的女权运动之后社会上蔓延起来的一股渴望女性重新回归"传统"的风潮,是与中国在经历了那个"男女都一样"的性别时代之后渴望看到"男女不一样"身影的社会文化环境有些类似。尤其是市场经济转型之后的今天,"全球化""商业化""消费化"像个巨大的梦魇将中国牢牢罩在了世界大舞台上。这使中国的女性话语与西方同时期的后女权主义似乎更有时间上的可接近之处,而并非像某些人所理解的那样我们只是追随西方六七十年代及其之前女性主义观念而去。我无意于说明中国时下已进入了一个"后女权主义"时代(中国的"后女权主义"与西方后女权主义有诸多不同之处,我用引号特别标识),对于西方学术领域内的女权话语转向,就像屈雅君教授所言,中国女性学界可能更注重男权批判方面。但是受消费潮流影响的大众女性观,以及从生活具象出发讲求为人物设身处地着想的文学创作界(更切近"生活"而非"理论")的情况可能就有很大不同。下面我想就 90 年代以来的文学艺术为例,概括一下我所认为的带有更多消费主义倾向的"后女权主义"话语特征。

第一,在女性形象上,我国的"后女权主义"是直接针对此前的"男女都一样"时代而来的,"女人首先是女人"成了它性别定位的新标尺。对女性魅力的极力张扬是它不同于经典女权主义的一大特征:后者关注的往往是那些"女人性"淡薄甚至有些歇斯底里的"阁楼疯女人",它的人类学理论是把"美"的主题对象化到女性身上,反映的是"男性主体身份的成熟和对女性客体地位的确认"①;前者的逻辑却是张扬女性魅力本身就是对压抑女性光辉的男权社会的一种反抗。而且这张扬又往往与整个社会的文化氛围甚至一个时代的"现代化"图景相联系。一个明显的变化是在 20 世纪上半叶(尤其是五四运动之后),"现代女性""新女性"(强调新的思维和行为方式)常常与"摩登女郎"(强调突出女性特征的时髦外表)相区别,后者往往被视为颓废和肤浅的一类。但在中国当下语境中,"现代女性"和"摩登(modern,现代

---

① 叶舒宪:《高唐神女与维纳斯》,中国社会科学出版社 1997 年版,第 314 页。

的)女郎”似乎是同义词(一般要以“女性”代替“女郎”),一个女人若没有时髦的外表以及“女人味”的性感姿态那简直不是“现代女性”。如果说80年代王安忆等人对女性气质的某些呼唤还侧重于“内在”的女性气质——温柔、善良、甘愿伺候丈夫的好主妇[①],那么中国全面进入消费社会之后女性话语在社会形态上却一般要以女性化的外在面貌为标志,在文化形态上则更多向女性自然生理特质(如身体)倾斜,像时下惹人注目的“身体写作”现象等。

第二,从人性内涵上,现代女权主义实际是在“女性”身上填注进许多观念的,比如大写人格、对独立自主的天生渴望等;消费时代的“后女权主义”则对这种渴望的“天然性”产生了怀疑,它承认的是人的世俗、日常、趋利避害等的另一种本能。在贯注进这种精神的文学文本中,大写人格某种程度上甚至会被视为一种虚伪,小写自我以及它的直接宣泄反是一种“真诚”,而且这种趋向并非单单为我们通常所认为的年轻一代时尚写手们所独有。林白的《致命的飞翔》,常被视为当下女性写作中最具女权意识的作品。它里面有这样一些被广泛征用的文字:“指望一场性翻新是愚蠢的,我们没有政党和军队,要推翻男性的统治是不可能的,我们打不倒他们,所以只能利用他们。”[②]“利用”二字形象地说明了当今女性在面对男权机制的无孔不入时愤怒、无奈又想“为我所用”的那种微妙心理。北诺杀人有一个前提,即她想以肉体换取一张“事关个人前途的表格”,但是在多次遭强暴后却发现了不果与不值。比较一下张洁在1981年写的《方舟》,里面同样涉及离了婚的无助女人柳泉遭单位上司性骚扰的事,但是她不惜辗转多处通过艰难地更换工作另觅职业来避免女性之跌入男权社会欲望陷阱。若是将彻底地维护女性平等人格、誓对男权中心对抗到底当作女权主义的初衷的话,倒是写于80年代伊始的《方舟》在本质上更接近这一倾向。90年代以来在更新一代的女性小说中,我们甚至能读出一种“性别资本化”思路。她们似乎总是在自问:我有男人吗?我能吸引男人吗?在与男人的遭遇中我能有所斩获吗?她们更愿意以一种富于刺激性的姿态,通过挑逗诱惑男人来象征性地占有世界,

---

① 参见王安忆:《妇女问题与妇女文学》,《上海文学》1989年第3期。

② 黄伟林,曾攀主编:《广西多民族文学经典1958—2018中篇小说卷》(上),广西师范大学出版社2018年版,第459页。

或者说就像美国现在正流行的电视剧《欲望城市》所展现的情节一样,这些文学艺术与带有消费主义形态的“后女权主义”总斩不断藕断丝连的联系。

第三,从理论资源上看,我国的“后女权主义”不像西方社会那样有明确的学界提法,男权回潮也似乎没有以显性方式公然出现,但我们仍可以从当今的文化研究、大众文化理论中找到一定依据。约翰·费斯克(John Fiske)在其符号学解读代表作《理解大众文化》中认为,中下层市民可以通过“选择不买”“暗中搞点小破坏”等“游击”战术,打破商家通过内部摆设和营销策略诱惑消费者购买的企图,以一种“想象性消费”来躲避、消解、冒犯甚至抵抗资本的支配权。[①] 很大程度上讲,“后女权主义”这种将弱势群体(无论是无力购买实实在在商品的下层市民还是性别格局中的女性)受制于自身经济/性别地位而来的悲剧处境进行喜剧性阐释的做法,只能是一种社会文化/性别想象,它掩盖的是弱者无力真正抗拒强权的这一基本事实。当然,它的流行还与当下这个以“物质”“欲望”对“精神”“爱情”的放逐为时尚的社会语境相关,王晓明将此类事实上已心照不宣地成了主导今日中国社会/国人一般精神生活的东西(称不上系统的“思想”),唤作“新意识形态”。带有消费主义倾向的“后女权主义”也可以算作这种女性意识的“新意识形态”。从理想到现实、从追求平等到关注差异、从旨在促进女性自我发展的政治立场到平衡社会关系讲求自我利益最大化的现实态度,中国消费社会中出现的“后女权主义”思潮使本来就矛盾重重的女性问题更加复杂严峻。

第四,从话语姿态上看,“后女权主义”放弃了正宗女权主义向男性中心社会宣战的坚强、决绝、斩钉截铁的单一之声,代之以温和甚至暧昧犹疑的“多元”性别表情。首先,“后女权主义”在性别张扬/性别依赖、以女性为中心的“性政治”/男权视点的性窥视、自我/他者的二项对立元素之间,本身就呈现出话语边界的模糊状态,即受性别消费的大文化环境影响,特别是男权社会或隐或显的利益因素诱使,性别格局中往往存在一个女性需求(主动)与被男性需求(受动)纠结在一起混淆不清的局面。女性在自我他者化(成

① 参见[美]约翰·费斯克:《理解大众文化》,王晓玨、宋伟杰译,中央编译出版社2001年版,第47页。

为男性对象化的目标)的同时,又存在着一个不自觉的“他者自我化”(渴望别人的“渴望”)过程。像女性身体在男权社会具有“被看性”,但从女性角度又是一种“美”的展示,并且有不言而喻的“让看性”;还有女性的“性”,它自是女性发自内心的一种生命渴求,但男权社会中又是男性消费女性的最直接工具,所谓“性”里面有权力,有政治;更如婚姻,父系婚姻制是奴役女性的一道枷锁,但却往往又是大多数脆弱女性躲避社会风雨时想到的第一扇屏障。所有这些悖论之处,都使“后女权主义”对男权社会呈现出一种有所为又有所不为的模糊气息。其次,这也与中国当下不同性质的女性话语胶合在一起的“多元并存”现象相关。这里不仅有由于社会变迁而出现的性观念的两极分化,比如城市有钱有魅力的女性已开始追求性解放,而乡村女性仍处于被剥削被奴役的性出卖状态;还有不同视点下对性别认知态度的迥异,比如尽管大众媒体在不断鼓吹身体时代“美女经济”的到来,而官方机构(如各级妇联)对诸如选美等行为则是持着一贯的否定看法。同一期媒体刊物上不同的女性观点可能大摇大摆地并排在一起。甚至就同一页篇幅而言,召唤女性自立自强的文字表述与插图上性感暴露期待观赏的女性形象之间就存在明显的张力。“后女权主义”就弥散在这些不同权力有条件地包容,确切地说应该是妥协在一起的胶合点上,所有这一切都造成了其话语姿态的斑驳复杂性质。

总体而言,弥漫在当代大众文化艺术中的“后女权主义”可以说体现了这样几种女性话语转型:从女性理想主义的高蹈追求到面向男权现实的“凡俗”策略;从精英式地为“女性”整体代言到注重“个人”突围的大众哲学;从注重精神自我的存在追问向关注世俗自我的生存满足倾斜。它在当下中国产生的社会原因是:从外部因素看,由政治意识形态下解放出来了的身体的性别表达旋即就成了男性窥淫的对象;女性极力争取的性的自由与言论性的自由使男人较容易得到了原先需要花很大力气才能得到的“性”;对所谓“自由爱情”的无度追逐更是造成了许多家庭的破碎,女性在“自立”“自强”的口号感召下陡然攀升的是诸多痛苦而无奈的单身母亲。可以说,两性世界的每一次表面平等伴随的都是权力的单向流动。从“能顶半边天”到重新沦为弱势群体,这大概是中国女性在经济大风暴狂卷一切的今日社会中的新一轮宿命。“一场性的翻身”不仅是愚蠢的,而且几乎是不可能的。这是“后女权主义”产生的社会物质土壤。另外从女性主观心理上,毛泽东时代“男女都一样”的性别策略作为一种先验的政治方向,并没有导致女性素质女性观念提升的切实之举。而新一代女性价值观的形成期恰逢消费形态的商业化潮流大面积冲击之时,受个人主义、功利主义、消费主义影响,不少人对旨在倡导女性自我独立自我发展的女权主义并不苟同,甚至不愿要这种同男性的平等平权。它与西方当代后女权主义的区别在于,后者是直接对应六七十年代第二次女权运动的狂飙突进风潮,包括其中的某些激进之处而来的,如英国当代著名女作家菲·维尔登(Fay Weldou)在20世纪90年代接受采访时说:“妇女解放的意义是巨大的,但是战场现在转移到了另一个领域……我们如何不成为牺牲品,或者说如何不感觉自己是牺牲品,如何不去因为自己的困境而责备他人,如何为自己做点事,如何设法过上以家庭为单元,由男人、女人和孩子所组成的家庭生活,尊重所有人的权利,而不仅仅是妇女的权利。”[①]所以说,她们的后女权主义往往有一个前提,即在经过女权运动洗礼后女性自我独立观念明显增强并且不少人相应提高了个人素质技能,可以保证这种独立的现实实施,当然这也与西方高度发达的社会生产力水平相关。而在这种基础上再强调与男性和平相处、正视女性特殊性、婚恋家庭的重要性便在某种程度上具有了一定的合理性,这也是这种性别保守主义观念近来甚至得到某些精英人士首肯的原因。从这个意义上讲,中国的“后女权主义”则与中国女性在社会等级与性别等级的双重挤压下的不容乐观的处境相关,也是其个人素质低下与自我性别定位不足的一种表现。

李银河女士曾有一个比喻,西方的女权运动在激烈程度上就像18世纪轰轰烈烈的法国大革命,中国的女性主义则宛如英国君主立宪的资产阶级改良。无独有偶,最近由荒林主编的《中国女性主义》一书中,在扉页上也提出了一个“微笑的女性主义”的概念。这极富人情味与温和气息的提法,体

① 唐岫敏、[英]坎迪丝·肯特:《冲突与和谐——当代英国女作家菲·维尔登访谈录》,《百花洲》2004年第1期。

现了当今中国的女性学界正在极力改变人们心目中对“女权主义”或“女性主义”刻板印象的努力，它是否表明中国女性学界也在越来越淡化其“政治性”“激进性”特征？它与西方的后女权主义是否有一定相通的可能？这些问题都是值得讨论的。或许正如西方社会学家所说，在当今这个一切都可以被文化产业操纵的“后情感社会(postemotional society)”，人们追求的已不再是美、本真、纯粹等情感主义的伦理，而是强调一种“快适伦理”——日常生活的快乐和舒适，甚至即使是虚拟和包装的情感，只要快适就好。① 这种后情感伦理对女性问题的直接影响，我认为就是产生了消费主义形态的“后女权主义”。当然对于它们之间的一些更深入联系，还有待于有兴趣者去进一步的探索。我这里只想说明的是，对中国的女性文学批评界而言，我们所要做的或许已不仅仅是通常所说的反抗“男权”，还要反思一下我们一直引以为傲的“女权”。

[原载于《山东师范大学学报》(人文社会科学版)2005年第1期。有改动]

① 参见[英]梅斯特罗维奇：《后情感社会》，塞奇出版公司1997年版，第44页。

创造善意的空间：让批评在不断的自我转型与调适中进步

吴义勤

近些年来，文学批评一直饱受诟病，批评的形势显得比以往任何时候都要严峻。我不否认批评本身存在的问题，但是我又不认同片面放大批评的缺点甚至妖魔化批评的做法。我们需要一颗平常心，正如没有十全十美的文学一样，也不可能有十全十美的文学批评，也许我们需要从关于文学以及文学批评的虚幻乌托邦中走出来，才可能更为理性、更为客观地面对今天的文学批评。面对文学批评，我们苛刻的眼光应该变得温柔善意一些。

对于文学批评功能的认识，批评界有各种各样的说法，审美的、历史的、社会的、思想的、认识的等等都各有市场，我们更重视的还是对一个时代文学正面价值的发现与阐释。然而，对于文学批评来说，这些功能的全部实现其实只是一种理想状态。在不同时代，批评无疑会遭遇不同的困境与问题。拿中国当下的文学批评来说，阻碍文学批评功能实现的障碍既来自批评环境的恶化以及对于批评本身的普遍不信任，也来自批评自身能力的退化。批评功能的实现首先当然依赖于批评家主体的能力。我们衡量一个批评家是否优秀，通常看他两个方面的能力：一是理论创新能力；一是对文学作品的领悟、阐释能力。就前者而言，文学批评家固然需要熟悉和掌握古今中外的各种文学理论，但这种掌握不是仅仅为了获得一种“武器”，而是为了提升作为一个批评家的文学修养，是为了理论素质的提高、理论思维的培养和批评方法的更新，它应当有助于批评家文学阐释力和审美判断力的提升，而不是以批评家文本解读能力的牺牲为代价。用既成的理论去套文学作品，这不是批评家理论能力的体现，反而是批评惰性的证明。好的批评家，应该有一种超越“理论→文本”模式的反向思维能力，即形成“文本→理论”的思维模式，从文本研究出发，发现、总结、升华出理论品质、理论内涵。这才是文学批评的创造力和创新性的体现，这才是文学批评能够推动文学及理论本身向前发展的根本原因。因为，从根本上说，空洞的、与文本无关的理论对于文学实践是没有什么实际意义的。就后者而言，批评家对文学作品的领悟、理解与阐释能力永远是最重要、最核心的能力。这其实也正是由文本研究的重要性决定的。文学史的主体是文本，但文学史中的文本又是有选择的文本。对于文本的选择过程其实就是文学批评的发生与展开过程。一方面，文本的意义不是敞开、透明、一次性呈现的，而是隐藏的、潜隐的、渐显的。也就是说，文本的意义是需要不断被发现、被阐释、被赋予的，文本研究的过程实际上就是文本意义的“开发”过程与“增殖”过程；另一方面，文本本身是动态的，未完成的，不断丰富的，一个时代的文学作品总是处于“生产状态”中，它需要文本研究的追踪来把它们“经典化”。可以说，面对汹涌而来的新文本，批评家是否足够敏感、足够有耐力与毅力，是检验批评家能力的试金石。从这个意义上说，文本研究应该是批评家的立身之本，一切从文本出发也应该是文学批评的基本原则。但令人遗憾的是，这个原则在当今的批评界却遭到了普遍的背弃，文本研究已经成了当今批评界最大的软肋。正如我在另一篇文章中所指出的那样：许多批评家的阅读量已经低到了令人吃惊的地步，一方面是文学生产力的空前高涨，一年 1000 部的长篇小说产量可以说是世界上任何一个国度都难以想象的；另一方面却是批评家对文学作品的冷漠甚至拒绝，有些批评家一年的阅读量恐怕连 10 部长篇小说也达不到，这种巨大的矛盾就造成了当今批评无法避免的“失语”现象。可以说，正是由于没有文本阅读量作基础，批评家已经失去了在批评对象面前的主动权。他们无法自觉而主动地选择批评对象，只能听命于“媒体”或某种权威的声音。某种意义上，我们时代媒体以“炒作”的方式对我们时代文学的判断已经影响了批评家的判断，他们无法在比较的坐标上来抵制和抗拒媒体的声音，因为他们不比媒体耘读得更多。而即使对所阅读作品的批评，也常常不是“细读”式的、学术化的,而是蜻蜓点水式的臆想化的批评。许多批评家不仅不会去反复阅读、探究一部文本,而且似乎已经失去了完整地阅读一部作品的耐心,有时只看看内容提要、故事梗概就可以写批评文章或在研讨会上高谈阔论了。20 世纪 90 年代以来,这样的现象我们看得实在太多,有些批评家的想象力已发达到不看作品就可以写出关于这部作品的长篇大论的地步,而各种各样的作品讨论会上,那些洋洋洒洒的宏论也几乎都是即兴臆想出来的。批评在文本研究上的“不作为”,某种意义上不仅不能够为文学史提供帮助,反而造成了对文学文本的遮蔽,它使得许多重要文本被时代的浮华之声吞没,难以呈现。

尽管如此,在一个复杂的时代语境里,我们应该宽容文学批评存在的各种问题,并创造一个善意的空间让批评在不断的自我转型与调适中进步。

[原载于《山东师范大学学报》(人文社会科学版)2009 年第 3 期。有改动]

附录：

大学的学术传承与学者群落的崛起

——山东师范大学中国现当代文学研究生学者群解读

李宗刚　赵佃强

所谓山东师范大学现当代文学学者群(为了行文的方便，以下简称山师现当代学者群)，泛指在 1985 年前后(主要是 1977～1988 年，本文主要以 1985 年作为考察对象)考入山东师范大学攻读中国现当代文学专业硕士学位并在中国现当代文学研究领域取得突出学术成就的学者群。尽管这一学者群崛起的原因是多方面的，但有一些是共同的，那便是他们的成就与其在山东师范大学接受的研究生教育和师承传统紧密相关，正是在田仲济、薛绥之、朱德发、蒋心焕、冯光廉等老一代学者的人格与学术的双重浸染下，他们开始了各自的学术跋涉；同时，在其学术起点上，《山东师范大学学报》(人文社会科学版)(其前身为《山东师大学报》)也发挥了重要的作用。这一学者群的知识谱系和学术道路镌刻着明显的山东师范大学烙印。这一学者群的出现以及所取得的学术成绩，作为一种学术现象，既与时代机缘、研究生教育、工作流转等多种复杂元素有关，也与学术期刊如何扶掖学术新人有关，因此，梳理他们的学术理路与历程，探究他们成功的缘由，对于我们今天的文学教育与学术传承都有着极其重要的启示。

一

山师现当代学者群人数众多，影响较大。在1978年到1988年十年的时间里，山东师范大学的中国现当代文学专业，招收了近百名硕士研究生，尤其以1985年招生人数最多。这一年，由于本专业分成了中文系和中国现代文学研究中心两个单位招生，招生数量大幅增加，从原来的四五人一下子扩招到了19人，再加上这个专业的硕士研究生在当时还比较稀缺，许多人毕业后都到了大学或科研单位。其主要成员有钱荫瑜、杨洪承、李春林、税海模、姜振昌、李掖平、刘新华、郭济访、房福贤、季桂起、万直纯、魏建、谭桂林、吕周聚、耿传明、罗振亚、刘克敌、王兆胜、刘开明、张清华（按入学时间先后、同一年级按年龄排序）等为代表的具有全国影响的青年学者群。在当下的中国现当代文学研究与批评领域，他们不仅形成了各自的学术专长，取得了一定的学术成绩，而且还直接参与了中国现当代文学学科的建设，成为一支不可小觑的学术力量，这具体体现在以下几个方面：

其一，在全国的中国现当代文学专业具有影响力的高校中，大都能够看到这一群体的身影。高校或者科研单位，在传承文学教育中占据重要地位，像南开大学（耿传明、罗振亚）、北京师范大学（张清华）、南京师范大学（杨洪承）、山东师范大学（魏建、房福贤、吕周聚）、湖南师范大学（谭桂林，2011年被引进到南京师范大学）、中国社会科学院（王兆胜）、青岛大学（姜振昌等）。在全国所设立中国现当代文学专业的6个国家重点学科中，这些学校便有2个，占到了1/3。特别是山东师范大学，其学术梯队主要由这批学者组成。

其二，这一学者群目前还担任着全国性的研究会的理事等重要学术职务。学会作为群众性的民间团体，一个学者能否成为理事，主要依据其在学界的影响力。在中国现代文学研究会，其理事有谭桂林、魏建、房福贤、吕周聚、耿传明、罗振亚等5人；在中国当代文学研究会，其理事有房福贤、张清华等人。他们除了在一些学会担任理事之外，还是一些体制内的文学奖项的评委。如2011年的茅盾文学奖，具有这一学科背景的评委便有李掖平、张清华、刘复生以及20世纪90年代加盟该学科的吴义勤，这占到了茅盾文学奖评委总数的1/15。

其三，这一学者群在一些高校的博士点还担任着博士生导师。博士点作为国家体制内最高学历的教育形式，是培养高级专门人才的重要阵地，也是进行学术传承的重要方式，因此，博士生导师作为承担大学学术传承的专家，其重要性是显而易见的。在这一群体中，担任博士生导师的有杨洪承、姜振昌、李掖平、魏建、谭桂林、吕周聚、罗振亚、耿传明、张清华等十几人。

其四，这一学者群不仅承担了诸多国家级社科基金课题，而且还在高层次期刊上发表了诸多专业学术论文。国家社科基金课题作为国家体制内推出的、旨在繁荣学术发展的专门性基金，对社会科学的发展有着极其重要的作用。这一学者群所承担的国家社科基金项目主要有谭桂林的国家社科基金重大课题，杨洪承、魏建、吕周聚、罗振亚、耿传明等所承担的国家社科基金一般项目等。至于其所刊发的论文，仅在《中国社会科学》这样社科类的高层次期刊上所刊发论文的学者就有姜振昌、谭桂林、耿传明、王兆胜、刘克敌、张清华等6篇次之多。特别值得肯定的是，这些论文在刊发后，都在学界产生了积极的影响，为推进学术的繁荣起到了应有的作用。下面，我们不妨从以下几个具有代表性的学者作一透析。

魏建，现为山东师范大学教授、博士生导师，国家重点学科山东师范大学中国现当代文学学科学术带头人和负责人，中国郭沫若研究会副会长，山东省首批齐鲁文化英才，教育部第二届高等学校教学指导委员会委员。魏建从事中国现代文学研究20余年，在郭沫若研究、创造社研究等方面用力较大，已成为这一领域的权威专家。出版学术专著6部，在《文学评论》等刊物发表学术论文100余篇。先后获得山东省社会科学优秀成果奖一等奖以及刘勰文艺评论奖等。近年来，主要学术精力集中在对《郭沫若全集》之外散佚的大量作品进行收集、整理和研究上。这一工作已得到国家社会科学基金的资助，学界极为重视。2009年8月，在美国约翰·霍普金斯大学举行的世界第一次郭沫若学术大会上，其研究郭沫若文学佚作的论文获得“杰出研究论文奖”。

谭桂林原为湖南师范大学教授、博士生导师，现受聘于南京师范大学，

2004年被评为“百千万人才工程国家级人选”。目前其所主持国家社科基金重大课题，其科研经费高达80万元。谭桂林是国内学界较早地深入、综合研究20世纪中国文学与宗教文化关系的学者之一，其专著《20世纪中国文学与佛学》被誉为现代文学研究中的填补空白之作，长篇论文《佛学与中国现代作家》在《中国社会科学》刊发后，又被英文版全文译载，并获得首届全国青年社会科学优秀成果论文奖。在现代中西诗学比较研究领域，主持国家社科基金项目“20世纪中国诗学与西方诗学的关系研究”等课题，已出版《本土语境与西方资源》(2008)等著作。连续两次获得《文学评论》优秀论文奖。他还十分关注当代文学创作的现状与发展，主持教育部人文社科青年基金项目“新时期长篇小说创作的文化母题研究”，出版了《转型与整合——现代中国小说精神现象史》(2003)等著作。

耿传明、罗振亚现都为南开大学文学院教授、博士生导师。耿传明教授2008年入选教育部“新世纪优秀人才支持计划”，主要研究领域为中国近、现、当代文学和现代思想文化研究，在《中国社会科学》《文学评论》等刊物上发表论文近百篇，多篇论文被《新华文摘》等转载，出版专著6部。罗振亚教授2000年起享受国务院政府特殊津贴，2005年入选教育部“新世纪优秀人才支持计划”，其学术研究重点在于中国新诗，是目前诗歌研究领域为数不多的专家之一，曾在《文学评论》《文艺研究》等刊物发表论文150余篇，有论著《中国现代主义诗歌史论》等7部。他们两人均主持有国家社科基金项目。

至于杨洪承等这一群体中的其他诸多学者，也基本上都在其所涉猎的相关学术领域确立了优秀学者的地位，在学界的影响早就为学术界所公认。由此说来，山师现当代学者群的确是中国现当代文学研究领域一支具有重要影响的学者群体，尽管这一群体在具体的专业领域上个性差异较大。

二

山师现当代学者群能够取得如此之大的学术成绩，其原因固然是多方面的，但一个不可忽视的方面，与他们最初在山东师范大学所接受的研究生教育是分不开的。山东师范大学中国现当代文学学科有着悠久的学术传统，1950年建校时中文系就设有中国现当代文学专业；1955年，学校作为全国受教育部委托的四所高校之一，开始试办中国现代文学专业研究生班；1978年恢复研究生招生；1981年被批准为中国现代文学硕士学位授权点。该学科主持、编著、出版了“文革”后第一部《中国现代文学史》《中国现代小说史》《中国五四文学史》《中国情爱文学史论》等专著，形成了以田仲济、薛绥之、冯中一、朱德发、冯光廉、蒋心焕、查国华、宋遂良、吕家乡、袁忠岳、韩之友、张蕾等学者为代表的具有全国影响的学术团队。正是在这样深厚的学术传统和精良的师资团体的耳濡目染之下，他们以追慕乃师的学术道路为肇始点，开启了自己的学术之旅。

首先，注重学术独立人格精神的张扬与培养。学术作为一门求真的学问，需要的是独立的人格，以及对真理的执着精神。然而，在学术的求真和现实产生抵牾的时候，作为一个学者在坚持真理的同时要付出生活乃至生命的代价时，为了“主义真”而依然敢于张扬自我的主体性，既不是一般人所能够做到的，也不是一般学者所能够做到的。而在此方面，第一代学科奠基人田仲济先生便以自我的文化坚守，确立了非凡的人格魅力，成为研究生们得以学习的楷模。作为学科的第一代奠基者的田仲济，在抗日战争结束后，以“蓝海”为笔名写出了第一部断代史《抗战文艺史》，由此奠定了其在中国现代文学研究界的重要地位。新中国成立后，田仲济进入山东师范学院（山东师范大学前身）工作，后任学院副院长。田仲济不管是身在顺达还是身处逆境，都以冰清玉洁般的独立操守，矢志不渝地坚守了一个知识分子的独立人格，在历次政治运动中，既没有随波逐流，也没有趋炎附势[①]，以至于面对荣辱能够淡然处之，恰如他的杂文创作一样，“遵循鲁迅杂文传统不断开拓前进”[②]。所有这些，不仅给第二代学人树立了一个可以追慕的对象，而且还

---

① 参见蒋心焕、宋遂良：《青山不老　桃李成林——田仲济教授和现代文学研究》，《山东师大学报》（社会科学版）1987年第4期。

② 朱德发：《遵循鲁迅杂文传统不断开拓前进——论田仲济杂文》，《山东师大学报》（社会科学版）1993年第4期。

在耳濡目染中让刚刚进入学术殿堂的研究生们在形成独立自我人格过程中受到深刻影响。

其次，注重思想解放、开拓创新以及学术探索精神的培养。学术的生命力在于创新，创新不仅意味着对前人的思想认知高度的超越，而且还意味着对自我的思想认知高度的超越，需要在辩证否定的基础上，完成思想解放和思想提升。像朱德发，在思想解放的洪流中，遵循着科学的治学态度，在其“五四”文学研究中，实事求是地评价了“五四”文学的指导思想，为此，在那个乍暖还寒的20世纪80年代，差点被当作“自由化”的典型予以批判。但是，正是因为高擎着思想解放的大纛，使得朱德发不畏思想探索中的禁区，在自我否定的基础上，实现了对极“左”路线的否定，进而和全国的思想解放大潮一起，汇聚为思想解放的时代洪流。显然，这种带有“传奇”般的经历，使得研究生不仅对思想解放有着更深的理解，而且也对他们的自我历史担当意识的形成有着积极的作用。从朱德发所培养的研究生的情况来看，不管是杨洪承、王兆胜，还是张清华、刘开明，乃至后来的张光芒、周海波，都具有一种历史担当意识，这使得他们的文学研究，获得了来自思想层面的有力支撑。也正是基于对历史的担当意识，朱德发直到今天还依然保持着非凡的学术热情和学术创新能力，其学术论文仍不时地刊登在全国各大知名刊物上。近年来，朱德发把文学史思考当作了新的自我思考点，从开始关注“进化文学史观与文学史研究实践”[①]到对于“中西非理性思维在现代文学中的交汇与对接”[②]的深刻反思，再到高屋建瓴地透过“四大文化思潮”，来完成其和“现代中国文学关系辨析”[③]，最后到“中国新文学之源”[④]的深入探析，显示了朱德发依然具有勃勃生机的学术创新力，这对推动这一学者群学术研究的深入提供了精神资源。

---

① 朱德发：《进化文学史观与文学史研究实践》，《山东师范大学学报》(人文社会科学版)2008年第6期。

② 朱德发：《中西非理性思维在现代文学中的交汇与对接》，《山东师范大学学报》(人文社会科学版)2010年第3期。

③ 朱德发：《四大文化思潮与现代中国文学关系辨析》，《山东师范大学学报》(人文社会科学版)2011年第4期。

④ 朱德发：《中国新文学之源》，《山东师范大学学报》(人文社会科学版)2012年第4期。

再次，注重史料的学术传统。学术研究要想获得突破，思想解放固然是一个重要的方面，但史料的发掘和整理同样重要。一个经得起检验的学术观点，没有足够的史料作为支撑往往是难以靠得住的。因此，强调史料的第一性，遵循史料先行的理念，加强史料的考掘、整理与积累，是这一学科早在20世纪50年代便确立的优良学术传统。像薛绥之的鲁迅研究资料的整理、查国华的茅盾研究资料发掘、韩之友的鲁迅版本的校勘、张桂兴的老舍资源发掘，在全国学界早已为学人所推崇。在20世纪50年代后期，该学科人员便完成了《中国现代文学史》及《中国现代作家研究资料丛书》十余册的编写任务，被称为"中国现当代文学研究资料的奠基工程"。20世纪70年代末又承担了中国社科院文学所主持的国家重大课题《中国现代文学史资料汇编》中的5个子课题，参与了《茅盾全集》等作家资料的编辑校刊工作。这样的治学传统，通过潜移默化的影响，已经在山师现当代学者群中获得了很好的传承，其中，最具有代表性的是魏建的郭沫若佚文整理工作。如魏建的《〈沫若诗词选〉与郭沫若后期诗歌文献》获得了"《中国现代文学研究丛刊》2011年度优秀论文奖"，评奖委员会对其作出这样的评语："这是一篇扎实的史料考证文章，对郭沫若后期诗歌的不同版本、篇目的校勘考证很见功夫，且阐述清晰不烦琐，所论可信可靠，填补了郭沫若研究的空白之处，对完善郭沫若研究有重要作用。论文体现出的'熬苦求学'得'真学问'的精神，值得肯定与提倡，也有学风纠偏的意义。"[①]正是基于史料的发掘和整理，使得魏建的郭沫若研究新论迭出，并不断地受到国内外学界的关注。

第四，强调文学研究和文学史书写实践的师承传统。文学研究和文学史书写既是人的个体性的精神思考过程，也是带有实践性的写作过程。在中国传统的师徒关系中，口口相传与手把手地指导是相辅相成的。这样一种师承传统，使得这一学者群在研究生培养期间便获得了严格的学术训练。像冯光廉、朱德发、蒋心焕等学者，他们以自己的凝聚方向引领学生在实践中提升学术修养，由此所侧重的是对学生的"手上功夫"的培养。如冯光廉在给1985级研究生所开设的"中国现代作家研究"专题课时，特别突出了学

① 《〈中国现代文学研究丛刊〉2011年度优秀论文揭晓》，《中国现代文学研究丛刊》2012年第2期。

术训练的内容，让每个研究生选择一个著名的现代作家，写出一篇研究述评。这一工作，既需要占有大量资料，又需要学会概括提升，更需要良好的文字表达能力。1985 级现代文学专业的 13 个研究生通过艰难的写作实践，终于完成了《现代作家研究述评》的书稿写作，并于 1987 年 4 月，在《山东师范大学学报》以“增刊”的形式出版发行。冯光廉为此书的出版写了一篇题为《一次有意义的尝试》的序言，其中，魏建、刘新华的文章还被收入了由王瑶等主编的《中国现代文学研究：历史与现状》[①]一书中。这些都是注重研究生学术实践培养的结果。与此相类似，这样的一种治学传统，在朱德发的《爱河溯舟——中国情爱文学史论》[②]、蒋心焕的《中国现代小说美学思想史论》[③]中，都有着进一步的实践。

最后，与时俱进的学术品格。与时代同行、与时代共进，既是文学的一种品格，也是文学研究所应该具有的品格。山师现当代文学学者群一方面把耕耘的犁深深地插入现当代文学研究这块沃土中，同时，也把思想的笔深情地倾注在当下正在发生的文学这片芳草地上，从而使得其文学研究既有历史的厚重，又有现实的鲜活。因此，中国现代文学研究与当代文学批评相得益彰、相辅相成。如冯中一、吕家乡、袁忠岳的当代诗歌批评，宋遂良的当代文学批评，紧紧追踪当下的文学创作，注重新人的批评，如对作家张炜的“创作个性的比较研究”[④]。这种与时俱进的学术品格，在 20 世纪 90 年代又获得了进一步的发扬光大，以至当代文学研究与批评在当下成为该学科中一个非常重要的专业方向。

总的来说，山师现当代文学学者群恰逢 20 世纪 80 年代这样思想解放的特殊时代，在时代精神的召唤下，这批研究生作为时代的佼佼者，在高校迫切需要人才的大背景下，大多在毕业后走进了高校或科研单位，这在客观上使得他们大都从事了学术研究，这既有他们的职业需要因素的影响，也有高校科研体制和职称评定机制的双重作用。正是在此基点上，他们分居不同

① 王瑶等：《中国现代文学研究：历史与现状》，中国社会科学出版社 1989 年版。

② 朱德发等：《爱河溯舟——中国情爱文学史论》，天津教育出版社 1991 年版。

③ 蒋心焕主编：《中国现代小说美学思想史论》，江苏文艺出版社 2006 年版。

④ 房福贤：《阴阳之道：张炜与矫健创作个性比较》，《山东师大学报》(社会科学版)1986 年第 5 期。

的城市、执教于不同的大学，但是，同一的学科背景，让他们依然可以在互为参照、相互激励中拥有了你追我赶、勇创一流的公共空间，从而为这一学者群的崛起奠定了坚实的基础。

三

学术期刊是学者展示学术研究成果的重要公共空间，而学者则是学术期刊赖以发展和提升的重要根基。山师现当代文学学者群由于地缘与学缘的关系，使得他们与《山东师范大学学报》(1982 年到 2001 年，学报名称为《山东师大学报》)结下了不解之缘，二者由此形成了良好的互动关系。《山东师范大学学报》作为特别重视扶持青年学者的期刊，则对这一群体的早期学术成果表示了极大的认同和录用，甚至专门设置了一些栏目发表其论文，其学术研究上的处女作几乎都是在这一期刊上发表的。对此，需要特别提及的是责任编辑翟德耀，他负责中国现当代文学栏目，再加上其对茅盾有着较为深入的研究，这使得他既有编辑的眼光，又有学者的严谨，从而使得这批名不见经传的青年学者获得了学报的青睐，这对他们作为一个群体的崛起起到了极其重要的作用。

《山东师范大学学报》对这一学者群最初的认同与推崇成为他们学术发展上的重要助力。早期的学报积极为这些攻读研究生的学子们搭建学术平台，从 1982 年开始，学报就开始专门设置一些栏目来发表他们的论文，不少论文还是他们的处女作。像杨洪承的代表性学术著作《文学社群文化形态论——现代中国文学社团流派文化研究》，便与其早期对文学研究会的个案解读有着一定的内在关联。杨洪承 1982 年通过对王统照的个案解读，指出了“早在五四时期就以诗歌和小说闻名于文坛的王统照，自觉地投身于文艺界民族救亡运动，并以自己的创作实践，加入到这个时代洪流中”①。至于谭桂林在 1987 年刊发的有关“田汉早期文艺思想”②的剖析、魏建在 1983 年刊

① 杨洪承：《试论王统照三十年代的小说创作》，《山东师大学报》(哲学社会科学版)1982 年第 6 期。

② 参见谭桂林：《田汉早期文艺思想初探》，《山东师大学报》(社会科学版)1987 年第 1 期。

发的有关书评[①]，也显示了他们对资料的整理和提升能力，这在其后期的一系列的以研究综述性的论文中也有着清晰的体现，都可以说是他们最初踏上学术之路时最为重要的学术收获。总的来说，这一群体早期学术成果大都是在学报上发表的，仅1986年一年就发表了5篇，从1982年至1995年这14年间所发表的这批学者的论文共计26篇，这些数据足可以说明学报在他们早期的学术之路上所起的重要作用。

当然，在这些学者取得成功后，并没有忘记学报曾经给予的支持，他们反过来给予学报以积极的支持，其有学术影响力的论文，还时常地见之于学报，由此实现了学人和学报良性互动和共赢发展：一方面，学报为学人的中国现当代文学研究提供了阵地，促进了中国现当代文学的学术研究繁荣；另一方面，学人也为学报的发展提供了重要的动力支撑。这个时期，“在1998年被《报刊复印资料》全文复印篇数排序中，《山东师大学报（社会科学版）》（被全文复印46篇）列全国省属师范大学社会科学第一位”[②]。显然，这也正是山师现当代文学学者群在全国崛起和发展的黄金时期。2005年以来，这一学者群在学报发表的论文便达25篇之多。

到了21世纪，这批学者尽管已经享有了全国的声誉，但是，《山东师范大学学报》依然是他们难以割舍的学术平台，他们当中不少学者的论文仍然刊发在学报上，为学报的学术影响力的提升起到了积极的作用。如王兆胜关于林非散文的研究，这是其参与的教育部人文社会科学重大项目“大众文化的冲击与新世纪中国文学的嬗变”的阶段性成果。该文从精神向度这一视域出发，对散文家兼学者的林非散文进行了深入、细致且富有现实意义的解读，文章从传统与现代、小我和大我、世俗与崇高三个层面和维度展开分析和论述，指出林非散文所具有的精神质素以及产生的原因和具有的意义，由此彰显出林非散文的精神向度和高度“不偏离、不怪异、不轻浮、不虚妄”[③]。

---

① 参见孙昌熙、魏建：《现代文学研究的新收获》，《山东师大学报》（哲学社会科学版）1983年第3期。

② 宋文：《〈山东师大学报（社会科学版）〉1998年被转摘篇数列全国同类期刊第2位》，《山东师大学报》（社会科学版）1999年第3期。

③ 王兆胜：《融通·再造·升华——林非散文的精神向度》，《山东师范大学学报》（人文社会科学版）2011年第5期。

于山东师范大学，之后则去了北京师范大学；刘克敌从山东科技大学调到了杭州师范大学等。这种工作的变动与流转而形成的“大学教授出走”文化现象，其本质意义上，恰是人的潜能获得释放和提升的过程。因为出走后所面临的新场域，使得他们有了以彼审此、以此观彼的参照系，这既是他们不断超越自我的动能来源，也为那些依然坚守的同仁提供了更加广阔的发展空间，这由此使得新秀在这块肥沃的文化土壤上，犹如雨后竹笋一般拔节而长。

实际上，令学界挥之不去的最大困扰，便是随着人员的滞留而带来的学术创新能力上的堵塞，而山师现当代文学学者群的崛起，则从另一个维度上说明了，人员的流动，固然会一时削弱学科的力量，但作为一个具有勃勃生机的学科来说，他作为一个有机体，本身还具有一定的造血功能，以及有机体本身的新陈代谢功能。随着这一群体的“博士教育”与“工作流转”，他们从某个方面克服了“近亲繁殖”以及“自我萎靡”等文化现象。事实上，这一群体中部分学者的出走，不但没有削弱学科的实力，反而更大程度地激活了其内部机制的活力。这种活力主要体现在：其一是对于既有秩序的激活，使之具有了楷模和表率作用，进而使之有了发展的内在动力；其二是出走打破了既有的学术格局，由此引发的则是体系内的新秩序的重新建构；其三是因其同仁的出走和外部世界获得了更好的空间，扩展了其交往的物理空间。至于对那些出走的学者，源于进入了一个新的文化场域，则进一步地激活了其内在的创造力，这种创造力主要由三种元素组成：第一，自我既有的稳定惰性被消解了，迫使其业已建构起来的稳定空间秩序构建新的平衡；第二，在新的人文环境中，伴随着对其排斥与接纳的二维体系，迫使其建构起自我被接纳被认同的新秩序；第三，他们在对比权衡中，找寻到了更适合自我主体发展的外部环境。由此说来，学人的不断出走最终促成了其自我的学术提升，这对具体的学科来说，可能会有一定的损失，但是，从整个学科的学术发展来说，则促进了学术的发展和繁荣。

当然，这一学者群尽管在学界取得了非凡的学术实绩，且早就完成了对既有稚嫩阶段的超越，但是，在他们的学术发展脉络中，我们依然可以清晰地看到，山东师范大学中国现当代文学学科以及学报的烙印。显然，对这一学者群的理性审视，便不仅是对一个学者群体的透析，而且还是对隐含其中的文学研究内在规律的深入发掘，其学术史的意义是不可小觑的。

［原刊于《德州学院学报》2013 年第 5 期，后收入李宗刚著《中国当代文学史论》(山东人民出版社 2014 年版)。本文按照《中国当代文学史论》版本订正］

中国现代文学期刊研究与学派传承

——以“山师学派”为例

魏　建

期刊因中国社会由古代向现代的转型而诞生，随着中国现代化的进程而发展。其中文学类期刊，从1872年《瀛寰琐记》问世算起，已经走过了140多年的历程。这些文学类期刊既是研究中国近现代文学的宝贵史料，也是中国近现代文学本体的重要组成部分。既然大家认可了，“五四”以后中国的新文学开启了一个“社团文学时代”；那么更应该认可，早在“五四”以前中国文学就已经形成了一个“报刊文学时代”。从这个意义上说，文学期刊应该是与作家作品、文学社团、文学流派等同样重要的，研究20世纪中国文学历史发展的基本单元之一。然而，与作家作品、文学社团、文学流派等研究对象相比，学术界对中国现代文学期刊的研究是很不够的，已有的成果也主要限于文献学领域。若要深化对这一课题的研究，也许应该从总结中国现代文学期刊整理和研究的历史经验开始，其中，学派传承就是值得总结的重要历史经验之一。

一

先说什么是“学派”。《现代汉语词典》中对“学派”的解释是：“同一学科中由于学说、观点不同而形成的派别。”[①]一般人所理解的“学派”，内涵有深有浅，外延有宽有窄，使用中更是见仁见智。就笔者所见，彭定安先生所做的界定更符合多数人心中的“学派”。他说：“一个学派的形成，大体上需要这样一些条件：有一二位具有学术成就、学术威望，为‘众星所拱’的学术带头人；有一个学术方向和理论见解大体一致而又各有所长的学术团队和梯队；他们具有原创性理论贡献，已经形成一种为学术界大体认可的理论体系和学说；有一批在文化学术界具有广泛影响的著述，其中有几本或几篇代表作。”[②]

“五四”以前，中国学术界学派林立，虽不乏唯我独尊式的门户偏狭，却也有相互竞争的发展动力和学术张力。若干年后，大多数学派逐渐萎缩甚至消失，只有很少的学派依稀尚存，如章黄学派在北京师范大学汉语言文字学学科的承传等。至于中国现代文学研究界是否存在学派，专家们是有不同的意见的。[③] 但是，历史发展的事实告诉我们，学术发展需要走学派化的道路。正如文学艺术发展到一定程度必然会出现流派纷呈的“百花齐放”局面，同样，学术发展到一定程度也应该出现学派纷呈的“百家争鸣”的景观。所以，近年来国内有影响的高校纷纷提出了打造“××学派”的旗号，我听说的就有“北大学派”“复旦学派”“南京大学学派”“南开学派”“吉大学派”“山大学派”“武大学派”“北师大学派”“岭南学派”等。虽然山东师范大学(以下简称“山师”时包括原山东师范学院)的地位并不能与这些名校相比，但许多专家都认为在中国现当代文学研究界确有“山师学派”的存在。特别是在2014年9月举行的“朱德发及山师学术团队与现代中国文学学术研讨会”上，多位专家在发言中和论文里使用了“山师学派”这一概念。其实，无论依据“学派”的工具书定义，还是依据人们对“学派”的理解，中国现当代文学研究界的“山师学派”早就存在了，其正式出现的时间应该追溯到60多年以前。

1954年8月，当时的中华人民共和国中央人民政府高等教育部和国家统计局正式发文，批准山东师范学院招收中国现代文学专业的研究生。与

---

① 中国社会科学院语言研究所词典编辑室编：《现代汉语词典》，商务印书馆2016年版，第1479页。

② 彭定安：《答〈东方论坛〉编者问》，《东方论坛》2009年第4期。

③ 如冯光廉：《中国现代文学研究至今无学派》，《中国社会科学报》2014年8月1日。

这一文件同时被批准招收中国现代文学专业研究生的，还有北京大学等另外三所名校。这四所高校的中国现代文学学科，应是我国在这一领域的第一批教学和科研重镇。60 多年过去了，有多所高校的中国现当代文学学科后来居上，形成新的中国现当代文学领域的教学和科研“高地”。无论其他“高地”的地位发生了怎样的变化，但山师学派从未受到学界的轻视，如有的专家所说，“在国内学术界，提到中国现代文学学科，必定会提到山东师范大学。山东师大的现代文学学科是全国起步很早、人才济济、很有影响的学科，是我国中国现代文学学科的主力军和光荣”①。该团队拥有“全国人数最多、门类最齐的强大阵容”②。到了 20 世纪 80 年代初期，山师学派已经形成自己具有特色优势的研究方向和学术传统。刘增人教授将山师中国现代文学学科的学术贡献和学术特色总结为三大传统：一是“源远流长的中国现代文学史撰写实践与理论升华”；二是“延绵不绝且逐步深入的史料发掘整理，为中国现代文学学科建设提供了坚实的基础”；三是“已成系列的鲁迅与中国现代著名作家研究”。③

所谓“山师学派”应该是由三部分人组成：一是山师中国现当代文学学科团队中传承和发扬该学科学术传统的团队成员；二是在外单位工作、山师中国现当代文学学科培养的传承和发扬该学科学术传统的研究生、本科生等各类学生；三是与山师中国现当代文学学科发生密切联系，并传承和发扬该学科学术传统的学科周边成员。那么山师学派的学术传统是什么？

二

山师的中国现当代文学学科（以下简称“本学科”）创建于 1952 年。第一

① 吕进：《山东师大在新时期的新诗研究》，《山东师范大学学报》（人文社会科学版）2015 年第 4 期。

② 丁帆：《贺信》，魏建、李宗刚、刘子凌主编：《拓展现代中国文学研究的新格局——朱德发及山师学术团队与现代中国文学研究学术研讨会论文集》，山东人民出版社 2016 年版，第 20 页。

③ 参见刘增人：《对山东师大中国现代文学学科三大传统的印象》，魏建、李宗刚、刘子凌主编：《拓展现代中国文学研究的新格局——朱德发及山师学术团队与现代中国文学研究学术研讨会论文集》，山东人民出版社 2016 年版，第 371～376 页。

代学科带头人是著名学者田仲济先生。田仲济先生1947年就出版了他撰写的《中国抗战文艺史》(署笔名“蓝海”),被尊为大陆中国现代文学学科的奠基人之一。到19世纪60年代初期,本学科团队成员已超过十人,初步形成刘增人教授所总结的三大研究方向:中国现代文学史的编写和研究,中国现代文学文献史料的搜集整理和研究,鲁迅及中国现代著名作家研究。在这三个研究方向中,最先引起学界瞩目的是中国现代文学文献史料研究方向,最先获得学界好评的是本学科编撰的一套“丛书”和一本“目录”。一套“丛书”是指《中国现代作家研究资料丛书》,包括《中国现代作家研究资料索引》《中国现代作家研究资料索引》《中国现代作家小传》,以及郭沫若、茅盾、巴金、老舍、曹禺、赵树理、夏衍、李季、周立波、杜鹏程等十几位现当代作家的研究资料汇编。该汇编包括作家的生平资料、其作品的研究和评论资料,作家谈自己的思想、生活和创作的文章等,并附有该作家的著译年表或著作年表。一本“目录”是指本学科整理的《1937～1949年主要文学期刊目录索引》。本学科完成的以上文献史料研究成果被后人称为“中国现代文学文献史料研究的奠基之作”,还有人称为“完全可以看作新时期由中国社会科学院文学所主持的大型史料丛书‘中国现代文学资料丛书’甲、乙、丙编的雏形”①。其中的《1937～1949年主要文学期刊目录索引》一书,是1959～1960年本学科前辈学者薛绥之等人编纂完成,1960年以“山东师范学院中文系”之名内部出版。该书虽然只收录了《人世间》等30种文学期刊的目录及发刊词,却是对中国现代文学期刊进行集中整理的最早的成果。

十年浩劫期间,中国现代文学研究几乎停滞,但本学科的前辈们还是克服了各种困难,编印了《鲁迅主编及参与或指导编辑的杂志》一书,署名“山东师院中文系现代文学教研组”,以“《山东师院学报》资料丛书”的名义出版发行。该书对鲁迅编辑过的《新青年》、《语丝》、《莽原》、《波艇》、《未名》、《奔流》、《朝华周刊》、《朝华旬刊》、《萌芽月刊》、《文艺研究》、《巴尔底山》、《五一特刊》、《前哨》(《文学导报》)、《十字街头》、《文学月刊》、《译文》、《海燕》等17

---

① 刘增人:《对山东师大中国现代文学学科三大传统的印象》,魏建、李宗刚、刘子凌主编:《拓展现代中国文学研究的新格局——朱德发及山师学术团队与现代中国文学研究学术研讨会论文集》,山东人民出版社2016年版,第373页。

种期刊，逐一撰写了期刊简介，收录了各刊各期目录和这些期刊的发刊词或本志宣言、出版预告、重要文章、征稿启事、终刊词、复刊词、启事、例言、前记等相关文献史料。据笔者所见，这是“文革”十年间仅有的一项文学期刊方面的学术著作。

天津人民出版社1988年出版的《中国现代文学期刊目录汇编》，是本学科团队在中国现代文学期刊整理与研究方面最重要的学术收获。该书隶属中国社会科学院文学研究所主持的国家“六五”哲学社会科学重点项目“中国现代文学史资料汇编”(丙种)中的“中国现代文学书刊资料丛书”之一，由北京大学中国现代文学学科和山东师范大学中国现代文学学科共同承担了这一课题的编纂工作。北京大学负责上册，山东师范大学负责下册。上册是1915年至1936年6月创刊的170种期刊(另有附录2种)，主要作者是北京大学的唐沅、封世辉、孙庆升。乐黛云、袁良骏、商金林等也参加了部分编纂工作。下册是1937年至1948年12月创刊的106种期刊(另有附录2种)，作者是山东师范大学的韩之友、舒欣、顾盈丰。全书收录从1915年《青年杂志》创刊起到1948年底创刊的《华北文艺》，共276种期刊。“其中绝大部分是文学期刊，也酌情选收了一部分与中国现代文学关系密切的综合性文化刊物。”①虽然该书前言特别说明“在选编过程中参考了原山东师范学院中文系内部出版的《1937～1949年主要文学期刊目录索引》”②，实际上山东师范大学负责的下册在以下几个方面大大超越1960年内部出版的《1937～1949年主要文学期刊目录索引》：其一是在收录期刊的数量上增加了接近80种；其二是详细考证了这一百多种期刊的创刊、休刊、复刊、终刊的时间；其三是补充、整理、考证了这一百多种期刊的编辑、撰稿、出版、印刷、发行等基本情况；其四是补充、完善了这一百多种刊物的目录；其五是增加了这一百多种期刊的作者索引、期刊馆藏索引、期刊基本情况一览表等资料；其六是撰写了具有较高学术含量的每一种刊物的期刊简介。《中国现代文学期刊目录汇编》出版后受到中国现代文学研究专家们的交口称赞，至今仍是许多

① 唐沅、韩之友等编：《中国现代文学期刊目录汇编》，天津人民出版社1988年版，前言第11页。

② 唐沅、韩之友等编：《中国现代文学期刊目录汇编》，天津人民出版社1988年版，前言第11页。

学者经常查阅并高度信赖的著作，被称为中国现代文学期刊研究史上的一座里程碑。

本学科团队成员不仅先后推出了《1937～1949年主要文学期刊目录索引》《鲁迅主编及参与或指导编辑的杂志》《中国现代文学期刊目录汇编》等著作，还发表了许多有关中国现代文学期刊研究的学术论文，如查国华的论文对茅盾所编辑期刊的研究，张桂兴的论文对老舍所编辑期刊的研究，魏建的论文对《创造》季刊、《创造周报》等期刊的研究，洪亮的博士学位论文对国民党官办文艺/文化刊物的研究等。近年来，本学科重大项目“20世纪中国文学主流”《历史档案书系》的作者，在整理和研究原始文学期刊的基础上也写出一些有关文学期刊研究的学术论文，有的已经发表，有的近期陆续发表。

近十几年来，本学科研究中国现代文学期刊的传统在山东师范大学中国现当代文学专业博士、硕士研究生那里得到传承，研究领域不断拓展和深入。如：周海波的博士学位论文对民国时期报刊的综合研究，杨爱芹的博士学位论文对《益世报》副刊的研究，张勇的博士学位论文对前期创造社期刊的综合研究，管冠生的博士学位论文对1933年报刊的研究，邓招华的博士学位论文对西南联大文学期刊的研究，张梅的博士学位论文对晚清和“五四”时期代表性儿童文学期刊图像叙事的研究，陈志华的博士学位论文对《新青年》的研究，卢国华的硕士学位论文和博士学位论文对《晨报副刊》的持续研究，杨庆东的硕士学位论文对《小说月报》的研究，徐敬的硕士学位论文对《洪水》的研究，李瑞香的硕士学位论文对《文化批判》的研究，余琼、冯瑞琳、田任云对《新华文摘》“文学作品”“文学评论”等栏目的研究，以及代飞飞的硕士学位论文对民国《红杂志》的研究等等。

三

进入21世纪，中国现代文学期刊的整理和研究实现了大踏步式的跨越。首先是2005年刘增人等纂著的《中国现代文学期刊史论》由新华出版社出版。这是第一部对中国现代文学期刊进行整体性、历时性研究的学术著作。

紧接着，2010 年吴俊、李今、刘晓丽、王彬彬主编，南京大学、中国人民大学、北京师范大学、华东师范大学等高校研究生参编的《中国现代文学期刊目录新编》，由上海人民出版社出版，堪称中国现代文学期刊整理和研究的历史上又一部里程碑式的成果。《中国现代文学期刊目录新编》较之《中国现代文学期刊目录汇编》取得了以下明显的突破：收纳期刊数量增加了接近 2.4 倍，由 276 种增加到 657 种。在期刊目录整理的基础上，对这 657 种期刊逐一进行了介绍，既有该期刊基本情况的客观陈述，又有对其重要内容的学术归纳，如每一种期刊的倾向、特色、作者构成、重要作品或文学活动以及期刊的沿革、流变等。为方便读者查阅，该书编著者思考缜密，设想完备。另外，这部著作在空间上也有拓展和深入，比如对广西、"孤岛"、"沦陷区"等以往忽视的特殊地域里文学期刊的分布情况，都做了比较详尽的著录。这部著作也是这一领域迄今为止字数最多的成果——700 多万字。《中国现代文学期刊目录新编》获得学术界称道还没几年，2015 年，刘增人等编著的四大卷巨著《1872～1949 年文学期刊信息总汇》出版了。它容纳的文学类期刊数量达到惊人的一万多种！时间跨度从 1872 年中国第一份文学期刊《瀛寰琐记》创刊到 1949 年 9 月底共 77 年。这部著作的主要内容是详细考证了这一万多种期刊的刊名、刊期、创刊时间及地域、编辑人（所）、发行人（所）、印刷人（所）、休刊或复刊或终刊日期、主要栏目、主要撰稿人等各种元信息。这部著作具有搜罗完备、体例科学、便捷适用的突出特点。"搜罗完备"不仅指的是发掘出的文学类期刊数量暴增到一万多种，仅书中插图就空前地增加到 1510 幅。"体例科学"和"便捷适用"是联系在一起的，首先是对文学期刊的内涵与外延做出了更科学的界定；其次是在文学期刊名称的表述上亦有较大的创新，给文学期刊一种类似"条形码"的识别标志，也给读者判断文学期刊的真实"身份"提供了具体、可信的依据；再次是正文分为"时间序列中的文学期刊信息"与"空间序列中的文学期刊信息"两大部类，前者按照文学期刊创刊的时间先后排列，后者按照文学期刊创刊的区域（分为国内诸省、市、自治区以及香港、澳门、台湾等，国外各国家）排列。有关文学期刊的封面等有关图像穿插在该刊的文字说明附近，努力营造图文并茂、相得益彰的效果，帮助读者回到文学史和文学期刊的发生现场。正文前列有刊名目录，注明该刊在该著的页码，正文后有笔画索引和音序索引两种刊名索引——给读者查找自己所需文学期刊的条目及图像提供了非常便捷的方式。《1872～1949年文学期刊信息总汇》一出版好评如潮，被学术界誉称为中国近现代文学期刊整理与研究的集大成之作。

刘增人先生在受聘山东师范大学兼职教授之前，从来不是山师中国现当代文学学科的团队成员，但他与本学科的学术联系密不可分，以致许多中国现代文学研究专家把他当成山师学术团队重要骨干，如温儒敏在朱德发及山师学术团队与现代中国文学研究学术研讨会上代表中国现代文学研究会致辞时说，山师"这个团队是非常整齐的……从田仲济先生开始，有薛绥之先生、冯光廉先生、蒋心焕先生、查国华先生、刘增人先生、宋遂良先生……"[①]

在《1872～1949年文学期刊信息总汇》全书的末尾，是刘增人先生写的一篇精彩的散文，题为《一卷编就，满头霜雪——五十余年，我陪文学期刊走过》。文中提到的重要人物全是山师团队的前辈学者。文章一开头就说到山师的培养："上世纪六十年代初，我在山东师院中文系读书，给我们担任现代文学史课的就是大家普遍敬仰的薛绥之师。"[②]1959年，17岁的刘增人考入山东师范学院中文系，在学习中国语言文学专业各门课程的同时，尤其接受了山师中国现代文学学科学术传统的影响。他对母校的深刻印象首先是"以重视现代文学史料著称，尤其注重搜罗现代文学期刊"[③]。后来，他写过六篇回忆当年老师的文章，其中有四位是教他中国现代文学课的老师——田仲济、薛绥之、书新、查国华。

在文学期刊方面影响他的第一人是薛绥之先生。薛先生是1960年内部出版的《1937～1949年主要文学期刊目录索引》编写组的实际负责人。刘增人先生对薛师的深刻记忆有二。一是薛先生讲课中那些来自文学历史现场

---

① 温儒敏：《中国现代文学研究会会长温儒敏致辞》，魏建、李宗刚、刘子凌主编：《拓展现代中国文学研究的新格局——朱德发及山师学术团队与现代中国文学研究学术研讨会论文集》，山东人民出版社2016年版，第25页。

② 参见刘增人：《一卷编就，满头霜雪——五十余年，我陪文学期刊走过》，刘增人、刘泉、王今晖编著：《1872—1949文学期刊信息总汇》第4卷，青岛出版社2015年版，第522页。

③ 刘增人等纂著：《中国现代文学期刊史论》，新华出版社2005年版，第673页。

的细节,“像闪亮的彗星,拖曳着耀眼的光束径直扎根在我辈学子的心海深处”。二是薛绥之先生向他推荐的《晦庵书话》。刘增人先生回忆,“拜读《书话》,对其中那些别开生面的编辑与出版、查禁与伪装等期刊事业里的惨烈严酷的斗争与斗争艺术,就充满了好奇与敬仰。对于唐弢先生与众不同的文风笔意,对于书话这种别开生面的文学体式,也仰慕不已。那是我真正喜欢上现代文学这一多事的学科的开始,也是我一直关注文学期刊的开始”。①

在文学期刊方面影响他的第二个人是书新先生。1963 年在山师毕业后,刘增人先生随山师中文系副系主任书新先生到泰安师专工作。书新先生是 1958～1963 年间本学科团队的学术骨干之一,“非常热心于搜集整理现代文学期刊”②。他是国内最早研究中国现代文学期刊的专家之一,对左联文学期刊的考证成果至今被各种中国现代文学史著作使用。书新先生在山师工作时为本学科购置了大量民国时期的文学期刊。他调到泰安师专担任中文系主任,上任伊始就到上海购置了一大批民国时期的文学期刊。刘增人先生回忆,那些期刊“有上海文艺出版社影印的左联期刊系列,如《拓荒者》《萌芽》《北斗》……有全套的《文学》,还有《茶话》《美丽》《小说月报》(1940 年版)等方型杂志。贪婪地翻阅这些从未谋面的期刊,成为现代文学组各位老师最兴奋的节庆。于是,我的讲稿中有时就偶尔插上几句关于现代文学期刊的故事,引逗起那时不少学生浓厚的兴趣”③。“文革”期间刘增人先生在书新先生带领下,在大量阅读鲁迅作品原著及其所刊载原始期刊的基础上,撰写出了《鲁迅生平自述辑要》一书④。书新先生也参加了 1960 年内部出版《1937～1949 年主要文学期刊目录索引》的编著工作,也是北京大学与山东师范大学合编的《中国现代文学期刊目录汇编》的主要作者之一⑤。他对刘增人先生研究中国现代文学期刊的影响特别大。

---

① 参见刘增人:《一卷编就,满头霜雪——五十余年,我陪文学期刊走过》,刘增人、刘泉、王今晖编著:《1872—1949 文学期刊信息总汇》第 4 卷,青岛出版社 2015 年版,第 522 页。

② 刘增人等纂著:《中国现代文学期刊史论》,新华出版社 2005 年版,第 673 页。

③ 刘增人:《一卷编就,满头霜雪——五十余年,我陪文学期刊走过》,刘增人、刘泉、王今晖编著:《1872—1949 文学期刊信息总汇》第 4 卷,青岛出版社 2015 年版,第 523 页。

④ 参见舒汉:《鲁迅生平自述辑要》,山东人民出版社 1979 年版。

⑤ 署笔名“舒欣”。

在文学期刊方面影响他的第三个人是冯光廉先生。从1979年开始，刘增人先生开始了与本学科冯光廉先生长达二十多年的科研合作。他们先是承担国家“六五”大型哲学社会科学项目“中国现代文学史资料汇编”（乙种）“中国现代作家作品研究资料丛书”的三个子课题《叶圣陶研究资料》《王统照研究资料》《臧克家研究资料》的编写。刘增人先生回忆：“为了完成叶圣陶、王统照、臧克家三位现代作家的研究资料的编纂，数年间大约有近1/3左右的时间，是终日泡在京、沪、宁、津等地的公共图书馆与大学图书馆里，与纸页完全变黄的期刊与报纸对话。”[①]在查阅和整理叶圣陶研究资料的过程中，他不仅深化了对《小说月报》以及文学研究会期刊的了解和研究，还翻阅了许多鸳鸯蝴蝶派的期刊和《妇女杂志》《教育杂志》等大量综合性期刊；在查阅和整理王统照研究资料的过程中，他不仅深化了对一些著名新文学期刊的了解和研究，还接触了大量不太知名的刊物和副刊；在查阅和整理臧克家研究资料的过程中，他不仅深化了对一些平民期刊和革命期刊的了解和研究，还摸清了一些贵族化期刊和国民党官方期刊。冯光廉先生不仅参与了1960年内部出版《1937～1949年主要文学期刊目录索引》的编写工作，而且还是“文革”期间本学科编写《鲁迅主编及参与或指导编辑的杂志》一书的组织者。不仅如此，1987年冯光廉先生从山东师范大学调到青岛大学工作，调动前后冯先生为青岛大学的中国现当代文学学科做了一件功德无量的大事，那就是把山东师范大学图书馆馆藏的所有晚清和民国时期的文学期刊全部做成了缩微胶片。1988年刘增人先生调到青岛大学工作后，越发偏爱对中国现代文学期刊的研究，这批缩微片应是他在这一领域硕果累累的基础，也是他敢于不断超越前人研究的“底气”。

《1872～1949年文学期刊信息总汇》面世后，学界同行们叹服刘增人先生在中国现代文学期刊整理和研究方面所取得的巨大成就，至于他成功的原因，除了人们想到的——他的勤奋、他的执着、他的学术水平……显然还有一个重要因素，那就是学派传承。

---

① 刘增人等纂著：《中国现代文学期刊史论》，新华出版社2005年版，第673页。

四

刘增人先生是山师学派中国现代文学期刊整理和研究的传承者，更是超越者。从1960年《1937～1949年主要文学期刊目录索引》里的30种期刊，到1988年《中国现代文学期刊目录汇编》下册中的106种期刊（另有附录2种），以及2005年《中国现代文学期刊史论》中《中国现代文学期刊叙录》里的3500多种期刊，再到2015年《1872～1949年文学期刊信息总汇》的10100种期刊，山师学派不断创造并刷新着自己在中国现代文学期刊整理和研究领域的一个又一个纪录。这一个个不断攀升的纪录，好似一座座越来越高的山峰。假如把一个期刊比作一米，《1937～1949年主要文学期刊目录索引》像是一个30米高的土包，《中国现代文学期刊目录汇编》像是276米的小山，《中国现代文学期刊史论》则是3500多米的高峰，《1872～1949年文学期刊信息总汇》简直就是耸入万米云霄的世界屋脊。山师学派对中国现代文学期刊的整理和研究是在刘增人先生手中实现了完成了两次大踏步地学术超越，达到了常人难以企及的高度。这是能力的确证，更是事业心的确证！也为中国现代文学研究者的学术定力树立了榜样。

刘增人先生在中国现代文学期刊文献整理方面一次次的大踏步跨越，绝不只是期刊数量的骤然增加，还是一次比一次更大幅度地拓展了中国现代文学的研究疆域。《1872～1949年文学期刊信息总汇》"分为时间序列和空间序列两部分"①。无论从时间维度还是从空间维度，这部著作都让人惊讶：我们过去看到的中国现代文学，原来只是它的冰山一角！除了惊讶，还纠正着许多中国现代文学研究专家对期刊及文献的误解。文学期刊不仅是中国现代文学史研究的史料和基础，还是中国现代文学史本体的重要组成部分。中国现代文学与中国古代文学的一个重要区别在于，中国现代文学依附于文学期刊而生存。文学期刊有时是中国现代文学作品、社团、流派

① 刘增人、刘泉、王今晖编著：《1872～1949文学期刊信息总汇》第1卷，青岛出版社2015年版，说明第2页。

……的栖居地，有时是中国现代作家的创造物本身，还有时是中国现代文学运动思潮的承载者。

作为山师学派成员之一，在中国现代文学期刊整理与研究方面，刘增人先生的超越，还表现在他对中国现代文学期刊研究的学理性提升。从“目录索引”，到“目录汇编”，再到“信息总汇”，这些名称的变化就有不断提升的学术理念在其中。“目录索引”主要是为了查询，体现的是“整理文献”的理念；“目录汇编”包含了与目录相关的多项内容的集合，在“整理文献”的基础上增添了“学术研究”的意思；“信息总汇”大大超出了目录之外有关期刊的丰富内容，既有“整理文献”的理念，也有“学术研究”的意思，还有“还原历史”的含义。更深一步的学理性提升，还包括刘增人先生提出的“宁滥勿缺”和“涉文学期刊”等学术思想。世人都说“宁缺毋滥”，唯独刘增人先生独创“宁滥勿缺”。他很早就提出：“在收罗、叙述文学期刊时，一向认同‘宁滥勿缺’的主张，即使只知一个刊名或附带其笼统的创刊年代者，也不轻易放弃。这不仅因为自己历年来收集颇为不易，个中艰辛，非亲历者无从体会；更是由于深信中国有如许之大，很难确保永远无人对这些零碎的消息有所关注。”[①]这是文献学行家之论，切中中国文学期刊文献整理之肯綮。他提出的“涉文学期刊”是相对于“纯文学期刊”而言。他的“涉文学期刊”，大大拓宽了中国现代文学研究的学术视野，不仅有助于看清中国现代文学与左邻右舍的相关性，而且有助于看清中国现代文学文化生态的复杂性。最能体现刘增人先生研治中国现代文学期刊学术水平的，在他和研究生所著《中国现代文学期刊史论》的上编和中编，其中对中国现代文学期刊及其发展的学理性探讨之深入，已有多篇文章发表高论[②]，我不再赘述。

山师学派具有很大的开放性和包容性。它是在不断吸收其他兄弟学校、兄弟学科优长以及学术资源的基础上不断发展起来的。1949 年薛绥之进入“华北大学国文系学习，始授业于李何林先生。由此……转到对中国现

① 刘增人等纂著：《中国现代文学期刊史论》，新华出版社 2005 年版，第 218 页。

② 参见张光芒、童娣：《文化研究、史料考释与文本研究的有效结合》，《文艺报》2006 年 4 月 11 日；赵普光：《一项中国现代文学期刊研究的壮举》，《鲁迅研究月刊》2006 年第 7 期；等等。

代文学的学习和研究上”[①]。1955 年，薛绥之先生调来山师工作，随之为山师学派增添了“李何林学统”。1957 年，冯光廉先生从开封师范学院[②]毕业来山师工作，强化了山师与开师之间的学术交流，随之为山师学派充实了“任访秋学统”。1958 年蒋心焕先生在山师毕业留校后不久，到武汉大学跟随刘绶松先生学习研究生课程，回校后带来了“刘绶松学统”；1976 年韩之友先生从南开大学调来山师工作，强化了山师与南开大学之间的学术交流，让山师学派不断充实来自南开大学中文系的相关学术资源。1981 年毕业于山东大学的吕家乡先生调来本学科工作，深化了山师与山东大学之间的学术交流，让山师学派不断充实来自山东大学中文系的相关学术资源；1983 年毕业于复旦大学的宋遂良先生调来本学科工作，深化了山师与复旦大学之间的学术交流，让山师学派不断充实来自复旦大学中文系的相关学术资源……

刘增人先生在山师学派的发展传承中，50 余年陪同文学期刊一路走来，越走越辉煌。这辉煌是他与山师学派相互塑造，相互成就的。总结他与山师学派的历史经验，不是为他本人，也不只是为山师学派，还有很多与中国现代期刊、中国现代文学、中国现代学术相关的东西包含其中，值得探究。

[原载于《山东师范大学学报》(人文社会科学版)2017 年第 3 期]

---

① 《薛绥之先生纪念集》(薛绥之弟子编，1985 年内部出版发行)，第 17 页。

② 今河南大学。

山东师范大学中国现当代文学学科资料汇编的历史回溯

李宗刚　高明玉

资料汇编工作在学术研究中具有不可忽视的重要意义。对研究资料加以系统的编选和整理，既是保存资料的有效手段，也能够为后期研究工作的开展提供重要参考。山师现当代文学学科（全称为山东师范大学中国现当代文学学科，以下简称“本学科”）自1952年建立之初就非常重视研究资料的汇编工作，自田仲济、薛绥之等第一代学人开始，文献史料的搜集、整理和研究就已成为本学科的特色工程，此后在一代代山师学人的薪火相传中蓬勃发展。

一、20世纪五六十年代：蓬勃兴起的学科资料汇编

20世纪五六十年代，山东师范学院中文系编纂的以“中国现代作家资料丛书”（以下简称“丛书”）为代表的现代文学研究资料对中国现当代文学学科而言具有重要价值和意义。1950年，教育部《高等学校文法两学院各系课程草案》颁布，规定“中国新文学史”课程为各大学中国语文系的主要课程之一；1951年，田仲济由齐鲁大学转入山东师范学院工作，同年教育部召开有关《“中国新文学史”教学大纲》草拟和制定的会议，田仲济代表本学科参加了这次会议；1952年，全国高等院校进行了院系调整，山东师范学院经过调整后共设包括中文系在内的9个系、11个专业，各系相继设立教研组，中国

这些资料将作家、作品、社团、期刊等纳入现代文学资料汇编体系中，初步建构起山师现当代文学史料整理与研究的脉络，其开创性的史料编辑方式对于学科后来的资料汇编工作具有重要的启示意义。对此，陈思和曾这样评价道："薛绥之（陈思和在此用薛绥之指代了这套丛书的编者，著者注）曾编撰全国第一套大型现代作家研究资料（1960 年），奠定了这个学科最初的文献资料基础。"[①]由此来看，这套丛书的编纂不仅在本学科发展史上具有重要价值，更重要的是其作为一套重要的现代作家研究资料，为整个中国现代文学学科建构起了文献资料的基本格局，其开创性价值不言而喻，这为本学科在期刊资料方面的整理、汇编与研究奠定了坚实的基础，对本学科此后的发展产生了广泛而深刻的影响。凭借这套丛书，本学科在资料汇编领域崭露头角并获得了学界的认可，更在此领域迈出了富有历史意义的第一步。

具体来看，这套丛书的"编辑说明"为我们清晰呈现了它的概况：

> 山东师范学院中文系四年级同学和部分教师，在院党委和系总支的直接领导下，在编写《中国现代文学史》的同时，奋战两个月，编出一套中国现代作家研究资料丛书，包括"中国现代作家小传""中国现代作家研究资料索引""中国现代作家著作目录""中国现代文学社团及期刊介绍"，以及毛主席、郭沫若、茅盾、巴金、赵树理、周立波、老舍、杜鹏程、李季、夏衍、曹禺等作家研究资料汇编。总计约三百万字。[②]

从《编辑说明》可以看出，这部由山东师范学院中文系师生共同"奋战两个月"编辑出的丛书带有时代的特殊印记，尽管编选的资料如"编辑说明"指出的那样，"因时间仓促"而导致"错误或遗漏在所难免"，但这套丛书的史料价值和对后世资料汇编工作的意义极其深远。通过这套资料的编选，本学科也由此奠定了其在资料搜集整理方面的传统，培养了一批文献资料研究专家，如后来在鲁迅研究资料整理与编选方面具有全国影响的薛绥之、在茅盾研究资料搜集整理方面作出贡献的查国华等。

---

① 陈思和：《未完稿》，东方出版中心 2019 年版，第 9 页。

② 参见山东师范学院中文系编：《郭沫若研究资料汇编》，山东师范学院印刷厂 1960 年印制，编辑说明第 1 页。

这套丛书收录的11位现代作家的研究资料，在总体设计和编选体例上对于后世资料汇编工作者来说极具借鉴意义。以较早出版的《郭沫若研究资料汇编》为例，这本资料汇编的主要内容包括"作家生活、思想、创作道路（以时间先后为序），及诗歌、戏剧、小说、散文的作品评述，并附作家著译年表于后"①。从这段选取于编辑说明中的简介来看，这部资料汇编在编选方式上显示出鲜明的独特性。编选者通过精心设计的编辑架构将丰富史料纳入整个"郭沫若研究资料"体系中，既有作家生平史料的编年整理，又有对作家作品重要评述的收集；既体现出史料整理的扎实功力，又汇聚了众多学者的学术思想火花，内容庞杂而又有机交融，自成体系。全书共分为四编。第一编是对作家生平资料的收集整理。以时间为序，以清晰的历史脉络梳理了作家生平，如同在历史的河流中捡拾散落的珍珠，将作家在不同时期的重要史料加以网罗归纳，极具研究参考价值。第二编至第四编主要以体裁划分为依据，对郭沫若作品的研究资料进行汇编整理，分为"诗歌""历史剧""小说、散文"，收集研究者对郭沫若作品的评述资料。以体裁为标准对作家作品研究资料进行整理无疑是该书的重要尝试，这既有利于研究者的检索和使用，更为其后的资料汇编工作提供了范本与启示。此外，值得一提的是，本学科后来能够成为郭沫若研究的重镇，与这段历史渊源有着一定的联系。

这一时期，薛绥之在资料汇编工作方面的成绩还体现在其对于鲁迅研究资料的整理。早在1957年，薛绥之编选了《鲁迅研究资料索引》（山东省图书馆印，1957年）。在具体编纂目的上，这部《鲁迅研究资料索引》旨在为鲁迅研究者提供一些学术性较强的材料，因此没有收入一般的纪念性文章。全书共分两部分，第一部分为鲁迅生平、思想、贡献及其他，第二部分是鲁迅作品研究。客观地说，《鲁迅研究资料索引》在史料编选方面还不够成熟，并参考了复旦大学中国语言文学系资料室编印的《鲁迅著作与鲁迅研究》等有关资料。然而，正是由此出发，薛绥之对鲁迅研究资料产生了广泛而持久的

① 山东师范学院中文系编：《郭沫若研究资料汇编》，山东师范学院印刷厂1960年印制，编辑说明第1页。

兴趣，他在后来编纂出了一套更为成熟完备的《鲁迅生平资料丛抄》，书写了本学科在鲁迅研究资料汇编领域的新历史。与《鲁迅研究资料索引》同一系列出版的，还有严薇青编纂的《鲁迅创作篇目编年》（山东省图书馆印，1957年）。这部资料汇编同样是为山东师范学院和山东省图书馆联合“纪念鲁迅逝世20周年”编写的，其编纂目的在于为研究鲁迅思想发展和检索鲁迅的创作、杂文及诗等作品提供便利。《鲁迅创作篇目编年》将鲁迅的创作及全部杂文篇目按写作年月分别编列，所收创作篇目包括《呐喊》《野草》《彷徨》《故事新编》《朝花夕拾》等5种，杂文篇目包括《坟》《热风》《华盖集》《华盖集续编》《而已集》《三闲集》《二心集》《伪自由书》《南腔北调集》《准风月谈》《花边文学》《且介亭杂文》《且介亭杂文二集》《且介亭杂文末编》《集外集》《集外集拾遗》《鲁迅全集补遗》《鲁迅全集补遗续编》等18种及鲁迅所著译各书的序、跋、题记、后记等。《鲁迅研究资料索引》与《鲁迅创作篇目编年》作为本学科早期在鲁迅研究资料汇编方面的探索性成果，为本学科其后在鲁迅研究资料方面的成就奠定了基础。

这一时期，本学科在文学史和教学参考资料的编纂方面同样取得了较为突出的成绩。在文学史方面，本学科首先编纂了《中国现代文学史（初稿）》第一册（山东师范学院中文系编著，1961年1月1日）、《中国现代文学史（初稿）》第二册（山东师范学院中文系编著，1961年1月）、《中国现代文学史（初稿）》第三册（山东师范学院中文系编著，1961年2月）、《中国现代文学史（初稿）》第四册（山东师范学院中文系编著，1961年11月）、《中国现代文学史（初稿）》第五册（山东师范学院中文系编著，1962年3月）。其后，本学科又编纂了《中国现代文学史》上册（山东师范学院中文系现代文学教研组印，1964年2月）、《中国现代文学史》下册（山东师范学院中文系现代文学教研组印，1964年3月）、《中国现代文学史》第一分册（山东师范学院中文系中国现代文学教研组印，1964年8月）、《中国现代文学史》第二分册（山东师范学院中文系中国现代文学教研组印，1964年9月），为文学史教学提供了内容较为丰富的教材。后来，本学科还参与了《中国当代文学（1949～1965）》下册（山东师范学院、曲阜师范学院中文系现代文学教研组编，1966年3月）的编纂工作。与文学史的编纂相呼应，本学科还编选了一批教学参考资料。

为了给学习“中国现代文学作品选读”这门课的学生提供参考，本学科编纂了《中国现代文学作品选读参考资料》第一辑（山东师范学院中文系编，1962年3月）、《中国现代文学作品选读参考资料》第二辑（山东师范学院中文系编，1962年4月）。为了给学生学习中国现代文学史提供方便，本学科编印了《中国现代文学手册（人物之部）》（山东师范学院中文系中国现代文学组编，山东师范学院印刷厂印，1964年6月），作为教本的辅助读物。《手册》收录人物182名，有103名系以本学科1961年5月印出的《中国现代作家小传》修订本为基础，加以修改补充，同时新写、改写了部分内容。此外，本学科还与兄弟院校共同编纂了《中国现代文学史参考资料》第一编（山东大学、山东师范学院、曲阜师范学院中文系现代文学教研室编，1965年7月）、《中国现代文学史参考资料》第二编（山东大学、山东师范学院、曲阜师范学院中文系现代文学教研室编，1965年12月），作为《中国现代文学史》的辅助读物。

二、20世纪70～90年代学科研究资料整理的实绩

本学科在20世纪五六十年代编辑出版系列研究资料的基础上，于20世纪70年代至90年代继续拓展学科研究资料汇编的新道路，赓续了重视史料搜集与整理的传统。这一时期，致力于研究资料汇编工作的有田仲济、薛绥之、查国华、顾盈丰、冯光廉、蒋心焕、书新、崔西璐、刘金镛、朱德发、韩之友、陆思厚、房福贤、张桂兴、王万森（按进入本学科时间先后排序）。他们在各自的研究领域辛勤耕耘，在资料整理方面取得了一定成绩。主要包括薛绥之的《鲁迅生平资料丛抄》，朱德发、蒋心焕的《第三次国内革命战争时期解放区文艺运动资料汇编》，崔西璐、刘金镛、陆思厚、房福贤、王万森参与编写的《中国当代文学研究资料》丛书，田仲济的报告文学研究资料，查国华的茅盾研究资料，冯光廉与刘增人的王统照、臧克家、叶圣陶研究资料，书新、韩之友等人的鲁迅研究资料和期刊研究资料，张桂兴的老舍研究资料等。

薛绥之在前期研究资料编选的基础上，继续致力于资料汇编与整理工作，并取得了一系列成果。1977～1980年，薛绥之担任主编，带领编辑出版

迅在北京》(共两辑)、《鲁迅在西安》、《鲁迅在日本》、《鲁迅在杭州》、《鲁迅在南京》《鲁迅在上海》(共3辑)。按照原定编选计划还有《鲁迅在厦门》,全部9种,共12辑,近200万字。但《鲁迅在厦门》因故未能编成,因此这套丛书最终编成共计11册,除厦门外,鲁迅生平所生活、工作的地方都有专辑。具体书目如下:

山东师院聊城分院中文系、图书馆编:《鲁迅在绍兴》(韩立群编校),山东聊城印刷厂,1977年7月。

山东师院聊城分院中文系、图书馆编:《鲁迅在广州》(薛绥之、孙进增编校),山东聊城印刷厂,1977年7月。

山东师院聊城分院中文系、图书馆编:《鲁迅在北京》(一)(薛绥之编校),山东聊城印刷厂,1977年10月。

山东师院聊城分院中文系、图书馆:《鲁迅在北京》(二)(薛绥之、董兆初编校),山东聊城印刷厂,1978年4月。

《鲁迅在西安》(单演义编),西北大学鲁迅研究资料组印,1978年8月。

山东师范学院聊城分院中文系、图书馆编:《鲁迅在日本》(薛绥之编选,王富仁、彭鸣亚校订),山东师范学院聊城分院,1978年12月。

山东师院聊城分院中文系、图书馆编:《鲁迅在杭州》(钟敬文代编,朱金顺协助),山东师院聊城分院、山东师院聊城分院图书馆,1979年3月。

南京师范学院中文系资料室、南京师范学院附属中学语文教研组合编:《鲁迅在南京》(俞润生、徐昭武、许祖云编选),山东师范学院聊城分院中文系、图书馆印,1979年5月。

山东师范学院聊城分院中文系、图书馆编:《鲁迅在上海》(一),山东师范学院聊城分院,1980年2月。

山东师范学院聊城分院中文系、图书馆编:《鲁迅在上海》(二)(龚济民编选),山东师范学院聊城分院,1980年6月。

山东师范学院聊城分院中文系、图书馆编:《鲁迅在上海》(三)(禹长海编选)，山东师范学院聊城分院，1980年1月。

从主要内容来看，《鲁迅在绍兴》收录鲁迅青少年时期在故乡绍兴的有关资料，并附南京时期的有关资料；《鲁迅在广州》收录鲁迅在广州时期的自述和他人的回忆文章，并介绍了鲁迅与广州的几种刊物的关系和有关鲁迅在广州的报道；《鲁迅在北京》(一)主要反映了鲁迅在北京的教育实践，《鲁迅在北京》(二)主要反映了鲁迅在北京的文艺实践，同时辑录鲁迅1929年和1932年两次从上海去北京的资料；《鲁迅在西安》收录鲁迅在西安的著述，鲁迅在西安的杂文和书信，有关鲁迅在西安的回忆与纪念文章和有关鲁迅在西安的报刊报道；《鲁迅在日本》收录有关鲁迅在日本时期的回忆文章和重要研究史料，收入的文章有些是在报刊上发表过的，有些是专门为该书撰写或翻译的；《鲁迅在杭州》收录鲁迅在杭州的有关研究资料，并附《鲁迅在杭州活动简表》；《鲁迅在南京》收录鲁迅在南京时期的自述，他人的回忆文章和相关调查研究资料，并附有关图片；《鲁迅在上海》(一)反映了鲁迅在上海期间的社会政治活动和参加左翼作家联盟的活动，《鲁迅在上海》(二)反映了鲁迅在上海十年的工作、生活及其与文艺界青年的关系，《鲁迅在上海》(三)反映了鲁迅在上海时期与外国学者的交往。有学者评价："编入本书的资料，尽量选录第一手材料，除具有直接见证意义的原件、照片外，对回忆、访问、调查，也以收录当事人的见闻为主。全书按地区编排，以时间为序，采取记事体，同时还编写鲁迅在各地的活动年表，与鲁迅有关的人物小传，以及鲁迅所到的地方介绍等。本书引证精确，资料翔实可靠，反映了目前国内鲁迅生平资料汇集和研究工作的水平。"①这套资料深受学界好评。陈思和后来对此套丛书作了专门评价："后来薛绥之又主编《鲁迅生平资料丛抄》共11册，惠及后学。"②

20世纪80年代，在《鲁迅生平资料丛抄》的基础上，薛绥之担任主编，韩立群担任副主编，李何林、唐弢、戈宝权担任编委会顾问，经过重新编写和修

① 冯光廉、朱德发：《薛绥之教授对中国现代文学研究的贡献》，《山东师大学报》(哲学社会科学版)1985年第2期。

② 陈思和：《未完稿》，东方出版中心2019年版，第9页。

订，陆续编辑出版了一套《鲁迅生平史料汇编》。这套资料汇编约200万字，由天津人民出版社出版，共分五辑八册，第一辑包括《鲁迅在绍兴》和《鲁迅在南京》，第二辑为《鲁迅在杭州》，第三辑包括《鲁迅在北京》和《鲁迅在西安》，第四辑包括《鲁迅在厦门》和《鲁迅在广州》，第五辑为《鲁迅在上海》。可以看出，这套资料汇编基本沿用了《鲁迅生平资料丛抄》按地区编排资料的方法，以时间为序，采取记事体，同时兼用交叉编选的方法，对时、地不一致之处变通选用。与《鲁迅生平资料丛抄》相比，《鲁迅生平史料汇编》增加了大量图片资料，总计200余幅，分别编排在各地区文字资料之前，收录的鲁迅生平资料原件和回忆、访问、调查，则按照全书的编写体例依次序列其后。该资料汇编还编写了鲁迅在各地的活动简表，与鲁迅有关的人物小传及鲁迅所经地方的介绍等。同时，汇编还收录了鲁迅自述中的有关史料和关于鲁迅在各地活动的资料，以及相关研究专著和文章，另附索引以便于研究者翻检使用。对此，有研究者评价：这套丛书摘录的材料多出于博物馆和纪念馆的特藏、档案，还有少见的古籍与旧说，以及许多未刊稿，而新写的材料也很精审翔实，它们确可说明许多不易明了的问题，所以此书令人感到可贵与可喜。同时，对于从《鲁迅生平资料丛抄》到《鲁迅生平史料汇编》的改编，研究者同样给出了十分恰切的评价："从'资料'的加工而成为'史料'，其目的在于使它成为更加精练、更加准确、更加信实可靠和便于引用。"①

这一时期，以《鲁迅生平资料丛抄》和《鲁迅生平史料汇编》为代表，薛绥之等山师学人编辑出版的一系列鲁迅研究资料以其极富开创性的编纂方式和重要研究参考价值获得广泛认可和赞誉。这些研究资料第一次对鲁迅的有关史料进行了大规模集中而富有特色的编纂整理，并采用全新的编选方式组织材料，形成了较为完善的鲁迅研究资料体系，对鲁迅研究工作作出了重要贡献。对此，王富仁曾经这样回忆道："薛老师直接把我带入到鲁迅研究的道路上，薛老师给我的鼓励和帮助，永远无法忘怀。"②从某种意义上说，王富仁作为深受薛绥之影响的学人之所以在鲁迅研究方面异军突起，离不

---

① 王吉鹏、田宇、王大慧编著：《追踪伟大人生的轨迹》，吉林人民出版社2004年版，第185页。
② 王富仁：《聊城是我永远的精神故乡》，《聊城晚报》2017年3月21日。

开包括薛绥之等前辈学者对鲁迅研究资料的搜集与整理。

这一时期，本学科其他教师也积极参与到研究资料的整理工作中。朱德发和蒋心焕在20世纪70年代末80年代初，便已编就了《第三次国内革命战争时期解放区文艺运动资料汇编》，后因种种原因未能出版，这一资料汇编被迫束之高阁。对此，朱德发曾不无感喟地题写了如下文字："20世纪七十年代末八十年代初，我承担了中国社会科学院文学研究所主持的国家课题'中国现代文学运动资料汇编'的'第三次国内革命战争时期文学运动资料汇编'任务，1978至1980年先后查阅了全国几十个图书馆的期刊。因保管不善，被老鼠啃啮了不少资料，所剩下的残片余文装袋保存，一方面作为那段资料搜求艰难工作的纪念，一方面留给有志于研究这段不平凡文学运动者参用。"[①]幸运的是，这批书稿辗转30多年，终于等到了问世的机会。2018年，在山师文学院的支持下，这一项目得到了山东省一流学科山东师范大学文学院中国语言文学学科建设经费的资助，这部研究资料终于得以拂去历史的尘埃，重新呈现在世人面前。在出版说明中，朱德发不无兴奋地写道："救活这部书稿的时机终究来到：一是我们所在的山东师范大学中国现当代文学学科于2007年被批准为国家级重点建设学科，不仅承传并光大了本学科在历史上重视文学史料汇编的优良传统，而且对有价值的文学资料出版给予大力资助；二是李宗刚教授是我们两个人培养指导的硕士和博士研究生，他既热爱文学资料工作，又潜心学术研究，既是硕士生指导教师，又是博士生指导教师，并心甘情愿地承续这部资料的重新校勘、重新打印、重新联系出版等诸多烦琐工作，终于完好无损地将这部积压了三十多年的'资料汇编'救活！"[②]对于朱德发和蒋心焕等学者而言，资料整理这一基础性工作的学术价值和意义非常重大。朱德发在20世纪70年代末和20世纪80年代初能够在学术研究上率先实现突围，与其所下的足够的资料功夫是分不开的。实际上，正是通过对原始期刊的查找和阅读，他的学术研究才找到

---

① 参见朱德发于2003年6月28日乔迁新居整理书稿时的手迹。

② 朱德发、蒋心焕：《第三次国内革命战争时期解放区文艺运动资料汇编说明》，朱德发、蒋心焕、李宗刚编：《第三次国内革命战争时期解放区文艺运动资料汇编》上卷，辽宁人民出版社2018年版，第2页。

了最为可靠的历史基点，并由此回到历史的现场，为其后来在“五四”文学研究上的突破奠定了坚实基础。蒋心焕能够成为国内较早将中国近代文学纳入传统与现代转换的视域中进行研究的学者之一，也离不开他在这一时期所做的资料搜集与整理工作。从这样的意义上说，山师现当代文学学科的一些学者在资料搜集整理与学术研究方面之所以能够双翼并飞，恰恰是得益于他们既重视对原始资料的发掘，又重视学术思想的突围。除此之外，他们还跟踪学术热点，注重对新发表的学术成果的整理与编选。1986 年，山东师范大学中文系王克安编选《中国现代文学宏观研究论文选》时表示：现代文学教研室的蒋心焕副教授、朱德发副教授对本书做了具体指导和审阅，其他老师也都提出了宝贵的意见。这本论文选编选了王富仁等新时期以来开始崛起的学者的代表性文章 18 篇，这些论文以宏观研究为特点，旨在供现代文学教学工作者、研究者，高等院校、夜大、函大中文系学员学习研究中国现代文学之用。尽管这本论文选不属于文献史料的发掘与整理，但其所选论文较好地续接了“五四”启蒙思想，回应了新时期的思想解放思潮，引领了文学研究的新风向，弥补了既有教材的某些缺憾，拓展了学生对中国现当代文学的认识空间。

山师现当代文学教研主任冯光廉极其重视资料工作，并积极投身于资料汇编工作。其成果主要表现在他与刘增人（1959～1963 年就读于山东师范学院中文系）合作编纂的一系列王统照、臧克家和叶圣陶研究资料方面。这一时期编选的资料有：冯光廉、刘增人编《王统照研究资料》，属于《中国现代文学史资料汇编》一种的《中国现代作家作品研究资料丛书》（宁夏人民出版社 1983 年版）；冯光廉、刘增人编《臧克家集外诗集》（陕西人民出版社 1984 年版），诗集收入作品 120 余首，附录《臧克家生平文学活动年表简编》首次在国内发表，这部丛书是研究臧克家诗歌创作的宝贵资料；刘增人、冯光廉编《叶圣陶研究资料》（《中国现代作家作品研究资料丛书》之一，北京十月文艺出版社 1988 年版）；冯光廉、刘增人编《臧克家研究资料》（《中国现代作家作品研究资料丛书》之一，甘肃人民出版社 1990 年版）。对此，刘增人回忆道：“为了完成叶圣陶、王统照、臧克家三位现代作家的研究资料的编纂，数年间大约有近 1/3 的时间，是终日泡在京、沪、宁、津等地的公共图书馆与大学图书馆里，与纸页完全变黄的期刊与报纸对话。”[1]冯光廉一向致力于期刊资料的整理与汇编工作，他不仅参与了1960年内部出版的《1937～1949年主要文学期刊目录索引》的编选工作，而且组织了“文化大革命”期间本学科《鲁迅主编及参与或指导编辑的杂志》的编纂工作。1987年，冯光廉从山东师范大学调到青岛大学工作。调动前后，他为青岛大学的中国现当代文学学科做了一件功德无量的大事，那就是把山东师范大学图书馆馆藏的所有晚清和民国时期的文学期刊全部为青岛大学做成了缩微胶片。[2] 可以看出，冯光廉虽然调离本学科，但他与山师现当代文学学科的血脉传承纽带并没有就此断裂，而是将本学科资料汇编的传统带到了新的领地，使其在新的土地上开花结果，实现了学科资料汇编工作的学派传承。21世纪以来，冯光廉和刘增人合作汇编的一系列资料被再次编辑出版，表明这些研究资料汇编在新的历史时期仍然具有极大的研究参考价值和重要史料价值。2010年，由中国社会科学院文学研究所主导推出了一套《中国文学史资料全编·现代卷》，这套丛书以《中国现代文学史资料汇编》为基础而又有所扩展，收录的有关王统照、叶圣陶、臧克家的研究资料包括：冯光廉、刘增人编《中国文学史资料全编·现代卷·王统照研究资料》（知识产权出版社2010年版）；刘增人、冯光廉编《中国文学史资料全编·现代卷·叶圣陶研究资料》（上、下）（知识产权出版社2010年版）；冯光廉、刘增人编《中国文学史资料全编·现代卷·臧克家研究资料》（上、下）（知识产权出版社2010年版）。这些研究资料汇编基本再现了冯光廉、刘增人在20世纪八九十年代编纂的风貌。此外，冯光廉作为本学科负责人，极其重视并着力培养研究生搜集与整合资料的能力。1985年，山东师范大学中文系副主任冯光廉为刚入学的中国现当代文学专业研究生讲授“中国现代作家研究”专题课程。冯光廉“要求每人自由选一个作家，写一篇研究述评”。在冯光廉及导师们的指导下，这批青年学子“搜集资料、编拟提纲、撰写初稿、讨论修改”。在此过程中，他们“表现出令人惊异的积极性、刻苦性和开拓创新精神”。这批青年学子的“热情、

---

① 刘增人等纂著：《中国现代文学期刊史论》，新华出版社2005年版，第673页。

② 参见魏建：《中国现代文学期刊研究与学派传承——以“山师学派”为例》，《山东师范大学学报》（人文社会科学版）2017年第3期。

冲劲、毅力和胆识”，让深谙教育规律的冯光廉看到了“中国现代文学研究将会以不同既往的步伐向前行进的希望所在”[①]。1987年4月，《山东师大学报（增刊）》发表了山东师范大学中文系1985级中国现当代文学专业研究生的研究成果《现代作家研究述评》。出人意料的是，这本以研究生的研究成果为主的增刊竟然在1988年获得了山东省社科优秀成果三等奖。当年初出茅庐的这批青年学者，已经成长为当下学界的栋梁，不少人已成为博士生导师。其中，谭桂林入选为教育部“长江学者”特聘教授，魏建入选为国家“万人计划”领军人才……他们以自己的实绩证明了20世纪80年代的理想主义已经结出了丰硕的果实。

这一时期，在资料搜集和整理方面功夫下得较为充足且取得较大成就的还有查国华，他是国内较早从事茅盾研究资料整理与研究的学者。1983年，孙中田与查国华编的《茅盾研究资料》（上、中、下）由中国社会科学出版社出版；1985年，查国华编的《茅盾年谱》由长江文艺出版社出版；1998年，查国华与查汪宏编的《茅盾日记》由山西教育出版社出版；同时，查国华又受邀参加了《茅盾全集》的编选工作。对此，魏建曾这样回忆道：“查先生更大的贡献在于第一版《茅盾全集》。第一版《茅盾全集》总计41卷，1984年至2006年由人民文学出版社陆续出版，是我所见到的体量最大的作家全集。中国作家协会成立了《茅盾全集》编委会编辑室，主要倚重的学者是叶子铭、丁尔纲、查国华等人。编辑室副主任丁尔纲先生告诉我，查国华贡献特别大。查国华自己校注了4卷，校注定稿和参与定稿19卷，参加了编选、注释、校勘、定稿等各个环节的工作，历时近20年。最后一卷（资料附集）不是茅盾的作品，主要是查国华先生自己撰写的。”魏建高度评价了查国华在茅盾资料整理和研究方面的贡献：“查国华先生从1950年代就致力于中国现代文学文献史料的研究，1980年代初期就以学术造诣深厚、学术特色鲜明而闻名学界。他先后承担并完成了许多重要的学科研究项目，在茅盾研究方面的成就尤为突出。他参与负责《茅盾全集》编、注、校、审等所有重要环节的工作，历时近20年，是编委会最信赖的专家之一。30多年来，他的代表成果《茅盾

① 冯光廉：《序言：一次有意义的尝试》，《山东师大学报》（社会科学版）1987年增刊。

年谱》《茅盾研究资料》等著作一直为国内外同行专家所敬佩。”也正因为如此，魏建对查国华的尊重之情逐步加深：“我对查国华先生的了解是从尊重开始的，那时的尊重只是因为他是我老师的老师；后来，了解了他的学问和学养后，我开始尊重他学术造诣的深厚；再后来，对他的了解更多了，我越发尊重他的学术定力和学术情怀。”[①]魏建对查国华的这份由衷的尊重正是来源于对本学科传统的尊重与赓续。

在这一时期，学科成员还参与编选了《中国当代文学研究资料》丛书，崔西璐、刘金镛、陆思厚、王万森、房福贤参与编选了丛书的部分内容。《中国当代文学研究资料》是一套大型资料丛书，由全国30多个单位协作编辑而成，涵盖了中国当代文学史上有一定地位、在国内外有一定影响的100多位作家的研究专集和合集。丛书编纂的目的在于，为从事当代文学、现代文学、文艺理论、文学写作教学和研究的有关人士提供完整系统的研究资料，同时为其他文学爱好者的文艺创作和研究提供一定的参考。茅盾在为这套丛书所作的序言中这样写道：“《中国当代文学研究资料》的出版，填补了解放以来文学研究工作中的一个空缺。解放后，我们出版过好几种现代和当代文学史，但是其中所论述到的作家和作品，却寥寥可数；专门研究作家和作品的著作也出了一些，但也只限于研究鲁迅等几个老作家；对于其他广大的作家群和他们的作品，除散见于报刊上的一些评论文章外，还没有系统的专门的研究。这种状况与三十年来我们文学事业的飞速发展很不相称。三十年来我们的作家队伍是大大地壮大了，涌现了‘风华正茂’的第二代、第三代新人。他们的作品，无论在数量、质量和题材面上，都大大超过了解放以前。然而，理应与之相适应的作家研究工作却大大落在后面。”[②]正因为如此，这套丛书的出版使茅盾看到了“文艺的春天”来临的曙光。

具体来看，本学科在这套丛书编选过程中作出了突出贡献。据《中国当代文学研究资料丛书》出版书目[③]统计，本学科成员参与编辑了《中国当代文

① 魏建：《不求名利　只问耕耘——查国华的文献史料研究》，《中国社会科学报》2017年4月13日。

② 刘金镛、房福贤编：《中国当代文学研究资料丛书・从维熙研究专集》，重庆出版社、贵州人民出版社1985年版，序第1页。

③ 参见卜仲康：《葑溪访谈》，苏州大学出版社2013年版，第9～12页。

学研究资料丛书》的其中五册内容。分别是：刘金镛、陆思厚、房福贤编选的《徐怀中研究专集》(解放军文艺出版社 1983 年版)，刘金镛撰写的《徐怀中小传》；刘金镛、房福贤编选的《孙犁研究专集》(江苏人民出版社 1983 年版)，刘金镛撰写的《孙犁小传》；刘金镛、陆思厚编选的《陆柱国研究专集》(解放军文艺出版社 1984 年版)，刘金镛、陆思厚撰写的《陆柱国小传》；刘金镛、房福贤编选的《从维熙研究专集》(重庆出版社、贵州人民出版社 1985 年版)，房福贤撰写的《从维熙小传》(载于《北京师院学报》1985 年第 4 期)；崔西璐、王万森、陆思厚编选的《刘绍棠研究专集》(重庆出版社、贵州人民出版社 1985 年版)，同时编者撰写了《刘绍棠小传》。值得特别注意的是，《中国当代文学研究资料丛书》编委会在丛书的前言中对为丛书作过贡献和给予支持的所有单位表示感谢，山东师大作为丛书重要的协作单位名列其中。

作为本学科的重要奠基者，田仲济极为关注研究资料的编选工作。对此，蒋心焕和宋遂良在关于田仲济学术人生的文章中这样叙述："建国初期，田先生担任齐鲁大学中文系教授兼系主任时，就注意有关现代文学资料的搜集，购买了当时东方书社出版的新文学书籍。一九五二年院系调整，齐鲁大学合并到山东师院后，他更是有意识地购买"五四"以来出版的新文学书籍和期刊。一九五五年上级给田先生主持的研究生班拨了八千元经费，田先生全用来购买书报杂志，并建立了资料室。七十年代初期，田先生获悉已故现代文学著名藏书家瞿光熙的家属拟出售私人藏书的消息，他一则以喜，一则以忧，唯恐这批资料零落散失，他不顾个人还在受'审查'的艰难处境，冲破了种种阻力，想方设法使这一大批名贵书籍从南方私人书库安抵师大图书馆。田老常说，资料是研究的基础和前提；只有从第一手资料出发所进行的科学研究，才能经受住历史的考验，才是真正有价值的研究论著。"①

田仲济对待资料编选工作的毅力和坚持还体现在其编辑《王统照文集》的曲折历程中。早在王统照逝世以后，国家出版部门就计划为其出版一套文集，这一任务后来落到了田仲济肩上。大约在 1964 年末或 1965 年初，田

① 蒋心焕、宋遂良：《青山不老　桃李成林——田仲济教授和现代文学研究》，《山东师大学报》(社会科学版)1987 年第 4 期。

仲济编成《王统照文集》，交给出版社。不料十年浩劫的发生导致文稿几乎全部散失，所幸王统照生前亲自整理的一部分手稿和剪辑保存的文稿大部分保留下来，为后来重新编辑《王统照文集》提供了珍贵材料。1978 年，出版《王统照文集》的计划被再次提上日程，仍旧由田仲济负责编辑工作。1980 年起，几经波折的《王统照文集》终于问世，并由山东人民出版社陆续出版。《王统照文集》编选了王统照重要的文学著作，在具体编排方面，按体裁进行分卷编排，同时遵循年代顺序。虽然王统照的剧本与翻译的诗歌、小说并未收入文集中，但在当时，《王统照文集》已经算是一套较为系统的王统照文集。值得一提的是，杨洪承作为田仲济的学生，80 年代初在田仲济主编《王统照文集》时就曾参与其中。由此出发，杨洪承找寻到了早期学术研究的一个重要支点，其后来在王统照研究方面取得的一系列成果，与这段经历有一定渊源。同时，本学科重视资料汇编工作的传统也在一定程度上对杨洪承产生影响，其后来主编的一套 7 卷本《王统照全集》（中国工人出版社 2009 年版）便是最好的证明。

田仲济除了特别重视王统照的资料之外，他还在报告文学、山东其他作家、解放区文学和散文杂文等文献资料整理方面有所建树。田仲济在 20 世纪 80 年代参与编选了《中国报告文学丛书》。该《丛书》由长江文艺出版社出版，是一部囊括 60 多年报告文学的发展历史，总字数 800 多万字，共计 19 分册的研究资料巨著。丛书按历史时期分辑：从“五四”到 1937 年抗战前为第一辑；抗战至 1949 年前为第二辑；1949 年以后至 70 年代为第三辑。每辑再分若干分册。田仲济参与编选丛书的第一辑，即“五四”至全面抗战前的部分。这辑研究资料的编选也有相当深厚的历史渊源。早在 1961 年，中央决定组织人员编写文科教材，《特写报告选》列入编辑计划。当时田仲济等数人集中在上海工作了三个月，按计划编选了 23 篇，大约 15 万字，包括“五四”到 1949 年前各个时期、各个流派、各种风格、各种形式的特写报告。遗憾的是，这套资料在当时并未出版。对此，田仲济回忆道：“若是这个选集印出的话，可能成为我们现代文学特写报告的第一个较为全面的选集，可惜书籍既未能出版，而原稿也散失了。幸而偶然的机会，从存书中发现了一个篇目的底稿。虽然不能说这个篇目选得十全十美，但至少对今后这个工作有参考的价值。"[①]因此，在后来参与编辑《中国报告文学丛书》时，田仲济实际上已经有了一定的资料基础和编选依据。对此，田仲济不无谦虚地说："由于有以前那个篇目作基础，再补充一些文章，又请了一两位同志帮同寻找文章和复印，我实际未作多少工作。"[②]但作为丛书策划人之一和执行编委的尹均生，在回顾这套丛书成书过程时写道："古稀高龄的田仲济教授为丛书提供了不少珍贵篇目"[③]，这表明他对田仲济所做工作的高度认可。由此可以看出，从事资料工作常常需要这种数十年如一日的毅力和坚持，久久为功方能获取那枝头最丰硕的果实。1984 年，在田仲济的主导下，学校成立了中国现代文学研究中心，这为进一步推进现代文学研究和资料整理工作起了助力作用。该中心原打算不定期地编印一部"史料丛刊"，收录在新文学史上有过影响的山东作家的作品和有关史料。《山东新文学史料》第一辑（1985 年内部发行）便是在田仲济主导下编印的山东现代作家耶林的专号。耶林的创作被称为是"铁骨红心的硬性文字"[④]。早在 1979 年，田仲济就曾起草报告，在第四次文代会上请周扬、夏衍、丁玲等 14 人签名，呼吁出版《耶林纪念文集》，后来这部文集由张以谦、蔡万江编选，田仲济作序。因而，这部"史料丛刊"的第一辑"耶林专号"就是耶林纪念文集出版前所作的铺垫工作。具体在史料编选方面，这部"史料丛刊"坚持忠于历史事实的原则，对作品和史料不作任何加工和修改。这一编辑标准的提出，显示出编者强烈的史料意识和实事求是的精神，也保证了其编选的资料能够最大限度地保留史料的本来面目，为研究者提供了可靠的文献史料。但遗憾的是，该"史料丛刊"后因种种原因未有续编。这一时期，田仲济还主编了《中国解放区文学研究资料丛书》，丛书主要包括《冀鲁豫文学史料》（中共冀鲁豫党史工作组文艺组编，河北教育出版社 1989 年版）、《冀鲁豫文学作品选》（中共冀鲁豫党史工作组文艺组编，河北教育出版社 1989 年版）、《冀南文学作品选》（刘艺亭、宋复光编，河北教育出版社 1989 年版）、《晋察冀文学史料》（张学新、刘宗武编，天

---

① 《田仲济序跋集》，山东教育出版社 1991 年版，第 88 页。

② 《田仲济序跋集》，山东教育出版社 1991 年版，第 88 页。

③ 尹均生：《国际报告文学的源起与发展》，华中师范大学出版社 2009 年版，第 315 页。

④ 参见张以谦：《铁骨红心的硬性文字——耶林同志"左联"前后的文学创作介绍》，《山东师院学报》（哲学社会科学版）1980 年第 2 期。

津社会科学院出版社1989年版)、《湖南苏区文艺运动湘籍作家在解放区》(王驰、胡光凡主编,天津社会科学院出版社1992年版)、《福建革命根据地文学史料》(万平近主编,海峡文艺出版社1993年版)。从具体编写来看,这部丛书以几个主要革命根据地分卷,搜集、整理、编辑各个革命根据地不同历史时期的文学史料和文学作品。丛书编者遵循尊重历史的方针来编选文学史料,尽量使用第一手材料,以保留史料和作品的本来面貌,为研究工作者提供了客观可靠的参考资料。该丛书旨在广泛搜集整理解放区文学史料,实事求是地总结解放区文艺运动的历史经验,继承发扬解放区文艺的光荣传统,推进新时期社会主义文学的繁荣发展,其对于解放区文学研究的史料价值不言而喻。此外,田仲济还与蒋心焕合作主编了《中国新文艺大系(1937～1949):散文杂文集》(中国文联出版公司1996年版)。《中国新文艺大系》作为一部反映"五四"以来中国新文艺优秀成果及其发展历程的重要文献史料集,对五四运动前后到1982年底新文艺作品和史料进行总结,以文学艺术门类分集编纂整理,为相关研究者提供了比较系统、完整的史料文献。田仲济和蒋心焕参与这部重要文献史料集的编纂,在一定程度上显示了本学科在资料汇编工作方面的实力。对于这段编选经历,蒋心焕曾这样回忆道:"令我终生难忘的是田老作为老一代学者严之又严的工作态度和一丝不苟的工作作风。该书最后审定的作品为506篇,但这506篇是我们费时几年从近万篇作品中筛选出来的。经过初选、二选和最后审定,田老勤奋、严谨的工作作风贯穿始终,万分感人。1937～1949年这十多年,正是伟大而艰巨的战争年代,当时出版的不少书籍和报刊一般都是土纸印刷,字迹模糊难辨,田老拿着放大镜,多次校对,改正错字、漏字。初选、初校工作,我做得比较多,自以为是够认真的,但经他审定还是发现一些差错。这时,他就语重心长地说:'事在人为。'我们不敢保证一个错字也没有,但应以'尽善尽美'的高标准来完成它。田老还把有些作品寄给他熟识的作家,询问用哪个版本为好。总之,大到作品入选标准,小到对错漏的订正,都在他殚精竭虑的关注中。"[①]这部研究资料的编选,不仅使蒋心焕深刻理解了从事资料工作

① 《蒋心焕自选集》,山东人民出版社2015年版,第413页。

的方法和标准，同时也为其在90年代逐渐转向散文研究奠定了坚实基础。

这一时期，韩之友在鲁迅研究资料工作方面表现突出。对鲁迅研究资料的关注一向是本学科的特色与优势所在。早在“文革”尚未结束时，本学科就曾作为“红皮本”的注释单位之一，参与了鲁迅著作的注释工作。1979年，山东师范学院《集外集拾遗补编》注释组编辑出版了《鲁迅〈集外集拾遗补编〉(1928～1936)资料选辑》(上、下卷)。这部资料汇编是学科成员将他们在注释鲁迅《集外集拾遗补编》(1928～1936年部分)过程中阅读与积累的资料，重新编选而成。从内容来看，编入这部书的资料，大部分选自公开或内部出版的报刊书籍，小部分是新写的。这些新写的内容或为注释组收到的答信，或是有关人员应注释组请求特意撰写的。全书共分三辑。第一辑和第二辑为综合性的论述文字，第一辑是关于木刻版画的，第二辑是关于翻译的，第三辑是单篇佚文的资料，这部分内容将有资料可选的、能单独编排的56篇鲁迅佚文的相关资料，按照写作时间的先后顺序编排。在各篇所选资料中，包括一部分“反面资料”，为了便于阅读，与“正面资料”合编在一起，按时间先后排列，不再另行分类，这为我们走进历史现场提供了可能。同时，这部资料选集的出版，得到了人民文学出版社鲁迅著作编辑室、北京鲁迅博物馆、鲁迅研究室等单位和一批鲁迅研究学者的协助和支持，使学科在鲁迅研究资料领域呈现出继往开来、不断进取的崭新面貌。正是基于这一深厚的学科传统，在1981年版《鲁迅全集》和2005年版《鲁迅全集》的修订与注释工作中，韩之友代表本学科参与了这一工作。他首先参与的是1981年版《鲁迅全集》第8卷《集外集拾遗补编》(负责1927～1936年部分)的修订与注释工作。对此，有学者这样回忆道：“该卷是1981年版《鲁迅全集》修订难度较大的一卷，又是修订质量较高的一卷。这是修订者韩之友先生的严谨学风与扎实功底的有力佐证。”① 正是凭借扎实的工作能力和丰富的修订工作经验，韩之友之后又主持了2005年版《鲁迅全集》该卷的修订工作。这一时期，在鲁迅研究资料的修订工作之外，韩之友还参与编辑了《中国现代文

① 魏建、李宗刚、刘子凌主编：《拓展现代中国文学研究的新格局——朱德发及山师学术团队与现代中国文学研究学术研讨会论文集》，山东人民出版社2016年版，第375页。

学期刊目录汇编》。《中国现代文学期刊目录汇编》由北京大学与山东师范大学合作编辑，1988 年由天津人民出版社出版。该书编选 1917～1949 年间编辑出版的在中国现代文学史上有影响、有代表性和史料价值的文学期刊 276 种，全书详列所选期刊的目录，并附作者索引和馆藏信息。致力于期刊研究的刘增人曾这样评价这部丛书："该《汇编》以皇皇两巨册的空前容量，尽可能准确地描述了 276 种(另有附录 4 种)比较重要的现代文学期刊的创刊、休刊、复刊、终刊、编辑、撰稿、出版、印刷、发行等基本情况，收录了各刊物的尽可能详尽的目录，还在书末开列了期刊作者索引、期刊馆藏索引、期刊基本情况一览表等极其有用的资料，是自有现代文学期刊研究以来最为完备的工具书和资料库，至今仍是现代文学研究特别是现代文学期刊研究最可靠的依据之一。其被称为功德无量之举，确乎是实至名归。"①刘增人的高度评价证明了这部丛书的重要史料价值和研究参考价值，同时也体现出他对于丛书编者所做工作的极大认可。

需要指出的是，除韩之友之外，学科成员顾盈丰、舒欣(即书新)也参与了《中国现代文学期刊目录汇编》的编辑工作。顾盈丰在目录学方面用功较多，他参与编选了《中国现代作家著作目录》，还参与编写了《1937～1949 年主要文学期刊目录索引》(山东师范学院中文系编，1962 年内部出版。据《中国现代文学期刊目录汇编》前言记载，山东师范大学中文系参与编印的部分即是参考此书)。书新在参与编撰《中国现代文学期刊目录汇编》之外，还曾与刘增人合作编写了《鲁迅生平自述辑要》(上、下册)(山东人民出版社 1979 年版)，这部资料汇编封面署名的作者"舒汉"即书新与刘增人的联合笔名。这部鲁迅资料汇编实际上正是本学科在鲁迅资料汇编领域的延续，与此前薛绥之主编的鲁迅研究资料一同构成了本学科鲁迅研究资料的谱系。值得一提的是，刘增人 1963 年毕业于山东师范学院中文系，此后任教于泰安师专和青岛大学，长期致力于期刊资料的搜集与研究，可以说本学科"以重视现代文学史料著称，尤其注重搜罗现代文学期刊"②的传统对其影响极大。

---

① 刘增人:《刘增人文选》，山东教育出版社 2016 年版，第 397 页。

② 刘增人等纂著:《中国现代文学期刊史论》，新华出版社 2005 年版，第 673 页。

同时,他又以自己沉潜到期刊资料中、徜徉于学术研究的海洋中的不懈实践,而终成文学期刊研究的大家,从而极大地提升了本学科在史料建设中所可能企及的历史高度。

这一时期,本学科在新诗研究①方面成绩卓著,研究者包括冯中一、孔孚、吕家乡、袁忠岳等一批学科成员。他们的新诗研究视野广阔、思考深入。与新时期诗歌研究相伴而生,学科成员在新诗研究资料汇编领域同样取得了一些重要成果。1991 年,由冯中一担任主编,袁忠岳和吴开晋担任副主编,马怀忠、孔祥会、冯中一、孙国章、沈传义、吴开晋、桑恒昌和袁忠岳作为编委成员,编辑出版了《孔孚山水诗研究论集》(山东文艺出版社 1991 年版)。贺敬之为这部研究论集题写书名,他在"孔孚诗歌研讨会"上的发言也被作为本书的代序言。从内容来看,这部研究论集总结了 1981 年以来孔孚山水诗研究的成果和 1990 年在曲阜召开的"孔孚诗歌研讨会"的成果,在近百篇已发表和未发表的文章中精选出 40 余篇汇编而成。同时,这部研究资料汇编在编选时注意全面反映孔孚山水诗的研究概貌与研究所达到的深广度。1994 年,由朱德发主编的《中国山水诗论稿》(山东友谊出版社 1994 年版)出版,王琳、张光芒、姜振昌、张清华、鹿国治、袁忠岳、吕家乡参与撰稿。这部研究资料"采取了史论兼顾结合、以史为经、重在进行史学理论探讨的立场与方法,强调在'中国山水诗美学'的方向上下功夫。全书分为导论、过程论、本体论三个主体部分,最后又附以山水诗研究的论著目录索引,以全面和立体的视角对中国历代尤其是现代山水诗的历史流变、文化意蕴与美学特征进行梳理与探讨"②。这一时期,袁忠岳在诗歌研究的同时也参与编写了一些颇具影响的诗学书籍。他作为撰稿人之一,参与了朱先树、阿红、吕进主编的《诗歌美学辞典》(四川辞书出版社 1989 年版)和朱先树主编的《中国当代抒情短诗赏析》(文化艺术出版社 1986 年版)的编写工作。

与此同时,张桂兴作为本学科从事资料研究的学者,长期致力于老舍研

---

① 参见吕进:《山东师大在新时期的新诗研究》,《山东师范大学学报》(人文社会科学版)2015 年第 4 期。

② 李海萍、高航主编:《山东省社会科学优秀成果奖获奖作品概览(1994.7~2004.12)》,齐鲁书社 2008 年版,第 632 页。

究资料的搜集与整理，成为老舍资料研究方面的代表学者。张桂兴编纂的《老舍年谱》(上、下卷)(上海文艺出版社 1997 年版)是较完备的老舍生平研究资料，其编著的《老舍研究丛书》系列，包括《老舍著译编目》(中国国际广播出版社 2000 年版)、《老舍旧体诗辑注》(修订本，中国国际广播出版社 2000 年版)、《老舍资料考释》(修订本，中国国际广播出版社 2000 年版)、《老舍文艺论集》(山东大学出版社 1999 年版)、《〈老舍全集〉补正》(中国国际广播出版社 2001 年版)、《老舍与第二故乡》(青岛海洋大学出版社 2000 年版)等。张桂兴在老舍研究资料整理方面成果丰硕，显示出其专注于资料工作的深厚功力和坚韧毅力。张桂兴取得这样的成果与其长期以来所秉持的研究方法是分不开的。在《老舍年谱》的后记中，张桂兴回忆了他的编选经历："《老舍年谱》中的每一条、每一款，都是'从一个侧面投射出的''一股光柱'；全书的所有条、所有款'聚合在一起'，才能争取'映现出一个完全的老舍先生'来。为了达到这个目的，笔者所确定的《老舍年谱》的修订原则是：一律核对原件，以保证资料的准确性；力求每一条、每一款都尽量摘录当时、当地报纸杂志的原始记载，藉以尊重历史并力求重现老舍昔日的音容笑貌；绝对不做'文抄公'——不核对原件，就任意抄来抄去，以至于以讹传讹。就这样，笔者不仅再次翻遍了本校、本省的图书馆，而且还多次赴北京、上海、天津、南京、武汉、长沙、重庆、成都等地的几十家图书馆去核对资料。对一些利用资料较少，不便于亲自前去查阅的其他几十家图书馆，分别进行了书面查询。其最终结果是，不仅纠正了过去的诸多讹误，而且新发现了一大批鲜为人知的资料，填补了老舍一生中某些方面、某个侧面或某段时间的空白。劳动量之大，资料之难找，奔波之辛苦，可想而知！"①可以看出，正是因为具有这种坚决不做"文抄公"的求真精神，张桂兴的资料整理和考据工作才得以扎扎实实地推进，并最终有所收获。

张桂兴教授从本学科退休之后，依然把资料的搜集与整理当作自己安身立命的根本。他不仅在老舍资料方面作出突出的贡献，而且还在林语堂研究资料整理方面有所拓展。林语堂作为一位"脚踏中西文化"的现代文学

---

① 张桂兴编撰：《老舍年谱》下册，上海文艺出版社 1997 年版，第 940～941 页。

作家，其著述较为复杂，涉及文学、语言学、历史学、教育学和中外文化交流等众多领域，其相关资料众多，且大都散落在世界各地，没有很好地搜集整理起来。因而，编选一部系统完整的《林语堂全集》势在必行。近年来，凭借多年资料汇编工作的经验和基础，张桂兴承担了有关部门共同委托的重大文化建设项目《林语堂全集》的编选工作。这部《林语堂全集》约 60 卷，2000 万字左右，即将正式出版。可以想见，《林语堂全集》的编纂和出版将成为林语堂研究界的重要事件，为其后的林语堂研究奠定系统完备的资料基础。张桂兴以其在资料研究领域的实践，将资料工作作为其学术人生的依托和生长点，真正达到了将资料整理工作与学术人生相融合的境界。

三、新世纪：赓续传统、砥砺前行的学科资料汇编

进入新世纪，本学科资料汇编工作也迎来了新的发展阶段，以吴义勤、魏建为代表的新一代山师学人赓续学科传统，沿着前辈学者的足迹继续探索资料汇编的新路径。在新世纪的第一个十年，吴义勤参与主编了《中国新时期文学研究资料汇编》，为推进新时期文学资料工作的开展作出了至关重要的贡献；在第二个十年，由魏建担任主编的《20 世纪中国文学主流·历史档案书系》，力求通过对 20 世纪中国文学史重要文学版块的关注，展现文学史的历史变迁，深化 20 世纪中国文学史研究，显示出新时代现代文学资料汇编工作的创新性。

21 世纪以来，山师现当代学科资料汇编工作是在两位学科带头人的组织下展开的。2000 年，吴义勤成为学科带头人，他带领学科团队积极致力于学科建设，在资料汇编方面的重要成果是参与总主编的《中国新时期文学研究资料汇编》。这套丛书总主编由孔范今、雷达、吴义勤和施战军担纲，由山东文艺出版社 2006 年出版，分为甲、乙两种，甲种主要选编新时期文学思潮、流派、文体等方面的综合研究资料，本学科参与编选的研究资料有《中国新时期小说研究资料》（共三册）、《中国新时期女性文学研究资料》、《中国新时期儿童文学研究资料》、《王安忆研究资料》、《韩少功研究资料》、《余华研究资料》等。其具体书目如下：

吴义勤主编，房伟、胡健玲编选：《中国新时期小说研究资料》（上），山东文艺出版社2006年版。

胡健玲主编，陈振华编选：《中国新时期小说研究资料》（中），山东文艺出版社2006年版。

胡健玲主编，王永兵编选：《中国新时期小说研究资料》（下），山东文艺出版社2006年版。

张清华主编，毕文君、王士强、杨林编选：《中国新时期女性文学研究资料》，山东文艺出版社2006年版。

胡健玲主编，孙谦编选：《中国新时期儿童文学研究资料》，山东文艺出版社2006年版。

吴义勤主编，王志华、胡健玲编选：《王安忆研究资料》，山东文艺出版社2006年版。

吴义勤主编，李莉、胡健玲编选：《韩少功研究资料》，山东文艺出版社2006年版。

吴义勤主编，王金胜、胡健玲编选：《余华研究资料》，山东文艺出版社2006年版。

有鉴于研究界对于新时期文学资料工作关注的不足，这套丛书力图建构一个全面反映中国新时期文学的资料汇编体系。丛书力求做到：一是全面系统地展示中国新时期文学研究的成就和中国新时期文学研究的现有水平；二是为全面客观地评价和认识中国新时期文学提供科学的参照和理论的依据；三是全面梳理、呈现和总结中国新时期文学的研究历史和研究脉络。因而，在编选的过程中，这套丛书力求资料的系统性、学术的科学性、观点的多元性，以使研究者对中国新时期文学研究的历史与现状形成较为全面、客观的认识。此外，这套丛书在每册附录部分对相关研究成果以索引的方式予以呈现。丛书乙种是新时期文学代表作家研究资料，主要内容包括作家生平与创作自述，相关期刊论文资料，附录部分有作家的作品年表和研究资料索引。

值得关注的是，这套丛书体现出一种重述历史的意图。程光炜对其曾有过这样的评价："它是'今天'与'过去'的对话，体现了某种'重构历史'的想法。""这样的'编排'，有把大量材料打乱和加以'重排'的目的，说明了编选者不满'过去'结论，希望通过挑选、甄别、吸收、放弃的方法，对研究对象进行'重述'。这样的工作，由于拥有'今天'的眼光，明确无误的'今天'的意识，它的意义，显然大大超出了'技术'层面。"①因此，丛书编选的大量资料虽然是已发表的文章，但经过编选者的重新编排，以一种重构的秩序将其整合之后，这些材料被赋予了新的历史意义。

2009年，魏建成为学科新的带头人，他继续致力于拓展学科资料编选和学术研究的新路径。魏建在郭沫若资料整理与学术研究方面颇有造诣，同时以史料为基点大力探索文学史书写的新方法。为此，他从文献史料和学术研究两个维度来尝试着拓展20世纪中国文学研究的空间。从2013年开始，魏建带领学科成员陆续编辑出版了一套《20世纪中国文学主流·历史档案书系》。丛书业已出版12册，其具体书目如下：

朱德发、赵佃强编：《国语的文学与文学的国语——五四时期白话文学文献史料辑》，人民出版社2013年版。

魏建编：《青春与感伤——创造社与主情文学文献史料辑》，人民出版社2013年版。

王万森、刘新锁编：《文学历史的跟踪——1980年以来的中国当代文学史著述史料辑》，人民出版社2014年版。

周志雄编：《网络文学的兴起——中国网络文学发展文献史料辑》，人民出版社2014年版。

刘子凌编：《话剧与社会——20世纪30年代中国话剧文献史料辑》，人民出版社2014年版。

李宗刚编：《炮声与弦歌——国统区校园文学文献史料辑》，人民出版社2014年版。

张丽军编：《写实与抒情——中国乡土文学思潮文献史料辑》，人民出版社2014年版。

---

① 程光炜：《文学的今天和过去》，吉林出版集团有限责任公司2009年版，第242～243页。

房伟编:《颠覆与重建——20 世纪 90 年代中国小说历史叙事思潮研究史料辑》,人民出版社 2015 年版。

贾振勇编:《左翼十年——中国左翼文学文献史料辑》,人民出版社 2015 年版。

陈夫龙编:《侠坛巨擘——金庸与新武侠小说研究史料辑》,人民出版社 2015 年版。

吕周聚编:《朦胧诗历史档案——新时期朦胧诗论争文献史料辑》,人民出版社 2016 年版。

孙桂荣编:《变动时代的性别表达——新时期女性文学与文化研究文献史料辑》,人民出版社 2016 年版。

丛书主编魏建在为这套丛书撰写的序言中指出,这部丛书的编纂受到勃兰兑斯的《十九世纪文学主流》的启发,采用以个案透视整体的方法。在丛书具体编选过程中,编选者并没有囿于勃兰兑斯的方法,而是以开放的眼光,重视对中国本土学术资源的现代转化,在继承传统的同时也追求创新。丛书的创新之处首先体现在通过对 20 世纪中国文学"地标性建筑"的关注来展现 20 世纪中国文学地图。丛书从 20 世纪中国文学发展史上的重要文学版块,如言情文学、白话文学、乡土文学、左翼文学、话剧文学、大后方文学、新诗潮、女性文学、文学史著述、武侠小说、网络文学等入手,在对一个个文学版块的聚焦中来观测整个 20 世纪中国文学的历史嬗变。丛书的创新之处还体现在重申了史料对于文学史研究的意义。丛书对文学史文献史料的高度重视,强化了文献史料对于文学史研究的基础作用,强调文献史料是文学史"本体"的重要组成部分,这种以史料为依托的研究方法有利于深化 20 世纪中国文学史的研究。

在编纂方面,《20 世纪中国文学主流 · 历史档案书系》不仅致力于重构 20 世纪中国文学的历史发展的文献和史料根基,而且力图通过对各个重要文学版块文献史料的整体复原,尽可能直观、立体地还原 20 世纪中国文学史"本体"的原生态风貌。作为《20 世纪中国文学主流》的"一期工程",这部《20 世纪中国文学主流 · 历史档案书系》成为《20 世纪中国文学主流 · 学术新探书系》的重要资料基础，为本学科后期资料汇编与研究工作的展开提供了系统而翔实的原始史料。在内容方面，丛书追求文献和史料的“原始”性，编选的材料以“原始史料”和“经典文献”为主，以“回忆与自述”和“历史图片”为辅，所选文献和史料均以初版本或能搜集到的最早版本为准。在具体编排方式上，丛书关注20世纪中国文学的“地标性建筑”，在具体编选时，各文学版块史料独立编选成册。但各册内容并非各自独立、毫不相关，而是“分中有和、似断实连”，在20世纪中国文学的总体框架中形成了一个有机的整体。

本学科历来重视学科团队建设，注重对学科团队资料的保存与整理。2014年，朱德发及山师学术团队与现代中国文学研究学术研讨会召开，会议结束后，学科成员魏建、李宗刚、刘子凌担任主编，将本次会议的材料汇编集结成了《拓展现代中国文学研究的新格局——朱德发及山师学术团队与现代中国文学研究学术研讨会论文集》（山东人民出版社2016年版）。虽然从书名来看，这部资料汇编名为“论文集”，但实际编选内容并不局限于此，而是将与此次会议有关的照片、贺信、致辞以及一些其他类型的文章一并收入，较好地保留了此次学术研讨会的一些历史细节和珍贵史料，同时便于研究者回眸与展望。具体来看这部资料汇编收录的内容，第一部分是贺信，以收到时间先后为序，共收录了17封贺信。第二部分为开幕式致辞，按现场致辞先后顺序，收录了商志晓、温儒敏、吴义勤、王红勇四人的致辞。第三部分是参与本次学术研讨会的学者提交的论文，这一部分又以文章的内容分类，划分为五辑。第一辑编选的论文以朱德发的具体著作为研究对象，对这些著作进行评析，属于文本细读类，共编选6篇；第二辑编选的论文集中关注朱德发的“五四”文学研究，共编选6篇；第三辑编选的论文集中探讨朱德发的文学史思想与文学史研究，共编选10篇；第四辑编选的论文对朱德发的学术精神、学术思想、学术品格进行总结与探析，共编选12篇；第五辑编选的论文则从不同侧面对山师现代中国文学学术团队进行考察，共编选9篇。第四部分是附录，收录了提交会议的5篇散文和1篇会议综述。众多学者对“朱德发及山师学术团队与现代中国文学研究”这一议题作出了自己的阐释，这一方面显示出研究者对朱德发的学术成就和学术人生的肯定，同时也表明了以朱德发为代表的本学科学术团队获得了学界认可，成为现代中国文学研究中一个不可忽视的学者群落。

21世纪以来，本学科在文献资料方面用功较多的是魏建。魏建在此期间完成了两个国家社科基金项目，“郭沫若文学佚作的收集、整理和研究”是一般项目，“郭沫若作品修改及因由研究”为国家社科基金重点项目。魏建还组织申报了国家社科基金重大招标项目“中国近现代文学期刊全文数据库建设与研究”，该项目系以本学科为申报单位获得的首个重大招标项目，也是山东师范大学首个重大招标项目，该项目首席专家为刘增人。

这一时期，学科其他研究者也积极投身于研究资料的汇编工作，并取得了一系列成果。李宗刚与谢慧聪辑校了《杨振声研究资料选编》和《杨振声文献史料汇编》（山东人民出版社2016年版）。该资料出版后，在学术界产生了一定的反响。陈子善在其主编的《现代中文学刊》2017年第4期封三上，以《山东人民出版社推出杨振声研究新著》为题专门刊出了这两本书的书影及介绍。李浴洋在《中国图书评论》2017年第1期评述2016年中国现代文学研究著作时，特别提及了关于杨振声的这两本研究资料。李钧等人在《潍坊学院学报》2017年第3期上撰文指出，杨振声研究系列资料的出版，使杨振声重回人们的视野，改变了文学史上对杨振声作品自1987年以来重复汇编的现状，填补了文学史上对杨振声研究资料尚属空白的现状。[①] 此外，李宗刚还编选了《郭澄清研究资料》（山东人民出版社2016年版），陈夫龙编选了《激情与反叛——中国新文学作家与侠文化研究资料辑》（山东人民出版社2017年版），朱德发、蒋心焕、李宗刚编选了《第三次国内革命战争时期解放区文艺运动资料汇编》（辽宁人民出版社2018年版），陈夫龙编选了《〈铁道游击队〉文献史料辑》（中国社会科学出版社2018年版），陈夫龙、王晓文编选了《灵魂的相遇：朱德发著作评论集粹》（中国社会科学出版社2019版），李宗刚编选了《多维视阈下的中国现当代文学》（山东人民出版社2019年版）、《〈山东师范大学学报（人文社会科学版）〉目录摘要汇编（1978～2018）》（贵州人民出版社2019年版）、《赵德发研究资料》（山东大学出版社2020年版），李宗刚、王沛良编选了《穿越时空的鲁迅研究——〈山师学报〉（1957～1999）

① 参见谢慧聪：《李宗刚：人生，在学术中绽放光彩》，《联合日报》2018年10月23日。

鲁迅研究论文选》(山东人民出版社2020年版)。从这些资料编选中可以看出，在新的历史时期，本学科学人继续砥砺前行，接续了学科重视史料搜集与整理的传统。

应该提及的是，本学科的资料汇编工作得到了《山东师范大学学报(社会科学版)》一以贯之的支持。可以说，在本学科资料整理与研究这一历史进程中，从编30来年的文学编辑翟德耀功不可没。翟德耀作为学报的编辑，高度重视现代文学研究与文献史料方面的相关成果，发表了本学科学者的一系列文献史料的论文，尤其是在鲁迅、茅盾、王统照等名家的纪念节点上，积极延揽和组织本学科学者撰写相关论文，促进了本学科资料整理与研究的深化。

综上，20世纪五六十年代，在以田仲济和薛绥之为代表的第一代学人的带领下，本学科编纂了《丛书》，由此奠定了学科资料汇编工作的基础；70～90年代，本学科继续拓展资料汇编的新道路，在鲁迅、茅盾、老舍、孙犁、从维熙、刘绍棠、徐怀中、陆柱国、王统照、臧克家、叶圣陶等作家研究资料，以及解放区文艺运动、报告文学、期刊等研究资料领域不断结出新的硕果，标志着本学科在资料汇编工作方面有了一定的实绩；21世纪以来，以吴义勤、魏建为代表的新一代山师学人继续突出学科资料汇编工作的特色，在第一个十年编辑出版了《中国新时期文学研究史料汇编》(该汇编与山东大学等合作完成)，在第二个十年编辑出版了《20世纪中国文学主流·历史档案书系》，赓续并发扬了本学科重视资料汇编工作的传统。通过对山师现当代文学学科资料汇编历史的回眸，可以更好地辨明今后学术研究的路径，在现代思想的烛照下发掘并阐释历史资料的学术价值和意义，使中国现代文学研究在丰厚史料的基础上拓展出新的思想空间。

后　记

2011年5月，我担任《山东师范大学学报》(人文社会科学版)(以下简称“学报”)主编，在此后十多年的日子里，学报不仅是我的工作中心，而且也是我的生活中心。为了编好学报，不时地翻阅过刊便成为我的日常工作之一，如同穿行于历史的丛林一样，翻阅中时常会有令人惊喜的发现，中国现当代文学研究方面的“山师学人”便是其中之一。

自从我把中国现当代文学学科与学报联系起来之后，编一本从事中国现当代文学研究的“山师学人”与“山师学报”的文集便成了我的心结。我觉得，理论的阐释离不开雄厚的文献资料作支撑，而这些文献资料散落在不同时代的学报中，这恰如散落的“珍珠”。把这些散落的“珍珠”围绕“山师学人”与“山师学报”这个基点串在一起，便是很有意义的工作。为此，我把本书所收录论文的作者限定在2005年之前曾经在山师从事中国现当代文学教学科研工作的教师。在论文的选择上，则限定为每人一篇。学科的有些老师尽管发表过不少文章，但未有刊发在学报上的合适文章，则只能暂付阙如。本书选文依照刊发的时间先后排序。

在编选本论文集的过程中，我努力遵循历史真实的原则，尽可能“原汁原味”地呈现论文刊发时的原貌，但同时又兼顾了现代出版规范，并根据出版社的要求又补充了原文的引文注释不全的内容，个别文字也作了适当的修订。这是需要特别加以说明的。

研究山师学人的这三篇论文,本书作为“附录”收入。

本书是《山东师范大学学报》(人文社会科学版)文粹书系之一。《山东师范大学学报》(人文社会科学版)文粹书系已经出版了多本论文集:《多维视阈下的中国现当代文学》(李宗刚编)、《教育学心理学新探索》(时晓红编)、《马克思主义与中国社会治理》(寇金玲编)、《文艺学的探索与建构》(孙昕光编)、《山师学人与山师学报:教育学心理学研究卷》(李宗刚编)、《穿越时空的鲁迅研究:“山师学报”(1957～1999)鲁迅研究论文选》(李宗刚、王沛良编)、《〈山东师范大学学报(人文社会科学版)〉目录摘要汇编(1978～2018)》(上、下卷)(李宗刚编)、《〈山东师范大学学报(人文社会科学版)〉发展纪略》(李宗刚等著)。

在本书的编选过程中,我得到了我的博士生导师朱德发教授、硕士生导师蒋心焕教授的精心指导,然而,令我唏嘘不已的是,我的这两位恩师已经先后离开了他们为之献身的学术!这使我感到,在学术园地里,我只有更加勤勉地耕耘,不断地追求,才是对他们的最好纪念,也是对他们所献身的学术的赓续。除此之外,学报原副主编翟德耀编审、山东师范大学中国语言文学学科学术带头人魏建教授也都给予了鼎力的支持。同时,本书还得到了“山东省一流学科”建设经费的资助。在此,一并表示感谢。

李宗刚

2018 年 4 月 18 日,2021 年 7 月 8 日改定